VENT MORTEL

DU MÊME AUTEUR

RENFLOUEZ LE TITANIC, J'ai lu, 1979.
VIXEN 03, Laffont, 1980.
L'INCROYABLE SECRET, Grasset, 1983.
PANIQUE À LA MAISON BLANCHE, Grasset, 1985.
CYCLOPE, Grasset, 1987.
TRÉSOR, Grasset, 1989.
DRAGON, Grasset, 1991.
SAHARA, Grasset, 1992.
L'OR DES INCAS, coll. « Grand Format », Grasset, 1995.
ONDE DE CHOC, coll. « Grand Format », Grasset, 1997.
RAZ DE MARÉE, coll. « Grand Format », Grasset, 1999.
ATLANTIDE, coll. « Grand Format », Grasset, 2001.
WALHALLA, coll. « Grand Format », Grasset, 2003.
ODYSSÉE, coll. « Grand Format », Grasset, 2004.

En collaboration avec Craig Dirgo :

CHASSEURS D'ÉPAVES, Grasset, 1996.
CHASSEURS D'ÉPAVES, *nouvelles aventures*, Grasset, 2006.
BOUDDHA, coll. « Grand Format », Grasset, 2005.
PIERRE SACRÉE, coll. « Grand Format », Grasset, 2007.

En collaboration avec Paul Kemprecos :

SERPENT, coll. « Grand Format », Grasset, 2000.
L'OR BLEU, coll. « Grand Format », Grasset, 2002.
GLACE DE FEU, coll. « Grand Format », Grasset, 2005.
MORT BLANCHE, coll. « Grand Format », Grasset, 2006.
À LA RECHERCHE DE LA CITÉ PERDUE, coll. « Grand Format », Grasset, 2007.

CLIVE CUSSLER ET DIRK CUSSLER

VENT MORTEL

roman

Traduit de l'américain
par
LUC DE RANCOURT

BERNARD GRASSET
PARIS

L'édition originale de cet ouvrage a été publiée par Putnam, à New York, en 2004,
avec l'accord de Peter Lampack Agency, Inc., sous le titre :

BLACK WIND

ISBN 978-2-246-69731-2
ISSN 1263-9559

A la mémoire de ma mère, Barbara,
dont l'amour, les soins attentifs, la douceur et les encouragements
manqueront éternellement à tous ceux qui l'ont connue.

D.E.C.

Makaze

Le sous-marin *I-403* de la marine impériale
et un hydravion de type Seiran

L E CAPITAINE de corvette Takéo Ogawa jeta un coup d'œil exaspéré à sa montre.
— Déjà minuit et demie, maugréa-t-il, visiblement inquiet. Trois heures de retard et on attend toujours.

Un jeune enseigne dont les yeux vitreux disaient assez le manque de sommeil acquiesça sans rien dire. Installés dans la baignoire du *I-403*, sous-marin de la marine impériale, les deux hommes scrutaient les environs. Personne. Au-delà du périmètre de l'énorme base navale, des lumières nocturnes scintillaient dans la ville superbe de Kuré. Un léger crachin nimbait le paysage dans une atmosphère paisible, troublée pourtant par les bruits lointains des marteaux, des grues et des bancs de soudure. Dans d'autres zones de l'arsenal, les réparations de bâtiments endommagés par l'ennemi ou la construction de navires neufs continuaient sans relâche, vingt-quatre heures sur vingt-quatre... Tout cela pour maintenir un effort de guerre de plus en plus chaotique et qui paraissait bien dérisoire.

Ils entendirent bientôt de l'autre côté de l'eau le vrombissement d'un moteur diesel ; un véhicule s'approchait du sous-marin. Après avoir fait le tour d'un hangar en briques, un camion Isuzu gris s'engagea sur l'appontement. Avec précaution, le chauffeur avança le long de l'alvéole. Il avait du mal à distinguer les bords du quai plongé dans l'obscurité et ses phares, à demi masqués par de la peinture noire, ne l'aidaient pas. Il arriva enfin sur le grand ponton de bois et immobilisa son véhicule dans un crissement de freins.

Il y eut un moment de silence, puis six hommes en armes sau-

11

tèrent du camion pour établir un périmètre de sécurité. Alors qu'Ogawa entreprenait de descendre sur le ponton, l'un des gardes pointa son arme sur lui. Ces soldats n'appartenaient pas à l'armée régulière. Il s'agissait d'hommes d'élite, des membres de la police militaire, la Kempeitai si redoutée.

Deux hommes en uniforme descendirent de la cabine et s'approchèrent d'Ogawa. Il reconnut un officier supérieur, se mit au garde-à-vous et le gratifia d'un salut impeccable.

— Je vous attendais, commandant, dit-il enfin, avec une nuance d'agacement dans la voix.

Le capitaine de vaisseau Miyoshi Horinuchi ne releva pas. Il était chef d'état-major opérations de la Sixième Flotte et avait bien d'autres sujets de préoccupation. La flotte sous-marine du Pacifique était décimée et la marine impériale se retrouvait impuissante face aux moyens ASM [1] déployés par les Américains. Seul résultat de ces actions désespérées, les sous-marins subissaient des pertes toujours plus sévères en bâtiments comme en équipages. Voilà qui préoccupait sérieusement Horinuchi. Ses cheveux coupés très courts avaient viré prématurément au blanc, des rides striaient son visage comme les lits de ruisseaux asséchés.

— Commandant, je vous présente le Dr Hisaichi Tanaka, du service de santé de l'armée. Il participera à cette mission.

— Je n'ai pas l'habitude de partir en patrouille avec des passagers, lui répondit Ogawa en ignorant le petit homme qui accompagnait Horinuchi.

— Les ordres ont changé, vous ne partez plus pour les Philippines, lui dit Horinuchi en lui tendant un dossier brun. Vous allez embarquer le Dr Tanaka avec son matériel. Vous appareillez maintenant, vous allez frapper directement l'ennemi, chez lui.

— Voilà qui est assez inhabituel, fit Ogawa en jetant un coup d'œil à l'un des gardes qui pointait sur lui un pistolet-mitrailleur MP34 de fabrication allemande.

Horinuchi pencha un peu la tête puis s'éloigna de quelques pas. Ogawa le suivit, hors de portée de voix de Tanaka. Horinuchi poursuivit à voix basse :

— Notre flotte de surface a été anéantie à la bataille de Leyte. Nous espérions remporter une victoire décisive sur les Américains et, au lieu de cela, c'est nous qui avons subi une défaite. A présent,

---

1. Anti-sous-marin (*NdT*).

ce n'est plus qu'une question de temps, nous allons bientôt devoir consacrer nos toutes dernières ressources à la défense de notre patrie.

— Mais les Américains le paieront, répliqua vivement Ogawa.

— Oui, néanmoins ils sont décidés à nous conquérir, quel qu'en soit le prix. Pour notre peuple, ce sera un massacre effroyable.

Horinuchi, qui pensait au sort qu'allait connaître sa propre famille, se tut un instant. Puis il reprit :

— L'armée a sollicité notre concours pour mener une opération héroïque. Le Dr Tanaka fait partie de l'Unité 731. Vous allez l'embarquer avec ses équipements, traverser le Pacifique, puis lancer une attaque au cœur de l'Amérique. Pendant le transit, vous devez éviter à tout prix de vous faire détecter et assurer la sécurité de votre bâtiment. Si vous réussissez, Ogawa, les Américains seront contraints de demander un armistice et le Japon sera sauvé.

Ogawa n'en croyait pas ses oreilles. Pendant que ses camarades commandants de sous-marins se tuaient à mener des opérations défensives pour essayer de protéger les débris de la flotte de surface, on lui demandait de traverser le Pacifique en solitaire et de lancer une attaque qui allait mettre un terme définitif au conflit. Sa première réaction aurait été de crier à la plaisanterie, mais l'ordre venait en pleine nuit d'un chef d'état-major qui semblait au bord du désespoir.

— Je suis très honoré de votre confiance, commandant. Soyez sûr que mes officiers et mon équipage sauront se montrer dignes de l'honneur que leur fait l'empereur. Mais, si je puis me permettre, que contiennent exactement les malles du Dr Tanaka ?

Horinuchi laissa errer son regard sur la baie pendant plusieurs secondes.

— *Makaze*, fit-il enfin à voix basse. « Un vent mortel. »

*

Sous l'œil attentif de Tanaka, les gardes de la Kempeitai entreprirent d'embarquer avec moult précautions une douzaine de caisses oblongues en bois. On les descendit dans le poste torpilles du *I-403* avant de les amarrer solidement. Lorsque tout fut terminé, Ogawa donna l'ordre de lancer les diesels, de rentrer la coupée et enfin de larguer les amarres. A deux heures et demie du matin, le sous-marin s'engagea lentement dans le port où régnait une profonde obscurité et dépassa quelques-uns de ses congénères amarrés dans l'arsenal. Un peu étonné, Ogawa constata qu'Horinuchi, dans la cabine du camion, restait pour les observer et semblait peu enclin à démarrer avant de les avoir perdus de vue.

Le sous-marin laissa par le travers les bassins, les hangars de la gigantesque base navale et arriva à proximité d'une forme sombre, écrasante qui se détachait vaguement dans l'obscurité. C'était le *Yamato*, énorme cuirassé qui dominait le *I-403* de toute sa masse, comme un monstre fantastique. Avec ses tourelles de 380, son blindage de quarante centimètres d'acier, le *Yamato* était la plus redoutable unité de la flotte. Ogawa admira un instant les lignes et l'armement du plus gros bâtiment de guerre jamais construit, mais l'admiration céda bientôt la place à un sentiment de pitié. Comme son jumeau le *Musashi*, qui venait de sombrer au large des Philippines, le *Yamato* risquait fort de partir par le fond avant même la fin de la guerre.

Les lumières de Kuré s'estompèrent. Le sous-marin se faufila entre plusieurs îles avant de pénétrer dans la mer intérieure de Seto. Lorsque les montagnes commencèrent à disparaître dans le lointain et que les premières teintes grisâtres de l'aube apparaissaient dans le ciel à l'est, Ogawa ordonna de monter en régime. Il était occupé dans la baignoire avec l'officier de navigation à tracer la route sur la carte lorsqu'il vit son second arriver en haut de l'échelle.

— Un peu de thé chaud, commandant ?

Le lieutenant de vaisseau Yoshi Motoshita lui tendit une petite tasse. Il était svelte, chaleureux et encore capable de sourire à cinq heures du matin.

— Merci, répondit Ogawa en prenant la tasse.

Il faisait un froid glacial en cette nuit de décembre et une boisson chaude était bienvenue. Ogawa vida sa tasse d'un trait.

— La mer est très calme, remarqua Motoshita.

— Joli temps pour la pêche, répondit Ogawa.

Fils de pêcheur, il avait grandi dans un petit village de l'île de Kyushu, au sud du pays. Habitué tout jeune à la rude vie de marin, Ogawa avait réussi, en dépit de ses origines modestes, à intégrer l'Ecole navale d'Etajima. A sa sortie, il avait été affecté aux forces sous-marines, en pleine expansion dans ces années d'avant-guerre. Il avait servi à bord de deux sous-marins avant de prendre fin 1943 le commandement du *I-403*. Avec ce sous-marin, il avait coulé une

14

demi-douzaine de navires marchands et un destroyer australien au large des Philippines. Ogawa était considéré comme l'un des meilleurs commandants dans ce qui restait de cette flotte, laminée par la guerre.

— Yoshi, nous allons entamer les zigzags dès que nous aurons franchi le détroit, puis nous plongerons avant d'avoir quitté les eaux territoriales. Je ne veux pas prendre de risque, avec tous les chasseurs de sous-marins qui rôdent dans les parages.

— Je vais prévenir tout le monde, commandant.

— Et il y a aussi le Dr Tanaka. Veillez à ce qu'on l'installe confortablement.

— Je lui ai proposé de prendre ma chambre, répondit Motoshita, l'air morose. A voir la pile de bouquins qu'il a apportée, j'ai l'impression qu'il a de quoi s'occuper et qu'on ne l'aura pas trop dans les pattes.

— Très bien.

In petto, Ogawa n'en continuait pas moins de pester contre ce passager dont on lui avait imposé la présence.

Alors qu'un soleil rougeoyant se levait à l'est, le *I-403* vira au sud pour sortir des eaux intérieures et embouquer le détroit de Bungo. Cette route qui passait au nord de Kyushu ouvrait l'accès au Pacifique. Un destroyer tout gris qui rentrait au port passa à contre-bord. Les ponts et la passerelle étaient constellés de trous, conséquence de l'attaque qu'il avait subie de la part de deux Hellcats. A bord du sous-marin, quelques officiers-mariniers étaient montés à la passerelle pour admirer une dernière fois les îles verdoyantes de leur patrie. Comme tous les marins qui partent se battre, ils ne savaient pas quand ils les reverraient.

Lorsque le veilleur commença à voir le grand large, Ogawa donna l'ordre de plonger. Le klaxon se mit à hurler et les marins s'activèrent pour fermer et verrouiller les panneaux.

— Alerte, immersion quinze mètres, ordonna Ogawa qui était resté dans la baignoire.

On commença à remplir les ballasts, barres de plongée négatives. Dans un énorme fracas d'eau bouillonnante, le *I-403* piqua lentement du nez et le sous-marin tout entier disparut bientôt de l'horizon.

Des sous-marins américains en maraude patrouillaient en permanence dans les profondeurs du détroit de Bungo, traquant les ravitailleurs ou les bâtiments de guerre qui sortaient de Kuré. Les engagements entre sous-marins n'étaient pas rares et Ogawa n'avait pas l'intention de se faire prendre. Dès qu'ils furent au large, il mit cap au nord-est pour s'éloigner le plus vite possible des principales routes maritimes qui reliaient le Japon et la mer des Philippines.

Comme la plupart des sous-marins de cette époque, le *I-403* était doté d'un système de propulsion diesel électrique. Pendant la journée, il naviguait en plongée sur la batterie. Ses moteurs électriques lui conféraient alors une vitesse assez poussive, environ six nœuds. Dès que la nuit tombait, il refaisait surface et mettait en route ses diesels. Il avançait alors à plus de dix-huit nœuds, tout en rechargeant sa batterie. Cela dit, le *I-403* n'était pas un sous-marin comme les autres. Long de plus de cent trente mètres, il appartenait à la classe des Sen-Toku, dont on n'avait construit que quelques unités. Ces sous-marins étaient les plus gros jamais mis en chantier à ce jour. Déplaçant plus de cinq mille deux cents tonnes, ils étaient propulsés par quatre diesels de sept mille sept cents chevaux. Mais leur principale originalité résidait dans leur armement aérien. Ces sous-marins pouvaient embarquer trois hydravions de type Seiran, petits bombardiers transformés pour être catapultés depuis la plage avant. En transit, les avions démontés étaient stockés dans un hangar étanche d'une trentaine de mètres situé sous le pont. Comme le parc aérien s'était réduit, Ogawa avait dû céder un de ses avions aux unités de reconnaissance côtière, si bien qu'il avait appareillé avec seulement deux Seirans à son bord.

*

Dès que le *I-403* eut pénétré dans le Pacifique, Ogawa se retira dans sa chambre pour lire une nouvelle fois l'ordre de mission assez succinct que lui avait remis Horinuchi. Ses instructions tenaient en peu de mots. Il devait mettre le cap au nord et faire une escale de ravitaillement dans les Aléoutiennes. Il devait ensuite se diriger vers la côte nord-ouest des Etats-Unis et lancer ses deux appareils pour attaquer les villes de Tacoma, Seattle, Victoria et Vancouver.

Sur la base de ces maigres indications, Ogawa avait d'emblée jugé cette opération secondaire, à l'heure où le Japon avait besoin de tous ses sous-marins pour défendre ses atterrages. Cela lui semblait une meilleure stratégie que de lancer une attaque avec deux malheureux avions. Restait cependant une inconnue, la présence du Dr Tanaka et de ses mystérieux équipements. Ogawa décida de le convoquer.

Tanaka entra dans la chambre exiguë, fit une courbette du meilleur effet et réussit à s'asseoir devant la petite table de bois. Le savant était un homme renfrogné qui apparemment ne souriait jamais. Ses yeux sombres, vides, étaient grossis par deux culs-de-bouteille, ce qui lui donnait l'air encore plus sinistre.

Passant outre les politesses, Ogawa en vint aux faits.

— Docteur, j'ai reçu l'ordre de faire route vers le nord-est, de me rapprocher des côtes américaines et de lancer une attaque aérienne contre quatre villes. Mais cela ne me dit rien sur votre rôle ni ce que recèlent vos conteneurs. Je tiens à en savoir davantage.

— Soyez assuré, commandant, que ma mission a été approuvée en très haut lieu, répondit Tanaka de sa voix monocorde. Je dois vous fournir une assistance technique.

— Vous êtes à bord d'un navire de guerre. J'ai peine à comprendre ce que vient faire un médecin dans une opération navale, répliqua Ogawa.

— J'appartiens au Groupe d'études militaires sur la prévention des épidémies. Nous avons reçu d'un centre de recherches chinois un certain nombre de produits, ce qui nous a permis de développer un nouveau type d'arme. C'est votre sous-marin qui a été choisi pour lancer une première attaque contre les Etats-Unis. Je suis responsable de la préservation et de la manipulation de ces produits pendant cette mission.

— Et ces produits, ce sont mes avions qui doivent les larguer?

— Oui, grâce à un appareillage spécial qui sera monté sur les aéronefs. J'ai déjà réglé la question avec les armuriers.

— Et mon équipage? Y a-t-il un risque, avec tous ces produits à bord?

— Il n'y a pas l'ombre d'un danger.

Tanaka était resté impassible, mais il était évident qu'il mentait.

Ogawa n'était pas dupe, mais il craignait bien davantage les forces anti-sous-marines ennemies que la présence d'une nouvelle arme à son bord. Il essaya d'obtenir plus d'informations, mais le docteur ne lâcha rien. Cet homme-là avait quelque chose de sinistre qui gênait beaucoup Ogawa. Après avoir offert une tasse de thé à cet oiseau de mauvais augure, il le congédia. De nouveau seul, il se remit à pester contre l'amirauté qui avait choisi son sous-marin pour remplir cette mission. Vraiment, tout cela ne lui plaisait pas.

*

Au fur et à mesure qu'ils s'éloignaient des côtes japonaises, cap au nord, le trafic commercial et la densité de bâtiments de pêche diminuèrent. Pendant douze jours et douze nuits, l'équipage s'en tint à la routine. Le sous-marin obliqua vers le nord-est. Il refaisait surface la nuit et en profitait pour augmenter l'allure. Dans le Pacifique Nord, la probabilité de se faire détecter par un avion était moins élevée, mais Ogawa ne voulait courir aucun risque et restait donc en plongée durant la journée. L'équipage, confiné, étouffait et la température du compartiment machine grimpa à plus de 30°C. Les hommes attendaient avec impatience la tombée de la nuit et la remontée en surface afin de pouvoir ouvrir les panneaux et renouveler l'air.

A bord des sous-marins, les règles hiérarchiques usuelles étaient très assouplies, même dans la marine japonaise. Le *I-403* n'échappait pas à cette loi. Les officiers et les hommes se mêlaient sans problème, partageaient la même nourriture, enduraient les mêmes petites misères. Le sous-marin avait survécu à trois grenadages et le fait d'avoir vu la mort de près avait resserré les liens de l'équipage. Ils se considéraient tous comme les survivants d'un jeu mortel entre chats et souris et, pour eux, le *I-403* était un sous-marin qui avait de la chance, qui pouvait se permettre encore de défier l'ennemi.

Au crépuscule de la quatorzième nuit, ils refirent surface près de l'île d'Amchitka, dans les Aléoutiennes. Ils retrouvèrent le ravitailleur *Morioka* qui les attendait là, mouillant dans une petite baie. Ogawa se mit à couple, on passa quelques amarres, et pendant que l'on faisait le plein de gasoil, les hommes se détendirent en échangeant quelques plaisanteries. Il faisait un froid glacial.

— Alors, demanda un matelot tout emmitouflé accoudé à la lisse, pas trop tassés dans votre boîte de sardines ?

— Au contraire, on a plein de place pour ranger nos fruits au sirop, nos châtaignes et notre saké ! lui répondit un sous-marinier en fanfaronnant, car le traitement de faveur auquel ils avaient droit était envié par le reste de la marine.

Il leur fallut moins de trois heures pour faire le plein. L'un des marins, qui souffrait d'une appendicite, resta à bord du ravitailleur. Après avoir remercié l'équipage de sa nourrice d'une boîte de bonbons, le *I-403* largua les amarres et reprit sa route cap à l'est, direction l'Amérique du Nord. Les nuages s'amoncelaient dans le ciel et ce fut bientôt la tempête, la première des grosses tempêtes d'hiver. Pendant trois nuits, la mer démontée secoua violemment le sous-marin. Les lames balayaient le pont et s'écrasaient contre son massif alors qu'il essayait péniblement de recharger ses batteries. Un veilleur manqua passer par-dessus bord ; la plupart des hommes, même amarinés, souffraient du mal de mer. Mais ce fort vent d'ouest les poussait dans la bonne direction et leur faisait gagner du temps, en dépit d'une forte houle. Le bâtiment poursuivit sa route vers l'est.

Peu à peu, le vent tomba et la mer se calma. Ogawa était satisfait de voir que son sous-marin avait bien résisté, sans avaries. Les hommes fatigués retrouvèrent leur forme et leur moral. Il faisait beau quand ils arrivèrent enfin à portée du territoire ennemi.

— Commandant, j'ai un premier relèvement sur la terre, lui annonça Seiji Kakishita, l'officier de navigation, en déroulant une carte du Pacifique Nord.

Comme la plupart des hommes à bord, Kakishita ne s'était pas rasé depuis l'appareillage et, avec sa barbe hirsute, il ressemblait à un personnage de bande dessinée.

— Où sommes-nous ? demanda Ogawa en examinant la carte.

— Ici, répondit Kakishita en lui montrant un point du bout de ses pointes sèches. Environ cent dix nautiques à l'ouest de l'île de Vancouver. Nous avons encore deux heures en surface devant nous avant le jour. A l'aube, en gardant le même cap, nous serons à moins de quatre-vingt-dix nautiques de la terre.

Ogawa étudia la carte un bon moment.

— Nous sommes trop au nord. Je veux lancer les avions depuis un point qui minimisera les temps de vol. Vous allez nous mener un peu plus au sud et nous nous approcherons de la côte ici.

Il avait posé le doigt sur la langue de terre qui s'enfonce dans le Pacifique au nord-ouest de l'Etat de Washington, une pointe en forme de gueule de chien. Le détroit de Juan de Puca qui se trouve juste au nord forme une frontière naturelle entre les Etats-Unis et la Colombie-Britannique. C'est par là que passait le gros du trafic maritime à la sortie de Vancouver et de Seattle.

Kakishita s'empressa de tracer la nouvelle route et de recalculer les distances.

— Bon, nous arriverons à cette position dans vingt-deux heures, à huit nautiques de cette pointe, ici, le Cap Alava.

— Parfait, répondit Ogawa, fort satisfait, en jetant un coup d'œil à la montre de cloison. Cela nous laissera le temps de préparer l'attaque avant l'aube.

Le minutage était impeccable. Ogawa s'attarda le moins possible dans cette zone où la navigation était dense et où il risquait de se faire repérer avant d'avoir lancé ses avions. Avec un peu de chance, dans moins de vingt-quatre heures, ils auraient rempli leur mission et pris le chemin du retour.

*

Au soir, le *I-403* avait refait surface et une activité fébrile régnait sur le pont. Après avoir sorti les fuselages, les voilures et les flotteurs du hangar, les mécaniciens avaient commencé à remonter les appareils, comme s'il s'agissait de grosses maquettes. Des marins s'employaient à gréer la catapulte hydraulique et procédaient à des tests méticuleux. Les pilotes étudiaient une dernière fois la topographie de la zone, fixaient les caps à suivre à l'aller puis au retour. Et les armuriers, sous la direction tatillonne du Dr Tanaka, fixaient sous les ailes des bombardiers les rails destinés à recevoir les douze conteneurs argentés, toujours stockés dans le poste torpilles avant.

A trois heures du matin, le *I-403* était arrivé à l'endroit prévu, au large de l'Etat de Washington. Il y avait un peu de crachin, les six veilleurs mis en place par Ogawa sur le pont essayaient vaille que vaille de voir quelque chose dans l'obscurité. Ogawa, quant à lui, tournait en rond dans la baignoire. Il avait hâte de se débarrasser de ses avions et de regagner la protection des profondeurs.

Une heure passa ainsi. C'est alors qu'un mécano en bleu de travail taché de graisse s'approcha de lui.

— Commandant, je suis désolé, mais on a quelques soucis avec les avions.

— Un problème, et c'est maintenant que vous m'annoncez ça? répondit Ogawa avec agacement.

— Une magnéto HS sur le n° 1. Il faut la changer, sinon, pas de moteur. Sur le n° 2, un élevon faussé, sans doute pendant la tempête l'avion a dû glisser. Mais on peut réparer.

— Et ça va vous prendre combien de temps?

Le mécanicien leva les yeux pour réfléchir.

— En gros, une heure pour réparer, commandant, plus vingt minutes pour mettre les munitions à poste.

— Bon, dit Ogawa avec une grimace, faites vite.

Une heure passa, puis une seconde et les appareils n'étaient toujours pas prêts. Ogawa était de plus en plus nerveux, d'autant que le ciel se striait de gris, annonçant l'aube. La pluie avait cessé, il y avait un peu de brouillard et la visibilité était tombée à moins de cinq cents mètres. Ils étaient là, bien tranquilles mais aveugles, songea-t-il.

Un cri déchira le silence. C'était l'opérateur sonar :

— Commandant, j'ai un bruiteur !

*

— Cette fois-ci, frangin, c'est moi qui gagne ! cria Steve Schauer, hilare, dans son micro en poussant les gaz à fond.

Il y avait avec lui, serrés dans le poste de navigation du chalutier, deux adolescents épuisés qui puaient le poisson crevé. Ils se regardèrent en faisant les yeux ronds. Schauer fit semblant de ne pas les voir. Maniant négligemment la barre du bateau qui plongeait lourdement dans les creux, il se mit à siffloter une vieille chanson à boire.

A quarante ans, Steve et Doug, les frères Schauer, en paraissaient vingt. Ils avaient passé leur vie à pêcher dans le Puget Sound. Compétents et travailleurs, ils avaient mis tout ce qu'ils avaient gagné dans des bateaux toujours plus gros et avaient finalement pu s'offrir deux chalutiers identiques de quinze mètres en bois. Ils travaillaient toujours en équipe et faisaient de jolies pêches devant les côtes de Vancouver et de Washington ; ils avaient un don particulier pour repérer les grands bancs de flétans. Ils rentraient ce soir-là de trois jours en mer, les cales pleines de poissons et les frigos à sec de bière, et luttaient de vitesse à qui arriverait le premier, comme des gamins qui font la course en patins à roulettes.

— Personne n'a gagné tant qu'on n'a pas raclé la coque contre le bord du quai, répondit Doug à la radio.

La campagne de 1941 avait été particulièrement bonne et les deux frères avaient englouti leurs gains dans deux postes émetteurs-récepteurs. En principe destinés à améliorer la coordination en pêche, ces appareils leur servaient essentiellement à se charrier mutuellement.

Le bateau de Steve monta à douze nœuds, sa vitesse maximale. Le ciel s'éclaircissait, passant du noir au gris, et le projecteur fixé à la proue perdait peu à peu de sa luminosité. Schauer aperçut alors dans la brume une longue forme noire, basse sur l'eau. Une seconde plus tard, un bref éclair orange en jaillit.

— Vous avez vu, par tribord avant, c'est une baleine ? demanda-t-il à ses passagers.

A peine avait-il prononcé ces mots qu'un sifflement déchirant emplit l'habitacle, suivi d'une violente explosion qui provoqua une grande gerbe à bâbord et noya le chalutier sous un déluge d'eau de mer.

Schauer resta un instant tétanisé, incapable de comprendre ce qu'il venait de voir et d'entendre. Un second éclair orangé le réveilla.

— Couchez-vous ! cria-t-il aux deux garçons tout en mettant la barre à gauche toute.

Le bateau, lourdement chargé, mit du temps à répondre, mais cela suffit à leur épargner l'obus de 52 mm qui heurta la surface droit devant. Cette fois-ci, le souffle de l'explosion souleva le chalutier hors de l'eau, lui arrachant son safran.

Schauer, blessé à la tempe, essuya le sang qui lui coulait dans les yeux et s'empara du micro.

— Doug, y a un sous-marin, un jap, il est en train de nous massacrer. Non, j'rigole pas. Garde ton cap et appelle les secours.

A cet instant, le troisième obus heurta la cale de plein fouet avant d'exploser. Une pluie d'éclisses, de verre brisé et de flétans déchiquetés balaya l'abri, projetant les trois marins contre la cloison arrière. Schauer essaya de se relever. Il y avait un gros trou à l'avant, l'étrave s'était désintégrée. Il s'accrocha d'instinct à la roue et sentit, incrédule, ce qui restait de son bateau se défaire sous ses pieds.

*

Dans ses jumelles, Ogawa vit le chalutier s'enfoncer dans la mer au milieu d'une nappe de débris. Triste satisfaction. Se porter au secours des naufragés était hors de question et il ne perdit donc pas son temps à essayer de repérer les corps dans l'eau.

— Motoshita, d'autres bruiteurs ? demanda-t-il à son second.

— Non commandant. L'opérateur audio a annoncé un bruiteur possible avant que nous ayons ouvert le feu, mais c'est du bruit ambiant ou bien, au pire, un petit bâtiment.

— Dites-lui d'être attentif. Avec cette visibilité, nous entendrons un bateau bien avant qu'il ne nous ait vus. Et dites au chef mécano de venir me voir. Nous devons catapulter ces avions.

Motoshita se précipita pour aller donner les ordres nécessaires et Ogawa se tourna vers la terre. La côte était invisible. Après tout, se dit-il, nous allons peut-être avoir un peu de chance. Selon toute probabilité, ce chalutier naviguait seul et n'avait pas de radio. Les coups de canon avaient peut-être été entendus à terre, mais à cette distance, le bruit était très atténué. D'après la carte, cette portion de la côte était très peu peuplée. Ils pouvaient donc encore espérer – peut-être – se sortir de là sans avoir été repérés.

*

Le radio de première classe Gene Hampton sentit ses cheveux se dresser sur sa tête. La voix qui hurlait dans son casque semblait réellement paniquée. Après avoir entendu deux fois le même message, Hampton bondit de son siège et se précipita vers le milieu de la passerelle.

— Commandant, je viens d'intercepter un message de détresse, ce n'est pas un bâtiment de guerre, fit-il, avec agitation. Un pêcheur, il dit qu'il y a un sous-marin jap et qu'il est en train de se faire canonner.

— Vous en êtes sûr ? répondit le commandant, un solide gaillard barbu.

— Oui commandant. Il dit qu'il n'a pas vu le sous-marin à cause de la brume, mais son frère qui est à bord d'un second bateau l'a appelé à la radio. Il a entendu deux coups de canon, du gros calibre et puis plus rien. Il a perdu le contact. J'ai intercepté un appel d'un autre bateau, il confirme qu'il a entendu lui aussi des coups de canon.

— Ils ont donné un relèvement ou une position ?

— Oui commandant. Neuf nautiques dans le sud-ouest du Cap Flattery.

— Très bien. Prenez contact avec le *Madison* et dites-lui que nous allons franchir le détroit pour aller investiguer, contact ennemi possible. Donnez la position à la table à cartes. M. Baker, fit-il enfin en se tournant vers un grand lieutenant de vaisseau qui se trouvait là, rappelez aux postes de combat.

Le klaxon commença à retentir dans tout le bord, les marins du USS *Theodore Knight* coururent rejoindre leurs postes tout en enfilant casques et brassières. Le *Theodore Knight*, lancé en 1931 aux chantiers navals de Bath Iron, dans le Maine, avait été affecté au commencement de la guerre à l'escorte des convois dans l'Atlantique Nord. Après avoir repoussé de nombreuses attaques d'U-boote, ce destroyer long de cent dix mètres avait abandonné ce genre de tâche et rejoint la côte Ouest où il effectuait des patrouilles, de San Diego à l'Alaska.

Le *Madison*, un liberty ship chargé de bois de charpente et de saumon en boîte, se trouvait à trois milles derrière lui, dans le détroit de Juan de Fuca. Il était en partance pour San Francisco. Abandonnant le cargo, le *Theodore Knight* mit le cap sur le Pacifique et son commandant, le capitaine de corvette Roy Baxter, ordonna de monter à l'allure maximum. Les deux gros diesels se mirent à tourner à plein régime et le bâtiment gris partit en chasse, comme un chien qui court derrière un lapin. L'équipage, habitué à la routine de patrouilles assez tranquilles, allait peut-être pour la première fois se trouver confronté à l'ennemi.

Baxter lui-même sentait son cœur battre plus vite. Avec vingt ans de marine derrière lui, il avait combattu dans l'Atlantique, et il commençait à se lasser de cette affectation dans les eaux territoriales. La perspective de passer à l'action lui plaisait assez, mais il était encore sceptique sur la réalité du message. Cela faisait plus d'un an que l'on n'avait pas vu de sous-marin japonais dans les parages et la marine impériale se trouvait acculée à la défensive.

— Radar?

— Oui commandant. J'ai trois échos, des petits bâtiments, ils se dirigent vers le chenal. Deux par le nord et l'autre par l'ouest.

L'opérateur n'avait pas quitté son écran des yeux.

— J'ai aussi un écho non identifié dans le sud-ouest, stationnaire.

— On part vers le sud, aboya Baxter. Tourelles avant, parées !

Il avait du mal à cacher son excitation. Peut-être allons-nous enfin gagner notre solde, ce soir, se dit-il en fixant son casque.

Contrairement à leurs homologues américains, la plupart des sous-marins japonais de la Seconde Guerre mondiale ne possédaient pas de radar. Ce ne fut qu'au milieu de l'année 1944 que les premiers en furent équipés. Auparavant, ils ne pouvaient compter que sur l'écoute. Mais bien que limités en portée de détection comparé au radar, ces moyens acoustiques étaient utilisables en plongée et permettaient souvent d'échapper au grenadage.

Le *I-403* n'avait pas de radar et ce fut donc l'opérateur sonar qui repéra le premier le destroyer. Il leur arrivait droit dessus.

— Bruiteur droit devant... niveau faible, annonça-t-il à la première trace.

Sur le pont, on avait sorti les deux appareils du hangar, les ailes et les flotteurs étaient à poste, et les réparations se poursuivaient toujours. C'était là le genre de situation qu'Ogawa redoutait plus que tout. Les deux avions étaient montés, mais encore incapables de prendre l'air, et il serait obligé de les sacrifier s'il devait plonger en catastrophe.

— Canon, paré, ordonna-t-il, espérant que le nouvel arrivant était encore un bateau de pêche.

— Niveau bruiteur augmente, niveau 2, annonça l'opérateur sonar. Bâtiment de surface.

— Saisissez les avions et évacuez le pont, ordonna Ogawa à un enseigne qui descendit les marches quatre à quatre pour aller crier les ordres nécessaires aux mécaniciens et aux pilotes.

L'équipe de pont mit en place les saisines sur les deux appareils, récupéra l'outillage et courut se réfugier dans le hangar. On verrouilla ses portes étanches, et les hommes descendirent dans un compartiment protégé à l'intérieur de la coque épaisse.

— Bruiteur niveau moyen, gisement faible, annonça l'opérateur. Destroyer possible.

Il avait identifié le bruit de baratte d'un navire à deux hélices.

Comme si on lui avait donné le signal, le bâtiment gris émergea de la brume à un demi-nautique, comme un spectre d'acier surgi de la lande. La vague d'étrave projetait des torrents d'écume et d'énormes volutes de fumée noire sortaient de la cheminée. Le bâtiment élancé fonçait droit sur le sous-marin, comme un lancier qui attaque et que l'on ne peut éviter.

En un instant, l'air résonna de coups de canon. Les canonniers du *I-403*, marins d'expérience, essayaient d'arrêter l'espèce de derviche qui se précipitait sur eux. Mais sa silhouette étroite en inclinaison faible faisait du destroyer une cible difficile à atteindre et les obus passèrent sur son travers sans le toucher. Les servants rectifièrent en hâte la visée et reprirent les tirs.

Ayant reconnu un destroyer, Ogawa, conscient de l'inutilité d'un duel en surface contre cet ennemi très supérieur, ordonna de plonger en catastrophe. Il lui fallait interrompre sa mission, la sécurité de son bâtiment et de l'équipage primait sur tout le reste, à supposer qu'il ne fût pas déjà trop tard.

Au son du klaxon, les canonniers tirèrent un dernier obus avant d'aller se réfugier sous le pont. Le chef de pièce avait bien visé, mais il avait surestimé la vitesse de rapprochement du navire de surface. L'obus toucha l'eau quinze mètres devant l'étrave, projetant une grande gerbe d'eau sur la plage avant du destroyer sans lui infliger de dommages.

La tourelle double avant du *Theodore Knight* entra enfin en action et commença à arroser le sous-marin japonais d'obus de 127. Les canonniers américains avaient peu d'expérience, et, sous le coup de l'émotion, beaucoup tirèrent trop haut. Les obus passèrent sans le toucher au-dessus du sous-marin qui prenait de la vitesse.

Dans la baignoire du *I-403*, Ogawa, qui se préparait à refermer sur lui le panneau étanche, jeta un dernier coup d'œil au fou furieux qui fonçait droit sur eux. C'est ainsi qu'il aperçut, sur la plage avant de son navire, un aviateur courant vers l'un des appareils. C'était l'un des pilotes qui, sans tenir compte de l'alerte, s'apprêtait à grimper dans sa carlingue. Imprégné de l'éthique des kamikazes, il ne pouvait supporter la pensée de perdre son appareil. Plutôt périr avec lui. Ogawa, après avoir maudit l'auteur de cet acte de bravoure aussi inutile qu'insensé, referma le panneau et descendit au central.

On avait ouvert les purges des ballasts et l'eau de mer s'y engouffra. Dans ce genre de situation, la coque énorme du *I-403* constituait un handicap car il fallait un certain temps pour amorcer la plongée. En attendant que s'engage l'interminable descente, Ogawa décida de jouer une autre carte.

— Paré pour un lancement de torpilles, ordonna-t-il.

C'était un pari risqué, certes, mais qui valait la peine d'être tenté. Le destroyer était droit devant, Ogawa avait encore une chance de le toucher et de transformer ainsi le chasseur en proie.

— Tubes chargés, annonça l'officier torpilleur.

— Tube un, tube deux, soyez prêts.

Le destroyer était maintenant à moins de deux cents mètres et ses pièces de 127 tiraient toujours, mais, de façon assez surprenante, il manquait toujours sa cible. Le sous-marin était presque à bout portant quand il commença à s'enfoncer. Son étrave disparut sous les vagues, l'eau recouvrant maintenant toute la plage avant.

— Tube un, feu ! cria Ogawa.

Il compta encore trois secondes puis ordonna :

— Tube deux, feu !

Dans un sifflement d'air qui se détend, les deux torpilles jaillirent des tubes d'étrave et entamèrent leur ruée mortelle vers le destroyer. Longues de sept mètres, propulsées par une turbine à oxygène, elles emportaient chacune une charge de combat de 450 kilos à haut pouvoir de destruction. Elles atteignirent très vite leur vitesse de plus de 45 nœuds.

Un enseigne de vaisseau qui se tenait sur l'aileron de passerelle du destroyer remarqua des traînées blanches qui se dirigeaient sur eux.

— Alerte torpille par bâbord et tribord avant ! hurla le jeune officier, tétanisé par le spectacle des deux fuseaux qui fonçaient sur eux.

Une fraction de seconde plus tard, les deux torpilles leur arrivaient dessus. Mais, erreur dans le calcul des éléments de tir, intervention divine ou chance inouïe, les deux anguilles manquèrent leur cible. Toujours immobile, l'enseigne constata, ébahi, que les torpilles passaient à contre-bord à moins de trois mètres de l'étrave, avant de continuer leur route et de se perdre sur leur arrière.

— Commandant, il plonge, annonça l'homme de barre du destroyer en voyant les vagues déferler sur l'avant du sous-marin.

— Mettez le cap sur le massif, lui ordonna Baxter. On va le prendre à la gorge.

La tourelle avant avait cessé de tirer car les canons ne pouvaient plus atteindre une cible en élévation aussi négative. Le combat se transforma en course de vitesse, le destroyer chargeant comme un bélier pour essayer d'écraser le *I-403*. Mais le sous-marin gagnait toujours en immersion et, pendant un moment, on eut le sentiment qu'il allait réussir à passer sous son agresseur. Le *Theodore Knight* était arrivé à hauteur de son étrave, mais la quille manqua la plage avant. Il s'en fallut d'un ou deux mètres. Il continua pourtant, toujours dans l'intention de l'anéantir.

Ce furent les avions qui prirent le premier choc. Déjà en partie submergés sur le pont qui s'enfonçait, les appareils, fauchés à mi-hauteur par l'étrave acérée du destroyer, se désintégrèrent dans un fatras de métal, de structures et de débris divers. Le pilote qui avait grimpé dans le cockpit du premier mourut, comme il l'avait souhaité, à bord de son avion.

Quant au *I-403* lui-même, il était maintenant presque complètement immergé et n'avait jusqu'ici subi aucun dommage. Mais le massif était trop haut et ne pouvait échapper à la charge. Dans un vacarme de cisaillement, l'étrave du destroyer s'enfonça dans le kiosque, comme une faux. Ogawa et son officier opérations furent tués sur le coup. Le bâtiment de surface pénétra dans le central et en arracha toute la structure, tout en continuant à accomplir plus loin ses ravages. Il creusa un profond sillon sur le dos du *I-403*. A l'intérieur de la coque épaisse, l'équipage condamné entendit d'abord le fracas du métal, puis des torrents d'eau envahirent les compartiments. Ballottés en tous sens, bientôt noyés, les hommes connurent une mort rapide mais pénible. Puis des bulles d'air remontèrent à la surface et des flaques d'huile apparurent, marquant la tombe de ces hommes, et le silence revint.

A bord du *Theodore Knight,* les officiers et marins se félicitaient de leur victoire sur le sous-marin en regardant les nappes de gazole et d'huile s'étaler sur la mer, comme une marée noire mortelle. Ils avaient eu une chance incroyable de découvrir puis de couler un bâtiment ennemi tout près de leurs côtes, sans subir aucune avarie sérieuse. De retour au port, l'équipage serait traité en héros, les hommes auraient plus tard quelque chose à raconter à leurs petits-enfants. Mais ce dont aucun d'eux ne pouvait se douter, ce que nul n'imaginait, c'était l'horreur épouvantable qu'aurait semée chez eux le *I-403* s'il avait réussi sa mission. Et ils ne pouvaient pas davantage deviner que cette horreur attendait, tapie dans les profondeurs, dissimulée au sein de cette épave disloquée.

Un air de mort

Le mystérieux chalutier et l'hélicoptère de la NUMA

Chapitre 1

22 mai 2007
Îles Aléoutiennes, Alaska

L E VENT créait de légers tourbillons autour de la cabane en tôle jaune pâle érigée sur un promontoire qui dominait la mer. Quelques petits flocons voletaient au-dessus du toit avant de toucher le sol pour fondre enfin dans l'herbe de la toundra. Sans se soucier du ronronnement d'un générateur diesel, un husky sibérien au poil fourni, allongé au soleil sur un lit de gravier, dormait du sommeil du juste. Une sterne arctique, toute blanche, descendit en piqué et se posa un instant sur le toit. Après avoir examiné d'un œil intéressé cet assemblage hétéroclite d'antennes, de soucoupes et de balises qui hérissaient l'endroit, le petit oiseau profita d'une saute de vent pour s'envoler, à la recherche d'un asile plus attrayant.

La station météo des gardes-côtes, installée sur l'île de Yunaska, était aussi tranquille qu'isolée. Située au beau milieu de la chaîne des Aléoutiennes, Yunaska faisait partie de ces dizaines de volcans émergés qui forment un arc au large de l'Alaska. Large d'à peine vingt-sept kilomètres, l'île se signalait par ses deux volcans éteints qui formaient des pics à chacune de ses extrémités. De douces collines couvertes d'herbe ondulaient entre eux. Sans un seul arbre, sans le moindre buisson, l'île verte surgissait comme une émeraude en ce milieu de printemps, baignée par les eaux glacées de l'océan.

Au centre des courants du Pacifique Nord, Yunaska était l'endroit idéal pour étudier les conditions atmosphériques et maritimes de création des fronts qui atteindraient ensuite les côtes de l'Amérique du Nord. En sus de ses missions météorologiques, l'établissement des gardes-côtes servait aussi de station de sauvetage pour les pêcheurs qui travaillaient dans ces eaux très poissonneuses.

Dire que les deux hommes qui vivaient là étaient au paradis aurait été exagéré. Le village le plus proche se trouvait à cent quarante-cinq kilomètres et leur base, Anchorage, à plus de mille six cents. Les occupants de la station restaient isolés de tout pendant trois semaines, avant d'être remplacés par l'équipe de relève déposée par avion. Cinq mois durant, l'hiver très dur obligeait à fermer la station, sauf pour des opérations de télémaintenance. Mais, de mai à novembre, les observateurs travaillaient sans interruption.

En dépit de cette existence de reclus, Ed Stimson, le météorologue, et Mike Barnes, le technicien, considéraient qu'il s'agissait d'une affectation de choix. Stimson appréciait de pouvoir y pratiquer sa spécialité tandis que Barnes prenait plaisir à explorer la région pendant son temps libre.

— Laisse-moi te dire, Ed, il va falloir que tu te trouves un autre équipier après la prochaine relève. J'ai découvert un filon de quartz dans la montagne de Chugach, t'en resterais comme deux ronds de flan. Je suis sûr qu'il y a une grosse veine d'or juste en dessous.

— Ben voyons, c'est comme la fois où t'as poussé des cris de victoire, au bord de la McKinley, lui répondit Stimson d'un ton moqueur.

Barnes était un optimiste invétéré, et cela amusait Stimson, plus âgé que lui.

— Attends de me voir arriver à Anchorage dans mon Hummer [1] tout neuf et tu seras bien obligé de me croire, conclut Barnes d'un ton indigné.

— Ça reste à voir. En attendant, faudrait qu'tu vérifies l'anémomètre. Y a plus d'enregistrement de vent.

— Et profite pas que je suis sur le toit pour me piquer mes droits sur le filon, conclut Barnes en riant avant d'enfiler un gros blouson.

— Pas de danger l'ami, pas de danger.

*

Pendant ce temps, trois kilomètres plus à l'est, Sarah Manson retirait avec peine ses gants sous sa tente. Il faisait pourtant près de

---

1. Gros véhicule tout-terrain, dérivé du Humvee de l'armée américaine (*NdT*).

10 °C, mais, avec ce vent qui soufflait de la mer, la température apparente était beaucoup plus basse. Elle s'était trempée en rampant sur les rochers lessivés par la mer et elle ne sentait plus ses phalanges. En franchissant une ravine, elle avait essayé d'oublier ses mains gelées et de se concentrer sur ce qu'elle était venue faire : s'approcher le plus près possible de ce qui l'occupait. Après avoir remonté un sentier parsemé de têtes de roche, elle était redescendue jusqu'à un endroit situé près d'un haut-fond.

Là, à moins de dix mètres, se trouvait une bruyante colonie de lions de mer qui se doraient au bord de l'eau. Une douzaine environ de ces mammifères enrobés de graisse étaient serrés les uns contre les autres comme des touristes sur une plage de Rio, tandis que quatre ou cinq autres se baignaient dans le ressac. Deux jeunes mâles se défiaient en poussant des grognements et essayaient d'attirer l'attention d'une femelle, laquelle ne montrait pas le moindre signe d'intérêt pour ses soupirants. Plusieurs bébés phoques, béats, restaient blottis près du ventre de leurs mères.

Sortant un calepin de la poche de sa veste, Sarah entreprit de noter les particularités de chaque animal, estimant en particulier leur âge, leur sexe, leur condition physique. Elle les examinait un par un, aussi précisément que possible, afin d'y détecter des signes de spasme musculaire, des sécrétions nasales ou oculaires, des bruits respiratoires anormaux. Au bout d'une heure d'observation ou presque, elle remit le carnet dans sa poche en espérant qu'elle arriverait à relire ce qu'elle avait écrit de ses doigts gelés.

Elle recula en empruntant le même chemin pour s'éloigner de la colonie et entreprit de rentrer par la ravine. Ses semelles avaient laissé leur empreinte dans l'herbe rase, la chose était donc facile. Elle suivit sa trace dans les terres et entama une montée en pente douce. L'air frais venu de la mer lui faisait du bien, elle respirait à pleins poumons, la beauté incomparable de cette île lui redonnait de l'énergie, elle se sentait revivre. C'était une jeune femme d'une trentaine d'années, mince, pommettes saillantes, avec des cheveux de lin et de jolis yeux noisette, qui adorait la vie au grand air. Elle avait grandi à la campagne, dans le Wyoming, et elle passait tous ses étés à cheval avec deux frères exubérants, à parcourir les monts Teton. Son amour de la nature sauvage l'avait conduite à faire des études de médecine vétérinaire à l'université du Colorado, toute proche. Après avoir occupé quelques postes de chercheur sur la côte est, elle avait suivi l'un de ses professeurs préférés au Centre fédéral d'Etudes épidémiologiques, moyennant la promesse qu'elle ne resterait pas indéfiniment confinée dans un laboratoire. Son rôle de chercheur de terrain au CEE lui permettait de combiner sa passion pour les animaux sauvages et son goût pour la vie au grand air : elle était chargée d'étudier chez les animaux les maladies qui pouvaient présenter un danger pour l'homme.

Cette mission aux Aléoutiennes était le genre d'aventure auquel elle aspirait, même si la vraie raison de sa présence était l'amour qu'elle portait aux animaux. On avait noté récemment un nombre inexplicable de décès chez les lions de mer sur la côte ouest de la péninsule, phénomène qu'aucune catastrophe écologique, aucune action humaine ne pouvait expliquer. Sarah et deux de ses collègues avaient été envoyés de Seattle pour tenter de déterminer l'étendue de l'épidémie. L'équipe avait commencé par l'île la plus au large, Attu, avant de sauter d'île en île pour y déceler les signes de la maladie et ce, jusqu'aux côtes de l'Alaska. Tous les trois jours, un hydravion venait les rechercher et les emmenait sur l'île suivante avec le ravitaillement. C'était la seconde journée de Sarah à Yunaska et elle n'avait trouvé aucun symptôme de maladie chez les lions de mer, ce qui, d'une certaine façon, la soulageait.

La jolie scientifique franchit les trois kilomètres qui la séparaient du campement que l'on repérait sans peine, trois tentes rouge vif montées un peu plus loin. Un solide barbu habillé d'une chemise de flanelle et d'un vieux tee-shirt de base-ball, celui des Seattle Mariners, farfouillait dans la grosse glacière lorsque Sarah arriva au camp.

— Tiens, Sarah, te voilà. Sandy et moi, on était en train de se demander ce qu'on allait faire pour le déjeuner, lui dit Irv Fowler avec un large sourire.

Homme de caractère facile, Fowler approchait de la cinquantaine, mais il en paraissait dix de moins et se comportait comme un gamin.

Une petite rousse sortit en rampant d'une tente, tenant dans ses mains une marmite et une louche. Elle leva les yeux au ciel et se mit à rire :

— Irv fait toujours des projets pour le déjeuner.

— Et alors, vous deux, qu'avez-vous fait ce matin ? leur demanda Sarah.

— Sandy a recopié les observations. Nous avons repéré une grosse colonie de stellers sur l'une des plages, à l'est, ils sont gras comme des moines et semble-t-il en bonne santé. J'ai trouvé un

34

cadavre, mais plutôt mort de vieillesse. J'ai quand même fait un prélèvement pour le labo.

Tout en parlant, Fowler allumait le réchaud à gaz.

— Ça colle bien avec ce que j'ai observé de mon côté. On dirait que la maladie n'a pas touché les lions de mer de cette île de rêve, répondit Sarah en admirant le paysage verdoyant qui les entourait.

— On pourrait aller vérifier cet après-midi la colonie qui vit sur la côte ouest. Notre pilote ne sera pas là avant demain matin.

— Ça fait une bonne trotte, mais on pourrait s'arrêter chez les gardes-côtes. Si je me souviens bien, le pilote nous a dit que la station était habitée à cette époque de l'année.

— En attendant, annonça pompeusement Fowler en posant la marmite sur le feu, voici la spécialité de la maison !

— Ah non, s'écria Sandy, pas ce truc à vous faire cracher du feu !

— Eh si. Cajun chili du jour, répondit en riant Fowler, tout en finissant de gratter le contenu brun foncé d'une grosse boîte de conserve.

— Comme on dit à La Nouvelle-Orléans, commenta Sarah en riant, « *laissez le bon temps rouler* [1] ».

*

Ed Stimson observait l'écran vert du radar sur lequel grandissait un nuage de points blancs, en haut de l'affichage. C'était un front orageux modéré, qui s'étendait à deux cent milles dans le sud-ouest. Et dont Stimson pouvait prédire qu'il allait arroser l'île pendant plusieurs jours. Un raclement au-dessus de sa tête troubla sa concentration. Barnes était encore sur le toit, en train de se débattre avec l'anémomètre.

Il entendit soudain une conversation entrecoupée de crachotements dans le poste radio fixé sur une cloison. Les bavardages météorologiques des pêcheurs qui travaillaient dans les parages constituaient l'essentiel du trafic plus ou moins audible qu'ils captaient sur l'île. Stimson essaya de régler le poste : il ne comprenait rien à ce qui se disait. Puis la radio se tut et Stimson perçut un bruit sourd, étrange, qui venait de dehors. On aurait dit un avion à réaction. Le bruit continua ainsi pendant plusieurs longues secondes, puis diminua d'intensité, avant de se terminer par un gros craquement.

---

1. En français dans le texte (*NdT*).

Songeant qu'il pouvait s'agir d'un orage, Stimson changea d'échelle sur l'écran radar et la régla sur vingt nautiques. On ne voyait rien d'autre qu'une barre de nuages assez clairsemés, mais rien qui ressemble à des cumulonimbus. Il se dit que l'armée de l'air devait encore se livrer à ses facéties. Il se souvenait encore du trafic aérien intense que l'on observait dans la zone, au temps de la guerre froide.

Les gémissements du chien, Max, qui était resté dehors, le tirèrent de ses réflexions.

— Eh ben, Max, qu'est-ce qui se passe ? dit Stimson en ouvrant la porte.

Le husky laissa échapper un hurlement déchirant et se retourna, tremblant, vers son maître qui se tenait dans l'embrasure. Stimson, bouleversé, vit que son chien avait les yeux révulsés et que l'écume lui pendait à la gueule. Le chien resta ainsi un moment à vaciller d'avant en arrière, puis bascula sur le flanc et tomba avec un bruit sourd.

— Putain ! Mike, descends de là-haut, vite ! cria-t-il à son coéquipier.

Barnes avait commencé à descendre l'échelle, mais il avait du mal à trouver les barreaux. Arrivé près du sol, son pied gauche manqua le dernier échelon et il tomba par terre où il resta à demi allongé, cramponné à l'un des montants.

— Mike, le chien vient juste... eh, ça va ? fit Stimson, comprenant soudain qu'il se passait quelque chose d'anormal.

Il accourut, Barnes respirait avec difficulté, il avait les yeux presque aussi vitreux que ceux de Max. Il passa le bras autour des épaules du jeune homme et, le soulevant à moitié, l'emmena dans la cabane et l'assit sur une chaise.

Barnes, courbé en deux, fut pris de violents haut-le-cœur. Puis il se redressa en se cramponnant au bras de Stimson. Suffoquant, la voix rauque, il réussit à articuler :

— Y a quequ'chose dans l'air.

Il n'avait pas plus tôt prononcé ces quelques mots que ses yeux se révulsèrent et qu'il tomba sur le sol. Mort.

Stimson tenta de le relever, mais il avait l'impression que tout tournait. Il avait mal à la tête, ressentait de violents élancements, c'était comme s'il avait les poumons serrés dans un étau. Il se dirigea en titubant vers la radio et appela au secours, s'efforçant de répéter les dernières paroles de Barnes. Mais il n'arrivait plus à remuer les lèvres, son visage était paralysé. Il avait très chaud, comme si un feu invisible consumait ses organes. Il essaya encore d'aspirer de l'air, mais il n'y voyait plus rien. Finalement, il chancela et tomba raide mort lui aussi.

*

A six kilomètres à l'est de la station, les trois chercheurs du CEE terminaient tout juste leur déjeuner lorsqu'ils furent frappés par une onde mystérieuse et mortelle. Sarah, la première, comprit qu'il se passait quelque chose d'étrange lorsqu'elle vit des oiseaux qui passaient en vol s'arrêter soudain dans les airs comme s'ils avaient heurté un mur invisible et chuter en vrille. Sandy tomba la première, elle avait les mains crispées sur son ventre et la douleur la pliait en deux.

— Eh dis-moi, mon chili n'était tout de même pas mauvais à ce point ! lui cria Fowler pour rigoler.

Mais il fut pris à son tour de vertiges et de nausées.

Sarah s'était levée pour aller chercher une bouteille d'eau dans la glacière lorsqu'elle ressentit une brûlure aux jambes. Ses cuisses étaient secouées de spasmes.

— Mais qu'est-ce qui se passe ? fit avec difficulté Fowler qui essayait de réconforter Sandy, avant de s'effondrer à son tour.

Sarah avait l'impression que le temps s'était figé, tous ses sens se brouillaient. Elle s'écroula au sol, ses muscles ramollis refusaient d'obéir aux ordres que donnait son cerveau. Elle avait l'impression que ses poumons se recroquevillaient, respirer lui causait des souffrances insupportables. Un bruit sourd résonnait dans ses oreilles ; allongée sur le dos, les yeux fixes, elle resta là à contempler le ciel. Elle sentait les brins d'herbe la caresser, mais elle était paralysée, incapable de remuer.

Son cerveau s'embruma et un voile noir rétrécit son champ de vision. Mais un objet réactiva soudain ses sens engourdis. Dans une mer de grisaille, elle vit surgir une apparition, un fantôme étrange aux cheveux noirs, dont le visage semblait fondre comme de la matière plastique. Elle sentit l'inconnu la regarder de ses yeux gigantesques, des yeux de dix centimètres de diamètre, transparents. Mais il semblait y avoir, sous ces lentilles cristallines, une seconde paire d'yeux qui la regardaient avec chaleur et gentillesse. Des yeux verts, opalins. Puis tout devint noir.

Chapitre 2

LORSQUE Sarah reprit connaissance, elle vit au-dessus d'elle une canopée grisâtre, plate et sans un nuage. Au prix d'un grand effort, elle comprit qu'il s'agissait non pas du ciel mais d'un plafond. Elle prit peu à peu conscience qu'elle reposait sur un lit moelleux et qu'elle avait un gros oreiller sous la tête. Elle portait un masque à oxygène ; elle l'enleva, mais ne toucha pas à l'aiguille de l'intraveineuse plantée dans son bras. Elle commença à observer ce qu'il y avait autour d'elle et découvrit une petite pièce sobrement décorée. Il y avait un bureau dans un coin, surmonté d'une peinture ancienne, un paquebot impressionnant. Un peu plus loin, une petite baignoire. Le lit dans lequel elle était allongée était fixé au mur. La porte qui donnait sur le couloir était ouverte, et son seuil était surélevé. Elle avait l'impression que toute sa chambre roulait et se demanda si c'était sa tête qui créait cette illusion, sous l'effet du sang qui lui battait aux tempes.

Elle détecta un mouvement du coin de l'œil et se tourna vers la porte. Elle aperçut une silhouette, quelqu'un la regardait avec un léger sourire. C'était un homme de haute taille, aux épaules larges, mais qui avait pourtant quelque chose d'un peu frêle. Il était jeune, à peine la trentaine peut-être, mais se mouvait avec l'assurance d'un homme plus mûr. Sa peau était hâlée, la peau de quelqu'un qui passe une bonne partie de son temps dehors. Sous ses cheveux noirs ondulés, son visage était rude, plus intrigant que beau au sens classique du terme. Mais on remarquait surtout ses yeux : il émanait d'eux une sorte d'aura. Ils étaient d'un vert très sombre et on y lisait l'intelligence, le goût de l'aventure, une grande honnêteté, le tout inextricablement mêlé. C'étaient les yeux d'un homme à qui l'on peut faire toute confiance. Sarah se rappela que c'étaient ces mêmes yeux verts qu'elle avait vus au campement, avant de sombrer dans le noir.

— Salut, la Belle au bois dormant.

Il avait une voix chaude, profonde.

— C'est... c'est vous que j'ai vu au camp... bredouilla Sarah.

— Exact. Pardonnez-moi si je ne me suis pas présenté là-bas, Sarah. Je m'appelle Dirk Pitt.

Il omit d'ajouter : *junior*, car il portait le même prénom que son père.

— Et vous savez qui je suis ? lui demanda-t-elle, encore tout ébahie.

— Oui, enfin, pas vraiment, répondit-il avec un sourire doux, mais un savant très intelligent du nom de Irv m'a parlé de vous et de vos recherches à Yunaska. On dirait qu'il a empoisonné tout le monde, avec son chili.

— Irv et Sandy ! Ils sont sains et saufs ?

— Oui, ils ont fait un petit roupillon, comme vous, mais maintenant, ça va mieux. Ils se reposent à côté.

Lisant dans ses yeux sa surprise, il lui mit la main sur l'épaule pour la rassurer.

— Ne vous en faites pas, vous êtes entre de bonnes mains. Vous vous trouvez à bord d'un navire de recherche océanographique de l'Agence nationale de recherches sous-marines, le *Deep Endeavor*. Nous revenions d'une campagne dans la fosse des Aléoutiennes quand nous avons capté un message de détresse émis par la station des gardes-côtes de Yunaska. J'ai pris un hélicoptère pour y aller et j'ai aperçu par hasard votre campement au retour. Ce qui m'a permis de vous offrir, à vous et à vos amis, une petite balade aérienne tous frais payés. Mais vous avez dormi sans arrêt, conclut Dirk, faisant mine d'être déçu.

— Je suis désolée, murmura Sarah, confuse. Je crois que je vous dois mille remerciements, M. Pitt.

— S'il vous plaît, appelez-moi Dirk.

— Très bien, Dirk, fit-elle dans un sourire.

En prononçant ce nom, elle sentit comme un étrange vertige.

— Et comment vont les gens de la station ?

Le visage de Dirk s'assombrit et son regard se voila.

— Nous sommes arrivés trop tard. Nous avons trouvé là-bas deux hommes et un chien, tous morts.

Sarah sentit un grand frisson courir le long de sa colonne vertébrale. Deux hommes étaient morts, ses compagnons et elle-même en avaient réchappé de peu. Tout cela était insensé. Elle lui demanda, encore sous le choc de la nouvelle :

— Mais qu'a-t-il bien pu se passer ?

— Nous l'ignorons. Le médecin de bord effectue quelques analyses, mais vous imaginez bien que nous n'avons pas beaucoup de moyens. Cela ressemble à un dégagement de toxines, à des vapeurs qui se seraient répandues dans l'atmosphère. Une chose est certaine, le garde-côte qui nous a appelés au secours a affirmé qu'il y avait quelque chose dans l'air. Nous sommes arrivés avec des masques à gaz et il ne nous est rien arrivé. Nous avions même emporté quelques souris blanches avec nous. Elles ont toutes survécu et ne montrent aucun symptôme apparent. Cela signifie donc que, quel que soit ce produit toxique, il s'était déjà dissipé à notre arrivée. Et vous et votre équipe deviez vous trouver loin de la source car vous avez été moins atteints.

Sarah baissa les yeux, atterrée. L'horreur de ce massacre la submergeait, elle se sentait épuisée. Elle avait envie de dormir pour oublier, en espérant que ce n'était qu'un mauvais rêve.

— Sarah, je vais demander au médecin de passer vous voir, puis vous allez dormir. Un peu plus tard, si ça vous dit, je vous ferai porter un peu de crabe pour votre dîner, d'accord ?

Tout cela dit avec un grand sourire.

Sarah tenta de l'imiter.

— Oui, volontiers, murmura-t-elle avant de retomber sur son oreiller.

Elle s'endormit.

*

Kermit Burch, le capitaine du *Deep Endeavor*, était en train de lire un fax lorsque Dirk arriva à la passerelle par l'aileron tribord. Burch, homme d'expérience, acheva de prendre connaissance du document avant de lever les yeux vers Dirk l'air un peu ennuyé.

— Nous avons prévenu les gardes-côtes et le ministère de l'Intérieur, mais personne ne compte faire quoi que ce soit tant que les autorités locales n'auront pas rendu leur rapport. Le policier en poste à Atka est la seule autorité habilitée dans le coin et il n'arrivera pas dans l'île avant demain matin. Deux morts, dit-il, l'air dégoûté, et ils traitent ça comme s'il s'agissait d'un accident.

— Nous n'avons pas grand-chose à nous mettre sous la dent, répondit Dirk. J'en ai touché un mot à Carl Nash, notre spécialiste en environnement marin, qui en connaît un rayon sur les polluants terrestres. D'après lui, on constate parfois des émissions naturelles nocives, par exemple, des émissions volcaniques qui contiennent des sulfures, et qui pourraient être à l'origine des décès. Autre possibilité, une forte concentration de polluants industriels, mais je n'ai jamais entendu parler d'installations chimiques dans les Aléoutiennes.

— Le policier me dit que ça lui rappelle un cas classique d'empoisonnement au monoxyde de carbone, peut-être dégagé par le générateur de la station. Bien sûr, cela n'explique pas ce qui est arrivé à nos amis du CEE, qui ont subi les mêmes effets alors qu'ils se trouvaient à six kilomètres de là.

— Ni le cas du chien que j'ai retrouvé à l'extérieur de la cahute, ajouta Dirk.

— Ces chercheurs du CEE pourront peut-être vous éclairer sur le sujet. A propos, comment vont-ils ?

— Ils sont encore un peu sonnés. Ils ne se souviennent pas de grand-chose, sinon que le malaise leur est tombé dessus très brusquement.

— Plus vite nous pourrons les conduire à l'hôpital, mieux ce sera. L'aérodrome le plus proche se trouve à Unalaska, on peut y être en moins de quatorze heures. Je vais demander par radio qu'on prépare une EVASAN[1] pour les transférer à Anchorage.

— Capitaine, j'aimerais bien repartir avec l'hélicoptère pour faire une reconnaissance sur l'île. Peut-être que quelque chose nous a échappé la première fois, on n'est pas restés longtemps sur place. Pas d'objection ?

— Non... enfin, à condition que vous emmeniez ce rigolo du Texas avec vous, répondit le capitaine avec un sourire un peu forcé.

*

---

1. Evacuation sanitaire *(NdT)*.

Alors que Dirk, installé dans le siège du pilote à bord du Sikorsky S-76C+ de la NUMA, déroulait la liste de procédures avant vol, un gaillard aux cheveux couleur paille, doté d'une épaisse moustache, arriva sur la plate-forme hélico. Il portait des bottes de cowboy en sale état, ses bras étaient noueux et son air bougon cachait un sens de l'humour assez ravageur. Jack Dahlgren faisait penser à un cavalier qui se serait égaré en se rendant à un rodéo. Connu pour ses plaisanteries, Dahlgren s'était mis Burch dans la poche dès sa première nuit à bord en ajoutant une bonne dose de rhum dans la machine à café de l'office. C'était un ingénieur de haut vol qui avait passé sa jeunesse dans l'ouest du Texas et qui en connaissait un bout en matière de chevaux, d'armes à feu et de mécanique.

— C'est l'île magnifique dont m'a parlé mon agence de voyages ? demanda-t-il à Dirk en passant la tête par la vitre coulissante du cockpit.

— Grimpe, mon vieux, tu vas pas être déçu. Jamais de ta vie tu verras plus d'eau de mer, de rochers et de lions de mer.

— Génial. Je te file vingt-cinq cents de plus si tu me dégotes un bar et une serveuse en minijupe.

— Je vais voir ce que je peux faire, répondit Dirk en souriant, tandis que Dahlgren grimpait dans le cockpit.

Les deux hommes étaient amis depuis des années, depuis l'époque où ils étudiaient ensemble l'océanographie à l'université de Floride. Passionnés de plongée, ils séchaient les cours pour aller pêcher au harpon sur le récif de corail qui s'étend devant Boca Raton. Le produit de leur pêche, grillé au barbecue sur la plage, leur servait à draguer les étudiantes de l'endroit. Après avoir obtenu son diplôme, Jack avait complété sa formation à l'école des officiers de réserve de la marine, tandis que Dirk faisait sa maîtrise au Collège naval de New York, tout en suivant les cours d'une école de plongée civile. Les deux hommes s'étaient retrouvés lorsque Dirk avait rejoint son père à la NUMA comme directeur des projets spéciaux. Il avait convaincu son ami de venir travailler au sein de cette prestigieuse société de recherche.

Après avoir plongé en tandem pendant des années, les deux hommes étaient unis par des liens si forts qu'ils n'avaient plus besoin de parler pour se comprendre. Ils savaient qu'ils pouvaient compter l'un sur l'autre et n'étaient jamais aussi bons que dans les situations de crise. A l'air déterminé de Dirk, une expression qu'il connaissait bien, Dahlgren comprit que son ami était profondément préoccupé par les mystérieux événements survenus à Yunaska, et bien décidé à les tirer au clair.

Le Sikorsky s'éleva en douceur de la petite plate-forme montée au milieu du bâtiment. Dirk commença par grimper à cent pieds avant de s'immobiliser en vol stationnaire pour admirer la vue qu'ils avaient du navire de la NUMA. Avec son fort maître-bau, sa coque turquoise et ses 90 mètres de long, le *Deep Endeavor* était un peu courtaud. Mais son manque d'élégance lui donnait la stabilité idéale que l'on attend d'une plate-forme destinée à mettre en œuvre la quantité de mâts de charges et de grues divers installés sur la grande plage arrière. Posé sur ses chantiers en plein milieu, un sous-marin jaune vif brillait comme une pierre précieuse au soleil de cette fin d'après-midi, entouré de mécanos qui bricolaient ses propulseurs et ses équipements électroniques. L'un d'eux se redressa pour agiter sa casquette dans leur direction. Dirk lui rendit son salut avant de mettre cap au nord-est pour rejoindre l'île de Yunaska, à dix milles de là.

— On retourne à Yunaska? lui demanda Dahlgren.

— Oui, à la station des gardes-côtes qu'on est allés voir ce matin.

— Génial, maugréa Dahlgren. On joue les corbillards volants?

— Non, on cherche juste ce qui a pu tuer ces hommes et leur chien.

— Source animale, végétale ou minérale? demanda Dahlgren dans le micro de son casque, tout en mâchouillant un énorme chewing-gum.

— Les trois. Carl Nash m'a dit qu'un nuage toxique pouvait s'échapper de n'importe quoi: d'un volcan, d'algues qui prolifèrent. Sans parler des polluants industriels de toutes sortes.

— T'as qu'à t'arrêter dès qu'tu vois un phoque, je lui demanderai de nous indiquer l'usine de pesticides la plus proche.

— Tiens, à propos, où est Basil? demanda Dirk en regardant autour de lui.

— T'inquiète, elle est là, bien tranquille.

Dahlgren sortit une petite cage de dessous son siège et la leva à bout de bras: il y avait une minuscule souris blanche à l'intérieur. Elle se tourna vers lui en promenant son regard dans tous les sens.

— Respire à fond, ma p'tite, ce n'est pas le moment de roupiller, déclara Dahlgren au rongeur.

Il fixa la cage à une sangle qui pendait du plafond et la souris se retrouva comme un canari dans une mine de charbon, chargée de réagir aux émanations toxiques et ainsi de donner l'alerte.

L'île couverte d'herbe émergea de la mer gris ardoise devant eux. Quelques nuages couronnaient le plus haut des deux volcans éteints. Dirk augmenta l'altitude au fur et à mesure qu'ils approchaient de la côte à pic, avant de basculer sur le flanc gauche pour suivre le bord de l'eau. Ils entamèrent le tour de l'île dans le sens inverse des aiguilles d'une montre et aperçurent au bout de quelques minutes l'abri jaune des gardes-côtes. Dirk stabilisa l'hélico et ils examinèrent tous deux les environs, à la recherche de quelque indice anormal. Dirk aperçut le cadavre de Max, toujours étendu près de la porte. Il essaya de chasser cette vision, qui lui rappelait le spectacle d'horreur qu'ils avaient trouvé là le matin. Dominant ses émotions, il se creusa la cervelle pour découvrir l'origine de ce vent mortel.

Il montra à Dahlgren d'un signe de menton quelque chose à droite, à travers le pare-brise.

— Les vents dominants sont de secteur ouest, la source de pollution doit donc se trouver par là, sur la côte. Ou même, au large.

— Ça paraît logique. Les gens du CEE campaient plus à l'est, ils ont évidemment ramassé une dose plus faible de ce gaz mystérieux, répondit Dahlgren qui scrutait la côte à l'aide de ses jumelles.

Dirk appuya sur le cyclique et l'hélicoptère s'éloigna de la cabane jaune. Pendant toute l'heure qui suivit, ils s'usèrent les yeux à fouiller les étendues herbeuses à la recherche d'indices de dégagements naturels ou artificiels. Dirk enchaîna une série d'arcs semi-circulaires orientés nord-sud d'un bout à l'autre de l'île. Ils firent ainsi des allers-retours jusqu'à atteindre la côte ouest. Ils retournèrent alors à la verticale de la station des gardes-côtes.

— Que de l'herbe et des cailloux, grommela Dahlgren. En ce qui me concerne, les phoques peuvent se les garder.

— A ce propos, regarde donc ce qu'on a en dessous de nous, lui dit Dirk.

Sur une petite plage de galets, une demi-douzaine de lions de mer semblaient se dorer aux derniers rayons de soleil. Dahlgren se pencha pour y voir de plus près et fronça soudain les sourcils, stupéfié.

— Putain, ils bougent pas. Ils ont tout pris dans la tronche, eux aussi.

— Le gaz ne devait pas venir de l'île, mais de plus loin en mer, ou encore d'une autre île.

— Le prochain caillou vers l'ouest, c'est Amukta, fit Dahlgren en regardant la carte.

Dirk distinguait nettement la forme gris sale de l'île sur l'horizon.

— C'est à une vingtaine de milles. Je pense qu'on a le temps d'aller y faire un petit tour avant d'être à sec, dit Dirk après avoir jeté un coup d'œil à la jauge de carburant. Ça ne t'ennuie pas si tu loupes ton rendez-vous avec la pédicure au salon de beauté du bateau ?

— Tu parles, je la verrai en même temps que ma masseuse demain matin, répliqua Dahlgren.

— Je vais prévenir Burch, annonça Dirk en pianotant pour changer de fréquence radio.

— Dis-lui d'avertir aussi les cuisines, qu'ils nous attendent pour le souper, ajouta Dahlgren en se massant l'estomac.

Tout en établissant la liaison, Dirk fit virer le Sikorsky et mit le cap sur Amukta en rasant les vagues. Le gros hélicoptère, conçu pour desservir les plates-formes pétrolières, volait sans problème depuis dix minutes entre les mains expertes de son pilote lorsque Dahlgren désigna à Dirk un objet qui venait d'apparaître à l'horizon. La petite tache blanche grossit à vue d'œil et se révéla être un gros bateau dont on apercevait maintenant le sillage. Sans dire un mot, Dirk enfonça le palonnier du pied gauche et mit le nez de l'hélico dans sa direction. Ils virent bientôt qu'il s'agissait d'un chalutier à coque métallique qui faisait route au suroît à pleine vitesse.

— Il aurait besoin d'un bon coup de peinture, dit Pitt en baissant un peu la manette des gaz pour se mettre à la même vitesse que le bateau.

Même s'il ne semblait pas très vieux, ce bateau de pêche présentait des signes de fatigue. Partout des éraflures, des bosses, des traces de graisse, sur la coque comme sur l'ouverture de la cale. Sa peinture blanche d'origine se résumait à quelques traces là où la rouille n'avait pas remporté le combat. Bref, un chalutier qui avait l'air aussi usé que les pneus suspendus le long de sa coque comme un chapelet de donuts. Comme de nombreux bateaux du même genre, apparemment mal tenus, il était néanmoins équipé de deux diesels tout neufs qui le propulsaient à bonne vitesse dans la lame en lâchant à peine un filet de fumée noire.

Dirk inspecta le navire sans trouver le moindre pavillon susceptible d'indiquer sa nationalité. Sur les deux bords de l'étrave comme sur le tableau arrière, pas de nom ni de port d'attache. Tandis qu'il inspectait la plage arrière, deux Asiatiques en bleu de chauffe apparurent et levèrent des yeux inquiets vers l'hélicoptère.

— Dis donc, ils ont pas l'air très sympas, fit Dahlgren en leur adressant un grand geste bienveillant.

Les deux marins se contentèrent d'afficher un air renfrogné.

— Tu ne serais pas plus amical qu'eux si tu bossais sur cette épave pourrie, répondit Dirk en se plaçant en vol stationnaire derrière le bateau. Tiens, dis-moi, il n'y a rien qui te frappe sur ce bateau de pêche?

— Tu veux parler de l'absence d'équipements de pêche?

— Précisément, répondit Dirk en s'approchant un peu plus du chalutier.

Il nota la présence au centre du pont d'un tripode d'environ cinq mètres de haut. On ne voyait pas une seule trace de rouille sur la structure, ce qui montrait qu'il s'agissait d'une adjonction récente. A la base du tripode, on notait un marquage grisâtre en forme d'étoile.

Comme l'hélicoptère se rapprochait, les deux hommes sur le pont se mirent soudain à échanger des propos animés, puis s'engouffrèrent dans une descente. En haut des marches, cinq carcasses de lions de mer étaient alignées côte à côte comme des sardines dans leur boîte. Un peu plus loin, dans une petite cage en fer, trois autres, mais vivants ceux-là.

— Depuis quand le marché de blanc de phoque dépasse celui des pinces de crabe? lâcha Dahlgren.

— Je ne sais pas, mais je ne crois pas que les Esquimaux aimeraient apprendre que ces gars-là leur piquent leur dîner.

Puis il y eut un éclair: on leur tirait dessus. Dirk s'en aperçut du coin de l'œil et pressa instinctivement le palonnier tandis que le Sikorsky effectua un demi-tonneau. Cette manœuvre leur sauva la vie. Comme l'hélicoptère commençait à virer, une gerbe de balles vint s'écraser devant les pilotes, dans la console d'instruments. Le panneau, les indicateurs, la radio, tout éclata en miettes, mais, par bonheur, aucun des composants mécaniques vitaux n'était touché.

— Faut croire qu'il a pas aimé ta remarque sur les Esquimaux, dit froidement Dahlgren.

Les deux hommes en combinaison avaient réapparu, et les mitraillaient au fusil automatique.

Sans répondre, Dirk poussa les gaz au maximum pour se dégager. Du bateau, les deux hommes tiraient toujours bêtement sur le cockpit et le fragile rotor était épargné. A l'intérieur de l'appareil, le bruit des rafales se perdait dans le hurlement des turbines. Dirk et Dahlgren n'entendaient que les impacts sur le fuselage, derrière eux.

Dirk fit décrire à l'hélico un grand arc de cercle pour passer à tribord du chalutier, ce qui les mettait à l'abri derrière l'îlot de passerelle, et mit le cap sur Amukta que l'on apercevait dans le lointain.

Mais le mal était fait : le poste de pilotage était envahi par la fumée, et les commandes devenaient de plus en plus dures. Un déluge de plomb avait pulvérisé l'électronique, percé les tuyaux hydrauliques, criblé les cadrans. Dahlgren sentit quelque chose de chaud sur sa cheville : il se pencha, il avait un petit trou bien propre dans le mollet. Les turbines aussi avaient été touchées, mais le rotor tournait toujours en hoquetant.

— Je vais essayer d'atteindre l'île, mais dans le doute, prépare-toi à sauter ! cria Dirk à Dahlgren par-dessus le vacarme des pales.

La cabine était enfumée et dans l'odeur âcre des câbles cramés, Dirk distinguait à peine l'île.

Le manche tressautait entre ses mains comme un marteau-piqueur et il avait besoin de toutes ses forces pour garder l'appareil stable. Le rivage était proche, mais le Sikorsky commença à piquer, il crachait de la fumée de partout, les roues rasaient le ressac. A deux doigts de la plage, les turbines endommagées rendirent l'âme. Elles ingurgitèrent une dernière fois leurs propres débris, laissèrent échapper une sorte de gémissement et s'arrêtèrent enfin dans un grand *peuf*.

Au même moment, Dirk tira à fond sur le collectif pour essayer de garder de la hauteur. Le rotor de queue toucha l'eau et, faisant office d'ancre flottante, commença à freiner l'appareil. Le Sikorsky resta encore un moment suspendu dans les airs, puis la gravité prit le dessus et le fuselage heurta la surface dans un grand claquement. Le rotor principal tournait toujours, fouettant les vagues, mais l'impact finit par le briser en morceaux, l'arbre d'entraînement céda et l'ensemble décolla sur une quinzaine de mètres avant de s'écraser dans de grandes gerbes.

Le fuselage avait tenu le coup pendant l'amerrissage, il rebondit d'abord avant de se faire aspirer sous les vagues. A travers le pare-brise en miettes, Dirk aperçut une vague qui se brisait sur une plage de sable, puis l'eau glacée envahit la cabine et son corps tout entier se raidit, saisi par le froid. Tandis que Dahlgren donnait des coups de pied dans la porte latérale pour essayer de l'ouvrir, le niveau de l'eau atteignit le plafond. Les deux hommes renversèrent alors la tête en arrière et avalèrent une dernière goulée d'air avant que l'eau trouble ne les engloutisse. Puis l'hélicoptère bleu turquoise disparut sous la surface dans un tourbillon de bulles et sombra vite vers le fond rocheux.

Chapitre 3

APRÈS AVOIR perdu le contact radio avec son hélicoptère, le capitaine Burch déclencha l'opération de sauvetage. Il dirigea le *Deep Endeavor* vers la dernière position communiquée par Dirk et commença une recherche visuelle en décrivant des zigzags d'axe général ouest entre Yunaska et Amukta. On avait rappelé tous les hommes disponibles sur le pont pour scruter l'horizon, à la recherche des hommes ou de l'hélicoptère, tandis qu'au local le radio appelait sans relâche l'aéronef disparu.

Au bout de trois heures, ils n'avaient toujours retrouvé aucune trace de l'appareil et l'équipage commença à s'inquiéter. Le *Deep Endeavor* s'était avancé jusqu'à Amukta, qui n'était guère plus qu'un cône volcanique abrupt surgi de la mer. Le crépuscule approchait, le ciel rougissait à l'ouest et le jour baissait. Leo Delgado, le second, étudiait les pentes escarpées de la montagne lorsqu'une tache à peine visible attira son regard.

— Capitaine, j'aperçois de la fumée sur le rivage, annonça-t-il en lui montrant du doigt un petit point brouillé.

Burch prit ses jumelles et observa l'endroit pendant plusieurs secondes.

— Des débris qui finissent de brûler? suggéra Delgado, qui redoutait déjà la réponse.

— Possible. Ou quelqu'un qui a allumé un feu pour signaler sa présence. On est trop loin pour le dire. Delgado, prenez le zodiac avec deux hommes et allez voir. Je vais m'approcher autant que possible.

— Bien capitaine, répondit le second.

49

Le capitaine n'avait pas fini sa phrase qu'il avait déjà quitté la passerelle.

Le temps d'affaler le zodiac, une bonne brise s'était levée avec un fort clapot. Delgado et les deux marins se faisaient doucher tandis que le pneumatique sautait sur les lames. Ils avaient hâte d'arriver. Le ciel était presque noir, le barreur avait du mal à repérer les petites volutes de fumée sur le fond sombre de l'île. Elle était entourée d'une ligne de récifs assez abrupts et Delgado se demandait même s'ils arriveraient à atteindre la côte. Il finit par apercevoir la lueur d'une flamme et dirigea l'embarcation dans cette direction. Ils découvrirent une passe étroite entre les rochers qui donnait accès à une petite plage parsemée de galets. En mettant les gaz à fond, ils réussirent à faire passer le canot de quatre mètres sur la crête et s'échouèrent sur la plage en raclant quelques cailloux avant de s'immobiliser.

Delgado sauta à terre et se mit à courir dans la direction du feu. Il y avait là deux silhouettes penchées sur les braises, deux hommes qui essayaient de se réchauffer et lui tournaient le dos.

— Pitt ? Dahlgren ? Ça va ? leur demanda Delgado d'une voix hésitante.

Il n'osait pas encore trop s'approcher.

Les deux naufragés, trempés jusqu'aux os, se tournèrent vers lui comme si on les dérangeait au beau milieu d'une réunion importante. Dahlgren tenait entre ses doigts une pince de crabe qu'il avait déjà à moitié dévorée. Un tout petit museau blanc sortait de sa poche et flairait l'air nocturne. Dirk se leva, il tenait un énorme crabe embroché sur un bâton au-dessus de la flamme, dont les longues pattes étaient encore agitées de soubresauts .

— Eh bien, fit Dirk en arrachant une grosse pince à son crustacé, ça irait mieux si on avait un peu de citron et du beurre.

*

Après avoir raconté à Burch l'épisode de leur rencontre avec le chalutier, Dirk et Dahlgren descendirent à l'infirmerie pour panser leurs blessures et passer des vêtements secs. La balle que Dahlgren avait prise dans la jambe avait traversé le muscle du mollet, mais sans toucher les tendons. Pendant que le médecin lui faisait quelques points de suture, Dahlgren, allongé sur la table d'examen, alluma un cigare. Au bout d'un moment, le praticien, lassé de recevoir de la fumée dans les narines et qui en avait presque raté un point, lui ordonna de l'éteindre. Puis, après une dernière grimace, il lui tendit une paire de béquilles et lui recommanda de ne pas se servir de sa jambe pendant trois jours.

Dirk avait le front et une joue en sang, il avait reçu des éclats de pare-brise dans la figure lorsque l'hélicoptère s'était crashé dans l'eau. On lui nettoya le visage et on lui pansa ses plaies. Par chance, les deux hommes ne souffraient de rien de grave. Dirk les avait sauvés de la noyade en repérant une porte latérale qui s'était détachée de la carlingue. Lorsque l'hélicoptère avait eu fini de se remplir, Dirk était remonté à la surface en tirant Dahlgren derrière lui. Avec son fidèle et robuste Zippo, ils avaient réussi à allumer un peu de bois sec sur la plage, échappant ainsi à l'hypothermie jusqu'à l'arrivée de Delgado.

Pendant ce temps, Burch rendait compte de la perte de son hélicoptère au PC de la NUMA et avait signalé l'incident aux gardes-côtes ainsi qu'au policier d'Atka. Le navire de gardes-côtes le plus proche se trouvait à des centaines de milles de là, sur l'île d'Attu.

Burch leur fournit des renseignements aussi précis que possible pour leur permettre d'identifier le chalutier, mais leurs chances de l'arraisonner restaient très minces.

Après avoir enfilé un épais sweater noir à capuche et un jean, Dirk gagna l'abri de navigation. Burch, penché sur la table à cartes, était en train de tracer la route dans les Aléoutiennes.

— On ne retourne pas à Yunaska récupérer les corps des deux gardes-côtes ? lui demanda Dirk.

Burch hocha négativement la tête.

— Ce n'est pas notre boulot. Mieux vaut les laisser là-bas, les autorités compétentes feront leur enquête. Je calcule la route pour rallier le port de pêche d'Unalaska, nous y débarquerons nos savants.

— J'aimerais mieux partir à la recherche du chalutier.

— Nous n'avons plus d'hélicoptère et ils ont huit heures d'avance sur nous. J'ai transmis la description que vous m'avez faite à la marine, aux gardes-côtes et à toutes les autorités locales. Ils ont plus de chance que nous de le retrouver.

— Peut-être, mais ils n'ont guère de moyens dans la zone. Leurs chances ne sont pas beaucoup plus grandes.

— Nous ne pouvons pas faire grand-chose de plus. La campagne de mesures est terminée et il faut faire soigner ces chercheurs. Traîner ici plus longtemps n'a aucun sens.

— Vous avez raison, bien sûr, fit Dirk en hochant la tête.

Mais il espérait encore trouver le moyen de partir à la recherche du chalutier. Il descendit l'échelle et gagna la cuisine pour aller se servir un café. Le souper était fini depuis longtemps, les garçons étaient en train de nettoyer la cuisine avant de fermer. Dirk se servit une tasse à la grande cafetière métallique. En se retournant, il aperçut Sarah, assise dans un fauteuil roulant au fond de la cafétéria. La jeune femme était installée à une table et admirait la mer éclairée par la lune à travers un grand hublot. Elle portait le sinistre uniforme des hôpitaux, pyjama de coton, pantoufles et robe de chambre bleue, mais elle était toujours ravissante. Entendant Dirk qui s'approchait d'elle, elle leva la tête. Ses yeux pétillaient.

— Il est trop tard pour dîner ? lui demanda-t-il en s'excusant presque.

— J'en ai peur. Vous avez manqué la spécialité du chef, du flétan. Vraiment délicieux.

— C'est bien ma chance.

Il tira une chaise et vint s'asseoir en face d'elle.

— Mais que vous est-il arrivé ? s'inquiéta Sarah, en voyant les pansements qui lui couvraient la figure.

— Rien, juste un petit accident d'hélicoptère. Je crois que mon patron ne va pas apprécier, fit-il avec une grimace en songeant à l'hélicoptère hors de prix qui gisait maintenant au fond de l'eau.

Il lui raconta tout ce qui s'était passé, le regard plongé dans ses yeux noisette.

— Vous pensez que ce bateau de pêche a quelque chose à voir avec la mort des gardes-côtes et les malaises que nous avons ressentis ? lui demanda-t-elle.

— C'est une hypothèse. Ces pêcheurs n'étaient évidemment pas contents que nous les ayons pris la main dans le sac en train de capturer des lions de mer ou je ne sais quoi d'autre.

— Des lions de mer, murmura Sarah. En avez-vous vu sur la côte ouest lorsque vous avez survolé l'île ?

— Oui, Jack en a repéré quelques-uns tout près de la station des gardes-côtes, dans la partie ouest. Apparemment, ils étaient tous morts.

— Vous croyez que le *Deep Endeavor* arriverait à récupérer un cadavre pour l'analyser ? Je pourrais me débrouiller pour envoyer un prélèvement au labo de l'Etat de Washington où nous travaillons.

— Le capitaine n'a pas envie de traîner dans le coin, mais je suis sûr que je pourrais le convaincre d'aller en chercher un avant de repartir, si je lui explique que c'est dans un but scientifique, répondit Dirk avant d'avaler une grande gorgée de café. Nous rentrons à Seattle, notre port d'attache ; nous pourrions débarquer le lion de mer là-bas dans quelques jours.

— Il faudrait l'autopsier et déterminer assez vite la cause de sa mort. Je suis sûre que les autorités en Alaska vont attendre un peu avant de rendre public le décès de ces deux gardes-côtes, et ils n'ont peut-être pas envie que le CEE y mette son nez.

— Vous pensez qu'il pourrait y avoir un lien avec les lions de mer que nous avons trouvés morts sur d'autres îles de l'archipel ?

— Je ne sais pas. Il semblerait que les cadavres retrouvés plus près des côtes soient ceux d'animaux contaminés par le virus de la maladie de Carré.

— La maladie de Carré ? Transmise par les chiens ?

— Oui. Il se peut qu'il y ait eu une flambée après un contact entre un chien domestique infecté et un ou plusieurs lions de mer. Cette maladie est très contagieuse et elle aurait pu se répandre très rapidement au sein d'une colonie un peu dense.

— Dites-moi, il ne s'est pas passé quelque chose de ce genre en Russie, il y a quelques années ?

— En fait, c'était au Kazakhstan, dit Sarah. Des milliers de phoques de la Caspienne sont morts en 2000. Il y avait eu une épidémie de maladie de Carré, elle s'est propagée près de l'Oural et tout autour de la mer Caspienne.

— Irv m'a dit que vous aviez trouvé des animaux parfaitement sains à Yunaska.

— Oui, on dirait que la maladie n'est pas encore arrivée aussi loin à l'ouest. L'examen de ceux que vous avez trouvés morts est d'un intérêt capital.

Ils se turent un moment et Sarah vit que Dirk était plongé dans ses réflexions. Elle rompit le silence :

— Les hommes, à bord de ce bateau. Qui étaient-ils, à votre avis ? Que faisaient-ils ?

Dirk, les yeux perdus dans le vague, contemplait le paysage par le hublot.

— Je ne sais pas, répondit-il enfin, mais j'ai bien l'intention de le découvrir.

Chapitre 4

SUR LE PARCOURS du club de golf de Kasumigaseki, le douzième trou fait 260 mètres de longueur. Il commence par un passage étroit, continue par un virage serré qui prend à gauche jusqu'à une aire gazonnée protégée par une plage de sable. L'ambassadeur des Etats-Unis au Japon, Edward Hamilton, fit balancer son solide driver plusieurs fois avant de donner un grand coup dans la balle, et de l'envoyer très précisément à 250 mètres, droit dans l'axe.

— Joli coup, Ed, lui dit David Monaco, l'ambassadeur de Grande-Bretagne qui jouait au golf avec lui chaque semaine depuis près de trois ans.

Le Britannique, un grand type dégingandé, posa soigneusement sa balle sur le tee avant de tenter un long coup circulaire. La balle toucha le sol quinze mètres derrière celle de son partenaire avant d'aller se perdre sur sa lancée dans les hautes herbes à gauche du passage.

— De la puissance, Dave, certes, lui dit Hamilton en suivant la balle des yeux, mais je crois que vous êtes dans la broussaille.

Les deux hommes avancèrent, tandis que des femmes, comme il est de tradition dans les clubs japonais les plus vénérables, se chargeaient de leurs sacs en restant à distance respectueuse derrière eux. Un peu plus loin, quatre gardes du corps officiels maintenaient un périmètre de sécurité peu discret autour des deux diplomates.

Leur partie de golf hebdomadaire sur ce parcours situé près de Tokyo était pour eux l'occasion d'échanger leurs informations sur ce qui se passait dans le pays qui les accueillait. Et les deux ambassadeurs alliés jugeaient même que c'était parmi les plus utiles de toutes leurs occupations.

— On me dit que votre projet d'accord économique avec le Japon avance à grands pas, commença Monaco comme ils remontaient le chemin gazonné.

— Toutes les parties concernées ont intérêt à alléger les restrictions commerciales. Nous sommes près de signer un accord sur les prix de nos propres aciers. Les mentalités commencent à changer, dans ce pays. Et je crois même que sous peu, la Corée du Sud va nous imiter en concluant un accord de coopération avec le Japon.

— A propos de Corée, j'ai cru comprendre que certains, à Séoul, ont envie de déposer une motion à l'Assemblée la semaine prochaine, pour exiger le retrait des forces américaines, reprit Monaco d'une voix douce, mais tout de même assez ferme.

— Exact. Le Parti démocratique des travailleurs essaye d'utiliser ce dossier pour faire parler de lui. Fort heureusement, il est très minoritaire.

— Leur attitude est totalement incompréhensible, quand on pense à l'agressivité de la Corée du Nord par le passé.

— C'est vrai mais ils jouent sur une corde sensible, c'est affaire de culture. Ce parti essaye de nous assimiler à une force d'occupation, comparable à ce qu'ils ont connu avec les Chinois ou les Japonais. Pour l'homme de la rue, ils touchent là une corde sensible.

— Je serais pourtant surpris que ces dirigeants politiques agissent par pur altruisme, conclut Monaco alors qu'ils arrivaient près de la balle de Hamilton.

— Mon homologue à Séoul me dit que, bien que nous n'ayons pas de preuve formelle, nous sommes presque sûrs que certains de ces dirigeants sont aidés par le Nord, lui répondit Hamilton.

Et, sortant un fer 3 de son sac, il relança sa balle par-dessus le virage serré, et la fit passer par-dessus la sablière et atterrir directement sur le green.

— Je crois même que ces soutiens s'étendent largement au-delà du Parti des travailleurs, continua Monaco. Les gains potentiels qu'ils tireraient de la réunification intéressent tout le monde. J'ai entendu le président de Hyko Tractor Industries déclarer au cours d'un séminaire à Osaka qu'il pourrait réduire les coups salariaux et en tirer un gros avantage concurrentiel s'il avait accès aux bataillons de travailleurs nord-coréens.

Il s'enfonça dans les hautes herbes et mit une bonne minute à

55

retrouver sa balle. Il choisit ensuite un fer 5 et lança sa balle en chandelle. Après avoir rebondi sur l'herbe, elle s'immobilisa à dix mètres du trou.

— A supposer que, après la réunification, ils seraient toujours en économie de marché, répliqua Hamilton. Il est clair que c'est le Nord qui en retirerait le maximum de bénéfices, et encore davantage si les forces américaines étaient hors jeu.

— Je vais voir si mes gars peuvent en savoir plus, suggéra Monaco alors qu'ils approchaient du green. Cela dit et jusqu'à nouvel ordre, je suis bien content de travailler de ce côté-ci de la mer du Japon.

Hamilton acquiesça d'un signe de tête en essayant d'atteindre le trou. Le fer érafla le sol avant de toucher la balle, qui s'arrêta trop court de cinq mètres. Il attendit Monaco, qui termina en deux coups, puis se pencha sur sa balle pour tenter la même chose. Mais, alors qu'il était courbé en deux, il sentit un coup violent sur sa tête suivi d'une détonation sourde au loin. Ses yeux se révulsèrent, du sang et de la matière cervicale jaillirent de sa tempe gauche jusque sur le pantalon et les chaussures de Monaco. Sous le regard horrifié de l'ambassadeur britannique, Hamilton tomba à genoux ; il pissait le sang, les mains crispées sur son putter. Il essaya de dire quelque chose, mais un flot de sang lui sortait de la bouche et il ne réussit qu'à produire un gargouillis inaudible. Puis il s'effondra d'un seul coup dans l'herbe rase.

A cinq cents mètres de là, dans la sablière du trou n° 18, un Asiatique se releva. Il était de petite taille, vigoureux, vêtu d'un complet bleu. Le soleil faisait luire son crâne chauve et briller ses yeux noirs, rendus encore plus terrifiants par une longue moustache pendante à la mode mandchoue. Son gabarit était plus adapté à la lutte qu'à la pratique du golf, mais on voyait à la souplesse de ses mouvements que la finesse s'alliait chez lui à la force. Avec la tête désabusée d'un enfant qui se désintéresse de son jouet, il commença à démonter sans se presser son fusil à lunette M-40 et rangea les morceaux de l'arme dans son sac de golf. Il en sortit un bois, et projeta sa balle d'un coup puissant dans une grande gerbe de sable. Il finit tranquillement son trou en trois coups, regagna lentement sa voiture et rangea son sac dans le coffre. Il gagna la sortie du parking, attendit tranquillement que le flot ininterrompu de voitures de police et d'ambulances qui se dirigeaient vers le club passe, toutes sirènes hurlantes. Puis il s'engagea sur la route et disparut dans la circulation.

Chapitre 5

DEUX TECHNICIENS du *Deep Endeavor*, vêtus de combinaisons de protection, rallièrent en zodiac la côte occidentale de Yunaska. Après avoir débarqué, ils choisirent un jeune mâle parmi les cadavres de mammifères allongés sur la plage. Ils l'enveloppèrent soigneusement dans un sac en plastique et regagnèrent leur bord. Le navire de la NUMA les attendait non loin de là, tous projecteurs allumés pour permettre au canot pneumatique de s'orienter dans la nuit. On dégagea une partie de la cuisine et on stocka le cadavre dans la chambre froide, à côté d'un grand bac de crème glacée.

Cela fait, Burch mit le cap sur l'île d'Unalaska et sa capitale éponyme, à plus de deux cents nautiques de là. Après avoir fait route à la vitesse maximum pendant toute la nuit, le *Deep Endeavor* entra au port un peu avant dix heures du matin. Une ambulance fatiguée attendait sur le quai pour conduire Sarah, Irv et Sandy à l'aéroport où les attendait un avion de location qui devait les conduire à Anchorage. Dirk, qui avait insisté pour emmener lui-même Sarah jusqu'à l'ambulance dans son fauteuil roulant, l'embrassa longuement sur la joue avant la fermeture des portes.

— Nous avons rendez-vous à Seattle, d'accord ? Je vous dois encore une invitation à dîner, avec crabe au menu, lui dit Dirk avec un grand sourire.

— Sans faute, répondit Sarah. Sandy et moi nous rendrons là-bas dès qu'on nous laissera quitter Anchorage.

Après avoir assisté au départ de l'équipe du CEE, Burch et Dirk allèrent voir le policier local et lui firent un récit circonstancié de l'incident. Dirk lui fournit une description détaillée du chalutier mystère et le convainquit de lui fournir la liste de tous les bateaux de pêche enregistrés au port. L'agent accepta également d'interroger tous les pêcheurs, pour essayer de savoir s'ils étaient au courant de quelque chose, mais sans leur laisser beaucoup d'espoir. De notoriété publique, des pêcheurs russes et japonais pillaient les eaux territoriales en toute illégalité, et disparaissaient en général dès que les autorités se lançaient à leur poursuite.

Burch, qui n'avait pas envie de moisir sur place, appareilla et mit le cap sur Seattle. Comme tout le monde, l'équipage se posait une foule de questions sur les événements des jours précédents, mais n'avait guère d'explications.

*

Sarah, Irv et Sandy s'envolèrent pour Anchorage à bord de l'un de ces bimoteurs qui assuraient la liaison entre les îles, un appareil bruyant et peu confortable. Ils se posèrent à l'aéroport international en fin d'après-midi. Deux de leurs collègues du CEE basés sur place les attendaient, ravis de les revoir, et on transféra les trois chercheurs au centre hospitalier régional où ils subirent une série d'examens. Ils avaient désormais récupéré et ne présentaient plus aucun symptôme. Les médecins ne trouvèrent rien d'anormal, aucun signe d'absorption de produit toxique ni d'une quelconque affection. Après une nuit sur place en observation, on les laissa repartir. Comme si rien ne leur était arrivé.

*

Six jours plus tard, le *Deep Endeavor* entrait dans le Puget Sound et virait à l'est pour pénétrer en baie de Shilshole, au nord de Seattle. Passé l'écluse de Ballard, il s'engagea dans l'eau fraîche du canal fluvial et continua sa route jusqu'au lac de l'Union. Il obliqua le long de la côte nord, et Burch vint s'amarrer au quai privé construit devant le bâtiment qui abritait le siège de la NUMA pour le nord-ouest. La foule des épouses et des enfants les attendaient et leur faisaient de grands signes enthousiastes.

— Tiens, Dirk, on dirait que vous avez votre propre comité d'accueil, lui dit Burch en lui montrant deux silhouettes qui agitaient les bras au bout de la jetée.

Jetant un coup d'œil par une fenêtre de la passerelle, Dirk aperçut Sarah et Sandy noyées au milieu des gens qui se pressaient sur le quai. Vêtue d'un corsage jaune et d'un pantalon bleu qui affinaient encore sa silhouette, Sarah était ravissante.

— Dites-moi, leur dit Dirk en allant les saluer, vous m'avez l'air en pleine forme, toutes les deux.

— Et nous vous le devons pour une bonne part, répondit Sandy avec reconnaissance. Une seule nuit à l'hôpital, et on est sorties fraîches et roses.

— Comment va Irv ?

— Très bien, répondit Sarah. Il va passer quelques semaines à Anchorage pour coordonner notre étude sur les lions de mer avec le Service des pêches et de la chasse. Ils sont d'accord pour nous aider à achever nos observations sur le terrain.

— Je suis content que tout le monde se porte bien, dit Dirk. Et qu'est-ce qu'ils vous ont diagnostiqué alors, à Anchorage ?

Sandy et Sarah échangèrent un coup d'œil avant de hausser les épaules.

— Rien du tout, finit par déclarer Sarah. C'est un mystère. Nous avions tous les trois la trachée enflammée, mais sans plus. Les analyses de sang et d'urine n'ont rien donné. Si nous avons inhalé un produit toxique, nous l'avons évacué avant d'arriver à l'hôpital.

— C'est pour cela que nous sommes ici, ajouta Sandy, nous devons prélever des échantillons sur le cadavre du lion de mer. Avec un peu de chance, il restera encore des traces de toxine dans ses tissus.

— Ah bon, vous n'êtes pas venues pour me voir ? fit Dick, l'air faussement peiné.

— Eh non, désolée, lui dit Sarah en éclatant de rire. Mais vous pouvez passer nous voir cet après-midi au labo quand nous aurons terminé. On pourrait se faire un petit dîner ?

— D'accord. J'aimerais bien connaître les résultats.

Sur ce, il les conduisit à bord pour récupérer le lion de mer congelé.

La bête débarquée, Dirk et Dahlgren donnèrent un coup de main pour terminer l'amarrage et pour transférer les équipements les plus fragiles jusqu'au hangar qui se trouvait à proximité. Leur travail terminé, les membres de l'équipage descendirent à terre pour profiter de quelques jours de repos avant la prochaine campagne.

Dahlgren s'approcha de Dirk. Il portait un sac sur l'épaule et une paire de béquilles sous le bras. Il boitait un peu, mais c'était la seule séquelle de sa blessure au mollet.

— Dirk, je file, j'ai rendez-vous avec une nénette super que j'ai rencontrée à la banque avant l'appareillage. Tu veux que je lui demande si elle aurait pas une jolie copine ?

— Non merci. Je crois que je vais me décrasser avant d'aller voir ce que Sarah et Sandy ont découvert.

— T'as toujours eu un faible pour les bas-bleus, fit Dahlgren en ricanant.

— Et pourquoi t'embarques tes béquilles ? Ça fait trois jours que tu t'en sers plus.

— Il ne faut jamais sous-estimer la compassion dont savent faire preuve les femmes, lui répondit Dahlgren avec un fin sourire.

Il mit une béquille sous une aisselle et fit semblant de boiter.

— Et moi, si j'étais toi, je ne sous-estimerais pas la capacité qu'ont les femmes à se rendre compte qu'on se moque d'elles, répliqua Dirk en riant. Bonne chasse.

Dirk emprunta les clés d'une jeep bleue de la société, une Cherokee, et gagna la maison qu'il louait non loin de là, au-dessus du lac Washington. Il considérait Washington DC comme son vrai pays, mais aimait bien le nord-ouest où il était temporairement affecté. Ses contrées étaient boisées, ses eaux froides et claires ; ses habitants jeunes et dynamiques qui essayaient de se distraire malgré ce climat souvent humide et austère avaient sur lui un effet revigorant.

Il prit une douche et enfila un pantalon noir assez ample ainsi qu'un pull-over léger, avant de se faire un sandwich au beurre de cacahuète qu'il arrosa d'une bière en écoutant les nombreux messages que son répondeur avait enregistrés. Content de voir que la Terre ne s'était pas arrêtée de tourner en son absence, il sauta dans la jeep et prit la I-5 pour se rendre sur le campus de Fircrest. Cette ancienne base militaire, récupérée par l'Etat de Washington, hébergeait désormais un certain nombre de services de l'Etat. Dirk repéra un ensemble de bâtiments blancs, entourés de grands arbres, et se gara sur un parking dont le panneau d'entrée annonçait : ÉTAT DE WASHINGTON LABORATOIRES DE SANTÉ PUBLIQUE.

Une hôtesse d'accueil fort guillerette appela le petit bureau que le CEE partageait avec d'autres organismes et, peu de temps après, Sarah et Sandy descendirent dans le hall. Elles avaient visiblement perdu de leur belle humeur du matin.

— C'est gentil d'être venu, Dirk. Il y a un bon restaurant italien, le Pasta Alfredo, pas loin d'ici. C'est très calme, on pourra discuter.

Lorsqu'ils se furent installés dans un petit box sur des banquettes en skaï rouge, Sarah lui résuma leurs découvertes.

— L'examen du lion de mer montre qu'il a succombé à des problèmes respiratoires, mais les premiers examens sanguins n'ont pas révélé la présence de substances toxiques particulières.

— Comme pour vous à Anchorage, commenta Dirk entre deux bouchées de pain.

— Exactement. Tous nos organes sont en parfait état. Pourtant, nous avons ressenti des vertiges, des maux de tête et des signes d'irritation dans les poumons, dit Sandy.

— On a donc recommencé, on a repris les analyses de sang et de tissus, et on a finalement détecté des traces de produit toxique, poursuivit Sarah. Nous n'en sommes pas sûres à cent pour cent, mais nous avons de bonnes raisons de croire que ce lion de mer a été empoisonné par du cyanure.

— Du cyanure ? demanda Dirk en levant le sourcil.

— Oui, répondit Sandy. C'est plausible, l'organisme humain l'évacue assez rapidement. Tous les trois, nous avons eu le temps de l'éliminer avant d'arriver à l'hôpital. C'est pour cela que nos analyses de sang n'ont rien donné.

— J'ai pris contact avec le procureur de l'Alaska et je l'ai informé de nos découvertes. Ils n'ont pas fini d'autopsier les deux gardes-côtes, mais ils savent désormais ce qu'ils doivent chercher. Je suis convaincue que c'est ce qui les a tués, conclut Sarah d'une voix triste.

— Je croyais que pour que le cyanure soit mortel, il fallait l'avaler, fit Dirk.

— C'est vrai en général, mais ce n'est pas la seule forme d'empoisonnement possible. Tout le monde a entendu parler de ces capsules de cyanure que portaient sur eux les espions pendant la guerre, de Jimmy Jones, qui a tué des centaines de fanatiques appartenant à sa secte à Jamestown, en Guyane, en utilisant des comprimés de ce genre. Et il y a encore le Tylenol, autre poison à base de cyanure. Mais le cyanure a aussi été utilisé sous sa forme gazeuse. Les Français en ont essayé plusieurs dérivés contre les Allemands dans les tranchées, pendant la Première Guerre mondiale. Les Allemands s'en sont servis sous une autre forme dans les chambres à gaz, pendant la Seconde Guerre mondiale.

— Cette saloperie de Zyklon B ? fit Dirk.

— Oui, à l'origine c'était un fumigène dopé, conçu pour lutter contre les nuisibles, poursuivit Sarah. Plus récemment, on a soupçonné Saddam Hussein d'avoir utilisé une forme de cyanure contre des villages kurdes, dans son propre pays. Mais cela n'a jamais été confirmé.

— Et, commenta Sandy, puisque nous mangions et buvions nos propres denrées, la contamination aérienne est plausible. Ce qui expliquerait aussi la mort des lions de mer.

— Mais, est-ce qu'on peut imaginer qu'il s'agisse d'une contamination d'origine naturelle ? demanda Dirk.

— On retrouve du cyanure dans plusieurs plantes et autres denrées comestibles, depuis les haricots rouges jusqu'aux cerises sauvages, mais c'est son utilisation comme solvant industriel qui est la plus fréquente, expliqua Sarah. On en fabrique des tonnes chaque année pour le dépôt électrolytique, l'extraction d'or et d'argent, les fumigènes contre les nuisibles. Chaque jour, tout le monde se retrouve plus ou moins en contact avec du cyanure mais je ne pense pas qu'une source naturelle puisse en produire à dose létale. Dis-moi, Sandy, qu'ont donné tes recherches sur les cas mortels dus au cyanure aux Etats-Unis ?

— Il n'y a pas beaucoup d'exemples ; dans la plupart des cas, il s'agissait d'accidents individuels ou d'homicides, ou encore de suicides. Toujours à base d'ingestion de la forme solide.

Sandy se baissa pour prendre un dossier qu'elle avait apporté. Elle commença à le feuilleter.

— Le seul cas significatif de décès collectif mettait en cause le Tylenol. Il y a eu sept morts en tout, par ingestion. Je n'ai trouvé que deux cas de décès collectifs peut-être causés par du cyanure sous forme gazeuse. Une famille de quatre personnes dans l'Oregon, à Warrenton. En 1942. Et trois hommes, morts à Butte, dans le Montana, en 1964. Dans ce dernier cas, l'enquête a conclu à un accident de la mine, dû à des solvants utilisés pour extraire le minerai. L'enquête n'a rien donné dans le cas de l'Oregon. Et je n'ai pratiquement rien trouvé en Alaska ni aux alentours.

— Bon, conclut Dirk, une cause naturelle paraît donc peu probable.

— Mais si quelqu'un a répandu le produit depuis un avion, quel pouvait être son but ? demanda Sandy en plantant sa fourchette dans son assiette de pâtes.

— Il faudrait demander ça à nos amis du bateau de pêche, dit froidement Dirk.

— Les autorités les ont retrouvés ? lui demanda Sarah.

Dirk fit signe que non, l'air désabusé.

— Le chalutier s'est évaporé. Le temps que les moyens de recherche arrivent sur zone, il avait disparu depuis belle lurette. Officiellement, il s'agirait de braconniers étrangers.

— C'est possible, dit Sarah. Ça me semble un peu risqué, mais on pourrait imaginer qu'ils aient lâché le gaz depuis leur bateau, au vent d'une colonie de lions de mer.

— Un moyen radical de faire de nombreux morts d'un seul coup, ajouta Dirk. Encore que, des pêcheurs illégaux armés d'AK-47, ça me paraît un peu excessif. Et puis, je me demande qui peut bien acheter du lion de mer.

— C'est vrai, c'est bizarre. Je n'ai jamais entendu parler de ce genre d'histoire.

— Bon, j'espère que vous n'aurez pas de séquelles, dit Dirk en regardant Sarah, l'air préoccupé.

— Merci, lui répondit-elle. Nous avons été secoués, c'est vrai, mais maintenant ça va. On n'a jamais constaté d'effets à long terme du cyanure.

Dirk repoussa son assiette vide et se frotta l'estomac, l'air béat.

— Très bon repas.

— On vient tout le temps déjeuner ici, dit Sarah en se penchant pour empêcher Dirk de prendre l'addition.

— Bon, lui dit-il en souriant, ce sera à charge de revanche.

— Je repars à Spokane avec Sandy, nous en avons pour quelques jours, mais je vous ferai signe à mon retour.

Elle mettait visiblement Sandy sur la touche.

— Je ne sais pas si j'aurai le courage d'attendre, lui répondit Dirk avec un grand sourire.

Chapitre 6

LES TRAINS du Gulfstream V sortirent du fuselage alors que l'avion d'affaires aux lignes racées s'alignait sur la piste pour l'atterrissage. Sa voiture fendait l'air humide et brumeux comme un scalpel et le luxueux appareil de dix-neuf places surgit gracieusement du ciel, ses pneus touchèrent le sol dans un grand crissement et lâchèrent une bouffée de fumée bleuâtre. Le pilote conduisit l'appareil jusqu'au terminal réservé aux avions d'affaires à l'aéroport ultramoderne de Tokyo Narita avant de couper les turbines. Tandis qu'une équipe de piste plaçait des cales sous les roues, une limousine noire, une Lincoln, s'approcha et s'arrêta au pied de l'échelle de débarquement.

Chris Gavin cligna des yeux, ébloui par le soleil, en descendant la passerelle. Il monta dans la limousine, suivi par une cohorte de collaborateurs et de vice-présidents en tout genre. PDG de SemCon, Gavin dirigeait la plus grosse société mondiale de semi-conducteurs. Personnage charismatique et dépensier, il avait hérité de l'entreprise à la mort d'un père visionnaire, mais s'était mis à dos bon nombre de ses compatriotes en fermant des usines pourtant rentables. Ce faisant, il avait jeté à la rue des milliers d'employés américains, transférant une bonne part de sa production dans des usines toutes neuves à l'étranger, là où la main-d'œuvre était moins chère. Ses bénéfices allaient augmenter en proportion, c'est du moins ce qu'il jurait à ses actionnaires, et il prenait grand plaisir à étaler son faste dans le monde entier.

Le chauffeur de la limousine quitta l'aéroport situé à soixante-six kilomètres à l'est de Tokyo et, s'engageant dans la voie express

Higashi Kanto, prit la direction de la capitale avec son chargement de personnalités. Vingt minutes plus tard, il bifurqua vers le sud et quitta l'autoroute avant d'atteindre Tokyo. La limousine pénétra peu après dans la zone industrielle de Chiba, grand port de commerce construit à l'est de la baie de Tokyo. Le bâtiment moderne devant lequel ils arrivèrent ressemblait davantage à un immeuble de bureaux qu'à l'usine de production qui y était implantée, avec sa façade en miroirs dorés haute de quatre étages. Le nom de la société, SEMCON, s'étalait en lettres gigantesques sur le toit, d'immenses lettres de néon bleu que l'on voyait à des kilomètres. Une foule d'ouvriers, tous vêtus de combinaisons bleu pâle comme on en porte dans les laboratoires, attendait avec impatience l'arrivée du PDG qui venait inaugurer leur nouvelle usine.

Clameurs d'enthousiasme et crépitement de flashes accueillirent Gavin lorsqu'il sortit de sa voiture en faisant de grands gestes à ses employés et aux médias. Il arborait un large sourire carnassier. Après avoir écouté deux discours prononcés successivement par le maire de Chiba puis par le directeur de l'usine, Gavin prononça quelques mots, un petit laïus insipide où il remerciait le personnel et essayait de l'encourager. Puis, muni d'une paire de ciseaux ridiculement grands, il coupa le large ruban tendu devant l'entrée du bâtiment. Alors que la foule applaudissait poliment, une détonation étouffée éclata quelque part dans les entrailles de l'usine et certains, abusés, crurent tout d'abord qu'on tirait un feu d'artifice pour ajouter à la fête. Puis une succession d'explosions plus violentes fit tanguer l'immeuble et la confusion commença à s'emparer de la foule.

Au cœur de l'usine, une petite charge temporisée avait fait sauter une cuve de silane, substance hautement inflammable que l'on utilise dans la fabrication des cristaux de silicium. Explosant comme une véritable torpille, le réservoir avait éjecté à grande vitesse des morceaux de métal qui étaient allés percuter une demi-douzaine de cuves remplies de silane ou d'oxygène. En un instant, ces dernières s'étaient enflammés et avaient créé une énorme boule de feu. Sous l'effet de la température qui s'élevait rapidement, les vitres volèrent en éclats, laissant tomber sur la foule un souffle d'air brûlant et une pluie de verre et de débris.

Le bâtiment se mit à trembler, des flammes jaillissaient du toit. Paniqués, les employés commencèrent à courir dans tous les sens. Gavin restait planté là, ses ciseaux géants à la main, l'air hébété. Il ressentit soudain une vive douleur au cou qui le ramena brutalement à la réalité. Instinctivement, il passa les doigts sur l'endroit où il avait mal et sentit, incrustée dans sa peau, une balle de faible calibre, pleine de barbelures, comme celles que l'on utilise dans les pistolets à air comprimé. Il arracha le petit bout de plomb, faisant couler une goutte de sang. Une femme passa près de lui en courant et en poussant des hurlements. Elle avait un grand morceau de verre fiché dans l'épaule. Deux de ses collaborateurs, terrifiés, entraînèrent Gavin et essayèrent de le faire entrer dans sa limousine tout en essayant de le protéger des photographes, trop heureux de saisir des images de ce roi de l'industrie devant son usine en feu.

Pendant qu'on le tirait vers sa voiture, Gavin sentit soudain ses jambes céder sous lui. Il se tourna vers ses collaborateurs, essaya de parler, mais il était incapable d'articuler un mot. On ouvrit la portière, il s'écroula entre les banquettes et tomba à plat ventre sur la moquette. Un de ses assistants essaya de le retourner et constata, effaré, que le président ne respirait plus. On tenta un bouche-à-bouche et un massage cardiaque pendant que la limousine démarrait en trombe pour gagner l'hôpital le plus proche. C'était inutile, le dirigeant tout-puissant était mort.

Peu de gens avaient remarqué la présence d'un homme chauve aux yeux sombres et à la longue moustache pendante qui s'était approché de l'estrade. Il portait une blouse de laboratoire bleue, un badge en plastique et ressemblait à n'importe lequel des employés présents. Plus rares encore furent ceux qui remarquèrent ce qu'il tenait à la main, un verre en plastique et la paille de roseau qui en dépassait. Dans la confusion des explosions, personne ne l'avait vu non plus sortir la paille de son gobelet, l'appliquer contre ses lèvres et souffler un projectile empoisonné dans le cou du président.

Se noyant dans la foule comme si de rien n'était, le chauve se dirigea vers l'enceinte de l'usine, où il jeta dans une poubelle son gobelet et sa blouse. Il enfourcha son vélo, laissa passer un camion de pompiers qui arrivait à toute allure. Puis, sans même jeter un regard en arrière, il disparut.

*

Dahlgren entendait une espèce de cloche lui résonner dans le crâne, comme un train à un passage à niveau. Il commença par espérer qu'il s'agissait d'un rêve, mais finit par émerger et comprit qu'il s'agissait bel et bien de la sonnerie du téléphone. Il attrapa le combiné en tâtonnant sur la table de chevet et fit « allô » en étouffant un bâillement.

— Alors Jack, on ronfle encore ? commença Dirk en riant.

— Ouais, et merci pour le branle-bas, répondit Dahlgren, totalement dans les vapes.

— Je croyais que les banquières n'aimaient pas trop se coucher tard.

— Eh bien, celle-là, si. Et elle aime la vodka, je te le garantis. Oh ! là, là ! j'ai la bouche pâteuse.

— Désolé pour toi. Dis, je me disais que j'irais bien du côté de Portland pour faire une petite plongée, et un saut à une vente de voitures anciennes. Ça te dit de m'accompagner ?

— Non merci. Aujourd'hui, j'ai prévu d'emmener ma banquière faire du kayak. Enfin, si j'arrive à tenir debout.

— Parfait, je te ferai porter un petit martini pour t'aider à te réveiller.

— Fais donc, conclut Dahlgren en grimaçant.

*

Dirk quitta Seattle par l'autoroute I-5, direction le sud, admirant au passage les paysages boisés qui ornent l'ouest de l'Etat de Washington. Il aimait bien ces promenades dans la campagne, cela le détendait et lui permettait de se libérer l'esprit. Décidé à prendre du bon temps, il emprunta une route secondaire en direction de la baie de Willapa avant de suivre, toujours au sud, la côte du Pacifique. Il atteignit bientôt la large embouchure de la Columbia et parcourut ces rivages sur lesquels Lewis et Clark avaient triomphalement posé le pied en 1805.

Après avoir traversé ce fleuve impressionnant par un pont long de six kilomètres, il prit la direction d'Astoria, port de pêche de légende. Arrêté à un feu rouge, un panneau de signalisation attira son attention : WARRENTON 8 MILES en lettres vertes sur fond blanc, mention surmontée d'une flèche qui pointait vers l'ouest. Poussé par la curiosité, oubliant Portland, il prit cette direction et parcourut rapidement les quelques kilomètres qui le séparaient de Warrenton.

Cette petite ville de quatre mille habitants, construite à l'extrémité nord-ouest de l'Oregon dans une zone balayée par la marée, servait de port de pêche et de plaisance. De là, les bateaux pouvaient gagner le Pacifique. Il fallut à Dirk quelques minutes pour trouver ce qu'il cherchait dans la rue principale. Il gara sa jeep près d'un véhicule du comté de Clatsop, de couleur blanche, puis s'engagea dans une allée cimentée qui conduisait à la bibliothèque municipale.

C'était une bien modeste bibliothèque, construite, semble-t-il, soixante ou soixante-dix ans plus tôt. Il y régnait une forte odeur de vieux livres et une odeur plus forte encore de vieille poussière. Dirk s'approcha du grand bureau métallique occupé par une dame à lunettes d'une cinquantaine d'années, les cheveux blonds et courts, qui le considéra d'un œil suspicieux. Son nom était indiqué sur le badge épinglé à son corsage : MARGARET.

— Bonjour, Margaret. Je m'appelle Dirk, commença-t-il avec un sourire. Je me demandais si vous n'auriez pas des exemplaires du journal local, datant des années quarante ?

La bibliothécaire se réchauffa un peu.

— Le *Warrenton News* a cessé de paraître en 1964. Nous possédons la collection originale de 1930 aux années soixante. Par ici, lui dit-elle.

Elle se dirigea vers un coin de la bibliothèque particulièrement encombré, tira plusieurs tiroirs avant de découvrir la collection des années quarante.

— Que recherchez-vous exactement ? lui demanda-t-elle, plus par curiosité que par véritable désir de lui être utile.

— Je m'intéresse à l'histoire d'une famille d'ici, des gens qui sont morts empoisonnés en 1942.

— Oh, il doit s'agir de Leigh Hunt, s'exclama Margaret d'un air entendu. C'était un ami de mon père. L'affaire a fait grand bruit dans le coin. Voyons voir, je crois que ça s'est passé pendant l'été, dit-elle en fouillant dans le classeur. Vous connaissiez la famille ? lui demanda-t-elle sans lever les yeux.

— Non, je m'intéresse juste aux circonstances de leur décès.

— Et voilà, fit enfin la bibliothécaire en sortant l'édition du dimanche 21 juin 1942.

Le journal était au format tabloïd, il traitait essentiellement de la météo, des marées, des statistiques de la pêche au thon, le tout agrémenté de quelques potins locaux et d'un peu de publicité. Margaret repassa le papier du plat de la main sur le haut du casier et Dirk en profita pour jeter un coup d'œil à la une.

Vent mortel

QUATRE MORTS SUR LA PLAGE DE DELAURA

Notre concitoyen Leigh Hunt, ses deux fils Tad et Tom âgés de 13 et 11 ans, ainsi que l'un de ses neveux dont on ne connaît que le prénom, Skip, ont été retrouvés morts samedi 20 juin sur la plage de DeLaura. D'après les déclarations de Marie, l'épouse de Hunt, les victimes étaient parties à la pêche aux clams dans l'après-midi. A l'heure du dîner, elles n'étaient toujours pas rentrées. Kit Edwards, shérif du comté, a découvert les corps qui ne portaient aucune trace de violence ni de blessure. « Après avoir constaté que les corps ne portaient aucune trace externe, nous avons immédiatement pensé que les victimes avaient inhalé un gaz toxique ou avaient été empoisonnées. Leigh possédait dans son atelier de grosses quantités de cyanure, qu'il utilisait pour le traitement des peaux, a ajouté Edwards. Ses garçons et lui-même ont dû s'exposer à de fortes doses de ces produits avant de partir sur la plage, et c'est là-bas que le poison aura fait sentir ses effets. » La date des obsèques n'a pas encore été fixée, dans l'attente des résultats de l'enquête confiée à l'officier d'état civil du comté.

— Et vous avez quelque chose sur ce qu'aurait découvert l'officier d'état civil ? demanda Dirk.

La bibliothécaire fouilla dans une bonne dizaine de journaux avant de trouver un entrefilet qui évoquait les décès. Elle en fit la lecture à haute voix : les services de l'état civil avaient confirmé une inhalation accidentelle de cyanure qui avait causé la mort. Puis, à la surprise de Dirk, elle ajouta :

— Mon père n'a jamais cru à la thèse de l'accident.

— Il est vrai que cela paraît assez improbable, aller mourir sur la plage après avoir respiré des vapeurs dans un atelier, nota Dirk.

— C'est exactement ce que disait papa, confia Margaret, de moins en moins méfiante. Et il ajoutait que les autorités n'avaient jamais tenu compte des oiseaux.

— Des oiseaux ?

— Oui. On a trouvé les cadavres d'une centaine de mouettes sur la plage, pas loin de l'endroit où on avait retrouvé Hunt et les petits garçons. Fort Stevens, une base militaire, se trouvait tout près de là. Papa a toujours pensé qu'ils avaient été tués accidentellement à la suite d'une expérience faite par l'armée. On ne saura jamais.

— Les secrets militaires en temps de guerre sont parfois difficiles à percer. Merci de votre aide, Margaret.

Il retourna à sa jeep, traversa la ville pour prendre la route côtière et continua vers le sud. Après avoir roulé un certain temps sur une route goudronnée, il aperçut un panneau qui indiquait : ROUTE

69

DE LA PLAGE DE DELAURA. La route menait à un portail à deux battants grands ouverts sur lesquelles on lisait : PARC RÉGIONAL DE FORT STEVENS. Puis elle devenait plus étroite et s'enfonçait dans d'épaisses broussailles. Dirk passa la première et entama une descente assez raide pour arriver à une ancienne plate-forme d'artillerie qui surplombait l'océan. La batterie côtière Russel était l'un de ces nombreux sites construits pour défendre l'embouchure de la Columbia. Les premiers travaux dataient de la guerre de Sécession, puis on l'avait équipée de pièces de gros calibre au cours de la Seconde Guerre mondiale. De là où il se trouvait, Dirk avait une vue panoramique sur les eaux bleues de l'estuaire, ainsi que sur la plage en contrebas où des gens pique-niquaient. Il prit plusieurs profondes inspirations, l'air marin était délicieusement frais. Puis il rebroussa chemin et dut se garer dans les buissons pour laisser passer une Cadillac noire qui arrivait dans l'autre sens. Cinq cents mètres plus loin, il s'arrêta devant un monument qui l'intriguait. C'était un bloc de granit sur lequel était gravé le dessin d'un sous-marin. On y lisait l'inscription suivante :

> *Le 21 juin 1942, un obus de 127 a explosé à cet endroit. C'est l'un des dix-sept obus de ce type qui furent tirés contre la batterie de défense côtière par le sous-marin japonais n° 25. Ce fut le seul bombardement contre une installation militaire sur le territoire des Etats-Unis au cours de la Seconde Guerre mondiale, et le premier depuis la guerre de 1812.*

Tout en lisant, Dirk fit un pas de côté, par réflexe, pour éviter la poussière de la Cadillac qui revenait. La voiture passa près de lui à faible allure. Dirk resta un long moment à examiner le dessin du sous-marin et s'apprêtait à s'en aller lorsqu'un détail lui revint à l'esprit. Cette date du 21 juin, c'était le lendemain du jour où Hunt et les enfants avaient été retrouvés morts sur la plage.

Fouillant dans la boîte à gants de la jeep, il en sortit son téléphone mobile et s'adossant au capot, composa un numéro. Au bout de quatre sonneries, une voix grave et joviale répondit :

— Perlmutter, j'écoute.

— Salut Julien, c'est Dirk. Comment va mon spécialiste en histoire navale préféré ?

— Dirk, mon vieux, ça me fait tellement plaisir de t'entendre. J'étais justement en train de déguster des mangues que ton père m'a envoyées des Philippines. Dis-moi, tu t'amuses bien dans le Grand Nord ?

— On vient de finir une campagne dans les Aléoutiennes, je suis de retour sur la côte ouest. Les îles sont superbes là-bas, mais c'est un peu trop frisquet pour moi.

— Ça je veux bien te croire, fit Perlmutter. Bon, qu'est-ce qui t'amène ?

— Les sous-marins japonais à l'époque de la Seconde Guerre mondiale, pour être précis. J'aimerais savoir ce qu'ils ont réussi à faire le long des côtes américaines, et s'ils possédaient des armes un peu bizarres.

— Les sous-marins de la marine impériale, hein ? Je me souviens qu'ils ont tenté quelques attaques contre la côte ouest, avec peu de succès, mais ça fait un bout de temps que je ne me suis pas plongé dans mes dossiers sur cette période. Il va falloir que je fouine un peu pour te répondre.

— Merci, Julien. Ah, autre chose. Dis-moi si tu trouves quoi que ce soit sur un usage militaire du cyanure.

— Du cyanure ! Alors ça, ça serait vraiment méchant, commenta Perlmutter avant de raccrocher.

*

Malgré l'énorme quantité de documents maritimes érudits, livres ou manuscrits, qui encombraient sa roulotte à Georgetown, Julien Perlmutter ne mit que quelques secondes à trouver ce qu'il cherchait. Avec ses yeux bleus pétillants, sa grosse barbe grise et son énorme brioche qui lui faisait dépasser allègrement les cent quatre-vingts kilos, il ressemblait à une espèce de Père Noël gonflé à l'hélium. Si son penchant pour la bonne chère était célèbre, Perlmutter était surtout connu comme l'un des plus grands professeurs d'histoire navale du pays.

Vêtu d'un pyjama de soie et d'une robe de chambre en cachemire, il se promena sur l'épais tapis persan qui jouxtait sa bibliothèque en acajou, et avec ses grosses pattes, il sortit un ouvrage et deux gros classeurs. Satisfait de ce qu'il avait trouvé, le géant retourna s'asseoir dans un moelleux fauteuil en cuir rouge près duquel l'attendaient une petite assiette de truffes et une théière.

*

71

Dirk poursuivit sa route vers Portland, où il trouva la foire aux voitures anciennes qu'il cherchait, dans un grand espace vert situé aux portes de la ville. Des dizaines de gens tournaient autour des automobiles rutilantes. Ces voitures, qui dataient pour la plupart des années quarante, cinquante et soixante, étaient alignées sur une immense pelouse. Dirk alla flâner près des véhicules, admirant le merveilleux travail de restauration, peintures superbes et remises en état de la mécanique. Il se dirigea enfin vers une vaste tente blanche dans laquelle se déroulaient les enchères.

A l'intérieur, des haut-parleurs hurlaient les annonces du commissaire-priseur qui annonçait les offres en rafale, à la cadence d'une mitrailleuse. Attrapant un siège un peu à l'écart de la cohue, Dirk s'installa pour observer, amusé, le spectacle des enchères. Les commissaires portaient des tenues ridicules, smokings des années soixante-dix et chapeaux de cow-boy de mauvaise qualité, et faisaient des entrechats pour essayer de chauffer l'ambiance. Dirk réussit à s'asseoir alors que, après plusieurs Corvettes et une Thunderbird de première génération, l'on apportait sur l'estrade une Chrysler 300-D de 1958. L'énorme voiture avait sa peinture turquoise d'origine, agrémentée de kilomètres de chromes et d'une paire d'ailerons qui dépassaient de chaque côté à l'arrière comme la nageoire dorsale d'un requin. Réagissant comme seul un véritable passionné de voitures peut le comprendre, Dirk sentit son cœur battre à la vue de ce monstre de verre et d'acier.

— Voici une automobile parfaitement restaurée, prête pour un concours, par les Etablissements Pastime de Golden, dans le Colorado, lança le commissaire-priseur.

Et il reprit ses boniments, mais, de manière assez surprenante, les enchères stagnèrent vite. Dirk leva alors la main et se trouva en concurrence avec une espèce de gros type en bretelles jaunes. Il contra ses offres du tac au tac, pour lui montrer sa détermination. La tactique se révéla efficace : Bretelles Jaunes arrêta les frais au bout de trois enchères et se dirigea vers le bar.

— Vendu au monsieur avec la casquette de la NUMA ! aboya le commissaire tandis que l'assistance applaudissait poliment.

Cette petite folie allait lui coûter quelques mois de salaire, mais Dirk avait fait une bonne affaire. Il existait moins de deux cents exemplaires de la version décapotable de ce modèle de 1958. Comme il réglait les derniers détails pour faire expédier la voiture à Seattle, son téléphone sonna.

— Dirk, c'est Julien. J'ai trouvé des infos qui devraient t'intéresser.

— Ça c'est du rapide.

— Je voulais t'en parler avant de dîner, expliqua Perlmutter, qui pensait déjà à son prochain repas.

— Je t'écoute, dit Dirk.

— Après Pearl Harbour, les Japonais ont envoyé neuf ou dix sous-marins en patrouille devant la côte ouest, mais ils les ont progressivement retirés au fur et à mesure que le théâtre des opérations se déplaçait dans le Pacifique Sud. Leur mission prioritaire était la reconnaissance, ils surveillaient les baies et les ports importants, les mouvements de grands bâtiments. Au commencement de la guerre, ils ont réussi à couler quelques navires marchands et à créer une certaine psychose dans la population. Leur première attaque a eu lieu début 42 lorsque le *I-17* a tiré quelques obus près de Santa Barbara, endommageant une jetée et un vieux derrick. En juin 1942, le *I-25* en a fait autant devant Fort Stevens, près d'Astoria, dans l'Oregon, tandis que le *I-26* bombardait une station radio sur l'île de Vancouver, au Canada. Sans faire de victime, dans les deux cas. En août 42, le *I-25* est réapparu dans les parages du Cap Blanco, toujours dans l'Oregon, et a lancé un hydravion armé de bombes incendiaires. Ils voulaient allumer des incendies dans les forêts du coin. Mais cette tentative a échoué, il n'y a eu que quelques départs de feu.

— A t'entendre, des attaques pour emmerder le monde, commenta Dirk.

— Exactement, elles ne répondaient à aucun objectif stratégique précis. Les choses ont commencé à se calmer après cette attaque incendiaire : les sous-marins ont été transférés dans le Nord en soutien à la campagne des Aléoutiennes. Ils ont participé activement à la prise puis à l'évacuation des îles de Attu et de Kiska au cours des combats de 1943. Les Japonais ont perdu cinq sous-marins pendant cette affaire, nos moyens sonars avaient fait des progrès. Après la chute de Kiska, seuls de rares sous-marins ont continué d'opérer dans le Pacifique Nord et le Pacifique Ouest. Le *I-180* a coulé en avril 1944 après avoir été attaqué près de Kodiak, en Alaska, puis les choses se sont calmées jusqu'en juin 1945, époque à laquelle le *I-403* a été coulé à son tour au large du Cap Flattery, dans l'Etat de Washington.

— C'est bizarre qu'ils aient envoyé un de leurs sous-marins se faire couler sur la côte ouest à un moment où leur marine était à bout de forces.

— Et c'est encore plus étrange quand tu penses que le *I-403* était l'une de leurs plus grosses unités. Apparemment, il préparait une attaque aérienne lorsqu'il a été surpris par un destroyer américain.

— J'ai du mal à croire qu'ils aient eu des sous-marins capables d'emporter un aéronef, fit Dirk.

— Les plus grands pouvaient emporter jusqu'à trois appareils. C'étaient de vrais mastodontes.

— Et l'utilisation d'armes au cyanure ? Tu en as trouvé trace ?

— Aucune trace écrite, mais ces armes ont bien existé. A ma connaissance, c'est l'Armée impériale japonaise et son unité de guerre biologique installée en Chine qui ont expérimenté des armes chimiques et biologiques. Et elles se sont amusées avec des obus au cyanure, entre autres choses, il est donc probable que la marine ait essayé de s'en servir, mais je n'ai aucune archive qui le mentionne explicitement.

— Ecoute, Julien, je sais que c'est impossible à prouver, mais je soupçonne le *I-25* d'avoir tiré un obus au cyanure qui a tué quatre personnes, la veille du jour où il a attaqué Fort Stevens.

— Oui, c'est possible, mais c'est difficile à démontrer, car le *I-25* a disparu dans le Pacifique Sud. Il a sans doute été coulé près d'Espiritu Santo en 1943. Et à une exception près, tous les documents que j'ai pu consulter indiquent que les bâtiments japonais ne possédaient que des armes conventionnelles.

— Et qu'est-ce que c'est, cette exception ?

— Encore le *I-403*. Dans une revue de l'armée de terre publiée après guerre, j'ai retrouvé une info intéressante. Un lot de munitions *Makaze* aurait été fourni à la marine et embarqué à bord d'un sous-marin qui a appareillé de Kuré et n'est jamais rentré. Pourtant, je n'ai jamais trouvé aucune autre référence à ce *Makaze*, même pas dans mes dossiers sur les munitions.

— Qu'est-ce que ça veut dire *Makaze* ?

— Pour être au plus près du sens, je dirais quelque chose comme : « Vent mortel. »

*

Dirk passa un bref coup de fil à Leo Delgado, le second du *Deep Endeavor*, puis rejoignit Dahlgren, qui buvait une bière dans un bar surplombant le lac Washington après une matinée de kayak avec sa banquière.

74

— Dis-moi, Jack, lui demanda Dirk, tu serais partant pour faire un peu de plongée demain ?

— On va pêcher du saumon dans la baie ?

— A vrai dire, le poisson qui m'intéresse est un peu plus gros. Et un peu moins frais aussi. Il est mort depuis soixante ans.

Chapitre 7

IRV FOWLER se réveilla avec un mal de tête effroyable. J'ai bu trop de bière hier soir, se dit le chercheur en s'extrayant de son lit. Après avoir avalé un café et un beignet, il essaya de se convaincre qu'il se sentait mieux. La journée avait beau s'avancer, la douleur revenait par vagues. Les nombreux cachets d'aspirine qu'il avala n'y firent rien. Puis il commença à ressentir des douleurs dans le dos : le moindre mouvement le faisait souffrir. Au milieu de l'après-midi, il se sentait faible, fatigué, et quitta assez tôt son bureau des Services de santé de l'Etat pour rentrer chez lui se reposer.

Après avoir bu un bol de consommé de poulet, il ressentit des douleurs au ventre. Bon, songea-t-il, on dirait que les remèdes maison ne marchent pas. Il se coucha et s'assoupit à plusieurs reprises, dormant d'un sommeil agité, puis retourna à la salle de bains reprendre de l'aspirine. En observant dans la glace son visage aux traits tirés, il remarqua de petites taches rouges sur ses joues.

— Jamais chopé une crève pareille, marmonna-t-il.

Puis il retourna dans sa chambre et s'effondra sur son lit.

*

L'hôtel Hilton de Tokyo avait mis en place des mesures de sécurité draconiennes : les invités au banquet privé devaient franchir trois points de contrôle avant de pénétrer dans la gigantesque salle à manger. Le dîner annuel de l'Association japonaise des exportateurs était toujours l'occasion d'un déploiement de luxe exceptionnel. On embauchait les meilleurs animateurs pour accueillir les chefs d'entreprise et les dignitaires les plus influents du pays. Les présidents des grandes sociétés exportatrices japonaises finançaient ce dîner pour le compte de leurs partenaires commerciaux. En dehors de ces clients importants, on trouvait là les ambassadeurs des pays qui constituaient les principaux marchés du Japon ; on les recevait tous avec les égards dus à des invités de marque.

L'assassinat récent de l'ambassadeur des Etats-Unis, Hamilton, puis la triste affaire de l'inauguration de la SemCon étaient sur toutes les lèvres. Aussi, lorsque le numéro deux de la mission américaine, Robert Bridges, fit son entrée en compagnie de deux gardes du corps, toutes les têtes se tournèrent vers lui.

Bien que diplomate de carrière, Bridges était plus habitué aux travaux de stratégie ou aux réunions d'affaires concernant la sécurité qu'aux manifestations mondaines. Tout en échangeant quelques formalités avec un responsable japonais du commerce, il songeait qu'il était bien moins doué que Hamilton pour serrer les mains. L'un de leurs hôtes arriva bientôt et le conduisit à une petite table où il s'installa en compagnie de quelques diplomates européens.

On apporta les mets traditionnels, sashimis et vermicelles au soja, puis une troupe d'élégantes geishas fit son apparition. Virevoltantes, vêtues de kimonos aux couleurs vives, elles agitaient leurs éventails de bambou. Tout en les admirant, Bridges vida un verre de saké pour mieux supporter la conversation de l'ambassadeur de France, assis à ses côtés, qui se plaignait de la piètre qualité des vins asiatiques.

Lorsque le premier plat fut terminé, plusieurs hommes d'affaires se succédèrent au micro pour prononcer des discours sans fin à leur propre gloire. Bridges en profita pour aller faire un tour aux toilettes, précédé par un garde du corps solidement bâti.

Le garde du corps inspecta les sanitaires carrelés. Il n'y avait personne, en dehors d'un serveur occupé à se laver les mains dans le fond de la pièce. Laissant Bridges se diriger vers un urinoir, le garde referma la porte et se posta juste devant, à l'intérieur des toilettes.

Le serveur chauve termina sans se presser ses ablutions et tourna le dos au garde du corps pour se sécher les mains avec une serviette en papier. Lorsqu'il se retourna, le garde du corps découvrit, stupéfait, qu'il avait un automatique 6.35 à la main. Le petit pistolet était muni d'un silencieux et pointé droit sur sa tête. Plongeant instinctivement la main dans sa veste pour prendre son arme, il n'eut pas le temps d'achever son geste que le 6.35 émit une toux étouffée. Il vit alors dans le miroir qu'il avait un petit trou rouge au front, bien propre, juste au-dessus du sourcil gauche. Puis il bascula en arrière et s'effondra sur le sol dans un bruit sourd.

Bridges n'avait pas entendu le coup de feu, mais le bruit du corps tombant à terre le fit sursauter et il se retourna brusquement.

Le chauve en uniforme de serveur le fixait d'un regard glacial et sans pitié. Il arborait un petit sourire sadique qui découvrait des dents jaunâtres. Sans dire un mot, il pressa deux fois la détente et regarda Bridges porter les mains à sa poitrine puis tomber à son tour. L'assassin sortit de sa poche une feuille imprimée qu'il roula en cylindre avant de l'introduire dans la bouche du diplomate, comme un mât de pavillon. Il démonta ensuite soigneusement son silencieux, enjamba les deux corps avec précaution, ouvrit la porte et disparut enfin dans un couloir qui menait aux cuisines.

Chapitre 8

L'ÉTRAVE en fibre de verre de l'annexe du *Deep Endeavor*, un Parker de huit mètres, plongeait lourdement dans une forte houle bien formée. Le bateau laissait derrière lui un sillage d'écume blanche. Plus petite que la majorité des bateaux de la NUMA, cette embarcation robuste, dont le nom, le *Grincheux*, était peint sur le tableau arrière, était idéale pour des opérations dans les eaux côtières ou entre les îles, mais aussi pour les expéditions impliquant des plongées en eaux profondes.

Leo Delgado mit la barre à droite et le *Grincheux* vira sèchement sur tribord pour éviter un gros cargo rouge qui se dirigeait sur eux, cap sur l'entrée du détroit de Juan de Fuca.

— Quelle distance jusqu'au détroit ? demanda Leo en contrant la barre pour prendre le sillage du cargo de face.

Serrés dans l'abri de navigation, Dirk et Dahlgren étaient penchés sur une minuscule table à cartes. Ils examinaient leur position, près de l'entrée dans le Pacifique, environ 25 nautiques à l'ouest de Seattle.

— En gros, douze nautiques dans le sud-ouest du Cap Flattery, lança Dirk par-dessus son épaule.

Il donna à Delgado la latitude et la longitude du point à viser. Le second du *Deep Endeavor* attrapa un pavé numérique et entra la position dans le système de navigation électronique. Quelques secondes plus tard, un petit carré blanc apparut en haut de l'écran plat fixé au plafond. En bas, un petit triangle blanc clignotant symbolisait la position du *Grincheux*. Grâce au GPS, Delgado pouvait déterminer le cap à suivre pour rallier leur destination.

— Bon, les gars, vous êtes sûrs que le capitaine ne va pas découvrir que vous lui avez emprunté son canot et que nous sommes en train de lui griller son gazole pour aller prendre un petit bain ? leur demanda Delgado, un peu embêté.

— Tu veux dire que ce bateau est sa propriété privée ? répondit Dirk, faussement horrifié.

— S'il découvre quoi que ce soit, on lui dira qu'on a croisé Bill Gates et qu'il nous a proposé quelques millions de stock-options si on l'emmenait faire une petite virée, fit Dahlgren.

— Merci les gars, je savais que je pouvais compter sur vous, grommela Delgado. A propos, vous êtes sûrs de la position de votre sous-marin ?

— On l'a trouvée dans le rapport officiel de la marine sur le naufrage que Perlmutter m'a faxé, répondit Dirk en s'accrochant au surbau pour ne pas perdre l'équilibre. Nous allons démarrer à l'endroit indiqué par le destroyer qui a coulé le *I-403*.

— C'est vraiment dommage que la marine n'ait pas eu le GPS en 1945... remarqua Delgado.

— Ouais, les rapports de temps de guerre ne sont pas toujours très précis, surtout s'agissant des positions. Mais le destroyer n'était pas très loin du rivage quand il a engagé ce sous-marin, donc la position qu'il a notée doit être assez exacte.

Lorsque le *Grincheux* atteignit l'endroit marqué, Delgado réduisit les gaz et entreprit de créer un schéma de recherche sur l'ordinateur de bord. Sur la plage arrière, Dirk et Dahlgren s'employaient à sortir de son ber en plastique le sonar latéral, un Klein type 300. Pendant que Dirk connectait les câbles au boîtier de commande, Dahlgren hissa le sonar, un cylindre de couleur jaune, par-dessus le plat-bord, et le mit à l'eau par l'arrière.

— Poisson à l'eau, cria-t-il.

Delgado ralluma les gaz et le bateau se remit en route. Au bout de quelques minutes, Dirk avait fini de calibrer le capteur. On voyait défiler sur l'écran de couleur des lignes continues plus ou moins sombres. Ces courbes représentaient les réflexions des ondes acoustiques sur le sol marin et donnaient une image de son relief.

— J'ai défini une grille d'un nautique de côté centrée sur la position indiquée par le *Theodore Knight* lorsqu'il a éperonné le sous-marin, annonça Delgado.

— Ça me paraît bien pour commencer, répondit Dirk. On pourra élargir la zone en cas de besoin.

Delgado fit suivre au bateau la ligne blanche tracée à l'écran, puis, arrivé au bout, vira à 180 degrés pour attaquer le segment suivant. Le *Grincheux* effectua ainsi une série d'allers-retours, parcourant les uns après les autres tous les tronçons du schéma de recherche, espacés de deux cents mètres. Dirk, penché sur l'écran du sonar, cherchait l'image d'une masse allongée, la coque du sous-marin couchée sur le fond.

Une heure passa ainsi, les seules images intéressantes qu'ils recueillirent furent celles de deux fûts de deux cents litres. Au bout de deux heures, Dahlgren sortit des sandwichs au thon d'une glacière et essaya de détendre l'atmosphère en balançant quelques blagues assez vaseuses. Finalement, après trois heures de recherches, Dirk se mit à crier :

— Je vois la cible ! Marquez la position !

Peu à peu, l'image floue d'un objet allongé apparut à l'écran ; on distingua bientôt deux protubérances à l'une des extrémités, et enfin un objet de grande taille à peu près au milieu.

— Dieu tout-puissant, s'écria Dahlgren qui examinait lui aussi l'image, voilà qui ressemble fort à un sous-marin.

Dirk jeta un coup d'œil à l'échelle graphique affichée en bas.

— Il fait environ 120 mètres de long, ça colle avec ce que m'a dit Perlmutter. Leo, on va faire une autre passe pour affiner la position puis essayer de se mettre à la verticale.

— Ça me paraît faisable, répondit le second avec un grand sourire.

Il fit demi-tour et le *Grincheux* repassa au-dessus de l'objet. L'image obtenue lors de cette seconde passe leur montra que le sous-marin était intact, il donnait même l'impression d'être posé droit sur le fond. Tandis que Delgado notait la position GPS, Dirk et Dahlgren remontèrent le sonar à bord avant d'ouvrir deux gros sacs de plongeurs.

— Dis-moi, Leo, y a combien de fond dans le coin ? demanda Dahlgren en passant les pieds dans sa combinaison en néoprène.

— Un peu moins de 60 mètres, répondit Delgado après avoir jeté un coup d'œil au sondeur qui ronflait.

— Ce qui nous donne vingt minutes en bas et vingt-cinq de palier, ajouta Dirk, qui connaissait par cœur les tables de décompression de la marine.

— C'est pas lourd pour examiner un morceau pareil, lui dit Dahlgren.

— Ce qui m'intéresse en priorité, c'est l'armement des avions.

81

D'après le rapport de la marine, les deux appareils se trouvaient sur le pont lorsque le destroyer a attaqué. Je parie que les deux formes jumelles près de l'étrave sont les bombardiers Seirans.

— J'espère, dit Dahlgren. J'aimerais mieux ne pas être obligé de pénétrer dans ce cercueil.

Dahlgren imaginait trop bien le spectacle qui les attendrait là. Il boucla sa ceinture lestée, une ceinture qui avait visiblement beaucoup vécu.

Lorsque les deux hommes eurent fini de s'équiper, Delgado amena le bateau au-dessus du sous-marin et jeta à l'eau une petite bouée avec soixante-dix mètres d'orin. Les deux plongeurs enjambèrent le plat-bord et sautèrent à l'eau.

*

Dirk ressentit un choc au contact de l'eau froide. Il s'immergea et fit une pause dans les eaux verdâtres, le temps de laisser la fine couche d'eau, sous sa combinaison, se réchauffer au contact de sa peau.

— Bon sang, je savais bien qu'on aurait dû prendre les combinaisons intégrales.

C'était la voix de Dahlgren, déformée par le système de transmission intégré aux masques qui leur permettait de garder le contact sous l'eau.

— Mais non, voyons, il fait aussi bon que dans les Keys, lui répondit Dirk, faisant allusion aux eaux chaudes de la Floride.

— A mon avis, t'as bouffé trop de saumon fumé, répliqua Dahlgren.

Dirk purgea le compensateur de flottabilité et décompressa avant de basculer et de palmer vers le fond en suivant l'orin de la bouée. Dahlgren suivait quelques mètres derrière. Comme un léger courant les entraînait vers l'est, Dirk modifia la pente de descente en inclinant son corps pour essayer de rester au-dessus de l'épave. Ils continuèrent à descendre et passèrent bientôt la thermocline. Brusquement, la température baissa d'un cran. Ils étaient à trente mètres, l'eau trouble qui filtrait la lumière du jour devenait de plus en plus sombre. A trente-cinq mètres, Dirk alluma sa lampe frontale, assez semblable à une lampe de mineur. Ils descendirent encore de quelques mètres et soudain, la longue forme sombre surgit de l'obscurité.

L'énorme sous-marin noir reposait sur le fond, silencieux mausolée d'acier. En sombrant, il s'était posé sur la quille et était resté parfaitement droit, comme paré à reprendre la mer. En s'approchant, Dirk et Dahlgren purent mesurer, ébahis, les dimensions phénoménales du bâtiment... Ils descendirent encore pour s'approcher de l'étrave. De là, on ne voyait guère que le quart de la coque, tout le reste se perdait dans le noir.

Dirk resta à l'avant pendant un bon moment, en palmant doucement, puis il se dirigea vers la catapulte installée sur le pont milieu.

— Tiens, Dirk, j'aperçois l'un des avions... Par là, fit Dahlgren en tendant le bras vers un monceau de débris qui s'élevait à bâbord. Je vais jeter un œil.

— L'autre doit être derrière, d'après ce qu'on a vu au sonar, lui répondit Dirk qui longeait le pont.

Dahlgren se dirigea rapidement vers la carcasse qu'il avait repérée. Il était facile d'identifier l'hydravion monomoteur sous la fine couche de vase. Le Seiran Aichi M6A1 était un appareil à voilure unique, aux lignes très pures, conçu spécialement pour être lancé d'un sous-marin. Sa silhouette insolite, assez semblable à celle des chasseurs Messerschmitt, était rendue plus comique encore par la présence de deux flotteurs accrochés assez bas sous les ailes, comme deux chaussures de clown qui dépassaient du fuselage. Il n'en subsistait qu'un morceau à gauche, car l'aile tout entière avait été arrachée par le destroyer américain. Mais du côté droit, le fuselage et l'aile étaient presque intacts, tordus tout de même à un angle bizarre par le flotteur endommagé. Dahlgren descendit au ras du fond, devant l'appareil, pour inspecter le ventre et le dessous de la voilure. S'approchant encore, il souleva un nuage de vase autour de plusieurs excroissances, les points d'attache des bombes. L'emplacement était vide.

Il remonta lentement jusqu'au dos de l'avion, donna un léger coup de pied sur la verrière brisée et dégagea la vase qui s'y était accumulée. Il éclaira l'intérieur avec le faisceau de sa lampe et s'immobilisa, saisi : un crâne humain, sur le siège du pilote, lui adressait un sourire macabre. Il fouilla le cockpit avec sa lampe et aperçut, posées sur le plancher, deux bottes de vol. Un gros os dépassait de l'une d'entre elles. Le reste du squelette s'était éparpillé un peu partout, l'homme ayant coulé avec le bâtiment. Il s'écarta un peu et appela Dirk.

— Ecoute, mon petit lapin, j'ai fait le tour de l'un des deux hydravions. Apparemment, il n'avait pas d'armes à bord quand il a coulé. Mais si ça peut te consoler, tu as le bonjour de Monsieur Squelette.

— J'ai trouvé les restes de l'autre avion, vide. On se retrouve près du massif.

Dirk avait découvert le second bombardier à une trentaine de mètres du sous-marin, retourné sur le dos. Les deux jambes des flotteurs avaient été arrachées lorsque le sous-marin avait coulé et le fuselage, encore entier avec ses ailes, était descendu en feuille morte jusqu'au fond. Il était facile de vérifier qu'aucune munition n'avait été montée sur l'intrados, pas le moindre signe de la présence d'une bombe ou d'une torpille lorsque l'avion s'était englouti.

Dirk remonta au niveau du pont et suivit la rampe de la catapulte, longue de vingt-cinq mètres, jusqu'à un grand panneau circulaire. Ce panneau donnait accès à un vaste cylindre de quatre mètres de diamètre : le hangar, où étaient stockés les éléments des avions assemblés avant le catapultage. Un affût était monté sur le hangar, trois canons antiaériens de 25 millimètres pointés vers le ciel comme s'ils guettaient encore un ennemi invisible.

Au milieu du *I-403* et au lieu du massif qu'il s'attendait à trouver là, Dirk tomba sur un trou béant, tout ce qui restait du kiosque arraché dans la collision. Un petit banc de lottes batifolait au bord du cratère à la recherche de nourriture, ajoutant une touche de couleur à cette scène sinistre.

— Putain, dit Dahlgren qui s'était approché du cratère, tu pourrais y faire passer ta Chrysler.

— Et avec les rechanges en plus. Il a dû descendre très vite quand le massif a été arraché.

Silencieux, les deux hommes imaginaient la collision violente entre les deux bâtiments de guerre, la fin terrible qu'avait connue l'équipage.

— Jack, si tu allais faire un tour dans le hangar pour voir si tu ne trouves pas des munitions ? lui dit Dirk. Moi, je vais aller voir s'il y en a en bas.

Il consulta les chiffres fluorescents de sa montre de plongée, une Doxa que lui avait offerte son père pour son dernier anniversaire.

— Plus que huit minutes, faut faire vite.

— Je te retrouve ici dans six minutes.

En un battement de palmes, Dahlgren disparut dans l'ouverture du hangar.

Dirk pénétra dans la sombre crevasse percée à côté du cylindre, dans un magma de tôles tordues et écrasées. En descendant, il tomba sur les deux coques épaisses parallèles, caractéristique assez inhabituelle et propre à ce type de sous-marin. Il passa à travers un panneau et reconnut le central, avec sa barre à présent recouverte d'anatifes. Des équipements radio étaient fixés sur une cloison; une autre, comme le plafond, était truffée de manettes et de sectionnements. Il dirigea le faisceau de sa lampe sur un bloc de manœuvre et lut sur l'étiquette, écrit en lettres blanches : BARRASUTO TANKU. Sans doute des purges de ballasts.

Il donna un léger coup de pied et se propulsa doucement vers l'avant en faisant bien attention de ne pas soulever la vase qui s'était déposée sur le pont. Passant ainsi d'un compartiment au suivant, il avait l'impression de voir revivre les sous-mariniers japonais. Dans la cuisine minuscule, des assiettes et de l'argenterie jonchaient le sol, et de petites fioles de saké s'alignaient sur une étagère. Et dans le carré assez vaste, bordé d'un côté par les couchettes des officiers, un temple shintoïste miniature luisait doucement contre une cloison.

Il poursuivit sa progression, conscient qu'il lui restait peu d'oxygène, en essayant d'enregistrer tout ce qu'il voyait. Il longea des faisceaux de tuyauteries, de câbles, de circuits hydrauliques et arriva ainsi au poste des officiers mariniers. Puis il atteignit enfin le but de son exploration : le poste torpilles. D'un bond puissant, il s'approcha du panneau d'entrée. Comme il allait le franchir, il s'arrêta net.

Il cligna des yeux : peut-être sa vue lui jouait-elle des tours ? Il éteignit sa lampe et regarda de nouveau. Il n'avait pas rêvé.

Dans les entrailles de ce sous-marin rongé par la rouille, enseveli dans les profondeurs depuis plus de soixante ans, il y avait une petite lumière, faible mais très nette, une lumière verte qui clignotait.

Chapitre 9

Dirk se glissa à travers l'ouverture du panneau et pénétra dans le poste torpilles où régnait une obscurité totale à l'exception des stupéfiants éclairs verts. Il finit par comprendre qu'il s'agissait de deux petites ampoules, placées à la hauteur de ses yeux et fixées sur la cloison la plus éloignée du compartiment.

Il ralluma sa lampe et inspecta le local. Il se trouvait dans le poste torpilles supérieur, l'un des deux que possédait le *I-403*, superposés dans le plan vertical à l'avant. Près de la cloison avant, il aperçut les portes rondes des quatre tubes de 533 et, alignées en deux rangées de chaque bord dans leurs berceaux, six énormes torpilles Type 95, plus fiables et plus puissantes que leurs équivalents américains de l'époque. Il y en avait deux autres, tombées sur le plancher, arrachées de leurs supports lorsque le sous-marin avait percuté le fond. Et c'était juste au-dessus de l'une d'elles que clignotait l'étrange lumière verte.

Dirk s'approcha, plaquant la visière de son masque sur les lueurs. Elles provenaient d'une petite pendule numérique fixée au bout du berceau des torpilles. Les gros chiffres fluorescents étaient tous à zéro, ce qui indiquait que l'appareil fonctionnait depuis plus de vingt-quatre heures. Mais cela durait peut-être depuis des jours, des semaines ou des mois, nul n'aurait su le dire. Seule chose certaine, cette pendule n'était pas là depuis soixante ans.

Dirk arracha le petit afficheur et le mit dans la poche de sa combinaison. Puis il leva les yeux. Les bulles d'air qui s'échappaient du respirateur ne montaient pas vers le plafond comme il s'y attendait, mais s'élevaient vers un trait de lumière blanche. D'un coup de palmes, il remonta un peu et se trouva devant un grand panneau qui donnait sur le pont. Le panneau avait été bloqué en position entrouverte, permettant aisément à un plongeur d'entrer et de sortir du poste torpilles.

Il entendit soudain une voix distordue dans son écouteur. C'était Dahlgren.

— Dirk, où es-tu ? Il est temps de remonter.

— Je suis au poste torpilles avant. Attends-moi près de l'étrave, j'en ai encore pour une minute.

Il consulta sa montre, constata que les huit minutes de sursis au fond étaient écoulées, puis revint en arrière jusqu'au berceau des torpilles.

Il y avait, écrasées sous l'une des torpilles tombées à terre, deux caisses en acajou, ouvertes comme des valises. Par miracle, elles avaient survécu aux ravages de l'eau salée et des micro-organismes. Mais il y avait plus étonnant encore : elles n'étaient pas recouvertes de limon, contrairement à tout ce qui se trouvait à bord du sous-marin. Cela devait signifier que quelqu'un avait récemment dégagé ces caisses afin de les ouvrir.

Il se pencha sur la plus proche, et en examina le contenu. On aurait dit une boîte d'œufs : six bombes pour avion s'alignaient sur des supports spécialement conçus pour les maintenir. Oblongues, munies d'ailerons de queue, elles mesuraient environ quatre-vingt-dix centimètres de long. La moitié d'entre elles était encore coincée sous la torpille, et toutes s'étaient brisées sous le choc. C'était pourtant bizarre : on aurait dit qu'elles avaient été fracturées et non écrasées par un simple choc mécanique. Dirk passa la main sur une partie intacte et fut surpris de constater qu'au toucher, la surface était lisse comme du verre.

D'un léger coup de palme, il se déplaça doucement vers la seconde caisse. Le contenu était identique. Les enveloppes des bombes avaient été écrasées par la torpille, comme pour la première caisse. Mais cette fois-ci, il compta cinq bombes au lieu de six. L'un des emplacements était vide. Il balaya la zone avec le faisceau de sa lampe pour inspecter les alentours. Le pont était dégagé dans toutes les directions, on ne notait la présence d'aucun fragment d'aucune sorte, il n'y avait pas de débris dans l'emplacement vide. L'une des bombes avait disparu.

— L'ascenseur s'en va, fit soudain la voix de Dahlgren.

— Tiens la porte, j'arrive.

Dirk jeta un coup d'œil à sa montre : il avait dépassé de près de cinq minutes le temps autorisé. Il se tourna une dernière fois vers les bombes et en sortit une du lot, la moins endommagée. Elle glissa de son emplacement et lui atterrit entre les mains, mais en trois morceaux. Vaille que vaille, il les déposa dans son sac de plongeur, serra le tout et, d'un coup de pied, gagna le panneau supérieur. Dahlgren l'attendait quelques mètres plus haut et ils remontèrent sans tarder pour atteindre le palier de décompression.

A quinze mètres, Dirk adopta une position fœtale pour ralentir la remontée et purgea un peu d'air de sa combinaison. Dahlgren en fit autant, ils se stabilisèrent à sept mètres pour laisser à leur organisme le temps de se débarrasser de l'azote dissous dans le sang.

— Les cinq minutes en trop que nous avons passées au fond vont nous en coûter treize de palier supplémentaire. Mes bouteilles seront à sec avant les trente-huit minutes nécessaires, dit Dahlgren en regardant son mano presque à zéro.

Mais avant que Dirk ait eu le temps de répondre, ils entendirent un bruit métallique étouffé à quelque distance.

— N'aie pas peur, Leo est là, fit Dirk en lui montrant quelque chose, à une quinzaine de mètres au-dessus d'eux.

Sous sept mètres d'eau, il y avait une paire de bouteilles avec ses détendeurs qui dansait au bout d'un filin. Delgado, occupé à manger une banane sur la plage arrière du *Grincheux*, tenait l'autre extrémité. Il surveillait les bulles qui remontaient pour s'assurer que ses deux plongeurs ne dérivaient pas trop loin. Après avoir passé quinze minutes à sept mètres, les deux hommes attrapèrent les détendeurs de rechange et remontèrent à trois mètres pour un nouveau palier de vingt-cinq minutes. Lorsqu'ils refirent enfin surface pour se hisser à bord, Delgado leur fit un petit geste en guise de bienvenue et reprit le chemin de la côte.

Comme ils arrivaient dans les eaux plus calmes du détroit, Dirk défit le paquet qui contenait les fragments de bombe et les étala sur le pont.

— T'as rien vu du même genre sur l'avion ou dans le hangar ? demanda-t-il à Dahlgren.

— Sûr que non. J'ai trouvé des tas de trucs, des outils et d'autres débris dans le hangar, mais rien qui ressemble à ça, répondit Dahlgren en examinant les morceaux. Mais pourquoi est-ce qu'une enveloppe de bombe se casserait de cette façon ?

— Parce qu'elle est en porcelaine, répondit Dirk en lui en tendant un.

Dahlgren passa le doigt sur la surface avant de hocher la tête.

— Une bombe en porcelaine. Idéal pour agresser des dames en train de prendre le thé, j'imagine.

— Ça a sans doute un rapport avec le contenu.

Dirk remit les morceaux en place comme les pièces d'un puzzle pour reconstituer l'arme. Le boîtier d'armement avait disparu depuis longtemps, détruit par l'eau de mer, mais on voyait très bien comment était conçu l'ensemble.

— On dirait qu'il s'agit de différents constituants faits pour réagir ensemble au moment de la détonation.

— Une bombe incendiaire ? suggéra Dahlgren.

— Peut-être, fit Dirk.

Il fouilla dans la poche de sa combinaison et en sortit le boîtier chronométrique.

— En tout cas, quelqu'un s'est donné bien du mal pour récupérer une de ces bombes, dit-il en passant le boîtier à Dahlgren.

Dahlgren tourna et retourna l'objet entre ses mains.

— Leur premier propriétaire, peut-être, dit-il, l'air préoccupé.

Il montra à Dirk l'envers du boîtier. Le couvercle en plastique portait une inscription, une suite incompréhensible d'idéogrammes asiatiques.

Chapitre 10

LES CONSEILLERS du Président pour les affaires de sécurité se battaient comme une bande de hyènes autour d'un zèbre fraîchement tué. Chacun essayait de faire porter au voisin la responsabilité de ce qui venait de se passer au Japon. Autant dire que les coups volaient assez bas dans la salle de réunion du Cabinet, située dans l'aile ouest de la Maison Blanche.

— C'est purement et simplement un gros ratage des services de renseignements, se plaignait amèrement le secrétaire d'Etat. Nos consulats ne bénéficient pas du soutien auquel ils pourraient s'attendre de la part des services secrets et, résultat, deux de mes collaborateurs sont morts.

— Aucun élément ne nous permettait de prévoir un surcroît d'activité terroriste au Japon, lui rétorqua le directeur adjoint de la CIA. Les rapports diplomatiques qui sont parvenus au Département d'Etat confirment que les services secrets japonais n'ont rien vu venir non plus.

— Messieurs, ce qui est fait est fait, coupa le Président en essayant d'allumer une pipe à l'ancienne mode.

Le président Garner Ward était très apprécié de l'opinion pour son bon sens et son pragmatisme. Originaire du Montana, il effectuait son premier mandat. Tout en encourageant les débats constructifs au sein de son cabinet, il appréciait peu les accusations mutuelles et les démonstrations d'autosatisfaction.

— Il nous faut de toute urgence comprendre la nature de la menace et les motivations de nos adversaires, puis définir une ligne

90

d'action, continua le Président. Nous devons aussi réfléchir à la nécessité éventuelle de renforcer les mesures de vigilance.

Il adressait cette remarque à Dennis Jiménez, ministre de l'Intérieur, qui se tenait de l'autre côté de la pièce.

— Avant toute chose, continua-t-il, nous devons essayer de préciser le profil des terroristes. Martin, pourriez-vous nous dire ce que nous en savons pour l'instant ?

Martin Finch, directeur du FBI, avait gardé la coupe de cheveux et le ton bourru de l'époque où il servait comme sergent dans les marines.

— Monsieur le Président, nous pensons que l'assassinat de l'ambassadeur Hamilton puis du chef de mission adjoint ont été commis par un seul et même individu. Le système de surveillance vidéo de l'hôtel où Bridges a été abattu a enregistré des images d'un serveur inconnu de la direction, qui coïncident avec les témoignages oculaires recueillis au golf après la mort de l'ambassadeur Hamilton.

— Y a-t-il un lien avec la mort de Chris Gavin et l'explosion à l'usine de la SemCon ? demanda le Président.

— Aucun lien prouvé, même si la note retrouvée dans la bouche de Bridges peut le laisser penser. Mais naturellement, nous traitons toutes ces affaires de manière globale.

— Et qui est ce suspect ? demanda le secrétaire d'Etat.

— Les autorités japonaises n'ont rien trouvé sur lui dans leurs fichiers. En tout cas, il n'a jamais été répertorié parmi les membres de l'Armée rouge japonaise. Apparemment inconnu au bataillon. Mais tous les services de sécurité japonais sont sur sa trace, et les contrôles aux frontières sont en état d'alerte.

— Même s'il n'a pas d'antécédents, je crois hautement probable que cet homme agisse pour le compte de l'Armée rouge, intervint le représentant de la CIA.

— Et la note qu'on a retrouvée sur Bridges, que disait-elle ? demanda Jiménez.

Finch fouilla dans un dossier et en tira une feuille tapée à la machine.

— C'est traduit du japonais. « Vous serez vaincus, vous, impérialistes américains qui souillez le sol du Japon par votre cupidité, ou alors un vent de mort soufflera un air glacial sur les rivages de l'Amérique. Signé ARJ, l'Armée rouge du Japon. » Le discours ampoulé classique.

91

— Quel est l'état actuel de cette Armée rouge, Martin ? demanda le Président. Je croyais qu'elle avait été anéantie il y a des années.

En attendant la réponse de Finch, il renversa la tête en arrière et souffla une bouffée de fumée au plafond.

— Comme vous le savez, l'ARJ est un groupuscule terroriste issu de plusieurs mouvements communistes japonais des années soixante-dix. Ses membres se livrent à des diatribes anti-impérialistes et veulent renverser le gouvernement ainsi que la monarchie japonaise par tous les moyens, légaux ou non. On les soupçonne d'avoir des liens avec les mouvements terroristes au Proche-Orient et avec la Corée du Nord. L'ARJ a commandité de nombreux attentats et enlèvements, et son action a culminé en 1975 avec la tentative de s'emparer de notre ambassade à Kuala Lumpur. Ensuite, dans les années quatre-vingt-dix, ses soutiens les plus influents l'ont abandonnée et, autour de 2000, la plupart de ses dirigeants ont été appréhendés. On s'accordait à dire que l'organisation avait disparu, pourtant, depuis deux ans, il semblerait qu'elle soit en train de renaître. Un certain nombre de publications, relayées par l'action des médias, ont reçu un accueil bienveillant dans un climat de déclin économique. Leur message est plus anti-américain et anticapitaliste qu'axé sur la mise en cause du gouvernement et a reçu un accueil plutôt favorable parmi la jeunesse du pays. Mais bizarrement, on ne connaît au mouvement aucun chef actif, aucune incarnation précise.

— Je confirme, monsieur le Président, dit le directeur adjoint de la CIA. Jusqu'à ce qu'on s'en prenne à nos représentants, cela faisait des années que l'organisation n'avait pas donné signe de vie. Ses chefs identifiés sont derrière les barreaux. Et franchement, nous sommes dans l'obscurité la plus totale concernant ces nouveaux attentats.

— Est-ce que Al-Qaïda pourrait être impliquée ?

— C'est possible, mais peu probable, répondit Finch. Les méthodes utilisées sont différentes et il n'existe aucune présence islamique visible au Japon.

— Les Japonais ne peuvent rien nous apprendre sur le sujet ? demanda encore le Président.

— Le FBI a dépêché au Japon une équipe de lutte antiterroriste qui travaille en étroite collaboration avec la police nationale. Les autorités japonaises savent pertinemment les effets négatifs que peuvent avoir ces assassinats pour leur pays et ont mis en place de gros moyens d'investigation. Nous ne pouvons guère leur demander quoi que ce soit qu'elles ne nous aient déjà proposé.

— Via le Département d'Etat, j'ai demandé au ministère japonais des Affaires étrangères d'établir un profil plus précis des étrangers à haut risque, intervint Jiménez. Nous allons renforcer la surveillance aux frontières avec le concours du FBI.

— Et à l'étranger, demanda le Président au secrétaire d'Etat, quelles sont les mesures prises pour éviter que de pareils assassinats se reproduisent?

— Nous avons diffusé des consignes spéciales de sécurité à toutes nos ambassades et nous leur avons fourni des moyens de protection supplémentaires pour tous les diplomates de haut rang. Le personnel de mon ministère a reçu pour ordre de réduire ses déplacements à l'étranger. Pour le moment, tous les ambassadeurs sont strictement confinés chez eux.

— Et pensez-vous, reprit le Président en s'adressant au ministre de l'Intérieur, qu'une menace imminente pèse sur notre territoire?

— Pas pour le moment, monsieur le Président. Tout ce qui arrive du Japon fait l'objet de contrôles renforcés, et je ne crois pas nécessaire d'aller plus loin.

— Marty, vous êtes d'accord?

— Oui. Je crois comme Dennis que ces incidents sont cantonnés au Japon.

— Parfait, commenta le Président en tirant une nouvelle bouffée sur sa pipe. Maintenant, du nouveau sur la mort de ces deux gardes-côtes en Alaska?

Finch consulta ses documents.

— Ça s'est passé dans l'île de Yunaska, dans les Aléoutiennes. Nous avons envoyé une équipe là-bas pour travailler avec les autorités locales. Elle enquête aussi sur cet hélicoptère de la NUMA qui a été descendu. Les premiers résultats suggèrent que les décès ont été provoqués par une diffusion aérienne de cyanure par des braconniers qui s'en servaient pour chasser le lion de mer. Nous essayons de retrouver un chalutier russe connu pour se livrer à ce genre d'activités. Les autorités locales pensent bientôt réussir à l'arraisonner.

— Du cyanure pour chasser le lion de mer? s'étonna le Président. Il y a vraiment des fous partout. Parfait, messieurs, conclut-il, nous devons tout mettre en œuvre pour retrouver les coupables.

Nous ne pouvons pas nous permettre de laisser nos diplomates se faire assassiner un peu partout dans le monde. Je connaissais Hamilton et Bridges, c'étaient des hommes de valeur.

— Nous les retrouverons, promit Finch.

— Faites le nécessaire, conclut le Président en vidant le fourneau de sa pipe dans un cendrier en métal. Je crains que ces gens-là n'aient plus d'une carte dans leur manche et je rejette leurs idées comme leur façon de les défendre.

Un petit tas de tabac incandescent tomba dans le cendrier avec un bruit incongru, et personne ne dit mot.

Chapitre 11

ALORS qu'il n'était affecté en Corée du Sud que depuis trois mois, Keith Catana avait déjà repéré son abreuvoir préféré à proximité de la base. Le bar Chang n'était guère différent de la dizaine d'établissements du même genre à « A-Town », le quartier minable construit près de Kunsan et qui avait pour principaux clients les Américains de la base de l'US Air Force toute proche. Chez Chang, on avait droit à la même musique assourdissante que dans toutes ces boîtes, et la bière OB, une production locale, était à un prix honnête. Mais, sans doute plus important encore aux yeux de Catana, c'est là que l'on trouvait les plus jolies filles de A-Town.

Abandonné là par deux copains qui avaient décidé de suivre des Américaines de la base dans une discothèque, Catana sirotait sa quatrième bière, content malgré tout dans cette ambiance bruyante. A vingt-trois ans, il avait le grade de sergent, spécialité électronicien d'aéronautique. Son boulot consistait à assurer la maintenance des chasseurs-bombardiers F-16 de la Huitième escadre de chasse. Implanté à quelques minutes de vol de la zone démilitarisée, son escadron était constamment en alerte, prêt à contrer le cas échéant une invasion du Sud par l'armée nord-coréenne.

Catana était en train de rêvasser à sa famille qui habitait l'Arkansas lorsque son attention fut attirée par une jeune fille, la plus jolie Coréenne qu'il eût jamais vue et qui venait de passer la porte. Quatre bières ne suffisaient pas à lui tourner la tête : cette fille était une vraie beauté. Ses longs cheveux noirs mettaient en valeur des traits finement dessinés, un ravissant petit nez et une jolie bouche, mais aussi des yeux noirs étonnamment effrontés. Sa minijupe en cuir et son chemisier de soie mettaient en valeur un corps certes menu, mais rendu plus excitant par une paire de seins magnifiques que la chirurgie avait contribué à rendre encore plus percutants.

Comme une tigresse en chasse, elle examina rapidement la foule qui se pressait au bar avant de repérer l'aviateur installé tout seul dans un coin. Sans le quitter des yeux, elle s'approcha de la table de Catana et se glissa avec grâce dans un fauteuil en face de lui.

— Hello, Joe. Tu m'offrirais une bière ? lui dit-elle en minaudant.

— Pas de problème, balbutia Catana.

Elle est vraiment beaucoup plus belle que les autres putains de la ville, songeait-il, et pas du genre à draguer de simples hommes de troupe. Il n'allait pas s'en plaindre. Si le ciel avait décidé de parachuter cette créature sur ses genoux le jour où tombait la solde, c'est que la chance lui souriait.

Après une seule bière, la catin lui suggéra d'un regard entendu de la suivre dans un endroit plus tranquille. Catana nota, agréablement surpris, qu'elle ne faisait pas de chichis sur les prix. A vrai dire, elle n'avait même pas abordé le sujet.

Elle l'emmena dans un motel bon marché, pas très loin, et ils entrèrent bras dessus bras dessous dans un hall entièrement éclairé par des lumières rouges. Au bout du hall, la jeune fille ouvrit la porte d'une petite chambre d'angle. Il y faisait chaud. Apparemment, dormir n'était pas ce qu'on y faisait le plus souvent et Catana put s'en convaincre en voyant le distributeur de préservatifs installé près du lit.

Après avoir refermé la porte, la fille enleva prestement son haut puis, l'enlaçant, lui donna un baiser torride. Catana entendit alors un léger bruit près de l'armoire, mais n'y prêta guère attention. Il transpirait à grosses gouttes dans les bras de cette créature exotique, si chaleureuse, effet à la fois de sa beauté, de l'alcool, du parfum entêtant qu'elle portait. Il était déjà en pleine extase lorsqu'il sentit un violent coup dans les reins suivi immédiatement d'une vive douleur. Titubant, il se retrouva soudain face à un homme. Un chauve, solidement bâti, qui lui adressa un sourire carnassier. Il tenait à la main une seringue hypodermique, prête à l'emploi.

Catana avait mal, mais il était incapable de réagir. Il avait l'impression d'être en coton. Il essaya de lever les mains, mais ses membres ne répondaient plus. Ses lèvres non plus. Il tenta de crier, sans succès. En quelques secondes, il sombra dans le noir.

Ce n'est que plusieurs heures plus tard qu'il émergea. Le sang lui battait aux tempes. Mais les coups qui résonnaient, lancinants, à ses oreilles, ne venaient pas de sa tête, comme il l'avait d'abord imaginé. C'était à l'extérieur, derrière la porte. Il essaya de s'éclaircir la vue ; tout était brouillé, il se sentait comme englué dans une moiteur poisseuse. Mais pourquoi ces coups redoublés ? Dans cette chambre faiblement éclairée, son cerveau n'arrivait pas à réfléchir et il restait en plein mystère.

Les coups cessèrent un instant, puis il y eut un grand choc dans la porte qui s'ouvrit toute grande. Une violente lumière inonda la pièce. Clignant des yeux dans l'obscurité, Catana vit des policiers faire irruption, suivis de deux photographes. Il se rendit soudain compte que tout était humide autour de lui.

Du sang. Il y en avait partout, sur les draps, sur les oreillers, sur tout son corps. Mais plus horrifiant encore, il y en avait partout sur le corps d'une femme nue allongée près de lui.

Instinctivement, il s'écarta du corps en comprenant qu'elle était morte. Deux des policiers l'arrachèrent du lit et lui passèrent les menottes. Il se mit à hurler.

— Que se passe-t-il ? Qui a fait ça ? criait-il, totalement hébété.

Il se tourna vers le lit, épouvanté, et vit l'un des policiers tirer le drap qui recouvrait partiellement le corps de la femme, le dénudant entièrement. On l'avait mutilée, au-delà de toute expression. Encore plus ébahi, Catana vit que ce corps n'était pas celui de la beauté qu'il avait rencontrée la veille. C'était celui d'une très jeune fille qu'il n'avait jamais vue.

Il s'effondra lorsqu'on l'emmena au milieu d'une meute de photographes. A midi, tous les médias avaient annoncé le viol et le meurtre d'une jeune Coréenne de treize ans par un soldat américain. Le pays tout entier vivait dans l'horreur. Le soir, c'était devenu un outrage national. Et lorsque l'on enterra la jeune fille, deux jours plus tard, ce fait divers était devenu une crise internationale de la plus haute gravité.

Chapitre 12

IL ÉTAIT midi, le soleil se reflétait violemment sur les eaux bleu turquoise de la mer de Bohol. Raul Biazon, biologiste employé par le gouvernement philippin, plissa les yeux pour distinguer le gros navire de recherche qui mouillait au loin. Il crut un instant que sa vue le trahissait. Un navire scientifique digne de ce nom ne pouvait pas être peint d'une couleur aussi voyante. Mais, comme la vieille vedette en bois s'approchait, il constata qu'il ne rêvait pas. En fait, le bâtiment était peint tout entier en bleu turquoise, si bien qu'il avait l'air de se perdre dans l'eau et non de flotter à la surface. C'est bien les Américains, ça, songea Biazon : ils ne veulent jamais rien faire comme tout le monde.

Le patron fit accoster la petite vedette le long de la muraille où pendait une échelle de coupée. Biazon, sans perdre de temps, sauta à bord. Il échangea quelques mots en tagalog avec le marin puis grimpa à l'échelle qui menait sur le pont. Il manqua rentrer dans un type de haute taille, bien musclé, qui l'attendait à la lisse. Doté d'une épaisse tignasse blonde et d'une carrure impressionnante qui lui donnaient l'air d'un Viking, l'homme portait un uniforme blanc d'officier de la marine marchande.

— Dr Biazon ? Bienvenue à bord du *Mariana Explorer* [1]. Je suis le capitaine Bill Stenseth.

Il avait les yeux gris et son sourire était plein de chaleur.

— Merci d'avoir accepté de m'accueillir avec aussi peu de

1. En référence à la fosse des Mariannes, la plus grande fosse sous-marine au monde (*NdT*).

préavis, capitaine, lui répondit Biazon, un peu étourdi. Lorsqu'un pêcheur m'a informé de la présence dans les parages d'un navire de la NUMA, je me suis dit que vous pourriez peut-être m'aider.

— Montons à la passerelle, il y fait moins chaud. Vous pourrez nous décrire cette catastrophe écologique dont vous nous parliez à la radio.

— J'espère que je ne vous dérange pas dans vos travaux en cours, lui dit Biazon tandis qu'ils grimpaient les échelles.

— Pas le moins du monde. Nous venons de terminer une campagne de relevés sismiques au large de Mindanao. Nous avons encore quelques essais techniques à faire avant de rallier Manille. En plus, conclut Stenseth en faisant la grimace, quand mon patron me dit : « Arrêtez-vous ici », je m'arrête.

— Votre patron ? demanda Biazon, gêné.

— Oui, mon patron, lui répondit le capitaine en gagnant l'aileron et en ouvrant une porte latérale. Il est à bord.

Biazon passa la porte et pénétra sur la passerelle, frissonnant dans l'atmosphère presque glaciale qui y régnait. Il remarqua au fond de la pièce un homme de haute taille, assez distingué, vêtu d'un short et d'un polo. Il était penché sur la table de navigation, occupé à étudier une carte.

— Dr Biazon, permettez-moi de vous présenter le directeur de la NUMA, Dirk Pitt, dit le capitaine. Dirk, voici le Dr Raul Biazon, il s'occupe des problèmes de déchets toxiques à l'Agence philippine de l'environnement.

Biazon était assez surpris de trouver à bord d'un navire de recherche, aussi loin de Washington, le directeur d'un grand organisme de recherche gouvernemental. D'un seul regard, il se rendit compte que ce Pitt ne correspondait en rien à l'idée qu'il se faisait d'un bureaucrate. Il mesurait au moins trente centimètres de plus que lui, qui n'atteignait qu'un modeste mètre soixante, et l'on devinait à son teint bronzé et à sa carrure athlétique qu'il ne devait pas passer beaucoup de temps derrière un bureau. Bien que Biazon ne le sût pas, Pitt père était le portrait craché de son fils qui portait le même prénom que lui. Il avait le teint tanné et des cheveux noirs un peu grisonnants sur les tempes, mais ses yeux verts transparents pétillaient. C'étaient des yeux qui avaient vu le monde, on y décelait un mélange d'intelligence, d'humour et de ténacité.

— Bienvenue à bord, dit Pitt à Biazon d'une voix chaleureuse, en lui serrant la main avec vigueur. Je vous présente Al Giordino, notre spécialiste en recherche sous-marine, ajouta-t-il en lui désignant par-dessus son épaule le fond du local de barre.

Il y avait là, couché en chien de fusil sur un banc, un petit homme replet aux cheveux noirs très frisés. Assoupi, il émettait de petits ronflements brefs, qui rappelèrent à Biazon ceux du rhinocéros.

— Al, arrive ici, lui cria Pitt.

Giordino entrouvrit les yeux, puis se leva d'un bond et les rejoignit, tout à fait réveillé.

— Comme je le disais à votre capitaine, je vous remercie beaucoup de me prêter votre assistance, lui dit Biazon.

— Le gouvernement philippin nous a toujours aidés lorsque nous travaillions dans vos eaux, lui répondit Pitt. Lorsque nous avons reçu votre message radio qui nous demandait de vous aider à identifier un produit toxique, c'est avec plaisir que nous sommes venus. Vous pourriez peut-être nous en dire davantage ?

— Il y a quelques semaines, un hôtel balnéaire de l'île de Panglao a pris contact avec notre service. La direction était inquiète car on avait retrouvé de grandes quantités de poissons morts sur la plage devant l'hôtel.

— C'est sûr que ça risque de refroidir sérieusement les touristes, remarqua Giordino avec un sourire espiègle.

— Exactement, répondit Biazon, que cela n'amusait guère. Nous avons commencé par inspecter le rivage, et nous avons constaté que les poissons mouraient à un rythme de plus en plus alarmant. Des organismes marins morts s'étalaient sur dix kilomètres de long, et cela empirait chaque jour. Les propriétaires de l'hôtel étaient catastrophés et quant à nous, nous étions bien sûr inquiets pour les récifs coralliens.

— Et vous avez réussi à déterminer ce qui faisait mourir ces poissons ? demanda Stenseth.

— Pas pour le moment. Notre seule hypothèse est celle d'un empoisonnement dû à un produit toxique. Nous avons fait parvenir des échantillons de poissons à notre labo de Cebu, mais nous attendons toujours les résultats.

Et à voir sa tête, Biazon était excédé de la lenteur d'escargot à laquelle travaillait ledit laboratoire.

— Aucune idée quant à l'origine de ce produit ? demanda Pitt.

Biazon hocha négativement la tête.

— Au début, nous avons suspecté une pollution industrielle, malheureusement assez fréquente dans mon pays. Mais mon équipe et moi avons fouillé toute la région sans trouver la moindre installation d'industrie lourde. Nous avons également inspecté la côte à la recherche de déversements illégaux ou de sites de décharge sauvage, mais rien non plus de ce côté. A mon avis, il faut rechercher la cause de cette pollution au large.

— Il s'agit peut-être d'une marée rouge ? suggéra Giordino.

— Nous en avons déjà eu aux Philippines, mais pendant l'été, au cours de la saison chaude.

— Il pourrait également s'agir de déchets industriels déversés au large, remarque Pitt. Quelle est exactement la zone touchée ?

Biazon s'approcha de la carte étalée sur la table où figuraient Mindanao, où ils se trouvaient, et la partie méridionale de l'archipel des Philippines.

— Les poissons échoués ont été retrouvés sur cette petite île, Panglao, dit-il en leur indiquant une île de forme ronde, au nord de Mindanao. C'est à environ cinquante kilomètres d'ici.

— On peut y être en deux heures, lui dit Stenseth.

— Nous avons à bord plus de chercheurs qu'il n'en faut pour vous aider dans vos recherches, Dr Biazon, dit Pitt. Bill, trace-moi la route jusqu'à Panglao, on va aller y jeter un œil.

— Je vous en remercie, dit Biazon, soulagé.

— Peut-être aimeriez-vous faire le tour du bord avant l'appareillage ? lui proposa Pitt.

— Bien volontiers.

— Al, tu viens avec nous ?

Giordino regarda sa montre.

— Non, merci. Je n'aurai pas trop de deux heures pour finir ce que j'ai à faire.

Il regagna son banc et s'allongea. Une seconde plus tard, il dormait.

*

La mer était calme et le *Mariana Explorer* mit quatre-vingt-dix minutes à atteindre Panglao. Pitt examina la zone affichée sur l'écran couleur et Biazon lui indiqua le rectangle dans lequel on avait retrouvé les poissons morts.

— Le courant porte d'est en ouest dans le coin, ce qui laisse à penser que la source de la pollution pourrait se trouver à l'est du rectangle. Je propose qu'on démarre sur le bord ouest et qu'on progresse cap à l'est en remontant le courant et en prenant des échantillons tous les quarts de nautique.

Stenseth approuva d'un hochement de tête.

— Je vais faire des zigzags, cela nous permettra de voir à quelle distance de la côte on trouve encore des traces de toxicité.

— Et mettez donc à l'eau le poisson du sonar. On trouvera peut-être des objets qui pourraient être mis en cause.

Le docteur Biazon observa l'opération avec beaucoup d'intérêt. Puis le *Mariana Explorer* commença à parcourir la ligne pointillée tracée sur l'écran de la console navigation. Régulièrement, une équipe de biologistes recueillait des échantillons d'eau de mer à différentes profondeurs, puis les faisait porter au laboratoire du bateau où ils étaient immédiatement analysés.

A la passerelle, Giordino surveillait les signaux sonars. L'image électronique du fond révélait une succession de sable et de massifs coralliens très escarpés. Entraîné comme il l'était à interpréter ces images, Giordino avait déjà repéré une ancre et un moteur horsbord qui reposaient sous ces eaux très fréquentées. Chaque fois qu'il voyait un objet intéressant, il appuyait sur la touche EN-REGISTRER, ce qui lui permettait de conserver la position en mémoire et d'y revenir par la suite.

Pitt et Biazon se tenaient près de lui et admiraient les plages tropicales de Panglao, à moins d'un demi-nautique. Pitt se pencha un peu pour regarder ce qui se passait dans l'eau et aperçut une tortue marine, puis des dizaines de poissons qui flottaient, le ventre en l'air.

— Nous sommes entrés dans la zone touchée. Nous connaîtrons bientôt les résultats.

Au fur et à mesure qu'ils se dirigeaient vers l'ouest, le nombre de poissons morts augmentait. Puis il diminua de nouveau et les eaux redevinrent complètement bleues, sans déchets.

— Nous avons dépassé d'un demi-nautique la limite indiquée par le docteur Biazon, dit Stenseth à Pitt. A en juger par l'aspect de l'eau, nous sommes nettement en dehors de la zone contaminée.

— C'est ce qu'il me semble aussi, lui répondit Pitt. On va attendre un peu pour savoir ce que dit le labo.

Ils mirent en panne, on remonta le sonar à bord, et Pitt emmena Biazon dans une salle de réunion tapissée de teck, un pont plus bas, où Stenseth et Giordino les rejoignirent bientôt. Biazon reconnut, accrochés à une des cloisons, les portraits d'océanographes célèbres : William Beebe[1], Sylvia Earle[2] et Don Walsh[3]. Les quatre hommes s'assirent et deux biologistes en blouse blanche arrivèrent : un homme, qui commença à pianoter sur le clavier de commande du projecteur, et une jolie jeune femme aux cheveux châtains noués en queue-de-cheval qui s'approcha du grand écran suspendu au plafond.

— Nous avons fini d'examiner quarante-quatre échantillons que nous avons analysés par une méthode de séparation moléculaire, commença-t-elle d'une voix très claire.

Une image apparut à l'écran, semblable à celle que Biazon avait remarquée sur la console de navigation. Une ligne en zigzags ponctuée de quarante-quatre gros points de couleur codée longeait la ligne de côte. Biazon nota que la plupart des points étaient verts.

— Les valeurs de toxicité sont indiquées en partie par milliards, et nous avons des résultats positifs pour quinze échantillons, poursuivit-elle en leur montrant une rangée de points jaunes. Comme vous pouvez le voir sur la carte, le taux de toxicité augmente progressivement vers l'est et atteint son maximum ici – elle leur montra une série de points oranges qui se terminait par un unique point rouge.

— Donc, lui dit Pitt, la source d'émission serait unique ?

— Tous les échantillons recueillis après ce point se sont révélés négatifs, il est donc probable qu'il n'existe qu'une seule source de contamination et que les produits soient emportés vers l'est par le courant.

— Ce qui éliminerait la thèse de la marée rouge. Al, ces résultats sont-ils corrélés avec ce que tu as vu au sonar ?

Giordino s'approcha de la console et, par-dessus l'épaule du biologiste, pianota quelques commandes. Une douzaine de croix apparurent en surimpression sur l'écran, réparties irrégulièrement le long des zigzags. Chacune était identifiée par une lettre, de *A* à *L*.

---

1. Océanographe américain, né en 1879, détenteur en 1934 d'un record de profondeur en plongée, mort en 1962 (*NdT*).

2. Célèbre océanographe américaine, née en 1930, présidente et directrice générale de Deep Ocean Technology and Deep Ocean Engineering, Oakland, Californie (*NdT*).

3. Officier de marine américain, coéquipier du professeur Jacques Piccard à bord du bathyscaphe *Trieste* qui détient le record mondial de plongée, soit 10 911 mètres (*NdT*).

— La liste noire de Al, commenta-t-il en guise de plaisanterie tout en regagnant son siège. Nous avons repéré douze objets qui semblent faits de main d'homme. Trois d'entre eux apparaissent près des points suspects, poursuivit-il en consultant ses notes. Le point *C* représente un ensemble de trois fûts de deux cents litres qui gisent dans le sable.

Tout le monde avait les yeux fixés sur le repère *C*. De chaque côté, les échantillons d'eau de mer étaient indiqués en vert, ce qui signifiait : résultat négatif.

— Aucun produit toxique dans les environs, nota Pitt. Suivant.

— Le point *F* ressemble à un voilier en bois, un bateau de pêche peut-être. Il est posé droit sur le fond, le mât est toujours à poste.

La croix se trouvait près du premier point jaune. Pitt la jugea trop éloignée de la zone de haute toxicité.

— Ce n'est pas encore ça, dit-il à Giordano, mais tu chauffes.

— Le dernier repère est à prendre avec précaution, nous étions en limite de portée sonar, dit Giordino en hésitant.

— Et ça ressemblait à quoi ? lui demanda Stenseth.

— A une hélice de bateau, on aurait dit qu'elle sortait du récif. Mais je n'ai vu aucune trace du navire qui devrait aller avec. Peut-être une hélice qui a foutu le camp et qui est allée se poser là. C'est le point *K*.

Tous les assistants se taisaient, considérant la croix en question. Elle se trouvait pile sur le point rouge.

— On dirait bien qu'il y a autre chose qu'une simple hélice, finit par déclarer Pitt. Une fuite de gazole d'un bâtiment qui aurait sombré, ou encore sa cargaison ?

— Nous n'avons pas noté de trace de pétrole, dit la biologiste de la NUMA.

— Mais à propos, dit Giordino en levant le sourcil, vous ne nous avez pas dit quel produit vous aviez détecté ?

— C'est vrai, renchérit Biazon, vous parlez de produits toxiques, mais qu'avez-vous découvert au juste ?

— Quelque chose que je n'ai encore jamais rencontré en mer, répondit-elle. De l'arsenic.

Chapitre 13

PARÉ de toutes les couleurs de l'arc-en-ciel, le récif corallien était éblouissant. Il en émanait une espèce de beauté paisible qui valait tous les paysages de Monet. Des anémones rouge vif étendaient paresseusement leurs tentacules au fil du courant, au milieu d'un véritable tapis d'éponges magenta. De délicats éventails verts montaient vers la surface à côté de buissons de corail irisés de violet. Des étoiles de mer bleu vif brillaient sur le récif comme des enseignes au néon, tandis que des dizaines d'oursins tapissaient le fond comme des coussins rosacés.

Peu de choses dans la nature sont capables de rivaliser avec un récif de corail vivant, songea Pitt en contemplant avec émerveillement, à travers son masque, le spectacle qu'il avait sous les yeux. De l'endroit où il se trouvait, immobile à quelques mètres au-dessus du fond, il aperçut un couple de poissons pyjamas tapis dans une anfractuosité et une raie tachetée à l'affût d'un repas. Il avait pratiqué les plus beaux sites de plongée du monde, mais le Pacifique Ouest était de loin son préféré, celui qui possédait les plus fantastiques de tous les récifs de corail.

— L'épave doit se trouver un peu plus loin devant nous, et dans le Nord.

C'était la voix de Giordino, déformée, qui venait troubler sa tranquillité. Après que le *Mariana Explorer* eut mouillé là où le niveau de pollution était apparemment le plus élevé, Pitt et Giordino avaient passé des combinaisons à masque intégré pour se protéger d'une éventuelle contamination chimique ou biologique. Ils avaient sauté par-dessus bord et s'étaient enfoncés dans ces eaux claires, à quarante mètres de fond.

De l'arsenic dans l'eau... Personne n'en revenait. Le docteur Biazon les avait informés que des pollutions de ce genre se produisaient parfois dans son pays car on utilisait de l'arsenic dans les mines. Et il y avait plusieurs mines de manganèse dans l'île de Bohol. Aucune à Panglao, néanmoins, avait-il précisé. La biologiste de la NUMA lui avait alors fait remarquer qu'on utilisait également cet élément pour fabriquer des insecticides. Peut-être un navire en avait-il perdu un conteneur, ou s'en était-il volontairement débarrassé ? Pitt avait tranché : le seul moyen de savoir, c'était d'aller voir.

Giordino toujours à ses côtés, il vérifia le cap compas puis, d'un grand coup de palmes, se propulsa à la verticale dans le courant. La visibilité était proche de vingt-cinq mètres ; Pitt, rasant le fond, voyait le récif qui s'enfonçait progressivement. Il commençait à transpirer dans son épaisse combinaison qui l'isolait plus que nécessaire dans ces eaux tropicales.

— Quelqu'un pourrait mettre la clim ?

C'était Giordino, qui exprimait à haute voix ce que Pitt pensait tout bas.

Il regarda droit devant lui : toujours pas trace de la moindre épave. Il nota pourtant à un moment donné que le récif s'élevait brutalement. Il remarqua sur sa droite une grande dune de sable, accolée au récif et dont la surface ridée s'étendait au loin dans l'obscurité. Il atteignit le flanc du récif de corail et remonta à la verticale vers sa crête déchiquetée. Il constata alors, à sa grande surprise, que le récif plongeait à pic de l'autre côté, créant ainsi une grande crevasse. Et ce n'était pas tout : il découvrit dans le fond du ravin la partie avant d'un navire.

— Mince alors ! lâcha Giordino en l'apercevant à son tour.

Pitt examina les restes de l'épave un bon moment, avant d'éclater de rire.

— Je me suis fait avoir, moi aussi, c'est une illusion d'optique. Le reste de la coque est enfoui sous la dune de sable.

La grande dune qui gagnait sur le récif avait réussi à pénétrer dans la crevasse et à recouvrir presque tout l'arrière de l'épave, mais le courant avait fini par stopper son avancée, à peu près au maître-bau et selon un plan presque parfait, ce qui donnait l'impression qu'il n'y avait là qu'une moitié de navire.

Pitt s'éloigna de la coque et remonta le flanc de la dune sur plusieurs mètres, jusqu'à atteindre un endroit où elle s'affaissait brusquement.

— Tiens, Al, la voilà, ton hélice, lui dit-il en lui montrant l'objet, un peu plus bas.

Sous les palmes de Pitt, on apercevait une petite portion de la poupe. Les tôles rouillées s'incurvaient jusqu'à une grande hélice de bronze qui sortait du sable comme les ailes d'un moulin à vent. Giordino s'approcha pour la regarder de plus près puis, s'approchant plus encore, essaya d'enlever un peu de sable. A voir la courbure de l'arrière, le bâtiment donnait de la bande sur bâbord, inclinaison déjà apparente à l'avant. Pitt rejoignit Giordino, qui s'échinait à dégager le tableau arrière afin de dévoiler le nom du bateau. Il réussit à lire les dernières lettres du nom inscrit sur le tableau.

— Je ne sais pas quoi MARU, je n'arrive pas à voir le reste, dit-il, continuant de creuser dans le sable.

— Un bâtiment japonais, dit Pitt et, à voir les dégâts de la corrosion, ça fait un bout de temps qu'il est là. En tout cas, s'il laisse s'échapper des produits toxiques, ça doit être par l'avant.

Giordino arrêta de creuser et suivit Pitt qui regagnait la proue. Le navire émergeait du sable au niveau de sa cheminée qui était presque couchée sur le pont et dont le sommet était pris dans le récif de corail. Sa petite passerelle et sa longue plage avant indiquaient qu'il s'agissait d'un cargo au long cours, assez banal. Pitt estima sa longueur à un peu plus de soixante mètres. Ils longèrent lentement le toit incliné. Le pont principal avait disparu : son plancher de bois s'était depuis longtemps désintégré dans les eaux chaudes de la région.

— Tiens, voilà des mâts de charge d'un modèle drôlement ancien, nota Giordino en découvrant une paire de tangons rouillés qui s'étendaient de part et d'autre du pont comme des bras écartés.

— S'il fallait que je donne un âge à ce bateau, je dirais qu'il a été construit dans les années vingt.

Il poursuivit sa progression le long du pont jusqu'à deux grands panneaux carrés qui donnaient accès aux soutes avant. Compte tenu de la bande du navire, il s'attendait à les trouver arrachés, mais ce n'était pas le cas. Ensemble, les deux hommes firent le tour des panneaux, à la recherche d'un signe de dégradation ou d'une fuite.

— Ils sont souqués et verrouillés, aussi étanches qu'une peau de tambour, dit Giordino.

— Il doit y avoir une brèche quelque part.

Sans en dire davantage, Pitt remonta le long de la muraille tribord qui était bien dégagée. De chaque bord, le récif corallien s'élevait à pic. Se fiant à son intuition, il redescendit, toujours à tribord, jusqu'à la quille partiellement dégagée. Puis il continua vers l'avant, mais s'arrêta très vite. Il avait devant les yeux à tribord une énorme brèche d'un mètre vingt de large et de près de sept mètres de long qui s'étendait jusqu'à l'étrave. Giordino arriva à son tour et sa voix lui fit siffler les oreilles :

— Exactement comme le *Titanic*, sauf qu'il s'est frotté sur un récif de corail au lieu de se cogner dans un pain de glace.

— Il a dû tenter d'aller s'échouer, suggéra Pitt.

— C'est probable, en fuyant devant un typhon.

— Ou peut-être un pirate. Le golfe de Leyte est juste à côté, c'est là que la flotte japonaise a été décimée en 1944.

Pitt savait que les Philippines avaient été âprement disputées pendant la Seconde Guerre mondiale. Plus de soixante mille Américains y avaient laissé la vie, d'abord en échouant à les défendre, puis en se battant pour les reprendre. Ces combats oubliés avaient fait plus de morts que la guerre du Viêtnam. Sur la lancée de leur attaque-surprise à Pearl Harbour, les forces japonaises avaient débarqué près de Manille et rapidement débordé les Américains et les Philippins stationnés à Luçon, Batan et Corregidor. Le général MacArthur avait dû battre précipitamment en retraite et les Japonais avaient soumis le pays à leur loi d'airain pendant trois ans. Jusqu'à ce que les Américains, reprenant leur avance dans le Pacifique, envahissent l'île de Leyte en octobre 1944.

A un peu plus de cent nautiques de Panglao, la province de Leyte et le golfe du même nom avaient connu la plus grande bataille aéronavale de l'Histoire. Quelques jours après le débarquement de MacArthur, la marine impériale japonaise était entrée dans la danse et avait réussi à diviser les forces navales américaines. Les Japonais furent à un cheveu de détruire la Septième flotte, mais subirent finalement une défaite retentissante. Ils y laissèrent quatre porte-avions et trois cuirassés, dont le gigantesque *Musashi*. Ces pertes énormes sonnèrent le glas de la brève domination japonaise dans le Pacifique et amenèrent l'écroulement de l'empire, un an plus tard.

Tous les détroits entre les îles méridionales des Philippines, Leyte, Samar, Mindanao et Bohol, étaient jonchés d'épaves de cargos, de transports et de navires de guerre. Pitt envisageait donc naturellement l'hypothèse que la brèche percée dans le fond du cargo, et une fuite éventuelle fussent la conséquence de ces combats. Il essaya d'imaginer à quoi avait bien pu ressembler ce navire marchand au cœur d'une violente attaque aérienne, pensa au capitaine qui avait tenté de s'échouer dans une manœuvre désespérée pour sauver son équipage et sa cargaison. Déchiré jusqu'à l'étrave, l'avant s'était trouvé rapidement inondé et le cargo avait coulé en rebondissant sur le récif pour terminer au fond de la crevasse. Dans un dernier effort, il s'était couché sur le flanc. Quelle qu'eût été la cargaison que son capitaine avait essayé de sauver, elle gisait maintenant ici depuis des décennies.

— Je crois que nous avons touché le gros lot, dit Giordino d'un ton morose.

Pitt se retourna dans la direction que son ami lui indiquait. Derrière la coque, le long d'un autre récif, le corail avait perdu les magnifiques couleurs bleues et vertes qu'ils avaient admirées plus tôt. Autour de l'étrave, il y avait toute une zone en forme d'éventail dans laquelle le corail était uniformément blanchi. Et Pitt nota également qu'on n'y voyait pas un seul poisson.

— Ils ont dû crever, empoisonnés à l'arsenic.

Se retournant vers l'épave, il prit la lampe fixée sur sa réserve de flottabilité et s'engouffra dans la brèche. Avançant prudemment le long de la coque, il alluma le projecteur et balaya l'obscurité. L'avant du bateau était vide, à l'exception d'une énorme chaîne rouillée enroulée sur elle-même comme un serpent de métal. Il s'approcha de la cloison et éclaira la tôle qui les séparait de la première soute. C'est dans sa partie basse, à la jonction avec la cloison à tribord, qu'il trouva ce qu'il cherchait. La pression exercée lors de la collision de la coque et du récif avait déformé une plaque d'acier, créant une ouverture horizontale de plus d'un mètre de large.

Pitt s'en approcha, prenant bien garde de ne pas soulever de vase, y passa la tête, puis sa lampe. A quelques centimètres, un œil énorme et sans vie le contemplait d'un regard vide, et il allait reculer, effrayé, lorsqu'il comprit qu'il s'agissait d'un mérou. Le poisson verdâtre, qui pesait peut-être vingt-cinq kilos, dérivait lentement dans le compartiment, en avant, en arrière, ventre en l'air. Pitt dépassa le poisson mort et s'aventura dans sa tombe ténébreuse : en examinant la cale, il sentit son sang se glacer. Eparpilllés en tas comme des œufs dans un poulailler, des centaines d'obus de 105, arme redoutablement efficace utilisée par l'armée impériale pendant la guerre, gisaient là.

— Tiens tiens, lui dit Giordino en arrivant à son niveau, un cadeau de bienvenue aux Philippines pour le général MacArthur ?

Pitt acquiesça sans mot dire et sortit un sac de plongée. Giordino ramassa un obus, le déposa à l'intérieur tandis que Pitt le refermait avec soin. Giordino se dirigea vers un autre obus, beaucoup plus corrodé mais à peine l'avait-il soulevé qu'il vit un liquide sombre et huileux s'en échapper.

— Ça ne ressemble à aucun de ceux que j'ai eu l'occasion de voir, fit enfin Giordino en le redéposant délicatement.

— A mon avis, ce ne sont pas des munitions conventionnelles, répondit Pitt. Il venait de remarquer une flaque de vase foncée près d'un tas d'obus. On va remonter celui-là et on verra ce qu'en dit le labo.

Saisissant le sac, il se le cala sous le bras comme un ballon de football américain. Ils refirent le chemin inverse et sortirent de la coque pour retrouver la lumière.

Pitt n'avait guère de doutes : ce dépôt oublié datait de la Seconde Guerre mondiale. Mais pourquoi cet arsenic, il n'en savait rien. Les Japonais avaient mis au point un certain nombre d'armes nouvelles et les obus à l'arsenic faisaient peut-être partie de leur arsenal de mort. La perte des Philippines avait sonné pour eux le signal de la défaite, ils s'étaient peut-être préparés à utiliser ce genre de choses en dernier recours contre un ennemi très déterminé.

Quand Pitt fit enfin surface avec son obus mystérieux, il se sentit étrangement soulagé. Le cargo n'avait jamais atteint sa destination. D'une certaine manière, il était heureux de savoir qu'il avait fini ici, coulé le long d'un récif de corail, et que sa cargaison mortelle n'était jamais arrivée à bon port.

DEUXIÈME PARTIE

Chimère

Le sous-marin *I-411* de la marine impériale
et le sous-marin de la NUMA, l'*Etoile de mer*

Chapitre 14

4 juin 2007
Île de Kyodongdo, Corée du Sud

A VEC ses cinquante-cinq mètres de long, le yacht aurait impressionné n'importe qui, même dans un port comme Monaco, pourtant habitué à accueillir pareilles splendeurs. Construit sur mesure par Benetti, célèbre chantier italien, il était aménagé de façon plus que luxueuse : sol en marbre, tapis persans de toute beauté, porcelaines de Chine des plus précieuses. Le salon et les cabines étaient d'une élégance et d'un confort rares et une série de tableaux d'un maître flamand du quinzième siècle, Hans Memling, ornait les cloisons et ajoutait encore au raffinement des lieux. Pourtant, l'extérieur brun et blanc, ceint de larges baies vitrées fumées, donnait au navire une allure plus traditionnelle. Les plages étaient décorées de teck et l'accastillage était en laiton. Le charme de l'ancien s'alliait aux innovations techniques pour créer un navire beau, fonctionnel et rapide. Amarré sur le fleuve Han qui traverse Séoul, le yacht attirait tous les regards. Pour la bonne société de l'endroit, une invitation à son bord valait brevet de respectabilité et offrait en outre la chance insigne de rencontrer son propriétaire.

Personnage éminent de l'industrie coréenne, Dae-jong Kang exerçait une influence tentaculaire. On ne savait pas grand-chose du passé de cet homme lunatique, si ce n'est qu'il était brusquement arrivé dans le paysage lors de l'explosion de l'économie japonaise dans les années quatre-vingt-dix. Il dirigeait alors une petite société de construction. Quand il en avait pris les rênes, cette société plutôt banale était devenue un conglomérat, un ogre qui avait avalé des compagnies de transport maritime puis des entreprises d'électronique, de fabrication de semi-conducteurs, de télécommunications. Le tout à coups d'emprunts et d'OPA hostiles. Toutes ces activités étaient hébergées par Kang Industries, groupe contrôlé par Kang lui-même qui en assurait personnellement la direction. L'homme ne fuyait pas les contacts et se mêlait volontiers aux politiques et aux hommes d'affaires de son pays. Il était membre du conseil d'administration des sociétés les plus prestigieuses, ce qui ajoutait encore à son pouvoir d'influence.

Agé de cinquante-cinq ans, il était pourtant célibataire et sa vie privée était entourée d'un voile de mystère. Il passait le plus clair de son temps dans sa vaste demeure bâtie dans l'île de Kyodongdo, sorte d'avant-poste montagneux qui se dresse à l'embouchure de la Han, sur la côte ouest de la Corée. Là-bas, il se distrayait avec ses chevaux autrichiens ou travaillait son golf. Enfin, c'est ce que disaient les rares personnes qui lui avaient rendu visite dans ce domaine plus que privé. Mais cet iconoclaste cachait en outre un lourd secret, un secret qui aurait sidéré ses homologues du monde des affaires et les hommes politiques qui le patronnaient. Même ses associés ignoraient tout de la chose : Kang avait été, vingt-cinq ans durant, agent dormant des services de la République démocratique populaire de Corée, plus connue sous le nom de Corée du Nord.

Il était né dans la province de Hwanghae, en Corée du Nord, peu de temps après la fin de la guerre. A l'âge de trois ans, il avait perdu ses parents dans le déraillement d'un train attribué aux insurgés sud-coréens. Son oncle maternel l'avait adopté. Cet oncle, l'un des fondateurs du Parti des travailleurs coréens en 1945, s'était battu contre les Japonais aux côtés de Kim Il Sung et de ses partisans, qui étaient partis en URSS pendant la Seconde Guerre mondiale. Lorsque ce même Kim Il Sung prit plus tard le pouvoir dans son pays, l'oncle fut généreusement récompensé. Successivement gouverneur de plusieurs provinces, il gagna ainsi en influence et, finalement, fut nommé membre du Comité central, la plus haute instance du pays.

Pendant que son oncle connaissait cette ascension, Kang reçut une formation poussée et subit l'endoctrinement du Parti des travailleurs coréens. Simultanément, il poursuivit ses études dans les meilleurs établissements que pouvait offrir ce pays encore neuf. Il fut très vite repéré pour ses qualités intellectuelles exceptionnelles et on l'orienta vers une formation d'agent à l'étranger, toujours sous l'égide de son oncle.

Doué pour la finance, chef dans l'âme et doté d'un caractère impitoyable, Kang fut infiltré clandestinement en Corée du Sud alors qu'il avait vingt-deux ans. Il commença comme ouvrier dans une petite société de construction. Faisant preuve d'une efficacité redoutable, il devint rapidement contremaître puis mit en scène une série « d'accidents du travail » mortels qui lui permirent de se débarrasser de son patron et de ses principaux responsables. Il fabriqua ensuite une série de titres de propriété falsifiés et prit le contrôle de l'entreprise, deux ans après être arrivé dans le pays. Obéissant aux instructions secrètes de Pyongyang qui lui fournissait les fonds nécessaires, le jeune entrepreneur communiste commença à étendre le champ de ses activités en se concentrant sur les produits et services les plus susceptibles de profiter au Nord. Ses incursions dans le secteur des télécommunications lui permirent ainsi de transférer du matériel occidental du plus haut intérêt dans le domaine des systèmes de commandement et de contrôle. Son usine de semi-conducteurs fabriquait en secret des composants nécessaires à la production de missiles à courte portée. Sa flotte de cargos lui permettait d'acheminer clandestinement du matériel de défense au gouvernement de sa patrie. Les bénéfices qu'il tirait de ses activités et qui n'étaient pas transférés illégalement au Nord sous forme de biens et de technologie d'origine occidentale lui servaient à corrompre des hommes politiques influents, susceptibles de lui procurer des contrats de défense. Le reste lui permettait d'acquérir d'autres sociétés, le plus souvent de manière violente. Pourtant, les activités industrielles de Kang restaient secondaires à côté de ce qui restait son véritable objectif, celui que lui avaient fixé ses maîtres des années plus tôt. En bref, la mission de Kang consistait à promouvoir la réunification des deux Corées, mais aux conditions de la Corée du Nord.

*

Le yacht aux lignes si pures ralentit avant d'embouquer l'étroit chenal qui se jetait dans la Han et conduisait à une anse bien abritée. Une fois le virage pris, le capitaine remit du moteur et le navire reprit de l'erre sur les eaux calmes du lagon. Un ponton flottant jaune bouchonnait doucement sur l'autre rive ; le yacht s'en approcha à toute allure et vira au dernier moment, moteurs coupés. Deux hommes de bord en uniforme noir agrippèrent l'étrave puis attrapèrent la pointe arrière pour procéder à l'amarrage. L'équipe de quai approcha prestement une coupée montée sur roulettes. La plate-forme supérieure du yacht arrivait au niveau du pont principal.

La porte d'une cabine s'ouvrit et trois hommes grisâtres en costume bleu marine en sortirent. Ils descendirent sur le ponton et jetèrent instinctivement un coup d'œil au grand bâtiment de pierre perché un peu plus haut. L'énorme demeure était nichée au creux d'une falaise presque verticale, une partie de sa construction étant d'ailleurs creusée directement dans son flanc. Des murs épais entouraient le bâtiment, ce qui lui donnait un petit air médiéval, alors que la maison proprement dite était construite à la mode asiatique, avec son toit de tuiles fortement incliné qui débordait au-delà des murs. L'ensemble s'élevait à près de soixante-dix mètres au-dessus de l'eau, on y accédait par un escalier taillé dans le roc. Les trois hommes remarquèrent immédiatement le mur de quatre mètres qui descendait jusqu'au rivage et qui assurait à la demeure une tranquillité sans faille. Et ce n'était pas tout. Un garde lippu, son fusil automatique sur l'épaule, se tenait en faction à l'entrée du ponton.

Tandis que les trois visiteurs s'avançaient, une porte s'ouvrit au bas de la falaise et leur hôte arriva pour les accueillir. Dae-jong Kang en imposait naturellement. Avec son mètre quatre-vingts et ses cent kilos, il était plus solidement bâti que la plupart des Coréens. Mais ce que l'on remarquait surtout chez lui, c'était ce regard pénétrant et ce visage impassible qui lui donnaient un air de vive intelligence. C'était un personnage double. Lorsqu'il avait besoin de faire tomber les barrières, il savait sourire, mais d'un sourire étudié, peu sincère. Quoi qu'il fît, on sentait toujours chez lui une certaine froideur, une distance qui ne le quittait jamais. L'homme sentait le pouvoir à plein nez et on voyait qu'il n'hésitait pas à en faire usage.

— Bienvenue, messieurs, dit-il d'une voix mielleuse. J'espère que votre traversée depuis Séoul s'est bien passée ?

Les trois hommes, tous membres de l'Assemblée nationale, acquiescèrent avec un bel ensemble. Le plus ancien de la délégation, un chauve nommé Youngnok Rhee, se fit leur porte-parole :

— Naviguer sur la Han à bord d'un bateau aussi superbe est toujours un plaisir.

— C'est le moyen de transport que je préfère quand je viens de Séoul, lui répondit Kang, laissant ainsi entendre qu'emprunter pour ce faire son hélicoptère personnel lui déplaisait passablement. Par ici, ajouta-t-il en se dirigeant vers le petit bâtiment construit au pied de la falaise.

Les politiciens le suivirent docilement et, après avoir franchi un poste de contrôle, s'engagèrent dans un étroit couloir qui conduisait à l'ascenseur. La cage avait elle aussi été taillée directement dans le rocher. Pendant la montée, les visiteurs purent admirer sur la muraille une peinture ancienne représentant un tigre. Puis, la porte s'ouvrit, et ils découvrirent une salle à manger richement décorée. Derrière la magnifique table en ébène, de grandes baies vitrées, hautes du sol au plafond, découvraient un panorama superbe, celui du delta de la Han, là où le grand fleuve se jette dans la mer Jaune. On apercevait, points minuscules dans le lointain, des sampans délabrés et des petits cargos qui remontaient vers Séoul, bourrés à craquer de marchandises en tout genre. La plupart des navires longeaient la rive sud, loin de la ligne de démarcation invisible entre le Nord et le Sud qui passait au beau milieu du fleuve.

— Quelle vue merveilleuse, M. Kang, dit le plus grand des trois hommes, un dénommé Won Ho.

— Il est vrai que je ne m'en lasse pas, répondit Kang avec enthousiasme. Asseyez-vous, je vous en prie, dit-il en leur indiquant les sièges, avant de s'asseoir lui-même en bout de table.

Une brigade de serveurs en livrée fit alors son apparition et apporta une véritable noria de vins fins, de mets délicieux, tandis que la conversation déviait vers la politique. Des senteurs d'épices remplissaient la pièce. Au menu, du *daiji-bulgogi*, ou porc mariné dans une sauce à l'ail, accompagné de *yachae gui*, assortiment de légumes variés. Kang joua son rôle d'hôte affable jusqu'à ce qu'ils fussent bien imbibés, puis sortit les griffes.

— Messieurs, il est grand temps de parler sérieusement. Je fais allusion aux efforts qu'il convient de mettre en œuvre pour réunifier nos deux pays.

Il s'exprimait avec lenteur pour ménager son effet.

— En tant que Coréen, je sais que nous partageons la même langue, la même culture, nos cœurs battent à l'unisson. En tant qu'homme d'affaires, je sais combien nous serions plus forts sur les marchés mondiaux si nous étions unis. La menace sino-américaine n'existe plus, il n'y a donc plus aucune raison pour que nous restions le terrain de jeu des grandes puissances. Nous avons depuis longtemps brisé les chaînes de la domination étrangère et pris les bonnes décisions pour la Corée. Notre destin est de redevenir un seul peuple, et c'est maintenant que nous devons en saisir l'occasion.

— Nos cœurs se mettent à battre lorsque nous songeons à notre réunification, mais le régime impitoyable qui règne au Nord et son militarisme exacerbé exigent que nous avancions avec prudence, répondit le troisième politicien, un homme aux yeux de fouine du nom de Kim.

Kang balaya son objection d'un geste.

— Comme vous le savez, je viens d'effectuer une tournée d'information en Corée du Nord, dans le cadre des actions menées par le ministère de la Réunification. Nous avons constaté que leur économie est moribonde, et la famine endémique. Ce désastre économique affecte l'armée nord-coréenne. Les soldats que nous avons pu observer semblaient mal équipés et leur moral est au plus bas.

Ça, c'était un gros mensonge.

— Il est vrai que la vie au Nord est difficile, concéda Won Ho, mais croyez-vous vraiment que la réunification bénéficierait à notre propre économie ?

— Les provinces du Nord nous offrent une main-d'œuvre bon marché et profuse. Nous deviendrions immédiatement plus compétitifs sur le marché mondial, car nos coûts salariaux diminueraient sensiblement. J'ai fait réaliser une étude dans le cas de mes propres sociétés et les chiffres sont éloquents. Je peux vous affirmer que les provinces du Nord nous fourniraient un marché que nous sommes parfaitement en mesure de satisfaire. Oui, messieurs, je suis formel : la réunification nous offrirait à nous, Coréens du Sud, un véritable regain de croissance.

— Reste que le Nord campe sur une position inflexible, dit Won Ho. Nous ne pouvons pas décider de façon unilatérale de la réunification.

— C'est vrai, renchérit Kim. Le Nord réclame depuis le début le retrait des forces américaines. Pour eux, c'est le préalable à toute réunification.

— Et c'est pourquoi, reprit Kang d'une voix calme, je vous ai demandé à tous trois de soutenir le projet de résolution qui vise au retrait des Etats-Unis.

Les trois hommes gardèrent le silence. Ils se doutaient bien que Kang les avait fait venir pour une raison précise, mais ils imaginaient plutôt que le magnat allait essayer d'obtenir une baisse de l'impôt sur les sociétés ou quelque passe-droit en faveur de son empire. Pas un seul n'avait songé qu'il leur demanderait un service susceptible de sonner le glas de leur carrière. Rhee, qui était le plus ancien, se racla la gorge et finit par répondre.

— La résolution à laquelle vous faites référence a été proposée par le parti le plus radical de notre assemblée. Il y a fort peu de chance qu'elle soit votée.

— Sauf si vous la soutenez tous les trois, lui répondit Kang.

— Impossible, répliqua Kim. Je ne peux pas soutenir une proposition qui affaiblirait notre défense alors que le Nord consacre toutes ses ressources au renforcement de ses moyens militaires.

— Vous le pouvez, et vous le ferez. Après le meurtre de cette fille par un Américain, à Kunsan, le petit peuple voue aux Etats-Unis une haine féroce. Vous avez le pouvoir de faire pression sur notre président pour le contraindre à agir, et dès maintenant.

— Mais les forces américaines sont essentielles à notre sécurité. Ils ont sur place plus de trente-cinq mille hommes, afin d'assurer notre défense, protesta Kim avant d'être brutalement interrompu.

— Puis-je me permettre de vous rappeler, fit Kang d'une voix coupante, que c'est à moi, et à moi seul, que vous devez le poste que vous occupez à présent?

Il était pris d'une rage contenue, qui transparaissait dans ses yeux et leur donnait la couleur de l'ambre.

Rhee et Won Ho s'affaissèrent dans leurs fauteuils. Ils savaient qu'ils étaient perdus si la presse apprenait qu'ils se laissaient corrompre depuis des années.

— Bien, nous le ferons, déclara humblement Won Ho.

Kim, de son côté, semblait insensible à la colère de Kang. Il secoua la tête et déclara d'une voix ferme :

— Je suis navré, mais je ne puis soutenir une proposition qui mettrait notre pays en état de défaite. Je ne voterai pas cette résolution.

Et, se tournant vers ses collègues, il leur lança un regard plein de mépris.

Il y eut un lourd silence, puis les serveurs revinrent pour débarrasser les plats. Kang se pencha et murmura quelques mots dans l'oreille de l'un d'entre eux, qui repartit aussitôt vers les cuisines. Quelques secondes plus tard, une porte latérale s'ouvrit et deux gardes impressionnants, vêtus en noir de la tête aux pieds, entrèrent dans la pièce. Sans un mot, ils vinrent se placer de chaque côté de Kim, le saisirent sous les aisselles et le mirent rudement debout.

— Qu'est-ce que ça veut dire ? hurla Kim.

— Je ne supporterai pas plus longtemps votre stupidité, répondit froidement Kang.

Il fit un geste de la main, et les deux gardes traînèrent Kim jusqu'à une porte qui donnait sur le balcon. Kim essayait de se débattre, mais ses efforts étaient vains. On le tira jusqu'au rebord de la terrasse qui donnait sur la falaise. Il hurlait, suppliait, mais rien n'y fit et l'on ne tint nul compte de ses supplications. Rhee et Won Ho, horrifiés, regardaient ce spectacle atroce. Les deux hommes en noir remirent Kim debout et, sans plus de cérémonie, le firent basculer dans le vide.

On entendit un cri déchirant pendant plusieurs secondes, puis un bruit sourd, le corps qui venait de s'écraser sur la plage. Et plus rien. Rhee et Won Ho se retournèrent, ils étaient gris cendre. Les deux brutes regagnèrent tranquillement la salle à manger. Kang but une gorgée de vin et s'adressa à ses gorilles d'un ton nonchalant :

— Récupérez le corps et envoyez-le à Séoul. Déposez-le dans la rue près de chez lui et débrouillez-vous pour qu'on croie à un accident de la circulation.

Les deux politiciens, tétanisés, s'apprêtaient à quitter la pièce. Kang leur demanda d'un ton poli mais glacé :

— Mais vous allez bien rester pour le dessert, n'est-ce pas messieurs ?

*

Kang s'approcha de la baie vitrée pour observer ce qui se passait en bas. Rhee et Won Ho étaient en train d'embarquer sur le yacht. Le cadavre de Kim, enveloppé dans une couverture marron, avait été jeté n'importe comment sur la plage arrière et recouvert d'un bout de toile, mais il était aisément reconnaissable. Les deux hommes, encore terriblement éprouvés, ne pouvaient manquer de le voir. Puis le yacht appareilla pour entreprendre sa traversée de cinquante nautiques, jusqu'à Séoul. Kang se retourna en entendant quelqu'un entrer dans la pièce. Le nouveau venu était un homme de constitution chétive, au teint terreux. Il portait un costume bleu éculé et, si sa cravate n'était pas vraiment à la dernière mode, sa chemise blanche était impeccablement amidonnée. Ce qui lui manquait en termes de panache, le collaborateur de Kang le compensait par son sens de l'économie et son efficacité.

— Etes-vous satisfait de votre réunion? demanda-t-il à Kang d'un ton servile.

— Très satisfait, Kwan. Rhee et Won Ho vont défendre notre initiative à l'Assemblée. J'ai malheureusement été contraint d'éliminer Kim; il était évident qu'il allait nous faire faux bond. Mais sa mort constituera un sérieux avertissement pour les deux autres.

— Vous avez bien fait, monsieur. Un courrier est arrivé de Yonan par bateau ce soir, il vient prendre le prototype du système de guidage pour le missile, celui dont nous venons d'achever les essais à l'usine. Désirez-vous lui dire un mot?

Comme un ambassadeur en pays hostile, Kang et ses supérieurs nord-coréens utilisaient des messagers pour transmettre informations, technologies, matériels passés du Sud en contrebande. Bien qu'Internet fût devenu l'outil préféré des espions lorsqu'il s'agissait de communiquer, il était encore obligatoire d'utiliser des agents humains pour les transferts de matériels. Leur agent préféré était un vieux pêcheur dont le sampan fatigué ne risquait pas d'éveiller l'intérêt de la marine. Il pouvait facilement traverser la zone démilitarisée pour venir chez Kang.

— Oui, je vais lui dire ceci. L'Assemblée nationale va voter l'expulsion des forces américaines, c'est l'affaire de quelques semaines. Les manifestations étudiantes que nous avons provoquées gagnent chaque jour en ampleur et nos relais dans la presse entretiennent l'intérêt et l'indignation du public au sujet du meurtre commis par le militaire américain.

Kang arborait un sourire cruel.

— Quant à ce que nous sommes en train de monter à l'étranger, les choses vont également très bien de ce côté-là. Reste à savoir si nous arriverons à monter l'opération CHIMÈRE assez rapidement pour causer un maximum d'ennuis aux Américains. Avez-vous des nouvelles du laboratoire de biochimie?

— Oui, et elles sont fort bonnes. Nos spécialistes ont fini d'analyser les résultats des Aléoutiennes et vérifié que le virus se reproduisait correctement. En outre, la zone de dispersion via le système de vaporisation embarqué sur le missile d'essai s'est révélée plus vaste que prévu. Nos ingénieurs sont persuadés que le système opérationnel tiendra toutes ses promesses.

— En supposant que nous arrivions à produire le virus en quantités suffisantes. Quel dommage que tous les conteneurs du *I-403*, à l'exception d'un seul, aient été détruits.

— La malchance. Et comme nous avons utilisé la majeure partie du produit lors des essais aux Aléoutiennes, il ne nous en reste que très peu pour les cultures en laboratoire. Le docteur Sarghov m'a indiqué qu'il lui faudrait trois mois pour produire les quantités nécessaires au programme. C'est la raison pour laquelle nous avons déclenché les opérations de recherche et de récupération à bord de l'autre sous-marin japonais.

— L'autre sous-marin japonais, murmura Kang, en imaginant l'épave torpillée posée au fond de l'océan. Nos services de renseignements ont fait du beau travail en découvrant qu'il y avait non pas un, mais deux sous-marins équipés de ce type de charges. Quand les opérations de renflouage doivent-elles commencer ?

— Il faut d'abord localiser le bateau. Le *Backje* est en route pour Yokohama où il doit récupérer le sous-marin d'exploration que nous avons loué. Une fois sur les lieux, nous prévoyons deux jours de recherches, et tout devrait être terminé en moins de dix jours.

— Et Tongju ?

— Il embarquera à bord du navire de sauvetage à Yokohama et supervisera les opérations.

— Parfait, conclut Kang en se frottant les mains de plaisir. Les choses avancent bien, Kwan. Ici, les pressions exercées sur les Américains vont bientôt devenir insupportables et l'opération CHIMÈRE va leur mettre une sacrée épine dans le pied. Sous peu, nous pourrons nous préparer à l'offensive puis à la réunification de notre pays sous notre drapeau.

— La nouvelle Corée vous réservera certainement une situation des plus honorables, lui dit Kwan, plus lèche-bottes que jamais.

Détournant les yeux, Kang laissa errer son regard sur le vaste panorama qui s'étalait devant lui en direction du nord. Les douces collines de son pays natal qui commençaient juste au bord de la Han s'étendaient sans fin jusqu'à l'horizon.

— Il est temps de rentrer au pays, dit-il doucement.

Kwan, qui s'apprêtait à se retirer, se ravisa.

— Ah, monsieur, autre chose. Cela a également à voir avec l'opération CHIMÈRE.

Kang lui fit signe de poursuivre.

— L'hélicoptère que nous avons abattu dans les Aléoutiennes travaillait pour le compte d'une agence de l'administration américaine, la NUMA. Les hommes de notre chalutier pensaient que le pilote et le reste de l'équipage avaient péri, ce qui a d'abord été confirmé par les annonces dans la presse locale en Alaska. Mais aux dernières nouvelles, notre équipe aux Etats-Unis nous a indiqué que le pilote, un directeur de projet du nom de Pitt, ainsi que son copilote, avaient survécu.

— Cela n'a guère d'importance, répondit Kang, assez irrité.

Kwan toussota nerveusement.

— C'est-à-dire, monsieur, j'ai ordonné à notre équipe de suivre le pilote lorsqu'il est rentré à Seattle. Deux jours plus tard, les hommes de la NUMA ont été aperçus, à bord d'un petit bâtiment de soutien, dans la zone où se trouve le *I-403*.

— Quoi ? C'est parfaitement impossible, trancha Kang si furieux qu'une veine saillait sur son front. Comment pourraient-ils avoir connaissance de nos activités ?

— Je n'y comprends rien moi non plus. Ce sont des professionnels de l'exploration sous-marine. Peut-être ont-ils surpris nos opérations de récupération à bord du *I-403*, et veulent-ils aussi leur part du magot. Ou peut-être s'agit-il d'une pure coïncidence. Peut-être se livraient-ils à des essais techniques, ou à des recherches archéologiques.

— Possible. Mais nous n'allons pas prendre le risque de tout compromettre. Faites en sorte qu'on leur règle leur compte, ordonna Kang.

— C'est entendu, monsieur. Je m'en occupe.

Et il quitta la pièce avec précipitation.

Chapitre 15

LES AZTÈQUES du Mexique central l'appelaient « la Grande Lèpre ». Cette affreuse épidémie éclata quelque temps après l'arrivée de Hernán Cortés et de ses soldats, en 1518. Certains affirment que c'est l'un des rivaux de Cortés, un conquistador du nom de Narváez, qui l'avait apportée de Cuba. Peu importe, le résultat fut terrible. Lorsque Cortés fit son entrée à Mexico après quatre mois de siège contre l'armée de Montezuma, en 1521, il fut horrifié par ce qu'il y trouva. Les morts étaient empilés les uns sur les autres, on avait jeté des corps en décomposition au pied des maisons, dans les rues, il y en avait partout. Ces gens-là n'étaient pas morts au cours des combats, ils avaient succombé à la peste.

Personne ne connaît l'origine de la *variola major*, mais ce virus mortel, plus connu sous le nom de variole, a semé la terreur sur la terre entière. Bien que des épidémies de variole aient été répertoriées aux temps les plus reculés, jusque chez les Egyptiens de l'Antiquité, l'Histoire a surtout retenu les épisodes survenus aux Amériques, car le virus s'est alors attaqué aux indigènes de ces continents, qui y étaient extrêmement vulnérables. Introduite dans le Nouveau Monde par les marins de Christophe Colomb, la variole a semé la mort dans toutes les Indes occidentales et pratiquement décimé les Indiens Caraïbes, qui avaient accueilli Colomb lors de son premier voyage.

Qu'elle soit due à Cortés ou à Narváez, on estime que la variole a causé à Mexico la mort de près de la moitié des trois cent mille Indiens qui peuplaient la ville en 1521. Et si l'on prend en compte les morts supplémentaires causées par la diffusion de l'épidémie dans l'ensemble du pays, les victimes se comptent sans doute par millions. La maladie continua en effet ses ravages dans toute l'Amérique du Sud. Lorsque Pizarro débarqua au Pérou en 1531, lors de sa grande expédition à la recherche d'or, le virus de la variole était déjà en train de détruire la population inca. Avec sa dérisoire armée de moins de deux cents hommes, Pizarro n'aurait jamais pu soumettre l'Empire inca si ce dernier n'avait pas été confronté, dans le même temps, à cette terrible maladie. Il est probable que le nombre d'Incas morts de la variole s'élève à plus de cinq millions et c'est cette maladie qui a achevé de détruire leur civilisation.

En Amérique du Nord, les tribus indiennes n'étaient pas non plus à l'abri de l'épidémie. De nombreuses populations installées dans une vallée des Monts Builders ont disparu pour la même raison. Quant à celles qui vivaient dans le Massachusetts et le Narragansett, elles furent décimées elles aussi. On estime en général que la population du Nouveau Monde a été réduite de quatre-vingt-quinze pour cent au cours du siècle qui a suivi l'arrivée de Christophe Colomb, et que cette diminution est principalement due à la variole.

Mais le virus mortel ne s'arrêta pas là. Au cours des deux siècles suivants il y eut en Europe des sursauts épidémiques qui causèrent la mort de milliers de gens. Des esprits diaboliques envisagèrent plus tard de l'utiliser comme arme, en contaminant volontairement les armées ennemies. Certains historiens affirment que les Anglais fournirent aux Indiens contre lesquels ils étaient en guerre des couvertures qu'ils avaient sciemment infectées, dans les années 1760, et qu'ils usèrent d'une tactique similaire pour affaiblir les troupes américaines, lors de la bataille de Québec, au cours de la guerre d'Indépendance.

On finit par mettre au point un premier vaccin, au début du dix-neuvième siècle, en utilisant un cousin germain du virus, celui de la variole bovine. C'est ainsi que l'on commença à venir à bout de cette plaie. Il y eut encore quelques épisodes sporadiques et, en raison des peurs engendrées par la guerre froide, on continua à organiser des campagnes de vaccinations aux Etats-Unis jusque dans les années soixante-dix. Puis, grâce à l'action de grande envergure menée par l'Organisation mondiale de la santé en 1977, la variole finit par être vaincue. En dehors d'un petit stock que l'URSS se réserva en vue d'éventuelles applications militaires, et d'un échantillon conservé à des fins de recherche par l'Agence américaine de sécurité sanitaire, toutes les souches du virus furent détruites. On avait pratiquement oublié l'existence de la variole, lorsque des attaques terroristes, au début du siècle présent, ranimèrent les vieilles peurs, et l'on dut, une nouvelle fois, considérer le virus comme une menace potentielle.

*

Pour l'heure, l'histoire des ravages causés dans le passé par la variole était bien le cadet des soucis d'Irv Fowler. Après avoir réussi, à bout de forces, à gagner le service des urgences de l'hôpital régional d'Anchorage, il ne demandait qu'une chose : une chambre calme et une jolie infirmière pour le dorloter et le sortir de cette grippe qui le mettait par terre. Même lorsqu'un groupe de médecins à l'air sinistre vint le voir, et préconisa sa mise à l'isolement total, il était si faible qu'il ne s'en inquiéta pas. C'est seulement lorsque deux médecins, la bouche et le nez protégés par un masque, vinrent l'informer que l'on avait diagnostiqué chez lui la variole qu'il commença à paniquer. Il eut encore le temps de se poser deux questions avant de sombrer dans le délire : survivrait-il à la maladie, qui se révélait mortelle dans trente pour cent des cas ? Et qui d'autre autour de lui avait-il bien pu contaminer ?

Chapitre 16

— **D**IRK, j'ai une nouvelle terrible.

Au téléphone, la terreur de Sarah était presque tangible.

— Que se passe-t-il ?

— C'est Irv. Il a été hospitalisé à Anchorage. Les médecins disent qu'il a attrapé la variole. Je n'arrive pas à le croire.

— La variole ? Je croyais que ça n'existait plus.

— En théorie, non. Mais si les médecins ont raison, ce sera le premier cas recensé aux Etats-Unis depuis trente ans. Les autorités médicales gardent l'information secrète, mais le CEE a commandé d'urgence des doses de vaccin au cas où une épidémie éclaterait.

— Comment va Irv ?

— Il est à un tournant, répondit Sarah, dont la voix s'étranglait presque. Les deux ou trois prochains jours seront cruciaux. On l'a mis en chambre d'isolement à l'hôpital régional, ainsi que trois autres personnes avec qui il a été en contact.

— Je suis désolé, répondit Dirk avec une compassion sincère. Mais Irv est costaud, je suis sûr qu'il va s'en sortir. Avez-vous une idée de l'endroit où il a pu être contaminé ?

— Eh bien, fit Sarah en déglutissant avec peine, la période d'incubation est d'environ quatorze jours. Cela voudrait dire qu'il l'a attrapée à peu près au moment où nous nous trouvions à Yunaska... et à bord du *Deep Endeavor*.

— Vous croyez qu'il a pu attraper ça à bord ? demanda Dirk, incrédule.

— Je n'en sais rien. Soit à bord, soit sur l'île, mais cela n'a plus guère d'importance. Le virus de la variole est particulièrement contagieux. Il faut vite faire examiner tous ceux qui se trouvaient à bord du *Deep Endeavor* et isoler ceux qui auraient été contaminés. Le temps est compté.

— Et Sandy, et vous ? Vous avez passé pas mal de temps avec Irv. Ça va ?

— Sandy et moi avons été vaccinées il y a deux ans, comme tous les employés du CEE, à l'époque où l'on craignait que les terroristes n'essayent de propager la variole. Mais Irv n'appartient pas au CEE, il a été détaché par son service : il n'a donc pas été vacciné.

— Est-ce qu'il est encore temps de vacciner l'équipage ?

— Malheureusement, cela ferait plus de mal que de bien. Le vaccin n'est efficace que s'il est administré quelques jours avant l'exposition. C'est une maladie terrible. Une fois qu'elle s'est déclarée, on ne peut rien faire d'autre qu'attendre.

— Je vais prévenir Burch et nous allons prendre contact avec tous les hommes dès que possible.

— Je reviens ce soir de Spokane. Si vous arrivez à récupérer tout le monde, je vais prévenir le médecin, il viendra les examiner demain matin.

— Ils seront tous là, Sarah, mais j'aurais une autre faveur à vous demander : je peux passer vous prendre demain matin ?

— Bien sûr, très volontiers. Et Dirk... je prie le ciel que vous ne soyez pas atteint.

— Entre nous, je ne m'en fais pas trop. J'ai trop de rhum dans le sang pour que cette petite bête ait la moindre chance d'y survivre.

*

Aussitôt après avoir raccroché, Dirk appela Burch et, avec l'aide de Leo Delgado, prit contact avec tous ceux qui avaient séjourné à bord du *Deep Endeavor* pendant la période à risque. A leur grand soulagement, aucun d'eux ne présentait le moindre symptôme mais tous se présentèrent quand même dans les bureaux de la NUMA le lendemain matin.

Comme promis, Dirk passa prendre Sarah chez elle avec sa nouvelle Chrysler.

— Dites-moi, elle est énorme, lui dit Sarah en grimpant dans le monstre.

— C'est ce qu'on appelle un char lourd, répondit-il en riant.

Puis il quitta le parking et se dirigea vers les bâtiments de la NUMA.

De nombreux marins du *Deep Endeavor* firent un accueil chaleureux à Sarah. Elle se fit la réflexion que tous ces hommes se comportaient moins comme des collègues de travail que comme les membres d'une même famille.

— Cela me fait plaisir de revoir mes amis de la NUMA. Comme vous le savez, mon associé, Irv Fowler, qui était à bord avec nous, est atteint de la variole. Ce virus est très contagieux et il faut impérativement isoler ceux qui auraient pu être infectés. J'ai donc besoin de savoir si, depuis que Irv et moi-même avons débarqué, vous auriez ressenti les symptômes suivants : de la fièvre, des maux de tête ou de dos, des douleurs abdominales aiguës, et si vous avez fait des malaises, déliré, ou constaté des éruptions sur le visage, les bras ou les jambes.

Puis elle les examina les uns après les autres, prenant leur température et les interrogeant scrupuleusement. Dirk et Burch durent se soumettre comme les autres à cet interrogatoire. Quand elle eut terminé, Sarah poussa un gros soupir de soulagement.

— Je n'ai noté des signes de grippe que chez trois de vos hommes, capitaine, et cela ne prouve rien. Je vous demande de les maintenir en isolement jusqu'à ce que nous ayons effectué les analyses de sang. Les autres doivent éviter de rencontrer du monde, au moins pendant quelques jours. J'aimerais refaire une série d'examens à la fin de la semaine, mais j'ai bon espoir que l'équipage ait échappé à cette affection.

— Voilà une bonne nouvelle, lui répondit Burch, soulagé lui aussi. Je trouve étrange que le virus ne se soit pas propagé à bord d'un navire où tout le monde est entassé.

— Les malades atteints deviennent plus contagieux lorsque les boutons sont sortis, ce qui prend en général de douze à quatorze jours. Irv avait débarqué depuis longtemps et il travaillait déjà à Anchorage lorsqu'il a atteint ce stade. Il est donc possible qu'il n'ait contaminé personne à bord. Mais j'insiste, capitaine, il faudra désinfecter sa chambre à fond, ainsi que tous les couchages, les serviettes et les nappes.

— Je vais m'en occuper.

— On dirait que l'origine du virus est à rechercher du côté de Yunaska, remarqua Dirk.

— Je le crois aussi, lui répondit Sarah. Que Jack et vous n'ayez pas été atteints pendant que vous vous trouviez sur l'île tient du miracle.

— C'est sans doute notre combinaison qui nous a protégés.

— Dieu soit loué, fit-elle avec beaucoup de chaleur.

— J'ai l'impression que les salopards à bord du chalutier se sont amusés avec autre chose que du cyanure. Tiens, ça me rappelle... la faveur que je vous ai demandée ?

Dirk la raccompagna à la voiture et ouvrit le grand coffre. Il y avait laissé l'enveloppe de la bombe, cette enveloppe en porcelaine qu'il avait trouvée à bord du *I-403*, soigneusement emballée dans du carton. Sarah examina l'objet, l'air perplexe.

— Je donne ma langue au chat. Qu'est-ce que c'est ?

Dirk lui raconta rapidement sa petite promenade à Fort Stevens puis leur plongée au-dessus du sous-marin japonais.

— Pourriez-vous demander à votre labo d'identifier les traces qui se trouvent dedans ? J'ai ma petite idée sur ce qu'ils risquent de trouver.

Sarah regarda Dirk, intriguée.

— D'accord, dit-elle d'une voix sérieuse, je vais le leur demander. Mais, ajouta-t-elle en esquissant un petit sourire taquin, cela va vous coûter un déjeuner.

Chapitre 17

DIRK conduisit Sarah sur le campus de Firecrest. Arrivés là, ils déchargèrent avec beaucoup de précautions les morceaux de la bombe et les déposèrent dans une petite salle d'examens. Après quelque hésitation – l'idée d'introduire des substances explosives dans le bâtiment ne lui plaisait guère –, un chercheur nommé Hal, un garçon légèrement chauve et très chaleureux, accepta d'examiner le fragment dès que la réunion à laquelle il devait se rendre d'urgence serait finie.

— J'ai l'impression qu'on va avoir largement le temps de déjeuner. Où allons-nous ? demanda Sarah.

— Je connais un endroit tranquille, avec une belle vue sur la mer, fit Dirk avec un sourire espiègle.

— Alors, emmenez-moi dans votre carrosse vert, répondit-elle en riant.

Et elle monta dans la Chrysler turquoise.

En sortant du petit parking, Dirk remarqua, garée là, une Cadillac CTS noire qui lui rappelait quelque chose. Son moteur tournait. Sans plus y songer, il quitta le campus, traversa les faubourgs sud de Seattle puis mit le cap à l'ouest en suivant la direction de Fauntleroy. Arrivé au bord de la mer à Puget Sound, Dirk s'engagea dans la zone portuaire et monta la rampe qui permettait d'accéder au ferry. Il gara sa voiture au milieu des nombreux véhicules entreposés sur le pont. Sarah lui prit la main et la lui serra très fort.

— Le restaurant du ferry ? Café et beignets ? lui demanda-t-elle.

— Je crois que j'ai mieux que ça. Mais montons admirer la vue.

Sarah le suivit dans l'escalier qui conduisait au pont supérieur en plein air. Ils trouvèrent un banc libre qui faisait face à la rive nord. Un grand coup de sirène et un léger balancement sous leurs pieds leur indiquèrent qu'ils partaient. Sous l'impulsion de ses deux diesels de 2 500 chevaux, le bateau de cent mètres de long quitta l'embarcadère.

L'air avait la transparence du cristal ; c'était une de ces journées qui rappellent aux habitants du lieu pourquoi cela valait la peine d'endurer les longs et rudes hivers que connaissait cette côte du Pacifique Nord-Ouest. On apercevait dans le lointain les massifs montagneux de l'Olympe et de la Cascade qui se détachaient sur le ciel bleu, si nets qu'on aurait presque pu les toucher. Plus bas, la banlieue de Seattle, avec ses bâtiments d'acier et de verre, la Tour de l'Espace qui se dressait comme un monolithe futuriste sorti d'un dessin animé de science-fiction. Dirk lui montra une demi-douzaine de ferries qui arrivaient au port et croisaient prudemment de gros cargos dans les chenaux réservés aux grands bâtiments.

La traversée jusqu'à l'île de Vashon ne durait que quinze minutes. A l'accostage, ils redescendirent pour récupérer la Chrysler. Alors qu'il tenait la portière pour laisser monter Sarah, Dirk jeta un coup d'œil aux voitures garées près de la leur. Quatre places derrière eux, l'une d'entre elles attira son attention. C'était la même Cadillac noire qu'il avait vue garée près du labo. D'ailleurs, il s'en souvenait maintenant, c'était la même que celle qu'il avait croisée près de Fort Stevens.

— Je crois que j'aperçois l'un de mes amis garé juste derrière nous, dit-il doucement à Sarah. Je vais lui dire bonjour, je reviens.

Il s'avança nonchalamment entre les voitures et vit deux Asiatiques assis dans la Cadillac. Ils l'observaient. Arrivant à hauteur de la vitre du conducteur, il se pencha brusquement et passa la tête.

— Excusez-moi, les gars, vous sauriez pas par hasard où se trouve le restaurant ? leur demanda-t-il sur un ton aussi vulgaire que possible.

Le conducteur, une espèce de malfrat coiffé en brosse, continuait de regarder droit devant lui et refusait visiblement tout contact, même visuel. Il se contenta de hocher négativement la tête. Dirk remarqua tout de suite une légère protubérance sous sa veste, près de l'aisselle gauche. Une arme dans son étui, à n'en pas douter. Sur l'autre siège, le passager, lui, se montrait moins timide. Il était maigre, avec les cheveux longs, un bouc et un mégot aux lèvres, il le gratifia d'un sourire menaçant. Une grosse mallette de cuir était posée sur le plancher entre ses pieds et, à voir sa taille, elle devait contenir autre chose qu'un ordinateur portable.

— Vous avez vu votre copain ? demanda Sarah à Dirk en le voyant revenir.

— Non, j'ai confondu avec quelqu'un d'autre.

Un long coup de sirène, suivi de deux coups brefs, leur indiqua que le ferry arrivait à quai. Quelques instants plus tard, Dirk sortit sa Chrysler et prit la rampe. Il s'avança sur une longue jetée puis sortit de la zone portuaire et entra dans l'île de Vashon.

Située au bout du bras de mer de Puget Sound, à seulement quelques minutes de Seattle et de sa foule, Vashon n'est accessible que par bateau, si bien que l'endroit a su préserver sa tranquillité et un mode de vie campagnard qui tranche avec les métropoles voisines. Des champs de fraises et de framboises trouent çà et là un paysage essentiellement boisé. L'île est habitée à la fois par des fermiers et par d'anciens citadins venus chercher là un calme qu'ils ne peuvent trouver en ville.

Après avoir baissé la capote pour mieux profiter du paysage, Dirk prit la route qui longeait la côte sud, s'éloignant ainsi du terminal des ferries à la pointe nord de l'île. Jetant un coup d'œil dans le rétroviseur, il aperçut la Cadillac qui le suivait à quelques centaines de mètres de distance.

— C'est vraiment superbe ! s'exclama Sarah après quelques kilomètres sur la route parsemée de fermes et de vieilles cabanes construites entre les pins. Les mains derrière la nuque, elle profitait du vent frais.

Dirk sourit intérieurement : il avait connu tant de femmes qui n'aimaient guère les décapotables, accusées de mettre à mal leur coiffure. Conduire une vieille voiture lui faisait le même effet que naviguer par gros temps ou plonger sur une épave encore inexplorée. C'était le genre d'aventure qui ajoutait du piquant à l'existence.

En voyant un panneau qui indiquait BURTON, Dirk ralentit et quitta l'autoroute, s'engageant sur la petite route qui menait au minuscule hameau. Ils dépassèrent un petit groupe de maisons blotties les unes contre les autres, avant d'atteindre une auberge de style victorien posée au bord de l'eau. Construite au début du siècle, c'était l'ancienne résidence d'été d'un patron de presse de Seattle. La demeure de trois étages était peinte de couleurs pastel, vert et lavande. Des fleurs magnifiques poussaient dans de grandes

133

potiches réparties un peu partout, offrant à l'œil une véritable explosion de couleurs.

— Comme c'est beau, s'exclama Sarah, éblouie, alors que Dirk se garait près d'un belvédère richement décoré. Comment avez-vous découvert cet endroit?

— L'un de nos chercheurs possède une maison sur l'île. Il prétend qu'on trouve ici le meilleur saumon de tout l'Etat et j'aimerais vérifier l'information.

Il la conduisit au restaurant, un endroit discret installé dans un pavillon, de style victorien lui aussi. Comme la salle était presque vide, il choisit une table près de la baie vitrée qui donnait sur la baie. Après avoir commandé un chardonnay du cru, ils purent admirer à loisir la vue qu'ils avaient sur le port de Quartermaster et sur l'île de Maury. On apercevait au sud-est la silhouette majestueuse du Mont Rainier.

— Ça me rappelle les Grands Têtons de mon Wyoming natal, lui dit Sarah. J'ai passé des journées à cheval autour du lac Jackson, au pied de la montagne.

— Et je suppose que vous êtes excellente skieuse.

— C'est vrai, j'ai cassé quelques paires de skis quand j'étais petite, fit-elle en éclatant de rire. Mais comment avez-vous deviné?

— Je suis déjà allé dans la région. J'y ai skié une fois, il y a quelques années. La neige est fantastique.

— Oui, j'aime bien cet endroit, renchérit Sarah. (Ses yeux brillaient.) Mais je suis étonnée d'apprendre que vous y êtes allé, je ne pensais pas que le directeur de la NUMA fût autorisé à s'éloigner de la mer.

Cette fois, c'est Dirk qui éclata de rire.

— Uniquement pendant les vacances. Cette année-là, tout était complet dans le désert de Gobi. Mais vous, dites-moi, comment une jolie fille du Wyoming se retrouve à travailler dans une agence épidémiologique?

— Précisément *parce que* cette jolie fille vient du Wyoming, répondit-elle en minaudant. Comme je vivais dans le ranch de mes parents, je passais mon temps à m'occuper des veaux malades, je soignais les chevaux boiteux. Mon père me traitait d'idiote, mais j'aimais bien la compagnie des animaux. J'ai fait des études de vétérinaire et, après quelques petits boulots, j'ai trouvé ce poste d'épidémiologiste au CEE. Désormais, je parcours le monde pour prévenir les épidémies, traiter les animaux malades, et on me paye même pour ça, conclut-elle dans un sourire.

Dirk sentait qu'elle était sincère. Cette fille avait un cœur d'or, elle respirait la générosité. Si elle n'avait pas trouvé ce poste au CEE, elle aurait sans doute dirigé un refuge de la SPA, ou travaillé dans une organisation de préservation des animaux sauvages, salaire ou pas. Elle le regardait, d'un regard un peu tendre, et il était tout heureux d'être avec elle.

L'arrivée du serveur rompit ce moment d'intimité, mais les plats qu'il leur apportait étaient succulents. Dirk avait choisi un filet de saumon grillé et Sarah, des coquilles Saint-Jacques d'Alaska, si tendres qu'elles vous fondaient dans la bouche. Après un cheesecake aux groseilles en guise de dessert, ils allèrent faire une petite promenade au bord de l'eau, main dans la main. Dirk guettait toujours les deux hommes à la Cadillac. Il finit par les repérer dans le village.

— Cet endroit est magnifique, mais je crois qu'il va falloir rentrer, lui dit enfin Sarah, un peu désolée. Je dois aller chercher les résultats des analyses de sang de l'équipage, et Hal a sans doute terminé l'examen de la bombe.

Lorsqu'ils arrivèrent près de la voiture, Sarah se tourna vers Dirk.

— Merci pour ce déjeuner si agréable, murmura-t-elle.

— Enlever de jolies femmes au beau milieu de l'après-midi est ma spécialité.

Puis il la prit dans ses bras et lui donna un long baiser passionné. Elle enroula ses bras autour de son cou et se laissa aller avec délices.

Après être sorti du parking, Dirk prit sans se presser la grand-rue à sens unique qui traversait Burton. Il y aperçut en passant la Cadillac, garée dans une contre-allée, et la dépassa. Comme il jetait un coup d'œil dans le rétroviseur, il vit avec surprise que la grosse voiture noire avait démarré et s'était engagée derrière eux. Les deux hommes ne faisaient même plus semblant de ne pas les filer, ce qui n'était pas très bon signe.

La Cadillac les suivit ainsi jusqu'au carrefour de la grand-route. En s'arrêtant avant de tourner, Dirk donna un second coup d'œil derrière lui. Il vit le passager, l'homme au bouc, se baisser et sortir quelque chose de sa mallette en cuir.

Soudain, les boyaux tordus, il démarra sans hésiter et appuya à fond sur l'accélérateur. La Chrysler partit en dérapage dans un crissement de pneus et commença à foncer en direction du nord.

— Dirk, mais qu'est-ce que tu fais ? lui demanda Sarah, interloquée.

L'accélération la cloua à son siège.

Une seconde plus tard, la Cadillac était de nouveau derrière eux. Dans un hurlement de pneus, projetant des gravillons, elle avait démarré à fond la caisse. Et cette fois-ci, il ne s'agissait plus de suivre la Chrysler : ils prirent la file de gauche pour essayer de la bloquer sur le côté.

— Couche-toi par terre ! cria Dirk à Sarah tout en continuant de surveiller le rétroviseur.

Sans comprendre ce qui se passait, mais bien convaincue au ton de Dirk qu'elle avait intérêt à obéir, Sarah se laissa glisser par terre et se coucha en chien de fusil. Dirk lâcha l'accélérateur et la Cadillac les dépassa. La vitre du passager était ouverte, le jeune voyou lui fit un sourire sardonique. Puis il pointa le pistolet-mitrailleur posé sur ses genoux, un Ingram Mac-10, et visa Dirk à la tête.

Mais Dirk réagit plus vite que lui. Le temps que le tireur presse la détente, Dirk était déjà debout sur le frein. Une rafale passa sans faire de dégâts au-dessus du capot, la Chrysler s'arrêta dans un nuage de caoutchouc brûlé. Dirk lâcha le frein, attendit une seconde que la Cadillac réagisse et, quand il vit ses feux de stop s'allumer, passa en boîte manuelle, enclencha la seconde et mit le pied au plancher.

Avec ses plus de 380 chevaux, la Chrysler 300-D était le plus rapide et le plus puissant modèle de la gamme en 1958. Sans manifester la faiblesse qu'aurait pu justifier son grand âge, la grosse voiture rugit et s'élança sur la chaussée comme un rhinocéros en train de charger.

L'accélération brutale prit les apprentis assassins par surprise. Ils se mirent à jurer comme des charretiers en voyant la Chrysler les dépasser en trombe. Le tireur essaya bien de tirer une deuxième rafale, mais il était trop tard et il vida la fin de son chargeur dans les arbres. Comme il n'y avait personne en face, Dirk resta sur la file de gauche après avoir doublé la Cadillac, ce qui rendait la tâche du tireur plus difficile.

— Mais que se passe-t-il ? Pourquoi nous tirent-ils dessus ? cria Sarah, toujours recroquevillée sur le plancher.

— Sans doute des parents de nos vieux copains d'Alaska, j'imagine, lui cria Dirk en essayant de couvrir le rugissement du moteur et en passant la troisième. Ça faisait déjà un bout de temps qu'ils nous suivaient.

— Tu crois qu'on va s'en sortir? lui demanda-t-elle encore, folle de peur.

— C'est sans problème tant que la route est droite, mais ils vont gagner du terrain dans les virages. Si nous arrivons assez près du môle d'embarquement, avec le monde qu'il y aura, ils renonceront.

Il espérait de tout cœur avoir raison.

La Chrysler avait sérieusement creusé son avance, mais, quand la route se mit tourner, la Cadillac se rapprocha peu à peu. Un virage serré obligea Dirk à lever légèrement le pied pour maintenir ses deux tonnes de ferraille sur la route, et la Cadillac, plus agile et qui collait au macadam, gagna encore quelques précieux mètres. Le tireur, furieux d'avoir manqué son coup, continuait à tirer n'importe comment. La plupart des balles, heureusement, arrivaient dans le coffre. Dirk s'enfonça le plus possible dans son siège et commença une série de zigzags pour ne pas offrir de cible stable.

— On est encore loin? lui demanda Sarah depuis le plancher.

— Plus que trois kilomètres. On va y arriver, lui cria Dirk en lui faisant un clin d'œil encourageant.

Pourtant, Dirk se maudissait *in petto*. Il s'en voulait d'avoir mis Sarah dans une situation pareille, de ne pas avoir demandé d'aide plus tôt, lorsqu'il s'était rendu compte qu'il était suivi. Et aussi d'être parti sans arme : il aurait préféré lutter avec autre chose qu'une bagnole vieille de cinquante ans.

Comme un vautour qui garde les yeux rivés sur sa proie, la Cadillac recopiait fidèlement toutes les manœuvres de la Chrysler, essayant désespérément de réduire encore la distance. Les deux voitures arrivèrent en trombe dans une longue ligne droite et Dirk baissa les yeux; l'aiguille indiquait deux cents à l'heure. En voyant une camionnette bleue arriver dans l'autre sens, Dirk revint sur la file de droite, toujours pied au plancher. Le conducteur de la Cadillac, qui ne pensait qu'à se rapprocher davantage, ne vit pas tout de suite le véhicule qui arrivait en face à toute allure et ne braqua à droite qu'à la dernière seconde, freinant instinctivement. Cela permit à la Chrysler de lui reprendre quelques mètres, sous les flots d'injures du tireur.

Néanmoins, Dirk ne pouvait plus conserver son avance très longtemps. A cet endroit, la route entamait une série de virages en épingle : ils atteignaient la partie nord de l'île. Ensuite, la route plongeait vers le port. Il n'était plus question d'aller vite, mais seulement de négocier habilement les tournants. Dirk donna un grand coup de frein en abordant un virage à gauche, luttant désespérément pour garder le contrôle de son énorme véhicule. La Cadillac reprit alors l'avantage et ne fut bientôt plus qu'à quelques mètres. Une fois de plus, Dirk entendit le début d'une rafale et baissa la tête autant que possible. Une nappe de feu éclata sur le pare-brise, juste devant lui, transformant tout le verre en une constellation d'étoiles et de trous. Une balle passa même assez bas, au ras de sa joue, et s'enfonça dans le tableau de bord.

— Bande de salopards, je me suis rasé ce matin ! grommela-t-il.

De rage, il en oubliait d'avoir peur. Pendant qu'il abordait le virage suivant, les pneus, des modèles assez anciens, commencèrent à crisser fortement, laissant derrière eux une traînée noire. Le tireur, qui avait déjà vidé deux chargeurs, ménageait maintenant ses munitions. Il attendit que la Chrysler tourne à droite et commença à la poivrer, par courtes rafales, presque à bout portant. Mais, continuant à viser l'habitacle, il oublia bêtement de tirer dans les pneus.

A l'intérieur, Dirk et Sarah se faisaient copieusement arroser, un véritable déluge de verre brisé, de plastique, d'échardes de métal. Dirk faisait son possible pour rester au milieu de la chaussée, vérifiant régulièrement dans le rétroviseur que la Cadillac n'accélérait pas pour se mettre à leur niveau et les viser plus facilement. A plusieurs reprises, il déboîta brutalement sur la droite, manquant d'écraser l'avant de la Cadillac qui le collait jusqu'à ce que le conducteur reprenne ses distances et reste prudemment à un mètre cinquante derrière.

Dirk avait l'impression de boxer sur un ring, il se penchait, courbait la tête, se penchait d'un côté puis de l'autre pour essayer de voir la route tout en évitant la grêle de plomb qui leur tombait dessus. Il tressaillit lorsque, en dérapant dans un virage à droite, il vit une ligne de trous parfaitement régulière apparaître au ras du capot. Le radiateur était percé, un nuage de vapeur jaillit des prises d'air. Il comprit que le temps lui était compté : privé de réfrigérant, le moteur n'allait pas tarder à chauffer et les pistons à serrer. Et alors, l'inévitable ralentissement ferait de Sarah et de lui des cibles faciles.

Comme ils étaient désormais tout près de la pointe nord, il tenta un dernier pari. A l'approche d'un virage à gauche, il se mit au milieu de la chaussée, ralentit légèrement pour laisser la Cadillac se rapprocher puis appuya des deux pieds sur la pédale du frein, de toutes ses forces. Les pneus crissèrent dans un bruit atroce, semant un nuage de caoutchouc brûlé. La Cadillac heurta son arrière de plein fouet avant que son conducteur freine à son tour. Pourtant, contrairement à ce qu'il avait espéré, l'avant de la Cadillac n'était pas complètement enfoncé. La Chrysler était équipée de vieux freins à tambour et la Cadillac réussit à s'arrêter alors que la vieille voiture continuait en dérapage. Dirk lâcha le frein, appuya sur l'accélérateur en espérant qu'il parviendrait à reprendre de l'avance. Il n'y avait plus rien d'autre à faire.

Les deux véhicules étaient arrivés au sommet de la dernière crête. A partir de là, la route descendait en lacets jusqu'au rivage, traversait quelques chemins qui desservaient des commerces et des maisons, avant de rejoindre l'embarcadère. Dirk remarqua des voitures, sans doute des gens qui venaient de débarquer du bateau et qui circulaient dans la direction opposée.

Malgré la circulation, le pistolet-mitrailleur tirait toujours. Les tueurs avaient décidé de jouer le tout pour le tout pour les abattre, Sarah et lui, sans tenir compte de ce qui arrivait en face. Dirk sourit à Sarah. Il lisait dans ses yeux un mélange de frayeur et de confiance totale. Il s'agrippa au volant, plus décidé que jamais à la sortir de là.

Il ne disposait pourtant plus que de quelques secondes. La vieille Chrysler ressemblait maintenant à une cible après le passage d'un bombardier B-2 : elle était à bout. De la fumée sortait du capot et le moteur laissait échapper des gémissements et des craquements inquiétants. Des gerbes d'étincelles partaient du châssis, un pot d'échappement avait cédé et traînait sur le goudron dans un grincement épouvantable. Les pneus étaient à plat et commençaient à sortir des jantes. Et, depuis plusieurs minutes, l'aiguille du thermomètre était dans le rouge.

Malgré tout ce vacarme, il réussit à entendre la sirène du ferry, droit devant. Derrière lui, les crissements de pneus de la Cadillac et les tacatac du pistolet-mitrailleur lui perçaient les oreilles. La grosse Chrysler fit soudain une embardée, le moteur qui avait trop chauffé venait de rendre l'âme. Dirk examina rapidement ce qu'il avait sous les yeux, à la recherche d'une voiture de police, d'une banque qui aurait peut-être un garde armé à sa porte, n'importe qui à même de leur porter secours. Mais il n'y avait rien d'autre que de vieilles maisons avec leurs jardins en fleurs.

En regardant le terminal du ferry, il eut soudain une idée. La chose paraissait difficilement jouable, mais, au point où il en était, il n'avait rien à perdre. Sarah leva les yeux et fut frappée par son air de confiance retrouvée.

— Dirk, cria-t-elle, qu'y a-t-il ?

— Sarah, ma chère, je crois que le bateau nous attend.

Chapitre 18

L ARRY HATALA regardait la dernière voiture grimper la rampe, un minibus Volkswagen vert petit pois, modèle 68. Fonctionnaire au ministère des Transports depuis trente ans, Larry était le responsable du terminal. Il hocha la tête pour saluer le chauffeur de cette vieille guimbarde hippie, un type barbu qui portait un bandana et des lunettes de mémé. Lorsque la VW fut convenablement garée, Hatala baissa la barrière orange et blanche destinée à interdire l'accès au môle. Son boulot terminé, il ôta sa vieille casquette de base-ball, s'épongea le front d'un revers de manche et il fit un signe à son collègue, un jeunot en combinaison grise qui terminait de mettre en place la rambarde de sécurité à l'arrière du ferry et qui, en retour, lui adressa un salut militaire moqueur. Quand la sirène de départ retentit, Hatala dénoua la bosse d'amarrage et l'envoya à bord où son collègue la lova soigneusement jusqu'à la prochaine escale.

La sirène n'avait pas fini de mugir que Hatala entendit un bruit inhabituel. Le bruit de pneus qui crissaient violemment sur l'asphalte. Il tourna la tête pour voir ce qui se passait sur la route et découvrit entre les arbres deux voitures qui dévalaient la colline. Le vrombissement des moteurs et le crissement des pneus se rapprochaient, ponctués de temps à autre par des craquements secs dans lesquels Hatala, qui avait servi dans la marine, reconnut immédiatement des tirs d'armes à feu. Les voitures émergèrent des arbres, se rapprochant toujours du poste d'embarquement. Et, tout éberlué, voici ce que vit Hatala.

La grosse Chrysler turquoise ressemblait à un dragon au galop,

141

tout y était, elle crachait des flammes et des jets de vapeur lui sortaient des naseaux. Il aperçut un homme aux cheveux sombres, recroquevillé dans son siège, qui essayait tant bien que mal de maintenir le monstre sur la chaussée, à une vitesse qui dépassait visiblement ses talents. Dix mètres derrière, une élégante Cadillac noire lui donnait la chasse. Par la fenêtre droite, un jeune Asiatique tirait comme un fou, mais ses balles n'atteignaient presque jamais leur cible. Horrifié, Hatala vit la voiture verte prendre la route du port et se diriger droit sur le môle.

L'antique Chrysler aurait dû rendre l'âme depuis bien long-temps. Une véritable pluie de plomb avait arrosé la voiture, déchiquetant les câbles, les conduites de fluide et les courroies. La carrosserie était constellée de trous. Un mélange d'huile brûlante et de liquide réfrigérant sortait du moteur chauffé au rouge. Pourtant, comme douée d'une volonté d'acier, la Chrysler ne renonçait pas et usait ses dernières forces.

— Dirk, où sommes-nous ? lui demanda Sarah qui, incapable de voir quoi que ce soit depuis le plancher où elle était couchée, avait remarqué qu'ils roulaient sur du bois et qu'ils avaient donc quitté la route.

— On a un bateau à prendre, répondit Dirk en faisant la grimace. Accroche-toi.

Il voyait, à cinquante mètres devant, un homme qui faisait des moulinets à l'entrée du môle. Plus loin, au bout de l'embarcadère, il distingua une sorte de bouillonnement, les hélices du ferry qui se mettait en route. Ça allait être limite.

La Cadillac s'était laissé légèrement distancer car le conducteur n'avait pas vu immédiatement que Dirk déboîtait pour s'engager sur le môle. Mais le chauffeur, plus que décidé à s'accrocher à ses basques, accéléra à fond sans se rendre compte que l'embarcadère n'était pas très long et que le ferry appareillait. Le tireur ne réagit pas car lui aussi, ne pensait qu'à une chose : se faire ce type têtu qui lui avait échappé jusqu'alors.

Quant à Dirk, il accélérait toujours à fond, mais c'était pour une autre raison. Il retenait son souffle, espérant que la Chrysler allait lui accorder encore quelques secondes. Le bout de l'embarcadère n'était plus qu'à quelques mètres, mais il avait l'impression que franchir cette distance prenait une éternité. Et pendant ce temps, le ferry s'éloignait doucement.

Deux petits garçons qui étaient venus pêcher au bout du quai coururent se réfugier derrière un poteau en voyant les deux voitures arriver à fond la caisse, abandonnant leurs cannes sur place dans la panique. Tout surpris, Dirk vit le type qui se tenait à l'entrée du môle arrêter ses moulinets et lever sa barrière. Il avait sans doute compris que tenter d'arrêter cette masse d'acier était inutile. Dirk passa devant lui en trombe, lui fit un petit signe de remerciement, mais Hatala resta planté là, hébété.

Le gros moteur V8 cognait maintenant comme un marteau-piqueur, mais la vieille carcasse n'avait toujours pas dit son dernier mot et était apparemment décidée à donner tout ce qu'elle avait dans le ventre. Jaillissant de la rampe au bout du môle, elle s'éleva dans les airs comme un boulet de canon. Dirk se cramponna de toutes ses forces au volant et se prépara au choc en voyant défiler sous lui quinze mètres d'eau bleuâtre. Sur la plage arrière du ferry, des passagers se mirent à hurler en essayant de se mettre à l'abri du bolide vert qui leur tombait dessus. L'inertie du véhicule et la pente de la rampe firent que la voiture décrivit dans les airs un arc presque parfait, avant que, la pesanteur reprenant le dessus, elle ne pique du nez. Mais elle avait franchi l'eau et allait retomber sur le ferry.

Les roues avant touchèrent in extremis la plage arrière, à quelques dizaines de centimètres du rebord. Les pneus s'écrasèrent violemment sur le pont et éclatèrent sous le choc avec de grands claquements. Une fraction de seconde plus tard, les roues arrière atterrirent à leur tour, écrasant au passage une rambarde qui, sous le poids de la voiture, s'encastra dans un passage de roue. C'est ce qui leur sauva la vie. Sans ce bout de tube métallique planté dans le pont de bois, faisant office d'ancre, la voiture aurait continué tout droit dans les rangées de voitures parquées devant elle. La grosse Chrysler rebondit deux fois, partit en dérapage et finit par s'immobiliser après avoir parcouru six ou sept mètres, tamponnant sans trop de dégâts l'arrière de la camionnette Volkswagen.

La Cadillac, elle, manqua son coup. Elle arriva quelques secondes derrière, mais le conducteur vit trop tard que le ferry avait quitté le môle. Paniqué, il ne songea même pas à freiner et garda le pied sur la pédale d'accélérateur. Il décolla derrière la Chrysler. Mais à ce moment-là, le ferry s'était déplacé et ne se trouvait plus dans l'axe de sa trajectoire.

Le tireur poussa des cris terribles, à vous glacer le sang. La Cadillac s'éleva gracieusement dans les airs avant de piquer du nez et de percuter le tableau arrière du ferry dans un fracas de tonnerre. Le pare-chocs avant vint effleurer le nom du ferry, *Issaquah*, juste au-dessus de la flottaison, puis la voiture se plia en accordéon. Elle s'enfonça dans l'eau en soulevant une grande gerbe, coulant par quinze mètres de fond et entraînant ses occupants dans leur tombe marine.

Dans la Chrysler, Dirk s'efforçait de reprendre ses esprits tout en faisant le bilan des dégâts. Il avait une entorse au genou, sa hanche en avait pris un coup et il saignait abondamment de la lèvre inférieure qu'il s'était sans doute ouverte sur le volant. A part ça, il n'était pas trop abîmé. Sarah, par terre, leva les yeux en faisant la grimace, mais en souriant tout de même. Elle lui dit d'un ton calme :

— Je crois que j'ai la jambe droite cassée, mais sinon, ça va.

Dirk la tira doucement de là et l'allongea sur le pont. Des passagers se précipitaient pour leur porter secours. Juste devant eux, la porte de la Volkswagen s'ouvrit et il en sortit un hippie dans toute sa splendeur, queue-de-cheval et bedaine du buveur de bière cachée sous un tee-shirt délavé des Grateful Dead[1]. Il fit les yeux ronds en découvrant le spectacle : de la fumée s'échappait de la carcasse dans une odeur d'huile chaude et de caoutchouc brûlé. La carrosserie, criblée de balles, ressemblait à de la dentelle. Du verre brisé et des lambeaux de cuir jonchaient l'habitacle. Les pneus avaient éclaté et un support de rambarde sortait bizarrement d'un logement de roue. Quant au bateau, une longue tranchée fendait le pont, le bois était réduit en miettes. Dirk sourit timidement au hippie qui s'était approché. L'homme hocha lentement la tête, avant de lâcher :

— Joli travail, mec. J'espère que t'as une bonne assurance.

*

Les autorités de l'île ne mirent que quelques heures à réquisitionner une barge et à la faire venir à l'embarcadère. La grue de vingt-deux tonnes souleva sans problème la Cadillac qui gisait au fond du port et la déposa sur la plate-forme graisseuse. Une équipe de secours dégagea doucement les corps écrabouillés des deux

---

1. Groupe de rock psychédélique américain, fondé en 1965, dissous en 1995 (*NdT*).

passagers que l'on emporta à la morgue. On établit tout simplement que la cause de la mort était un accident de voiture.

A la demande de la NUMA, le FBI intervint pourtant et ouvrit une enquête fédérale. Les premières tentatives d'identification du tireur furent vaines, aucun indice ne se trouvait sur son cadavre. On découvrit seulement que la Cadillac était une voiture de location volée. Les services de l'immigration finirent par certifier que les deux hommes étaient des Japonais entrés illégalement aux Etats-Unis par le Canada.

A la morgue de Seattle, dans le quartier de King County, l'officier de police judiciaire finit par s'énerver en voyant arriver un nouvel enquêteur qui voulait lui aussi examiner les corps.

— Comment veux-tu que je fasse mon boulot tant que ces deux malfrats japonais sont là ? dit-il à son assistant alors que les deux fédéraux quittaient les lieux.

Le légiste, un ancien médecin militaire qui avait passé un an à Séoul, hocha la tête, l'air approbateur.

— On pourrait aussi bien installer un tourniquet à l'entrée de la chambre froide, plaisanta-t-il.

— Ah, vivement que les papiers arrivent pour qu'on puisse les rapatrier au Japon.

— J'espère que c'est bien leur pays, lui répondit son assistant en refermant les tiroirs qui contenaient les cadavres. Si tu me demandes mon avis, je vais te dire, c'est des Coréens.

Chapitre 19

APRÈS AVOIR passé douze heures à son chevet, Dirk finit par convaincre les médecins de l'hôpital suédois de Seattle, l'hôpital de la Providence, de laisser Sarah sortir le lendemain matin. Bien qu'une jambe cassée ne nécessite pas en général que l'on vous garde toute une nuit, le corps médical redoutait un éventuel traumatisme et voulait la garder en observation. Elle avait eu de la chance : sa fracture du tibia n'était pas trop grave et on ne jugea pas nécessaire de poser une broche. Les médecins finirent par la relâcher après lui avoir mis une gouttière en plastique et l'avoir bourrée de calmants.

— Tu crois que je vais pouvoir t'emmener danser d'ici deux jours ? lui demanda Dirk en plaisantant, alors qu'il la poussait dans son fauteuil roulant.

— Bien sûr, si tu as envie de te retrouver avec plein de bleus sur les pieds, fit-elle en lui montrant la gouttière impressionnante et en faisant la grimace.

Elle prétendait être parfaitement en état d'aller travailler, mais Dirk la ramena tout de même chez elle. Elle habitait un appartement très chic dans le quartier de Capitol Hill. Il la déposa sur le canapé en cuir du salon et alla chercher un gros coussin pour le glisser sous sa jambe.

— Ça m'embête mais on me rappelle à Washington, lui dit-il en passant lentement la main dans ses cheveux soyeux, tandis qu'elle ajustait les oreillers dans son dos. Je dois partir ce soir, mais je vais m'assurer que Sandy s'occupe de toi.

— J'imagine que je n'ai pas le choix, répondit-elle en souriant.

Mais au fait, a-t-on des nouvelles de l'équipage du *Deep Endeavor* ? Il faut absolument qu'on sache s'ils ont quelque chose.

Elle essaya de se soulever sur sa couche. Avec ce qu'elle avait avalé, elle avait la tête dans du coton et devait lutter contre une furieuse envie de dormir.

— D'accord, concéda-t-il en l'obligeant doucement à s'allonger.

Il lui apporta un téléphone portable.

— Tu as droit à un seul appel, et ensuite, extinction des feux.

Pendant qu'elle appelait le labo, il passa à la cuisine pour vérifier qu'elle avait de quoi manger. En ouvrant le réfrigérateur, pratiquement vide, il se demanda pourquoi les femmes célibataires avaient toujours moins de provisions chez elles que les hommes du même état.

— Très bonne nouvelle, lui dit-elle d'une voix pâteuse en reposant le téléphone. Tous les examens sont négatifs, aucun signe de variole.

— C'est en effet une fort bonne nouvelle. Je vais le dire à Burch avant de partir à l'aéroport.

— Et quand reviens-tu ? lui demanda-t-elle en lui serrant la main très fort.

— Je fais juste un aller-retour au siège. Tu n'auras même pas le temps de t'en rendre compte.

— Il y a intérêt.

Ses yeux se fermaient. Il se pencha vers elle, dégagea un peu ses cheveux pour déposer un baiser sur son front. Lorsqu'il se releva, elle dormait profondément.

*

Dirk dormit tout le temps du vol de nuit et se réveilla frais et dispos lorsque le biréacteur de la NUMA se posa à l'aéroport international Ronald Reagan de Washington à l'autre bout des Etats-Unis. Il était alors un peu plus de huit heures. Une voiture de l'agence l'attendait au parking dans la zone réservée aux administrations. En sortant de l'aéroport sous un léger crachin, il regarda longuement un vieux hangar bâti près de l'une des pistes. Son père était à l'étranger, mais l'envie le démangeait d'aller faire un tour dans la cachette où le vieil homme conservait quelques-unes de ses vieilles voitures de collection. Mais il décida finalement que le boulot passait avant les distractions et prit l'autoroute vers le nord, longeant la rive du Potomac. Peu après avoir dépassé le Pentagone à main gauche, il quitta l'autoroute et se dirigea vers une tour vitrée qui abritait le siège de la NUMA. Il franchit le poste de sécurité, et alla se garer dans le parking souterrain. Il ouvrit le coffre, jeta sur son épaule un gros sac marin et prit l'ascenseur pour monter au dixième étage, où était installée la salle informatique.

Doté d'un budget faramineux, le centre informatique de la NUMA était une merveille à la pointe du progrès technologique. Ses banques de données océanographiques comptaient parmi les plus complètes au monde. C'est là qu'arrivaient en temps réel les données météorologiques, biologiques, thermiques et de courant recueillies par des sondes automatiques sur toutes les mers et relayées par satellite. Ces informations permettaient de visualiser à tout moment les conditions océanographiques mondiales et de prévoir leur évolution. Le centre était relié aux principales institutions de recherche où il puisait des données dans les domaines de la géologie, de la biologie marine, de la flore et de la faune sous-marines, ainsi que dans ceux de l'ingénierie et de la technologie. La bibliothèque de la NUMA contenait des millions de documents, inépuisable source d'information pour tous les centres d'études du monde entier.

Dirk trouva le maestro derrière un vaste bureau en forme de fer à cheval, la console de commande du centre informatique. L'homme grignotait des fruits de mer d'une main et pianotait sur un clavier de l'autre. Pour quelqu'un qui l'aurait vu pour la première fois, Hiram Yaeger faisait penser à un fan de Bob Dylan. Très mince, il portait un Levi's délavé et un gilet en jean sur un tee-shirt blanc. Le tout complété par des bottes de cow-boy éraflées et des cheveux grisonnants rassemblés en queue-de-cheval. Mais il cachait bien son jeu, car il habitait avec sa femme, un ancien mannequin, dans une banlieue huppée du Maryland et possédait une BMW Série 7. Apercevant Dirk par-dessus ses lunettes cerclées, il lui fit un grand sourire.

— Tiens, voilà le jeune monsieur Pitt !

— Salut Hiram, comment va ?

— Je n'ai pas foutu en l'air ma bagnole ni dézingué un hélico de l'agence, je dirai donc que ça va plutôt bien, répondit-il en plaisantant. A propos, notre directeur bien-aimé a-t-il été averti de ce que son fiston a fait de son coucou ?

— Oui. Heureusement, comme papa est encore aux Philippines avec Al, ça a un peu atténué le choc.

— En plus, il est de bonne humeur : ils ont ramassé une pleine brouette de pilules empoisonnées près de Mindanao, donc tu as bien choisi ton moment. Dis-moi, que me vaut le plaisir de ta visite ?

— Eh bien, répondit Dirk d'un air un peu hésitant, c'est à propos de tes filles. Je me demandais si tu accepterais que je sorte avec.

Le visage poupin de Yaeger se rembrunit une seconde, le temps de comprendre qu'il s'agissait d'une blague. Yaeger avait deux jumelles qui étaient en dernière année au lycée. C'était tout son bonheur, sa fierté. Depuis des années, il faisait la chasse à tous les soupirants mâles qui auraient seulement eu l'idée d'effleurer ses filles. Que Dieu leur pardonne la bienveillance qu'elles témoignaient à ce rustaud de Dirk, mais il était si charmeur...

— Tu me reparles d'elles une seule fois, fit-il, menaçant, et je te fais rayer de la liste du personnel avec une réputation dont tu n'auras pas trop de cinq vies pour te remettre.

Dirk éclata de rire, ravi d'avoir touché son point faible. Le génie de l'informatique se radoucit et se mit à rire à son tour.

— Bon je te concède que c'était une blague un peu limite. Mais, trêve de plaisanterie, j'aimerais bien te voir ainsi que Max avant ma réunion avec Rudi en fin de matinée.

— Pas de problème, répondit Yaeger en hochant la tête.

Il laissa là ses fruits de mer et posa les deux mains sur le clavier pour s'entretenir avec Max, un système d'intelligence artificielle avec une interface virtuelle holographique. Yaeger avait conçu ce cerveau puissant pour l'aider à fouiller dans ses volumineuses bases de données. Il lui avait donné le visage de sa femme, Elsie, et l'avait dotée d'une voix sensuelle ainsi que d'une silhouette plus que suggestive. En face de la console, une femme fort séduisante aux cheveux châtains et aux yeux bleus apparut soudain sur un écran.

— Bonjour messieurs, susurra l'image tridimensionnelle.

— Salut, Max. Tu te souviens du jeune Dirk Pitt ?

— Bien sûr. Ça fait plaisir de te voir, Dirk.

— Tu m'as l'air en pleine forme, Max.

— Je me sentirais encore mieux si Hiram voulait bien cesser de me déguiser en Britney Spears, répondit-elle en prenant l'air boudeur et en passant langoureusement ses mains sur ses formes.

— D'accord, demain, je t'habille en Prada, lui promit Yaeger.

— Merci.

— Alors Dirk, qu'est-ce que tu souhaites demander à Max ?

Dirk redevint sérieux :

— Je voudrais connaître tous les détails de ce qu'ont concocté les Japonais en matière de guerre chimique et biologique au cours de la Seconde Guerre mondiale.

Max, occupée à fouiner dans des milliers de bases de données, resta silencieuse un bon moment. Yaeger n'avait pas limité les capacités de son système à l'océanographie. Le réseau de la NUMA était connecté à une foule de ressources documentaires gouvernementales ou publiques. Ce qui incluait, par exemple, la bibliothèque du Congrès et jusqu'à l'Autorité des marchés financiers. Max, après avoir passé au crible toute cette masse de données, finit par leur fournir une synthèse assez concise de ce qu'elle avait trouvé.

— L'armée japonaise a mené des recherches poussées et conduit des expérimentations dans ce domaine avant et pendant la guerre. Les premiers travaux ont été menés en Mandchourie sous la direction de l'armée japonaise d'occupation qui avait envahi le nord-est de la Chine en 1931. Le plus gros centre de recherches et d'essais s'appelait Qiqihar, il était placé sous commandement de l'Unité n° 516. Cependant, les usines de production d'armes chimiques sont toujours restées sur le sol japonais. Il existait deux sites importants en matière de guerre biologique : Changchun, sous l'autorité de l'Unité n° 100, et Ping Fan, sous celle de l'Unité n° 731. En fait, ces centres étaient d'énormes prisons où l'on utilisait les criminels et les prisonniers comme cobayes. Peu d'entre eux ont survécu.

— J'ai lu des choses au sujet de l'Unité n° 731, coupa Dirk. Certaines des expériences qu'ils ont pratiquées feraient presque passer les nazis pour des rigolos.

— Il existe de nombreux témoignages sur les expériences japonaises, en particulier au sein de l'Unité n° 731. On y injectait régulièrement à des prisonniers chinois, et même à quelques prisonniers de guerre alliés, tout un assortiment de pathogènes mortels pour essayer de déterminer le bon dosage. On larguait des bombes sur des groupes de captifs immobilisés au sol, afin de tester la précision des systèmes de guidage. De nombreux essais avaient aussi lieu à l'extérieur du centre. Des puits de villages ont été intentionnellement contaminés par le virus de la typhoïde, déclenchant des épidémies de fièvre et faisant de nombreux morts.

Des rats porteurs de puces avec le virus de la peste furent lâchés dans des zones urbaines denses pour évaluer l'intensité et la vitesse de propagation d'une épidémie. Les Japonais n'hésitèrent même pas à prendre les enfants pour cibles expérimentales. Au cours de l'un de ces tests, on donna aux enfants d'un village des chocolats fourrés au virus du charbon. Ils s'empressèrent de les avaler, avec les effets terribles que l'on devine.

— C'est vraiment révoltant, dit Yaeger en hochant la tête. J'espère que les coupables de ces crimes ont payé.

— Malheureusement non, poursuivit Max. A l'exception d'un seul, tous les militaires responsables des unités de guerre chimique et biologique ont échappé aux poursuites. Les Japonais ont détruit la plupart des documents et les camps eux-mêmes, avant de se rendre. Les services de renseignements américains, qui ignoraient l'étendue des atrocités, ou qui, dans certains cas, cherchaient à obtenir les résultats de ces horribles tests, n'ont rien révélé du massacre. Plusieurs des médecins militaires impliqués dans cette affaire sont devenus après la guerre des hommes d'affaires respectés au sein de l'industrie pharmaceutique.

— Ils avaient pourtant beaucoup de sang sur les mains, murmura Dirk.

— Personne ne connaît les chiffres exacts, mais les experts estiment que plus de deux cent mille Chinois ont péri pendant ces essais au cours des années trente et quarante. Et, dans une forte proportion, il s'agissait de civils innocents. Ce n'est que très récemment que des historiens et des universitaires se sont intéressés à cette tragédie.

— Décidément, déclara Yaeger, l'inhumanité de l'homme ne cessera jamais de m'étonner.

— Max, reprit Dirk, tu peux nous préciser quel genre d'agents pathogènes les Japonais ont utilisés à l'époque ?

— Il est plus facile de faire la liste de ceux qu'ils n'ont pas essayés. S'agissant des bactéries et des virus, ils se sont intéressés au charbon, au choléra, à la peste bubonique, à la variole et au typhus. Quant aux produits chimiques : le phosgène, le cyanure, le gaz moutarde et la lexème ont fait l'objet d'expériences sur des cobayes. On ignore lesquels de ces produits ont été effectivement déployés sur le terrain, toujours parce que les Japonais ont détruit la plupart de leurs comptes rendus d'essais lorsqu'ils ont dû quitter la Chine, à la fin de la guerre.

— Et quel est le mode opératoire de ces produits en conditions réelles ?

— Les agents chimiques, qui peuvent rester stockés longtemps, sont parfaits pour fabriquer des munitions. Les Japonais ont produit des quantités de munitions, principalement des grenades, des obus de mortier et des munitions d'artillerie de tous calibres. On en a retrouvé par dizaines de milliers en Mandchourie. En revanche, ils ont eu moins de succès avec les armes biologiques, dont les constituants sont par nature plus fragiles. La mise au point d'obus s'est révélée difficile, les Japonais ont donc concentré leurs efforts sur la production de bombes larguées par avion. D'après les documents retrouvés, il semblerait que les chercheurs japonais n'aient jamais été totalement satisfaits de leurs résultats en la matière.

— Tu as trouvé trace de l'utilisation de conteneurs en porcelaine ?

— Bien sûr, l'intérêt était évident. Les enveloppes métalliques dégagent trop de chaleur lorsque la bombe explose, ce qui détruit les agents biologiques pathogènes. C'est pour cela que les Japonais sont passés aux céramiques. On sait de source sûre que de très nombreux modèles d'ampoules en céramique ont été essayés en Chine puis sur des armes de production.

Dirk sentit son estomac se serrer. Il était évident qu'en 1945, le *I-403* avait été chargé d'une mission de mort en embarquant des munitions biologiques. Fort heureusement, le sous-marin avait coulé avant d'avoir pu atteindre son objectif, mais cela signifiait-il vraiment que sa mission avait été abandonnée ?

Yaeger le sortit de ses réflexions.

— Max, tout ceci est totalement nouveau pour moi. J'ignorais que les Japonais avaient fait usage de ces armes sur le champ de bataille. Les ont-ils utilisées hors de Chine, contre les forces américaines ?

— Le déploiement de ces engins est resté essentiellement limité à la Chine. On connaît quelques rares exemples d'utilisation en Birmanie, en Thaïlande et en Malaisie. Aucune de mes données ne cite d'exemple contre les forces alliées, peut-être parce que les Japonais craignaient des représailles. On pense qu'ils auraient pu s'en servir sur leur propre territoire en cas d'invasion. Naturellement, les récentes découvertes de ton père prouvent que de telles munitions ont été expédiées aux Philippines, peut-être pour contribuer à la défense de l'archipel.

— Les découvertes de mon père ? demanda Dirk. Je ne comprends pas.

— Désolé, Dirk, je pensais que tu étais au courant. J'ai reçu un compte rendu du *Mariana Explorer*. Il s'agit d'un obus qu'ont récupéré ton père et Al Giordino. Tu as déjà rentré dans la base cette histoire d'arsenic ? Je croyais que tu n'avais pas le temps de t'en occuper avant le déjeuner, lança Yaeger à l'hologramme.

— Il m'arrive parfois d'être extrêmement efficace, répondit la beauté virtuelle en relevant le menton.

— Mais quel est le rapport ? demanda Dirk.

— Ton père et Al ont découvert une fuite d'arsenic à bord d'un vieux cargo coulé sur un récif de corail près de Mindanao pendant la Seconde Guerre mondiale. Cet arsenic s'échappait d'un lot d'obus d'artillerie qui se trouvait dans la cale.

— Des munitions de 105, pour être plus précis, compléta Max. Un calibre très largement utilisé par l'armée impériale japonaise. Sauf que dans ce cas, ils contenaient de l'arsenic.

— En fait, les obus contiennent un mélange de gaz moutarde et de lexème. C'est une mixture qui était très prisée dans les années trente, elle agit à une vitesse foudroyante à l'état gazeux. Le lexème est un composé à base d'arsenic, ce qui explique le constat fait aux Philippines. Les Japonais ont fabriqué des centaines de milliers d'obus de ce genre en Mandchourie et ils en ont utilisé une partie contre les Chinois. Il en reste encore pas mal enterrés là-bas.

— Et la marine japonaise en a fait usage, elle aussi ? lui demanda Dirk.

— La marine impériale s'est énormément impliquée dans la production d'armes chimiques, à l'arsenal de Sagami. Elle disposait de quatre sites de stockage à Kuré, Yokosuka, Hiroshima et Sasebo. Mais, sur un total estimé de 1,7 million de bombes et d'obus fabriqués au cours de la guerre, la marine n'en détenait qu'une toute petite partie. Et d'après les archives, elle ne s'en est jamais servi en opérations. Les recherches sur les armes biologiques étaient conduites par l'Ecole de santé militaire de Tokyo. On ignore si la marine participait à ces travaux, car l'école a été détruite en 1945 au cours d'un bombardement.

— Il n'existe donc aucun indice permettant d'affirmer que des armes biologiques ou chimiques auraient été embarquées à bord de bâtiments de guerre ?

— Aucun document qui soit accessible, non, répondit Max, en

hochant sa tête d'hologramme. Le plus gros des archives de la marine saisies après la guerre, y compris celles du ministère de la Marine, a été versé aux Archives nationales. Et en gage de bonne volonté, elles ont presque toutes été restituées au gouvernement japonais. Seule une petite partie d'entre elles ont fait l'objet de copies, et celles qui ont été traduites sont encore moins nombreuses.

— J'aimerais bien consulter les fichiers du ministère de la Marine pour savoir s'il s'y trouve quelque chose au sujet d'un sous-marin japonais, le *I-403*. Tu pourrais regarder si ces dossiers existent encore ?

— Désolé, Dirk, mais je n'ai pas accès à cette partie des Archives nationales.

Dirk se tourna vers Yaeger, le sourcil levé, et lui lança un regard entendu.

— Les Archives nationales, tu dis ? Oh c'est toujours moins risqué que d'infiltrer le réseau de la CIA, fit enfin Yaeger en haussant les épaules.

— Ah, voilà un vieux pirate de la Silicon Valley comme je les aime, dit Dirk en éclatant de rire.

— Donne-moi deux heures, je vais voir ce que je peux faire.

— En tout cas, Max, dit Dirk en se retournant et en regardant la femme transparente droit dans les yeux, merci pour tous ces renseignements.

— Mais c'est bien volontiers, Dirk, répondit-elle d'une voix suave. Toujours heureuse de pouvoir vous rendre service.

Et l'image s'évanouit subitement. Yaeger était déjà penché sur son écran et pianotait à toute allure, totalement absorbé par sa tâche.

*

A dix heures pile, Dirk, le sac toujours sur l'épaule, pénétra dans une somptueuse salle de conférences. Le sol était tapissé d'une épaisse moquette bleue, une grande table en merisier trônait au milieu de la pièce entre des lambris du même bois. Une immense baie vitrée, qui s'étendait sur toute la longueur du mur, offrait une vue panoramique sur le Potomac et sur le Washington Mall, de l'autre côté du fleuve. Assis à la table, deux hommes en costume sombre, le visage sévère, écoutaient attentivement un tout petit personnage portant des lunettes à monture d'écaille, qui leur racontait en détail ce qui était arrivé au *Deep Endeavor* dans les Aléoutiennes. Rudi Gunn s'interrompit au milieu de sa phrase et se leva en voyant entrer Dirk.

— Merci d'être venu si vite, Dirk.

Ses yeux bleus brillaient derrière les culs-de-bouteille.

— Je suis heureux de voir que vous n'avez pas trop souffert de votre accident de voiture sur le ferry, ajouta-t-il en voyant sa lèvre boursouflée et le pansement sur sa joue.

— La jeune femme qui m'accompagnait a eu une jambe cassée, mais j'ai réussi à m'en tirer sans rien de plus grave qu'une lèvre en chou-fleur. On s'en est plutôt mieux sortis que nos poursuivants, remarqua-t-il avec un petit sourire narquois. Ça me fait vraiment plaisir de vous revoir, Rudi, conclut-il en serrant avec vigueur la main de celui qui était depuis une éternité l'assistant du directeur de la NUMA.

Gunn s'approcha des deux autres hommes pour faire les présentations.

— Dirk, voici Jim Webster, du ministère de l'Intérieur, dit-il en lui désignant un homme pâle aux cheveux blonds et ras. Il s'occupe du renseignement et de la sécurité des infrastructures. Et voici Rob Jost, du ministère des Transports. Il est chargé des affaires terrestres et maritimes et dépend également du ministre de l'Intérieur.

Rob Jost, un homme joufflu au nez rubicond et aux allures d'ours, regarda Dirk sans le commencement d'un sourire.

— Nous parlions du rapport du capitaine Burch sur le sauvetage de l'équipe du CEE à Yunaska, reprit Gunn.

— Nous avons eu la chance de nous trouver dans la zone, mais je suis désolé que nous n'ayons pu arriver à temps pour sauver les deux gardes-côtes.

— Vous n'auriez rien pu pour eux, dit Webster. Compte tenu des concentrations élevées en produits toxiques, ils étaient condamnés.

— Vous confirmez qu'ils ont été empoisonnés au cyanure ? lui demanda Dirk.

— Je confirme. Mais comment êtes-vous au courant ? Cette précision n'a pas encore été rendue publique.

— Nous avons récupéré le cadavre d'un lion de mer dans l'île. A notre retour à Seattle, une équipe du CEE a pu l'examiner. Ils ont conclu à un empoisonnement par inhalation de cyanure.

— Cela concorde avec les rapports d'autopsie des deux gardes-côtes.

— Avez-vous trouvé quelque chose sur le bateau qui nous a tiré dessus, et qui est probablement à l'origine de cet empoisonnement ?

Webster garda d'abord un silence gêné, avant de se décider.

— Non, rien de nouveau. Malheureusement, la description que l'on nous a fournie peut s'appliquer à des milliers de bateaux de pêche du même genre. Apparemment, il ne s'agit pas d'un pêcheur local et nous travaillons avec les Japonais pour qu'ils fassent des recherches chez eux.

— Ainsi, vous pensez qu'il y a du Japonais là-dessous. Des idées sur qui pourrait lancer une attaque chimique contre une station météo perdue aux Aléoutiennes ?

Jost l'interrompit.

— M. Pitt, connaissiez-vous les hommes qui vous ont tiré dessus à Seattle ?

— Jamais vus de la vie. Mais ils m'avaient l'air de semi-professionnels, plus que de petits voyous recrutés pour l'occasion.

Webster ouvrit un dossier posé devant lui et en sortit une photo fatiguée au format carte postale. Dirk examina sans rien dire la photo en noir et blanc d'une Japonaise, la cinquantaine, le visage fermé, qui regardait fixement l'objectif.

— C'est une photo souvenir de Fusako Shigenobu, une révolutionnaire ancienne responsable de l'ARJ, lui expliqua Webster. On l'a retrouvée dans le portefeuille de l'un de vos assassins quand on a repêché son corps.

— L'ARJ ? Qu'est-ce que c'est que ça ?

— L'Armée rouge japonaise. Une organisation terroriste qui date des années soixante-dix. On pensait qu'elle avait été démantelée après l'arrestation de Shigenobu en 2000, mais il semblerait qu'elle refasse surface.

— J'ai lu récemment que la faiblesse de l'économie japonaise avait entraîné un regain d'intérêt pour les thèses extrémistes au sein de la jeunesse du pays, compléta Gunn.

— L'ARJ a réussi à recruter des adeptes bien au-delà de la jeunesse. Elle a ,vendiqué l'assassinat de notre ambassadeur au Japon et de son adjoint, ainsi que l'attentat de Chiba contre la SemCon. Et il s'agit à chaque fois d'un travail de professionnel. Comme vous vous en doutez, nos relations avec Tokyo sont extrêmement tendues à l'heure actuelle.

— Et nous supposons, ajouta Jost, que l'ARJ est peut-être responsable de l'attaque au cyanure à Yunaska, un premier essai avant une action de plus grande envergure dans une grande agglomération urbaine.

— Et tout aussi responsable de la variole dont a été atteint Irv Fowler, compléta Dirk.

— Dan ce cas précis, nous n'avons pu établir de lien direct avec l'ARJ, répliqua Webster. Nos experts se demandent si Fowler n'a pas contracté cette affection à Unalaska, peut-être à la suite d'un contact avec un indigène. Les autorités japonaises ne croient pas que l'ARJ dispose de moyens suffisamment sophistiqués pour se fournir en virus de la variole et le disperser.

— Je ne suis pas sûr d'être du même avis, déclara Dirk.

— Monsieur Pitt, nous ne sommes pas ici pour écouter vos théories sur telle ou telle conspiration, lui répondit Jost d'un ton pincé. La seule chose qui nous intéresse, c'est de découvrir la raison pour laquelle deux membres de l'ARJ étaient chez nous et pourquoi ils voulaient exécuter un plongeur de la NUMA.

— Vous voulez dire, le directeur des projets spéciaux de la NUMA, corrigea Dirk en posant son sac marin sur la table.

Il le poussa rudement vers Jost et le petit homme mit à l'abri sa tasse de café avant que le sac n'arrive jusqu'à lui.

— Voilà la preuve que j'ai raison, dit Dirk d'un ton sec.

Webster se leva, tira la fermeture à glissière sous le regard attentif de Jost et de Gunn. Ils découvrirent, soigneusement enveloppé dans un emballage de polystyrène, le morceau de bombe que Dirk avait récupéré sur le *I-403*. L'enveloppe de porcelaine métallisée était ouverte, révélant le compartimentage interne.

— Qu'est-ce que c'est ? demanda Gunn.

— Une saleté de bombe vieille de soixante ans. J'ai demandé au laboratoire d'épidémiologie de Washington d'essayer de trouver des traces sur ce que contenait la charge militaire.

— C'est bizarre, nota Webster, l'enveloppe est en porcelaine.

— Pour protéger les agents biologiques. Le cône contenait un peu d'explosif et un détonateur à retardement, réglé pour se déclencher à une altitude prédéfinie. Comme vous le voyez, ce compartiment ne pouvait contenir qu'une faible quantité d'explosif : assez pour briser l'enveloppe de porcelaine, mais pas suffisamment pour endommager les substances actives par une élévation excessive de la température ou de la pression.

157

Dirk leur montra les alvéoles en forme de cigare qui s'étendaient jusqu'aux ailettes de queue.

— On ne sait pas si le mélange des éléments actifs se produisait pendant le vol ou au moment de la détonation. Mais il est clair que la bombe était conçue pour contenir plusieurs produits : différentes substances biologiques, ou un mélange chimique et biologique. En ce qui concerne cette bombe-ci, le CEE n'a retrouvé de traces que dans une seule alvéole.

— Des traces de cyanure ? lui demanda Gunn.

— Exactement, répondit Dirk.

— Mais pourquoi avoir prévu plusieurs alvéoles ? demanda Webster.

— Peut-être pour détourner l'attention. Imaginons que le cyanure ait été associé à un autre produit, biologique celui-là. Le cyanure aurait alors agi sur une surface limitée, alors que l'agent biologique aurait fait sentir ses effets plus tard et dans une zone beaucoup plus vaste. Le cyanure sous sa forme gazeuse se dissipe très rapidement, si bien que ceux qui auraient survécu à la première attaque auraient pu retourner sur les lieux sans savoir qu'ils couraient un nouveau risque. Mais ce ne sont là que des hypothèses. Il est fort possible que cette enveloppe ait été conçue ainsi pour des raisons totalement différentes. En définitive, l'utilisation conjointe de deux produits permet d'obtenir des effets létaux bien supérieurs.

— Et quels autres agents cette bombe contenait-elle ? demanda Gunn.

— Ça, nous n'en savons rien. Le labo n'a rien trouvé dans les autres alvéoles. Nous savons cependant que l'utilisation de porcelaine s'explique par la nécessité de stocker les composants biologiques, mais les Japonais ont essayé toutes sortes de pathogènes. Il peut donc s'agir d'à peu près tout ce que vous voudrez, depuis la peste bubonique jusqu'à la fièvre jaune.

— Ou la variole ? lui demanda Gunn.

— Ou la variole, confirma Dirk.

Jost était cramoisi de colère.

— Il s'agit d'une simple hypothèse, et de la plus haute fantaisie, grommela-t-il. Cette leçon d'histoire est fort intéressante, mais elle ne nous apporte rien. Un groupe terroriste qui irait récupérer des armes à bord d'un sous-marin de la Seconde Guerre mondiale ? C'est une belle histoire, mais, dites-moi, monsieur Pitt, comment font des virus pour survivre soixante ans au fond de l'eau ? Nous connaissons bien l'Armée rouge japonaise. C'est une toute petite organisation, très cloisonnée, qui ne dispose que de moyens limités. L'assassinat politique et la destruction d'usines, c'est dans leurs cordes. Mais certainement pas les opérations sous-marines et la microbiologie.

— Je suis d'accord avec Rob, dit timidement Webster. Même si la présence de cyanure offre une coïncidence intéressante avec ce qui s'est passé à Yunaska, c'est un produit que l'on peut se procurer très facilement. Vous avez admis qu'il n'y avait pas de preuve quant à l'origine de la variole contractée par Irv Fowler. Et nous ne savons même pas si l'obus manquant ne se trouve pas quelque part à bord, si tant est qu'il ait jamais été embarqué.

Dirk se pencha pour reprendre son sac et ouvrit une poche latérale. Il en sortit le minuteur à affichage numérique qu'il avait trouvé dans le poste torpilles et qui clignotait toujours, et le tendit à Webster.

— Vous devinerez peut-être où j'ai trouvé ceci ?

— C'est peut-être un plongeur amateur qui l'aura oublié ? suggéra Jost.

— Un plongeur amateur avec un sens aigu de la propriété, dans ce cas, répondit ironiquement Dirk. Il a déjà essayé de me descendre deux fois. Je ne sais pas qui il est, mais on peut dire qu'il prend ses affaires très à cœur.

— Je vous assure que nous menons notre enquête avec le plus grand soin, lui dit Webster. Je vais demander à notre laboratoire de Quantino d'analyser ce fragment d'obus et ce minuteur. Nous finirons bien par retrouver celui ou ceux qui ont causé la mort des deux gardes-côtes.

Si son discours était plein d'assurance, le ton de sa voix l'était beaucoup moins, et l'on devinait que Webster ne croyait pas tout à fait à ce qu'il venait de dire. Il ajouta :

— Nous pouvons vous mettre à l'abri, M. Pitt, en attendant d'avoir arrêté les coupables.

— Non merci. S'ils sont aussi mal organisés que vous le dites, je n'ai rien à craindre. Après tout, combien d'hommes l'ARJ peut-elle avoir dans le pays ? demanda-t-il en lui jetant un regard pénétrant.

Webster et Jost se regardèrent sans rien dire. Gunn se hâta de changer de sujet.

— Nous vous sommes très reconnaissants d'enquêter sur la perte de notre hélicoptère, messieurs, leur dit-il en les poussant doucement vers la sortie. J'espère que vous nous informerez de tous les développements de cette affaire. Naturellement, la NUMA sera heureuse de vous aider dans toute la mesure de ses moyens.

Après qu'ils furent partis, Dirk alla s'asseoir et resta là, la tête dans les mains.

— Ils ont étouffé l'incident de Yunaska parce qu'ils sont déjà trop critiqués pour le peu de progrès qu'ils font au Japon dans l'enquête sur les assassinats, lui dit Gunn. Le ministère de l'Intérieur et le FBI sont dans l'impasse, ils comptent sur les autorités japonaises pour les sortir de là. Ils ne sont pas près d'admettre que ce cas de variole faisait partie de la même attaque, alors qu'il n'y a eu qu'une seule victime et aucune revendication.

— Je sais que les preuves sont minces, mais nous ne devons pas nous voiler la face, dit Dirk, nous avons subi une attaque sur notre territoire.

— Je vais en toucher un mot à l'amiral, il joue souvent au tennis avec le directeur du FBI. Je vais lui demander de s'assurer que l'incident ne tombe pas aux oubliettes.

Ils furent interrompus dans leur conversation par un coup frappé à la porte. Yaeger passa la tête par l'entrebâillement.

— Désolé de vous déranger. Dirk, j'ai quelque chose pour toi.

— Entre, Hiram, on était juste en train de comploter pour renverser le gouvernement. Alors, Max a-t-il réussi à accéder aux fichiers protégés des Archives nationales ?

— Tu me prends pour un nul ou quoi ? répliqua Yaeger, faisant mine d'être insulté.

Gunn jeta un coup d'œil à Dirk et secoua la tête, amusé.

— Bon, les gars, si vous voulez vous amuser à violer les accès sécurisés, soyez sympas, dites que c'est ton père qui est responsable, Dirk, d'accord ?

Dirk se mit à rire.

— Promis, Rudi. Alors, Hiram, qu'est-ce que tu as trouvé ?

— Il n'y a pas grand-chose dans les archives du ministère de la Marine. Quand je pense qu'on a presque tout rendu aux Japs dans les années cinquante... Ce qui reste est en caractères japonais, bien entendu, et dans divers dialectes, si bien que j'ai dû installer plusieurs logiciels de traduction avant de commencer à faire le tri.

Il s'interrompit pour se servir une tasse de café.

160

— Enfin, tu as de la chance, reprit-il. J'ai retrouvé un dossier de tous les ordres d'opérations de la Sixième Flotte japonaise, couvrant les six derniers mois de 1944.

— Y compris le *I-403* ? lui demanda Dirk.

— Oui. Sa mission de décembre 1944 était visiblement de la plus haute importance. L'ordre a été signé par l'amiral commandant la flotte en personne. Quant au texte, il est simple et de bon goût.

Il sortit un feuillet d'une chemise et commença à lire à haute voix :

« Dirigez-vous vers la côte ouest du Pacifique en passant par le nord, ravitaillement à Amchitka (*Morioka*). Lancez les opérations aériennes avec des munitions *Makaze* le plus rapidement possible. Cibles nominales : Tacoma, Seattle, Vancouver, Victoria. Cibles de remplacement : Alameda, Oakland, San Francisco. Avec la bénédiction de l'Empereur. »

— Ben dis donc, ça fait beaucoup d'objectifs impressionnants pour seulement deux avions, remarqua Gunn.

— Oui, fit Dirk, mais si on y réfléchit... Toutes ces villes sont suffisamment proches pour être atteintes en une seule mission. Deux ou trois bombes par ville nous feraient déjà un joli massacre. Hiram, tu dis que les munitions embarquées avaient le nom de code *Makaze*. Notre ami Julien Perlmutter a déjà trouvé mention de ce nom. Pas de détail sur ce que c'était exactement ?

— Je me suis posé la même question. La traduction littérale pourrait être *vent mauvais* ou encore, *vent mortel*. Mais je n'ai rien trouvé de plus dans les archives de la marine.

Yaeger se tut et alla s'asseoir avec un air entendu.

— Bon, finit par lui dire Gunn, tu as trouvé autre chose ?

— En fait, c'est Max qui s'en est chargée, répondit Yaeger avec fierté. Après avoir épuisé les ressources des Archives, je lui ai demandé de fouiller dans les bases de données publiques, aux Etats-Unis et au Japon. Et c'est là qu'elle a tapé dans le mille. Dans un site de généalogie japonais, elle a déniché le journal d'un marin qui avait servi à bord du *I-403* pendant la guerre.

Il se pencha sur ses papiers.

— Le matelot mécanicien de première classe Hiroshi Sakora, appartenant à l'aéronautique navale. Il a eu une chance de pendu.

Alors que son sous-marin était dans le Pacifique pendant cette patrouille fatale, en décembre 1944, il a eu une crise d'appendicite et on l'a transféré à bord du ravitailleur, dans les Aléoutiennes. Naturellement, tous ses camarades ont péri lorsque le sous-marin a été coulé au large de l'Etat de Washington.

— Et il fait mention de la mission du *I-403* ? demanda Dirk.

— De manière très frappante. Il ressort de ce journal que ce M. Sakora, en plus de ses tâches de mécanicien, était également chargé de l'armement des avions embarqués. Il écrit que, avant leur appareillage pour leur dernier voyage, un officier de l'armée de terre du nom de Tanaka était arrivé à bord avec une bombe pour avion d'un type inhabituel, qu'il devait utiliser pendant la mission. Le moral était monté en flèche à bord, raconte-t-il, lorsque l'équipage avait appris que l'*I-403* allait lancer une attaque contre les Etats-Unis. Mais, pour ce qui était de cette arme secrète, mystère et boule de gomme.

— Est-ce que Sakora a réussi à savoir ce que c'était ? le pressa Gunn.

— Il a essayé, mais traiter avec ce Tanaka n'était pas une partie de plaisir. Il écrit à son propos : « Un officier sombre, suffisant, un type exigeant et obstiné. » La traditionnelle rivalité entre la marine et l'armée de terre, j'imagine, plus le fait que les sous-mariniers n'aiment pas embarquer un inconnu à la dernière minute. Sous les prétextes les plus divers, il a essayé de lui tirer les vers du nez, mais il n'est arrivé à rien. Finalement, juste avant de tomber malade et de débarquer, il a réussi à appâter l'un des pilotes. Et d'après ce qu'il raconte, ce pilote avait bu du saké avec Tanaka et avait réussi à lui faire cracher le morceau. C'était le virus de la variole.

— Seigneur, ainsi c'est donc vrai ! s'exclama Gunn.

— Apparemment, oui. Il écrit que le produit était à l'état déshydraté et congelé, et devait être largué sur des quartiers très peuplés. Au bout de deux semaines, on s'attendait à ce que la maladie se déclare tout le long de la côte ouest. Avec un taux de mortalité de trente pour cent, le nombre de morts aurait atteint des niveaux incroyables. Les Japonais pensaient que la panique qui en résulterait leur permettrait de négocier la paix, certes, mais à leurs conditions.

— Et l'existence de cette menace aurait très bien pu miner la résolution des Etats-Unis, la population aurait exigé de mettre un terme à la guerre, ajouta Gunn.

Tous trois se sentaient soudain mal à l'aise en imaginant combien le cours de l'Histoire aurait pu être différent si le *I-403* avait réussi à accomplir sa mission. Mais ils durent revenir bien vite à une menace plus immédiate.

— Tu nous dis que le virus était déshydraté et congelé. Ils devaient donc savoir le stocker pendant de longues périodes avant de le réactiver ? demanda Dirk.

— C'était nécessaire pour une longue traversée en mer, lui répondit Yaeger. A en croire Max, les Japonais ont éprouvé des difficultés à garder des virus vivants pendant de longues périodes. Ils ont fini par mettre au point cette méthode, qui permet de manipuler plus facilement les produits et de les stocker. Lorsqu'on veut les réactiver, il suffit d'y ajouter de l'eau.

— Ce virus pourrait donc être encore dangereux, même après avoir passé soixante ans dans l'eau de mer, fit Gunn.

— Il n'y a aucune raison pour qu'il n'ait pas survécu sous cette forme si les conteneurs ne se sont pas brisés pendant le naufrage. Comme la porcelaine ne se corrode pas, le virus peut survivre ainsi pendant des siècles. Cela explique peut-être aussi pourquoi ces bombes contiennent autant d'alvéoles. Il fallait prévoir de la place pour l'eau de régénération.

— Il vaut peut-être mieux que les choses se soient passées ainsi et que toutes les charges aient été détruites à bord, nota Gunn.

— Mais elles ne l'ont pas toutes été, dit Dirk.

— Et surtout, il y a toutes celles de l'autre mission, ajouta Yaeger.

Dirk et Gunn se regardèrent sans comprendre.

— Quelle autre mission ? demanda Gunn, l'air incrédule.

— Le *I-411*.

Yaeger sentit que Dirk et Gunn le fusillaient du regard.

— Comment, vous ne saviez pas ? leur demanda-t-il. Il y avait un second sous-marin, le *I-411*. Lui aussi avait embarqué des armes de type *Makaze* et il devait attaquer la côte est des Etats-Unis, comprenant soudain qu'il venait, lui aussi, de lâcher une bombe à sa façon.

Chapitre 20

TAKÉO YOSHIDA avait eu une bien rude journée. Grutier sur le port de Yokohama, il travaillait depuis six heures du matin à charger un vieux cargo espagnol. Conteneur après conteneur, il embarquait de l'électronique japonaise grand public destinée à l'exportation. Il venait tout juste de régler le sort du dernier conteneur quand la radio se mit à crachoter dans la cabine.

— Yoshida, ici Takagi, fit la grosse voix du contremaître. Rapplique au quai D-5 quand t'auras terminé avec le *San Sebastian*. Juste un petit chargement à terminer sur le *Baekje*.

— Compris, Takagi-san, répondit Yoshida en essayant de se dominer.

Il terminait dans vingt minutes, et Takagi trouvait le moyen de lui refiler encore du travail à l'autre bout du port. Il arrêta sa grue, mit tout en ordre, et fit à pied les sept cents mètres qui séparaient le terminal de Honmoku du D-5, maudissant Takagi à chaque pas qu'il faisait. Comme il approchait de l'extrémité du quai, il jeta un rapide coup d'œil au port où une file ininterrompue de cargos attendaient leur tour de charger ou de décharger.

Avec ses trois cents mètres de long, le terminal conteneur D-5 était assez grand pour accueillir les plus grands navires existants. Yoshida découvrit pourtant avec surprise que le *Baekje* n'était pas un gros porte-conteneurs semblable à ceux qui fréquentaient d'ordinaire ce port, mais un bateau assez spécial, un câblier. Il le reconnut, même, car le *Baekje* avait été construit pas très loin de là, aux chantiers Mitsubishi. Long de cent cinquante mètres, large de quarante, le *Baekje* avait été conçu pour poser des câbles optiques

164

sous-marins dans les eaux agitées du Pacifique Nord. Ses super-structures étaient de conception moderne et sa peinture blanche n'avait pas encore trop souffert ; Yoshida en conclut qu'il n'avait pas dû naviguer très souvent depuis son lancement. Le mâtereau de la passerelle arborait le pavillon coréen et on avait peint sur la cheminée un éclair bleu dans lequel il reconnut le logo du conglo-mérat Kang. Comme sa connaissance de l'histoire de la Corée était des plus limitées, le grutier ne pouvait pas savoir que le nom du navire, *Baekje*, était celui d'un antique royaume tribal qui avait dominé la péninsule coréenne au troisième siècle avant Jésus-Christ.

A côté de lui, sur le quai, deux dockers étaient occupés à passer des saisines sous un objet oblong qui reposait sur la plate-forme d'un camion.

— Dis donc, Takéo, lui dit l'un d'entre eux en se retournant vers lui, t'as déjà fait voler un sous-marin ?

Surpris, Yoshida se retourna, avant de comprendre que l'objet était un petit sous-marin blanc.

— Takagi nous a dit qu'on pouvait se tirer dès qu'on l'aurait mis à bord, poursuivit le docker, à qui il manquait une dent de devant.

— Tu nous montes ça à bord et on va se boire une Sapporo.

— Vous avez terminé l'arrimage ? lui demanda Yoshida en lui montrant le sous-marin.

— Tout est paré, répondit l'autre docker.

C'était un petit jeune, âgé de dix-neuf ans peut-être, dont Yoshi-da savait qu'il ne travaillait au port que depuis quelques semaines.

Il remarqua, debout et immobile à quelques pas, un homme as-sez baraqué, chauve, au regard impitoyable, qui surveillait la scène. Yoshida avait trempé dans suffisamment de sales coups, dans les bars du port, pour distinguer au premier coup d'œil un vrai dur d'un petit malin. Celui-là, c'était un vrai de vrai.

Encouragé par la perspective d'une Sapporo bien fraîche, il commença à grimper pour gagner la cabine de la grue et fit démar-rer le diesel. Manœuvrant avec maestria tous les leviers, comme un pianiste virtuose survole les touches d'ivoire, il amena d'une main d'expert la flèche puis le chariot à l'endroit voulu, puis, satisfait du résultat, commença à faire descendre le croc. Il l'amena pile au centre, à quelques centimètres du sous-marin. Les deux dockers passèrent une double boucle dans le crochet et lui firent signe en levant le pouce qu'il pouvait y aller. Toujours avec la même douceur, Yoshida démarra la traction et le gros câble commença à s'enrouler sur le tambour. Quand le sous-marin se trouva à quinze mètres du sol, il attendit que les oscillations diminuent, puis fit pivoter la flèche au-dessus du pont où un berceau attendait le sous-marin.

Avant même de voir quoi que ce soit, avant même que l'effet mécanique ne se fît sentir, Yoshida sentit sous ses doigts qu'il se passait quelque chose d'anormal. L'une des saisines n'avait pas été correctement passée, et le sous-marin était en train de glisser. Soudain, toute la coque bascula et resta suspendue à la verticale, brinquebalant violemment. Le petit bateau ne tenait plus que par l'élingue passée à l'avant. Yoshida, le souffle coupé par l'angoisse, attendait qu'il arrête de se balancer. Mais avant d'avoir pu lever le petit doigt, il entendit un claquement sec : la seconde élingue venait de lâcher. Le sous-marin chuta droit sur le quai et s'écrasa sur le béton. Toute la partie arrière se plia en accordéon, puis tomba sur le côté et s'immobilisa.

Yoshida fit la grimace, en songeant au savon qu'allait lui passer Takagi. Plus toute cette paperasse qu'il allait devoir remplir pour les assurances. Heureusement, il n'y avait pas de blessé. Comme il descendait pour évaluer les dégâts, il jeta un coup d'œil au chauve, s'attendant à le trouver fou de rage. Mais non, l'homme se contentait de le fixer, impassible, et Yoshida se sentit transpercé par ses yeux sombres.

Le *Shinkai* était clairement hors d'usage, il allait falloir le renvoyer au Centre d'études océanographiques japonais et il faudrait bien compter trois mois avant qu'il puisse reprendre la mer. Quant aux deux dockers, leur sort fut différent. On ne les renvoya pas, mais Yoshida remarqua le lendemain qu'ils n'étaient pas venus travailler et en fait, plus personne ne les revit jamais.

*

Vingt heures plus tard et quatre cents kilomètres plus loin au sud-ouest, un avion de ligne américain se posa à Kansai, le nouvel aéroport international qui desservait Osaka. Après le roulage, l'appareil s'immobilisa devant le terminal international. Dirk s'étira après avoir passé la porte de l'avion. Avec son mètre quatre-vingt-treize, il était content de sortir du siège exigu dans lequel seul peut-être un jockey se serait senti à l'aise. Il passa rapidement la douane et entra dans le hall bondé où des hommes d'affaires couraient dans tous les sens pour essayer d'attraper leur vol. Il s'arrêta une seconde pour chercher du regard quelqu'un dans la foule et repéra enfin celle qu'il cherchait au milieu de cette masse grouillante.

Avec son mètre quatre-vingts et sa longue crinière flamboyante, Summer, la sœur jumelle de Dirk, ne risquait pas de passer inaperçue et émergeait comme une balise dans cette mer de Japonais aux cheveux noirs. Elle avait les yeux gris clair et un joli sourire. Elle se précipita vers son frère en lui faisant de grands signes.

— Bienvenue au Japon, lui cria-t-elle, pleine d'enthousiasme et en le serrant dans ses bras. Alors, ce vol ?

— Une boîte de sardines ailée.

— Bon, tu seras mieux dans la couchette que je t'ai gardée à bord du *Sea Rover*, répondit-elle en éclatant de rire.

— J'avais peur que tu ne sois pas là, lui dit Dirk pendant qu'ils se dirigeaient vers le parc de stationnement, après avoir récupéré ses bagages.

— Quand Rudi a informé le capitaine Morgan que nous devions interrompre notre campagne d'étude de la pollution sur les côtes orientales du Japon pour participer à des recherches, il a décoincé sur-le-champ. Heureusement, nous n'étions pas très loin de Shikoku et nous avons pu prendre un avion pour Osaka ce matin.

Tout comme son frère, Summer se passionnait pour la mer depuis sa plus tendre enfance. Après avoir obtenu sa maîtrise d'océanographie à l'Institut Scripps, elle avait rejoint son frère et son père à la NUMA. Comme eux, elle était très douée et pleine de ressources, si bien qu'elle gagna rapidement l'estime de ceux avec qui elle travaillait ; c'était un puits de science, elle n'hésitait pas à mettre les mains dans le cambouis et ne jouait jamais de son charme pour obtenir quoi que ce soit.

Précédant Dirk le long des rangées de véhicules, elle s'arrêta soudain devant une petite voiture, une Suzuki orange garée là.

— Ah ça non, lui dit Dirk en riant, pas encore un truc qui va me mettre les genoux en bouillie !

— Je l'ai empruntée à la direction du port. Tu ne vas pas être déçu.

Après avoir casé vaille que vaille ses affaires dans le coffre minuscule, Dirk ouvrit la portière et essaya de se faufiler à la place du passager. A son grand étonnement, la place réservée au conducteur était plutôt spacieuse et, en réglant les sièges en position basse, une géante comme sa sœur pouvait y tenir sans se cogner la tête. Summer s'installa, ils quittèrent le parc et partirent vers le nord en direction d'Osaka. Elle conduisait à toute allure, se faufilant avec adresse au milieu de la circulation; c'est ainsi qu'ils firent les douze kilomètres qui les séparaient du port. Elle sortit de la voie express, prit la direction du complexe portuaire et s'arrêta enfin sur un quai au pied du *Sea Rover*.

Ce bâtiment de recherche de la NUMA était d'un modèle un peu plus récent et un peu plus grand que le *Deep Endeavor*. Il était peint de la même couleur, bleu turquoise. Dirk remarqua tout de suite, sur la plage arrière, un sous-marin orange, l'*Etoile de mer*, qui brillait doucement comme le soleil à son couchant.

— Bienvenue à bord, Dirk!

C'était la grosse voix de Robert Morgan, capitaine du *Sea Rover*.

Barbu, taillé comme un ours, Morgan faisait penser, en plus musclé, à Burl IVe. Cet homme jovial avait accumulé des années de mer en commandant à peu près tout ce qui flottait, depuis un remorqueur sur le Mississippi jusqu'à un pétrolier qui faisait la ligne d'Arabie. Après avoir navigué des années en tant que capitaine de commerce, il avait pris sa retraite et rejoint la NUMA, uniquement pour le plaisir de continuer à naviguer dans les endroits les plus exotiques. Profondément respecté de son équipage, le capitaine du *Sea Rover* possédait d'indéniables talents d'organisateur et de meneur d'hommes, ainsi que d'admirables capacités d'observation et de réaction.

Après que Dirk eut déposé ses affaires dans sa cabine, le trio se dirigea vers une salle de réunion installée à tribord. On apercevait par les hublots tout le port d'Osaka. Tim Ryan, le second du *Sea Rover*, un grand type maigre aux yeux bleu clair, vint les rejoindre. Dirk se servit un café pour essayer de se réveiller et Morgan l'interrogea.

— Racontez-nous ce qui se passe. Qu'est-ce que c'est que cette mission de recherche si urgente? Au téléphone, Gunn est resté plutôt vague.

Dirk leur raconta l'incident de Yunaska, l'affaire du *I-403*, la bombe qu'il avait récupérée à bord et tout ce qu'il avait réussi à apprendre sur le sujet.

— Lorsque Hiram Yaeger a consulté les documents japonais

disponibles aux Archives nationales, il a découvert un second ordre d'opérations, presque identique au premier et destiné à un autre sous-marin, le *I-411*. Celui-ci avait reçu la même mission, mais en Atlantique. Au lieu de frapper la côte ouest, il devait viser New York et Philadelphie.

— Et qu'est devenu le *I-411* ? lui demanda Summer.

— C'est ce que nous essayons de trouver. Yaeger n'a pas réussi à connaître son sort, si ce n'est qu'il n'est jamais arrivé au rendez-vous qu'il avait avec un ravitailleur près de Singapour. On l'a présumé disparu en mer de Chine méridionale. J'en ai parlé à Julien Perlmutter, qui a réussi à aller un peu plus loin. Il a retrouvé un rapport d'enquête de la marine japonaise qui situe la perte du *I-411* en mer de Chine centrale, début 1945. Perlmutter note que ces données concordent avec le compte rendu d'un sous-marin américain, le *Swordfish*, qui dit avoir engagé et coulé un gros sous-marin ennemi à peu près pendant cette période. Malheureusement, le *Swordfish* s'est perdu lui aussi au cours de cette patrouille, si bien qu'il n'existe pas de rapport complet de ses dernières opérations. Seul le compte rendu d'engagement qu'il avait envoyé par radio fournit une position approchée du *I-411*.

— Donc en gros, lâcha Morgan avec un tout petit sourire ironique, c'est à nous de le retrouver.

Dirk acquiesça.

— Nous devons à tout prix nous assurer que les armes biologiques ont été détruites lorsque le sous-marin a coulé, ou, dans le cas contraire, les récupérer.

Summer regardait à travers l'un des hublots un gratte-ciel que l'on apercevait dans le lointain.

— Dis-moi, Dirk, intervint-elle, Rudi Gunn nous a également parlé de l'ARJ. Tu crois que ses membres ont pu récupérer la cargaison du *I-411* ?

— C'est possible, oui. L'Intérieur et le FBI n'ont pas l'air de penser que l'ARJ dispose des moyens nécessaires, et ils ont sans doute raison. Mais, d'un autre côté, personne n'est capable d'évaluer précisément leurs ressources financières et il ne faut pas négliger la possibilité qu'ils se soient associés à un autre groupe terroriste. Rudi est d'accord avec moi : dans tous les cas de figure, mieux vaut aller s'en assurer.

Ils se turent tous, songeant aux armes qui gisaient peut-être au fond de l'eau et aux conséquences que cela aurait si elles tombaient entre des mains mal intentionnées. Morgan rompit le silence :

— Vous avez à votre disposition le meilleur navire et le meilleur équipage de la NUMA, Dirk. Tous ensemble, nous allons y arriver.

— Merci capitaine. Quand pourrions-nous appareiller ? Nous avons une grosse zone à explorer.

— Il faut finir le plein de gazole et j'ai encore deux ou trois de mes hommes qui sont descendus à terre chercher des vivres. Je pense qu'on devrait pouvoir partir dans six heures, conclut Morgan en jetant un œil à la montre de cloison.

— Parfait. Je vais récupérer les coordonnées pour les charger dans le calculateur de navigation.

Ils quittèrent la salle, et Summer prit Dirk par le coude.

— Dis-moi un peu, il t'a demandé combien Perlmutter, en échange de ses tuyaux ? lui demanda-t-elle d'un ton grondeur, car elle connaissait parfaitement la tendance de l'historien à se faire rétribuer en produits fins.

— Pas grand-chose, un pot d'oursins aux petits oignons et un flacon de saké de quatre-vingts ans d'âge.

— Et tu as réussi à trouver tout ça à Washington ?

Dirk lui lança un regard tout penaud.

— Ah, je vois, dit Summer en riant. Bon, eh bien tu as de la chance qu'on reste encore six heures au port.

Chapitre 21

MAIS VOYONS, Dae-jong, je n'ai pas besoin qu'on ouvre l'accès au Nord : ce n'est pas là que je pourrai trouver une main-d'œuvre compétente, répondit le PDG de l'une des plus grosse firmes automobiles coréennes avant de tirer une bouffée de son gros havane.

Assis en face de lui devant une table basse en acajou, Dae-jong Kang hocha poliment la tête tandis qu'une hôtesse, perchée sur des jambes qui n'en finissaient pas, leur apportait une autre boisson. Les deux hommes s'interrompirent pour la laisser poser les verres. Le bar où ils se trouvaient était un club très privé, réservé aux richissimes et aux puissants, un lieu de rencontres sûr et neutre où l'on concluait les plus gros marchés autour d'un martini et d'amuse-gueules au kimchi. Ce club était installé au centième étage de la plus haute tour du monde, le Centre d'affaires international, dans un quartier ouest de Séoul.

— Je comprends votre inquiétude, reprit Dae-jong quand la serveuse fut partie, mais vous devez prendre en compte le niveau des salaires, qui est bien moins élevé qu'au Sud. Les coûts de formation restent mineurs et vous les rentabiliserez rapidement. Mes équipes ont analysé ce dossier et concluent que notre entreprise pourrait économiser chaque année vingt millions de dollars, rien qu'en charges salariales, si elle employait de la main-d'œuvre nord-coréenne. Imaginez ce que cela représenterait pour vous. Au lieu d'agrandir votre usine d'Ulsan, vous construiriez une usine toute neuve au nord, dans la province de Yanggang. Cela augmenterait votre compétitivité sur le marché mondial dans des proportions considérables, sans parler de l'accès au marché nord-coréen.

— C'est vrai, mais les choses ne sont pas aussi faciles dans mon

171

cas. Je dois tenir compte des syndicats, j'ai mes propres contraintes budgétaires. Il m'est absolument impossible de jeter des gens à la rue à Ulsan pendant que j'en embaucherais dans le Nord pour deux fois moins cher. En outre, si je décidais de m'installer là-bas, c'est tout l'état d'esprit des ouvriers que je devrais réussir à changer. Après tout, je ne connais aucun Etat socialiste qui ait suscité l'admiration du monde pour l'attention qu'il porte à la qualité de ses produits.

— Un peu de formation et une goutte de salaires capitalistes y remédieront rapidement, observa Kang.

— C'est possible. Mais regardez les choses en face. L'économie de la région est dans un état désastreux et le citoyen moyen ne pense qu'à une chose : ce qu'il va pouvoir mettre le soir dans son assiette. Ces gens ne peuvent pas bien travailler, ils ont la vie trop dure. En outre, ce n'est pas avec ce qu'ils gagnent qu'ils vont faire marcher mes affaires.

— Certes, mais vous ne voyez que le présent, pas l'avenir. Nos deux pays sont engagés dans une marche inexorable vers l'unification. Ceux qui s'y préparent dès à présent récolteront à profusion demain. Vous envisagez déjà de renforcer vos capacités de production en Inde et aux Etats-Unis, vous êtes désormais un acteur majeur de l'industrie automobile. Montrez-vous visionnaire, considérez la perspective d'une Corée unie et vous contribuerez à hisser notre pays au premier rang mondial.

Le magnat tira une grosse bouffée de son cigare et souffla la fumée vers le plafond en méditant ce que venait de lui dire Kang.

— Je trouve une certaine sagesse dans vos propos. Je vais demander à mon service de stratégie de se pencher sur la question. Mais je ne suis pas sûr d'être prêt à affronter toutes les conséquences politiques d'une telle décision, notamment à demander toutes les autorisations nécessaires aux deux gouvernements.

Kang reposa son gin-vodka et se mit à sourire.

— J'ai des amis et, je le crois, une certaine influence, au Nord comme au Sud. Je pourrai facilement vous aider le moment venu, répondit-il comme si la chose allait de soi.

— C'est fort aimable à vous. Puis-je moi-même faire quelque chose pour vous, cher ami? lui dit l'autre avec un petit sourire affecté.

— Eh bien oui, à vrai dire. La résolution en discussion à l'Assemblée visant à chasser les forces américaines du pays est en train de gagner du terrain. Votre soutien aurait une grande influence dans l'opinion.

— Il est vrai que les derniers incidents rendent nos affaires un peu délicates. Cela dit, il me semble que les inquiétudes liées à un retrait de l'armée américaine ne sont pas totalement infondées.

— Mais bien sûr que si, mentit Kang. La présence des Américains au Sud incite le Nord à attaquer. Leur retrait permettrait d'apaiser les relations entre nos deux pays et ouvrira enfin la porte à leur réunification.

— Vous pensez vraiment que c'est la bonne solution ?

— Song-woo, cela pourrait faire de nous des hommes extrêmement riches.

— Nous le sommes déjà, répondit l'autre en éclatant de rire avant d'écraser son cigare dans un cendrier de porcelaine. Nous le sommes déjà.

*

Kang serra la main de son interlocuteur pour lui dire au revoir et gagna l'ascenseur express. Il descendit les cent étages et se retrouva dans le grand hall du centre d'affaires. Un garde du corps en complet noir qui l'accompagnait marmonna quelques mots dans son appareil et, deux secondes plus tard, une Bentley Arnage RL arriva devant l'entrée pour les prendre. Kang s'installa sur la banquette en cuir. Il était très satisfait.

Ses plans progressaient encore mieux que ce qu'il avait espéré. Cette mise en scène autour du meurtre d'une jeune fille par un militaire américain avait soulevé une vague d'indignation dans tout le pays. Des mères organisaient des manifestations de protestation devant les bases américaines, un cortège d'étudiants avait marché sur l'ambassade des Etats-Unis et avait failli tourner à l'émeute. L'état-major de Kang avait orchestré toute une campagne, bombardant les hommes politiques de pétitions exigeant le départ des forces étrangères. Enfin, le chantage qu'avait pratiqué Kang à l'encontre de plusieurs des dirigeants de groupes à l'Assemblée avait conduit à la résolution politique sur laquelle le président sud-coréen allait bientôt devoir prendre position. A présent, Kang travaillait au corps les industriels les plus influents qui avaient le véritable pouvoir sur les médias et les membres de l'Assemblée.

De leur côté, au Nord, les dirigeants de Pyongyang ne manquaient pas une occasion d'évoquer publiquement cette affaire de réunification. En signe de bonne volonté, ils levèrent même provisoirement le plus gros des restrictions qui touchaient jusqu'alors les déplacements entre le Nord et le Sud. Ils annoncèrent en fanfare qu'ils retiraient une division blindée de la zone démilitarisée, afin de démontrer leurs intentions pacifiques, omettant toutefois de préciser que la division en question allait seulement se déplacer un peu plus loin. Bref, tous les prétextes étaient bons pour vanter la paix et l'amitié entre les deux pays.

La Bentley se dirigeait vers la banlieue de Séoul et finit par passer l'entrée d'un bâtiment de quelques étages où un modeste panneau indiquait : Kang industries – division semi-conducteurs. La luxueuse limousine traversa une aire de stationnement bondée, s'engouffra dans un sous-sol qui menait à l'arrière de l'immeuble, au bord de la Han. Le chauffeur s'arrêta devant un appontement réservé où était amarré le yacht de Kang. Un domestique accueillit Kang et son garde du corps à la coupée pendant que l'on mettait les moteurs en route. Le magnat n'avait pas encore gagné le salon qu'on avait largué les amarres et le yacht mit le cap à l'est, en direction de sa résidence.

Kwan, l'assistant de Kang, s'inclina profondément lorsque son maître pénétra dans la petite cabine qui lui servait de bureau lorsqu'il séjournait à bord. C'était devenu un rite. Chaque jour, Kwan lui faisait un exposé sur la marche des événements. Une pile de fiches de renseignements était posée sur la table. Elles valaient la production de beaucoup de services de renseignements occidentaux. Kang parcourut les documents qui traitaient de sujets variés, depuis les prévisions de résultat trimestriel de sa filiale de télécommunications jusqu'aux potins sur la femme de tel ou tel homme politique, en passant par les manœuvres de l'armée sud-coréenne. Certaines de ces fiches, qui avaient trait à des activités subversives ou à des renseignements obtenus par des sources protégées, étaient imprimées sur un papier orange spécial soluble dans l'eau et étaient détruites dès que Kang en avait pris connaissance.

Après avoir contrôlé l'état de ses affaires, Kang se frotta les yeux et demanda :

— Des nouvelles de Tongju et du *Baekje* ?

Kwan pâlit.

— Nous avons eu un problème avec les équipements de récupération en mer, répondit-il en hésitant. Le sous-marin japonais que nous avions loué a été endommagé pendant le transbordement. Ce sont des dockers incompétents qui ont commis une maladresse.

Kwan remarqua la grosse veine qui saillait à la tempe de Kang. L'homme était fou de rage, et pourtant, il réussit à parler d'une voix calme, bien que sur un ton cinglant.

— Ces impairs doivent cesser ! Nous avons déjà perdu deux de nos agents aux Etats-Unis à l'occasion d'une vulgaire tentative d'assassinat, et maintenant ça ? Combien de temps faut-il pour réparer le sous-marin ?

— Au moins trois mois. Le *Shinkai* est hors d'usage, répondit Kwan.

— Nous avons un calendrier à respecter, répliqua Kang. C'est une question de jours et non de mois.

— J'ai lancé une recherche de tous les sous-marins potentiellement disponibles dans la région. L'autre sous-marin d'intervention japonais subit une refonte et tous ceux que possèdent les Russes sont en opération à l'Ouest. Le plus proche est un sous-marin ukrainien qui se trouve actuellement dans l'océan Indien. Mais il faudrait trois semaines pour le faire venir jusqu'ici.

— Trop long, murmura Kang. L'agitation que nous avons réussi à créer à l'Assemblée atteint son summum. Le vote va intervenir sous quelques semaines, et nous devons agir avant. Je vous rappelle que nous nous sommes engagés à frapper avant la réunion du G8.

Ses yeux brillaient de colère. Un silence pesant s'abattit sur la cabine. Puis Kwan se risqua à parler.

— Monsieur, il existe peut-être une autre solution. Nous avons appris qu'un navire de recherche américain opérait dans les eaux japonaises, il a un sous-marin d'exploration à son bord. J'ai réussi à retrouver sa trace hier, il faisait relâche à Osaka pour s'avitailler. C'est un bateau de la NUMA qui a des capacités d'intervention à grande profondeur.

— Encore la NUMA ? fit Kang.

Il fronça les sourcils en réfléchissant au timing très précis qui devait garantir le succès de son opération, aux risques de retard.

— Il faut que nous entreprenions les opérations de récupération sans délai, dit-il finalement à Kwan. Débrouillez-vous pour récupérer ce sous-marin américain, et sans faire de vagues.

— Tongju est sur place et peut s'en charger, répondit Kwan avec assurance. Il va exécuter vos instructions, monsieur. Je suis sûr qu'il ne nous décevra pas.

— Je compte sur vous pour y veiller, répondit Kang en lui jetant un regard noir.

Chapitre 22

L A MER moutonnait et une houle de deux mètres poussait doucement le *Sea Rover*. Un front chaud descendait la mer de Chine. Le capitaine Morgan nota avec satisfaction que le fort vent du sud commençait à mollir depuis qu'ils étaient arrivés dans le sud-est du Japon, la nuit précédente. Il était à la passerelle et admirait l'aube grise qui baignait son bâtiment dans une lumière ouatée. A l'avant, près de l'étrave, il remarqua une silhouette solitaire qui se tenait à la rambarde en contemplant l'horizon. Sa chevelure noire volait au vent par-dessus le col levé de son caban bleu marine.

Dirk respirait l'air de la mer et sentait sur sa langue le goût du sel. L'océan le revigorait toujours, physiquement comme mentalement. Ces immensités bleutées lui donnaient un coup de fouet, il réfléchissait plus facilement et agissait plus vite. Incapable de rester en place derrière un bureau, c'était un inconditionnel de la vie au grand air qui se délectait de tout ce que la nature se plaisait à lui offrir.

Après avoir regardé un moment deux mouettes qui planaient au-dessus du bateau en quête de leur petit déjeuner, il regagna l'arrière et monta à la passerelle. Il entra dans l'abri de navigation; Morgan lui mit dans la main une tasse de café brûlant.

— Vous vous êtes levé de bonne heure, lui dit le capitaine, tout guilleret.

Si tôt le matin, il avait déjà l'air tout joyeux.

— Je ne veux pas manquer une miette de notre expédition, répondit Dirk en avalant une grande gorgée de café. Et j'avais calculé que nous devions arriver sur zone juste après l'aube.

— On y est presque. Nous atteindrons dans quarante minutes la position indiquée par le *Swordfish*, là où le rapport dit qu'il a coulé le sous-marin.

— Quelle est la profondeur, par ici ?

Un jeune timonier en combinaison bleue jeta un coup d'œil au sondeur et annonça :

— Trois cent dix mètres, monsieur.

— L'endroit rêvé pour un engin de recherche autonome, remarqua Dirk.

— Je vais dire à Summer de réveiller Audry et de la mettre au boulot.

Audry était un robot de trois mètres de long, en forme de torpille, conçu par les ingénieurs de la NUMA et doté des dernières innovations technologiques. Il embarquait dans sa coque couleur citron un sonar latéral à balayage, un magnétomètre et un sondeur de suivi de fond. L'engin pouvait descendre jusqu'à mille cinq cents mètres, et effectuer, grâce à ses capteurs, des relevés sismiques et une recherche des anomalies enfouies sous le sol marin. Il était alimenté par une batterie à hautes performances, ce qui évitait de devoir traîner un câble encombrant et peu pratique.

Tandis que le *Sea Rover* approchait de la zone, Dirk descendit donner un coup de main à Summer qui chargeait les paramètres de recherche dans le calculateur de guidage d'Audry.

— Nous n'utiliserons que le sonar à balayage, lui dit Dirk, cela nous permettra de couvrir plus de terrain à chaque passage. Si le *I-411* repose sur le fond par ici, nous devrions le repérer.

— Quel espacement ? demanda Summer en tapant sur son clavier.

— La position du *Swordfish* est assez imprécise, mieux vaut donc commencer par un pas assez fort. On va dire, une grille de cinq nautiques sur cinq.

— C'est dans les capacités de la liaison de données. Je fais les dernières vérifications et on y va.

Tandis que Summer programmait Audry, le *Sea Rover* mettait à l'eau deux transpondeurs, un à chaque extrémité de la grille de recherche. Equipés de récepteurs GPS, ils allaient communiquer au robot les ordres émis en surface pour lui permettre de suivre le schéma d'exploration prévu en se maintenant à une trentaine de mètres au-dessus du fond. Audry utilisait le même système dans l'autre sens pour transmettre périodiquement ses données sonars.

— Paré au treuil ! cria un marin.

Dirk leva le pouce pour lui faire signe qu'il pouvait y aller. Summer et lui le regardèrent hisser le poisson jaune par-dessus la rambarde arrière et le faire glisser dans l'eau. Un peu d'écume derrière l'engin leur indiqua que le moteur avait démarré, et on largua le câble. Plongeant vers l'avant comme un pur-sang au départ d'une course, le robot longea le *Sea Rover* avant de disparaître sous les vagues et de s'enfoncer dans les profondeurs.

— Dis donc, remarqua Dirk, elle cavale vachement.

— On l'a modifiée. Maintenant elle peut filer neuf nœuds.

— Mince alors ! A cette vitesse-là, elle ne va pas me laisser le temps de me livrer à ma distraction favorite pendant les opérations de recherche.

— A savoir ? lui demanda Summer.

— Me boire une bière et avaler un sandwich au beurre de cacahuète en attendant le résultat des courses, répondit-il en souriant.

*

Pendant qu'Audry continuait ses va-et-vient le long des droites imaginaires qu'on lui avait indiquées à trente mètres au-dessus du fond, Summer surveillait son fonctionnement sur un écran. Toutes les vingt minutes, les transpondeurs envoyaient à bord du *Sea Rover* un paquet de données, qui étaient converties en une représentation graphique des échos sonars. Dirk et Summer analysaient les images une par une pour essayer d'y déceler quelque ligne brisée qui pût indiquer la présence d'une épave.

— On dirait une pizza au pepperoni, dit pensivement Dirk en découvrant le profil du fond parsemé de rochers qui projetaient des ombres allongées.

— Ne me dis pas que tu as encore faim.

— Non, moi ça va, mais je crois qu'Audry commence à avoir la dalle. Elle peut parcourir quelle distance sur ses batteries ?

— Les batteries pour les missions à grande vitesse sont conçues pour durer huit heures. Nous n'avons jamais dépassé sept heures pour être sûrs qu'elle ait assez d'énergie pour remonter à la surface. Ça fait six heures qu'elle est dans l'eau, maintenant, dit

Summer en jetant un coup d'œil à sa montre. On la remontera d'ici une heure pour changer la batterie.

Une fenêtre apparut soudain sur l'écran, signalant qu'il s'agissait du dernier transfert de données.

— Encore un fichier et on aura couvert la première zone, fit remarquer Dirk en se levant de son siège et en étirant ses membres fatigués. Je vais aller calculer la prochaine grille de recherche. Pendant ce temps, tu veux bien t'occuper d'examiner son dernier envoi ?

— Mais bien sûr, répondit Summer en plaisantant, je vais faire tout le boulot pour toi.

Elle entra une série de commandes et un nouveau jeu d'images apparut à l'écran : un champ de fond marin de cinq cents mètres qui ressemblait à la photo aérienne d'une route dans le désert. Summer avait ajusté les couleurs et les irrégularités du sol se détachaient en brun sur un fond jaune doré. Elle examina attentivement l'écran sans rien noter d'intéressant : c'était le même fond monotone. Soudain une tache sombre apparut dans le coin supérieur droit, grandissant au fur et à mesure que l'image défilait. Summer comprit enfin qu'il s'agissait d'une ombre projetée par un long objet cylindrique dont la silhouette se détachait en orangé sur le fond doré.

— Ma parole, hurla-t-elle, le voilà !

Les autres s'approchèrent de son siège, et elle leur repassa plusieurs fois cette série de vues. A présent, la silhouette caractéristique d'un sous-marin apparaissait clairement.

— Voilà qui ressemble à un sous-marin, et un gros, même, annonça-t-elle, n'en croyant pas vraiment ses yeux.

— C'est notre gros bébé, lui dit Dirk. Il ressemble exactement aux images que j'ai vues du *I-403*.

— Joli boulot, Summer, je vous félicite.

C'était Morgan qui arrivait à son tour.

— Merci, capitaine, mais c'est Audry qui a tout fait. Vaudrait mieux la remonter à bord avant qu'elle ne se sauve en Chine.

Summer tapa une nouvelle série d'ordres que les transpondeurs relayèrent au robot. En quelques secondes, Audry entama sa remontée et fit surface à un quart de nautique du *Sea Rover*. Summer, Dirk et Morgan regardèrent l'équipe de récupération embarquée à bord d'un zodiac foncer vers le robot et le saisir. Ils revinrent à petite vitesse, on hissa Audry hors de l'eau et on la remit en place dans son ber sur la plage arrière.

Comme on remontait le second transpondeur, Dirk aperçut un beau navire de recherche qui passait à un mille sur leur arrière. Le pavillon japonais battait au mât installé sur une plate-forme surélevée.

— Un câblier, lui dit Morgan qui avait surpris son regard. Il a appareillé après nous.

— Sacré beau bateau. Il n'a pas l'air d'être trop pressé.

— Il doit avoir un contrat payé à la journée, répliqua Morgan en riant, avant d'aller s'assurer que les transpondeurs étaient correctement remontés à bord.

— Possible, répondit Dirk.

Mais il se sentait vaguement inquiet. Incapable de préciser la source de son malaise, il chassa cette vague impression et se concentra sur ce qu'il avait à faire. Il était temps d'aller voir d'un peu plus près le *I-411*.

Chapitre 23

IL FALLAIT se préparer à aller inspecter cet objet sous-marin et l'équipage du *Sea Rover* ne perdit pas de temps. Morgan plaça son bâtiment à la verticale de la position GPS fournie par Audry, on mit en route les propulseurs latéraux de positionnement dynamique et le *Sea Rover* se retrouva immobilisé en dépit du vent et du courant.

Sur la plage arrière, Dirk, Summer et Ryan, le second, vérifiaient avec le plus grand soin la liste de procédure avant-plongée de l'*Etoile de mer*. Spécialement conçue pour l'exploration scientifique à grande profondeur, l'*Etoile de mer* était un engin ultrasophistiqué capable d'opérer jusqu'à deux mille mètres de fond. Pourvu de deux sièges rembourrés et remplis d'instruments, appareils photo, caméras vidéo et gadgets en tout genre, l'engin pouvait accueillir deux personnes. Son habitacle, en résine acrylique renforcée, offrait aux opérateurs une vue panoramique. Cette bulle était prise dans ce qui ressemblait à un chariot élévateur orange équipé de quatre groupes de propulseurs orientables, qui permettaient au sous-marin de manœuvrer rapidement dans toutes les directions. Il possédait également deux bras préhensiles articulés en acier, un de chaque côté, qui servaient à prélever des échantillons ou à manipuler tous les appareils d'analyse embarqués. Le bras droit était plus long que le gauche, ce qui donnait à l'*Etoile de mer* l'allure d'un crabe lorsqu'elle opérait sur le fond.

— Je crois que nous sommes parés, annonça Summer qui venait de vérifier la dernière ligne de la liste d'opérations. Prêt à te mettre à l'eau ?

— A condition que tu me laisses le volant, lui répondit Dirk en riant.

Après avoir revêtu la combinaison bleu clair de la NUMA, les jumeaux se glissèrent dans un sas étroit qui donnait accès à la bulle et s'installèrent à l'intérieur. Dirk passa un casque et établit la liaison avec le second.

— Ici *Etoile de mer*. On y va quand vous voulez, Tim.

— Début de la mise à l'eau, répondit le second.

On amarra le sous-marin au câble de levage d'un mât de charge et on le souleva à un mètre cinquante au-dessus du pont. Lorsque l'*Etoile de mer* se retrouva ainsi suspendue dans les airs, Ryan appuya sur un bouton poussoir et le pont du *Sea Rover* s'ouvrit sous l'engin, grâce à deux volets escamotables équipés de galets. On apercevait maintenant dans le trou béant les eaux vert pâle de la mer de Chine. Ryan pressa un second bouton et des projecteurs s'allumèrent sur toute la circonférence de la trappe, délimitant le périmètre du grand bassin découpé dans la plage arrière. Un gros mérou en maraude se fit surprendre par l'éclat des lampes et disparut sans demander son reste. On affala lentement le sous-marin orange et on largua le câble, dès que Dirk eut confirmé que tout fonctionnait normalement.

— Câble largué, annonça Ryan. Vous pouvez aller vous baigner.

— Merci de nous avoir déposés, lui répondit Dirk, je donnerai un coup de klaxon quand on aura terminé les courses.

Il testa les propulseurs une dernière fois, Summer ouvrit la purge du ballast et l'eau de mer s'y engouffra. Ils se retrouvèrent avec une flottabilité négative et le sous-marin entama sa descente vers les profondeurs.

La teinte de l'eau passa progressivement du vert au marron puis au noir. Summer tourna un interrupteur et une rampe de lampes au xénon illumina les alentours, mais il n'y avait pas grand-chose à voir dans cette mer trouble. Comme la gravité était la seule force qui les fasse descendre, il leur fallait environ quinze minutes pour faire les trois cents mètres qui les séparaient du fond. L'eau était froide, mais, à l'intérieur de la bulle, la température s'élevait rapidement grâce à toute l'électronique. Summer finit par mettre en route le conditionnement d'air. Pour passer le temps, Dirk lui raconta quelques vieilles blagues éculées de Jack Dahlgren et Summer lui fit le récit de leur campagne de recherche au large des côtes orientales du Japon.

A trois cents mètres de profondeur, Summer rectifia la pesée afin de diminuer le taux de descente pour ne pas toucher le fond trop violemment. Dirk nota que l'eau était plus claire, mais il n'y avait pratiquement pas de vie à ces profondeurs. Puis, peu à peu, ses yeux distinguèrent dans la vase une forme familière, juste en dessous d'eux.

— Le voilà ! On est en plein dessus.

La silhouette sombre du massif s'élevait vers eux comme un gratte-ciel miniature et l'*Etoile de mer* le longea jusqu'à atteindre le milieu de l'énorme sous-marin. Le spectacle ressemblait à ce que Dirk avait vu en plongeant sur l'épave du *I-403*. Le *I-411* était posé à peu près droit au fond, avec seulement quinze degrés de bande. La couche de dépôts calcaires était bien moins épaisse que sur l'*I-403*, si bien qu'il semblait n'avoir passé là que quelques mois et non des dizaines d'années. Dirk mit en route les propulseurs et battit doucement en arrière, tandis que Summer ajustait la pesée pour se stabiliser à trois cent vingt mètres, à hauteur du pont.

— Il est gigantesque ! s'exclama-t-elle en contemplant le diamètre impressionnant de la coque.

Même avec tous les projecteurs allumés, ils n'en distinguaient qu'une partie.

— Ça n'a décidément rien à voir avec les U-boote allemands qui sortaient à la chaîne, dit Dirk. On va aller voir à quel endroit il a été touché.

Dirk avança en suivant le flanc tribord, à un ou deux mètres au-dessus du pont, jusqu'à l'arrière. Summer lui montra du doigt deux grandes hélices de bronze qui émergeaient de la vase. Ils continuèrent par bâbord. Au bout d'une quinzaine de mètres, ils repérèrent soudain un énorme trou dans la coque.

— C'est ici qu'a frappé la première torpille du *Swordfish*, annonça Dirk en voyant les dégâts.

Il fit pivoter l'*Etoile de mer* pour éclairer les bords déchiquetés de la brèche. A l'intérieur, ils virent une masse de tôles tordues, comme les mâchoires d'acier d'un requin géant. Le sous-marin recula et reprit sa progression sur une quinzaine de mètres avant de tomber sur une autre ouverture.

— Voilà le trou de la seconde torpille, annonça Dirk.

Contrairement à la première brèche, celle-ci était située nettement plus haut, à hauteur du pont, comme si le projectile lui était tombé dessus.

— Oui, tu as raison, dit Summer, c'est sans doute le point

d'impact de la seconde torpille. L'arrière avait déjà dû s'enfoncer sous le choc de la première et le sous-marin était parti au roulis lorsque la seconde l'a frappé.

— Le *Swordfish* a fait un sacré beau doublé. Il a dû le surprendre pendant la nuit, alors qu'il naviguait en surface.

— Et ça, lui demanda Summer en lui montrant du doigt un tube qui courait de l'arrière jusqu'au massif, c'est le hangar des hydravions ?

— Oui. On dirait qu'un bout a été arraché dans l'explosion.

En se dirigeant vers l'ouverture, ils constatèrent que six ou sept mètres de hangar avaient purement et simplement disparu sous l'effet de la déflagration. A la lueur des projecteurs, ils aperçurent un moteur d'avion fixé sur une cloison, coiffé de son hélice à trois pales. Dirk remit un peu de moteur en avant et passa le long du massif. Les affûts multiples étaient toujours en place. Ils parcoururent ainsi toute la longueur de la plage avant et s'arrêtèrent à hauteur de l'étrave, au-dessus de l'une des barres de plongée avant qui pointait comme une aile gigantesque.

— Et voilà, fin de la visite guidée. On va voir maintenant si on retrouve la cargaison.

— On ferait mieux de prévenir les autres, lui répondit Summer en coiffant son casque avant d'appuyer sur la pédale ÉMISSION.

— *Sea Rover*, ici *Etoile de mer*. Nous avons trouvé les cloches de Pâques et maintenant on va chercher les œufs.

— Reçu, répondit la voix déformée de Ryan. Mais faites attention au panier.

— Je crois qu'il s'inquiète davantage pour son submersible que pour nous, dit Dirk.

— Il est comme ça, répondit Summer sur un ton pensif. Il s'attache aux objets mécaniques.

— Je ne vois pas du tout de quoi tu parles, répliqua Dirk avec facétie.

Tout en parlant, il amena l'*Etoile de mer* au-dessus de l'étrave pour examiner la plage avant. Au bout de plusieurs minutes, il finit par trouver ce qu'il cherchait.

— Je vois le panneau supérieur du sas torpilles. Si c'est comme sur le *I-403*, c'est ici que devraient se trouver les armes biologiques.

Dirk s'approcha du panneau, se posa sur le pont et coupa les moteurs.

— As-tu des talents de cambrioleuse ? demanda-t-il à Summer.

Contrairement à ce qu'il avait trouvé sur le *I-403*, le panneau supérieur était fermé et le volant vissé à fond. Summer dégagea le manche à balai caché dans l'accoudoir de son fauteuil et alluma le système hydraulique qui faisait fonctionner le bras articulé tribord. Comme elle manipulait les commandes, le bras jaillit du flanc du submersible et s'étendit vers l'avant avec maladresse. Elle l'abaissa alors par petits coups successifs, puis, avec la précision d'un chirurgien, elle ouvrit la pince, la fit descendre vers le panneau et parvint à la refermer du premier coup sur le volant.

— Bien joué, dit Dirk.

— Maintenant, reste à voir s'il va accepter de s'ouvrir.

Au moyen d'un bouton poussoir, elle ordonna une rotation. Ils avaient tous deux le nez collé contre le plexiglas, anxieux de savoir si le volant allait tourner. Rien à faire, l'anneau de verrouillage était bloqué depuis soixante ans, il refusait de bouger. Summer recommença dans les deux sens une demi-douzaine de fois, en vain.

— C'est trop dur pour le bras hydraulique, finit-elle par maugréer.

— Reste bloquée sur le volant, dit Dirk, on va essayer de tirer dessus.

Il remit les moteurs en route et commanda à l'engin de remonter de quelques centimètres. Il fit tanguer l'*Etoile de mer* d'avant en arrière, pour tenter de vaincre la résistance du verrouillage, mais le volant ne bougeait toujours pas.

— Fais gaffe, lui dit Summer, tu es en train de bousiller le bras.

Sans desserrer les dents, Dirk persévéra. Au balancement suivant, il observa que le volant commençait imperceptiblement à tourner. Une autre poussée et l'anneau céda d'un seul coup. Le volant tourna d'un quart de tour.

— Au moins, il a compris qui était le patron, lâcha Summer.

— Oui, on va juste éviter de prévenir Ryan que le bras droit de son bébé fait quelques centimètres de plus qu'avant, dit Dirk en souriant.

Une fois le volant débloqué, Summer n'eut pas de mal à le faire tourner jusqu'en butée. Puis, Dirk partit en marche arrière, tandis que Summer restait agrippée au volant, et le panneau s'ouvrit en grand. S'approchant de l'ouverture, ils essayèrent de distinguer quelque chose à l'intérieur. Mais on n'y voyait rien.

— Je crois que ça va être à *Snoopy* de jouer maintenant, dit Summer. Quand tu veux, Dirk.

185

Dirk sortit un petit ordinateur de commande portable et le mit en marche. Une rangée de voyants verts s'alluma.

— Allez, va chercher, *Snoopy*, murmura-t-il en appuyant sur la touche qui déclenchait la mise en route.

Un petit robot, stocké sous la bulle, s'éjecta. Il s'agissait en fait d'une caméra vidéo accrochée à des propulseurs électriques et reliée au sous-marin par un câble. Capable de pénétrer dans des espaces confinés, *Snoopy* était l'outil idéal pour explorer les tréfonds des épaves, surtout dans les coins les plus dangereux.

Summer le regarda disparaître dans le sas au milieu d'un nuage de bulles. Dirk pressa un autre bouton et l'image vidéo apparut sur un écran couleur. Dirk s'en servit pour guider le robot à l'intérieur du poste torpilles, compartiment qui lui était maintenant familier. *Snoopy* se faufila le long d'une rangée de torpilles. La caméra leur renvoya l'image des cinq énormes poissons d'acier posés sur leurs supports. L'engin passa de l'autre côté, même spectacle. A l'évidence, le *I-411* ne s'attendait pas à devoir se battre lorsque le *Swordfish* l'avait attaqué.

Mais ce n'étaient pas les torpilles qui intéressaient Dirk. Il guida *Snoopy* à l'avant puis commanda une série d'allers-retours, se décalant d'environ un mètre vers la poupe à chaque passage, jusqu'à avoir inspecté chaque coin du local.

— Je ne vois pas trace des bombes. Mais il y a un second poste torpilles juste en dessous. C'est peut-être là qu'elles sont.

— Tu peux y conduire *Snoopy* ? lui demanda Summer.

— Il y a un panneau dans le pont, pour l'embarquement des torpilles, mais je ne pense pas que *Snoopy* réussira à l'ouvrir. On va essayer autre chose.

Toujours avec l'aide de la caméra, il réussit à repérer la porte étanche qui menait au poste des officiers mariniers. Elle était ouverte et Dirk guida le robot dans le passage.

— Par ici, fit Summer en désignant le coin de l'écran, il y a une échelle qui descend au pont inférieur.

Dirk pilota *Snoopy* au milieu d'un tas de débris puis le fit passer à travers la trappe. Arrivé en bas, le robot repéra l'entrée du poste torpilles et y pénétra. Bien que plus exigu que le poste supérieur, celui-ci était aménagé exactement de la même manière. Les dix torpilles Type 95 dormaient paisiblement dans leurs berceaux. Bien que *Snoopy* fût maintenant en limite de câble, Dirk réussit quand même à explorer la totalité du compartiment.

Mais, à l'exception du chargement complet de torpilles, le local était vide.

— Eh bien, lâcha Summer, découragée, on dirait qu'il n'y a pas d'œufs dans le poulailler.

Chapitre 24

Tout en faisant prendre prudemment le chemin inverse au robot, Dirk sifflotait une vieille rengaine de country. Summer le regarda, un peu interloquée.

— Tu m'as l'air fort guilleret pour quelqu'un qui n'a pas retrouvé ces armes biologiques.

— Petite sœur, nous ne savons peut-être pas où elles se trouvent, mais nous sommes sûrs de l'endroit où elles ne sont pas. Moi, personnellement, j'aurais stocké les œufs près de la poule.

Summer réfléchit une seconde pour comprendre où il voulait en venir, puis son visage s'éclaira.

— Tu veux dire dans le hangar ? Avec les avions ?

— Exactement. Et le *Swordfish* a même eu l'obligeance de nous ouvrir la porte.

Après avoir rangé *Snoopy* dans son berceau, Dirk remit les moteurs en route et le sous-marin se souleva du pont pour gagner la brèche qu'avait faite la seconde torpille. Elle était assez large pour laisser passer l'*Etoile de mer*, mais le diamètre du hangar, d'à peine quatre mètres, allait rendre les manœuvres difficiles. Dirk examina attentivement la brèche avant d'y faire pénétrer le nez du sous-marin. Le pont était troué de partout, révélant les profondeurs humides de la coque épaisse. Dirk avança jusqu'à trouver un endroit assez grand pour y poser l'*Etoile de mer*. Il nota du coin de l'œil que l'hélice qu'ils avaient remarquée à leur premier passage se trouvait à leur droite. Il descendit très doucement jusqu'à ce que les patins reposent solidement sur le pont.

Il coupa les moteurs et un profond silence envahit la bulle. Les deux aquanautes se penchèrent pour inspecter le hangar qui s'étendait sous leurs yeux comme un long tunnel sans fin. Mais le calme fut soudain troublé par un bruit métallique étouffé dans l'eau.

— Dirk, s'écria Summer en lui montrant un nuage de bulles, l'hélice !

La patte de métal qui portait depuis si longtemps l'hélice à trois pales d'un bombardier Seiran avait subi les effets corrosifs de l'eau de mer et venait de lâcher sous l'effet du courant créé par les propulseurs de l'*Etoile de me*r. Elle se détacha de la cloison dans un nuage de poussière et de rouille et atterrit sur le pont, dans un grand bruit de métal.

L'histoire n'était pas finie. Fascinés et impuissants, Dirk et Summer virent l'hélice continuer vers l'avant, et la pale supérieure vint percuter la bulle. On avait l'impression que tout le bloc avançait lentement, comme si l'eau freinait les pales de l'hélice. Ils entendirent un nouveau choc métallique : l'hélice avait accroché le bras tribord du submersible et, tombant sur les patins, s'était enfin immobilisée. Un nuage de poussière brune s'éleva, brouillant toute visibilité pendant un bon moment. Lorsque l'eau commença à s'éclaircir, Summer remarqua un petit filet de liquide foncé qui s'écoulait lentement, comme si l'*Etoile de mer* s'était mise à saigner.

— Dirk, nous sommes coincés, s'écria-t-elle, les yeux rivés sur la lourde hélice posée en travers des patins.

— Essaye de manœuvrer le bras. Regarde si tu parviens à soulever la pale, je vais tenter de battre en arrière.

Summer empoigna le manche à balai et tira dessus pour commander au bras de monter. Le bras commença à se soulever, très légèrement, puis retomba, inerte. Elle répéta plusieurs fois la manœuvre, secoua le manche dans tous les sens. Rien.

— Non, ça ne marche pas, dit-elle enfin d'une voix très calme. La pale a dû sectionner une ligne hydraulique. Le bras tribord nous est aussi utile qu'un membre amputé.

— Ça doit être ça, le liquide qui fuit, dit Dirk. Bon, essaye avec l'autre bras.

Summer prit le second manche et activa le bras mécanique bâbord. Se débattant avec les boutons, elle tenta de le déployer pour l'amener dans son champ de vision puis de le placer en position basse, près de la pale. Mais ce bras était plus court et moins puis-

189

sant que l'autre, donc moins manœuvrable. Au bout de plusieurs minutes passées à l'orienter de toutes les façons possibles, elle finit par l'immobiliser dans une position où il avait une chance de saisir le bord de la pale.

— J'ai une prise, mais l'angle n'est pas terrible. A mon avis, je ne vais pas pouvoir exercer une pression suffisante.

Elle essaya, sans succès. Le bras trembla, s'efforçant de soulever la masse, mais rien ne bougea. Plusieurs autres tentatives eurent le même résultat.

— Je crois que nous allons devoir nous dégager en force, répondit Dirk, les mâchoires serrées.

Il remit les propulseurs en route à pleine puissance pour essayer de décoller l'*Etoile de mer* du pont et reculer un peu. Les moteurs électriques se mirent à vibrer violemment en battant l'eau de toute leur poussée, mais l'hélice était trop lourde. Le sous-marin restait figé comme un roc. Dirk finit par couper les propulseurs et attendit, le temps de laisser le nuage de vase retomber.

— Si je continue comme ça, je vais simplement vider les batteries, lâcha-t-il, dégoûté. Nous ne pouvons pas nous en sortir par nos propres moyens.

Summer devinait que Dirk faisait fonctionner ses neurones à toute vitesse. Ce n'était pas la première fois qu'elle se trouvait ainsi piégée au fond de la mer avec son frère, et sa présence la rassurait. Quelques mois plus tôt, ils avaient bien failli y rester tous les deux au large du banc de la Nativité, lorsque leur engin avait glissé sur le flanc d'une crevasse au cours d'un cyclone d'une rare violence. Il avait fallu l'arrivée in extremis de leur père et de Al Giordino pour les sortir de là et leur éviter une mort lente par asphyxie. Mais cette fois-ci, son père et Giordino étaient à mille nautiques de là.

Dans les eaux brouillées par la vase, on aurait cru que des voix d'outre-tombe s'élevaient. L'équipage du *I-411*, des marins morts depuis bien longtemps, les appelaient, leur proposaient de venir les rejoindre dans leur sombre cercueil marin, par trois cents mètres de fond. Il exsudait de ce sous-marin tout noir, plongé dans le silence, une impression morbide. Summer se mit à frissonner. Puis l'eau retrouva sa tranquillité et le hangar apparut de nouveau distinctement, mais Summer ne pouvait s'ôter de l'esprit l'idée qu'ils étaient prisonniers de cette tombe d'acier qui servait de dernière demeure à des dizaines de courageux sous-mariniers japonais. Elle essaya de chasser ces images lugubres, de se concentrer sur ce qu'ils devaient faire pour se sortir de cette situation.

— On a encore combien de temps devant nous? demanda-t-elle à Dirk.

Elle commençait à se ressaisir.

Dirk consulta une rangée de cadrans alignés sur la console latérale.

— On peut tenir tant qu'on a encore de la batterie. Elle sera à plat dans trois heures environ, et il en faudra encore une avant que l'air devienne irrespirable. On ferait mieux de prendre contact avec le *Sea Rover*.

Il parlait d'une voix un peu altérée, mais très calme.

Summer mit le téléphone sous-marin en marche et commença à appeler Ryan, sans obtenir aucune réponse. Après plusieurs essais, la voix de Ryan se mit à grésiller dans son casque.

— L'émission doit être bloquée par la coque du sous-marin, lui dit Dirk. On les entend vaguement, mais eux ne nous reçoivent pas.

— Je vais continuer au cas où ils capteraient des signaux par intermittence.

Pendant dix minutes, elle parla d'une voix calme et forte dans le micro, mais n'obtint pour réponse que la voix très brouillée de Ryan.

— Ça ne sert à rien, ils ne nous entendent pas. On ne peut compter que sur nous-mêmes, dit enfin Summer.

Dirk commença à lever tous les commutateurs et à mettre hors tension toute l'électronique qui n'était pas indispensable, afin de ménager au maximum la batterie. Arrivé à l'interrupteur général de *Snoopy*, il hésita.

— Tu verrais un inconvénient à ce qu'on offre une petite balade à *Snoopy*?

— On est venus explorer le hangar, autant finir le boulot. Nous devons continuer à chercher les armes biologiques, ou bien une preuve que quelqu'un les a récupérées.

— C'est exactement ce que je me disais, dit Dirk en activant le petit robot.

Il le dégagea de son support, le fit passer par-dessus l'hélice avant de lui commander de monter à hauteur de leurs yeux. Devant eux, le hangar s'étendait dans l'obscurité, jusqu'au massif. Dirk embraya les moteurs et *Snoopy* partit en avant, s'éloignant du submersible.

Ils tournèrent la tête en même temps. *Snoopy* avait allumé ses projecteurs et ils pouvaient suivre l'image de sa progression sur écran. Au début, le hangar leur parut vide mais, au fur et à mesure que le robot avançait, des objets couverts de vase commencèrent à se dessiner. La caméra leur montrait maintenant, sur le côté, un gros monticule recouvert d'incrustations calcaires. Un peu plus loin, on distinguait des placards fixés à la cloison.

— Un moteur de rechange, dit Dirk en pointant la caméra dans cette direction.

— Et je parie, ajouta Summer, que ces placards contiennent des pièces de rechange et des outils.

— Je suis sûr qu'il y a un cric dans le coin, se lamenta Dirk qui savait bien qu'il leur était impossible de récupérer le moindre outil à l'extérieur pour réparer l'*Etoile de mer*.

Il continua à faire glisser *Snoopy* vers le fond du hangar et le robot faillit rentrer dans un groupe de minces tôles métalliques alignées à la verticale. En faisant reculer la caméra, Dirk réussit à identifier ce qu'il voyait : la queue d'un avion, avec le haut de la dérive et l'empennage arrière repliés. Il fit avancer *Snoopy* le long du fuselage : c'était de toute évidence un hydravion Aichi M6A1 Seiran.

— Eh bien, murmura Summer, impressionnée par la taille et le bon état du bombardier biplace. Je n'arrive pas à croire qu'ils aient réussi à plier un avion et à le faire rentrer ici.

Dirk éloigna un peu le robot pour essayer d'obtenir une vue d'ensemble. Les ailes étaient encore attachées au fuselage, mais repliées vers l'arrière, comme celles d'un canard. Sous la vase, on distinguait le rond rouge des forces japonaises peint à l'extrémité des ailes.

— Je suis toujours impressionnée quand je pense qu'ils arrivaient à stocker, lancer et récupérer un avion à partir d'un sous-marin, dit Summer.

— Il suffit de sortir le fuselage sur la plage avant, de déplier l'empennage et les ailes, et de fixer les flotteurs, puis de poser l'avion sur la catapulte et de le lancer. Une équipe bien entraînée de quatre hommes était capable de faire tout ça en moins de trente minutes.

— Encore heureux que ces gros sous-marins Sen-Toku n'aient pas été en service plus tôt pendant la guerre.

Dirk continua à promener *Snoopy* un peu partout. En passant le long du fuselage, les caméras leur dévoilèrent deux gros flotteurs saisis sur des chantiers en bois. L'hélice du robot souleva un peu de vase et découvrit l'un des deux flotteurs, vert sur le dessus et gris en dessous. Le fuselage et les ailes portaient les mêmes teintes de camouflage.

Après les flotteurs et sur quelques mètres, le hangar était vide. *Snoopy* pénétra dans un second compartiment et se mit à renifler un peu partout, comme le petit animal dont il portait le nom. Sous les doigts de son pilote, il entreprit d'examiner chaque objet, chaque débris. Une rangée d'étagères fixées assez bas émergèrent de l'obscurité des deux côtés, garnies de ce que Dirk identifia aussitôt comme des torpilles. Il y en avait quatre de chaque bord, des torpilles pour avion de six cents kilos, beaucoup plus petites que celles qu'ils avaient trouvées en bas.

Dirk et Summer, les yeux rivés sur l'écran, essayaient de voir s'il n'y avait pas là d'autres munitions. Mais non, rien de visible apparemment. En se retournant, Dirk surprit le regard que sa sœur jetait à sa montre. Elle fit la grimace.

— On continue, il y a encore au moins un autre avion quelque part par là, lui dit Dirk en essayant de ne pas penser à l'inéluctable.

Le robot franchit un nouvel espace vide avant d'émerger dans un autre compartiment du hangar. Quelques secondes après, la queue et le fuselage du second Seiran émergèrent. Le bombardier était intact avec sa voilure repliée. Un peu plus loin, on distinguait la paire de flotteurs fixés sur le pont par des câbles. Il y avait ensuite des caisses à outils métalliques fixées sur la cloison, puis un nouvel espace vide. *Snoopy* se cogna finalement sur le grand panneau étanche qui permettait d'accéder à la plage avant.

— Bon, fit enfin Dirk d'un ton solennel, on a terminé. On a vu tout le hangar et il n'y a pas trace de bombes, en dehors des torpilles.

Summer resta silencieuse un bon moment à se mordre la lèvre de dépit.

— Résumons. Il n'y a aucune trace du moindre visiteur, la vase ne semble pas avoir été remuée. Tes bombes ont peut-être été détruites par l'explosion des torpilles ?

— Possible. Il reste la partie arrière du hangar, on va aller y jeter un coup d'œil.

Dirk fit faire demi-tour à *Snoopy* qui revint vers eux, rembobinant son câble au fur et à mesure. Ils restaient silencieux, ruminant leurs pensées. Dirk maudissait leur malchance, c'était un échec, ils n'avaient pas réussi à trouver ce qu'ils étaient venus chercher. Alors que le robot longeait le second avion et s'approchait du jeu de flotteurs, Summer leva le sourcil.

— Dirk, arrête-toi une seconde dit-elle en réglant l'image à l'écran.

— Quoi ? fit-il en coupant le propulseur.

— Regarde les flotteurs. Tu ne remarques rien ?

Dirk examina l'écran et finit par secouer la tête.

— La paire de flotteurs à l'avant du hangar était saisie directement sur le pont, reprit Summer. Mais ces deux-là reposent sur des palettes.

Dirk regarda les flotteurs de plus près. Chacun était fixé sur une caisse carrée en bois d'environ soixante centimètres de hauteur.

Il fit manœuvrer le robot pour s'approcher de cet endroit et l'immobilisa près du support, en donnant un petit coup de moteur pour chasser la vase, et attendit que la boue retombe. A présent, il voyait nettement la caisse : une caisse en bois plein, de l'acajou apparemment. Il l'examina attentivement.

— Dieu de dieu, on dirait bien que c'est ça.

— Tu en es sûr ?

— Eh bien, je ne peux pas te dire ce qu'il y a dedans, mais l'extérieur a exactement la forme et les dimensions de celle que j'ai trouvée à bord du *I-403*.

Il continua d'inspecter la palette sous tous les angles, avant de confirmer qu'une caisse identique était logée sous le second flotteur. Summer entra un commentaire sur l'enregistrement vidéo et nota l'endroit exact de leur découverte. Pour Dirk, les deux caisses étaient maintenues en place par le poids des flotteurs, eux-mêmes amarrés au pont par plusieurs câbles.

— Bravo, Summer. Tu as gagné une bière.

— Je préfère une bouteille de chardonnay, fit-elle avec un demi-sourire. Je suis contente qu'on les ait retrouvées.

— Il va maintenant falloir trouver quelqu'un pour les sortir de là.

— Et nous aussi, par la même occasion, répliqua-t-elle, l'air sombre.

Tout en récupérant *Snoopy*, Dirk cherchait une solution, et il se laissa surprendre par la vive lumière des projecteurs qui envahit soudain l'habitacle. Aveuglé, il fit redescendre le robot, mais soudain, *Snoopy* s'arrêta net, suspendu dans l'eau, à quelques mètres de son berceau.

— Dirk, s'écria Summer, le câble est coincé dans un truc, là-bas.

Il suivit la direction qu'elle lui indiquait. Le câble était pris dans un amas de débris, six ou sept mètres devant eux.

— Je suis étonné qu'on ait pas eu plus de problèmes à l'aller.

Il inversa le sens du propulseur et le robot s'éloigna jusqu'à ce que le câble soit bien tendu. Apparemment, il était passé sous ce qui ressemblait à un support de moteur, un mètre cinquante au-dessus du pont.

— Un compresseur, je crois, dit-il en voyant deux tuyaux qui sortaient à une extrémité de l'engin.

— Et cette grosse poignée, qu'est-ce que c'est ?

On voyait une grosse tige de métal qui saillait sur le côté. A une extrémité de la tige, il y avait une poignée ronde, comme celle d'une pelle.

— Un vieux démarreur à main. C'est comme sur une tondeuse à gazon, sauf qu'ici, il est directement en prise avec le moteur. J'ai déjà vu un modèle de ce genre en faisant de la plongée.

Dirk resta plusieurs secondes à regarder la poignée, sans s'occuper du robot.

— Alors, tu nous ramènes *Snoopy* ?

— Oui, répondit-il avec un grand sourire. Mais auparavant, il va nous aider à nous sortir d'ici.

*

A bord du *Sea Rover*, la tension était à son comble, chez le capitaine comme dans tout l'équipage. Cela faisait presque une heure et demie qu'ils avaient perdu contact avec l'*Etoile de mer* et Morgan s'apprêtait à demander de l'aide. Le *Sea Rover* n'avait pas embarqué de sous-marin de secours et l'engin le plus proche, celui de la NUMA, se trouvait à au moins douze heures de mer.

— Ryan, cria-t-il à son second, prenez contact avec la division sauvetage de la marine ! Expliquez-leur la situation et demandez-leur de vous donner l'HPA [1] d'un sous-marin de sauvetage.

Si Dirk et Summer étaient vraiment en difficulté, il savait pertinemment que c'était une question de minutes et non d'heures. Leurs chances de s'en tirer étaient bien minces.

---

1. Heure probable d'arrivée (*NdT*).

Chapitre 25

BON, Summer, tu t'occupes du cabestan.
Dirk avait placé *Snoopy* au sommet du hangar, à un ou deux mètres du compresseur. Il passa les commandes à sa sœur. Elle appuya sur un bouton et bloqua ainsi le câble d'alimentation du robot. Quant à lui, il commanda *avant lente*. Le robot se rapprocha du compresseur, le câble retomba. Comme un anaconda qui s'enroule autour de sa proie, il lui fit effectuer une série de mouvements circulaires pour former des boucles lâches autour de la poignée. Il réussit à faire cinq tours, puis serra le câble en faisant reculer le robot.

— Voilà. Maintenant, relance l'enroulage, pendant que je tire avec *Snoopy*.

— Ce compresseur doit bien peser cent cinquante kilos. Même dans l'eau, tu n'arriveras jamais à le remuer.

A vrai dire, Summer se demandait si son frère n'avait pas perdu la tête.

— Ce n'est pas le compresseur qui m'intéresse, c'est la poignée.

Il fit monter le propulseur en régime et le dirigea sur le sous-marin. Le robot commença à avancer jusqu'au moment où la tension du câble le bloqua. Summer engagea ensuite le cabestan pour déhaler de son côté. Le câble se trouva alors sous tension des deux bords, enserrant la poignée. Au bout d'un moment, la bielle de métal commença à virer et la poignée se dégagea, laissant filer son câble derrière elle. Très doucement, Dirk la ramena vers le submersible en la tenant à l'horizontale pour ne pas perdre sa prise et réussit à la ranger à l'avant de l'*Etoile de mer*.

— Je ne suis pas sûr que Ryan apprécie le traitement que tu fais subir à son joujou, lui dit Summer, feignant l'indignation.

— Si ça marche, je lui en paierai un autre.

— Et dis-moi ce que tu comptes faire exactement ?

— Je veux juste m'en servir pour nous soulever légèrement, ma chère sœur. Serais-tu assez aimable pour attraper avec le bras mon nouveau levier ? Je vais te montrer de quoi je parle.

Dirk approcha le robot à bâbord du sous-marin, entraînant la poignée dans son sillage. Summer remit le bras gauche en marche et ouvrit la pince. Travaillant de façon coordonnée, ils réussirent enfin à mettre une extrémité de la poignée dans le crochet. Dirk donna alors du mou dans le câble d'alimentation du robot puis le fit doucement reculer. Cela fait, il rembobina le câble et recoucha *Snoopy* dans son berceau.

— Pour un beagle, je trouve que *Snoopy* rapporte plutôt bien, lui dit Summer.

— Bon. Voyons maintenant si le bras veut bien jouer au cric.

Il jeta un coup d'œil aux ampèremètres. Ils avaient passé plus d'une heure à promener le robot, le niveau restant n'était plus que de trente pour cent, à peine. S'ils voulaient avoir une chance de remonter par leurs propres moyens, le temps était compté.

— Allez, on essaye. Chasse au ballast, dit-il en baissant deux interrupteurs – les commandes des pompes – pour se donner de la flottabilité.

Puis il remit les moteurs de propulsion en route. Pendant ce temps, Summer amenait le bras à l'avant, tout en surveillant l'hélice avec attention. Pour qu'ils puissent se dégager, il fallait réussir à la soulever puis à la faire glisser vers l'avant, mais ils n'avaient pas beaucoup de place pour manœuvrer. Elle baissa la poignée du lanceur contre un patin, desserra un peu la pince et réussit à passer une vingtaine de centimètres de tige sous le moteur.

— Parée, fit-elle enfin en hésitant un peu.

Elle s'essuya la paume sur son pantalon, sa main était moite. Dirk était lui aussi en nage. Ils avaient coupé la climatisation pour économiser la batterie, ils mouraient de chaud.

— Allez, sors-nous d'ici, marmonna Dirk, la main posée sur la commande des moteurs.

Summer appuya très doucement sur le levier de commande du bras. Le vérin hydraulique seul ne suffisait pas à soulever le bras du moteur, mais le levier qu'ils avaient fabriqué allait peut-être faire la différence. Lentement, très lentement, le moteur se souleva de deux centimètres, puis de cinq, et encore un tout petit peu plus. Dirk sentit que l'arrière du sous-marin remontait un peu, grâce au surcroît de flottabilité. Lorsque Summer eut fini de décoller le moteur des patins, il mit en arrière toute.

Au début, il ne se passa rien, pas de soudaine accélération, juste un petit sursaut lorsque l'arrière se décolla du pont. Puis le sous-marin se dégagea du moteur, la pale de l'hélice glissa le long du levier et retomba sur le pont du hangar, quelques centimètres devant les patins.

— Bien joué, sœurette. Que dirais-tu d'aller prendre l'air ?

Dirk régla le régime des moteurs pour sortir tout doucement et se dégager définitivement du *I-411*.

— Je suis partante, lâcha-t-elle avec un grand ouf de soulagement.

Ils sortaient tout juste du hangar que la voix de Ryan se fit entendre.

— *Sea Rover* à *Etoile de mer*. Me recevez-vous ? A vous.

Il parlait d'une voix monotone, il avait dû répéter la même phrase des centaines de fois depuis des heures et des heures.

— Ici *Etoile de mer*, répondit Summer. Je vous reçois fort et clair. Nous remontons, merci de préparer la réception.

— Reçu, répondit Ryan, que l'on sentait tout excité. On s'est fait un peu de souci pour vous, là-haut. Avez-vous besoin d'assistance ?

— Négatif. On s'était juste coincé un orteil sous un truc. Tout va bien, nous serons bientôt en surface.

— Reçu. Paré à vous reprendre.

Grâce à leur réserve de flottabilité, la remontée leur prit moins de temps que la descente. Au bout de dix minutes, ils aperçurent au-dessus d'eux les projecteurs immergés dans le bassin du *Sea Rover*. Puis ce fut la silhouette indistincte du navire lui-même. Avec ce qu'il leur restait de batterie, Dirk mit l'*Etoile de mer* dans l'axe et ils refirent enfin surface, à poste. Ils se sentaient tous deux fort soulagés. Morgan, Ryan et quelques marins s'étaient rassemblés autour de la brèche, on passa les élingues et le mât de charge hissa l'*Etoile de mer* hors de l'eau. Dirk coupa l'alimentation générale pendant que Summer ouvrait le panneau arrière puis ils sortirent et avalèrent goulûment un bon bol d'air frais.

— Nous avons eu peur de vous perdre en bas, leur dit Morgan en souriant presque.

Il jeta un regard interrogateur à la barre de fer toujours coincée dans la pince du bras bâbord.

— Ah oui, c'est notre canne, lui expliqua Summer. On est allés se promener dans un endroit où on aurait mieux fait de pas mettre les pieds et on a eu quelques difficultés à en sortir.

— Et alors, reprit Morgan, incapable de contenir plus longtemps sa curiosité, qu'avez-vous trouvé ?

— Deux caisses d'œufs qui attendaient d'être livrées, lui répondit Dirk.

*

L'équipage du *Sea Rover* se mit fébrilement au travail pour réparer le bras de l'*Etoile de mer* et pour recharger la batterie, pendant que Dirk, Summer et Morgan mettaient au point une procédure de récupération. Ils visionnèrent la bande vidéo de *Snoopy*, et calculèrent l'endroit exact où se trouvaient les caisses à l'intérieur du hangar. Après avoir examiné les enregistrements, ils parvinrent à la conclusion que le hangar était constitué de viroles de trois mètres de long.

— On devrait pouvoir découper la coque en suivant les soudures et enlever le panneau derrière lequel se trouvent les flotteurs, finit par déclarer Dirk en pointant son crayon sur une image fixe. L'*Etoile de mer* fait deux mètres quarante d'envergure, on aura assez de place pour s'approcher et sortir les caisses avec les bras.

— Encore heureux qu'il n'y ait pas beaucoup de courant, un à deux nœuds seulement. On ne sera donc pas trop gênés, mais il va nous falloir deux plongées, leur dit Summer.

— Ryan pourrait faire équipe avec vous, reprit Morgan. Vous devriez profiter de ces quelques heures de battement pour aller vous reposer, le temps de remettre le sous-marin en état et de préparer les outils de découpe.

— Faudra pas me le dire deux fois, lui répondit Summer en bâillant.

Pourtant, elle n'eut pas le loisir de dormir très longtemps. Au bout de trois heures, Dirk vint la réveiller et ils se préparèrent pour effectuer une seconde plongée. Equipée de batteries neuves, l'*Etoile de mer* fut remise à l'eau et ils entamèrent la descente. Le sous-marin s'immobilisa sur le flanc du hangar, face au trou béant, puis avança lentement vers le massif. Tous les deux mètres, en prenant les mesures à partir de l'écartement entre les deux bras, Dirk poussait le submersible en avant et gravait une marque dans de la tôle recouverte de sédiments au moyen de la pince gauche. A la dixième marque, soit à vingt mètres du trou ouvert par une torpille, il marqua la surface d'un grand X.

— C'est ici que nous allons découper, dit-il à Summer. Voyons si nous trouvons les soudures.

Dirk fit alors racler la pince sur toute la longueur du hangar en se déplaçant le long du pont et traça ainsi une longue droite. Il revint en arrière et examina attentivement la trace ainsi laissée, qui laissait échapper de la rouille et de la poussière jaune, et trouva très vite la soudure qui assemblait deux des viroles. Comme prévu, il en trouva une seconde trois mètres plus loin. Tandis qu'il immobilisait l'*Etoile de mer*, Summer décapa les deux coutures en se servant de la pince comme d'un grattoir. Lorsqu'elle eut terminé, ils se retrouvèrent devant un carré de la taille d'une porte de garage.

— Bon, le plus facile est fait, lui dit Dirk. Parée à découper ?

— Enfile ça, on y va, lui répondit-elle en lui tendant des lunettes de soudeur tout en en mettant une paire.

S'aidant des deux bras simultanément, elle alla pêcher un porte-électrode dans un panier fixé à l'avant du sous-marin et la coinça dans la pince droite. L'électrode était reliée au réseau 230 volts continu. De la pince gauche, elle mit en place une baguette de soudure à faible dégagement thermique et envoya le jus. Contrairement aux baguettes que l'on utilise couramment pour les travaux sous-marins, et qui nécessitent un apport en oxygène, celle-ci, à base d'oxyde de fer, n'exigeait que de l'énergie électrique pour produire un arc à très haute température. L'arc s'alluma à l'extrémité de la baguette, projetant une vive lumière jaune à une température de plusieurs milliers de degrés.

— On commence en haut à droite et on descend.

Dirk amena le sous-marin en face de l'endroit indiqué et Summer approcha le bras jusqu'à voir l'arc se réfléchir sur la tôle. L'*Etoile de mer* se maintint ainsi dans le courant, qui était assez faible. Summer commença à découper ces soudures vieilles de soixante ans. Le travail avançait très lentement, centimètre par centimètre, car les mouvements du sous-marin amoindrissaient l'efficacité de l'outil. Pourtant, progressivement, une entaille apparut dans la tôle du hangar, de plus en plus longue au fur et à mesure que Dirk descendait. Au bout de quinze minutes, l'électrode arriva au bas du panneau. Summer coupa l'alimentation, remplaça l'électrode, et se remit au travail. Elle poursuivit ainsi sa tâche fastidieuse jusqu'à avoir découpé un rectangle complet. Elle ne disposait que de quelques centimètres, mais réussit tout de même à faire passer la pince derrière la tôle et à tirer sur le panneau qui tomba sur le pont dans un nuage de vase.

Dirk battit en arrière et attendit que l'eau fût redevenue claire avant de s'approcher de l'accès qu'ils venaient de se ménager. En prenant ainsi un peu de recul il put juger du résultat : ils avaient visé pile au bon endroit. Les deux flotteurs se trouvaient dans l'axe de l'ouverture et il voyait nettement les caisses posées en dessous. Il fit avancer le sous-marin aussi près que possible, se cognant même une ou deux fois au plafond avant de réussir à se poser sur le pont près d'un grand anneau de ferraille. Plusieurs câbles étaient passés dedans pour maintenir le flotteur le plus proche en place lorsque le sous-marin était en mouvement.

— On va passer ces câbles au chalumeau. Il faudra ensuite trouver un moyen de dégager ce flotteur.

Summer remit en route son poste de soudure et vint très vite à bout du premier câble torsadé. Il y en avait trois. Les fils d'acier étaient corrodés et lâchaient immédiatement sous la flamme. Elle en était au second lorsque, à sa grande surprise, elle vit que le flotteur partait sur le côté au moment où la saisine sautait. Et, au troisième, le flotteur s'éleva gracieusement au-dessus du pont avant d'aller se coller au plafond.

— Il est encore plein d'air, laissa-t-elle échapper étourdiment.

— Félicitations aux ingénieurs qui l'ont conçu. Voilà qui va nous faciliter la tâche, répondit Dirk en s'approchant des caisses de bois.

Summer empoigna les commandes des deux bras et fit descendre les pinces vers l'une des deux caisses. Elle saisit son couvercle et souleva le tout. Mais le couvercle vermoulu, fabriqué pourtant dans du bois solide, se fendit en deux comme une crêpe mouillée.

— Tant pis pour l'emballage, commenta Dirk.

Néanmoins cela leur permit de voir le trésor qui se trouvait à l'intérieur. Six bombes pour avion en porcelaine métallisée s'étalaient bien alignées sous leurs yeux, intactes. Le frère et la sœur échangèrent un regard soulagé.

— Tu vois, dit Summer sur un ton de triomphe, c'est décidément notre jour de chance ! Elles sont bien là !

Avec moult précautions, Dirk s'approcha encore un peu de la caisse, tandis que Summer se préparait à l'opération suivante, particulièrement délicate : sortir les fragiles bombes de leurs casiers.

— Et vas-y doucement, lui dit-il. Souviens-toi que c'est en verre.

Mais Summer n'avait pas besoin de mise en garde. Elle passa délicatement une pince sous chaque extrémité de la bombe la plus proche, puis, avec la plus grande précaution, la souleva, l'éloigna de la caisse et la déposa dans la caisse rembourrée qu'ils avaient fixée sommairement à l'avant du sous-marin. Après s'être assurée qu'elle ne bougerait plus, elle recommença avec une seconde, qu'elle posa à côté de la première. Elle les prit ensuite par les empennages de queue et les cala bien serrées l'une contre l'autre.

— Navigateur à pilote, parés pour le décollage, dit-elle à Dirk.

Comme ils craignaient d'endommager leur dangereuse cargaison, il avait été décidé que l'*Etoile de mer* ne remonterait que deux bombes à chaque voyage.

Le sous-marin reprit lentement le chemin de la surface, on transborda les engins dans un conteneur réalisé à la hâte par le charpentier du bord.

— Encore dix, dit Dirk à Morgan et à Ryan. Les deux caisses sont maintenant accessibles aux bras mécaniques. Si la seconde caisse est intacte comme la première, on va pouvoir les récupérer toutes les douze.

— Le temps se maintient au beau, lui indiqua Morgan. Si nous travaillons toute la nuit à ce rythme, nous aurons terminé au matin.

— Je suis partant, répondit Dirk en souriant. Mais à force d'enchaîner les plongées, je commence à me prendre pour un yo-yo.

*

A moins d'un nautique de là, Tongju surveillait le navire de la NUMA dans de puissantes jumelles de marine. L'exécuteur des basses œuvres de Kang resta ainsi quarante longues minutes à examiner minutieusement le *Sea Rover*, notant dans sa tête l'emplacement des passavants, des échelles, des panneaux, bref, tout ce qu'il arrivait à distinguer à cette distance. Satisfait de ses observations, le tueur chauve regagna l'intérieur de la passerelle du *Baekje* et se dirigea vers un petit local annexe en abord. Un homme à la tête de bouledogue, le cheveu coupé ras, y était installé sur une chaise en bois, occupé à consulter des plans d'architecture navale. Il se raidit en voyant arriver Tongju.

— Monsieur, l'équipe de prise a étudié les plans que nous ont transmis les bureaux de la Compagnie maritime Kang. Nous avons arrêté une tactique et nous sommes prêts à l'appliquer selon vos ordres.

Ki-Ri Kim avait la voix coupante et décidée de l'ancien commando spécial nord-coréen qu'il était.

— D'après les bribes de conversations téléphoniques que nous avons interceptées, on dirait qu'ils ont retrouvé les bombes et qu'ils sont en train de les remonter, lui dit tranquillement Tongju. J'ai informé le capitaine que nous déclencherions l'opération ce soir.

— Excellent, commenta le commando, le visage éclairé d'un large sourire.

— Comme je vous l'ai déjà dit, poursuivit Tongju, c'est moi qui dirigerai l'équipe A. Nous nous occuperons de tribord et de l'avant. Quant à vous, avec l'équipe B, vous vous chargerez de bâbord et de l'arrière. Rassemblez les hommes pour une dernière mise au point à une heure du matin. Nous donnerons l'assaut à deux heures.

— Mes hommes seront prêts. Cela dit, ils aimeraient bien savoir s'ils doivent s'attendre à une éventuelle résistance ?

— Pas la moindre, répondit Tongju, très sûr de lui.

*

Peu après minuit, l'*Etoile de mer* refit surface dans le bassin, brillamment éclairé par les projecteurs allumés sous l'eau. Dirk et Summer restèrent sur le pont tandis qu'on hissait l'engin pour le déposer dans son ber. Deux mécaniciens arrivèrent avec un chariot et entamèrent l'opération délicate qui consistait à sortir les deux bombes du panier.

Dirk s'avança pour aider à ouvrir le panneau arrière et tendit la main à Ryan, qui était accompagné d'un ingénieur du nom de Mike Farley. Ils étaient en train de sortir.

— Joli boulot, Tim. Ça nous en fait un total de huit. J'imagine que vous n'avez pas eu de problème pour atteindre la seconde caisse ?

— Aucun. On a coupé les câbles qui retenaient le second flotteur et il est monté au plafond comme le premier. C'est Mike qu'il convient de féliciter. Il s'est débrouillé comme un chirurgien avec les bras.

Farley était un type très sympa et son sourire ne le quittait jamais. Il prit l'air modeste.

— La seconde caisse est tombée en miettes, mais les six bombes étaient là, bien rangées et intactes. On a récupéré les deux premières, les quatre qui restent sont très facilement accessibles. Faites bien attention au courant, j'ai l'impression qu'il a forci depuis la dernière plongée.

— Merci, Mike, on s'en occupe.

Dirk alla aider les mécaniciens à changer les batteries avant d'exécuter méticuleusement toutes les vérifications avant-plongée. Il s'assura que tous les équipements de bord fonctionnaient correctement. Un peu après une heure du matin, Summer et lui se faufilèrent à l'intérieur du sous-marin, on les largua, et ils entamèrent une nouvelle descente sur la coque du *I-411*. Ils descendirent sans se presser en essayant de se détendre et sans trop s'adresser la parole. Les plongées à répétition commençaient à se faire sentir et la fatigue les envahissait. Mais Dirk se sentait revivre à l'idée qu'ils avaient récupéré les bombes intactes et qu'ils allaient bientôt savoir ce qu'elles contenaient.

Summer se mit à bâiller.

— J'aimerais bien être dans ma couchette à ronfler comme le reste de l'équipage, murmura-t-elle. On aura encore tout juste fini la dernière plongée avant le petit déjeuner.

— Il faut voir le bon côté des choses, lui répondit Dirk. On sera les premiers à table.

Chapitre 26

ILS JAILLIRENT de l'ombre comme une bande de démons silencieux, glissant sur l'eau sans faire aucun bruit. Des hommes vêtus de noir, dans des canots noirs, sur une mer d'encre. Tongju avait pris place dans la première embarcation en compagnie de cinq commandos, le visage grimé et lourdement armés. Kim suivait dans la seconde avec une équipe identique. Ils se ruaient vers le *Sea Rover* dans leurs zodiacs propulsés par de puissants moteurs électriques, versions surdimensionnées de ceux qu'utilisent les pêcheurs sur les lacs. Et leurs zodiacs pouvaient monter à trente nœuds en n'émettant qu'un bourdonnement à peine audible. Comme il faisait très sombre, le seul son capable de trahir leur présence était celui du choc des vagues sur les boudins.

A bord du *Sea Rover*, le timonier de quart jeta un coup d'œil à l'écran radar et observa une grosse tache dans le gisement tribord, l'écho d'un navire. Le grand câblier qui se tenait à un nautique d'eux depuis l'arrivée du *Sea Rover* était toujours au même endroit. Puis le timonier remarqua deux petits points qui apparaissaient et disparaissaient régulièrement, entre les deux navires. A pareille distance des côtes, ces échos étaient trop faibles pour être ceux d'un bateau. Sans doute le retour de mer, se dit-il.

Lorsque les deux canots furent à une centaine de mètres du navire de la NUMA, ils ralentirent, ce qui atténua le clapot des vagues. Tongju s'approcha de la muraille tribord et attendit que Kim eût fait le tour de la poupe pour rejoindre l'autre bord. Simultanément et sans aucun signal, deux grappins enrobés de caoutchouc pour ne pas faire de bruit volèrent dans les airs et crochèrent dans les filières du pont inférieur. Des échelles en cordage y étaient fixées, les commandos escaladèrent rapidement les flancs du *Sea Rover*.

A bâbord, un biologiste insomniaque prenait l'air sur le pont en contemplant les étoiles lorsqu'il entendit un choc. Il aperçut alors, à quelques pas de lui, un grappin accroché à la rambarde. Intrigué, il se pencha par-dessus bord, pour se retrouver devant une tête encagoulée de noir. Aussi surpris l'un que l'autre, les deux hommes se cognèrent la tête. Le chercheur tomba en arrière et essaya de crier, mais en moins d'une seconde, le commando était sur le pont, son fusil d'assaut à la main. Il lui porta un grand coup dans la mâchoire et le malheureux s'écroula, inconscient.

Les deux équipes se regroupèrent, puis commencèrent à progresser sur le pont pour prendre le contrôle de la passerelle et du local radio afin d'empêcher le *Sea Rover* de donner l'alerte. Il était deux heures du matin, l'équipage dormait et il régnait à bord un profond silence.

Sur la passerelle, le timonier et le second étaient en train de boire un café en discutant football. Tongju et deux de ses hommes firent irruption par l'aileron tribord, franchirent la porte et braquèrent leurs armes sur les deux marins.

— A plat ventre par terre ! cria Tongju dans un anglais parfait.

Le second tomba à genoux sans discuter, mais le timonier paniqua. Lâchant son café, il se précipita vers la porte bâbord dans une tentative désespérée. Avant que Tongju et ses hommes aient eu le temps de l'intercepter, un autre commando arriva de l'autre côté et lui donna un grand coup de fusil en travers de la poitrine. Pour faire bonne mesure, il y ajouta un bon coup de pied dans l'aine. Le timonier tomba sur le pont, gémissant de douleur.

Tongju inspecta rapidement les lieux. Le local radio était désert, il fit signe à l'un de ses hommes d'aller le surveiller. Puis il se dirigea vers l'arrière, là où se trouvait la cabine du capitaine. D'un signe du menton, il ordonna à un commando d'entrer.

Morgan dormait dans sa bannette lorsque le Coréen fit irruption. Il alluma la lumière et leva son AK-74 à hauteur de sa tête. Le capitaine se réveilla immédiatement et, jaillissant de son lit en tee-shirt et caleçon, bondit sur son agresseur.

— Qu'est-ce qui se passe, ici ? aboya-t-il en essayant de gagner la passerelle.

Un peu surpris, le commando hésita une fraction de seconde. D'un mouvement de bras à peine visible, Morgan fit voler le canon de l'arme vers le plafond. Puis, du tranchant de la main droite, il envoya balader le Coréen avec l'énergie d'une locomotive. L'homme s'écroula sur le pont et alla se cogner la tête contre la cloison.

Il était encore allongé lorsque Tongju leva son pistolet semi-automatique, un Glock 22, et fit feu. La balle atteignit Morgan à la cuisse gauche, une giclée de sang alla s'écraser sur la cloison. Morgan poussa un juron et tomba en se tenant la jambe.

— Ceci est un navire qui appartient au gouvernement des Etats-Unis, réussit-il à glisser entre ses dents.

— Eh bien, répliqua froidement Tongju, il m'appartient désormais. Encore une insolence de ce genre, capitaine, et je vous loge une balle dans le crâne.

Et pour bien montrer qu'il ne plaisantait pas, il avança d'un pas et lui envoya le pied dans la mâchoire. Morgan s'étala sur le pont. Le capitaine réussit courageusement à se remettre à genoux et regarda son bourreau droit dans les yeux, le regard brillant de haine.

Morgan ne pouvait rien faire pour alerter ses hommes. Il devait se contenter d'assister, impuissant, à la prise de son bâtiment par un petit groupe d'hommes. Les commandos réveillèrent tout l'équipage sans rencontrer aucune résistance, sauf à la machine. Un mécanicien tomba par surprise sur l'un des agresseurs et lui donna un grand coup de clé sur le crâne. Il fut rapidement maîtrisé par un des Coréens qui lui logea quelques balles dans le corps, le blessant sans trop de gravité. Des coups de feu sporadiques résonnaient un peu partout dans le bord. En moins de vingt minutes, les Coréens avaient atteint leur objectif : ils avaient pris le contrôle du *Sea Rover*.

Tim Ryan et Mike Farley se trouvaient dans le PC des opérations sous-marines depuis lequel ils surveillaient l'*Etoile de mer*, lorsque deux commandos firent irruption. Ryan n'eut pas le temps de dire autre chose que : « C'est quoi, ce bordel ? » dans le micro avant de se faire évacuer, suivi de Farley.

Comme des brebis que l'on mène à l'abattoir, les marins furent rassemblés par groupes de trois ou quatre sur la plage arrière. Il y avait derrière le bassin une soute dans laquelle on rangeait le sous-marin et d'autres équipements lorsqu'ils n'étaient pas utilisés. Sur ordre de Kim, on ouvrit au mât de charge le grand panneau qui y donnait accès et les prisonniers durent descendre dans cet antre sombre et profond.

Tongju vint rejoindre Kim sur la plage arrière. Il tirait derrière lui un Morgan accablé. Un commando le forçait à avancer en lui enfonçant le canon de son fusil dans les reins.

— Alors ? demanda sèchement Tongju.

— Tous les objectifs ont été atteints, répondit fièrement Kim. Un blessé dans la machine, Ta-kong, mais nous contrôlons tous les compartiments. Nous avons transféré les prisonniers dans la soute arrière. Jin-chul a retrouvé les huit bombes au laboratoire, ajouta-t-il en désignant un commando maigre comme un fil qui se tenait près d'une caisse. Le sous-marin est encore en plongée, il a dû aller en chercher d'autres.

— Parfait, répondit Tongju avec un sourire – ce qui était chez lui plutôt rare, découvrant une rangée de dents jaunâtres. Etablissez la liaison avec le *Baekje*, dites-leur de venir à couple et de se préparer à embarquer les munitions.

— Vous n'irez pas très loin, grommela Morgan en crachant du sang.

— Vous vous trompez, capitaine, répliqua Tongju avec un sourire mauvais. Nous avons déjà fait bien du chemin.

*

Trois cents mètres plus bas, Summer était en train de déposer délicatement la dixième bombe dans le panier. Elle la cala soigneusement contre celles qu'ils venaient de récupérer quelques instants plus tôt et se tourna vers Dirk pour lui annoncer qu'elle avait terminé.

— Et de dix, encore deux. Vous pouvez me ramener à la maison, chauffeur.

— Bien madame, répondit-il en prenant l'accent cockney.

Il remit les moteurs en route, battit en arrière et sortit du hangar. Lorsqu'ils se furent un peu éloignés du *I-411*, Summer prit le micro et appela le PC du *Sea Rover*.

— *Sea Rover*, ici *Etoile de mer*. Nous avons récupéré le chargement, nous commençons à remonter avec les bijoux, à vous.

Elle n'obtint aucune réponse. Elle fit encore plusieurs tentatives, sans plus de succès.

— Ryan a dû s'endormir au volant, lui dit Dirk.

— On ne peut pas lui en vouloir, répondit Summer en réprimant un bâillement. Il est deux heures et demie du matin.

— J'espère que le grutier est bien réveillé, lui au moins, lâcha-t-il en plaisantant.

Comme ils approchaient de la surface, ils aperçurent le halo désormais familier des projecteurs dans le bassin. Ils manœuvrèrent jusqu'à se trouver au centre de la brèche et émergèrent lentement. Dirk et Summer firent à peine attention aux silhouettes sombres qui se trouvaient sur le pont. Ils entendirent le choc du croc, et Dirk commença à couper l'alimentation des équipements. C'est seulement lorsqu'ils se retrouvèrent balancés d'un côté puis de l'autre avec violence au point qu'ils faillirent cogner contre le pavois, qu'ils comprirent que quelque chose n'allait pas.

— Mais c'est pas possible, qui est au mât de charge? pesta Summer alors qu'ils retombaient rudement sur le pont. Ils ne sont pas au courant qu'on a deux bombes à bord?

— C'est une drôle de façon de nous souhaiter la bienvenue, dit froidement Dirk en se penchant pour voir ce qui se passait.

Droit devant, il vit un Asiatique en tenue de combat de couleur noire, qui braquait un pistolet sur le ventre de Morgan. Ce type portait de longues moustaches à la Fu Manchu qui encadraient des dents jaunes, mais Dirk remarqua surtout son sourire et son regard. Il avait des yeux sombres, sans pitié, on y sentait un mélange de menace et d'indifférence. Dirk savait que c'était le regard d'un tueur professionnel.

Summer poussa un cri en reconnaissant Morgan. Il avait un pansement sommaire autour de la jambe gauche, on apercevait des traces de sang séché sur le mollet. Sa joue tuméfiée faisait la taille d'un pamplemousse et il avait un œil au beurre noir. Du sang lui coulait également de la bouche et avait souillé sa chemise. Pourtant, ce dur à cuire se tenait debout, inébranlable, et semblait ne ressentir aucune crainte. Si bien que Summer ne remarqua pas tout de suite qu'il était en caleçon.

Deux commandos jaillirent soudain à l'avant de la bulle. Ils firent signe à Dirk et Summer, en agitant leurs AK-74, de sortir de là. Tous deux s'exécutèrent pour se retrouver avec le canon sous la gorge et on les entraîna près de Tongju et Morgan.

— M. Pitt, lui dit Tongju d'une voix sourde, merci de vous joindre à nous.

— Je ne crois pas avoir eu le plaisir de vous rencontrer, répondit Dirk, sarcastique.

— Je suis un très modeste serviteur de l'Armée rouge japonaise

209

et mon nom n'a aucune importance, répondit Tongju en s'inclinant très cérémonieusement, feignant la politesse la plus délicieuse.

— Je ne savais pas que quelques-uns de ces cinglés avaient échappé à la prison.

Le sourire de Tongju se figea, mais il ne fit pas jouer un seul muscle de son visage.

— Votre sœur et vous-même avez quinze minutes pour changer les batteries avant de descendre rechercher les deux dernières bombes, dit-il très calmement.

Dirk décida de mentir, tout en essayant de concocter à toute allure un plan d'action :

— Elles ont été gravement endommagées, elles sont en morceaux.

Toujours très calmement, Tongju leva son pistolet à hauteur de la tempe de Morgan.

— Je vous laisse quatorze minutes, au terme desquelles je tuerai votre capitaine. Ensuite, je tuerai votre sœur. Et finalement, ce sera votre tour.

Et tout en proférant lentement ces menaces, il gardait sur les lèvres ce petit sourire satisfait.

Dirk sentit son sang se glacer dans ses veines. Voir ce fou, en face de lui, le remplissait de rage. Mais Summer lui posa doucement la main sur l'épaule et il se calma un peu.

— Viens, Dirk, nous n'avons pas beaucoup de temps devant nous, lui dit-elle en le menant au chariot contenant les batteries de remplacement.

Morgan approuva d'un signe de tête. Dirk se sentait totalement impuissant. A regret, il commença à installer les batteries de l'*Etoile de mer*, sans quitter des yeux le chef du commando.

Tandis qu'ils préparaient le sous-marin pour replonger, on amena les derniers membres de l'équipage qui n'avaient pas encore été conduits dans la soute arrière. Summer surprit sur le visage de deux des laborantins un air de profonde frayeur.

Dirk et Summer s'activaient tant qu'ils pouvaient. Au bout de douze minutes, ils avaient achevé de remplacer les batteries. Ils n'avaient pas le temps d'exécuter les vérifications réglementaires avant de plonger. Restait à espérer que l'*Etoile de mer* pouvait s'en passer.

Tongju s'avança un peu pour toiser les deux Américains qui faisaient une tête de plus que lui.

— Vous récupérez les deux bombes et vous revenez aussitôt à

bord. Pas de folies, hein ? Je vous accorde quatre-vingt-dix minutes, sous peine des conséquences les plus sévères.

— Si j'étais vous, je m'inquiéterais du sort que vont réserver nos forces armées à quelqu'un qui s'empare par piraterie d'un bâtiment de l'Etat, répondit Summer, furieuse.

— Cela n'aura pas de conséquences, répondit Tongju avec un petit sourire, car ce navire n'existera plus.

Sans lui laisser le temps de répondre, il tourna les talons. Deux commandos s'avancèrent, fusils braqués sur eux.

— Allez, viens, murmura Dirk. Essayer de discuter avec un psychopathe ne sert à rien.

*

Ils se faufilèrent dans le sas de l'*Etoile de mer* puis on hissa le sous-marin sans trop de ménagements. Dirk aperçut Morgan que l'on emmenait dans la soute. Un autre commando prit les commandes de la grue, baissa le lourd panneau. Tout l'équipage était prisonnier dans cette sombre caverne.

Une seconde plus tard, le sous-marin toucha durement l'eau dans une grande gerbe et largua son câble.

— Il projette de couler le *Sea Rover*, dit Dirk à Summer tandis qu'ils entamaient leur lente descente vers le fond.

— Avec tout l'équipage dans la cale ? fit-elle en secouant la tête.
Elle n'arrivait pas à y croire.

— C'est ce que je crois. Malheureusement, nous ne pouvons pas faire grand-chose pour demander de l'aide.

— Si on appelle au TUUM[1], ça n'arrangera guère nos affaires. Et en surface, nous n'arriverons à joindre personne dans la zone, sauf quelques pêcheurs chinois.

— Ou ce câblier qui leur sert visiblement de bâtiment-base.

— On dirait que nos as du renseignement ont sérieusement sous-estimé les capacités de l'ARJ. Ces types que nous avons vus ne ressemblent pas à une bande de voyous ou d'extrémistes tout juste capables de se trimbaler avec une ceinture d'explosifs.

— Non, tu as raison, ce sont apparemment des professionnels bien entraînés. Je ne sais pas qui a monté cette opération, mais il s'y entend et il a de gros moyens financiers.

---

1. Téléphone acoustique sous-marin (*NdT*).

— Je me demande ce qu'ils ont l'intention de faire avec ces bombes...

— Une attaque au Japon aurait son sens. Mais il y a visiblement d'autres gens dans le coup que l'ARJ, et je n'arrive pas à imaginer ce qu'ils veulent réellement.

— Pas la peine de s'inquiéter de ça pour l'instant. Ce qui compte, c'est de sauver l'équipage.

— J'ai compté huit commandos, mais il y en avait sûrement d'autres à la passerelle et ailleurs. Ils sont trop nombreux pour qu'on puisse s'en débarrasser avec de simples tournevis, conclut Dirk en examinant le contenu de la petite caisse à outils fixée derrière son siège.

— Il faudrait essayer de faire sortir discrètement quelques marins pour nous donner un coup de main. Si j'avais assez de monde, on arriverait peut-être à les déborder.

— Je n'aime pas trop l'idée d'aller me battre à mains nues contre des types armés d'AK-74, mais on a peut-être une chance, à condition d'être assez nombreux. La difficulté consiste à ouvrir le panneau de la soute. Il me faudrait au moins deux minutes sans être dérangé pour manœuvrer la grue, mais je ne crois pas que nos amis en noir nous laisseront faire.

— Il existe peut-être un autre moyen pour sortir de la cale, fit Summer, soudain pensive.

— Malheureusement non. Je suis sûr que le *Sea Rover* est conçu sur le même modèle que le *Deep Endeavor*. La cale arrière n'a aucun autre accès que celui qui donne sur le pont.

— Je crois bien avoir vu Ryan en faire sortir un câble d'alimentation, et il n'est pas passé par le panneau.

Dirk resta un bon moment à réfléchir pour essayer de raviver ses souvenirs. Au bout d'une longue minute, cela lui revint.

— Tu as raison. Il existe une petite trappe de ventilation qui donne dans la cloison, juste derrière le bassin. En fait, c'est même plus qu'un simple conduit d'air, c'est fait pour évacuer des gaz toxiques de produits stockés là. Je suis presque sûr qu'un homme peut réussir à s'y glisser. Mais le problème pour Morgan et ses hommes, c'est que le panneau est verrouillé de l'extérieur.

— Il faut donc trouver le moyen de l'ouvrir, fit Summer d'un ton très décidé.

Ils discutèrent des différentes possibilités et s'arrêtèrent finalement sur un plan d'attaque basé sur ce qu'ils trouveraient en rentrant à bord. La chose devait être minutée avec une extrême précision, ils allaient devoir faire preuve d'habileté et d'audace. Mais ce qui allait leur être le plus nécessaire, c'était une bonne dose de chance.

Chapitre 27

Dirk et Summer restaient silencieux, essayant de chasser de leur esprit les images du *Sea Rover* en train de sombrer avec tout son équipage à bord. Tous leurs amis, leurs camarades de travail, étaient coincés dans cette cale. Soudain, la forme fantomatique du *I-411* surgit devant eux dans l'ombre et cela les aida à penser à autre chose. L'heure tournait, ils devaient se consacrer à ce qu'ils avaient à faire.

Dirk pénétra dans le hangar comme il en avait l'habitude et positionna l'*Etoile de mer* de manière à atteindre sans trop de peine les deux bombes. Summer commença à manipuler les bras à la vue. De son côté, Dirk surveillait le moniteur vidéo, qui enregistrait tout le déroulement de l'opération. Il regardait Summer soulever délicatement la première bombe pour la déposer dans le panier lorsque, soudain, il se saisit des commandes de *Snoopy*. Il sortit le robot de son berceau, quelques centimètres seulement, puis le fit avancer lentement jusqu'aux patins. Arrivé là, il mit toute la gomme. Le petit robot était immobilisé, mais ses jets propulsifs soulevèrent un épais nuage de boue et de sédiments devant l'*Etoile de mer*. En une fraction de seconde, la visibilité devint nulle.

— Qu'est-ce que tu fais ? lui demanda Summer en arrêtant le bras.

— Tu vas voir, répondit-il – alors qu'il n'y avait précisément plus rien à voir.

Il prit les commandes du bras à Summer et réduisit le régime du robot. Il fallut deux minutes à l'eau pour redevenir à peu près claire et permettre à Summer de s'occuper de la seconde bombe.

— Tu as envie de recommencer ton petit jeu ? lui demanda-t-elle après avoir déposé la bombe dans le panier.

— Et pourquoi pas ?

Il remit le moteur en route et souleva un nouveau nuage de poussière. L'image vidéo fut enregistrée tout comme la première.

Lorsque le nuage se fut dissipé, les deux bombes dans le panier, Dirk battit en arrière, s'éloigna du sous-marin et ils entamèrent la remontée. Arrivés à cent cinquante mètres, ils changèrent de sièges. En se tortillant, Summer prit la place du pilote, tandis que Dirk prenait celle du manipulateur.

— C'est bon, tu nous remontes là-haut, ordonna Dirk. Dès qu'ils nous auront hissés sur le pont, tu vas leur faire une petite diversion.

Tout en parlant, il dégagea le bras gauche qui était en position basse, verrouillé sur le panier, et le régla au maximum d'extension, si bien qu'il pointait devant l'*Etoile de mer* comme une lance.

Summer faisait confiance à l'instinct de son frère et, de toute manière, elle n'avait guère le temps de discutailler. Ils aperçurent les lumières du bassin. Elle se dirigea vers son centre. Ils refirent surface dans une grande traînée d'écume au milieu d'un nuage de bulles. Dans un claquement métallique, le croc fut mis en place, puis le sous-marin sortit de l'eau. Summer aperçut Tongju, encadré par une demi-douzaine de ses hommes. Son frère était penché vers l'avant et réglait discrètement la position du bras. Lorsque le grutier amateur les déposa brutalement sur le pont, Dirk poussa sur la manette pour mettre le bras en complète extension. La pince de métal heurta le pont et s'immobilisa juste avant le pavois de la plage arrière. La trappe de ventilation se trouvait à un mètre vingt sur le côté de la pince.

— Notre camarade grutier s'en est à peu près tiré, murmura Dirk. Grâce à lui, on est plutôt bien partis.

— Et le spectacle va commencer, dit Summer en lui jetant un regard inquiet.

Elle se défit lentement de sa combinaison, découvrant un corps svelte vêtu d'un deux-pièces réduit au minimum et d'un tee-shirt. Elle attrapa le bas du tee-shirt et fit un gros nœud au-dessus du nombril. Cette tenue ne laissait rien ignorer de ses formes, de ses seins et de son ventre. Dirk aida sa sœur à sortir par le panneau puis retourna s'occuper du bras.

Tongju, occupé à discuter avec le grutier, tournait le dos au sous-marin lorsque Summer en sortit. Elle s'approcha du commando le plus proche qui admirait ses charmes, le regard plein de concupiscence. Mais il dut vite déchanter. Summer se mit à hurler de toutes ses forces : Bas les pattes, espèce de sale vicieux !

Et elle lui balança une gifle magistrale qui l'envoya presque valdinguer. Si son bikini et sa tenue réduite à la plus simple expression n'avaient pas déjà attiré l'attention générale, à présent, c'était fait. Tout le monde la regardait.

Tout le monde, sauf Dirk. Profitant de la confusion, il orienta le bras sur le côté, à l'extension maximum, si bien que la pince se retrouva au-dessus de la tape de ventilation. Il saisit la poignée de verrouillage, la fit tourner en position « ouverture » et tira légèrement, juste pour s'assurer qu'elle s'ouvrait bien. Puis il fit pivoter le bras le long de l'*Etoile de mer* et l'abaissa. Il sortit du sous-marin et resta nonchalamment planté sur place, comme s'il était là depuis toujours.

— Que se passe-t-il ? demanda Tongju en s'approchant de Summer, le Glock pointé à hauteur de sa taille.

— Ce vicieux a essayé de me peloter, cracha Summer en montrant du doigt le commando qui se tenait là, hébété.

Tongju se mit à vociférer et cria un flot d'insanités à l'homme qui était rouge comme une pivoine. Puis il se tourna vers Dirk et Summer. Dirk s'était approché et se tenait derrière sa sœur.

— Vous deux, dans le sous-marin, ordonna-t-il en anglais et en leur indiquant la direction avec le canon de son arme.

— Mince alors, on a même pas le temps de se dégourdir un peu les jambes, s'écria Dirk comme s'il n'avait pas d'autre souci en tête.

Comme ils retournaient à bord, ils remarquèrent pour la première fois le câblier japonais qui venait à couple. Le *Baekje* n'était guère plus long que le navire de la NUMA, mais ses superstructures étaient beaucoup plus hautes et il dominait le *Sea Rover* de toute sa masse. Cela ne faisait pas une minute que le *Baekje* était là. Le bras d'une grue passa par-dessus la lisse du *Sea Rover* et transféra, accrochée à un câble, une palette qui se balançait doucement au gré du vent. Depuis l'intérieur du sous-marin, Dirk et Summer observaient la scène. La grue déposa la palette sur le pont à côté d'eux, trois commandos apportèrent des conteneurs du laboratoire et les saisirent sur le cadre de bois. Chacun de ces conteneurs, ils le savaient, renfermait une bombe posée dans un support rembourré.

Le grutier du *Baekje* rapatria le chargement et répéta la manœuvre à quatre reprises, jusqu'à ce que toutes les bombes fussent à bord du navire japonais. La palette vide fit alors office de navette et les commandos, par petits groupes, changèrent de bord à leur tour. Un commando tout en noir émergea d'un panneau de pont et dit à Tongju quelques mots qui le firent sourire. Puis Tongju aboya un ordre en montrant le sous-marin. On largua le croc de la palette et on le fixa sur l'*Etoile de mer*.

— J'ai l'impression qu'on va changer de montures, fit Dirk en sentant le câble se raidir.

Cette fois-ci, la manœuvre se fit en douceur. Le sous-marin s'éleva dans les airs, Dirk prit rapidement les commandes du bras et réussit à faire cogner trois fois la pince sur le pavois. Ils virent le *Sea Rover* s'éloigner, franchirent l'intervalle entre les deux navires et allèrent se poser sur la plage arrière surélevée du *Baekje*. En descendant, ils furent accueillis par deux espèces de brutes en armes qui les poussèrent en abord du bout du canon.

— Je commence à en avoir assez de ces façons de nous souhaiter la bienvenue avec des fusils, marmonna Dirk.

— J'imagine qu'ils se sentent tout nus quand ils n'ont pas leur flingue.

De leur poste d'observation surélevé, ils aperçurent les derniers commandos qui passaient à bord. Tongju arriva avec la dernière navette.

— Dirk, dis-moi, je rêve ou le *Sea Rover* s'enfonce dans l'eau ? demanda soudain Summer d'une voix inquiète.

— Tu as raison, répondit-il enfin après avoir observé le navire. Ils ont dû ouvrir les sectionnements d'eau de mer. Il donne même de la bande sur tribord.

La palette où avait pris place Tongju se posa à son tour. Il sauta souplement sur le pont et s'approcha des deux prisonniers.

— Je vous suggère de faire vos adieux à votre bâtiment, leur dit-il, sans manifester la moindre émotion.

Summer se mit à hurler :

— L'équipage est coincé dans la cale, espèce d'assassin !

Tout émue, folle de rage, elle s'avança sur Tongju. Le tueur, bien entraîné, réagit immédiatement et lui donna un violent coup de pied sous les côtes, l'envoyant s'étaler sur le pont. Pourtant, il ne fut pas tout à fait assez rapide : Dirk s'élança et lui balança son poing dans la figure au moment où le Japonais se remettait debout.

Touché à la tempe, il tomba sur un genou, complètement sonné. Les hommes en armes se jetèrent immédiatement sur Dirk, l'un d'eux lui envoya son fusil dans le ventre et les deux autres lui immobilisèrent les bras dans le dos.

Tongju reprenait lentement ses esprits, se remit debout et s'avança vers Dirk d'un pas décidé. S'approchant, le nez au ras de son menton, il commença très calmement, mais sur un ton menaçant :

— Je me délecte à l'avance de vous voir mourir comme vos camarades.

Puis, tournant les talons, il s'en fut.

Ses hommes empoignèrent rudement Dirk et Summer, leur firent descendre une échelle, puis prirent une coursive étroite avant de les pousser dans une cabine exiguë. Les gardes refermèrent la porte, la verrouillèrent de l'extérieur et laissèrent deux des leurs en faction.

Dirk et Summer se remirent rapidement des coups qu'ils avaient reçus. Se glissant entre les deux couchettes étroites qui prenaient toute la place, ils collèrent leur visage contre un petit hublot percé dans la coque.

— Il s'est encore enfoncé, fit Summer, terrifiée.

Le *Sea Rover* flottait encore, tout près du *Baekje*, mais l'eau montait presque au niveau des dalots. Pas le moindre signe de vie sur les ponts, le navire évoquait un vaisseau fantôme. Ils cherchèrent des indices, des mouvements sur la plage arrière, près du bassin. En vain.

— Ou bien ils ont refermé la trappe, ou bien Morgan n'arrive pas à passer par là.

— Ou encore, il ignore même son existence, murmura Summer.

Ils entendirent un grondement sourd sous leurs pieds. On remettait les moteurs en route, le *Baekje* s'éloigna lentement du navire de la NUMA en train de sombrer. Les premières lueurs de l'aube naissante trouaient la nuit et, quelques minutes plus tard, la silhouette du *Sea Rover* se perdit dans une grappe de lumières qui scintillaient.

Dirk et Summer restèrent là, refusant de détacher le regard du navire de la NUMA. Puis, comme le *Baekje* prenait de l'erre, les lumières finirent par disparaître sous l'horizon. C'était fini, ils avaient perdu de vue leur bâtiment, leurs camarades.

Chapitre 28

— **M**ONSIEUR, on dirait que nous n'avons plus le contact avec le *Sea Rover*.

Rudi Gunn leva lentement la tête de son bureau. De ses yeux bleus cachés derrière ses grosses lunettes cerclées, il observa longuement le technicien chargé des opérations à la NUMA qui se tenait devant lui.

— Depuis combien de temps ?

— Nous n'obtenons aucune réponse depuis plus de trois heures. Nous recevions encore la position GPS alors qu'ils étaient toujours en panne dans l'est de la mer de Chine. Mais nous avons également perdu ce signal il y a vingt minutes.

— Pas de message de détresse ?

— Non monsieur. Enfin, nous n'en avons pas capté.

L'homme, malgré ses dix ans d'expérience à l'agence, était visiblement mal à l'aise de devoir jouer les porteurs de mauvaises nouvelles.

— Et le navire d'escorte de la marine ? Ils devaient en mettre un à notre disposition.

— La marine a récupéré sa frégate avant l'appareillage à Osaka. Ils en avaient besoin pour un exercice avec la marine taiwanaise.

— Eh bien bravo, s'exclama Gunn, exaspéré.

— Nous avons demandé au NRO[1] de nous fournir des images-satellites. Nous devrions les avoir d'ici une heure.

_____

1. National Reconnaissance Office, équivalent de Spotimage et de la Direction du Renseignement Militaire (DRM) en France (*NdT*).

219

— Je veux qu'on envoie immédiatement un avion de recherche et de sauvetage, ordonna Gunn. Appelez la marine et l'armée de l'air. Voyez qui peut réagir le plus vite possible, et dites-leur de s'activer. Exécution.

— Bien monsieur, répondit le jeune homme en quittant le bureau à toute vitesse.

Gunn tournait et retournait dans sa tête ce qu'il venait d'apprendre. Les navires de la NUMA possédaient des équipements de communication par satellite dernier cri, ils ne pouvaient pas disparaître ainsi sans crier gare. L'équipage du *Sea Rover* était des plus expérimentés, composé d'hommes fort compétents. Dirk avait dû voir juste, il en avait bien peur. Il existait quelque part une puissante organisation déterminée à récupérer les armes biologiques enfermées à bord du *I-411*.

De plus en plus inquiet, Gunn décrocha le téléphone et appela son assistante.

— Darla, passez-moi le vice-président.

*

Robert Morgan n'était pas homme à se laisser abattre aussi facilement. Oubliant son fémur cassé et sa joue gonflée, comme s'il se fut agi d'une simple fêlure et d'une égratignure, il reprit rapidement en main son équipage dès qu'on l'eût balancé sans cérémonie dans ce trou. Quelques secondes après être tombé dans la cale, le lourd panneau se referma sur eux avec un claquement sec et le compartiment se retrouva dans une obscurité totale. On entendait d'un peu partout des cris de frayeur qui se répercutaient sur les cloisons d'acier. L'atmosphère froide et humide puait le gazole.

— Pas de panique, cria Morgan. Ryan, vous êtes là ?

— Par ici, fit une voix qui venait d'un recoin.

— Il doit y avoir un robot d'exploration quelque part, à l'arrière. Trouvez les batteries et voyez si vous arrivez à nous donner de la lumière.

Une faible lueur jaillit soudain dans le fond de la cale, puis Morgan aperçut le faisceau d'une lampe torche.

— On s'en occupe, capitaine, grommela un type roux d'un certain âge, McIntosh.

Avec l'aide de Ryan, le chef réussit à localiser le robot dans son support. A la lueur mourante de la torche, ils finirent par extraire quelques éléments de batterie. Ryan coupa un des câbles du robot et connecta quelques fils aux batteries. Ceci terminé, les lampes du robot s'allumèrent, projetant une aveuglante lumière bleuâtre. Plusieurs de ceux qui se trouvaient là fermèrent les yeux, éblouis. Morgan put alors voir ses hommes ainsi que les chercheurs embarqués. Il remarqua qu'ils se serraient les uns contre les autres par petits groupes. On devinait dans le regard de ces hommes et de ces femmes un mélange de peur et d'incertitude.

— Beau boulot, Ryan. McIntosh, bougez-moi ces projecteurs, mettez-en un peu partout. Bon, maintenant, y a-t-il des blessés ? fit le capitaine sans songer à ses propres blessures.

Chacun avait son lot de coupures, de bosses et d'ecchymoses. Mais en dehors du mécanicien, blessé par balle, et d'un géologue qui avait la jambe cassée, rien de très grave.

— On va se débrouiller pour sortir d'ici, reprit Morgan d'une voix chaleureuse. Ces imbéciles veulent juste récupérer ce qu'on a retrouvé à bord du sous-marin japonais. Il y a de bonnes chances pour qu'ils se cassent dès qu'ils l'auront transféré à leur bord.

Il ne croyait pas vraiment à ce qu'il disait, mais poursuivit :

— Cela dit, nous allons trouver un moyen de soulever ce panneau avec ce que nous avons sous la main. On ne manque pas de bras. McIntosh, éclairez par ici, qu'on voie ce qu'il y a comme outils.

McIntosh et Ryan empoignèrent le robot et commencèrent à le promener jusqu'au centre de la cale, puis ils le firent pivoter sur 360 degrés, éclairant tout ce qui se trouvait sur le passage des faisceaux. Cette cale servait de soute et ressemblait à une caisse en ferraille remplie de matériel électronique. Des rouleaux de câbles étaient accrochés aux cloisons, des rechanges étaient stockées dans des armoires fixées au tableau arrière. Il y avait sur un bord des étagères chargées d'appareils de mesure, et, à l'avant, un zodiac de cinq mètres de long posé sur son chantier. Dans un coin, une demi-douzaine de fûts d'essence de deux cents litres étaient alignés près de deux moteurs hors-bord. Ryan leva sa lampe au-dessus des bidons pendant plusieurs minutes, illuminant une rangée d'anneaux de fer qui servaient à saisir les fûts à poste.

— Capitaine, il existe une trappe de ventilation au-dessus de ces anneaux, elle donne sur le radier, annonça Ryan. Elle se verrouille depuis le pont, mais elle est peut-être restée ouverte.

— Quelqu'un ici, vous, là, cria Morgan à trois des chercheurs qui se trouvaient près des bidons. Montez sur cette échelle et essayez de voir si le panneau est déverrouillé.

L'un d'eux, pieds nus et en pyjama bleu, se hissa au-dessus des fûts, s'accrocha aux anneaux et disparut dans un conduit de ventilation qui dépassait en surplomb. Quelques instants plus tard, il redescendit en cherchant du bout des pieds les barreaux de l'échelle.

— C'est verrouillé, et bien, annonça-t-il visiblement déçu.

McIntosh surgit soudain du centre de la cale.

— Capitaine, je crois qu'on pourrait fabriquer deux espars avec le chantier du zodiac. Avec six ou huit hommes sur chaque, on devrait arriver à soulever un coin du grand panneau.

— Le soulever avec une paire de brochettes, hein? C'est vrai, ça pourrait marcher. Vous là-bas, aidez-le, ordonna Morgan à ceux qui se trouvaient là.

Se traînant comme il pouvait, il attrapa l'étrave du pneumatique et aida ses hommes à remuer le zodiac. Plusieurs marins allèrent aider McIntosh à démonter le chantier. Ils posèrent les morceaux sur le pont pour que le charpentier regarde comment les assembler convenablement.

Tandis qu'ils travaillaient, ils entendaient les échos atténués des commandos sur le pont et les grincements de la grue du *Baekje* qui transbordait les munitions trouvées à bord du *I-411*. A un moment, ils entendirent une rafale d'arme automatique, plus loin. Puis Morgan, tendant l'oreille, comprit que l'on soulevait l'*Etoile de mer* du pont. Il entendit une femme crier; certainement Summer. Quelques coups sourds au-dessus de leurs têtes puis tout redevint calme, les voix se turent, la grue cessa de bourdonner et ce fut enfin le silence absolu. De toute évidence, le commando avait quitté le navire, Morgan s'inquiétait de savoir ce qu'étaient devenus Dirk et Summer. Mais le grondement des moteurs du *Baekje* l'arracha à ses pensées. Le câblier s'éloignait.

— Alors, McIntosh, est-ce que ça avance? demanda-t-il très fort pour lutter contre ce sentiment d'abandon alors qu'il voyait très bien ce qui se passait.

— Nous avons fabriqué deux leviers et nous sommes en train d'en faire un troisième, grommela le chef.

A ses pieds étaient posés trois madriers plus ou moins droits d'environ trois mètres de long. On les avait obtenus par l'assemblage de trois pièces de bois grossièrement taillées pour faire tenon mortaise. Les zones de jonction avaient été renforcées par des bouts de ferraille récupérés sur un établi puis consolidées enfin par quelques tours de ruban adhésif.

Alors que McIntosh enjambait les débris de bois pour passer, ils entendirent un bruit d'écoulement qui venait des entrailles du navire. Le son augmenta rapidement en intensité, on aurait dit le grondement d'un torrent impétueux. McIntosh se redressa lentement et se tourna vers son capitaine, l'air sombre.

— Ils ont cassé les collecteurs d'eau de mer. Ils veulent nous faire couler.

A cette annonce, on entendit des cris horrifiés, des voix hurlaient « Non ! », mais Morgan fit comme s'il n'avait rien entendu.

— Va falloir faire avec ces trois bouts de bois, répondit-il calmement à son mécanicien. Il me faut sept hommes sur chaque perche. Mettez-les en place. On doit soulever ce panneau le plus vite possible.

Des hommes s'élancèrent sur les espars au moment où des gouttes commençaient à tomber par une douzaine de dalots ménagés au ras du pont. En quelques minutes, l'eau leur arriva aux chevilles. Ils finirent par mettre en place les poutres contre le panneau, près de l'échelle d'accès. Debout sur le dernier échelon, un marin tenait un gros coin de bois, paré à le coincer sous le panneau s'ils parvenaient à l'entrebâiller.

— Ho... hisse ! cria Morgan.

A l'unisson, les trois équipes poussèrent de toutes leurs forces sur le panneau qui se trouvait deux mètres cinquante plus haut. A la surprise générale, le panneau se souleva légèrement et laissa passer un peu de lumière, celle des lampes de pont. Mais le coin ripa et le panneau retomba lourdement.

Celui qui se trouvait sur l'échelle était un peu désespéré. Il avait essayé de remettre le coin en place, mais il avait hésité et il était trop tard. Le panneau se plaqua sur lui pendant qu'il tentait de mettre la pièce de bois dans l'interstice et il avait failli y laisser les doigts de la main droite. Bouleversé, il respira profondément et fit signe à Morgan qu'il était paré pour une seconde tentative.

— Bon, on refait un essai, ordonna Morgan qui avait maintenant de l'eau jusqu'aux genoux.

L'eau de mer lui brûlait ses blessures à la jambe.

— Un... deux... trois !

Avec un craquement sec, un des madriers se brisa net et l'un des

223

morceaux tomba à l'eau, éclaboussant tout le monde. McIntosh examina l'espar brisé : la pièce avait cédé au point de ligature.

— Ça va pas, capitaine. Il va nous falloir un certain temps pour réparer.

— Faites ce que vous pouvez, lui cria Morgan. On va continuer avec deux madriers. Allez, ho... hisse !

Les hommes mirent la main dessus, mais c'était inutile. Avec deux madriers, il était impossible de mettre suffisamment de monde à pousser. D'autres accoururent pour venir aider, mais ils n'avaient même pas la place de saisir l'espar. Ils firent ainsi deux essais, réussirent à soulever le panneau légèrement de quelques centimètres, mais ce n'était pas assez pour permettre à quelqu'un de passer. L'eau montait toujours, Morgan en avait maintenant jusqu'à la taille et il voyait bien la terreur s'emparer de l'équipage à l'idée de périr noyé. La panique n'était pas loin.

— Allez les gars, un effort ! cria-t-il encore une fois.

Mais, dans un coin de sa tête, il calculait le temps que mettait un homme à se noyer.

Sous la poussée d'une bouffée d'adrénaline, les hommes poussèrent les deux madriers contre le panneau, de toutes leurs forces. Cette fois, on aurait dit que leur énergie payait car les gonds commencèrent à grincer. Mais au moment où ils allaient y arriver, un claquement sec se fit entendre. Un second madrier venait de lâcher à son tour et le panneau se referma. Dans l'ombre, quelqu'un se mit à crier : « Cette fois, on est cuits ! »

En entendant cela, un cuisinier qui tremblait de tous ses membres près des fûts d'essence piqua une crise d'hystérie :

— J'sais pas nager ! J'sais pas nager ! criait-il, de l'eau à mi-poitrine.

Pris de terreur, il s'agrippa à l'un des organeaux en fer fixés sur la tape de ventilation et le secoua dans tous les sens. Main sur main, il arriva ainsi au dernier et se mit à taper du poing sur la plaque de tôle, en hurlant qu'il fallait le laisser sortir. Soudain, il sentit la tape céder sous ses mains et s'ouvrir en grand. Le cœur battant, n'en croyant pas ses yeux, il passa dans la gaine et émergea sur le pont près du radier, totalement ébahi. Il se mit à courir comme un fou pendant une bonne minute avant de retrouver son calme. Comprenant soudain qu'il n'allait pas mourir sur-le-champ, il retourna près de la trappe, descendit quelques échelons et se mit à crier de toutes ses forces :

— Le panneau est ouvert! Le panneau est ouvert! Par ici, les gars!

Comme une armée de fourmis rouges, les hommes se précipitèrent au pied de l'échelle en s'écrasant les uns les autres. La plupart d'entre eux avaient perdu pied et nageaient en essayant de se cramponner aux cloisons. Quelques-uns avaient réussi à s'accrocher au zodiac qui flottait désormais. Le petit robot flottait librement lui aussi et ses projecteurs répandaient une lueur surréaliste sur la scène qui se déroulait dans la cale.

— Les femmes d'abord, cria Morgan, fidèle aux traditions de la marine.

Ryan, qui se trouvait près de l'échelle sur la pointe des pieds, le menton au ras de l'eau, essayait de rétablir un semblant d'ordre au milieu de ce chaos.

— Vous entendez ce qu'a dit le capitaine. Les femmes seulement. Vous deux, reculez, gronda-t-il en direction de deux biologistes qui hurlaient en essayant de se hisser sur les échelons.

Les femmes passèrent très vite, Ryan réussit à calmer les dizaines de personnes qui attendaient leur tour. Morgan était toujours dans le compartiment, il voyait bien que le niveau montait vite, trop vite. Tous n'allaient pas réussir à sortir de là à temps, à supposer d'ailleurs que le navire n'allait pas couler sous eux.

— Ryan, grimpez. Vous pourrez peut-être ouvrir le grand panneau.

Ryan ne prit pas le temps de répondre. Il empoigna les montants derrière une infirmière et monta aussi vite qu'il put. Il émergea par l'ouverture, s'écroula sur le pont. Ce qu'il vit était hallucinant. Le jour se levait, répandant ses premières lueurs. Le *Sea Rover* était en train de sombrer par l'arrière. L'eau léchait déjà la poupe et l'étrave cabrée se dressait vers le ciel, à plus de vingt degrés du niveau de la mer. Il se remit sur pied comme il put et aperçut une jeune opératrice radio qui essayait d'aider ses camarades à monter sur les superstructures.

— Melissa, montez au local radio et essayer d'émettre un signal de détresse, lui cria-t-il au passage.

Il escalada la petite échelle qui donnait sur le grand panneau arrière. Au nord, on apercevait une faible lumière, celle du câblier qui disparaissait à l'horizon. Il sauta sur le panneau et souffla une seconde. L'eau n'avait pas encore atteint l'hiloire et le mât de charge arrière était toujours au sec. Dans sa hâte, le commando avait même laissé le croc en place.

Ryan courut à la commande du mât et mit en route le moteur, puis, s'emparant des manettes, il entreprit de faire remonter la flèche. Celle-ci obéit avec une lenteur insupportable, entraînant l'énorme panneau. Sans perdre un instant, il sauta de la cabine et laissa le panneau se balancer doucement au bout de son câble.

Il se précipita au bord de l'ouverture et y trouva une trentaine d'hommes en train de se débattre pour trouver le salut. L'eau n'était plus qu'à trente centimètres du panneau. Il estima le temps qu'il lui restait : dans deux minutes, ces gens seraient noyés. Il plongea les bras dans l'eau, attrapant ce qu'il trouvait, crochant une main ici, tirant et déhalant pour les faire sortir. Avec l'aide de ceux qui se trouvaient déjà sur le pont, il finit par en venir à bout en quelques secondes. Et il se chargea enfin du dernier rescapé, le capitaine.

— Beau boulot, Tim, lui dit Morgan qui fit la grimace en posant le pied sur le pont.

— Désolé, capitaine, j'aurais dû aller vérifier cette trappe moi-même. Nous serions sortis plus vite de là si nous avions su qu'elle n'était pas verrouillée.

— Mais elle l'était. Vous n'avez pas compris ? C'est Dirk qui l'a débloquée. Il a frappé à la porte pour nous prévenir, mais nous avons oublié de répondre.

Soudain, Ryan comprit tout.

— Dieu les bénisse tous les deux, pauvres vieux. Mais j'ai bien peur que nous ne soyons pas sortis de l'auberge, capitaine. Le navire coule à toute allure.

— Faites passer la consigne : aux postes d'évacuation ! Et mettez quelques embarcations de sauvetage à l'eau, vite, répondit Morgan.

Il gagna l'étrave en claudiquant sur le pont qui s'inclinait fortement, et ajouta :

— Je vais m'occuper d'émettre un signal de détresse.

Comme s'ils s'étaient donné le mot, Melissa, l'officier chargé des communications, arriva, hors d'haleine.

— Capitaine, lui dit-elle en essayant de reprendre son souffle, ils ont détruit tous les équipements radio... et les systèmes satellites aussi. On ne peut pas émettre.

— Bon, répondit Morgan sans manifester de surprise. Nous allons activer les balises de détresse et attendre que quelqu'un vienne nous chercher. Regagnez votre embarcation. Il faut évacuer.

Comme il se rendait près des canots, Ryan remarqua que l'*Etoile de mer* n'était plus là. Il passa par le labo et, là aussi, constata que les bombes avaient disparu. Désormais, aucun doute n'était plus possible sur les raisons de l'attaque dont ils avaient été victimes.

Après l'épreuve subie dans la soute, il régnait maintenant un grand calme parmi les marins. Tranquillement et en bon ordre, ils gagnèrent les canots qui leur étaient affectés, fort heureux d'avoir une chance de s'en tirer alors que le navire disparaissait sous eux. L'eau montait vite et recouvrait les ponts ; deux des canots à l'arrière étaient déjà submergés sans qu'on ait eu le temps de les larguer de leurs bossoirs. On répartit ceux qui auraient dû y prendre place dans d'autres embarcations qui, les unes après les autres, furent larguées à la mer.

Morgan s'avança en clopinant sur le pont qui était maintenant incliné à trente degrés. Il atteignit son canot qui l'attendait, déjà plein à craquer. Il s'arrêta, contempla son bâtiment une dernière fois comme un homme qui a parié sa ferme et qui l'a perdue. Le navire craquait, gémissait de toutes ses membrures sous le poids de l'eau de mer qu'il embarquait. Les cales étaient déjà pleines et la structure commençait à céder. La scène était triste à en mourir, on aurait dit que le *Sea Rover* trouvait que son heure venait bien trop tôt.

Après s'être assuré une dernière fois que tout le monde avait bien embarqué, Morgan salua son bâtiment et embarqua le dernier. Le canot s'affala dans les lames et commença à s'éloigner au moteur. Le soleil, qui venait tout juste d'apparaître à l'horizon, jetait des teintes dorées sur le navire qui luttait désespérément dans les soubresauts de l'agonie. Le canot dans lequel avait pris place Morgan n'était qu'à quelques mètres du *Sea Rover* lorsque l'étrave se dressa brusquement vers le ciel. Puis la coque bleu clair sombra gracieusement, la poupe la première, dans un immense nuage de bulles.

Il disparut à leur vue. L'équipage traumatisé connut alors une sensation nouvelle : il régnait un silence complet.

Chapitre 29

I L Y A quelque chose de pourri au royaume du Danemark.

— Summer fit mine de ne pas entendre ce que disait son frère et approcha de ses narines un petit bol de poisson bouilli. Au bout d'une journée qu'ils avaient passée enfermés, la solide porte de la cabine venait de s'ouvrir à toute volée et un cuistot en tablier blanc était entré avec un plateau. Au menu : poisson, riz et un bol de thé. Un garde armé surveillait ce qui se passait depuis la coursive, menaçant. Le cuistot posa son plateau et s'en alla sans dire un mot, l'air apeuré. Summer mourait de faim et, dès que la porte fut refermée, se jeta sur le repas pour voir en quoi il consistait. Elle flaira le poisson et se pinça le nez.

— Moi je crois qu'il y a pas mal de trucs pourris dans les parages.

Elle se pencha sur le riz, planta une paire de baguettes dans le bol et commença à mastiquer. Après avoir calmé ses tiraillements d'estomac, elle se tourna vers Dirk qui, assis près du hublot, regardait dehors.

— Bon, lui demanda-t-elle, en dehors de notre cabine de troisième classe, qu'est-ce qui te tourmente maintenant ?

— Je ne suis sûr de rien, mais je ne crois pas que nous ayons mis le cap sur le Japon.

— Comment peux-tu le savoir ? reprit Summer en enfournant une bouchée de riz.

— J'ai observé le soleil et les ombres portées du bateau. Nous ferions route au nord-nord-est si nous nous dirigions vers le Japon, mais on dirait que le cap est plutôt nord-ouest.

— Difficile de faire la différence, sans instrument.

— Je sais. Mais je dis les choses comme je les vois. Si on débarque à Nagasaki, il faudra me renvoyer au cours d'astro.

— Cela voudrait dire que nous allons entrer dans la mer Jaune, répondit-elle en essayant d'imaginer la carte dans sa tête. Tu crois que nous allons en Chine ?

— Possible. Ce qui est sûr, c'est que la Chine et le Japon ne s'aiment pas trop. L'Armée rouge japonaise a peut-être une base en Chine, ce qui expliquerait le peu de succès des autorités qui ont recherché les suspects au Japon.

Dirk marqua une pause.

— Mais il existe une autre possibilité.

Summer attendit la suite.

— Ces deux voyous japonais qui ont tiré sur ma Chrysler. Un médecin légiste de la morgue disait qu'ils avaient des têtes de Coréens.

Summer finit d'avaler son riz et posa bol et baguettes.

— La Corée ? demanda-t-elle en fronçant les sourcils

— La Corée, oui.

*

Ed Coyle avait les yeux fatigués à force de scruter la mer grise et plate, à la recherche de quelque chose d'inhabituel. Du coup, il crut que sa vue lui jouait des tours quand, du coin de l'œil, il aperçut une lueur. A peine visible, elle s'élevait au-dessus de l'horizon suivie d'une traînée de fumée blanche. Voilà exactement ce que le copilote du Lockheed Hercules HC-130 espérait détecter.

— Charlie, j'ai une fusée à deux heures, annonça Coyle dans son micro avec la voix feutrée d'un commentateur sportif.

— Je l'ai, répondit le major Charles Wight d'une voix traînante.

Il était originaire du Texas, un vrai terrien dégingandé avec autant de système nerveux qu'une étoile de mer. Il inclina légèrement son avion pour mettre le cap sur la traînée de fumée et réduisit sa vitesse.

Six heures après avoir décollé de la base d'Okinawa, les pilotes de cet avion de sauvetage en mer commençaient sérieusement à se demander si on ne les avait pas envoyés chasser le dahu. A présent, avancés sur le rebord de leurs sièges, ils se demandaient ce qu'ils allaient bien trouver. Un petit groupe de points blancs apparurent lentement à l'horizon et se firent rapidement plus denses au fur et à mesure que l'appareil se rapprochait.

— On dirait une flottille de canots de sauvetage, fit Wight en voyant se préciser les formes qu'il avait devant lui.

— Il y en a sept, confirma Coyle,

Morgan avait amarré tous ses canots à la queue leu leu, pour éviter qu'ils ne se dispersent. Les marins du *Sea Rover* accueillirent l'Hercules qui les survolait avec des cris de joie.

— Doit y avoir autour de soixante gars là-dedans, dit Coyle tandis que Wight entamait un large cercle. M'ont l'air plutôt en bonne forme.

— Préviens les paras et largue un conteneur de survie, on va voir si on peut commencer à les récupérer.

Les paras dont parlait Wight étaient trois hommes spécialement entraînés au secours en mer. Ils se tenaient à l'arrière de la cabine, prêts à sauter. Mais les hommes du *Sea Rover* ne couraient apparemment aucun risque immédiat et Wight décida de ne pas larguer les secouristes pour le moment. Un membre de l'équipage baissa une grande rampe hydraulique à l'arrière de l'avion et éjecta sur l'ordre de Coyle des rations et des trousses de secours qui descendirent lentement au bout de leurs petits parachutes.

Pendant ce temps, le radio avait lancé un appel de détresse sur la fréquence marine. En quelques secondes, plusieurs navires qui se trouvaient dans la zone répondirent. Le plus proche était un porte-conteneurs qui se rendait d'Osaka à Hong-Kong. Wight et Coyle continuèrent à survoler en cercles les canots pendant deux heures, le temps pour le porte-conteneurs de commencer à repêcher les naufragés. Rassuré sur leur sort, Wight fit un dernier passage en battant des ailes. Les pilotes n'entendirent pas les vivats qui saluèrent leur départ.

— Ils ont eu une veine de pendus, commenta Coyle, ravi de cette issue favorable.

Wight répondit d'un signe de tête avant de faire basculer l'Hercules et de mettre le cap sur Okinawa.

*

L'énorme porte-conteneurs lança un grand coup de corne de brume et vint mourir sur son erre à proximité des embarcations. Il affala une baleinière pour remorquer les rescapés jusqu'à une échelle de coupée près de la poupe. La plupart grimpèrent sur le pont par leurs propres moyens. On transféra Morgan et quelques blessés à bord de la baleinière que l'on hissa par les bossoirs. Le capitaine malaisien salua rapidement Morgan avant de l'envoyer à l'infirmerie faire soigner ses blessures.

Une fois que le médecin du bord se fut occupé de sa jambe, Ryan alla lui rendre visite. On l'avait consigné dans une bannette à côté du marin à la jambe cassée.

— Alors, capitaine, quel pronostic ?

— J'ai le genou en bouillie, mais je survivrai.

— On fait des prothèses étonnantes de nos jours, lui dit Ryan pour le réconforter.

— Il y a de grandes chances que je les expérimente, dit Morgan. Comment vont les hommes ?

— Ils ont retrouvé la forme. Il ne manque que Dirk et Summer, tous les autres sont là. J'ai emprunté son téléphone satellite au capitaine pour appeler Washington. J'ai eu directement Rudi Gunn et l'ai informé de notre situation. Je lui ai raconté rapidement la perte de notre bâtiment. Je lui ai dit également que notre pêche avait disparu avec Dirk, Summer et le sous-marin, et que nous pensions que tout était à bord du câblier japonais. Il m'a demandé de vous transmettre ses remerciements pour avoir réussi à sauver l'équipage. Il m'a promis qu'il faisait appel aux plus hautes autorités gouvernementales pour mettre la main sur les coupables.

Morgan, le regard fixe, contemplait la cloison blanche devant lui, ressassant les événements des dernières heures. Qui étaient ces pirates qui avaient abordé et coulé son navire ? Que comptaient-ils faire de ces armes biologiques ? Et qu'étaient devenus Dirk et Summer ? Il n'avait de réponse à aucune de ces questions. Il hocha lentement la tête :

— J'espère seulement qu'il n'est pas trop tard.

Chapitre 30

APRÈS AVOIR fait cap au nord pendant un jour et demi, le *Baekje* infléchit progressivement sa route pour venir plein est. L'atterrissage se fit au crépuscule et le navire attendit la nuit noire pour faire son entrée au port par une brume épaisse. Dirk et Summer avaient fait l'hypothèse qu'ils gagnaient la Corée, et ils avaient imaginé à raison qu'ils se trouvaient dans le grand port du Sud, Inchon. Ils étaient arrivés à cette conclusion en voyant le grand nombre de cargos et de porte-conteneurs qui se trouvaient là, de tous les pavillons imaginables.

Le câblier entra lentement, dépassa les longs quais du port de commerce où l'on chargeait et déchargeait des conteneurs vingt-quatre heures sur vingt-quatre. Il vira vers le nord, passa près de la raffinerie en évitant un pétrolier couvert de rouille avant d'atteindre la partie la plus sombre et la moins aménagée du port. Il longea encore un chantier naval fort décrépit où mouillaient des dizaines de coques en ruines et, diminuant encore d'allure, s'approcha d'un chenal étroit qui se dirigeait nord-est. Il y avait là un petit poste de garde et un hors-bord, sous un grand panneau dont les lettres rouillées indiquaient en caractères coréens : SOCIÉTÉ KANG DE RÉPARATION NAVALE – PRIVÉ.

Le capitaine du *Baekje* s'engagea dans le chenal avec adresse et parcourut ainsi quelques centaines de mètres avant d'aborder une courbe serrée. Le chenal débouchait sur un petit lagon dont la côte opposée abritait deux énormes bassins couverts. Comme s'il rentrait sa voiture au garage, le capitaine fit pénétrer son bâtiment dans un des hangars qui culminaient à plus de quinze mètres au-dessus de l'étrave.

Une grue se mit immédiatement en place au-dessus du pont et une demi-douzaine de marins commencèrent à débarquer les conteneurs dans lesquels se trouvaient les bombes, sous la conduite de Tongju. Une fois les conteneurs bien rangés sur le quai, un gros camion blanc vint se garer à reculons. D'autres hommes, vêtus de combinaisons bleues de laborantins, chargèrent alors les munitions en prenant les plus grandes précautions, puis le camion repartit. Comme il passait le virage, Tongju reconnut le logo peint sur le flanc, un éclair bleu sous l'inscription : COMPAGNIE KANG DE TÉLÉCOMMUNICATIONS PAR SATELLITE.

Tandis que Tongju, debout à la porte du hangar, regardait le camion disparaître, Kim s'approcha de lui.

— M. Kang va être ravi lorsqu'il apprendra que nous avons récupéré toutes les munitions.

— Oui, même s'il y en a deux hors d'état. Les pilotes du submersible les ont brisées et laissées dans l'eau. Ils prétendent qu'il s'agit d'un accident, à cause du manque de visibilité.

— C'est une perte de peu d'importance. Dans l'ensemble, la mission aura été un succès.

— C'est vrai, mais le plus difficile est encore devant nous. Je vais conduire les prisonniers chez Kang pour qu'il puisse les interroger. Je crois que vous pouvez vous occuper de préparer le bâtiment.

C'était plus un ordre qu'une simple suggestion.

— Nous allons commencer immédiatement les modifications et refaire le plein de fuel et de provisions. Je vais m'assurer que nous soyons prêts à appareiller dès que la cargaison aura été embarquée.

— Parfait. Plus vite nous reprendrons la mer, plus nous augmenterons nos chances de succès.

— Nous bénéficierons de l'effet de surprise. Nous ne pouvons pas échouer, assura Kim.

Mais Tongju savait que les choses n'étaient pas si simples. Tirant une longue bouffée sur la cigarette qu'il avait allumée, il réfléchissait précisément à la surprise en question. C'était elle qui allait faire toute la différence entre la vie et la mort.

— Espérons simplement que notre ruse va continuer à fonctionner, répondit-il enfin, pensif.

*

A bord, on tira Dirk et Summer de leur cellule. Un garde au cou massif leur menotta tout d'abord les mains dans le dos avant de les pousser dehors. Sous la menace des armes, ils arrivèrent à la coupée. Tongju les y attendait, l'air méprisant.

— Quelle croisière agréable, commença Dirk en s'adressant à l'assassin. Toutefois, vous ne vous avez pas dit à quel endroit se trouvait le terrain de pétanque.

— Pour être vraiment honnête, fit Summer à son tour, la cuisine n'est pas exactement digne d'un quatre étoiles.

— Le sens de l'humour des Américains ne m'amuse guère, grommela Tongju.

A voir ses yeux, tout cela ne lui plaisait pas du tout.

— A propos, reprit Dirk en changeant brusquement de sujet, que fabrique exactement l'Armée rouge japonaise en Corée ?

Tongju réagit d'un très léger froncement de sourcils.

— Vous faites preuve d'un grand sens de l'observation, M. Pitt.

Puis, sans plus se soucier des captifs, il se tourna vers le garde au cou épais qui pointait toujours son AK-74 sur les jumeaux.

— Conduis-les à bord de la vedette rapide et enferme-les sous bonne garde dans le local avant, aboya-t-il.

Puis il tourna les talons et se dirigea vers la passerelle.

On fit descendre la coupée à Dirk et à Summer. Ils traversèrent le quai et arrivèrent à une petite cale où était amarré un yacht de toute beauté. Un South Pacific, catamaran de trente et un mètres, conçu à l'origine pour le transport de passagers et qui avait été transformé en navire privé de luxe. Propulsé par quatre moteurs diesels de mille chevaux, il atteignait les trente-cinq nœuds.

— Ah, voilà qui est plus mon genre, déclara Summer comme ils pénétraient dans une cabine de taille réduite mais assez somptueuse.

On les enferma à clé.

— Cette fois-ci, pas de hublot. J'imagine que Monsieur Hospitalité n'a pas trop aimé que tu devines où nous étions, continua-t-elle en se laissant tomber dans un fauteuil, toujours menottée.

— Ah ! moi et ma grande gueule, répondit Dirk. Au moins, nous savons à peu près où nous sommes.

— Oui... dans la mouise. Mais puisqu'on ne peut rien y changer, autant voyager en première classe.

Elle admirait les boiseries en noyer, les toiles de prix accrochées aux cloisons.

— Pour une organisation terroriste de seconde zone, on dirait que ces mecs sont pleins aux as.

— Apparemment, ils ont des copains dans le groupe Kang.

— La compagnie de navigation ?

— Un énorme conglomérat. Ça fait des années qu'on côtoie leurs cargos. Ils ont également des activités dans la haute technologie, mais c'est surtout leur compagnie maritime que je connais. Un jour, j'ai croisé dans un bar un type qui avait travaillé comme graisseur sur un de leurs navires. Il m'avait parlé de leur chantier de réparation bien camouflé, à Inchon. Ce mec avait jamais rien vu de pareil. Ils ont sans doute une cale sèche dans le coin, avec des équipements dernier cri. Le câblier portait le logo de Kang, l'éclair bleu sur la cheminée. C'est sûrement chez lui que nous sommes.

— Ravie de voir que le temps que tu as passé à traîner dans les bars sert finalement à quelque chose, lui dit Summer ironique.

— C'était pour mes recherches. Rien que pour mes recherches, répondit-il en souriant.

Summer redevint sérieuse.

— Pourquoi un groupe coréen aurait-il quelque chose à voir avec l'ARJ ? Et en quoi pouvons-nous bien les intéresser ?

Elle fut interrompue par le grondement puissant des diesels qui se trouvaient derrière leur cabine.

— J'ai l'impression qu'on ne va pas tarder à le savoir.

Tongju monta à bord au moment où le catamaran larguait les amarres. Le gros bateau s'écarta immédiatement de la cale. La porte du hangar s'ouvrit sur ses rails et le bateau prit la mer. Au moment où ils passaient l'ouverture, Tongju jeta un dernier regard au câblier qui les dominait de toute sa masse.

Une armée d'ouvriers était à l'œuvre, ils avaient investi le *Baekje* comme un essaim d'abeilles. Une grue était en train de soulever le gros treuil à l'arrière, des bataillons de peintres refaisaient les peintures des ponts supérieurs. Des soudeurs découpaient les superstructures, enlevant certaines parties ici et en ajoutant d'autres là. Une nacelle était suspendue dans le vide le long de la muraille, d'autres peintres effaçaient le nom du bâtiment pour le remplacer par un nouveau. Une dernière équipe repeignait la cheminée en jaune. En quelques heures, le *Baekje* allait devenir un nouveau navire, totalement différent, et même un œil exercé ne ferait plus le rapprochement. C'était comme si ce câblier n'avait jamais existé.

Chapitre 31

UN PETIT homme tout rouge marchait à grandes enjambées dans le couloir de la direction, au siège de la NUMA. On aurait cru que le bâtiment lui appartenait. A vrai dire, c'était un peu le cas. L'amiral James Sandecker était révéré dans tous les bureaux et les laboratoires de l'établissement. Son aura lui venait de ce qu'il avait lui-même fondé cet organisme avec une poignée de chercheurs et d'ingénieurs, quelques dizaines d'années plus tôt. Il était de petite taille, mais ses yeux d'un bleu éclatant, ses cheveux roux flamboyants et son bouc laissaient deviner le feu intérieur qui habitait cet homme en permanence.

— Salut, Darla, vous êtes éblouissante ce matin ! dit-il galamment à la secrétaire, quarante ans bien sonnés, qui tapait sur son clavier. Rudi est en salle de réunion ?

— Ravie de vous voir, amiral, répondit gaiement la secrétaire. M. Gunn vous attend. Allez-y, je vous en prie.

Même si les gens de la NUMA le considéraient toujours comme « l'amiral », le reste du monde le connaissait comme le vice-président Sandecker. L'amiral avait toujours ressenti une profonde aversion envers les politicailleries de Washington, mais le président Ward avait su le convaincre de chausser les bottes de vice-président lorsque son prédécesseur était brutalement décédé. Sandecker savait que le président était un homme d'honneur, profondément intègre, qui ne cantonnerait pas son adjoint à l'inauguration des chrysanthèmes. Plein de sa fougue coutumière, l'amiral avait très vite changé de style par rapport à ceux qui avaient occupé le poste. Au lieu de se contenter de jouer les potiches et d'assister aux enterrements, Sandecker occupait une place éminente dans la hiérarchie de l'organisation. Il avait procédé à de vigoureuses modifications en matière de défense et de sécurité, obtenu de nouveaux financements pour la recherche publique. C'est lui qui décidait de tout ce qui regardait la protection de l'environnement et la recherche marine. Sous son impulsion, l'administration avait réussi à faire interdire la chasse à la baleine chez tous les pays industrialisés et fait approuver tout un ensemble de sanctions à l'encontre des pollueurs.

Sandecker entra en trombe dans la salle de réunion où quelques responsables de la NUMA s'entretenaient de la perte du *Sea Rover*. Tous se turent en le voyant.

— Merci d'être venu, amiral, commença Gunn en se levant.

Il lui indiqua un siège au bout de la table.

— Alors, quelles sont les dernières nouvelles ? lui demanda Sandecker, sans se livrer aux petites plaisanteries habituelles.

— Nous avons eu confirmation que le *Sea Rover* a été coulé après avoir été pris à l'abordage dans l'est de la mer de Chine. Un petit commando a fait irruption à bord. Par miracle, l'équipage a réussi à sortir de la soute où on l'avait enfermé, quelques minutes seulement avant le naufrage. Les hommes ont pris place dans les canots et un avion de l'armée de l'air les a repérés. L'appareil a dérouté un cargo qui a repêché tout le monde. A l'heure qu'il est, le cargo fait route vers Nagasaki. Il manque deux personnes à l'appel.

— Il a été arraisonné de force ?

— Un commando de nationalité inconnue est monté à bord à la faveur de la nuit et s'est emparé du navire sans lutte.

— Le bateau de Bob Morgan, c'est bien cela ?

— Oui. Ce vieux filou a essayé de résister et s'est pris une balle dans la jambe. J'ai eu Ryan au bout du fil, c'est son second, il me dit qu'il devrait s'en sortir sans trop de casse. D'après lui, leurs agresseurs disaient appartenir à l'Armée rouge japonaise. Ils se sont enfuis à bord d'un câblier sous pavillon japonais.

— Bizarre qu'ils aient choisi ce type de bâtiment pour une opération de ce genre, fit Sandecker. Je suppose qu'ils se sont emparés des armes biologiques récupérées à bord du *I-411* ?

— Ryan me l'a confirmé. Lorsque l'attaque a eu lieu, ils avaient quasiment tout remonté du fond. Lorsque l'équipage a réussi à sortir de la soute, l'*Etoile de mer* n'était plus là. Ryan pense qu'il a été transbordé sur le câblier, peut-être avec ses pilotes.

— Je vais appeler le Département d'Etat et demander immédiatement l'aide des autorités maritimes au Japon.

Sandecker sortit de sa poche un énorme cigare d'origine dominicaine, l'alluma et souffla une grosse bouffée au plafond.

— Il ne devrait pas être trop difficile de coincer un câblier quand il rentre au port.

— J'ai alerté le ministère de l'Intérieur qui travaille sur les mêmes hypothèses. Apparemment, ils ne croient guère que l'ARJ ait la capacité ou les moyens de faire usage de ces armes, mais ils regardent si tout ceci n'aurait pas un lien avec Al-Qaïda ou d'autres organisations terroristes.

— Cela ne m'étonnerait pas, répondit sèchement Sandecker, faisant tourner son cigare entre ses doigts. Je vais en parler au président cet après-midi. Ceux qui ont détruit ce navire de l'Etat vont le payer cher, lâcha-t-il, les yeux remplis de colère.

Les participants se contentèrent d'approuver en silence. La NUMA avait beau être un organisme d'une certaine importance, il y régnait une sorte d'esprit de famille et tous ressentaient durement ce que l'on venait de faire subir à quelques-uns de leurs collègues, à l'autre bout du monde.

— Amiral, nous partageons tous vos sentiments, fit doucement Gunn.

— A propos, demanda l'amiral, qui sont les deux qui manquent à l'appel ?

Gunn avala sa salive.

— Summer et Dirk Pitt. Nous supposons qu'ils les ont embarqués avec l'*Etoile de mer*.

Sandecker sursauta.

— Mon Dieu, non, pas eux. Leur père est-il au courant ?

— Oui. Il est actuellement aux Philippines avec Al Giordino, ils essayent de maîtriser une pollution. Je lui ai parlé par liaison satellite, il sait que nous faisons tout notre possible.

Sandecker se laissa aller dans son siège de cuir et contempla le petit nuage de fumée bleue qui s'élevait doucement. Que Dieu ait pitié, songea-t-il, de celui qui osera s'en prendre aux rejetons de cet homme.

*

A sept mille nautiques de là, le catamaran bleu longeait la côte ouest de la Corée à pleine vitesse, un vrai bolide. Summer et Dirk se laissaient doucement ballotter dans leur cabine de luxe tandis que le yacht tossait sur la houle à près de quarante nœuds. Deux pêcheurs coréens à bord d'un modeste sampan éructèrent un flot d'injures lorsque le catamaran, passant à quelques mètres, faillit les faire chavirer avec son énorme vague d'étrave.

Après deux heures de cette folle navigation, le catamaran obliqua vers la côte en réduisant l'allure puis s'engagea dans le fouillis d'îlots qui encombrent l'embouchure de la Han. Le pilote remonta le fleuve pendant encore une heure avant de prendre le chenal à demi caché qui menait à la résidence de Kang sur l'île de Kyodongdo. Il embouqua l'étroit passage qu'il savait surveillé par des caméras vidéo dissimulées et se dirigea vers le ponton flottant de l'autre côté de l'anse, au pied des murailles. Le catamaran s'immobilisa et vint s'amarrer derrière le gros yacht Benetti tout blanc de Kang.

Dirk et Summer restèrent enfermés dans leur cabine, tandis que Tongju quittait le bord et se dirigeait vers l'ascenseur qui menait aux appartements privés de Kang. Ce dernier était installé dans son bureau aux lambris de merisier, en compagnie de Kwan. Ils examinaient les comptes d'une société de composants radio contre laquelle ils envisageaient de lancer une OPA hostile. Kang leva les yeux en voyant arriver Tongju qui s'inclina profondément.

— Le capitaine du *Baekje*, Lee, m'a fait savoir que votre mission a été couronnée de succès, commença Kang, sans desserrer les lèvres ni laisser paraître le moindre signe de satisfaction.

Tongju acquiesça d'un bref hochement de tête.

— Nous avons récupéré les munitions qu'avaient remontées les Américains. Dix des bombes sont intactes et nous pensons qu'elles sont utilisables, poursuivit-il en omettant de préciser que Dirk avait détruit les deux dernières.

— C'est plus qu'il n'en faut pour notre opération, commenta Kang.

— Nos experts présents à bord du *Baekje* sont très satisfaits. Nous avons fait porter les bombes au laboratoire de recherche biologique dès notre arrivée à Inchon. Le directeur du laboratoire m'a assuré que la remise en état serait terminée sous quarante-huit heures.

— Et dans combien de temps le *Baekje* sera-t-il maquillé ?

— Il sera prêt en temps et en heure, se contenta de répondre Tongju.

— Le minutage est un élément crucial dans cette affaire. La mission doit être exécutée avant le vote à l'Assemblée nationale.

— Tant qu'il n'y a pas de problème avec les munitions, nous serons prêts à temps, assura Tongju. Les ouvriers du chantier avaient déjà beaucoup avancé lorsque nous avons quitté le bassin.

— Nous ne pouvons tolérer une nouvelle erreur de calcul, répliqua froidement Kang.

Tongju accusa imperceptiblement le coup, ne sachant trop ce que voulait dire son patron. Il continua comme si de rien n'était :

— J'ai emmené avec moi deux prisonniers que nous avons capturés à bord du navire américain. L'un d'eux est celui qui a causé la mort de nos deux agents aux Etats-Unis. J'ai pensé que vous souhaiteriez peut-être vous entretenir personnellement avec eux, conclut-il en insistant sur le *vous entretenir*.

— Ah oui, les deux membres d'équipage de la NUMA qui manquent à l'appel.

— Qui manquent à l'appel ?

Kwan se leva, fit quelques pas et remit à Tongju une dépêche qu'il avait trouvée sur Internet.

— Toute la presse en parle. Un navire de recherche coulé en mer de Chine. Tout l'équipage a été sauvé, lui dit-il en lisant le titre du *Chosun Ibo*, le plus grand journal coréen.

Tongju se sentit pâlir, mais réussit à rester impassible.

— C'est impossible. Quand nous avons coulé le bâtiment, tout l'équipage était enfermé dans une soute. Ils n'ont pas pu en réchapper.

— Et si, lui dit Kang. Un cargo qui passait par là les a récupérés et va les débarquer au Japon. Avez-vous bien attendu que le navire ait coulé ?

Tongju fit signe que non.

— J'avais hâte de rentrer le plus rapidement possible avec le matériel, fit-il.

— La presse indique que le bâtiment a dû subir un incendie accidentel. Apparemment, les Américains n'ont pas trop envie de faire de la publicité ni de laisser entendre qu'il pourrait s'agir d'un acte terroriste, dit Kwan.

— Ni de révéler ce qu'ils faisaient exactement en mer de Chine, ajouta Kang. Le fait que la presse ne s'appesantisse pas outre mesure va peut-être pousser le gouvernement à ne pas trop accélérer l'enquête.

— Je suis sûr que nous arriverons à dissimuler notre identité. Les membres de mon commando étaient de plusieurs nationalités différentes, et nous n'avons parlé à bord qu'en anglais et en japonais.

— Finalement, le fait que vous n'ayez pas réussi à vous débarrasser de l'équipage n'est peut-être pas une si mauvaise chose. Les Japonais vont se trouver encore plus embarrassés et les Américains vont concentrer leurs efforts sur le Japon. Ils vont bien sûr essayer de retrouver le *Baekje*. Plus vite il reprendra la mer, mieux ce sera.

— Je vais suivre ce qui se passe au chantier d'heure en heure. Et les deux Américains ?

Kang prit son grand agenda relié de cuir.

— Je dois me rendre à Séoul, j'ai rendez-vous avec le ministre de la Réunification ce soir. Je serai de retour demain, gardez-les-moi en vie jusque-là.

— Je leur ferai servir leur dernier souper, fit Tongju avec humour.

Kang ne releva pas et se replongea dans ses dossiers. Comprenant ce que cela signifiait, l'assassin quitta le bureau sans bruit.

Chapitre 32

À MILLE mètres du bassin d'Inchon où le *Baekje* subissait ses transformations, deux hommes, dans une vieille camionnette, faisaient des rondes autour d'un bâtiment à l'aspect vétuste. Le sol était jonché de vieilles palettes et de chariots de manutention tout rouillés. Les fenêtres avaient disparu, on lisait encore au-dessus de l'entrée principale une inscription à demi effacée : CHANTIERS NAVALS KANG. Les deux hommes étaient vêtus de combinaisons de travail usées et portaient des casquettes de base-ball. Ils appartenaient à une équipe de vingt-quatre gardes armés qui patrouillaient nuit et jour dans ce complexe ultrasecret. Mais derrière la façade délabrée, le bâtiment dissimulait un centre de recherche de haute technologie, doté des derniers supercalculateurs. Le rez-de-chaussée et les étages étaient dédiés à l'élaboration des charges utiles pour les satellites de télécommunications produits par Kang. Une petite équipe d'ingénieurs de haut vol y intégraient des équipements d'écoute et de reconnaissance, et ces satellites étaient vendus à l'export et lancés par des Etats étrangers ou par des sociétés commerciales. Le sous-sol abritait un petit laboratoire de microbiologie sévèrement gardé, dont l'existence elle-même n'était connue que d'une poignée d'employés de la compagnie. La petite équipe de scientifiques qui travaillait dans ce labo était composée de microbiologistes et autres spécialistes en immunologie qui, pour la plupart, avaient été amenés clandestinement de Corée du Nord. Leurs familles vivaient toujours là-bas et, compte tenu des pressions que l'on exerçait ainsi sur eux, ils n'avaient guère d'autre choix que d'exécuter les ordres et de travailler sur des organismes extrêmement dangereux.

Les armes mortelles du *I-411* avaient été transférées dans ce laboratoire. Des experts en explosifs avaient aidé les biologistes à extraire les ampoules de virus de ces bombes vieilles de soixante ans. Les virus avaient été déshydratés et congelés par les Japonais, ce qui avait permis de les stocker et de les transporter sans danger. Ces bombes à variole avaient été conçues pour garder toute leur efficacité pendant la durée de leur séjour à bord du sous-marin, il suffisait de les réhydrater avant utilisation. Soixante ans plus tard, les ampoules de porcelaine avaient protégé les charges utiles des effets destructeurs engendrés par des décennies passées sous l'eau. Elles étaient tout aussi efficaces et dangereuses qu'au jour de leur fabrication.

Après avoir placé les échantillons de poudre couleur beige dans une enceinte de sécurité, les biologistes avaient prudemment entamé un processus de reconstitution des virus, en utilisant un diluant à base d'eau déminéralisée stérile. Sous l'objectif du microscope, on voyait nettement les micro-organismes de forme elliptique reprendre lentement vie après leur long sommeil et commencer à s'agiter dans tous les sens comme des autotamponneuses. En dépit de cette longue période de léthargie, seul un faible pourcentage en fut perdu.

Ce laboratoire de recherche était dirigé par un microbiologiste qui gagnait des ponts d'or, un Ukrainien du nom de Sarghov. Ce savant avait d'abord travaillé pour Biopreparat, l'ancienne agence soviétique qui développait des armes biologiques. C'est là que Sarghov avait acquis ses connaissances en manipulations génétiques et il avait ensuite vendu ses services au plus offrant. Il aurait préféré ne pas devoir quitter son pays, mais son avenir professionnel avait été compromis le jour où l'on avait retrouvé dans son lit la femme d'un membre du Politburo. Craignant pour ses jours, il était passé en Roumanie et avait embarqué en mer Noire à bord d'un cargo de Kang. En graissant la patte du capitaine, il avait réussi à se faire introduire auprès de dirigeants haut placés. Lesquels ne tardèrent pas à reconnaître ses compétences et à les mettre à profit dans un but parfaitement illicite.

Disposant de ressources illimitées, Sarghov monta un laboratoire de recherche sur l'ADN doté de tous les équipements nécessaires. Ses collaborateurs avaient à leur disposition de quoi découper, réorganiser, isoler et recombiner le matériel génétique de différents organismes. Son laboratoire secret regorgeait de bactéries dangereuses et d'agents viraux, graines d'un jardin de mort. Pourtant, il restait insatisfait. Ce qu'il détenait là, c'était un stock d'organismes assez banals acquis sans trop de peine, comme le virus de l'hépatite B ou la bactérie de la tuberculose. Ils étaient certes assez dangereux, mais n'avaient rien à voir avec le virus Ebola, celui de la variole ou de la maladie de Marbourg sur lesquels il avait travaillé du temps où il exerçait à Obolensk, en Russie. Tous les efforts de Sarghov pour créer un agent fulgurant avec les ressources dont il disposait avaient échoué. Ce qu'il cherchait, c'était quelque chose de vraiment mortel, un agent de la liste A.

Le talent dont il faisait preuve dans ses recherches maléfiques avait une origine assez inattendue. Un agent nord-coréen en place à Tokyo avait réussi à infiltrer un centre d'archives gouvernemental et mis la main sur des documents protégés. S'attendant à trouver des dossiers passionnants, relatifs à la sécurité nationale du Japon, ses correspondants à Pyongyang restèrent sur leur faim : ces documents dataient de la Seconde Guerre mondiale. Il y avait dans le tas des comptes rendus de l'armée impériale sur les expérimentations de guerre biologique. Ils avaient été détruits, de crainte que leur existence ne mît le gouvernement en fâcheuse posture. Pourtant, un analyste particulièrement doué tomba en arrêt sur l'implication de l'armée japonaise au cours des dernières missions du *I-403* et du *I-411*. Sarghov avait désormais trouvé un moyen de mettre la main sur des souches de *variola major*.

Dans cet univers à la Frankenstein du génie génétique, les biologistes avaient découvert qu'il était fort difficile de créer un nouvel organisme de toutes pièces. Cela dit, manipuler des organismes existants en déclenchant des mutations ciblées, puis activer leur reproduction pour en obtenir des quantités conséquentes, était une technique qu'ils maîtrisaient depuis les années soixante-dix. C'est ainsi que la bio-ingénierie a obtenu des résultats prometteurs, par exemple en créant des plantes qui résistent aux parasites. Plus controversée était la création de variétés à haut rendement. Cela dit, le côté sombre de ces techniques restait la création potentielle de nouvelles souches de virus ou de bactéries, qui posséderaient des propriétés inconnues et peut-être catastrophiques.

Un homme comme Sarghov ne pouvait se contenter de régénérer des souches de variole. Il avait de plus grands projets. Avec l'aide d'un assistant finlandais, il avait mis la main sur un échantillon de virus HIV1, source la plus répandue de sida. En disséquant le génome d'un virus HIV1, Sarghov avait réussi à en synthétiser l'élément-clé. A partir des virus de la variole qu'il venait de réactiver, le savant avait tenté de créer une nouvelle variante en y intégrant le matériel, hautement instable, du HIV1. Il avait bientôt réussi à cultiver puis à reproduire ces nouveaux virus, stimulés par le gène de synthèse, et avait finalement obtenu un nouveau microorganisme qui possédait les propriétés de ses deux parents. Les microbiologistes appellent *chimère* le résultat de ce type d'opération. La chimère de Sarghov associait l'effet mortel de la variole aux capacités de destruction du système immunitaire du HIV1 au sein d'un seul et unique supervirus.

Reproduire ce mutant en quantités importantes était un processus assez long, en dépit de l'agressivité du virus. Contraint par les impératifs de Kang, Sarghov essayait de maximiser la production dans la mesure du possible. Il déshydrata et congela le produit obtenu, tout comme les Japonais l'avaient fait des dizaines d'années plus tôt. Ainsi conditionnés sous forme de paillettes, ces virus furent mélangés à ceux de la variole, disponibles en quantités bien plus importantes, créant ainsi un mélange toxique. Des accélérateurs de reproduction permirent enfin de purifier et de filtrer le produit final.

On le conditionna dans de petits tubes ultralégers qui ressemblaient à des rouleaux en carton pour papier toilettes. Ce sont ces tubes, placés sur un chariot, qui sortirent enfin du labo. De là, on les transféra dans le hall d'assemblage des satellites. Une équipe d'ingénieurs prit alors le relais et inséra les tubes dans des cylindres en acier inoxydable qui comportaient également un réservoir de réhydratation. On obtint ainsi cinq conteneurs qui furent chargés à la grue dans le camion qui avait apporté les bombes. Ces armes, ainsi modifiées et reconditionnées, furent enfin déposées sur le quai du bassin.

Sarghov souriait d'aise, car il savait qu'il allait bientôt toucher le gros lot. Ses collaborateurs étaient épuisés, mais ils avaient atteint leur but : vérifier que les vieilles souches de variole étaient toujours vivantes, puis renforcer leur pouvoir mortel dans des proportions phénoménales. En moins de quarante-huit heures, les biologistes de Sarghov avaient transformé un matériau vieux de soixante ans en une arme de mort entièrement inédite, une arme comme le monde n'en avait jamais connue.

Chapitre 33

Qu'EST-CE que vous voulez dire exactement, quand vous parlez du navire qui ne s'est pas encore manifesté? demanda Gunn qui perdait son calme.

Le chef du service terrorisme international au FBI, un homme trapu du nom de Tyler, ouvrit un dossier posé sur son bureau et commença à fouiller dans ses papiers en même temps qu'il parlait.

— Nous n'avons aucun renseignement concernant ce câblier japonais, le *Baekje*. La Police nationale japonaise a placé sous surveillance tous les mouvements dans les ports, a inspecté tout ce qui pouvait ressembler à ce que décrit l'équipage de la NUMA. Pour le moment, ils ont fait chou blanc.

— Et avez-vous vérifié dans les ports en dehors du Japon?

— Un avis de recherche international a été envoyé à Interpol. J'ai cru comprendre que la CIA faisait des recherches de son côté dans ses archives, à la demande du vice-président. Mais nous n'avons encore rien eu. Rudi, il peut se camoufler dans une foule d'endroits. Ou encore, il a très bien pu déguerpir en quatrième vitesse.

— Et les images satellites de la zone où le *Sea Rover* a été coulé?

— Pas au bon moment, malheureusement. Avec la crise en Iran, le NRO a repositionné plusieurs de ses satellites de reconnaissance à haute résolution au-dessus du Proche-Orient. Du coup, la mer de Chine fait partie actuellement des nombreuses zones blanches. Elle n'est plus couverte que par des satellites géosynchrones qui passent périodiquement. Bref, tout ceci pour dire que le *Baekje* peut très bien se déplacer de cinq cent milles entre deux passages. J'attends

246

les images d'archives prises au cours des derniers jours, mais on m'a déjà dit de ne pas y placer trop d'espoirs.

Gunn se radoucit un peu en comprenant que ce fonctionnaire un peu chauve, avec sa chemise amidonnée, était finalement un homme compétent et qui faisait son possible avec ce qu'il avait sous la main.

— Rien retrouvé sur l'historique de ce navire ? demanda-t-il encore.

— Votre employé, Hiram Yaeger, nous a fourni des pistes intéressantes. C'est lui qui l'a identifié comme étant le *Baekje* après avoir fouillé dans la base de données de la NUMA. Apparemment, il existe moins d'une quarantaine de câbliers qui répondent de près ou de loin à la description faite par votre équipage. Nous avons réussi à réduire cette liste à douze navires, armés ou loués dans le Pacifique Ouest. Le *Baekje* est indiqué comme disparu en mer.

L'agent du FBI se tut et fouilla dans ses papiers. Il en sortit une feuille blanche qui portait des traînées noires. Une télécopie.

— Voilà, les détails. Câblier *Baekje*, 145 mètres de long, 9 500 tonnes. Construit par les chantiers Hyundai Mipo à Ulsan, Corée du Sud, en 1998. Propriété de la Compagnie de navigation Kang, Inchon, Corée du Sud, qui en a assuré l'exploitation de 1998 à 2000. Depuis cette date, loué à Nippon Telegraph and Telephon, qui l'a utilisé pour poser des câbles dans les eaux qui entourent le Japon.

Il reposa son dossier et regarda Gunn droit dans les yeux.

— Le contrat de location de NTT est arrivé à échéance il y a six mois. A compter de cette date, le *Baekje* est resté à Yokohama. Il y a deux mois, des responsables de NTT ont négocié un nouveau contrat d'un an et ont pris possession du navire, qu'ils ont armé eux-mêmes. Les documents officiels de la capitainerie indiquent qu'il a disparu pendant cinq semaines, avant de réapparaître, à Yokohama toujours, il y a environ trois semaines. On l'a peut-être vu à Osaka, et de là, il aurait suivi le *Sea Rover* en mer de Chine.

— NTT se l'est fait piquer ?

— Pas du tout. Les responsables de NTT ont appris avec stupeur que leur nom figurait sur le nouveau contrat de location. En effet, ils avaient terminé de poser leurs câbles. En fait, les représentants de NTT qui ont loué le bateau sont des escrocs qui ont trompé les agents de la Kang en se faisant passer pour des employés de NTT. Les responsables de la Kang ont produit les documents, tout leur semblait en ordre, même si l'un d'entre eux a trouvé bizarre que NTT fournisse l'équipage, ce qui n'avait encore jamais été le cas. Apparemment, la Kang essaye maintenant de se retourner contre son assureur.

— On dirait que quelqu'un a réussi à obtenir des tuyaux de l'intérieur. Pas de liens connus entre l'ARJ et NTT ?

— En tout cas, nous n'avons pu en établir aucun, mais nous y regardons de plus près. Les responsables de NTT se montrent très coopératifs et se font du souci à l'idée de voir le nom de leur société mêlé à ce genre d'affaire. Il est peu probable que des responsables de la compagnie soient impliqués dans l'histoire. Les autorités japonaises s'intéressent donc à un groupe d'employés qui pourrait exister à l'intérieur de la compagnie.

Gunn secoua la tête, découragé.

— Bon, nous voilà donc avec un navire de cent cinquante mètres de long qui s'évanouit dans la nature, un bâtiment du gouvernement américain envoyé par le fond, et pas la moindre liste de suspects. Deux de mes collaborateurs ont été enlevés, assassinés peut-être, et nous n'avons même pas la moindre idée de l'endroit où les chercher.

— Nous aussi, Rudi, nous sommes déçus, mais nous finirons bien par les retrouver. Même si parfois, cela prend du temps.

Le temps, songea Gunn. Mais de combien de temps disposaient Dirk et Summer, s'il n'était pas déjà trop tard ?

*

Cette douche brûlante était un délice. Summer laissa l'eau fumante gicler sur son corps pendant vingt bonnes minutes avant de se décider enfin à fermer les robinets. Elle attrapa une serviette. Cela faisait quatre jours qu'elle n'avait pu se laver, calcula-t-elle en repassant en mémoire les événements récents. Elle sortit de la douche dallée de marbre et s'enveloppa dans une sortie de bain en en coinçant un des bouts sous son bras. Elle avait devant elle une immense table de marbre sur laquelle étaient posées deux vasques ornées d'accessoires dorés et une grande glace qui s'élevait jusqu'au plafond. Voilà au moins une chose qu'il fallait concéder à ces brutes : il en était au moins un parmi eux qui savait faire preuve de goût.

La nuit à bord du yacht avait été assez pénible. Ils avaient dormi sur la couchette simple, toujours les mains menottées dans le dos. Au matin, deux gardes armés les avaient fait descendre à terre. Découvrant l'énorme demeure perchée sur la falaise au-dessus d'eux, Dirk laissa tomber : « Ça ne te rappelle pas le Berghof, non ? » La colossale construction de pierre évoquait vaguement la résidence d'été de Hitler dans les Alpes bavaroises, ressemblance accentuée par la présence des soldats vêtus de noir qui surveillaient l'endroit.

On les mena vers l'ascenseur creusé dans le roc et ils sortirent dans un couloir, un étage en dessous des grands appartements de Kang. On les fit entrer dans deux chambres d'invités. L'un des gardes aboya dans un anglais approximatif :

— Vous préparer pour dîner M. Kang, deux heures.

Pendant que Summer prenait sa douche, Dirk explora sa chambre, cherchant quelque moyen de s'échapper. Les deux chambres sans fenêtres étaient creusées dans la falaise et la seule voie d'accès était le couloir par lequel ils étaient arrivés. Les portes étaient restées grandes ouvertes, deux gardes en armes étaient en faction devant les ouvertures. S'ils voulaient s'enfuir, se dit-il, ce n'était probablement pas le bon endroit.

Summer se sécha les cheveux et se laissa aller à profiter du luxe qu'on lui offrait. Elle commença par humer une rangée de flacons alignés sur la console, lotions exotiques et parfums. Elle se décida finalement pour une lotion corporelle à l'aloès et un parfum lilas. Une collection de robes en soie était pendue dans un coin, attention naturellement propre à attirer l'œil de la première femme venue. Elle laissa courir ses doigts sur le tissu des vêtements, tous de taille assez minuscule, et finit par se décider pour une robe d'un rouge éclatant et une veste assortie. Apparemment, c'était à peu près sa taille. Elle enfila la robe en se tortillant et admira le résultat dans la glace. Un peu serré autour du buste, certes, mais elle avait l'air d'une poupée chinoise. Une poupée un peu grande et rousse, cependant, songea-t-elle avec un sourire. Elle trouva dans le bas d'un placard des dizaines de paires de chaussures, farfouilla et finit par arrêter son choix sur des escarpins noirs à talons plats. Elle les chaussa et réprima un juron : elle s'était cassé un ongle en essayant de faire entrer le talon. Machinalement, elle retourna à la console de marbre, dérangea peignes et brosses et finit par y trouver l'un des accessoires essentiels de la beauté féminine : une lime à ongles. Pas la version bon marché, en carton recouvert de papier de verre, non, une lime en métal munie d'un petit manche de porce-laine. Elle admira l'objet puis le mit sans y penser dans sa poche après s'être limé l'ongle. Quelqu'un frappa à la porte : le répit était terminé.

Sous la menace d'une arme, elle sortit dans le couloir. Dirk était déjà là, l'air nonchalant, deux fusils pointés dans le dos. Il vit arriver sa sœur dans sa superbe robe de soie et lâcha un sifflement admiratif.

— J'ai peur que nous n'ayons que des rats pour tirer votre car-rosse, Cendrillon, fit-il en rigolant et en lui montrant du pouce les deux gardes qui se trouvaient derrière lui.

— Je vois que tu as gardé ta tenue de mécano, rétorqua-t-elle.

Il portait toujours la combinaison de la NUMA qu'il avait sur le dos lorsqu'ils avaient été enlevés, tachée de sueur et de traces de graisse.

— Ma garde-robe était un peu limite, dit-il en levant ses poi-gnets menottés comme pour s'excuser. Mais tu sais, je n'ai jamais fait trop attention à mes fringues.

Les quatre gardiens commençaient à s'impatienter de cette petite conversation. Ils les poussèrent sans ménagement vers l'ascenseur qui démarra et monta sans bruit d'un étage. Les portes s'ouvrirent sur la salle à manger de Kang, impressionnante. La vue magnifique s'étendait sous leurs yeux. Kang, installé à un bout de la table, était occupé à consulter divers documents dans un dossier relié de cuir. Tongju se tenait debout derrière lui, à sa gauche. Le magnat coréen portait la tenue que l'on attendait d'un grand capitaine d'industrie : costume bleu sombre coupé par l'un des meilleurs tailleurs de Hong-Kong et cravate de soie brune. Il leva brièvement la tête et observa de ses yeux d'acier la porte de l'ascenseur. Puis il se replongea dans ses papiers, l'air austère.

On conduisit Dirk et Summer à la table. Ils prirent à peine le temps de contempler le spectacle admirable qu'offrait le rivage avant de se tourner vers leur ravisseur. Ils notèrent tous deux que l'anse qui s'étalait sous leurs yeux était reliée par un étroit goulet au fleuve qu'ils apercevaient dans le lointain. Toujours debout, Summer sen-tit un frisson la parcourir en surprenant le regard libidineux que lui lançait Tongju, alors que Kang restait impassible. Ainsi mise brutalement en présence du mal personnifié, elle oublia brusque-ment le petit plaisir que lui avait procuré le fait de se sentir propre et bien habillée. Elle se sentait toute bête dans sa robe de soie et, instinctivement, essaya de serrer les mains devant elle pour lutter contre la peur. Elle réussit pourtant à se calmer en regardant Dirk.

Si son frère s'inquiétait, il n'en montrait rien. Il était debout, menton levé, comme pour défier les Coréens, avec toutefois un air d'ennui parfaitement étudié. Dominer ainsi Tongju de toute sa taille avait l'air de l'amuser, il mesurait bien trente centimètres de plus que lui. Mais l'assassin n'y accorda aucune attention et s'adressa à son patron.

— Les opérateurs du sous-marin de la NUMA, dit-il avec un peu de mépris.

— Dae-jong Kang, répliqua Dirk sans faire attention à Tongju, directeur général du groupe Kang.

Kang hocha très légèrement la tête et leur fit signe de s'asseoir. Leurs gardiens allèrent se placer contre le mur du fond en gardant l'œil sur les prisonniers, puis Tongju s'installa en face de Dirk.

— M. Pitt est l'homme qui a provoqué la mort de nos deux agents en Amérique, commença-t-il, les yeux rivés sur Dirk.

Dirk acquiesça sans rien dire, affichant une expression satisfaite. Il avait la preuve de ce qu'il soupçonnait, il existait une relation étroite entre les opérations qu'il avait menées sur les deux sous-marins japonais et la tentative d'assassinat dont il avait fait l'objet sur l'île de Vashon.

— Le monde est décidément petit, laissa tomber Kang.

— Trop petit pour des tueurs dans votre genre, murmura Summer.

Kang fit comme s'il n'avait pas entendu.

— Oui, une sale affaire. Ces deux hommes étaient parmi les meilleurs collaborateurs de Tongju.

— C'est vrai, il s'agit d'un tragique accident, lui dit Dirk. A l'avenir, vous devriez recruter des gens qui sachent un peu mieux conduire, conclut-il en jetant un regard glacial à Tongju.

Regard que Tongju lui rendit aussitôt.

— Tout cela est fortuit, reprit Kang. Sans cela, nous n'aurions pas bénéficié de votre aide inappréciable pour retrouver le *I-411*. Mais dites-moi, comment avez-vous été mis sur la piste de ces sous-marins ?

— Par pure chance. Ayant découvert qu'un sous-marin japonais avait tiré des obus au cyanure sur les côtes de l'Oregon, je me suis demandé si quelqu'un n'avait pas récupéré des munitions identiques pour les utiliser aux Aléoutiennes. Mais c'est seulement lorsque j'ai plongé sur l'épave du *I-403* que la chose est devenue très claire pour moi, lorsque j'ai retrouvé quelques bombes pour avion munies de charges biologiques. Je me suis dit alors qu'il y avait anguille sous roche.

— Quel dommage que les bombes aient souffert lorsque le sous-marin a coulé, lui dit Kang. Il aurait été bien plus facile de les récupérer que sur le *I-411*.

— Pourtant, vous êtes allé là-bas en récupérer une intacte, et vous l'avez lancée dans les Aléoutiennes.

Kang parut surpris par les déductions de Dirk. Il répondit enfin :

— Naturellement. Il est fort intéressant de voir comment les Japonais ont réussi à combiner en une seule arme un produit chimique et un agent biologique. Notre essai nous a montré que l'efficacité de l'arme biologique était affectée par cet emploi combiné, encore que. L'efficacité du produit chimique est plus grande que ce que nous avions escompté.

— Assez grande pour tuer deux gardes-côtes américains, fit Summer.

Kang haussa les épaules.

— Pourquoi vous intéressez-vous tant à la mort de deux marins aux Aléoutiennes ? Vous étiez là-bas ?

Summer fit signe que non, et c'est Dirk qui reprit la parole.

— Je pilotais l'hélicoptère qui a été abattu par votre « chalutier ».

Kang et Tongju échangèrent un regard soupçonneux.

— M. Pitt, lui dit finalement Kang, vous êtes plutôt du genre coriace.

Dirk n'eut pas le temps de répliquer. Une porte latérale s'ouvrit et deux serveurs en veste blanche arrivèrent, tenant au-dessus de leurs épaules des plateaux d'argent. Ils disposèrent devant chacun des convives un assortiment coloré de fruits de mer et de poissons. On leur servit une coupe de Veuve Clicquot. Dirk et Summer, qui n'avaient pas avalé un vrai repas depuis des jours, attaquèrent résolument leur collation tout en poursuivant cette conversation à bâtons rompus.

— Votre gouvernement... tenta prudemment Kang, votre gouvernement doit être très mécontent des Japonais, j'imagine ?

— Votre idée de maquiller vos activités sous couvert de l'Armée rouge japonaise, c'était très astucieux, mais malheureusement, mon gouvernement a rapidement démasqué la supercherie. En ce qui concerne vos deux larbins, ceux qui se sont fait lamentablement dégommer, nous avons très vite découvert qu'ils étaient coréens.

Dirk, qui mentait un peu, se tourna vers Tongju avec un sourire sarcastique.

— A présent Kang, la police ne devrait pas tarder à frapper à votre porte.

Kang avait froncé les sourcils en entendant ce petit discours, mais se radoucit très vite.

— Bel effort. Mais la vérité est différente. Ces deux hommes n'avaient aucune idée de qui pouvait bien être leur employeur. Non, décidément, je crois que vous ne savez strictement rien de ce que nous comptons faire.

— Tout le monde connaît la vieille haine qui règne entre la Corée et un Japon qui l'a colonisée dans des conditions terribles pendant des années, reprit Dirk qui poursuivait sa pensée. Il ne serait pas surprenant que vous utilisiez ces armes contre un ennemi ancestral – et dans ce cas, il s'agit du Japon.

Kang esquissa un fin sourire et se laissa aller dans son fauteuil, l'air fort satisfait. Et visiblement, ce que disait Dirk lui apportait plus de plaisir que le repas qu'ils savouraient.

— Vous fanfaronnez, M. Pitt. Le simple fait que votre bâtiment de la NUMA n'ait été ni armé ni escorté par la marine pendant cette opération de récupération dit assez que votre pays n'attachait guère d'importance à ce que vous aviez découvert sur le *I-403*. Quant à vos suppositions sur l'usage qui pourrait être fait de ces armes, vous êtes totalement à côté de la plaque.

— Et alors, balbutia Summer, quelle est votre véritable cible ?

— Votre pays, peut-être, répondit Kang, l'air taquin – Summer devint blême –, ou peut-être pas. Ce n'est peut-être ni là, ni ailleurs.

— Les Etats-Unis possèdent des stocks de vaccin antivariolique en quantité suffisante pour traiter toute la population, répliqua Dirk. Des dizaines de milliers de professionnels de santé ont déjà été vaccinés. Si vous répandez ce virus, vous réussirez à créer un début de panique, au pire. Mais vous n'avez aucune chance de déclencher une épidémie.

— Il est certain que répandre la *variola major*, la variole banale, n'aurait que des effets limités. Mais tous vos vaccins seront impuissants contre une chimère.

— Une chimère ? Vous voulez parler de ce mythe grec – un bout de lion, un morceau de chèvre et une queue de serpent ?

— Exactement. Ou si vous préférez, un nouveau monstre, un hybride de plusieurs virus combinés pour constituer un nouvel organisme qui hérite de tous les pouvoirs mortels de ses parents. Une arme biologique contre laquelle vos vaccins seront d'une impuissance ridicule.

— Mais, s'écria Summer, pourquoi au nom du ciel ?

Kang termina tranquillement ce qu'il avait dans son assiette avant de poser sa serviette sur la table. Il la plia soigneusement en trois avant de répondre.

— Voyez-vous, mon pays a été coupé en deux contre sa volonté après votre intervention, dans les années cinquante. Mais vous, les Américains, vous n'avez jamais compris ce dont rêvent tous les Coréens. Ils rêvent du jour où leur péninsule sera réunifiée pour devenir à nouveau une seule et même nation. Les interventions de l'étranger les empêchent de réaliser ce rêve. De même que la présence de forces étrangères sur notre sol retarde le jour où la réunification deviendra réalité.

— La présence militaire américaine en Corée garantit que ce rêve ne se réalisera pas aux conditions imposées par la Corée du Nord à la pointe des baïonnettes, lui répondit Dirk.

— La Corée du Sud n'a plus la vigueur nécessaire pour se battre. La puissance militaire du Nord lui permettra de prendre les rênes et d'assurer l'ordre pendant la période transitoire.

— Je n'arrive pas y croire, murmura Summer dans l'oreille de Dirk. On est en train de déjeuner avec un mélange de Marie la Typhoïde [1] et de Staline.

Kang, à qui cet échange restait incompréhensible, poursuivit son petit discours.

— La jeunesse sud-coréenne ne peut plus supporter l'occupation militaire que vous nous faites subir, les brimades envers la population. La réunification ne lui fait pas peur et elle va au contraire contribuer à accélérer le cours des choses.

— Autrement dit, dès que cette résolution aura été votée, la Corée du Nord envahira le pays et imposera la réunification par la force.

---

1. Surnom populaire de Mary Mallon, Américaine du début du XXe siècle, accusée d'avoir transmis la fièvre typhoïde aux membres de familles où elle était employée comme cuisinière (*NdT*).

— En l'absence des forces américaines, nos experts militaires estiment que nous contrôlerons quatre-vingts pour cent de la péninsule dans un délai de soixante-douze heures. Il y aura des pertes, c'est inévitable, mais le pays sera réunifié sous la houlette du Parti des travailleurs sans que les Etats-Unis, le Japon ou d'autres aient le temps de réagir.

Dirk et Summer gardèrent un profond silence. Leurs premières craintes, que ces actions aient été le fait de terroristes qui utilisaient les germes de la variole produits par les Japonais, étaient fondées, mais ils n'avaient pas alors la moindre idée de ce qui était en jeu. Ils n'avaient jamais imaginé non plus cette invasion de la Corée du Sud en même temps que le massacre de millions d'Américains.

Dirk reprit la parole.

— Je pense que vous sous-estimez la résolution des Etats-Unis, surtout face à une attaque terroriste. Notre président n'a jamais hésité à prendre de sévères et redoutables mesures de rétorsion dans des cas de ce genre.

— C'est possible. Mais des mesures de rétorsion contre qui? Tout concourt à faire des Japonais les coupables.

— Encore votre Armée rouge!

— Encore mon Armée rouge, oui. Voyez-vous, c'est très simple : aucune autre piste ne peut paraître vraisemblable. Vos militaires, vos services de renseignements, vos hommes politiques, tous sont obnubilés par le Japon. Pendant ce temps, nous allons obtenir de notre gouvernement qu'il fasse évacuer toutes les forces américaines de Corée dans un délai de trente jours. Vos médias, qui seront déjà morts de trouille, vont devenir hystériques quand l'épidémie se déclenchera. L'expulsion des forces américaines passera au second plan, et pour longtemps.

— Nos services de renseignements finiront bien par découvrir qui se cache derrière l'Armée rouge. Ils remonteront la piste jusqu'à vous et jusqu'à vos copains du Nord.

— C'est également possible. Mais combien de temps cela prendra-t-il? Combien de temps a-t-il fallu à votre gouvernement pour régler cet épisode des gens tués par le charbon en 2001, dans votre propre capitale? Lorsque ce jour arrivera, s'il arrive, le soufflé sera retombé. Ce sera devenu, comme vous dites chez vous, un *cas d'école*.

— Vous allez tuer des millions de gens, et vous appelez ça un *cas d'école*? s'écria Summer.

— Combien de mes compatriotes avez-vous tué dans les années cinquante ? répliqua aussitôt Kang, dans les yeux duquel passa un bref éclair de colère.

— Nous avons largement répandu notre propre sang sur votre sol, lui répondit Summer sans baisser les yeux.

Dirk jeta un coup d'œil à Tongju, dont le regard ne quittait pas sa sœur. Ce tueur n'était pas habitué à voir quelqu'un s'adresser à Kang de cette façon. Encore moins une femme. Il restait impassible, mais ses yeux trahissaient le fait qu'il avait du mal à se dominer. Dirk reprit en s'adressant à Kang, d'une voix grave :

— N'êtes-vous pas en train d'oublier vos propres intérêts en affaires ? Vos bénéfices vont stagner si c'est le tout-puissant Parti des travailleurs qui prend le pouvoir.

Kang esquissa un sourire.

— Ça, c'est bien les Américains. Quoi qu'on fasse, vous restez viscéralement capitalistes. J'ai déjà cédé la moitié de mon groupe à un conglomérat français qui me paye en francs suisses. Et lorsque mon pays sera réunifié, qui sera mieux placé que moi pour organiser le contrôle de l'Etat sur l'économie du Sud ? conclut-il orgueilleusement.

— Le beau contrat que voilà ! Pas un pays de la région ne voudra acheter les produits médiocres d'un pays totalitaire.

— Vous oubliez la Chine, M. Pitt. C'est un marché énorme en soi, et il nous servira à écouler nos produits sur le marché mondial. Naturellement, les affaires s'arrêteront le temps du transfert de pouvoir, mais elles reprendront très vite. Il y aura toujours de la demande pour des biens de qualité, vendus à des prix dérisoires.

— Bien sûr, répondit Dirk d'un ton sarcastique. Citez-moi le nom d'un seul produit de grande consommation de bonne qualité qui soit jamais sorti d'un pays communiste. Regardez les choses en face, Kang, vous faites partie des derniers tenants de ce système. L'époque des despotes qui pressuraient leur peuple pour amasser une fortune personnelle, bâtir une puissance militaire ou se donner des illusions de grandeur, est révolue. Vos copains du Nord et vous-même allez peut-être prendre un peu de bon temps, mais, un jour ou l'autre, vous serez balayés par une notion qui vous est totalement étrangère et qui s'appelle *la liberté*.

Kang resta silencieux un bon moment, raide dans son fauteuil, l'air assez ennuyé.

— Je vous remercie pour cette leçon d'éducation civique. Ce

repas a été très éclairant. Au revoir, Mlle Pitt, au revoir, M. Pitt, conclut-il froidement.

Il fit signe aux gardes qui arrivèrent instantanément et les forcèrent à se lever. Dirk caressa l'idée de s'emparer d'un couteau sur la table et de leur foncer dessus, mais la vue de Tongju qui le menaçait de son pistolet l'en dissuada très vite.

— Emmenez-les dans la grotte près du fleuve, aboya Kang.

— Je vous remercie de votre charmante hospitalité, murmura Dirk. J'espère avoir l'occasion de vous rendre la politesse.

Kang ne répondit rien et se contenta de faire un nouveau signe du menton aux gardes qui emmenèrent les deux Américains près de l'ascenseur. Dirk et Summer échangèrent un regard entendu. Le temps leur était compté. S'ils voulaient se sortir des griffes de Kang, c'était maintenant ou jamais.

Il y avait pourtant un problème, Tongju et son Glock 22. Toute résistance était vaine tant qu'il le pointait sur eux. Il n'hésiterait pas une seconde à en faire usage. Il les suivit jusqu'à l'ascenseur, le menaçant avec son pistolet. La porte s'ouvrit, deux paires de mains les saisirent et les poussèrent sans ménagement dans le fond de la cabine. Tongju cria un ordre en coréen puis, au grand soulagement de Dirk, resta dans le couloir avec l'un des gardes. L'air menaçant, il attendit que la porte fût refermée.

La cabine était bondée, il y avait là cinq occupants. Cela leur donnait un atout. Dirk jeta un nouveau coup d'œil à Summer, un regard imperceptible auquel elle répondit de la même manière. Se prenant le ventre à deux mains, elle se mit à gémir, pliée en deux comme si elle allait vomir. Le garde qui était à côté d'elle, un type massif au crâne rasé, tomba dans le piège et se pencha vers elle. Comme un chat qui vient de mettre la patte sur un poêle brûlant, elle se releva brusquement et lui donna un grand coup de genou dans les parties, y mettant toute ses forces. Les yeux de l'homme manquèrent lui sortir des orbites et il se plia en deux de douleur en poussant des gémissements.

La manœuvre de Summer était tout ce qu'il fallait à Dirk pour neutraliser le deuxième garde. Leurs trois cerbères regardaient Summer. Il lança son poing dans la mâchoire du premier, à lui faire sortir les pieds de ses chaussures. Les yeux du garde se révulsèrent, il s'effondra sur le plancher.

Le troisième homme recula d'un pas et tenta de pointer sur Dirk la gueule de son fusil. Summer, réagissant immédiatement, attrapa celui qu'elle avait frappé par les épaules et le poussa violemment sur le garde qui était toujours debout. Le chauve percuta son camarade, assez fort pour lui faire perdre l'équilibre. Cela laissa à Dirk le temps d'enjamber celui qu'il avait mis au sol et de balancer son poing dans la tempe de l'homme au fusil. Ce dernier, surpris, tenta une prise de karaté, mais Dirk lui avait déjà écrasé son poing droit dans le larynx. L'homme bleuit, essayant désespérément de reprendre sa respiration, et tomba à genoux en se tenant la gorge à deux mains. Dirk lui arracha son arme, la fit rapidement pivoter et frappa à toute volée celui qui se débattait avec Summer. Il l'envoya valdinguer contre la cloison du fond et le garde s'effondra, inconscient.

— Joli travail, Superman, lâcha Summer.

— On va pas attendre le deuxième round, lui répondit Dirk, tout essoufflé.

L'ascenseur descendait toujours. Dirk vérifia que la sûreté était levée et se prépara à bondir dès que les portes s'ouvriraient. Il n'alla pas bien loin.

Les portes glissèrent, laissant passer trois canons AK-74. Droit sur leurs têtes. Un garde, installé devant un écran de vidéosurveillance, avait vu toute la scène et dépêché une équipe d'intervention sur place.

— *Saw!* cria un sbire en coréen.

Il n'était pas besoin de traduire. Dirk et Summer se figèrent sur place, leur compte était bon si la détente bougeait d'un cheveu. Dirk abaissa lentement son fusil, entendit un bruit derrière lui. Trop tard, le troisième garde, toujours titubant, lui envoya son arme dans la tête. Il essaya de se recroqueviller, mais le canon s'abattit sur son crâne avec un grand bruit.

Il vit trente-six chandelles, puis tout se noya dans le brouillard, et la dernière chose qu'il aperçut furent les pieds de Summer. Il faisait noir, de plus en plus noir, et il s'effondra comme une poupée de chiffon.

Chapitre 34

Dirk ressentait une douleur lancinante, tout son corps lui
faisait mal, du haut du crâne au bout des orteils. Il en conclut qu'il était toujours vivant. Il reprit lentement conscience et commença mentalement à faire le bilan de son état
physique. Tout d'abord, ses membres se trouvaient dans une position étrange. Ses poignets, ses bras, ses épaules lui faisaient mal,
comme s'il portait un grand poids. Tout cela n'était pourtant rien à
côté des violentes douleurs qui lui vrillaient la tête. Il y avait une
chose qu'il n'arrivait pas à comprendre : il avait l'impression que
ses pieds et ses jambes baignaient dans un baquet rempli d'eau. Le
brouillard se dissipa lentement, il ouvrit les yeux et découvrit une
grotte obscure et humide, il n'y voyait goutte.

— Bienvenue sur la terre des vivants.

C'était Summer.

— T'as pas noté le numéro du camion qui m'est rentré dedans ?
fit-il, la voix pâteuse.

— Si, mais je sais pas s'il était assuré.

— Bon sang, où est-on ?

Il commençait à retrouver les notions d'espace et de temps.

— Dans une grotte creusée juste à côté du quai. La flotte qui te
chatouille le nombril, c'est la Han.

En fait, le baquet dans lequel il avait l'impression de tremper
était une caverne inondable et dont le niveau de l'eau suivait celui
du fleuve. Il y voyait un peu plus clair. Dans la lumière blafarde, il
aperçut Summer, les bras en croix, les poignets enchaînés à deux
gros blocs de béton, de ceux dont on fait les corps-morts : de

simples cubes d'un mètre de côté, qui s'étaient au fil des ans recouverts d'une couche d'algues vert clair, fichés d'un anneau de fer rouillé scellé sur la face supérieure. Dirk en dénombra une douzaine, alignés dans le fond de la grotte. Il était près de Summer, ils avaient tous deux les bras écartés et leurs poignets étaient pris dans deux blocs adjacents.

Il explora les lieux du regard. Une faible lueur filtrait par l'entrée et il finit par apercevoir la ligne bien marquée sur le mur qu'il cherchait. La marque des hautes eaux. Il nota, non sans inquiétude, qu'elle se trouvait environ soixante centimètres au-dessus de leurs têtes.

— On va mourir noyés, lâcha-t-il.

— Notre copain Fu Manchu, Tongju, a beaucoup insisté. Il a même empêché l'un des gardes de te descendre, il tenait beaucoup à ce que nous nous noyions ensemble.

— Faudra que je songe à lui envoyer une petite carte de remerciements.

Baissant les yeux, il vit que l'eau lui arrivait désormais à mi-poitrine.

— Le niveau monte vachement vite.

— Nous sommes près de l'embouchure, la marée est forte – elle lui jeta un regard dans lequel on devinait de la peur. A mon avis, le niveau est monté de plus de trente centimètres en une heure.

Surprenant le désespoir de sa sœur, Dirk se creusa les méninges à toute vitesse. Il fallait à tout prix trouver le moyen de se sortir de là.

— Il nous reste donc une heure et demie, grand maximum.

— Tiens, fit Summer en fronçant les sourcils, il me revient un truc. J'ai une petite lime à ongle dans ma poche. C'est un peu comme si on partait chasser le ptérodactyle avec un chasse-mouche, mais ça pourrait nous être utile.

— Ah super ! Vas-y, envoie-la-moi !

— Cet anneau m'a l'air assez pourri, reprit-elle en tirant sur son poignet. Si j'arrivais à dégager juste une main.

— Je peux peut-être t'aider ?

Dirk tendit les jambes le plus loin possible dans sa direction et inclina le torse contre les blocs pour y prendre appui. Il leva une jambe et laissa glisser son pied jusqu'à ce que la semelle de sa chaussure bute sur le morceau de fer. Appuyant de toutes ses forces, il réussit à soulever l'organeau.

Mais sans aucun résultat.

Il déplaça légèrement le pied pour faire porter son talon sur l'anneau, et recommença. Cette fois-ci, la pièce de métal bougea un peu, dans la direction de Summer. Il refit la même manœuvre, encore et encore, poussant contre le support scellé dans le béton, et réussit enfin à faire pivoter l'anneau de quatre-vingt-dix degrés.

— Bon. Faudrait que tu m'aides à le mettre en position verticale. A trois, on y va.

Il fit glisser son pied sous l'anneau, compta jusqu'à trois et replia la jambe. Summer, de son côté, poussait de la main et, progressivement, réussit à remettre l'anneau droit.

— Parfait, très amusant, déclara Dirk en étendant la jambe pour se reposer. On recommence.

Et pendant vingt minutes, ils continuèrent ainsi, tirant et poussant l'anneau, jusqu'à ce qu'il cède. Le fer rouillé perdait peu à peu de sa résistance. Après un dernier et vigoureux coup de pied de Dirk, l'anneau sortit du béton, libérant ainsi le bras gauche de Summer. Elle sortit immédiatement sa main et fouilla dans la poche de sa veste de soie pour en sortir la lime au manche de porcelaine.

— Ça y est, je l'ai. Je commence par le bracelet de la menotte ou par l'anneau en fer ?

— L'anneau. Même s'il est plus épais, il sera plus facile à scier que l'acier trempé des menottes.

Se servant de la lime comme d'une scie à main, Summer entreprit de découper la base de l'anneau. Manier cet outil avec un tant soit peu de précision, dans cette eau boueuse, sans lumière, relevait du tour de force. Mais Summer, qui avait une longue pratique de la plongée, s'en tira sans trop de peine. Le fait d'avoir consacré des années à fouiller des épaves par visibilité quasi nulle avait exacerbé son sens du toucher. Ce qu'elle tâtait de la main lui en disait plus sur la nature de ce qu'elle découvrait que ses yeux.

Pleine d'espoir, elle attaqua la couche superficielle de l'anneau couvert de rouille. Son bel allant commença à fléchir lorsqu'elle rencontra le cœur du métal. Elle n'avançait plus qu'à une allure d'escargot. L'eau montait toujours, elle arrivait maintenant au-dessus de sa poitrine. L'urgence de la situation déclenchait chez elle des bouffées d'adrénaline. Elle sciait aussi vite qu'elle pouvait, gagnant un millimètre après l'autre. Elle faisait de brèves pauses, puis reprenait son travail. Elle appuya d'une main sur la lame pour affaiblir plus vite la résistance du métal. Elle sciait, avalait une tasse ou d'eux d'eau vaseuse. Enfin, l'anneau lâcha, la libérant du même coup.

— Ça y est, je l'ai eu ! s'exclama-t-elle victorieuse.

— Ça t'ennuierait de me la prêter, maintenant ? lui demanda tranquillement Dirk.

Mais Summer avait déjà plongé de l'autre côté et entreprenait de libérer sa main droite. Tout en manœuvrant la lime, elle se fit la réflexion qu'il lui avait fallu près de trente minutes pour venir à bout du premier anneau, et que l'eau lui arrivait désormais aux épaules. Le niveau montait plus vite que ce qu'elle avait estimé, l'eau serait largement au-dessus de la tête de Dirk d'ici moins d'une heure. Ses doigts et ses membres lui faisaient mal, elle n'en continua pas moins et redoubla d'efforts.

Dirk attendait patiemment qu'elle ait terminé. Il sifflotait doucement une vieille chanson de 1880, *Un jour que dans le parc je me promenais.*

— Merci de ton aide, lui glissa Summer entre deux halètements, mais elle ne put s'empêcher de sourire en entendant ce morceau assez coquin. Désormais, je crois que cet air me trottera éternellement dans la tête.

Il s'arrêta de siffloter, mais cette ritournelle l'obsédait, revenait et revenait encore. Elle constata même que c'était un bon truc, cela l'aidait à scier.

Un jour que dans le parc je me promenais...

A chaque syllabe, elle appliquait un coup de lime, ce qui améliorait notablement la cadence.

... au joli mois, au joli mois de mai
J'ai surpris deux yeux coquins qui me reluquaient.
Et sur l'heure, mon pauvre cœur me fut dérobé.

L'eau lui arrivait maintenant au menton. Elle était obligée de respirer de grands coups, s'immergeait un bref instant pour vérifier que la lime usait le métal toujours au même endroit. Dirk avait du mal à garder la tête hors de l'eau. Il continuait de tirer et de pousser sur l'anneau, tandis que Summer sciait sans relâche. Finalement, ils entendirent un bruit métallique, un *ding* étouffé, et l'anneau céda enfin sous leurs efforts combinés.

— Et de trois, encore un, dit Summer, haletante.

Elle aspira une grande goulée d'air, elle était restée un bon bout de temps sous l'eau.

— Offre-toi une petite pause, décida Dirk en s'emparant de la lime avec sa seule main libre.

Sa main droite, désormais libérée, lui laissait un peu plus de latitude pour respirer, pas assez cependant pour lui permettre de scier le dernier anneau sans plonger la tête sous l'eau. Il prit une profonde inspiration, s'immergea et entreprit de scier vigoureusement l'anneau qui gardait prisonnier son poignet gauche. Au bout de trente secondes, il refit surface, respira à nouveau un grand coup et replongea. Summer essayait de détendre ses doigts engourdis. Elle vint se mettre à gauche de son frère et attendit qu'il remonte. Comme deux lutteurs qui essayent de mettre au tapis leur adversaire, ils alternaient, se passaient la lime, plongeaient, attaquaient le métal de toutes leurs forces.

Les minutes passaient, l'eau montait toujours. Chaque fois que Dirk remontait pour respirer, il voyait bien qu'il avait de plus en plus de difficulté à sortir les narines et la bouche hors de l'eau. L'anneau de fer lui entrait dans les chairs et, instinctivement, il essayait de tirer pour se libérer du bloc de béton.

— Il faut que tu gardes tes forces, lui dit Summer, tu vas en avoir besoin pour sortir d'ici.

Pourtant, la vérité leur apparaissait, inexorable : ils n'auraient pas le temps. Summer se tut, lui prit la lime et disparut sous l'eau. Dirk flottait à demi, la tête penchée en arrière, essayant de respirer à petits coups brefs. Des vaguelettes lui passaient sur le visage, il respira une dernière fois avant de replonger. Il agrippa le poignet de Summer, lui arracha la lime et commença à scier comme un fou furieux. Il tâta l'entame du bout du pouce et sentit au toucher qu'ils n'avaient fait qu'un tiers du travail. C'était désespéré.

Les secondes lui paraissaient des heures. Dirk fit un ultime effort pour se libérer. Son cœur battait la chamade, il se débattait pour essayer de s'oxygéner le sang. Dans cette obscurité, il sentait sans la voir que Summer s'était éloignée. Peut-être avait-elle finalement suivi ses conseils et décidé de chercher le salut. Ou peut-être ne pouvait-elle supporter le spectacle de son agonie.

Il s'arrêta une seconde de limer et tenta de pousser de tout son poids sur l'anneau. Puis il recommença à scier, à grands coups furieux à l'aide de cet outil dérisoire. Le sang lui claquait dans les oreilles à chaque battement de cœur. Depuis combien de temps avait-il bloqué sa respiration ? Une minute, deux ? Difficile à dire.

Il commençait à voir des espèces de lucioles. Il lâcha ce qui lui restait d'air dans les poumons et lutta contre la tentation d'ouvrir la bouche, au risque de boire la tasse. Son cœur tambourinait, il ne fallait surtout pas céder à la panique. Il avait l'impression qu'un faible courant l'éloignait un peu de l'organeau. Il serra la lime à mort, dans un dernier effort désespéré. Il avait l'impression qu'un voile blanc l'empêchait de voir, une voix intérieure lui disait de laisser tomber. Il essaya de résister à cette voix, son dernier combat, mais ses oreilles détectèrent un bruit sourd, et il sentit une vibration étrange lui parcourir le bras puis le corps tout entier. Puis il se sentit tomber, une chute vertigineuse dans le noir et dans le vide.

Chapitre 35

S UMMER savait pertinemment que casser cet anneau allait leur prendre encore une bonne vingtaine de minutes. Il lui fallait trouver un autre moyen de libérer son frère. Abandonnant Dirk, elle plongea jusqu'au fond de la grotte pour voir si elle ne trouverait pas quelque outil abandonné là, n'importe quoi, quelque chose qui lui permettrait de briser l'anneau. Le fond était plat et sableux, rien d'intéressant. Il n'y avait que ces blocs en béton, bien alignés. Elle avança doucement, se guidant de la main vers un bloc et finit par découvrir un gros morceau de ciment qui s'était détaché de l'une des gueuses. On avait dû le mouiller un peu trop près des autres. Elle se glissa au milieu des débris, atteignit le dernier bloc et sentit quelque chose lui tomber dans la main. Quelque chose de plat et de spongieux, comme du cuir. Dessous, il y avait un truc incurvé, étroit, qu'elle identifia vite comme la semelle d'une chaussure. Une sorte de bâton droit y était fiché, elle l'empoigna avant de se rendre compte, horrifiée, que c'était un fémur. Le fémur appartenait au squelette qui avait chaussé ce soulier. Encore une victime de Kang. Cela faisait longtemps que le cadavre devait être là, enchaîné au bloc. Elle recula, fit demi-tour pour revenir vers Dirk et se cogna le crâne contre le morceau de ciment. Ce débris était grossièrement cubique, il devait faire une petite cinquantaine de kilos. Elle le tâta pour voir à quoi il ressemblait, elle hésitait. Finalement, elle se dit qu'elle tenait peut-être la solution et que, de toute manière, elle n'avait rien de mieux sous la main.

Elle remonta pour respirer, plongea et se plaqua contre le bloc pour le soulever. A l'air libre, elle aurait eu énormément de mal, mais, dans l'eau, il pesait moins lourd. Elle avança ainsi jusqu'à son frère, le maintenant avec peine. Sentant la présence de Dirk plus qu'elle ne le vit, elle l'éloigna du bloc qui retenait prisonnier son poignet gauche. Pleine d'angoisse, elle s'aperçut que son frère était tout mou, alors que c'était un homme aux muscles d'acier.

Elle se cala du mieux qu'elle put contre la gueuse et fonça en avant, projetant de toutes ses forces le bloc de ciment sur l'anneau. Elle réussit à le faire avancer ainsi sur son élan, puis la pesanteur reprit le dessus. Pourtant, elle avait parfaitement calculé son coup. Pendant le bref moment où l'inertie avait joué, le bloc avait frappé l'anneau de fer. Elle entendit un *clang* étouffé par l'eau, mais assez pour savoir qu'elle avait tapé au bon endroit. Elle lâcha son bloc. L'anneau tout rouillé, déjà bien entamé par le mordant de la lime, venait de céder.

Elle attrapa immédiatement Dirk par le bras, le saisit par le poignet, sa main pendant comme une chiffe. D'un coup de pied, elle le fit remonter à la surface, prit une grande respiration et commença à le hisser jusqu'à un petit rocher émergé en s'efforçant de le maintenir hors de l'eau. Agenouillée près de lui, elle lui fit un bouche-à-bouche assorti d'un massage cardiaque. Soudain, Dirk se raidit, tourna un peu la tête et, dans un grognement, commença à cracher de l'eau. Il respirait enfin. Il réussit à se soulever sur ses coudes et à se tourner vers sa sœur.

— Je crois bien que j'ai bu la moitié du fleuve. La prochaine fois, rappelle-moi de ne boire que de l'eau minérale.

A peine avait-il réussi à articuler ces quelques mots qu'il fut pris d'un nouveau haut-le-cœur. Il recommença à cracher de l'eau, s'assit et se frotta vigoureusement le poignet gauche. Se tournant vers sa sœur, il constata avec plaisir qu'elle semblait indemne et en pleine forme.

— Merci de m'avoir sorti de là, lui dit-il. Mais comment t'as fait?

— J'ai trouvé un morceau de béton et je l'ai projeté contre la pièce de scellement. Dieu soit loué, je ne t'ai pas coupé la main.

— Ce dont je te suis fort reconnaissant, murmura-t-il en hochant la tête.

Après avoir repris leur souffle, ils restèrent là presque une heure pour se refaire. Dirk crachait encore de temps en temps l'eau qu'il avait avalée. Le soleil s'était couché depuis longtemps et le peu de lumière qui pénétrait par l'ouverture de la grotte avait laissé place à la nuit noire. Ils étaient plongés dans une obscurité totale. Une fois remis, Dirk demanda à sa sœur :

— As-tu une idée de l'endroit où se trouve la sortie ?

— A moins de cinquante mètres, un peu à l'est du quai.

— Et comment on va là-bas ?

— Il y a une yole. Ah oui, j'oubliais, tu dormais lorsque nous sommes arrivés. Dommage, c'était la plus belle partie de la croisière.

— Désolé d'avoir manqué le spectacle, répondit-il en massant une bosse qu'il avait à la tête. Si nous voulons sortir d'ici, nous allons devoir emprunter un de ses bateaux à Kang. Quand nous sommes arrivés, j'ai aperçu un petit hors-bord amarré derrière son palace flottant. Il y est peut-être encore.

— Si nous arrivons à le détacher puis à gagner le milieu de l'anse sans faire de bruit avant de démarrer le moteur, cela peut nous permettre de gagner le temps nécessaire.

Summer tremblait de tous ses membres, les effets de son long séjour dans l'eau froide se faisaient sentir.

— Bon, j'ai peur qu'il faille se remettre à l'eau. Puisque tu connais le chemin de la sortie, passe donc devant.

Summer releva le bas de sa robe afin d'être plus libre de ses mouvements et se laissa glisser dans l'eau trouble. Dirk la suivit. Ils longèrent une espèce de chenal sinueux, se dirigeant vers la tache gris clair qui signalait l'entrée de la grotte. Arrivés là, ils entendirent des voix dans le lointain et firent une pause. Un dernier virage à droite et le ciel se découvrit devant eux. Des étoiles scintillaient, les lampadaires du quai se reflétaient dans l'eau. Sans faire de bruit, ils gagnèrent un petit rocher isolé qui se trouvait à quelques mètres. Le caillou, couvert d'algues, était très glissant, mais il avait le mérite de leur offrir une cachette. De cet endroit, ils purent observer tranquillement le quai et ses alentours.

Ils restèrent ainsi accrochés au rocher pendant quelques minutes, examinant les bateaux au mouillage et la côte, essayant de savoir s'il y avait du mouvement. Comme Dirk l'avait dit, il y avait là un petit hors-bord vert, amarré entre le yacht et le catamaran par lequel ils étaient arrivés. Il n'y avait aucun signe de vie à bord des trois bateaux, amarrés à la queue leu leu. Dirk savait pourtant qu'il devait y avoir une petite équipe de garde au mouillage sur le plus gros de la flotte.

Une sentinelle sortit de l'ombre à quelque distance, elle était seule. L'homme arpentait lentement le front de mer. Lorsqu'il passa sous un lampadaire, Dirk aperçut très nettement un éclat de lumière sur le canon du fusil qu'il tenait sous le bras. Sans se presser, le garde s'avança sur le ponton, longea les bateaux et s'arrêta un bon bout de temps près du yacht. Enfin, il regagna le rivage, prit le petit chemin dallé qui conduisait à l'ascenseur et retourna s'installer dans la guérite construite au pied de la falaise.

— Voilà notre homme, murmura Dirk. Tant qu'il reste dans sa cabane, il ne peut pas voir le hors-bord, il est caché par les deux autres bateaux.

— Il va falloir le voler en vitesse, avant qu'il refasse sa ronde.

Dirk acquiesça. Quittant le rocher, ils reprirent leur nage silencieuse en direction du ponton. Dirk gardait un œil sur la guérite, tout en calculant mentalement le temps qu'il lui faudrait pour faire démarrer le hors-bord au cas où ils n'y auraient pas laissé la clé de contact.

Ils gagnèrent ainsi un endroit assez éloigné du ponton pour ne pas risquer de donner l'alerte avant de se trouver par le travers du hors-bord. Leurs menottes les gênaient pour nager, ils faisaient bien attention à garder en permanence les mains sous l'eau.

Approchant ainsi discrètement du ponton, ils perdirent de vue la guérite qui leur était dissimulée par l'arrière du yacht, avant de revoir le rivage. Le garde était toujours dans sa cahute. Assis sur un tabouret, il lisait une revue.

Par gestes, Dirk fit signe à sa sœur de larguer la bosse d'amarrage à l'arrière du hors-bord tandis que lui-même s'occupait de l'avant. Il se hissa un peu hors de l'eau pour attraper le bout et monter sur le ponton. Soudain, il entendit un cliquetis juste au-dessus et se figea. Un faisceau de lumière jaune balaya rapidement l'air. A sa lueur, il aperçut la figure rougeaude d'un garde en train d'allumer une cigarette sur la plage arrière. Il était à moins de trois mètres.

Dirk resta immobile, une main accrochée au plat-bord avant, pas un de ses muscles ne frémissait. Il prenait grand soin de ne pas troubler les vaguelettes qui ridaient la surface. Il attendit patiemment, le bout de la cigarette s'éclairait périodiquement comme une balise de bâbord chaque fois que le garde inhalait une bouffée. Dirk retint son souffle, pas tant pour lui que pour Summer, dont il espérait qu'elle resterait inaperçue à l'arrière. Le garde savourait sa clope et tira dessus dix minutes avant de jeter le mégot par-dessus la lisse. Ledit mégot tomba dans l'eau à un mètre de Dirk et s'éteignit avec un petit *pschitt*.

Il attendit que le bruit des pas se fut éloigné avant de plonger et de regagner l'arrière à la nage. Il remonta derrière l'hélice et trouva Summer qui l'attendait en montrant quelques signes d'impatience. Il lui fit un signe de tête, passa sous le tableau et jeta un œil au siège du pilote. Avec cette obscurité, il arrivait à peine à distinguer la planche de bord. La clé n'était pas sur le contact. Il redescendit dans l'eau et se tourna vers Summer pour se saisir de la bosse qu'elle avait en main. A la surprise de sa sœur, il plongea une bonne minute et, lorsqu'il remonta, il avait les mains vides. Elle pensait qu'il allait remettre le bout libre à bord, mais, au lieu de cela, il s'approcha du ponton. Elle obéit au geste du doigt qu'il lui faisait et s'éloigna en silence du hors-bord. Lorsqu'ils furent arrivés hors de portée de voix, ils s'arrêtèrent pour souffler.

— Qu'est-ce que tu fabriquais ? lui demanda Summer qui n'y comprenait rien.

Dirk lui raconta ce qu'il avait vu, le garde à l'arrière du yacht.

— Sans la clé, je n'avais guère de chance d'y arriver. Les bateaux sont serrés les uns contre les autres, il m'aurait forcément vu ou entendu si j'avais essayé de tripatouiller les fils. Pas de pot, il y en a encore un ou deux autres à bord du catamaran. Je crois que nous allons nous contenter de la yole.

La petite barcasse que les hommes de Kang avaient utilisée pour les transférer à terre était tirée sur la rive, tout près du ponton.

— C'est drôlement près du garde, fit Summer.

Ils rebroussèrent chemin pour rejoindre le rivage en faisant un large détour pour éviter les bateaux et s'approchèrent des rochers par l'est. Lorsqu'ils eurent pied, Dirk laissa sa sœur et s'avança doucement.

Une fois sorti de l'eau, il continua en rampant. L'embarcation était échouée entre deux rochers, à six ou sept mètres du bord. Il s'abrita derrière la coque pour échapper à la vue de la guérite et se traîna le long du bordé jusqu'à l'endroit qui lui permettait de jeter un œil. Une glène de cordage était lovée sur le banc de nage à l'avant et fixée à un petit anneau d'étrave. Il passa par-dessus le plat-bord, tira sur la ligne et attira la glène contre lui. Il redescendit, recula jusqu'au tableau arrière, face à l'eau. A tâtons, il sentit contre sa main la pièce de fixation d'un moteur hors-bord et y fixa solidement le bout de la bosse.

Puis il refit le même chemin en sens inverse jusqu'à l'eau, toujours en rampant, et déroula le filin derrière lui. Il faisait une quinzaine de mètres. Summer s'approcha à la nage et ils commencèrent à déhaler sur le bout. Il y avait un peu plus d'un mètre d'eau et seules leurs têtes dépassaient.

— On va le tirer de là, comme à la pêche à l'espadon, fit Dirk à voix basse. Si un type s'aperçoit de quelque chose, on plonge et on regagne les rochers près de la grotte, continua-t-il en lui indiquant la direction d'un mouvement de menton.

Il mit le filin entre les mains de Summer, bascula dans l'eau et appliqua progressivement la tension. Cela fait, Summer se mit à tirer à son tour.

Le petit bateau s'ébranla sans mal en raclant contre les galets. Ils reprirent rapidement le mou et jetèrent un coup d'œil à la guérite. Le garde était toujours plongé dans sa revue. Dirk et Summer reprirent donc tranquillement leur tâche, tirant le bateau, s'arrêtant, recommençant. Ils faisaient une pause de temps à autre pour s'assurer que personne ne remarquait la manœuvre. Lorsque la barcasse arriva au bord de l'eau, Summer retint sa respiration, puis laissa échapper un long soupir quand la coque se mit à flotter. Ces bruits de raclements allaient enfin cesser.

— On va le tirer un peu plus loin, lui dit son frère à voix basse.

Il passa deux tours de filin autour de ses épaules et commença à nager en direction du milieu de l'anse. Lorsqu'ils furent à une centaine de mètres de la côte, il lova le bout à l'intérieur et se hissa par-dessus le plat-bord avant de prendre la main de Summer pour la faire monter à son tour.

— C'est pas exactement une bête de course, mais je crois que ça fera l'affaire.

Il inspecta rapidement le contenu du bateau. Il repéra une paire d'avirons sous le banc, mit à poste les dames de nage et plongea les pelles dans l'eau. Face à l'arrière, il avait sous les yeux la résidence de Kang, brillamment illuminée. Il se mit à souquer de toutes ses forces et ils prirent bientôt de l'erre.

— Il faut compter environ un mille jusqu'au fleuve, lui annonça Summer. Avec un peu de chance, on pourrait tomber sur un navire de guerre ou sur un garde-côtes coréens.

— Je parierais plutôt sur un cargo.

— Pourquoi pas, répliqua Summer, à condition qu'il n'y ait pas l'éclair bleu du groupe Kang sur la cheminée.

Jetant un coup d'œil à la rive, Dirk vit soudain qu'il y avait de l'animation. Il essaya de distinguer plus précisément ce qui se passait et, lorsqu'il y parvint, fit une légère grimace.

— J'ai peur que celui qui nous recueillera ne soit pas exactement un cargo, dit-il en serrant les mains sur les mancherons.

*

La sentinelle de garde sur le quai avait fini par se lasser de sa lecture et décida d'aller refaire une ronde près des bateaux. Un de ses copains, de service à bord du yacht, venait d'une région proche de la sienne et il adorait aller le titiller sur la laideur des filles de chez lui. Il gagna le ponton et ne remarqua pas que la barcasse avait disparu de la plage. Arrivé à la passerelle qui menait au ponton, il dérapa et dut se retenir à la filière. Son regard glissa vers le sol et c'est là qu'il fit sa découverte. Il y avait une sorte de sillon, la trace laissée par le canot lorsqu'il avait été déplacé sur les galets. Seule différence, il n'y avait plus de canot.

Un peu embêté, le garde prit la radio et annonça sa découverte au PC sécurité. A la seconde, deux hommes fortement armés sortirent de l'obscurité au pas de course. Après un échange bref mais vif, ils allumèrent des projecteurs et des faisceaux de lumière commencèrent à balayer méthodiquement la zone : l'eau, les rochers, le ciel. Les gardes cherchaient frénétiquement où pouvait bien se trouver le canot qui avait disparu. C'est pourtant celui qui était de faction sur la plage arrière du yacht qui repéra les deux évadés. Il braqua un puissant projecteur sur le petit bateau blanc qui bouchonnait à la surface.

— C'est vraiment pas le moment de se retrouver sous les feux de la rampe, lâcha Summer lorsque le faisceau s'arrêta sur eux.

Ils entendirent immédiatement le tacatac d'une arme automatique puis le sifflement des balles qui passaient au-dessus de leurs têtes.

— Couche-toi dans le fond, lui ordonna Dirk qui souquait de toutes ses forces sur le bois mort. Pour le moment, nous sommes hors de portée, mais il leur suffit d'un coup de pot.

La petite yole se trouvait à peu près au milieu de l'anse. Pour un tireur entraîné qui prendrait place dans le hors-bord, c'était du tir aux pigeons. Il pouvait leur tomber dessus à tout instant, c'était l'affaire de quelques secondes. Dirk pria en silence que personne ne remarque le filin.

A terre, l'un des gardes avait déjà sauté dans le canot vert et faisait démarrer le moteur. Tongju, réveillé par les coups de feu,

271

émergea de sa cabine à bord du catamaran et se mit à hurler à l'un des gardes :

— Prenez le hors-bord ! Tuez-les s'il le faut !

Les deux autres gardes sautèrent dans le hors-bord et le dernier largua la bosse en montant à bord. Dans la panique, aucun des trois ne remarqua que la bosse fixée à l'arrière passait sous la coque. Le pilote se borna à constater que toutes les amarres avaient été larguées. Le canot commença à s'éloigner du ponton, il embraya et poussa à fond sur les gaz.

Le bateau bondit en avant pendant une fraction de seconde avant de s'immobiliser brusquement. Le moteur rugissait au régime maximum, mais l'embarcation ne bougeait pas. Le pilote qui n'y comprenait rien réduisit les gaz sans trop savoir ce qui l'empêchait d'avancer.

— Espèce d'imbécile ! hurla Tongju depuis le pont.

Lui, d'habitude si impassible, était dans une fureur noire.

— Ton amarre est prise dans l'hélice. Mets quelqu'un à l'eau et dégage-la !

Le petit travail de Dirk payait. Lorsqu'il avait plongé sous le hors-bord, il avait soigneusement enroulé le filin autour de l'arbre, l'empêchant ainsi de tourner normalement. Le coup d'accélérateur du pilote n'avait servi qu'à faire empirer la situation, en souquant encore plus fort ce méli-mélo de cordage. Il faudrait bien vingt minutes pour démêler ce fourbi.

Comprenant enfin ce qui s'était passé, Tongju fit irruption dans l'abri de navigation.

— Démarre, ordonna-t-il au patron du catamaran. Appareille immédiatement.

Le patron, encore tout endormi, était en pyjama, un pyjama de soie rouge. Il fit signe qu'il avait compris et se hâta vers l'abri de navigation.

Trois quarts de nautique plus loin, Dirk, haletant, poussait sur les avirons. Son cœur battait à se rompre. Ses bras et ses épaules le brûlaient, après les efforts qu'il leur demandait, il avait mal aux cuisses de pousser sur les cale-pieds. Son organisme épuisé lui suggérait de réduire la cadence, mais son cerveau lui disait de jeter au contraire toutes ses forces dans la balance. Ils avaient gagné de précieuses minutes en sabotant le hors-bord, certes, mais les hommes de Kang avaient encore deux bateaux à leur disposition.

Ils entendaient dans le lointain le bruit des échappements du catamaran, ses moteurs montaient en régime. Pendant que Dirk continuait à ramer, Summer le guidait vers le goulet dont ils se rapprochaient. La résidence de Kang et ses navires disparurent de leur vue lorsqu'ils embouquèrent la passe en forme de S.

— On a peut-être cinq minutes devant nous, fit Dirk entre deux efforts. Parée pour une petite baignade ?

— Je ne ferai peut-être pas aussi bien qu'Esther Williams [1] avec ces deux trucs, répondit-elle en lui montrant ses menottes. Mais je n'ai pas du tout envie de goûter une seconde fois à l'hospitalité de Kang.

Elle n'avait pas besoin de demander à Dirk la raison pour laquelle il lui posait cette question. Il avait beau être épuisé, elle savait que son frère était un véritable poisson. Ils avaient grandi à Hawaii, ils se baignaient toute la journée dans ces eaux chaudes. Dirk excellait dans le fond, il lui arrivait souvent de nager cinq milles, uniquement pour le plaisir.

— Si nous arrivons à gagner le cours du fleuve, nous avons peut-être une chance.

Lorsqu'ils eurent franchi le premier virage, le goulet s'assombrit. Les lumières de la résidence de Kang étaient cachées par les collines. Rien ne troublait le silence nocturne que le grondement des quatre moteurs diesels du catamaran qui montaient en régime. Dirk travaillait comme une machine, trempant et relevant les pelles des avirons à grands coups très efficaces. Summer lui servait de brigadier, lui suggérait de légers changements de cap pour leur faire prendre le plus court chemin et l'encourageait de la voix.

— Nous sortons de la seconde courbe, annonça-t-elle. Tire un peu à tribord, nous serons hors du goulet dans trente mètres.

Dirk continuait au même rythme, très régulier. Il relâcha la pression à sa gauche pour faire pivoter le nez. Le bruit du catamaran était de plus en plus fort, il avançait dans l'anse. Les membres rompus, Dirk donnait pourtant l'impression d'accélérer, effet sans doute de la menace qui se rapprochait.

Il faisait un peu moins sombre lorsqu'ils débouchèrent du dernier virage pour pénétrer dans le lit du fleuve. Les lumières des petits villages éparpillés sur les rives et au flanc des collines scintillaient çà et là à l'horizon. Ces lueurs constituaient le seul moyen d'évaluer la largeur du lit, près de cinq nautiques à cet endroit. A

---

1. Actrice de cinéma américaine, née en 1921, et qui aurait pu être championne de natation (*NdT*).

cette heure de la nuit, un peu avant l'aube, la navigation était à peu près inexistante. A plusieurs milles en aval, ils apercevaient quelques caboteurs qui mouillaient en attendant de rallier Séoul au lever du jour. Une drague, brillamment éclairée, remontait le courant, presque dans leur direction, mais elle était encore à quatre nautiques. Plus haut sur le fleuve, un navire de faible tonnage qui arborait des lanternes multicolores naviguait à peu près au milieu du lit, à faible vitesse.

— J'ai peur qu'on ne voie pas de taxis fluviaux, conclut Summer après avoir inspecté l'horizon.

Dirk essayait de gagner le milieu du fleuve. Le courant les faisait dériver, aidé par la marée descendante qui poussait la Han dans les eaux sombres de la mer Jaune. Il lâcha les avirons un instant pour réfléchir. La drague était très tentante, mais il devrait lutter contre le courant traversier pour la rejoindre, ce qui était pratiquement impossible. Regardant plus en aval, il aperçut un petit groupe de lumières jaunes à travers la brume, sur la rive opposée.

— On va essayer ce village là-bas, décida-t-il, pointant un aviron dans cette direction.

Ils devaient être à deux nautiques de cet endroit, à peu près.

— Si je fais route en suivant la largeur, le courant devrait nous y déposer directement.

— Ce qui suppose une petite baignade.

Il y avait une chose qu'ils ignoraient tous deux. La ligne de démarcation passait au beau milieu du fleuve. Ces petites lumières qu'ils apercevaient n'étaient pas celles d'un village, mais celles d'une base fluviale de la marine nord-coréenne.

Ils durent s'interrompre dans l'examen de tous ces plans, car le catamaran sortait du goulet dans le grondement de ses moteurs. Deux projecteurs étaient allumés sur les côtés de l'abri et leurs faisceaux balayaient l'eau. Dans quelques secondes, l'un d'eux tomberait fatalement sur la petite embarcation.

— Il est temps de quitter la scène, fit Dirk en orientant le bateau nez vers l'aval.

Summer sauta par-dessus bord, bientôt suivie de son frère qui, après avoir hésité, s'empara finalement de deux brassières.

— On va rester travers au courant, un peu vers l'amont, pour mettre autant de distance que possible entre eux et nous.

— Compris. On reprend de l'air toutes les trente secondes.

Des rafales de mitrailleuse déchirèrent la nuit et des gerbes de balles frappèrent la surface de l'eau à seulement quelques mètres devant eux. Sans demander leur reste, Dirk et Summer disparurent, s'enfonçant à un mètre cinquante de profondeur avant de prendre le cap. Avec ce courant, ils avaient l'impression de faire du surplace, mais ils continuèrent à nager vers le milieu du lit. Ils n'avaient aucune chance de remonter le flot descendant, mais ils dérivaient ainsi moins vite que leur barcasse.

Ils entendaient nettement dans l'eau le bruit des diesels et ils devinaient que le catamaran se rapprochait du canot. Dirk comptait les secondes à chaque brasse, espérant que Summer n'allait pas trop s'éloigner de lui dans le noir. Quand on nage de nuit, dans des eaux sombres, le seul moyen de repérer son cap est le sens du courant. Au bout de trente secondes, il se laissa doucement remonter à la surface, y soulevant à peine une ride.

Summer sortit de l'eau à trois mètres de lui, Dirk l'entendait qui soufflait bruyamment. Ils échangèrent un rapide coup d'œil, regardèrent ensuite la yole, reprirent une grande goulée d'air et plongèrent. Trente secondes encore.

Ce que Dirk avait pu brièvement apercevoir du canot l'avait rassuré. Le catamaran était arrivé dessus par l'amont en faisant feu de tous les bords et s'était maintenant arrêté pour constater les dégâts. Personne à bord n'avait songé à regarder ce qui se passait un peu plus loin dans l'eau, l'équipage supposait que les deux Américains étaient restés à bord. Pendant le court moment qu'ils avaient passé sous l'eau, ils avaient réussi à mettre une centaine de mètres entre eux et le canot.

Lorsque le catamaran fut tout près, Tongju ordonna à ses hommes de cesser le feu. Il n'y avait plus aucune trace des deux évadés, que Tongju s'attendait à retrouver dans le fond du canot, morts. Il se pencha pour vérifier, étouffa un juron et braqua une lampe torche sur le bateau. Il était totalement vide.

— On va inspecter la surface dans le coin puis la côte, ordonna-t-il d'un ton sec.

Le catamaran parcourut un dernier rond, balayant la surface avec ses projecteurs. Tous les yeux étaient braqués sur l'endroit, essayant de percer l'obscurité. Soudain, le tireur qui se trouvait sur la plage avant cria en montrant quelque chose par bâbord :

— Là, dans l'eau ! Il y a deux objets !

Tongju fit un signe de tête. Cette fois-ci, se dit-il avec une satisfaction cruelle, leur compte est bon.

Chapitre 36

APRÈS AVOIR ainsi plongé à quatre reprises, Dirk et Summer se retrouvèrent en surface et s'accordèrent un moment pour souffler un peu. A force d'avoir lutté contre le courant, ils se trouvaient maintenant à quatre cents mètres du canot.

— Pour l'instant, dit Dirk entre deux profondes inspirations, on peut rester en surface. Comme ça, on verra ce que trafiquent nos amis.

Summer suivit son frère et passa en nage sur le dos, ce qui lui permettait de surveiller le catamaran tandis qu'ils s'éloignaient. Le bateau de Kang restait en panne près du canot et balayait de ses projecteurs les parages. Ils entendirent des cris à bord et le navire se remit en route à grande vitesse en se dirigeant vers l'aval, avant de stopper à nouveau. Il y eut des tirs, qui cessèrent bientôt.

Tongju s'était précipité vers les deux objets que son tireur avait repérés. Dégoûté, il regarda ses mitrailleurs déchiqueter les deux brassières que Dirk avait laissées dans l'eau. Le catamaran continua à faire des ronds pendant plusieurs minutes, attendant le moment où les deux nageurs seraient contraints de refaire surface, à supposer qu'ils fussent sous l'eau. Puis il s'éloigna et reprit ses recherches. Dirk et Summer nageaient aussi vite que possible, ils le virent bientôt entamer une large boucle centrée sur le canot et les deux brassières. A chaque tour, le patron élargissait le cercle, décrivant une sorte de spirale.

— Il va pas falloir longtemps avant qu'ils se pointent dans notre direction, dit Summer, fort abattue.

Dirk inspectait l'horizon. Ils avaient parcouru environ un mille au milieu du fleuve, mais cela ne représentait qu'un quart du chemin à parcourir. Une solution consistait à faire demi-tour et à essayer de regagner la rive la plus proche, mais cela leur faisait croiser la route du catamaran. Ou alors, continuer ainsi et essayer de rejoindre les lumières de l'autre côté. La fatigue commençait à se faire sérieusement sentir, aggravée encore par leur long séjour dans l'eau froide. Nager encore pendant trois milles paraissait presque insurmontable et la chose était rendue encore plus difficile par la nécessité de le faire sous l'eau pour échapper au bateau de Kang. Dans le meilleur des cas, l'issue de ce petit jeu du chat et de la souris auquel ils se livraient avec Tongju et ses tireurs restait très incertaine.

Il existait pourtant une troisième option : rallier le petit bâtiment qu'ils avaient aperçu un peu plus tôt en amont et qui allait passer à un demi-mille. Dirk avait du mal à l'identifier dans l'obscurité, mais il ressemblait à une espèce de voilier en bois. Le feu de tête de mât éclairait une voile carrée de couleur rouge établie à l'avant, mais, apparemment, le navire n'avançait pas beaucoup plus vite que le courant.

Dirk essaya d'apprécier sa route et décida d'avancer encore sur une centaine de mètres vers le milieu du fleuve. Arrivé là, il cessa de nager. Summer le dépassa avant de comprendre que son frère s'était arrêté.

— Qu'est-ce qui se passe ? Il faut continuer, lui dit-elle après l'avoir rejoint.

Dirk lui montra le catamaran d'un signe de tête. Le bâtiment était maintenant assez loin vers l'aval. Il estima mentalement sa trajectoire future.

— A la prochaine passe, il nous verra, répondit-il très calmement.

Summer dut bien admettre qu'il avait raison. Au prochain tour, les faisceaux des projecteurs allaient leur passer dessus. S'ils voulaient rester cachés, ils allaient devoir rester plusieurs minutes sous l'eau.

Dirk regarda rapidement ce qui se passait plus haut.

— Ma chère sœur, je crois l'heure venue d'appliquer le plan B.

— Quel plan B ?

— Le plan B consiste à lever le pouce et à faire du stop.

*

Le grand voilier en bois descendait paresseusement le fleuve. Sa voile de misaine et son petit moteur auxiliaire le poussaient péniblement à trois nœuds. Lorsqu'il fut assez près, Dirk découvrit une jonque chinoise à trois mâts de vingt-cinq mètres environ. Contrairement à ce que l'on voyait d'ordinaire dans la région – des bateaux à bout de bord –, elle semblait particulièrement bien entretenue. Une guirlande de lanternes en papier était tendue de l'avant à l'arrière et lui donnait un air festif. Elle était construite entièrement en teck et les surfaces vernissées brillaient à la lueur des lampions. Quelque part sous le pont, une chaîne stéréo diffusait de la musique, Dirk reconnut une mélodie de Gershwin. Pourtant, en dépit de cette ambiance de soirée, il n'y avait pas âme qui vive sur le pont.

— Ohé du bateau ! On est dans l'eau, vous pouvez nous aider ?

L'appel étouffé de Dirk ne reçut aucune réponse. Il héla une seconde fois la jonque, attentif à ne pas éveiller l'attention du catamaran qui avait terminé un nouveau tour et remontait maintenant vers l'amont. S'approchant encore de la jonque, Dirk crut voir quelque chose bouger à l'arrière, mais, cette fois encore, il n'obtint pas de réponse. Il fit une troisième tentative et ne remarqua pas que le moteur de la jonque montait un peu en régime.

La coque ornée de dorures défila devant Dirk et Summer. La figure de proue représentait un dragon finement sculpté qui leur jeta un coup d'œil malicieux, à moins de trois mètres par tribord. Le tableau arrière puis le safran passèrent devant eux à leur tour, Dirk abandonna tout espoir de se faire récupérer cette fois-ci. Il était fou de rage contre cet imbécile qui devait dormir, ou qui était soûl, ou les deux à la fois.

Il s'était retourné pour jeter un coup d'œil au catamaran qui se rapprochait lorsque, à sa grande surprise, il entendit quelque chose tomber dans l'eau près de lui. C'était une bouée de sauvetage en plastique orange amarrée à un filin et que la jonque remorquait à la traîne.

— Accroche-toi et tiens-la bien, dit-il à sa sœur.

Après s'être assuré que Summer tenait fermement le bout, il s'y accrocha à son tour. Le filin se tendit et comme la jonque allait un peu plus vite que le courant, ils s'enfoncèrent brutalement dans l'eau. Le visage dégoulinant d'eau, ils se retrouvèrent traînés à la surface comme des amateurs de ski nautique qui auraient oublié de lâcher le câble. A la main, Dirk commença à remonter la ligne. Il avait les jambes en coton. Arrivé en bas du haut château arrière, il commença à grimper à la verticale jusqu'à la lisse. Là, deux mains surgies de l'ombre l'attrapèrent par les manches et le traînèrent jusque sur le pont.

— Merci, murmura Dirk, sans faire trop attention au grand gaillard qu'il distinguait à peine. Ma sœur est encore accrochée au filin, continua-t-il d'une voix hachée en commençant à tirer dessus.

Le type passa derrière lui, s'accrocha au filin et ajouta son poids au sien. A eux deux, ils finirent par hisser Summer qui passa au-dessus de la lisse comme un poisson qu'on sort de l'eau. Elle s'effondra sur le pont. Un chien se mit à aboyer de l'autre côté du bord, un basset marron et blanc qui se précipita sur Summer et entreprit de lui lécher la figure.

— Il fait bien noir pour se baigner, vous ne trouvez pas? leur demanda l'inconnu en anglais.

— Vous êtes américain! répondit Dirk, tout surpris.

— Depuis le jour de ma naissance, dans le comté de Lincoln.

Dirk l'examina de plus près. Il mesurait un mètre quatre-vingt-huit, à peu près sa taille, mais pesait bien dix kilos de plus. Il avait des cheveux blancs tout ébouriffés et portait un bouc de la même couleur. Cet homme avait bien quarante ans de plus que lui. Ses yeux bleu-vert pétillaient, comme s'il n'arrivait pas à croire les salades qu'on lui racontait. Des yeux qui intriguaient Dirk, qui avait l'impression de se trouver devant son propre père.

— Nous courons de grands dangers, lui dit Summer en se remettant debout.

Elle caressa le petit chien et le gratta sous les oreilles, ce qui lui fit remuer la queue de plaisir.

— Nous étions à bord d'un navire océanographique qui a été coulé par des gens qui ont ensuite tenté de nous tuer.

Et elle lui indiqua du doigt le catamaran qui continuait à tourner autour d'eux.

— J'ai entendu des tirs d'armes automatiques, répondit l'homme.

— Ils vont encore attaquer. Il faut absolument que nous prévenions les autorités.

— Et il y a des milliers de vies en jeu, ajouta Dirk, l'air sombre.

Le vieil homme les observait. Summer, trempée comme une soupe mais encore élégante dans sa robe de soie toute chiffonnée, jurait un peu avec Dirk, qui portait toujours son bleu de chauffe couvert de taches. Ces deux-là ne faisaient aucun effort pour essayer de camoufler les menottes qu'ils portaient aux poignets. Le vieux esquissa un sourire.

— Bon, je prends. Vous feriez mieux d'aller vous cacher en bas tant que nous ne nous serons pas débarrassés de ce catamaran. Vous pouvez utiliser la cabine de Mauser.

— Mauser? Combien de personnes avez-vous à bord? lui demanda Dirk.

— Personne d'autre que moi-même et celui qui vient de faire la bise à votre sœur.

Dirk se tourna vers le basset qui continuait à lécher la figure de Summer.

Le propriétaire les conduisit vers une porte puis dans une descente qui débouchait sur un compartiment décoré avec beaucoup de goût.

— Vous trouverez des serviettes dans la douche et des vêtements secs dans le placard. Ah, voici de quoi vous réchauffer.

Il attrapa une bouteille posée sur la table et leur servit deux grands verres d'un liquide translucide. Dirk en avala goulûment une gorgée. Le breuvage avait un goût légèrement amer et contenait visiblement de l'alcool.

— Du soju, lui dit l'homme. Un alcool de riz du pays. Servez-vous, le temps que je me débarrasse de vos amis.

— Merci de votre aide, lui dit Summer. A propos, je m'appelle Summer Pitt et voici mon frère, Dirk.

— Ravi d'avoir fait votre connaissance. Je m'appelle Clive Cussler.

*

Cussler remonta prendre la barre et embraya le moteur. Il poussa un peu les gaz et mit le cap sur le milieu du fleuve. Au bout de quelques minutes, le catamaran arriva près de lui et se mit en route parallèle, tous projecteurs allumés. Cussler se coiffa d'un chapeau de paille de riz à la mode des paysans locaux et resta appuyé contre la roue.

Il aperçut plusieurs hommes qui pointaient leurs armes dans sa direction. Le catamaran s'approcha encore de son flanc bâbord, à quelques dizaines de centimètres, et un homme qui restait caché à la passerelle lui cria quelque chose au haut-parleur. Cussler se contenta de hocher la tête en guise de réponse. Il se demandait si ces gusses allaient remarquer la glène de cordage toute trempée, les traces de pieds humides sur le pont. Pendant plusieurs minutes qui lui parurent très longues, le catamaran resta bord à bord, comme s'il avait l'intention de l'arraisonner. Puis, dans le rugissement de ses moteurs, il s'éloigna et reprit ses recherches, plus près de la rive cette fois.

Cussler conduisit sa jonque jusqu'à l'estuaire de la Han, à l'endroit où elle se jetait dans la mer Jaune. A partir de cet endroit, il y avait des chenaux de navigation prédéfinis et le trafic était moins dense. Il actionna quelques commutateurs et les winches hydrauliques se mirent en route. Il hissa ainsi les vergues et la jonque retrouva son allure de croisière avec des voiles brassées au grand-mât et au mât d'artimon. Il borda convenablement les voiles à la main et coupa enfin le moteur. La vieille jonque dansait désormais sur les vagues, poussée par ses jolies voiles.

— Vous avez un bien beau bateau, lui dit Dirk en émergeant de la descente.

Il avait trouvé un jean et un polo. Summer arriva derrière lui, vêtue d'une combinaison et d'une chemise d'homme à carreaux.

— C'est un modèle assez classique, lui répondit Cussler, celui des bâtiments marchands que les Chinois construisent depuis près de deux mille ans. Celui-ci a été construit à Shanghai en 1907 pour le compte d'un riche armateur. La coque est entièrement en teck, que les Chinois appellent *takien tong*. C'est un bateau très costaud et il tient étonnamment bien la mer.

— Où l'avez-vous trouvé ? lui demanda Summer.

— C'est l'un de mes amis qui l'a déniché, abandonné dans un chantier en Malaisie. Il a décidé de le remettre en état. Il lui a fallu six ans. Mais il en a eu marre de naviguer et je le lui ai échangé contre de vieilles voitures de collection. J'ai l'intention de traverser le Pacifique. Je suis parti du Japon et là, je me dirige vers Wellington.

— Vous naviguez en solitaire ? lui demanda Summer.

— Oui, car je l'ai modifié, j'ai un gros moteur diesel et des winches hydrauliques pour la manœuvre des voiles lattées. Le tout piloté par ordinateur. Il se manœuvre très facilement. En fait, il navigue tout seul.

— Avez-vous un téléphone satellite à bord ? demanda Dirk.

— Ah non. Tout ce que je peux vous offrir, c'est la radio marine. Je n'ai pas envie d'être dérangé sans arrêt par des coups de fils ou des messages électroniques. Ça me casse les pieds quand je navigue.

— Je comprends. Où allez-vous et, pour commencer, où sommes-nous ?

Cussler sortit une carte marine qu'il déroula sous la faible lampe de la table de navigation.

— Nous allons pénétrer dans la mer Jaune, à environ quarante nautiques au nord-ouest de Séoul. J'imagine que vous n'avez pas envie de rester à bord jusqu'à Wellington ? continua-t-il en souriant et en faisant glisser son index en travers de la carte. Que diriez-vous d'Inchon ? Je peux vous y déposer dans huit heures. Je crois qu'il y a une base de l'armée de l'air dans le coin.

— Ce serait idéal. N'importe où, pourvu que nous trouvions un téléphone et que nous puissions joindre quelqu'un de la NUMA.

— La NUMA, répéta Cussler, soudain intéressé. Vous n'étiez pas à bord de leur bâtiment qui a sombré au sud-ouest du Japon ?

— Le *Sea Rover* ? Si, nous étions à bord. Mais comment le savez-vous ? lui demanda Summer.

— CNN ne parle que de ça. J'ai vu l'interview du capitaine. Il racontait qu'ils avaient été récupérés par un cargo japonais, il y a eu une explosion dans la salle des machines.

Dirk et Summer se regardèrent.

— Alors, s'écria-t-elle, le capitaine Morgan et son équipage sont toujours en vie ?

— Oui, c'est ça, c'est le nom de ce type. Je crois bien que c'est ce qu'il a déclaré, tout son équipage est sain et sauf.

Summer lui raconta toute leur histoire, l'attaque du bâtiment, leur propre enlèvement par les hommes de Kang, leur incertitude quant au sort de l'équipage.

— Je suppose que tout le monde s'est lancé à votre recherche, leur dit Cussler. Mais, pour le moment, vous êtes en sécurité. Vous trouverez quelques sandwichs et de la bière dans la cambuse. Vous devriez casser une graine et aller vous reposer. Je vous réveillerai à notre arrivée à Inchon.

— Merci. Je vous le revaudrai, répondit Summer en s'engouffrant dans l'escalier.

Dirk resta encore un petit moment accoudé à la lisse. Les premières lueurs de l'aube pointaient à l'est. Il avait la tête pleine des événements des trois derniers jours. Il se sentait épuisé, mais infiniment soulagé. Par une sorte de miracle, l'équipage du *Sea Rover* avait survécu au naufrage. Pourtant, Kang avait toujours du sang sur les mains, la situation était de plus en plus dramatique. Si ce que le Coréen leur avait dit était exact, dix millions d'êtres humains risquaient la mort. Il fallait arrêter ce dément, il le savait, et vite.

TROISIÈME PARTIE

Sea Launch

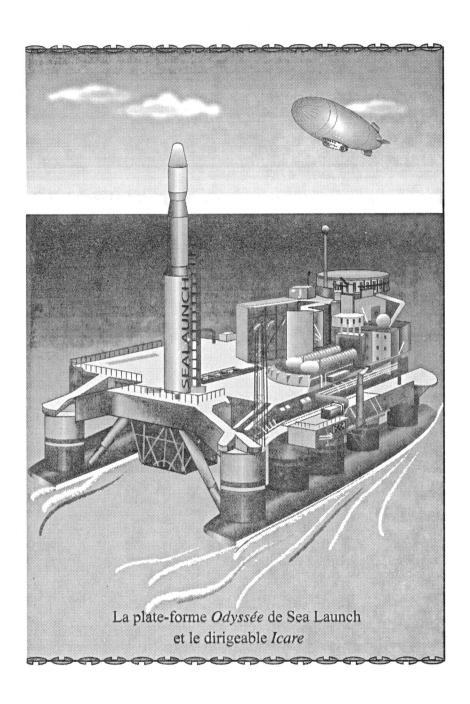

La plate-forme *Odyssée* de Sea Launch
et le dirigeable *Icare*

Chapitre 37

16 juin 2007
Long Beach, Californie

I L FAISAIT froid et humide dans ce coin du sud de la Californie et pourtant Danny Stamp sentait la sueur lui couler aux aisselles. Le vieil ingénieur était aussi excité qu'un adolescent qui sait, le soir du bal du collège, qu'il va enfin embrasser une fille. Mais ceux qui le connaissaient vous l'auraient tous dit : il était toujours dans cet état quand son bébé était sur le départ.

Le bébé en question n'était plus exactement un nourrisson. C'était une fusée Zénith-3SL de 70 mètres de haut, un lanceur à propergols liquides, et l'opération en cours, qui consistait à la transférer sur la plate-forme de tir, était particulièrement délicate. Le directeur des opérations de lancement, rondouillard et légèrement chauve, se tenait à la lisse dans les hauts d'un gros bâtiment. Il gardait les yeux rivés sur la fusée à quatre-vingt-dix millions de dollars dont il était responsable et qui se trouvait sous ses pieds. L'énorme cylindre blanc était fixé sur son chariot horizontal posé sur des dizaines d'essieux. Stamp arrêta un instant son regard sur l'inscription qui figurait sur la coquille en grosses lettres bleues : SEA LAUNCH[1].

Créée dans les années 1990, Sea Launch était une société commerciale internationale dédiée au lancement de satellites, essentiellement de télécommunications. Le géant américain de l'aérospa-

---

1. Lancements en mer (*NdT*).

tiale, Boeing, en était le principal actionnaire. Il était également responsable de l'intégration des satellites sur les lanceurs. Deux sociétés russes, soucieuses de se reconvertir et de gagner des roubles après avoir travaillé pour l'armement, avaient rejoint le consortium. Elles fournissaient les lanceurs. Ces fusées, d'anciens missiles intercontinentaux reconvertis, avaient été conçues à l'origine pour emporter des charges nucléaires. Les Zénith étaient des engins extrêmement fiables, parfaitement adaptés à leurs nouvelles missions commerciales. Mais c'était Kvaerner, une société norvégienne, qui apportait l'ingrédient le plus original de toute cette affaire. A partir d'une plate-forme pétrolière, la société basée à Oslo avait réalisé une plate-forme de lancement autopropulsée que l'on pouvait mettre en place sur tous les océans ou presque.

Cette particularité est certes commercialement intéressante, mais des raisons pratiques imposent une seule zone depuis laquelle il est possible de lancer un satellite : l'équateur. Pour un satellite géosynchrone, qui occupe une position fixe relativement à la terre, la trajectoire de mise en orbite la plus directe commence à l'équateur. On consomme moins de propergols pendant cette phase, ce qui permet d'embarquer une charge utile plus importante. Les opérateurs de ces satellites, qui souhaitent rentabiliser leurs investissements, des centaines de millions de dollars, peuvent ainsi les doter de capacités supérieures ou embarquer plus de combustible et augmenter leur durée de vie. Intégrer le satellite sur le lanceur à Long Beach, puis transporter le tout jusqu'à l'équateur n'avait été à l'origine qu'une idée astucieuse, sans plus. C'était devenu depuis une activité fort rentable dans ce secteur particulier, qui peut rapporter gros mais comporte également des risques élevés.

Le radiotéléphone Motorola que Stamp portait à la ceinture se mit à vibrer : « Roulage terminé. Paré pour le grutage » annonça son interlocuteur. Stamp s'arrêta pour contempler un instant la Zénith qui dépassait à l'arrière de son navire porteur comme le dard d'une guêpe. Autre aspect original de cette méthode, les équipes de Sea Launch assemblaient le lanceur et sa charge utile à bord d'un bâtiment spécialement conçu à cet effet, le *Sea Launch Commander*. Sa définition officielle était : « Navire d'intégration et de contrôle ». Ce cargo, long de plus de deux cents mètres, embarquait à son bord des tonnes de matériel informatique logé aux ponts supérieurs et un PC de lancement, chargé de diriger les opérations de lancement en mer. Aux ponts inférieurs, enfouies au plus profond, des soutes abritaient les différents sous-ensembles de la Zénith. C'est là que des armées d'ingénieurs et de techniciens en combinaisons blanches réalisaient l'assemblage final de la fusée en position horizontale, grâce à un système de rails qui occupait presque toute la longueur du navire. Lorsque cette opération était terminée, on embarquait le satellite dans la partie haute sous la coiffe puis l'ensemble était transféré, à une vitesse d'escargot, jusqu'à l'arrière du *Sea Launch Commander*.

— Commencez le grutage. Transfert dès que parés, ordonna Stamp dans le micro avec son léger accent de l'Ouest.

Il se tourna vers un énorme système de levage érigé en abord de la plate-forme de lancement. Deux poutres métalliques en forme de M qui débordaient à l'une des extrémités supportaient plusieurs câbles de fort diamètre. La plate-forme, baptisée *Odyssée*, avait été positionnée contre l'arrière du *Sea Launch Commander* et le système de levage se trouvait ainsi à la verticale du lanceur. Les câbles commencèrent à descendre du pont roulant, sans un bruit, et une équipe de techniciens équipés de casques de chantier les relia à une série de saisines et de points d'accrochage disposés tout le long de la fusée.

— *Sea Launch Commander* d'*Odyssée*, lança à la radio un second intervenant. Parés pour le transfert.

Stamp fit un signe de tête à un type de petite taille qui se tenait près de lui, un barbu nommé Christiano. Il commandait le *Sea Launch Commander* et avait son propre poste radio.

— Ici *Commander*. Commencez le transfert à votre convenance. Bonne chance, *Odyssée*.

Quelques secondes plus tard, les câbles de hissage se raidirent et la fusée se souleva lentement de son berceau. Stamp retenait son souffle. La Zénith monta encore jusqu'à se balancer dans les airs, très haut, bien au-dessus du *Commander*. La fusée, dont on n'avait pas rempli les réservoirs, ne pesait qu'une fraction de son poids au lancement. Si bien que cette opération demandait des efforts comparables à ceux qu'il aurait fallu faire pour soulever une boîte de bière vide. Stamp ne pouvait cependant réprimer sa nervosité quand il voyait cette grosse fusée se balancer dans les airs sous ses yeux.

Après l'avoir ainsi soulevée, à une vitesse insupportablement lente, jusqu'au niveau de la plate-forme de tir, l'équipe chargée de la manutention mit en action un second treuil et le lanceur pénétra, toujours à l'horizontale, dans un hangar à atmosphère contrôlée, sur le pont supérieur de l'*Odyssée*. Une fois les portes refermées, on déposa doucement le lanceur sur un berceau équipé de roues. Lorsque la plate-forme atteignait la zone de lancement, c'est ce berceau qui allait faire sortir la fusée du hangar avant de l'ériger en position de tir.

— Lanceur à poste. Parfait, messieurs. Ce soir, c'est moi qui paye la bière. *Odyssée*, terminé.

Stamp, visiblement soulagé, souriait de toutes ses dents.

— C'est passé comme une lettre à la poste, dit-il à Christiano, comme s'il n'en avait jamais douté.

— Je pense qu'on tiendra finalement la date de tir, dans dix-sept jours, lui répondit l'autre en regardant le berceau de transfert que l'on rentrait à bord du navire. Les prévisions météo sont plutôt favorables. Nous en avons pour quatre jours à achever les dernières vérifications et à faire le plein de propergol, nous appareillerons quarante-huit heures après l'*Odyssée* après avoir complété les rechanges et les vivres. On la rattrapera sans problème avant qu'elle ait atteint la zone de lancement.

— Parfait, fit Stamp, soulagé. Il y a des pénalités de retard au contrat, c'est la catastrophe si nous ne respectons pas les délais.

— Personne ne pouvait prévoir que les dockers allaient se mettre en grève et que la Zénith arriverait quinze jours plus tard que prévu, conclut Christiano en hochant la tête.

— Les équipes ont fait un travail fantastique pour rattraper le temps perdu. Je n'ai pas envie de savoir combien ça va nous coûter en heures supplémentaires, mais je crois que nous avons battu des records. Et en plus, avec ce client complètement parano qui maintient le secret le plus total sur la charge utile.

— Que peut-il y avoir de si confidentiel à bord d'un satellite de télé ?

— J'en sais fichtre rien, répondit Stamp en haussant les épaules. C'est typique, j'imagine que tous les Asiatiques sont comme ça. Je ne comprends rien à ce qu'ils veulent faire. Leur satellite n'est pas très gros, ils auraient économisé deux millions de dollars en utilisant une fusée Longue Marche chinoise.

— La peur des Chinois est un sentiment assez répandu en Extrême-Orient.

— Exact, mais c'est un truc qu'on oublie assez rapidement quand il s'agit de gros sous. C'est peut-être à cause du patron de la boîte. Apparemment, c'est un vrai franc-tireur.

— C'est lui qui possède la boîte, non ? demanda Christiano en levant les yeux comme s'il cherchait son nom.

— Ouais, répondit Stamp. Dae-jong Kang est un homme riche et puissant.

*

Kang, installé dans son bureau lambrissé, se laissa aller dans son fauteuil de cuir confortablement rembourré. Il écoutait l'exposé technique que lui faisaient deux ingénieurs de l'usine d'Inchon. Tongju, silencieux, était assis plus loin et surveillait comme à son habitude les deux hommes. Celui qui s'exprimait en ce moment, d'une voix enrouée, était un type maigre à lunettes, la tignasse ébouriffée pour ce qu'il lui restait de cheveux.

— Comme vous le savez, Koreasat 2 a été livré au site d'intégration voici trois semaines environ. Il a été placé dans la coiffe, le cône supérieur de la Zénith, si vous préférez. Le lanceur est à bord de la plate-forme de tir qui se prépare à appareiller pour l'équateur.

— Il n'y a eu aucune fuite ? demanda Kang en jetant un regard glacial à Tongju.

L'ingénieur hocha négativement la tête.

— Nos équipes de sécurité sont restées près du satellite sans aucune interruption. Les types de Sea Launch n'ont pas le moindre soupçon. A le voir, ce satellite est conçu comme n'importe quel satellite de télévision. Maintenant qu'il est encapsulé sur le lanceur, il y a peu de chance qu'ils soupçonnent quelque chose.

L'ingénieur empoigna sa tasse pleine à ras bord et avala une gorgée de café, répandant quelques gouttes sur la manche de sa veste élimée et sur sa cravate.

— Le système de dispersion des aérosols, reprit Kang, on a vérifié le fonctionnement ?

— Oui. Comme vous le savez, nous avons effectué de nombreuses modifications après avoir essayé le modèle à petite échelle aux Aléoutiennes. Nous avons supprimé la possibilité de mélanger deux produits différents, puisqu'on a abandonné le cyanure. En outre, tout le système a été redessiné, les cartouches sont désormais amovibles. Ceci nous permet de n'armer la charge utile que quelques heures avant le lancement. Naturellement, l'ensemble est maintenant beaucoup plus lourd. L'engin de test aux Aléoutiennes, vous vous en souvenez, emportait moins de cinq kilos de composé biochimique, alors que le satellite contient trois cent vingt-cinq kilos de chimères, après réhydratation. Avant de livrer le satellite chez Sea Launch, nous avons fait une ultime vérification pendant la nuit, dans des conditions parfaites de sécurité. Les résultats sont excellents. Nous avons la quasi-certitude que tout fonctionnera convenablement une fois arrivé au-dessus de l'objectif.

— Je ne tolérerai aucune défaillance, répondit Kang.

— Le lancement proprement dit constitue la phase la plus critique de la mission, poursuivit l'ingénieur. Lee-Wook, avons-nous toutes les données nécessaires pour tirer par nos propres moyens?

Ce second ingénieur, plus jeune, était un homme grisonnant au nez épais. Il était évident que la présence de Kang l'impressionnait.

— Le processus de lancement comporte deux éléments importants, commença-t-il en bégayant légèrement. Le premier consiste à positionner et à stabiliser la plate-forme de lancement avant de basculer le lanceur en position verticale, de le ravitailler et de le mettre en condition de tir. Nous avons obtenu de Sea Launch toutes les procédures correspondantes.

Il omit de mentionner qu'il avait fallu pour ce faire verser quelques pots-de-vin.

— Notre personnel les a étudiées et simulées avec le plus grand soin. Nous nous sommes en outre attachés les services de deux spécialistes ukrainiens qui ont travaillé dans le temps pour Yuzhnoye, le fabricant de la Zénith. Ils nous aideront pour les calculs de trajectoire et pour les opérations de ravitaillement. Ils seront présents sur place.

— Je me souviens des bassesses qu'il a fallu commettre pour les faire venir, commenta Kang non sans dégoût. Je crois que les Russes pourraient en remontrer aux Occidentaux et leur apprendre comment des capitalistes savent vous extorquer votre argent.

Lee-Wook continua sans relever. Il avait repris contenance et ne bégayait plus.

— Seconde chose, la mise à feu et le guidage. Normalement, dans le cas d'un lancement en mer, c'est le bâtiment de contrôle qui s'en charge. Dans notre cas, ce sera le *Baekje*. Nous l'avons doté des équipements de télécommunications et des systèmes informatiques nécessaires, conclut-il dans un souffle. Enfin, nous avons embarqué les logiciels qui permettent de contrôler et de surveiller le lanceur. Le lancement proprement dit est une opération très automatisée, et le logiciel joue donc un rôle critique. Celui-ci comporte des millions de lignes de code.

— Nous l'avons réécrit ?

— Cela nous aurait demandé des mois de travail puis de validation. Nous avons eu de la chance, tous ces programmes étaient stockés dans les bases de données du bâtiment de contrôle. Notre qualité de client nous a permis d'avoir un accès pratiquement illimité au navire pendant trois semaines, le temps d'intégrer Koreasat 2. Une fois à bord, notre équipe a réussi sans trop de difficultés à pénétrer dans le système informatique et à récupérer le logiciel sous le nez des experts américains. Nous en avons fait une copie et nous avons mis quatre jours à la télécharger via satellite, ce qui nous a permis de récupérer le retour dans notre centre de recherche à Inchon.

— On m'a pourtant dit que le *Baekje*, ou plutôt, le *Koguryo* comme il s'appelle désormais, avait appareillé hier.

— Nous avions déjà effectué le plus gros du transfert, le reste passera par satellite pendant le transit.

— Avez-vous déterminé la trajectoire optimale pour assurer une dispersion maximale de l'agent biologique ? demanda Kang.

— Théoriquement, nous pourrions atteindre un objectif situé à quatre mille kilomètres. Cependant, la probabilité de tomber exactement sur la cible est extrêmement faible. En vol suborbital, la charge utile n'est pas guidée, si bien que nous devons utiliser le vent, la vitesse et la position initiale de lancement pour atteindre la zone de frappe. A partir des conditions de vent dominantes dans la zone Pacifique, nos Ukrainiens ont calculé que la solution optimale consistait à positionner la plate-forme à environ quatre cents kilomètres en amont de la cible. Nous procéderons aux derniers ajustements avant le lancement et comptons obtenir une précision inférieure à cinq kilomètres.

— Mais le système de dispersion des aérosols devra avoir été armé bien plus tôt, remarqua le premier ingénieur.

— C'est exact. La charge utile sera activée à une altitude de six mille mètres. Cela interviendra peu de temps après le largage de la coiffe. Elle parcourra ainsi huit kilomètres de distance horizontale par kilomètre de perte d'altitude. Le nuage répandu s'étendra alors dans un corridor de quarante-huit kilomètres de longueur.

— J'aurais préféré que l'on ne tire pas aussi près de l'Amérique du Nord, dit Kang en fronçant les sourcils, mais la précision que nous cherchons nous l'impose. La trajectoire réelle sera ajustée en agissant sur la poussée ?

— Précisément. La Zénith-3SL est un lanceur à trois étages, conçu pour mettre en orbite de grosses charges utiles. Mais nous ne dépasserons pas une altitude de cinquante kilomètres, si bien qu'il ne sera pas nécessaire de mettre à feu les deuxième et troisième étages. Nous serons même obligés de couper la poussée du premier étage. Nous pouvons le faire à tout moment et, en fait, nous avons programmé cette interruption un peu plus d'une minute après le lancement. Comme le lanceur part vers l'est, nous larguerons d'abord la partie haute, puis la coiffe. Le satellite déploiera alors automatiquement le système de dispersion des aérosols et les agents biologiques se disperseront dans l'atmosphère jusqu'à l'impact.

— Sommes-nous bien certains que la défense antimissile américaine ne nous fait courir aucun risque ?

— Leur système est encore à l'état d'ébauche et est destiné à intercepter des missiles balistiques intercontinentaux lancés à des milliers de kilomètres. Les Américains n'auront pas le temps de réagir. Même dans ce cas, les intercepteurs arriveraient trop tard, nous aurons déjà déclenché la séparation. Dans le meilleur des cas, ils pourraient détruire le lanceur. Non, il n'y aura pas moyen d'interrompre le déploiement de la charge utile après le lancement.

— Je désire que le compte à rebours commence pendant que les chefs d'Etat du G8 se trouvent dans la zone visée, déclara Kang d'un ton péremptoire.

— Météo permettant, nous avons prévu que le lancement coïncidera avec la réunion d'avant-sommet qui doit se tenir à Los Angeles, répondit l'ingénieur, un peu tendu.

— Vous superviserez toute l'opération depuis Inchon, je crois ?

— Le centre de recherche est en liaison permanente avec le *Koguryo* et surveillera le lancement en temps réel. Naturellement, nous ferons des suggestions aux équipes embarquées pendant le compte à rebours. Je crois que vous souhaitez nous rejoindre pour assister à la retransmission vidéo ?

Kang acquiesça d'un signe de tête .

— Dans la mesure où mon emploi du temps me le permettra, oui. Vous avez fait un travail remarquable. Menez cette mission jusqu'à son terme et vous recevrez du Comité central les plus hautes distinctions.

Il leur fit signe que la réunion était terminée. Les deux ingénieurs échangèrent un regard bref, s'inclinèrent profondément devant Kang et sortirent de la pièce sans mot dire. Tongju se leva et s'approcha du somptueux bureau d'acajou.

— Votre équipe d'assaut est-elle en place ? demanda Kang à son exécuteur des basses œuvres ?

— Oui, elle est restée à bord pendant l'escale à Inchon. Si vous n'y voyez pas d'objection, j'ai prévu de prendre un avion de la société qui m'emmènera jusqu'à une base japonaise désaffectée, dans l'archipel d'Ogasawara. Je rallierai le bâtiment avant le déclenchement de l'opération.

— Je souhaite que vous dirigiez personnellement la phase d'assaut – Kang se tut un instant – cela fait trop longtemps que nous travaillons à ce plan pour risquer de courir à l'échec à présent, reprit-il sèchement. Je vous tiens pour personnellement responsable du secret qui doit continuer à entourer notre opération.

— Les deux Américains... ils se sont certainement noyés dans le fleuve, répondit Tongju d'une voix altérée, car il savait où Kang voulait en venir.

— Ils ne savent pas grand-chose et, même s'ils ont survécu, ils ne peuvent pas prouver quoi que ce soit. La vraie difficulté consistera à garder le secret une fois que l'opération aura eu lieu. Il faut à tout prix que les Japonais en portent la responsabilité, sans rémission possible.

— Après l'assaut, les seules traces tangibles se trouveront à bord du *Koguryo*.

— Précisément. Raison pour laquelle vous le coulerez après le lancement.

Il disait cela sur le ton d'un invité qui demande une serviette au cours d'un cocktail.

Tongju prit l'air étonné :

— Mes hommes seront encore à bord, tout comme vos spécialistes en télécommunications... commença-t-il.

— Je le regrette, mais votre équipe est du consommable. Et j'ai déjà pris les mesures nécessaires pour que mes meilleurs ingénieurs restent à Inchon. C'est malheureusement ainsi, Tongju, conclut-il avec un vague élan de sympathie qu'on ne lui connaissait pas.

— Ce sera fait.

— Tenez, fit Kang en lui tendant une enveloppe, voici les coordonnées. L'un de mes cargos en route pour le Chili attendra à cet endroit. Une fois le tir effectué, vous direz au capitaine du *Koguryo* de faire route sur ce point. Lorsque vous aurez le contact visuel avec le cargo, vous saborderez le *Koguryo*. Vous pouvez débarquer le capitaine et un ou deux hommes, si vous le désirez, puis vous passerez à bord du cargo. Le *Koguryo* ne doit sous aucun prétexte se faire arraisonner avec son équipage à bord.

Tongju acquiesça sans prononcer un mot et accepta sans une protestation d'exécuter ce massacre.

— Bonne chance, lui dit enfin Kang en se levant pour le raccompagner. Notre patrie compte sur vous.

Lorsqu'il fut parti, Kang revint à son bureau et resta un bon moment à contempler le plafond. La machine était en route, il n'y avait plus rien à faire si ce n'est attendre le résultat. Il finit par prendre un dossier financier et se plongea dans les prévisions de résultats du trimestre suivant.

Chapitre 38

LES SOMMETS du G8 sont des forums qui ont été créés en 1975 par Valéry Giscard d'Estaing. Conçus pour réunir les dirigeants des pays les plus riches en leur permettant de se rencontrer et d'évoquer les grands dossiers économiques du moment, ces sommets sont réservés aux seuls chefs d'Etat. Leurs conseillers n'y sont pas admis, ces dirigeants se retrouvent isolés dans un lieu privé et dans une ambiance informelle. Il arrive parfois que ces sommets aient d'autres résultats que la traditionnelle photo de famille. Cela dit, au fil du temps, les sujets abordés ont progressivement débordé du cadre strictement économique pour aborder des thèmes comme la santé, l'environnement et la lutte contre le terrorisme.

Le président des Etats-Unis, qui venait de faire voter une loi pour lutter contre le réchauffement climatique, avait fort envie de profiter de cette tribune pour promouvoir sa politique, d'autant qu'il était l'hôte du présent sommet. Conformément à la tradition qui avait cours, le président Ward avait retenu un endroit pittoresque et tranquille dans le Parc national du Yosemite. Il savait en outre qu'en un lieu aussi perdu, les protestataires habituels, qui vivaient plutôt en ville, auraient du mal à organiser une autre de leurs manifestations. Cela dit, et pour faire une concession à l'admiration que porte à Hollywood le monde entier, il avait accepté d'organiser la veille du sommet une réception dans un hôtel sélect de Beverly Hills. Etaient conviés une multitude d'acteurs de cinéma, de producteurs de renom. Bien évidemment, les chefs d'Etat ou de gouvernement japonais, italien, français, allemand, russe, canadien et britannique acceptèrent cette proposition avec enthousiasme. Tout le G8 allait en être.

Ce qu'ignoraient le Président et ses conseillers pour la sécurité, c'est que cet hôtel de Beverly Hills était précisément la cible du missile que comptait lancer Kang.

Kang savait pertinemment que mille et un contretemps pouvaient perturber le déroulement de l'opération à l'heure prévue : mauvaises conditions météo, problèmes techniques et tout ce que l'on peut imaginer. En revanche, son objectif était très clair. Réussir à frapper l'endroit où se trouveraient rassemblés les principaux dirigeants du monde libre allait produire un choc d'une ampleur inimaginable. Même si ces personnalités n'étaient pas directement atteintes, la terreur allait s'emparer du monde entier.

Après avoir décrit une courbe au-dessus du Pacifique à partir d'une position impossible à deviner, le dispositif allait être activé lorsque sa trajectoire couperait la côte. Il allait commencer à disperser son contenu au-dessus des plages de Santa Monica et tracer son sillon mortel dans les faubourgs nord de Los Angeles, les studios d'Hollywood, les zones urbaines de Glendale et Pasadena. Le conteneur devait ensuite survoler le stade Rose Bowl où il épuiserait ses dernières réserves avant de s'écraser quelque part dans les Monts Saint-Gabriel.

Le léger brouillard qui allait se répandre sur le sol ne provoquerait pas le moindre effet sur les gens dans la rue. Pourtant, pendant les quarante-huit heures suivantes, les virus seraient présents dans l'air, extrêmement contagieux, même à des concentrations aussi faibles. Dans toute la région de Los Angeles, où se pressent et s'agglutinent les touristes, les micro-organismes allaient commencer à faire leurs premières victimes sans que personne ne se doute de rien, touchant sans distinction les hommes, les femmes et les enfants. Après avoir repris des forces au sein des organismes qu'ils contaminaient, ils allaient lancer en silence leur attaque contre les cellules vivantes. Comme lorsqu'une bombe chronométrique attend, tapie dans l'ombre, aucun symptôme n'apparaîtrait encore pendant les deux semaines d'incubation. Et soudain, l'horreur allait se déclencher.

Au début, ce ne seraient que quelques individus qui iraient voir leur médecin pour se plaindre de fièvre et de courbatures. Leur nombre allait très rapidement exploser et les services des urgences de toute la région de Los Angeles se trouveraient débordés.

Comme on considérait que cette maladie était éradiquée depuis au moins trente ans, les professionnels de santé mettraient un certain temps avant d'identifier la cause. Lorsque l'on poserait enfin le diagnostic de la variole et que l'on réaliserait l'ampleur de l'épidémie, un désordre indescriptible allait se déclencher. Les médias amplifieraient frénétiquement l'hystérie collective au fur et à mesure que de nouveaux cas se déclareraient. Les hôpitaux locaux seraient pris d'assaut par des milliers de gens, tous les hypocondriaques du canton se précipiteraient pour consulter un médecin au moindre mal de tête, à la plus légère poussée de fièvre. Pourtant, il ne s'agirait encore là que de la partie émergée de l'iceberg. Des milliers de nouveaux cas de variole apparaîtraient tous les jours et les hôpitaux seraient impuissants à prodiguer les premiers soins aux patients. Incapable d'isoler convenablement les malades, le système de santé allait laisser l'épidémie se répandre de façon exponentielle.

Les médecins qui travaillaient pour Kang avaient calculé – c'était une estimation prudente – que vingt pour cent de la population exposée au virus allait succomber à la maladie. Dans la région de Los Angeles, avec ses dix-huit millions d'habitants, même si elle ne devait être touchée que dans une bande assez étroite, deux cent mille personnes allaient se trouver exposées et quarante mille infectées. Le phénomène ne prendrait toute son ampleur que deux semaines plus tard, car les individus contaminés, ne présentant aucun symptôme pendant les cinq premiers jours, auraient le temps de semer la contagion sans s'en rendre compte. Les médecins experts avaient modélisé ce phénomène de diffusion, ils prévoyaient que le coefficient multiplicateur était de l'ordre de dix. En l'espace d'un mois et pour la seule Californie méridionale, c'est près d'un demi-million de gens qui devraient lutter contre la maladie.

La terreur allait se répandre encore plus rapidement que l'épidémie. La psychose serait renforcée par le spectacle du Président et d'autres membres du G8 en train de lutter eux-mêmes contre la maladie. Le gouvernement fédéral allait être rapidement débordé par les appels au secours des simples citoyens, des professionnels de santé, des médias. L'administration affirmerait qu'elle serait en mesure de maîtriser la crise, car il y avait en stock assez de vaccin antivariolique pour traiter l'ensemble de la population. La Direction de la santé publique commencerait à distribuer les doses disponibles. Pourtant, le vaccin arriverait trop tard pour ceux qui auraient déjà été contaminés. Il en serait d'ailleurs de même pour une bonne partie des autres.

Puis, à la stupéfaction horrifiée des responsables, on découvrirait qu'il s'agissait d'une chimère. Grâce à ses propriétés hybrides, le virus tueur se révélerait insensible au vaccin américain. Le nombre de morts continuerait d'augmenter chaque jour, les scientifiques, paniqués, travailleraient d'arrache-pied à créer un nouveau vaccin et à le produire en masse, ce qui demanderait des mois. Pendant ce temps, l'épidémie traverserait le pays tout entier comme un raz de marée. Sans le savoir, des touristes ou des voyageurs passés à Los Angeles transporteraient partout le virus, disséminant la maladie dans des milliers de villes. La campagne de vaccination s'étant révélée inefficace, les autorités devraient mettre en œuvre la mesure ultime encore utilisable dans ce genre de circonstances : la mise en quarantaine. Interdiction de tout rassemblement, de toute réunion publique, dans une tentative désespérée de faire enfin barrage au désastre. Fermeture des aéroports, métros immobilisés, bus renvoyés au dépôt, sévères restrictions apportées à tous les déplacements. Les sociétés devraient mettre leur personnel en chômage technique et les collectivités locales réduire considérablement leurs activités pour préserver leurs agents encore valides. Il fallait prévoir également l'annulation des concerts de rock, des matchs de base-ball et même des célébrations religieuses. Les gens contraints de sortir pour aller chercher de la nourriture ou des médicaments ne pourraient le faire qu'équipés de gants en caoutchouc et de masques.

L'impact de l'épidémie sur l'économie du pays serait dévastateur. La production des produits de consommation allait s'arrêter du jour au lendemain. On pouvait s'attendre à voir le nombre de chômeurs augmenter de façon vertigineuse et atteindre le double de ce que l'on avait connu au temps de la grande dépression. Les gouvernements seraient poussés à la banqueroute car les impôts ne rentreraient plus, la demande de produits alimentaires, de médicaments, de services sociaux allait exploser elle aussi.

La crise atteindrait ensuite la défense nationale elle-même. La contagion allait décimer les forces armées, infecter des milliers de soldats et de marins entassés dans des locaux confinés. Des divisions entières, des escadrilles aériennes et des flottilles de la marine se retrouveraient dans l'incapacité de combattre, réduisant les forces armées à l'état de tigre de papier. Pour la première fois en deux siècles d'existence, la capacité du pays à assurer sa défense se trouverait gravement compromise.

S'agissant de la population civile, il fallait s'attendre à ce que morgues et cimetières soient débordés, saturés. Le nombre de malades et de mourants atteindrait très vite le seuil critique, submergeant les moyens de ressources encore disponibles. Les crématoires, qui fonctionneraient pourtant vingt-quatre heures sur vingt-quatre, ne suffiraient plus à la tâche. Il fallait s'attendre à des scènes comme on en avait connu à Mexico, du temps de Cortés, celles de monceaux de cadavres empilés dans les rues. On devrait se résoudre à confectionner à la hâte des bûchers de fortune pour incinérer les gens, reproduisant ainsi les rites funéraires de l'Antiquité.

Les gens vivraient confinés chez eux comme des prisonniers, se méfiant de leurs voisins, de leurs amis, de leurs proches parents même, craignant de contracter la maladie. Les ruraux seraient sans doute moins touchés, mais, dans les grandes villes, bien peu nombreux seraient ceux qui en réchapperaient. Il faudrait isoler totalement les malades, brûler leur linge, les draps, le mobilier, détruire tout ce qui risquerait de contenir des germes.

Le virus mortel frapperait indistinctement, sans se soucier de l'âge ni de la couleur de peau. Les plus durement touchés seraient cependant les actifs, contraints de s'exposer davantage pour procurer de quoi manger à leur famille. Lorsque des millions d'adultes seraient morts, on verrait apparaître autant d'orphelins, abandonnés à leur sort par tout le pays. Ce serait une terrible réplique de ce qui s'était passé en Europe de l'Ouest après la Première Guerre mondiale, lorsque, en moins de quelques mois, une génération entière avait été fauchée. Seules des mesures draconiennes de restriction des voyages pouvaient éviter à d'autres pays de connaître le sort des Etats-Unis.

Les patients atteints allaient connaître une terrible agonie. Au bout des deux semaines d'incubation, les malades allaient être pris d'une fièvre violente, de brûlures, d'abord sur le visage puis sur tout le corps. A ce stade, ils seraient extrêmement contagieux. Il suffirait d'un simple contact entre deux visages, ou même de partager le lit ou les vêtements de quelqu'un pour transmettre le virus. En trois ou quatre jours, les brûlures deviendraient des pustules, dures au toucher. Des lésions cutanées horribles à voir, accompagnées de sensations d'extrême chaleur, insupportables.

L'organisme pouvait se battre ainsi pendant trois ou quatre semaines jusqu'à la chute des croûtes et le risque de contagion cessait alors. De toute manière, les malades seraient obligés de se soigner par eux-mêmes, car il n'y aurait pas de remède connu une fois que le virus aurait pénétré dans l'organisme.

Les survivants, s'ils avaient de la chance, garderaient de cet épisode des marques indélébiles sur la peau pour se rappeler à jamais l'horreur qu'ils avaient connue. D'autres, moins heureux, resteraient aveugles. Le tiers des individus touchés mourraient dans de cruelles souffrances, par atrophie progressive des poumons et des reins.

Et ce n'était pas fini, les horreurs n'allaient pas s'arrêter là. Caché sous le virus de la variole, restait le spectre du HIV. Un virus qui agit plus lentement, moins facile à détecter, mais tout aussi mortel. Le HIV ne contribuait pas seulement à permettre à la chimère de résister au vaccin antivariolique, il contribuait à faire mourir les rescapés de la première vague. S'attaquant à des organismes déjà très affaiblis, le HIV allait pouvoir faire un carnage, détruisant ou modifiant les cellules, semant la destruction comme une invasion barbare. D'ordinaire, la plupart des victimes du HIV succombent après une dizaine d'années, s'affaiblissant lentement. La chimère, elle, ferait la même besogne en deux ou trois ans. Comme une chevauchée infernale, une seconde vague de mort balaierait le pays, tuant sur son passage les pauvres malheureux qui auraient survécu à la première. Si l'on pouvait s'attendre avec la variole à un taux de mortalité de trente pour cent, celui du HIV risquait de frôler les quatre-vingt-dix. A la fin des fins, les Etats-Unis auraient connu un désastre qui n'avait pas d'équivalent dans l'histoire.

Le temps que la chimère poursuive son trajet, des dizaines de millions d'Américains auraient péri, et bien davantage encore dans le reste du monde. Pas une seule famille n'en sortirait indemne, plus personne n'aurait le droit de vivre sans cette crainte lancinante de la maladie à sa porte. Totalement pris par l'urgence, les gens n'auraient pas le temps de réfléchir aux conséquences politiques de ce désastre. Pendant ce temps, à l'autre bout du monde, alors que la Corée du Sud serait envahie par son voisin du Nord, cet allié de longue date, dévasté, n'aurait plus guère la force que d'émettre de faibles protestations.

Chapitre 39

AU MILIEU des cargos et des porte-conteneurs modernes qui se pressaient dans le port d'Inchon, la jonque chinoise faisait figure d'antiquité. Cussler manœuvra avec précaution le grand voilier dans ce labyrinthe de navires marchands. C'était le milieu de la matinée. Il entra dans une petite marina nichée entre deux longs quais de chargement où s'entassait un assortiment assez hétéroclite de sampans délabrés et d'élégants voiliers de plaisance. Il termina la manœuvre au moteur, vint s'amarrer au quai de passage, puis alla frapper quelques coups légers à la porte de la cabine pour réveiller ses passagers qui dormaient paisiblement. Il se rendit ensuite à la cuisine et prépara une grande cafetière pendant qu'un employé faisait le plein de gazole.

Summer émergea sur la dunette, le basset dans les bras. Il faisait un soleil radieux. Derrière elle, Dirk réprima un bâillement. Cussler leur offrit une grande tasse de café puis s'engouffra dans la descente et remonta bientôt, une scie à la main.

— Ce serait pas une mauvaise idée de vous débarrasser de ces bracelets avant de descendre à terre, leur dit-il en riant.

— Je ne suis pas contre, renchérit Summer en se massant les poignets.

Dirk inspecta rapidement les bateaux qui se trouvaient à côté d'eux, avant de demander à Cussler :

— Personne ne nous a suivis jusqu'ici ?

— Non, je suis absolument sûr que j'étais seul. J'ai bien surveillé les alentours et j'ai même fait quelques zigzags, au cas où.

J'imagine que ces gaillards sont toujours en train de patrouiller sur la Han.

Et il éclata de rire.

— Je l'espère, fit Summer en frissonnant et en caressant la tête du petit chien pour se rassurer.

Dirk prit la scie et entreprit de faire sauter la première menotte de Summer.

— Vous nous avez sauvé la vie. Que pourrions-nous faire pour vous remercier ? demanda-t-il à Cussler tout en continuant à scier.

— Vous ne me devez rien, répondit l'autre d'une voix chaleureuse. Simplement, tenez-vous dorénavant à l'écart de tout ça et laissez le gouvernement s'occuper de ces truands.

— Compris, répondit Dirk.

Après avoir libéré Summer de ses deux menottes, il la laissa, aidée de Cussler, lui rendre le même service. Puis il alla s'asseoir et finit sa tasse.

— Le restaurant de la marina possède un téléphone. Si vous voulez, vous pourriez vous en servir pour appeler l'ambassade. Tenez, je vous donne quelques wons[1]. Servez-vous-en pour téléphoner et vous offrir un bol de *kimchi*, dit-il en remettant à Summer quelques billets de couleur rouge.

— Merci, M. Cussler. Et bonne chance pour votre traversée, lui dit Dirk en lui serrant la main.

Summer dut se baisser pour embrasser le vieil homme sur la joue :

— Vous avez été si gentil, je ne sais comment vous remercier, lui dit-elle en caressant le chien une dernière fois.

Les jumeaux restèrent sur le quai, adressant de grands signes d'adieu à la jonque qui s'extirpa du fouillis des bateaux. Mauser les fit sourire : installé tout à l'avant, il aboyait comme un fou. Quand le bateau se fut éloigné, ils montèrent un escalier de béton aux marches usées et pénétrèrent dans un bâtiment qui abritait la capitainerie, une droguerie et un restaurant. Les murs étaient décorés comme ceux de tous les restaurants de fruits de mer du monde entier : des filets de pêche et des casiers à homards pendaient un peu partout. Seule différence, ici l'odeur était effroyable, comme si les filets étaient encore trempés d'eau de mer.

Dirk trouva un téléphone accroché au mur du fond et, après plu-

---

1. Monnaie nationale de la Corée du Sud (*NdT*).

sieurs tentatives infructueuses, réussit à joindre le siège de la NUMA à Washington. Il n'eut pas besoin d'expliquer longuement son cas à la standardiste qui le transféra sur le domicile de Rudi Gunn, en dépit de l'heure déjà tardive sur la côte Est. Gunn venait tout juste de se coucher, mais décrocha dès la seconde sonnerie et faillit presque bondir de son lit en entendant la voix de Dirk. Après plusieurs minutes de conversation animée, Dirk raccrocha.

— Alors ? demanda Summer.

Dirk jeta un coup d'œil hésitant vers le restaurant nauséabond.

— Je crois qu'il est temps, hélas, de nous armer de courage et de goûter ce *kimchi* en attendant qu'on vienne nous chercher, dit-il en se frottant la panse.

*

Le frère et la sœur, qui mouraient de faim, dévorèrent un petit déjeuner composé d'une soupe chaude, de riz, de tofu parfumé aux algues et enfin, de l'inévitable assiette de légumes fermentés, le *kimchi*, épicé à faire peur. Alors qu'ils terminaient leur repas, deux malabars de la police militaire de l'armée de l'air entrèrent, l'air martial. Summer leur fit signe et le plus gradé des deux déclina leur identité :

— Sergent-chef Bimson, de la 55ᵉ escadre de chasse. Et le sergent Rodgers, ajouta-t-il en désignant son camarade. Nous avons ordre de vous conduire immédiatement à la base aérienne d'Osan.

— Avec plaisir, lui répondit Summer.

Ils quittèrent le restaurant et suivirent les deux militaires jusqu'à une berline officielle garée à proximité.

Séoul était plus proche d'Inchon qu'Osan, mais Gunn avait décidé qu'il valait mieux, pour la sécurité des jumeaux, les transférer à la base militaire la plus proche. Les deux sergents quittèrent Inchon par le sud, prirent une route en lacets au milieu des collines puis, après avoir traversé une zone de rizières, arrivèrent dans l'énorme complexe aérien d'Osan. Cette base avait été construite au milieu de nulle part pendant la guerre de Corée. Aujourd'hui, elle abritait deux grosses unités de chasseurs F-16 et d'avions d'attaque A-10 Thunderbolt II, qui assuraient la défense avancée du pays.

Peu après avoir passé la grande porte d'entrée, ils arrivèrent à l'hôpital de la base. Un colonel volubile accueillit Summer et Dirk et les conduisit dans une salle d'examens. On les ausculta rapidement, puis, soignés et pansés, ils purent se laver et enfiler des vêtements propres. Summer éclata de rire en constatant que son treillis n'améliorait pas sa silhouette.

— Comment allons-nous faire le trajet ? demanda Dirk au colonel.

— J'ai un C-141 qui décolle pour McChord[1] dans quelques heures et je vous ai réservé deux places à bord. Vos collègues de la NUMA vous récupéreront là-bas et vous emmèneront directement à Washington. En attendant, allez vous reposer à votre aise, puis je vous conduirai au club des officiers où vous pourrez avaler quelque chose de chaud avant de partir. Il y a vingt heures de vol.

— Si nous en avons le temps, mon colonel, j'aimerais prendre contact avec un membre des opérations spéciales. Un commando de la marine, de préférence. Et j'aimerais aussi passer un coup de fil à Washington.

Le colonel s'offusqua en entendant Dirk prononcer le mot *marine*.

— La marine ne possède qu'une base dans ce pays, à Chinhae, près de Pusan, et il ne s'agit guère que d'installations logistiques. Je vais vous envoyer un capitaine des commandos de l'air. Lui seul pourra vous aider.

Deux heures plus tard, Dirk et Summer embarquaient à bord d'un C-141 peint en gris avec un contingent de GI's qui rentraient chez eux en permission. Ils s'installèrent dans la cabine dépourvue de hublot. En fouillant dans la pochette devant son siège, Dirk trouva un masque et une paire de boules Quies. Il s'équipa et, se tournant vers Summer, lui dit :

— Ne me réveille pas avant que nous soyons au-dessus des terres. Et de préférence, des terres où l'on ne vous sert pas des algues au petit déjeuner.

Il baissa le masque sur ses yeux, fit basculer son siège et sombra dans un profond sommeil.

---

1. Base aérienne située près de Tacoma dans l'Etat de Washington (*NdT*).

Chapitre 40

POUR un incendie criminel, c'était un tout petit feu et il ne fallut que vingt minutes pour le maîtriser. Mais il eut le temps de causer les dégâts voulus, soigneusement planifiés par son auteur.

Il était deux heures du matin quand l'alarme se déclencha à bord du *Sea Launch Commander*, réveillant Christiano qui dormait dans sa cabine. Il monta aussitôt sur la passerelle consulter le panneau de contrôle. Sur l'image électronique du bâtiment, un voyant rouge était allumé, au pont inférieur.

— Local électricité dans l'entrepont, juste à côté de la salle de contrôle de tir, annonça le marin aux cheveux sombres qui était de quart. Le système d'arrosage automatique s'est déclenché.

— Coupez toutes les alimentations, sauf celles de secours, lui ordonna Christiano. Dites à la direction du port que nous demandons de l'aide.

— Bien, capitaine. J'ai envoyé deux gars voir ce qui se passait, j'attends leur compte rendu.

Lorsqu'il était au port, le *Sea Launch Commander* ne gardait à bord qu'une équipe de garde réduite et dont seuls quelques membres avaient la qualification de pompiers. Un violent incendie pouvait facilement causer des ravages avant l'arrivée des équipes d'intervention. Christiano jeta un coup d'œil inquiet par une vitre de la passerelle, s'attendant presque à voir s'échapper des flammes et de la fumée. Mais non, rien. Seul indice, l'odeur âcre dégagée par les équipements électriques qui lui chatouillait désagréablement les narines ; et, dans le lointain, la sirène d'un camion de pompiers lancé à toute allure vers la jetée. Il se retourna en entendant une voix de basse à la radio que l'homme de quart portait à la ceinture.

— Passerelle, ici Briggs. Le feu a pris dans le local électrique mais ne s'est pas propagé, on dirait. Les baies informatiques sont intactes et le système d'injection de gaz s'est activé. Je n'ai pas l'impression que l'extinction automatique se soit déclenchée dans le local, mais avec quelques extincteurs, je crois que j'arriverai à maîtriser le feu.

Christiano s'empara de la radio.

— Briggs, faite ce que vous pouvez. Les secours arrivent. De passerelle, terminé.

Briggs, accompagné d'un mécanicien qu'il avait ramassé au passage, trouva en arrivant de la fumée qui sortait du local en grosses volutes. Ce local, guère plus grand qu'une penderie, contenait les câbles de puissance qui reliaient un tableau général aux dizaines de calculateurs de conduite de lancement et de gestion de la charge utile. Briggs vida deux extincteurs sur les flammes, recula et attendit de voir si la fumée diminuait. Un nuage âcre et toxique continuait à refluer, mais Briggs portait un masque de protection. Son aide lui passa un troisième extincteur. Cette fois-ci, Briggs pénétra pour de bon dans le local en feu et aspergea de gaz carbonique les flammes qu'il voyait encore au milieu des tourbillons de fumée. L'extincteur vide, il sortit sans demander son reste et reprit son souffle avant d'aller constater les dégâts. Le local était tout noir et le faisceau de sa lampe torche ne révélait toujours qu'une épaisse fumée. Convaincu désormais que les flammes étaient étouffées et que le feu ne reprendrait pas, il revint dans la coursive et appela la passerelle :

— Ici Briggs, le feu est éteint. Terminé.

*

L'incendie avait beau avoir été maîtrisé, le mal était fait. Il fallut attendre encore deux heures avant que le magma de fils, de câbles et de connecteurs fondus cesse de fumer et que les pompiers de Long Beach déclarent que le navire était hors de danger. Il flottait dans tout le bord une odeur tenace de feu électrique qui s'était répandue comme un nuage et allait persister plusieurs jours. Le directeur des opérations, Danny Stamp, prévenu par Christiano, arriva peu après le départ des équipes incendie. Assis au centre de contrôle près du capitaine, il hochait la tête en écoutant le responsable informatique du *Sea Launch Commander* faire le bilan des dégâts.

— On n'aurait pas pu choisir pire endroit pour un incendie, disait l'ingénieur, cramoisi d'énervement. La quasi-totalité des calculateurs sont alimentés par ce local, ainsi que les équipements de test et de poursuite. Il va falloir tout recâbler. C'est un vrai cauchemar, conclut-il, abattu.

— Et le matériel informatique ? lui demanda Stamp.

— Bon, alors ça, c'est la bonne nouvelle : il n'a rien. J'étais inquiet des dégâts qu'aurait pu causer l'eau, mais, fort heureusement, l'équipage a éteint le feu avant l'arrivée des lances à incendie.

— Parlons peu mais parlons bien et restons-en à l'essentiel : les calculateurs. Combien de temps pour les remettre en marche ?

— Ah, ça ! Il faut refaire tout le local électrique, commander et nous faire livrer trois mille mètres de câblages, dont quelques-uns sont faits sur mesure, et reconnecter le tout. En temps normal, je dirais qu'on en a pour trois ou quatre semaines.

— Sauf que nous ne sommes pas en temps normal. Nous devons lancer à l'heure sous peine de subir de fortes pénalités de retard. Je vous donne huit jours, répondit Stamp en regardant le responsable informatique droit dans les yeux.

Le type, l'air totalement découragé, hocha lentement la tête.

— Faut que j'aille tirer quelques-uns de mes gusses de leur lit, marmonna-t-il en passant la porte.

— Vous croyez qu'il peut le faire ? demanda Christiano une fois le mécanicien parti.

— Si c'est possible, il y arrivera.

— Et l'*Odyssée* ? Faut-il la bloquer ici jusqu'à ce que le *Commander* soit réparé ?

— Non, répondit Stamp après avoir réfléchi. La Zénith est à bord, on la fait partir comme prévu. Nous pouvons encore arriver à l'équateur en deux fois moins de temps qu'elle. Je ne vois aucun inconvénient à laisser l'*Odyssée* attendre sur place quelques jours de plus si nous n'avons qu'un petit retard. Comme ça, l'équipage de la plate-forme aura davantage de temps pour préparer le lancement.

Christiano hocha la tête et alla s'asseoir, l'air pensif.

— Je vais prévenir le client que nous modifions nos plans, reprit

Stamp. Je vais devoir lui faire la danse du ventre pour le calmer. On connaît déjà la cause de l'incendie ?

— Le gars des assurances doit venir faire un tour dans la matinée. A priori, il s'agit d'un court-jus entre deux câbles défectueux.

Stamp se contenta d'un signe de tête. Et maintenant, songeait-il, quelle sera la prochaine tuile ?

*

L'expert incendie monta à bord à huit heures. Après avoir rapidement examiné le local, il interrogea l'équipe d'intervention et les marins qui étaient de garde lorsque le feu s'était déclaré. Il retourna alors sur les lieux du sinistre, fit des photos du local noirci et prit quelques notes. Il inspecta méticuleusement les câbles carbonisés et les composants fondus sous la chaleur, ce qui lui demanda une bonne heure. Finalement, il conclut qu'il n'y avait aucune preuve d'acte criminel.

Il aurait fallu procéder à un examen beaucoup plus approfondi pour la découvrir, cette preuve. Si l'inspecteur s'en était donné la peine, il aurait découvert sous ses bottes couvertes de suie les résidus d'une boîte de jus d'orange surgelé. Une analyse chimique de cette boîte aurait montré qu'il s'agissait d'un engin incendiaire artisanal qui contenait une sorte de napalm, mélange d'essence et de billes de polystyrène. L'engin, muni d'une mise à feu chronométrique, avait été déposé là plusieurs jours avant par un homme de Kang. La petite bombe avait projeté une gerbe de flammes et son contenu s'était rapidement consumé. Le système d'arrosage en pluie avait été saboté pour laisser croire à un défaut de fonctionnement et le résultat était garanti, conformément au scénario prévu. Les dégâts allaient être suffisamment graves pour retarder de plusieurs jours l'appareillage du *Sea Launch Commander*, mais pas assez pour qu'on soupçonne un incendie criminel.

L'inspecteur enjamba sans les voir les débris noircis et la boîte de jus d'orange puis s'arrêta un instant dans la coursive pour rédiger son compte rendu. *Court-circuit dû à une erreur de câblage ou à une mauvaise mise à la terre*, nota-t-il dans son petit calepin. Il remit son stylo dans sa poche de poitrine et descendit du navire en se faufilant au milieu d'une armée d'ouvriers qui montaient à bord.

Chapitre 41

IL CRACHINAIT sur la base de McChord, au sud de Tacoma, lorsque le C-141 se posa après son vol transpacifique. Les pneus du gros appareil crissèrent sur la piste détrempée puis l'avion se dirigea vers le terminal. Le pilote coupa les réacteurs et la grande rampe de queue s'abaissa sur le tarmac.

Dirk avait tenu parole : il avait dormi pendant la quasi-totalité du vol et passa la porte reposé, mais affamé. Summer, elle, était encore entre deux eaux, car elle n'avait réussi à dormir que par intermittence à cause du bruit. Un lieutenant qui les attendait les conduisit au mess de la base où ils avalèrent un hamburger avant de repartir sur un autre vol. Apercevant sur le chemin une cabine téléphonique, Dirk se précipita pour appeler un numéro local.

— Dirk, tu vas bien ? lui demanda Sarah, visiblement soulagée.

— A merveille ! répondit-il tout guilleret.

— Burch m'a dit que tu te trouvais à bord de ce navire de la NUMA, celui qui a coulé en mer de Chine. Je me suis rongé les sangs.

Souriant intérieurement, Dirk entreprit de lui relater une version abrégée de ses aventures depuis son départ du Japon.

— Mazette, ceux qui ont lâché du cyanure aux Aléoutiennes ont l'intention de répéter cette attaque à plus grande échelle ?

— Apparemment. On espère en savoir plus à Washington.

— Bon, surtout, tiens le CEE au courant. Nous avons mis en alerte une équipe de lutte antiterroriste pour parer à toute attaque chimique ou biologique.

— Tu seras la première informée en cas de besoin. A propos, ta jambe ?

— Ça va, encore que, il faut que je m'habitue à ces fichues béquilles. Quand viendras-tu griffonner un autographe sur mon plâtre ?

Dirk remarqua soudain que Summer, déjà installée à bord d'un petit avion à réaction garé sur la piste, l'attendait.

— Quand est-ce que je t'invite à dîner ?

— Je pars demain à Los Angeles, une conférence sur l'impact des toxines dans l'environnement, répondit-elle désolée. Il faudra remettre ça à la semaine prochaine.

— Réserve une date.

Il raccrocha et se précipita vers le Gulfstream V, dont les réacteurs tournaient déjà. Il grimpa à bord et, assez dépité, trouva Summer qui était l'objet de toutes les attentions, entourée de généraux et de colonels en partance pour la base militaire d'Andrews.

L'imposant avion de liaison survola le Mémorial de Jefferson vers six heures du matin avant de se poser sur la piste de la base, au sud-est de la capitale. De là, une voiture de la NUMA emmena les jumeaux au siège, où Rudi Gunn les attendait avec impatience.

— Dieu soit loué, vous êtes sains et saufs, leur dit-il avec chaleur. Nous avons mis le Japon sens dessus dessous pour vous retrouver, vous et ce câbler.

— L'idée était bonne, mais vous vous êtes gourés de pays, lui répondit Summer sur un ton moqueur.

— J'ai là quelques gars qui aimeraient bien entendre le récit de vos épreuves, pour commencer, continua Gunn sans leur laisser le temps de se remettre. Allons voir l'amiral.

Ils le suivirent dans un bureau dont les fenêtres donnaient sur le Potomac. Gunn continuait de considérer l'amiral Sandecker comme le directeur général de la NUMA, alors que ce n'était plus le cas. La porte était ouverte, ils entrèrent.

Deux hommes, installés dans un canapé, discutaient de sécurité côtière. Webster, l'homme du ministère de l'Intérieur, assis dans un fauteuil en face d'eux, consultait un dossier.

— Dirk, Summer, vous vous souvenez de Jim Webster. Je vous présente Peterson et Burroughs, deux agents du FBI, division contre-terrorisme. Ces messieurs ont déjà interrogé Bob Morgan et ils aimeraient savoir ce qui vous est arrivé après la disparition du *Sea Rover*.

Dirk et Summer s'installèrent dans des fauteuils et entreprirent de raconter leurs aventures, depuis leur emprisonnement à bord du *Baekje* jusqu'à leur évasion sur la jonque. Summer, lorsqu'ils en eurent terminé, vit avec surprise en levant les yeux vers une vieille montre de marine accrochée au mur que le récit de cette saga leur avait pris trois heures. Elle avait remarqué aussi que l'homme du ministère avait pâli en les écoutant.

— Je n'arrive pas à y croire, finit-il par murmurer. Tous les éléments que nous avons rassemblés jusqu'ici nous ont fait soupçonner que cette affaire a été montée au Japon. Toutes nos recherches sont concentrées au Japon.

— Eh oui, la ruse a marché à merveille, lui répondit Dirk. Kang est un homme puissant qui dispose de ressources considérables. Il ne faut surtout pas le sous-estimer.

— Etes-vous certain qu'il envisage de lancer une attaque biologique contre les Etats-Unis ? lui demanda Peterson.

— C'est ce qu'il a laissé entendre et je ne crois pas qu'il mente. Apparemment, ce qui s'est passé aux Aléoutiennes n'était une répétition destinée à mettre au point le système de dispersion des aérosols. Sauf que, désormais, ils ont augmenté considérablement les capacités du virus de la variole et en ont obtenu une forme bien plus virulente.

— Ça me rappelle, fit Gunn, ce que les Russes avaient tenté dans les années quatre-vingt-dix. Un virus de variole qui résistait à tous les vaccins connus.

— Mais là, il s'agit d'une chimère, expliqua Summer. Un hybride de plusieurs virus qui combine les pouvoirs de nuisance de chacun.

— Si leur virus résiste à nos vaccins, dit Peterson en hochant la tête, une épidémie ferait des millions de morts.

Un profond silence s'installa. Tout le monde songeait à cette perspective horrifique.

— L'incident des Aléoutiennes démontre qu'ils ont les moyens de disperser le virus, dit Gunn. La question est maintenant : quelle sera leur prochaine cible ?

— Si nous ne les arrêtons pas avant, cela importe peu. Il faut prendre d'assaut le palais de Kang, son chantier naval, s'attaquer à tout ce qui lui sert à camoufler ses véritables activités. Et il faut le faire au plus vite, déclara Summer en tapant de la main sur la cuisse pour renforcer son propos.

— Elle a raison, insista Dirk. Pour autant que nous sachions, les armes sont encore à bord du navire dans le bassin d'Inchon, et l'histoire pourrait s'arrêter là.

— Il nous faut d'autres preuves plus solides, laissa tomber le représentant de l'Intérieur. Et convaincre les autorités coréennes de ce qui est en jeu afin de constituer une force d'intervention mixte.

Gunn toussota.

— Nous sommes peut-être à deux doigts de les trouver, ces preuves.

Tous les regards se tournèrent vers lui.

— Dirk et Summer ont eu l'heureuse idée de prendre contact avec les commandos de la marine avant de quitter la Corée. Ils leur ont décrit ce qu'ils avaient vu dans le bassin d'Inchon.

— Nous ne pouvions pas leur donner l'ordre de passer à l'action, mais le coup de fil judicieux que leur a passé Rudi les a convaincus de nous écouter, dit malicieusement Summer à Gunn.

— Nous n'en sommes plus là, répondit-il. Après votre départ d'Osan, nous avons demandé officiellement qu'on envoie des plongeurs en reconnaissance. L'amiral Sandecker a fait des pieds et des mains pour obtenir l'accord de l'exécutif pour qu'on les prenne la main dans le sac. Malheureusement, avec tout le grabuge qui entoure nos forces militaires en Corée, le moment est on ne peut plus mal choisi pour aller fouiner dans le jardin d'un allié.

— Tout ce qu'il faut, c'est une photo du *Baekje* dans le bassin de Kang. Voilà une preuve incontestable, dit Dirk.

— Cela renforcerait notre position, c'est certain. Quand les commandos vont-ils là-bas ? demanda Webster.

Gunn consulta sa montre.

— L'équipe arrive sur place dans deux heures environ, dit-il en tenant compte des quatorze heures de décalage horaire entre Séoul et Washington. On devrait connaître le résultat en début de soirée.

Webster rassembla ses papiers sans un mot et se leva.

— Je reviendrai après le dîner pour faire le bilan, grommela-t-il en se dirigeant vers la porte.

Et les autres l'entendirent qui répétait en s'éloignant dans le couloir : la Corée, la Corée.

Chapitre 42

L E CAPITAINE de frégate Bruce McCasland leva les yeux pour observer le ciel et fit la grimace. De lourds nuages chargés d'humidité passaient au-dessus d'Inchon, obscurcissant davantage encore la nuit. Et ces nuages, réfléchissant la lumière de milliers de lampadaires, éclairaient à leur tour la surface de l'eau. Pour un homme dont la vie dépendait de la discrétion qu'il parvenait à préserver, une nuit noire était le meilleur allié possible, et l'arrivée des nuages, une calamité. Il va peut-être pleuvoir, se dit-il, plein d'espoir, ce qui lui rendrait les choses plus faciles. Mais les nuages passaient toujours et refusaient obstinément de crever.

McCasland, originaire de Bend, dans l'Oregon, était officier de marine et servait dans les commandos. Il retourna s'asseoir sur le pont du sampan brinquebalant et jeta un regard aux trois hommes allongés derrière le pavois. A la manière de leur chef, ils portaient une combinaison de plongée noire, des palmes, un masque et un sac de la même couleur. Comme ils effectuaient une mission de reconnaissance, ils n'avaient pour tout armement qu'un pistolet-mitrailleur compact Hecker & Koch modèle MP5K calibre 9 mm. Ils portaient attaché sur la poitrine un assortiment de caméras et d'appareils photo ainsi que des jumelles de vision nocturne.

Le vieux bateau dépassa les quais du port de commerce d'Inchon. Son moteur poussif crachait des bouffées de fumée bleuâtre. Un œil non averti l'aurait pris pour l'un de ces milliers de bateaux utilisés dans cette région par les marchands et négociants pour faire du cabotage le long des côtes coréennes. Mais sous son extérieur misérable était cachée une coque en fibre de verre, digne d'une embarcation d'assaut, et un puissant moteur fixe. Ce sampan avait été spécialement conçu pour larguer et récupérer de petites équipes d'intervention sous-marine.

Poursuivant vaille que vaille sa route vers la partie nord du port, le sampan s'approcha à deux cents mètres des CHANTIERS NAVALS KANG. Au moment prévu, le moteur du bateau de sept mètres toussota, hoqueta et finit par rendre l'âme. Deux commandos, déguisés en pêcheurs, loqueteux à souhait, se mirent à balancer des bordées d'injures et à s'engueuler en coréen. Pendant que l'un se penchait sur le moteur pour tenter de le remettre en route, l'autre fit tout un cirque et s'empara d'un aviron qu'il plongea dans l'eau, dans une tentative sans espoir de gagner la rive.

Pendant ce temps, McCasland, passant la tête par-dessus le pavois, examinait les lieux avec ses jumelles à infrarouges. Il s'arrêta sur la guérite construite à l'entrée du petit port. Deux hommes les regardaient, mais sans bouger de leur abri ni manifester la moindre intention d'utiliser l'embarcation peinte en noir amarrée quelques mètres plus loin. Convaincu que les factionnaires étaient trop fainéants pour aller y voir de plus près, McCasland appela à voix basse les trois hommes allongés près de lui :

— A l'eau. Tout de suite.

Avec une grâce féline, les trois nageurs de combat se laissèrent glisser par-dessus bord sans soulever la moindre vaguelette. McCasland ajusta le masque sur son visage, fit un geste du pouce aux faux pêcheurs et plongea à son tour. Il avait chaud dans sa combinaison et accueillit avec soulagement le contact de l'eau fraîche qui s'infiltrait entre le néoprène et sa peau. Il décompressa et s'enfonça à sept mètres. Arrivé là, il s'immobilisa pour regarder ce qui se passait autour de lui dans le fleuve noir et impénétrable. Les eaux polluées du port ne leur donnaient que quelques dizaines de centimètres de visibilité; elle tombait même à zéro de nuit et sans lampe. McCasland ne s'en préoccupait guère. Il appela ses hommes grâce au système de communication intégré à leur masque.

— Vérification audio et nav.

— De Bravo. Nav correcte. Terminé, fit le premier.

— De Charlie. Nav correcte. Terminé, dit à son tour une seconde voix avec un léger accent géorgien.

— De Delta. Nav correcte. Terminé.

— Reçu, parés, leur répondit McCasland.

Au-dessus d'eux, les deux commandos restés à bord avaient échoué leur sampan près d'un ponton abandonné et à demi démoli, visible depuis le poste de garde tenu par les hommes de Kang. Toujours occupés à simuler une réparation en cours, les deux hommes faisaient un tintamarre du diable, cognaient leurs outils et juraient comme des charretiers pendant que leurs camarades accomplissaient leur mission.

Sous la surface, McCasland mit en route son receveur GPS miniature pour opérations sous-marines, donna un petit coup de palmes et remonta à trois mètres, profondeur à laquelle il recevait les signaux des satellites de navigation. L'écran vert s'illumina et une ligne brisée apparut, indiquant les routes préprogrammées qu'ils devraient suivre pour éviter les obstacles. McCasland avait déterminé lui-même puis entré en mémoire une série de points tournants. Les zigzags lui indiquaient ainsi l'itinéraire à suivre pour gagner l'entrée du bassin, toujours en immersion totale. Les quatre nageurs étaient équipés de cet appareil qui leur permettait également de connaître leurs positions relatives, indiquées par de petits points scintillants. De cette manière, progressant dans l'obscurité la plus totale, ils pouvaient pénétrer dans le bassin couvert tout en restant très proches les uns des autres.

— Bon, on y va, annonça McCasland après être redescendu.

D'un vigoureux battement de palmes, il partit en avant, surveillant fréquemment le compas et le profondimètre pour s'assurer qu'il restait bien à sept mètres. Arrivé devant l'entrée, il s'engagea dans l'étroit chenal, passa sous le canot des gardes qui bouchonnait à la surface. Les autres le suivaient en formation triangulaire à un ou deux mètres de distance.

De jour comme de nuit, il était pratiquement impossible de détecter les nageurs de combat, car ils utilisaient des appareils respiratoires en circuit fermé. Contrairement aux appareils de plongée classiques, dont les bouteilles contiennent de l'air comprimé, ceux de la marine, des VIPER fabriqués par Carleton Technologies, contiennent de l'oxygène pur régénéré par des cartouches chimiques qui en extraient le dioxyde de carbone. Ces appareils ne laissent ainsi échapper à l'extérieur que des quantités dérisoires de gaz. Ils offrent aux plongeurs qui en sont équipés une autonomie de plus de quatre heures. Comme ils ne produisent pas de bulles, ils leur permettent en outre d'éviter toute détection visuelle.

Suivant les indications virtuelles de leur GPS, les quatre commandos traversèrent le goulet et arrivèrent devant la porte du bassin couvert. Le quart de nautique qu'ils venaient de parcourir aurait épuisé beaucoup de fanatiques de plongée, pas eux. Après des années d'entraînement et d'exercices physiques, ces hommes endurcis étaient aussi frais que s'ils venaient de traverser la rue. Lorsqu'ils firent une pause, leurs cœurs battaient juste un peu plus vite que la normale. McCasland entama une recherche en cercle, à tâtons, et finit par trouver le pylône qui soutenait l'un des côtés de la porte. Il remonta jusqu'à atteindre le bas de la porte coulissante, à un mètre cinquante sous la surface. S'étant ainsi assuré qu'il était bien au bon endroit, il rejoignit les autres.

— On y va pour la reconnaissance préliminaire. Regroupement au même endroit dans trois minutes. Terminé.

Chacun des nageurs de combat devait suivre un parcours spécifique dans le bassin. Dirk et Summer en avaient établi de mémoire un croquis détaillé et c'est ce schéma qui avait aidé à déterminer ces différents parcours. McCasland s'était réservé le plus long et le plus périlleux, il devait nager jusqu'à l'extrémité côté rivage afin d'obtenir une vue globale des installations. Deux autres plongeurs étaient chargés d'explorer le bassin proprement dit et de filmer le *Baekje*. Le quatrième resterait en soutien près de la porte.

Les lumières violentes du hangar éclairaient la surface de l'eau, les tubes luminescents y projetaient les ombres des piliers de soutènement. A cinq mètres, McCasland réussissait tout juste à discerner le pied de ces piliers devant lui. Il laissa retomber le GPS sur sa poitrine, se mit à nager vigoureusement et, se guidant à vue, gagna bientôt l'extrémité du bassin. Après avoir passé ainsi douze piliers, il manqua se cogner contre la paroi de béton. Il était arrivé au bout. En s'appuyant contre l'un des pylônes pour se reposer un peu, il prit sa caméra numérique et se prépara à remonter en surface. Il ne pouvait toutefois se départir d'un sentiment de malaise : il avait l'impression de ne rien avoir au-dessus de lui, il ne sentait pas la masse qui aurait dû se trouver là, tout près, et qu'il ne voyait toujours pas.

Il creva la surface aussi discrètement que possible au bord du quai et ses yeux confirmèrent ce qu'il avait pressenti d'instinct. Le gigantesque bassin était vide, pas l'ombre d'un câblier de cent cinquante mètres de long. Toujours en silence, il balaya les lieux avec sa caméra et ne trouva qu'un seul bateau : un vieux remorqueur au sec posé sur une rampe en béton, autour duquel des ouvriers qui s'ennuyaient s'amusaient à faire une course de chariots élévateurs. Il n'y avait pas d'autre signe de vie aux alentours.

Après avoir terminé sa prise de vues, McCasland disparut sous l'eau et remonta tout le bassin en direction de la porte. Il atteignit le pylône support, sortit son GPS et y lut que les autres étaient déjà là. Ils l'attendaient à quelques mètres.

— Mission terminée, dit-il d'un ton sec avant de sortir.

Les quatre nageurs de combat rejoignirent le sampan toujours échoué et remontèrent discrètement à bord. Les faux pêcheurs trouvèrent comme par miracle la cause de la « panne » et firent redémarrer le moteur hors-bord. Puis, en continuant de jurer et de pester copieusement, ils s'éloignèrent dans la nuit.

Lorsqu'ils furent hors de vue, McCasland alla s'asseoir, ôta son masque et avala une grande goulée d'air en contemplant les lumières du front de mer qui scintillaient devant eux. Il sentit une goutte de pluie sur son visage, puis une seconde et encore une autre. Il hocha lentement la tête et demeura là, silencieux, tandis qu'un déluge bienvenu se déversait sur les commandos bredouilles.

Chapitre 43

WEBSTER, Peterson et Burroughs retournèrent au siège de la NUMA à six heures tapantes et découvrirent en pénétrant dans le bureau de Gunn un spectacle étonnant. Les résultats de la mission des commandos venaient de tomber. Gunn, Dirk et Summer, l'air morose, étaient en train d'en discuter.

— Mauvaises nouvelles, j'en ai bien peur, commença Gunn. Le câblier n'était pas là.

— Mais comment a-t-il pu arriver et repartir sans que personne ne le voie? demanda Webster. Nous avons mis Interpol et les douanes sur le coup, nous leur avons demandé de le chercher dans tout le Pacifique.

— Il y en a peut-être quelques-uns dans le tas qui sont à la solde de Kang, suggéra Summer.

Webster balaya son hypothèse d'un geste.

— Etes-vous bien certain que l'équipe de reconnaissance n'a rien laissé passer?

— Apparemment, il n'y avait rien à voir. On nous envoie la bande vidéo par satellite. Nous pourrons vérifier par nous-mêmes dans le bureau de l'amiral, lui répondit Gunn.

Pour la deuxième fois de la journée, il les conduisit dans l'ancien bureau de l'officier. Comme ils y arrivaient, Gunn, surpris, entendit un rire qu'il connaissait bien. Un nuage de fumée s'échappait par la porte grande ouverte.

Il passa le seuil et fut encore plus saisi de tomber sur Al Giordino assis dans le canapé. Boucles brunes en bataille, le nouveau directeur des technologies sous-marines était vautré dans son siège, les pieds sur la table basse, un barreau de chaise coincé entre les dents. Il portait une combinaison de travail de la NUMA, crasseuse à souhait, et avait l'air de quelqu'un qui rentre de mer.

— Alors mon vieux Rudi, on passe la nuit à fouetter l'équipage et on se couche à pas d'heure, pas vrai ? lui demanda Giordino avant de souffler une grosse bouffée vers le plafond.

— Faut bien que quelqu'un garde la boutique pendant que tu te prélasses sur une plage tropicale.

Dirk et Summer, arrivés à leur tour, sourirent en voyant Giordino, qui était pour eux comme une espèce de vieil oncle. Ils n'aperçurent pas tout de suite leur père, qui se tenait de l'autre côté de la pièce et admirait à travers les grandes baies les lumières qui brillaient sur l'autre rive du Potomac. Avec son mètre quatre-vingt-dix, il occupait toute la place et n'avait pas beaucoup perdu de sa forme. Seules ses tempes grisonnantes et de petites pattes-d'oie autour des yeux trahissaient son âge. Dirk Pitt, ancien directeur de projets et à présent directeur général de la NUMA, avait le visage hâlé, bronzé. Il s'éclaira d'un large sourire en voyant entrer ses enfants.

— Dirk ! Summer ! s'exclama-t-il.

Ses yeux verts brillaient de joie et il les serra tous deux dans ses bras.

— Mais, papa, lui dit Summer en l'embrassant sur la joue, on croyait que tu étais aux Philippines avec Al !

— Non mais tu rigoles ? lui dit Al. Le vieux a pratiquement traversé le Pacifique à la nage quand il a appris que vous aviez disparu.

— J'étais vert de jalousie quand j'ai su que vous faisiez sans moi une petite virée en Asie du Nord-Est, dit Pitt père avec un sourire.

— Nous avons repéré quelques endroits qu'il vaut mieux éviter, lui répondit Dirk sur le même ton.

Pitt était visiblement réconforté par la présence de ses enfants. Ce vétéran de la recherche en mer dégageait une impression de sérénité étonnante dans un monde qui avait récemment beaucoup changé. La découverte de ses enfants déjà adultes, quelques années plus tôt, avait bouleversé sa vie et ils étaient vite devenus partie intégrante de son existence. Ils étaient venus travailler avec lui dans ses activités sous-marines et participaient à sa vie de famille, avec sa nouvelle compagne. L'irruption de ces nouvelles responsabilités l'avait fait réfléchir et il s'était décidé à épouser celle qu'il aimait depuis bien longtemps, Loren Smith, députée du Colorado.

Et bien d'autres changements allaient encore survenir, dans sa vie professionnelle cette fois. De manière inattendue, l'amiral Sandecker avait pris les fonctions de vice-président et Pitt s'était trouvé propulsé à la tête de la NUMA. Lorsqu'il était directeur des projets spéciaux, il avait vécu assez d'aventures et relevé assez de défis, sur toutes les mers, pour remplir plusieurs vies, et comme il en avait payé le prix, physique et mental, il était heureux de pouvoir désormais se consacrer à des activités un peu moins épuisantes. En tant que directeur général de la NUMA, il était pris par des tâches administratives ou politiques qui ne l'enthousiasmaient guère, mais il se réservait encore, avec Al, de longs séjours sur le terrain. Ils testaient de nouveaux équipements, exploraient des sanctuaires marins impénétrables, repoussaient les limites de l'exploration. Et son regard s'illuminait toujours de la même flamme lorsqu'il s'agissait de partir dans l'inconnu ou de résoudre quelque mystère tenace. Il était toujours habité par un sens aussi aigu que vieillot des convenances. L'enlèvement de ses enfants et la disparition du *Sea Rover* l'avaient mis dans une colère noire, réveillant en lui cette volonté farouche de défendre le bien.

— Dis-moi, papa, cette histoire de cargo japonais aux Philippines et de cargaison toxique, où en êtes-vous ? lui demanda Dirk. J'ai cru comprendre que ce sont des fuites de munitions chimiques qui ont détruit le récif ?

— Exact, un mélange de gaz moutarde et de lewisite. Encore des séquelles de la Seconde Guerre mondiale. Mais c'est bon, la fuite est maîtrisée. Personne n'avait envie d'aller creuser pour remonter le tout, ça aurait coûté une fortune. Nous avons donc fait de notre mieux pour l'ensevelir.

— Et on a eu de la chance, commenta Al Giordino, il y avait un banc de sable juste à côté. Il a suffi de descendre une pompe de refoulement, de remplir de sable la cale du cargo et de la fermer hermétiquement. Tant que personne ne s'amuse à farfouiller dans le coin, il ne devrait plus y avoir de danger et le récif devrait se reconstituer en quelques années.

Une assistante passa la tête dans l'embrasure de la porte et glissa quelques mots à l'oreille de Gunn.

— Monsieur, vous pouvez regarder la vidéo que vient de nous faire parvenir le Pentagone.

Puis elle disparut aussi vite qu'elle était venue, comme un lapin qui rentre dans son terrier.

Gunn profita de cette pause pour présenter les fonctionnaires de l'Intérieur et du FBI à Pitt et à Giordino. Il pria ensuite les participants de s'approcher d'un écran plat dissimulé derrière un panneau coulissant. Il frappa quelques touches sur un clavier, l'écran s'illumina, leur offrant la vue d'un grand bassin protégé par une nef. Les mouvements de la caméra leur firent faire un tour panoramique des installations : des quais vides. Puis l'écran s'éteignit, la projection avait duré moins d'une minute.

— C'est bien le chantier de Kang, il n'y a aucun doute là-dessus. Mais pas trace du *Baekje*, déclara Dirk.

— La marine indique que les seuls bateaux repérés sont un petit remorqueur et une embarcation hors-bord, dit Gunn. Le *Baekje* a fait comme Elvis, il a quitté la scène.

Webster se gratta la gorge.

— J'ai reçu confirmation d'Interpol et de la police d'Inchon. Depuis qu'on a récupéré l'équipage du *Sea Rover* et que l'alerte a été donnée, le trafic du port est surveillé en permanence. Aucun navire qui ressemble au *Baekje* n'a été vu entrer ou sortir.

— Quelqu'un s'est fait graisser la patte, dit Giordino, l'air méprisant.

Webster lui lança un regard indigné :

— C'est possible, mais fort peu probable. Le trafic est dense à Inchon, mais ce n'est pas un port gigantesque. Quelqu'un l'aurait forcément vu appareiller.

— Il s'est peut-être tiré en douce juste après que Dirk et Summer ont débarqué, suggéra Gunn. Et à ce moment, l'alerte n'avait pas encore été transmise à Interpol.

— Il existe encore une autre possibilité, dit Pitt. Ils l'ont peut-être maquillé pour qu'il ressemble à un autre bâtiment. Il aurait pu alors sortir en plein jour, comme un vulgaire caboteur.

— Peu importe. Tant que nous ne retrouvons pas ce bateau, nous n'avons pas suffisamment de preuves pour monter une opération contre Kang avec les autorités coréennes, dit Webster.

— Et que faites-vous de ce qui est arrivé à Dirk et à Summer ? demanda leur père qui sentait la moutarde lui monter au nez. Vous croyez qu'ils sont arrivés en Corée à bord du *Queen Mary* ?

— Il nous faut des preuves en béton, répliqua Webster, l'air las. Nous avons de gros problèmes avec la Corée en ce moment. Les Affaires étrangères sont dans tous leurs états, le Pentagone aussi. Il est très possible qu'on se fasse virer de Corée, et personne n'a envie d'en rajouter dans des circonstances aussi délicates.

— En gros, reprit Pitt, vous n'avez pas envie de demander à la Corée du Sud d'enquêter sur Kang ?

— Les ordres viennent d'en haut. Nous ne bougerons pas tant que ce vote n'aura pas eu lieu à l'Assemblée.

— Et qu'en dit l'amiral ? demanda Pitt à Gunn.

Gunn hocha lentement la tête.

— L'amiral, euh, le vice-président m'a indiqué que le Président s'en remettait au Département d'Etat pour décider ce qu'il convenait de faire après la perte du *Sea Rover*. Les accusations portées contre Kang par Dirk et Summer ont malheureusement eu la conséquence que Jim vient d'évoquer. Tout le monde doit faire profil bas jusqu'à ce que ce vote ait eu lieu. Apparemment, les services secrets ont découvert qu'il existait entre Kang et le président coréen des relations d'affaires secrètes, et qui vont bien au-delà de l'amitié qu'ils affichent. Le Président craint de perdre les soutiens dont il a besoin pour s'opposer à la mesure proposée à l'Assemblée si une enquête aux conséquences potentiellement fâcheuses est lancée.

— Mais, demanda Summer, qui n'arrivait pas à y croire, il ne se rend pas compte du risque que représentent les armes dont dispose Kang ?

— Bien sûr que si, lui répondit Gunn. Le Président a répété que, une fois passé le vote, il exigera des autorités coréennes une enquête immédiate et approfondie pour déterminer si Kang est impliqué dans la perte du *Sea Rover* et pour déterminer la nature de ses liens avec la Corée du Nord. En attendant, il a autorisé le ministère de l'Intérieur à passer au stade d'alerte supérieure, en mettant particulièrement l'accent sur les menaces maritime et aérienne en provenance du Japon ou de Corée du Sud.

Dirk junior commença à faire les cent pas pour tromper son impatience.

— C'est trop peu et c'est trop tard, finit-il pas déclarer d'une voix grave. Manigancer pour obtenir le retrait des forces américaines fait partie de la stratégie de Kang, il a monté ces histoires de terroristes japonais pour faire diversion. Mais vous ne comprenez donc rien à rien ? Il va frapper les Etats-Unis, et il lancera son attaque avant le vote à l'Assemblée.

— C'est-à-dire dans dix jours, remarqua Gunn.

— Il faut donc anticiper sa prochaine manœuvre, poursuivit Dirk en essayant de se maîtriser. Nous savons qu'il possède une flotte de commerce importante, qu'il connaît donc très bien la situation des ports américains. On pourrait imaginer qu'il compte acheminer ses armes par cargo, vraisemblablement sur la côte Ouest.

— C'est plus facile que de s'emparer d'un avion de ligne, compléta Giordino. Et il utilisera sans doute un navire sous pavillon japonais.

— Ou encore le *Baekje*, dont on a perdu toute trace, ajouta Dirk.

— Yaeger est en train de voir ce qu'il trouve sur les composants biologiques et les façons de les stocker, lui dit Gunn. Je vais m'assurer que les douanes sont bien formées à ce genre de choses.

— Il sera peut-être déjà trop tard, reprit Pitt. Ils peuvent très bien disséminer leurs saletés en entrant dans le port et contaminer tout le coin avant même d'arriver à quai. Dans la baie de San Francisco, par exemple.

— Ou en mer, si le vent est favorable, dit Dirk. Apparemment, dans le cas des Aléoutiennes, ils ont utilisé un bateau au large de Yunaska. Ils peuvent donc certainement agir sans même rentrer dans le port.

— Les gardes-côtes sont en alerte et ont été placés sous les ordres de l'Intérieur. Ils inspectent tous les navires qui arrivent avant de les laisser accéder aux ports, ajouta Webster.

— Oui, mais font-ils la même chose avec tous les navires qui ne se dirigent pas vers un port? lui demanda Dirk.

— Je ne pense pas qu'ils aient des moyens suffisants. Ils ont affecté tous leurs fonds à cette mission, mais ils ne peuvent armer qu'un nombre limité de bâtiments. Couvrir toute la côte Ouest dépasse de loin leurs capacités.

— Et la marine? demanda Summer. Pourquoi ne pas envoyer quelques bâtiments de la Flotte du Pacifique? Devant pareille urgence, tous les navires de guerre devraient participer au blocus.

— Ce n'est pas si simple, lui répondit Gunn. Nous sommes un peu dans la zone grise, on ne sait pas très bien si cela entre dans les missions de la marine. Les marins ne sont jamais très chauds pour jouer les faire-valoir avec les gardes-côtes. Ils nous enverraient sans doute péter tant qu'ils n'ont pas reçu d'ordre du ministre de la Défense ou du Président. De toute manière, il faut être réaliste : dans le meilleur des cas, ils ne seraient pas opérationnels avant une bonne semaine. Et il sera peut-être trop tard.

— Il existe une autre solution, dit Pitt en sortant d'un tiroir le rapport journalier d'activité des navires de la NUMA. Regardez, le *Pacific Explorer* vient d'arriver à Vancouver; le *Blue Gill* est en mission au large de la baie de Drake, dans le nord de San Francisco. Le *Deep Endeavor* fait des essais de sous-marin à San Diego. Tout ça ne fait pas une escadre, mais je peux envoyer trois bâtiments de bon tonnage surveiller les ports de la côte Ouest pour donner un coup de main aux gardes-côtes. C'est l'affaire de deux jours.

— Cela ferait des renforts significatifs, et je suis sûr que les gardes-côtes verraient la chose d'un bon œil, lui dit Webster.

— Appelons-ça un prêt temporaire, répondit Pitt. Sauf si Rudi trouve le moyen de le facturer.

— Je suis sûr, lui dit Gunn en se tournant vers Webster avec un sourire féroce, que nous trouverons une forme ou une autre de compensation.

— Entendu. Les bâtiments de la NUMA vont se mettre immédiatement au travail. Ah, une chose, ajouta Pitt en s'adressant plus sèchement à Webster. Kang m'a déjà coulé un de mes bateaux, je n'ai pas envie d'en perdre un autre. Il me faut un garde-côtes armé dans les parages. En permanence.

— Vous l'aurez. Je préviendrai les équipages qu'ils doivent se préparer à des interventions armées.

— Parfait. Nous nous coordonnerons d'ici avec le commandement des gardes-côtes dans la région. Rudi, il va falloir que vous vous arrachiez d'ici. J'aimerais que vous preniez un avion pour San Francisco pour vous occuper du *Blue Gill*. Ensuite, assurez-vous que le nécessaire est fait pour que le *Pacific Explorer* s'occupe de la zone Seattle/Vancouver. Dirk et Summer, j'aimerais que vous embarquiez à bord du *Deep Endeavor* à San Diego afin de l'aider en Californie du Sud.

— Et moi, patron? lui demanda Giordino, l'air faussement indigné. Vous savez que j'ai mon certificat d'inspecteur maritime?

— Oh! toi, lui répondit Pitt avec un sourire malicieux, je ne t'oublie pas. J'ai quelque chose de beaucoup mieux pour toi.

Chapitre 44

BIEN PEU de clameurs retentirent lorsque les deux remorqueurs démarrèrent, entraînant lentement à leur suite la plate-forme *Odyssée*. Au fil des ans, l'excitation qui entourait chaque nouveau lancement s'était émoussée, si bien que ce jour-là, il n'y avait pour assister à l'appareillage que les familles, quelques amis et des responsables de la société cliente. Et l'équipage de la plate-forme était également réduit : quarante-deux hommes, soit vingt de moins qu'à l'ordinaire. Stamp avait en effet gardé avec lui plusieurs ingénieurs et techniciens en renfort pour aider aux réparations du bâtiment de soutien. Sur sa passerelle, le capitaine Christiano regardait l'*Odyssée* qui s'en allait et faisait de grands signes d'adieu à son équipage. Il ordonna de lâcher un long coup de corne de brume. Plusieurs ponts plus bas, une armée d'électriciens et d'informaticiens travaillaient fiévreusement, vingt-quatre heures sur vingt-quatre, à réparer les dégâts. On espérait que le bâtiment pourrait appareiller sous trois à quatre jours.

L'*Odyssée* répondit d'un coup de corne, un mugissement qu'on aurait cru sorti des nuages. La plate-forme principale s'élevait à près de trente mètres au-dessus de la mer. Conçue pour la navigation au large, l'*Odyssée* devait faire appel à des remorqueurs pour les manœuvres de port. Certes, elle aurait été capable de se positionner au centimètre près, mais on voyait mal de la passerelle ce qui se trouvait en bas, embarcations, obstacles divers. On faisait donc toujours appel à des remorqueurs en eaux resserrées.

Le mastodonte franchit lentement la passe entre les deux môles,

comme un mammouth à pattes d'araignée. La plate-forme pétrolière transformée avait conservé cinq colonnes supports de chaque
bord. Ces structures qui fendaient les vagues reposaient sur une
paire d'énormes flotteurs submergés de plus de cent vingt mètres
de long. Chacun de ces flotteurs était équipé de deux hélices à
quatre pales qui donnaient à l'*Odyssée* une vitesse maximale de
douze nœuds. Ses trente mille tonnes de déplacement en faisaient
le plus gros catamaran existant et, certainement, le plus impressionnant. L'*Odyssée* gagna l'entrée du port de Long Beach et
parcourut encore deux nautiques, puis les remorqueurs stoppèrent.

— Parés à larguer partout ! cria le capitaine, un vieux briscard,
ancien capitaine de pétrolier, du nom de Hennessey.

Les remorqueurs larguèrent les grelins et l'équipage de
l'*Odyssée* les remonta à bord. On mit en marche les quatre moteurs
électriques à courant continu, les remorqueurs dégagèrent et la
plate-forme passa en autopropulsion. En haut, les hommes semblaient se balancer d'avant en arrière, comme au dernier étage d'un
gratte-ciel pendant une tempête. La grosse Zénith, elle, était immobile, bien calée à l'horizontale. L'équipage alla vaquer à ses
occupations, entamant une longue navigation de routine. Dans le
lointain, la côte californienne s'estompait et finit par disparaître
complètement. Hennessey forcit doucement l'allure jusqu'à neuf
nœuds, cap sud-ouest, direction le site de lancement, situé sur
l'équateur, à quinze cent nautiques de Hawaii. Personne ne soupçonnait alors que l'*Odyssée* ne l'atteindrait jamais.

*

A mille cinq cents nautiques à l'ouest, le *Koguryo* fonçait à travers le Pacifique comme un lévrier après un lapin. Il s'était conten-
té d'une brève escale dans l'archipel d'Ogasawara pour embarquer
Tongju, rien d'autre n'avait ralenti sa marche. Après avoir affronté
un front tropical au large de Midway, le navire avait eu du grand
beau temps et, vent arrière, avait pu poursuivre sa route cap à l'est,
à la vitesse maximum. Débarrassé de ses équipements de
mouillage et des kilomètres de câble normalement stockés en
soute, le *Koguryo* voguait trois mètres plus haut sur l'eau que
d'habitude. Ses quatre diesels lui donnaient une vitesse de vingt et
un nœuds et il parcourait ainsi près de six cents nautiques chaque
jour.

A son bord, une équipe importante d'ingénieurs et de techniciens se préparait pour le lancement de la Zénith. On avait installé dans l'entrepont un centre de contrôle, copie presque conforme de celui du *Sea Launch Commander*. Il y régnait une activité de fourmilière. Les derniers modules logiciels leur avaient été transmis d'Inchon et les équipes avaient lancé plusieurs scénarios de simulation. Chaque jour, les techniciens se livraient à une série de tests et, après une semaine de mer, ils obtinrent des résultats parfaits. On leur avait seulement dit qu'ils auraient à mener le lancement d'un satellite depuis une plate-forme flottante et ils n'avaient pas la moindre idée de la mission illicite à laquelle ils allaient contribuer.

Tongju mettait à profit le temps passé en mer pour affûter ses plans tactiques avant l'opération qui les verrait donner l'assaut à l'*Odyssée*. Son commando et lui-même étudiaient des plans de la plate-forme, décidaient des positions de départ, coordonnaient les mouvements des différentes équipes. Ils définirent ainsi un plan d'attaque précisément minuté. Les hommes apprenaient par cœur les déplacements à effectuer, nettoyaient leurs armes. En général, ils se tenaient de plus en plus à l'écart de l'équipage à mesure qu'ils se rapprochaient de l'objectif. Après un dernier dîner avec son équipe, Tongju invita Kim, son second, à venir le rejoindre dans sa cabine. Là, en tête à tête, il lui révéla les intentions de Kang : faire disparaître le *Koguryo*.

— J'ai indiqué au capitaine Lee le point de rendez-vous où nous devons retrouver un cargo qui nous y attendra. Cela dit, je ne lui ai bien entendu pas révélé que nous allions couler son bâtiment. Je lui ai seulement fait croire que, pour des raisons de sécurité, nous transférerions son équipage à bord du cargo.

— Vous n'avez pas confiance dans son obéissance aveugle à Kang? demanda Kim, que la perspective de massacrer deux cents camarades laissait apparemment froid.

— Non. Aucun capitaine n'aime voir son navire couler et abandonner son équipage. Il périra avec les autres. Nous nous échapperons sans lui.

— Comment allons-nous le saborder?

Tongju sortit de sous sa couchette un petit sac qu'il tendit à Kim.

— Du semtex et des détonateurs radiocommandés. Je mettrai moi-même les charges à feu.

Il s'approcha de la cloison où était fixé un plan d'ensemble du *Koguryo*.

— Nous allons percer une série de trous à l'avant et au niveau de l'étrave, sous la flottaison. Avec l'inertie, l'eau envahira rapidement les ponts inférieurs. Le bâtiment partira vers le fond comme un sous-marin avant que l'équipage ait eu le temps de réagir.

— Reste quand même la possibilité que quelques-uns arrivent à embarquer dans les canots de sauvetage.

Tongju hocha lentement la tête, un sourire mauvais aux lèvres.

— J'ai déposé de la colle liquide sur tous les bossoirs. Il faudrait fournir un effort considérable pour larguer les embarcations.

— Et nous ? lui demanda Kim d'une voix légèrement altérée.

— Vous embarquerez avec moi, ainsi que deux de vos hommes, à bord de l'embarcation d'assaut. Je convaincrai Lee de nous mettre à l'eau sous prétexte d'une mission de reconnaissance lorsque nous aurons le cargo au radar. Lorsqu'il se sera remis en route, nous déclencherons les charges.

Kim laissa échapper un soupir en hochant tristement la tête.

— Vous me demandez d'abandonner mes hommes, ce n'est pas facile.

— Ce sont des hommes de valeur, certes, mais sacrifiables. Je vous laisse choisir les deux que nous embarquerons avec nous. Prenez votre spécialiste en explosifs, Hyun, et allez poser les charges. Dans les tranches E, F et G du pic avant. Et débrouillez-vous pour que personne ne vous voie.

Kim prit le sac et le serra très fort dans sa main.

— Ce sera fait, dit-il en hochant la tête, puis il sortit.

Après son départ, Tongju examina le plan du bâtiment pendant de longues minutes. Toute l'opération était extrêmement risquée, les dangers pouvaient surgir à tout instant. Mais c'était exactement le genre de mission qu'il adorait.

Chapitre 45

L'*ODYSSÉE* longeait péniblement Long Beach, en route vers le mal à l'état pur. En une heure, la grosse structure mal fichue parcourut ainsi dix nautiques. Elle dépassa l'île californienne de San Clemente, laissa San Diego dans l'est un peu avant minuit et quitta les eaux territoriales. Bateaux de pêche et navires de plaisance disparurent progressivement à l'horizon, et la plate-forme s'enfonça dans les étendues désolées de l'océan Pacifique, au large de Baja California. Au troisième jour de mer, à plus de sept cents nautiques de la terre la plus proche, l'*Odyssée* se retrouva seule en compagnie d'un minuscule point noir apparu à l'horizon dans le nord-est.

Au début, Hennessey regarda assez distraitement la petite tache qui grossissait peu à peu et semblait faire cap au sud. Lorsque le bâtiment fut à cinq nautiques, le capitaine pointa ses jumelles et réussit à distinguer sa couleur, bleue, et sa cheminée jaune. Il se dit qu'il devait s'agir d'un navire de recherche ou de quelque bateau à usage spécial, mais pas d'un cargo. Il se rendit vite compte, non sans une certaine irritation, qu'il allait droit à la collision avec l'*Odyssée*. Hennessey resta près de la barre pendant l'heure qui suivit pour continuer à le surveiller. Il s'approcha jusqu'à un nautique par le travers bâbord avant de réduire l'allure et de venir cap au sud-ouest dans ses eaux.

— Il réduit pour passer sur notre arrière, dit Hennessey au timonier en laissant tomber ses jumelles. Le Pacifique est vide, et il s'amuse à passer dans notre sillage, marmonna-t-il en branlant du chef.

L'idée qu'il ne s'agissait peut-être pas d'un hasard ne lui vint même pas à l'esprit. Il ne soupçonna pas davantage qu'un marin de confiance, l'un des techniciens de lancement, en réalité un homme de Kang, rentrait sa position exacte au moyen d'un vulgaire récepteur GPS et d'un appareil radio portatif. Après avoir traversé tout le Pacifique, le *Koguryo* avait intercepté une communication radio vingt-quatre heures plus tôt et mis le cap sur l'*Odyssée* comme un pigeon voyageur regagne son pigeonnier.

La nuit tombait, les feux du bâtiment inconnu scintillaient par bâbord arrière. Hennessey décida de ne plus y penser et se concentra sur l'obscurité qui régnait devant lui. Ils étaient encore à dix jours de l'équateur et rien ne laissait supposer que d'autres obstacles puissent se dresser sur leur chemin.

*

L'équipe d'assaut était bien entraînée, elle arriva sans crier gare dans une obscurité totale et prit tout le monde par surprise. Après être resté dans les eaux de l'*Odyssée* la plus grande partie de la soirée, le *Koguryo* avait soudain coupé ses moteurs et laissé la plate-forme s'éloigner vers l'horizon. Dans l'abri de navigation de la plate-forme, le timonier et l'officier de quart avaient été soulagés de voir disparaître les feux de l'autre bâtiment. Ils étaient sur pilote automatique, leur seule tâche consistait à surveiller l'écran radar et à traiter les bulletins météo. La mer était vide, il faisait nuit, il n'y avait guère de souci à se faire. Les deux hommes arpentèrent donc la passerelle en discutant de la Coupe du monde de football et en oublièrent presque de surveiller les écrans qui se trouvaient autour d'eux. S'ils avaient regardé d'un peu plus près ce qui s'y affichait, ils auraient eu une idée de ce qui les attendait.

Loin de changer de route ou de réparer quelque avarie, le *Koguryo* avait stoppé pour mettre à la mer une vedette rapide. C'était un bateau non ponté de dix mètres de long, plutôt luxueux, qui servait d'embarcation d'assaut à Tongju, Kim et les douze hommes en combinaison noire assis sur des banquettes en cuir, fusil au poing. Cette vedette n'était pas très discrète, mais c'était un moyen efficace et rapide de foncer à l'attaque de la plate-forme avec des forces consistantes.

Le bateau bondissait sur les vagues dans la nuit sous un ciel semé d'étoiles brillantes d'un horizon à l'autre. Il gagnait rapidement sur la plate-forme, aussi illuminée que Times Square. Lorsqu'il fut suffisamment près de la grande ombre qui le dominait de toute sa hauteur, le patron obliqua pour piquer droit sur le milieu de la structure et s'infiltra entre les deux flotteurs de l'*Odyssée*. Toujours à pleine vitesse, il plongea sous la plate-forme et dépassa les colonnes supports, frôlant les énormes poutres triangulaires qui se croisaient à l'horizontale, quatre mètres au-dessus de la surface. Le pilote ralentit alors pour régler sa vitesse sur celle de l'*Odyssée* et s'approcha de la colonne tribord avant. A cet endroit, un escalier de fer, recouvert d'une croûte de sel, permettait d'accéder aux niveaux supérieurs. Lorsqu'il fut à un ou deux mètres, l'un des commandos sauta avec un lance-amarre dont il entoura le pied de la rampe. L'un après l'autre, ses camarades bondirent à sa suite et entamèrent la longue grimpée qui devait les mener au pont principal. Ils firent une pause pour reprendre leur souffle en haut des marches, puis Tongju leur ordonna d'un signe de reprendre la progression. La porte d'accès avait été déverrouillée par un homme de Kang qui se trouvait déjà à bord et les commandos se dispersèrent en éventail sur toute la largeur du pont.

Tongju avait travaillé sur des photos et des plans de l'*Odyssée*, mais il n'en fut pas moins impressionné par la taille colossale de la plate-forme principale, de la longueur d'un terrain de football. La tour de lancement se dressait à l'une des extrémités, séparée du hangar de stockage par une grande zone vide. En surplomb à tribord, les énormes réservoirs de propergol, dont on transférait le contenu dans ceux de la Zénith peu avant la mise à feu. Face au hangar, une structure plus modeste abritant les locaux de l'équipage : logements pour soixante-huit hommes, cuisines, infirmerie. La première cible.

L'équipe d'abordage devait attaquer simultanément en plusieurs points : cinq hommes au hangar, trois à la passerelle et le reste, les logements de l'équipage. La plupart des quarante-deux hommes présents à bord de l'*Odyssée* n'avaient pas grand-chose à faire tant qu'ils n'avaient pas rallié la position du lancement et passaient le temps à lire, jouer aux cartes ou regarder des films. Vers trois heures du matin, tout le monde dormait, sauf des marins de quart et quelques techniciens chargés de surveiller le lanceur. Lorsque les commandos attaquèrent les logements, avec une précision digne d'un exercice, ingénieurs et techniciens se trouvèrent tellement pris au dépourvu qu'ils n'eurent aucune réaction. Aveuglés par des lampes puissantes, sous la menace de fusils d'assaut AK-74, les hommes tirés de leur sommeil furent rapidement maîtrisés. Deux d'entre eux, qui jouaient aux cartes dans la cuisine, crurent d'abord qu'il s'agissait d'une farce, jusqu'à ce que l'un ramasse un coup de crosse qui l'envoya par terre. Tout ébahi, un cuistot laissa tomber la pile de poêles qu'il avait dans les bras et fit davantage pour réveiller tout le monde que les hommes en armes.

Le même scénario se déroula dans le hangar. La petite équipe commando fit irruption dans la nef climatisée qui abritait la Zénith et maîtrisa sans violence les quelques ingénieurs qui se trouvaient là. Depuis la passerelle sur le toit du hangar, les deux hommes de quart n'en crurent pas leurs yeux. Tongju entra, leva calmement son Glock et enfonça le canon dans l'oreille du second. En moins de dix minutes, ses hommes s'étaient rendus maîtres de la plate-forme. Pas un seul coup de feu n'avait été tiré.

Les commandos constatèrent avec étonnement que la plupart des marins étaient philippins. Quant aux équipes lanceurs, c'était une troupe hétéroclite d'ingénieurs américains, russes et ukrainiens. L'équipe de prise fit descendre tout le monde aux cuisines, sous la menace des armes, à l'exception de la douzaine d'hommes de Kang et des représentants de l'opérateur du satellite, qui prirent en main la manœuvre de la plate-forme et la conduite des opérations techniques. Même le capitaine Hennessey, que l'un des hommes de Kang avait capturé et maîtrisé sans ménagement, fut enfermé dans les cuisines avec les autres.

Tongju, resté sur la passerelle, appela le *Koguryo* par radio et l'informa que la plate-forme avait été prise sans résistance. Il consulta rapidement une carte dépliée sur la table de navigation et ordonna sèchement aux deux marins de Kang :

— Venir au zéro-un-cinq. Nous allons changer de position de tir.

*

Peu avant l'aube, le *Koguryo* se rapprocha de l'*Odyssée*, cap au nord, et réduisit l'allure de façon à se maintenir à sa hauteur, roulant doucement dans des creux d'un mètre cinquante. Lorsqu'il ne fut plus qu'à quelques mètres du flanc de la plate-forme, le capitaine Lee fit les ajustements finaux et resta ainsi en route parallèle par le travers tribord. A la passerelle de l'*Odyssée*, le timonier, fort tendu, vérifia que le pilote automatique fonctionnait normalement, tandis que l'ex-câblier continuait de se rapprocher.

Sur la plate-forme supérieure du hangar, Tongju supervisait la manœuvre d'une grosse grue dont il fit orienter la flèche de sorte qu'elle déborde à tribord. Le croc se balança un bon moment avant de descendre vers la plage arrière du *Koguryo*. Au signal transmis par radio, le câble se raidit et la grue commença à hisser un conteneur métallique de la taille d'un canapé qu'elle déposa sur la plate-forme. Ce conteneur renfermait les cartouches spéciales de chimères congelées, prêtes à être introduites dans le système de dispersion d'aérosol.

Tandis qu'on transférait le virus mortel, le *Koguryo* envoya encore une dizaine de spécialistes, experts en lanceurs et en charge utile, qui se dirigèrent immédiatement vers le hangar et commencèrent à démonter la partie haute de la Zénith, des renforts furent appelés pour aider les commandos de Tongju.

Puis Tongju regagna l'abri de navigation et contempla le spectacle à travers les vitres épaisses. Les rouleaux se succédaient à quatre-vingts mètres sous ses pieds. Les mouvements de la plate-forme étaient presque insensibles, car les vagues n'agissaient pratiquement pas sur les deux flotteurs immergés. Il jeta un coup d'œil sur sa droite et vit le *Koguryo* qui dégageait après avoir achevé les manœuvres prévues.

— Vitesse maximum, ordonna-t-il au timonier.

Le Philippin, anxieux, poussa les moteurs des deux flotteurs. Le loch augmenta lentement.

— Douze nœuds, monsieur. Vitesse maximale, fit-il enfin sans oser le regarder.

Tongju hocha la tête, satisfait, s'empara d'un combiné radio et appela le capitaine du *Koguryo*.

— Tout se passe comme prévu. Veuillez rendre compte à Inchon que nous avons pris le contrôle de la plate-forme de lancement et prévoyons de démarrer le compte à rebours dans trente heures environ. Terminé.

Le timonier, effrayé, regardait droit devant lui pour éviter le regard de Tongju. Mais ses craintes restaient en dessous de ce que Tongju avait l'intention de faire.

Chapitre 46

IL FALLUT moins de vingt-quatre heures aux ingénieurs pour transformer la charge utile en une arme épouvantable de destruction massive. Comme des chirurgiens qui effectuent une transplantation d'organe, ils démontèrent soigneusement la coiffe avant d'ouvrir les entrailles du satellite. Cet engin, supposé servir aux télécommunications, ne contenait en réalité que de faux transpondeurs. On les démonta pour les remplacer par les pompes électriques de dispersion des aérosols. On mit en place des canalisations qui les reliaient aux faux panneaux solaires, chargés en réalité de disperser le virus en un fin brouillard dans le ciel californien.

Après avoir revêtu des combinaisons étanches, les techniciens procédèrent aux derniers tests du système de dispersion et s'assurèrent qu'il était parfaitement en mesure de remplir son rôle. Enfin ils arrivèrent à la dernière phase : insérer dans la charge les capsules contenant les chimères. Ils fixèrent avec précaution les ampoules remplies d'un composé congelé, puis les relièrent par des canalisations en acier au réservoir de réhydratation. Une fois le système armé, une séquence programmée par ordinateur mélangerait l'agent actif avec de l'eau distillée puis transférerait ce produit dans le vaporisateur, qui lui-même répandrait le tout dans l'atmosphère.

Le cocktail mortel ainsi chargé, on replaça le satellite dans sa coiffe ; à l'intérieur, on implanta à des endroits judicieusement calculés des micropropulseurs destinés à faire dégager le satellite au moment prévu. Le cône de nez enfin scellé, les ingénieurs, épuisés, se congratulèrent brièvement avant de regagner leurs logements pour grappiller quelques heures de repos. Ils ne pouvaient guère espérer davantage avant le début du dernier compte à rebours.

*

Sans déclencher officiellement le système d'alerte codifié par couleurs, le ministère de l'Intérieur avait toutefois notifié aux ports et aux aéroports la mise en œuvre de mesures prévues en pareil cas. Les navires et appareils en provenance d'Asie se trouvaient soumis à des inspections et des fouilles approfondies ; on portait une attention particulière à tout ce qui pouvait ressembler à une arme chimique ou biologique. A la demande pressante de Sandecker, les gardes-côtes avaient reçu l'ordre d'arraisonner tous les navires coréens ou japonais, de monter à leur bord et d'y envoyer des équipes de prise fortement armées. Tous les bâtiments disponibles avaient pris la mer et longeaient la côte Ouest, en se concentrant dans les atterrages de Seattle, San Francisco et Los Angeles.

Rudi Gunn s'était rendu à San Francisco pour organiser les opérations en coopération avec le commandement local des gardes-côtes. Lorsque le *Blue Gill* arriva en provenance de Monterey, Gunn l'expédia immédiatement à une dizaine de nautiques du Golden Gate. Il sauta ensuite dans un avion pour Seattle, où il mit toutes les ressources de la NUMA au service de la surveillance des côtes, et, par la même occasion, demanda l'assistance des gardes-côtes canadiens à Vancouver pour fouiller les bateaux se dirigeant vers la Colombie-Britannique.

De leur côté, Dirk et Summer avaient rejoint San Francisco où il faisait un temps béni. Ils prirent un taxi à l'aéroport international Lindbergh, près de San Diego, et gagnèrent l'île Shelter. Il ne leur fallut que quelques minutes pour trouver le *Deep Endeavor* amarré à l'extrémité d'un quai interminable dans le port de commerce. Lorsqu'il s'approcha, Dirk remarqua la présence sur la plage arrière d'un submersible orange, de forme bizarre.

— Eh ben, leur cria Jack Dahlgren de la passerelle en les voyant arriver, si c'est pas les prisonniers de Zenda !

Et le meilleur ami de Dirk dévala une échelle pour aller les accueillir en haut de la coupée.

— On m'a dit que vous vous étiez payés un petit tour en Corée, fit-il en éclatant de rire.

Il donna une poignée de main à Dirk et serra Summer dans ses bras.

— Exact, mais on a loupé les restaurants recommandés par le *Michelin*, lui répondit Summer.

— Attends, la reprit Dirk, pince-sans-rire, notre petite virée en zone démilitarisée était vachement sympa (et se tournant vers Dahlgren :) prêt pour une petite tournée de reconnaissance et d'inspection ?

— Ouais, un détachement de gardes-côtes est arrivé à bord il y a une heure, on peut larguer quand tu veux.

— Parfait, alors allons-y.

Dahlgren les conduisit à la passerelle où ils furent accueillis par Leo Delgado et Burch, puis présentés à un officier des gardes-côtes en uniforme du nom de Aimes.

— Quelle procédure comptez-vous appliquer, lieutenant ? lui demanda Dirk qui avait remarqué ses insignes de grade.

— Appelez-moi Bill, lui répondit l'officier.

Les cheveux blonds et ras, l'air consciencieux, Aimes était du genre à prendre son travail au sérieux, mais il détestait les phrases inutiles.

— Nous allons agir en soutien des gardes-côtes, au cas où il y aurait trop de trafic commercial. Sinon, nous effectuerons des missions de reconnaissance. La législation nous autorise à arraisonner tout navire se dirigeant vers la côte dans la limite des vingt nautiques. En ma qualité d'officier de liaison des gardes-côtes auprès de la NUMA, c'est moi qui commanderai les équipes de prise, mais j'aurai besoin de marins de chez vous, nous leur donnerons la formation nécessaire.

— A votre avis, lui demanda Summer, quelles sont nos chances de repérer une cache d'armes ou une bombe à bord d'un gros porte-conteneurs ?

— Meilleures que ce que vous pourriez imaginer. Comme vous le savez, nous travaillons en étroite collaboration avec les douanes, sous la houlette du ministère de l'Intérieur. Les douanes ont des agents dans les ports du monde entier, qui inspectent et posent les scellés sur les conteneurs avant de donner l'autorisation d'appareillage. Lorsque les navires débarquent dans un port américain, les douaniers vérifient que les conteneurs n'ont été ni ouverts ni tripatouillés. Et le service des gardes-côtes procède à des vérifications avant même l'arrivée au port.

— Mais, remarqua Dahlgren, il y a bien d'autres moyens possibles pour un porte-conteneurs de camoufler une bombe.

— C'est vrai, et le problème devient alors plus délicat, mais c'est là que les chiens entrent en jeu, lui répondit Aimes en lui désignant du menton l'extrémité du pont.

Dirk remarqua alors pour la première fois deux labradors beiges couchés là, attachés à un chandelier. Summer s'en approcha et les caressa sous les oreilles, à leur grand contentement.

— Ces chiens sont entraînés à reconnaître un grand nombre d'explosifs utilisés dans la fabrication de bombes. Mieux encore, ils savent fouiller un bateau de la cale à la pomme du mât. Si une arme biologique est cachée à bord d'un porte-conteneurs, il y a une forte probabilité pour qu'ils flairent ses composants explosifs.

— C'est cela que nous cherchons, lui dit Dirk. Bon, on va patrouiller devant San Diego?

— Non, répondit Aimes en secouant la tête. Il n'y a pas beaucoup de trafic commercial dans ce coin-là et les patrouilleurs des gardes-côtes sont plus adaptés. Nous avons reçu l'ordre de nous occuper d'un carré au sud-ouest de Los Angeles. Nous allons renforcer la flottille de gardes-côtes de Long Beach. Une fois sur les lieux de pêche, nous coordonnerons les opérations grâce à *Icare*.

— *Icare*? demanda Dahlgren.

— Oui, répondit Dirk avec un petit sourire entendu, les yeux qui veillent pour nous dans le ciel.

*

Le *Deep Endeavor* gagna le Pacifique à faible vitesse, passa devant l'île de Coronado avant de croiser un porte-avions de retour de campagne dans l'océan Indien. Dirk et Summer se rendirent sur la plage arrière pour examiner ce curieux sous-marin qui ressemblait à un ver de terre géant. L'engin en forme d'obus était équipé d'un ensemble de propulseurs à hélice répartis irrégulièrement sur la coque. A l'avant, un énorme appareil de carottage de trois mètres de long faisait saillie comme la corne d'une licorne. Posé ainsi dans son berceau d'un rouge orangé criard, le sous-marin faisait penser à un insecte géant tout droit sorti d'un film d'horreur des années cinquante.

— Qu'est-ce que c'est que ce bidule? demanda Summer à Dahlgren.

— Ton père ne t'a pas parlé du *Blaireau*? Celui-ci est un proto-type, mais il a donné son accord pour qu'il soit construit en série. C'est la raison pour laquelle nous sommes à San Diego. Nos ingénieurs ont travaillé en collaboration avec l'Institut Scripps pour développer cet engin phénoménal. C'est un sous-marin d'exploration par grands fonds, conçu pour forer et pour recueillir des sédiments. Idéal pour prélever des échantillons et des organis-mes vivants que l'on trouve par trois mille mètres et plus aux alentours des sources thermales volcaniques.

— Et c'est quoi, ces moteurs? lui demanda Dirk.

— Ils permettent d'arriver très vite au fond. Un vrai bolide. Au lieu de compter sur la gravité pour descendre jusqu'au fond, le sous-marin est équipé d'une pile à combustible qui lui permet de descendre rapidement. Tu descends, tu fais tes prélèvements, et tu remontes vite fait sans te faire suer toute la sainte journée. Tu passes moins de temps sous l'eau, moins de temps à remonter quand tu as terminé, et comme ça tu peux ramasser plus de maté-riau pour les géologues.

— Et les gars de chez Scripps ont accepté de vous laisser la res-ponsabilité de ce truc? demanda Summer en éclatant de rire.

— Ils ne m'ont pas demandé combien je m'étais récupéré de PV pour excès de vitesse et je me suis abstenu de le leur dire, répliqua Dahlgren en faisant l'innocent.

— Moins ils se doutent qu'ils ont prêté leur Harley Davidson toute neuve à un chauffard, mieux on se portera, conclut Dirk.

*

Le *Deep Endeavor* ratissa les côtes californiennes pendant trois jours avant de mettre cap au large juste avant la nuit. Dirk était à la passerelle et suivait la progression du bâtiment sur la carte en cou-leurs affichée sur un écran fixé au plafond de l'abri. La côte s'estom-pait derrière eux, il aperçut l'île de San Clemente qui s'approchait lentement dans l'ouest. Il passa encore un moment à contempler la carte puis alla rejoindre Aimes qui se concentrait sur l'écran radar.

— Je croyais que nous n'avions pas le droit d'intervenir légale-ment au-delà des douze milles? Et nous nous dirigeons vers San Clemente, qui se trouve à cinquante nautiques de la côte?

— En temps normal, nous respectons la limite des douze milles. Mais les îles du Détroit appartiennent à la Californie, ce qui nous permet de prendre les îles comme point de départ de la zone auto-risée. Pour cette mission-ci, nous avons eu l'autorisation d'étendre la zone d'inspection. Nous allons nous placer à environ dix milles à l'ouest de Santa Catalina.

Deux heures plus tard, ils arrivèrent au large de cette île impo-sante et réduisirent l'allure en se rapprochant de la position prévue. Le *Deep Endeavor* commença sa patrouille, toujours à vitesse réduite, effectuant de longs allers-retours nord-sud dans l'ouest de l'île, radar en route. Mais le radar ne repéra rien d'autre que des bateaux de plaisance et des bâtiments de pêche, ainsi que l'aviso des gardes-côtes qui se trouvait non loin d'eux, au nord.

— Nous sommes très au sud du principal rail d'accès à Los An-geles et nous ne risquons pas de voir grand-chose de nuit, dit Aimes. Ça ira mieux demain matin, lorsque *Icare* se sera mis au travail. En attendant, relève de quart, on va aller se reposer un peu.

Dirk ne se le fit pas dire deux fois et sortit sur l'aileron de la passerelle pour respirer l'air du large. La nuit était calme, l'atmosphère humide, la mer parfaitement plate. Debout dans l'obscurité, il se remémorait son entrevue avec Kang, la menace très explicite qu'il avait brandie devant Summer et lui. Dans une semaine, l'Assemblée nationale coréenne allait procéder à un vote historique, les autorités américaines auraient les mains libres pour poursuivre Kang avec toute l'énergie nécessaire. Une semaine sans incident, voilà tout ce dont ils avaient besoin. Debout sur la passe-relle à contempler la mer, Dirk sentit sur son visage une rafale de vent frais qui tomba aussi brusquement qu'elle était venue. Et la mer retrouva son calme.

Chapitre 47

Vers vingt et une heures, l'*Odyssée* avait rebroussé chemin de quelque trois cents nautiques et s'approchait désormais de la nouvelle position de lancement calculée par les ingénieurs d'Inchon. Tongju, qui avait essayé de rattraper tant bien que mal son retard de sommeil dans la cabine du capitaine Hennessey, fut réveillé en sursaut par des coups précipités à sa porte. Un commando en armes entra et s'inclina profondément. Tongju s'assit sur le bord de sa bannette et enfila ses bottes.

— Désolé de vous déranger, lui dit le commando. C'est de la part du capitaine Lee. Il demande que vous reveniez immédiatement à bord du *Koguryo*. Il y a eu un esclandre entre des ingénieurs russes.

Tongju fit signe qu'il avait compris, s'ébroua et gagna la passerelle. Il y vérifia que la plate-forme faisait toujours route cap au nord-nord-est à douze nœuds. Il appela par radio l'annexe du *Koguryo* puis descendit les échelons du pilier avant et embarqua dans le bateau. Il atteignit rapidement le bâtiment de soutien où le capitaine Lee l'attendait.

— Suivez-moi au PC lancement. Ce sont ces foutus Ukrainiens, lui dit le capitaine en pestant. Ils n'arrivent pas à se mettre d'accord sur la position de tir. Je crois qu'ils vont s'entre-tuer.

Les deux hommes descendirent une série d'échelles et arrivèrent dans la coursive qui menait au PC. Lee ouvrit une porte. Ils furent accueillis par des volées de jurons proférés dans une langue incompréhensible. Des ingénieurs s'étaient massés au centre du local autour de deux spécialistes ukrainiens qui se crachaient des insultes à la figure en gesticulant. Les spectateurs s'écartèrent un peu en voyant arriver les deux Coréens, mais les deux Ukrainiens ne reculèrent pas d'un poil. Avec un air dégoûté, Tongju s'empara d'un fauteuil posé devant une console, le brandit au-dessus de sa tête et le jeta de toutes ses forces en direction des deux ingénieurs qui continuaient à se quereller. Les spectateurs poussèrent un cri en voyant le projectile s'abattre sur les deux hommes qu'il toucha à la tête et en pleine poitrine avant de s'écraser au sol avec grand fracas. Sidérés, les deux Ukrainiens se turent et finirent par se tourner vers les deux arrivants.

— Alors, gronda Tongju, quel est le problème ?

L'un des Ukrainiens, à la chevelure noire tout ébouriffée et qui portait un bouc, se racla la gorge avant de prendre la parole.

— C'est à cause de la météo. La zone de haute pression qui règne sur le Pacifique Est, et plus particulièrement au large des côtes américaines, s'est comblée sous l'influence d'une dépression qui arrive par le sud.

— Ce qui signifie ?

— Ce qui signifie que les vents de secteur est qui dominent généralement à haute altitude se sont inversés. Nous nous retrouvons donc avec un fort vent debout. Ceci affecte considérablement les marges dont nous disposons pour la mission.

Il farfouilla dans une pile de papiers et en sortit une feuille couverte de calculs et de profils de vol griffonnés au crayon.

— Le plan initial consistait à faire le plein de propergol du premier étage de la Zénith en nous limitant à cinquante pour cent de sa capacité. Cela nous donnait une portée approximative de trois cent cinquante kilomètres. La zone objectif est ainsi couverte sur une profondeur d'environ cinquante kilomètres. C'est là que nous devions activer la charge utile. Par conséquent, la position de lancement calculée se trouvait à trois cents kilomètres à l'ouest de Los Angeles, dans l'hypothèse où les vents étaient nominaux. Mais compte tenu de la météo observée, nous n'avons que deux options : attendre que la zone de basse pression rétablisse le régime de vents attendu, ou repositionner la plate-forme plus près de la cible.

— Mais non, il y a une troisième solution, coupa vivement le second Ukrainien. Nous pouvons augmenter la quantité de propergol et permettre à la Zénith d'atteindre la zone à partir de la position de tir prévue.

343

L'autre se contenta de hocher la tête en silence.

— Quel risque cela nous ferait-il courir? demanda Tongju à l'Ukrainien dubitatif.

— Serguei a raison, nous pourrions ajuster la quantité de propergol pour atteindre la zone depuis la position prévue. Cela dit, j'ai des doutes sur la précision accessible dans ce cas de figure. Nous ne connaissons pas les conditions de vent pour l'ensemble de la trajectoire. Compte tenu de cette météo plutôt inhabituelle, elle risque d'être très différente de ce que nous mesurons ici à la verticale. Le lanceur peut très facilement dévier au nord ou au sud de la trajectoire calculée. Nous risquons également de dépasser largement l'objectif de plusieurs dizaines de kilomètres, ou tout aussi bien d'être trop court. A cette distance, les dérives possibles sont beaucoup trop importantes.

— Le risque reste mineur et repose sur trop de spéculations, reprit Serguei.

— Combien de temps faut-il attendre avant de retrouver des conditions météo normales? leur demanda Tongju.

— La dépression montre déjà quelques signes d'affaiblissement. Nous pensons qu'elle va disparaître totalement sous trente-six heures. Nous pourrions retrouver un régime anticyclonique dans les soixante-douze heures.

Sans dire un mot, Tongju pesa le pour et le contre pendant un bon moment. Il finit par trancher.

— Nous avons un calendrier précis à respecter. Nous ne pouvons nous permettre ni d'attendre un éventuel changement de temps, ni de risquer de frapper trop loin de l'objectif. Nous allons nous rapprocher et entamer le compte à rebours dès que possible. De combien faut-il avancer pour réduire les effets de cette instabilité atmosphérique?

— Nous devons réduire la distance à franchir pour minimiser l'effet des vents contraires. Si l'on se fie à nos derniers relevés anémométriques, fit l'Ukrainien au bouc en pointant le doigt sur une carte des côtes nord-américaines, il faut s'approcher à cent cinquante kilomètres du rivage.

Tongju examina la position indiquée pendant une bonne minute et calcula la distance supplémentaire à franchir. La position proposée était dangereusement proche des côtes. Il nota la présence de deux îles à proximité de ce point. Mais ils avaient encore le temps de l'atteindre et d'accomplir ainsi la mission dans les délais fixés par Kang. Tous les assistants, les yeux braqués sur lui, attendaient de connaître son verdict. Il se tourna enfin vers Lee :

— Changez immédiatement de route. Nous devons être là-bas avant le lever du jour. Nous déclencherons le compte à rebours immédiatement.

Chapitre 48

— A TTENDS, tu me fais marcher ? Une saucisse ?
Giordino se frotta le menton puis se tourna vers Pitt en hochant la tête.

— Et tu m'as fait traverser tout le pays pour me faire faire une petite balade dans ce truc ?

— Je préfère le terme de dirigeable, lui répondit Pitt, faussement indigné.

— Oui, une saucisse à gaz, quoi.

En arrivant avec lui à L.A. en provenance de Washington, Giordino se demandait ce que pouvait bien manigancer Pitt. Au lieu de piquer au sud en sortant de l'aéroport, en direction du port et des services régionaux des gardes-côtes, Pitt avait fait prendre la route nord à leur voiture de location. Giordino s'était aussitôt endormi et Pitt était sorti de la zone urbaine. Un peu plus tard, lorsque Giordino se réveilla, ils traversaient des champs de fraisiers. Il se frotta les yeux. La voiture pénétra dans le petit aérodrome d'Oxnard. Pitt se gara près d'une grande saucisse amarrée à un pylône monté sur un camion. Avec ses soixante-dix mètres de long, cette *Sentinelle 1000* construite par Airship Management Services était plus grande que les dirigeables couramment utilisés pour faire de la publicité à l'occasion des grands matchs de football et des tournois de golf. Version plus grosse de la *Sentinelle 600*, celle-ci pouvait emporter près de trois tonnes de charge utile. L'enveloppe contenait dix mille mètres cubes de gaz. Contrairement aux dirigeables à structure rigide des années vingt et trente, qui utilisaient ce gaz très

inflammable qu'est l'hydrogène, la *Sentinelle 1000* était un dirigeable souple et utilisait un gaz plus sûr, l'hélium.

— On dirait une espèce d'avorton dérivé du Hindenburg,
grommela Giordino en examinant d'un œil méfiant le dirigeable
argenté.

— Eh bien, tu as devant toi ce qui se fait de mieux en matière de
surveillance et de moyens de détection, lui répondit Pitt. Il est
équipé d'un système optique, le SASL. La NUMA fait des essais
en ce moment, nous voudrions l'utiliser pour mener des études sur
les récifs de corail et les marées. Nous l'avons déjà utilisé avec de
bons résultats pour suivre la migration des baleines.

— C'est quoi, ce SASL ?

— Le Système Aéroporté de Surveillance du Littoral, un système optique qui exploite plusieurs longueurs d'onde invisibles à
l'œil. Le ministère de l'Intérieur envisage de s'en servir pour la
surveillance des frontières, et la marine, pour la lutte anti-sous-
marine.

— M. Pitt ? Nous avons installé l'équipement radio que les gardes-côtes nous ont fait parvenir, vous pourrez ainsi établir des
communications protégées avec leurs bâtiments. Nous avons lesté
Icare pour obtenir une masse à l'atterrissage de cent kilos avec
cinq pour cent de carburant. Je vous conseille donc de ne pas
mettre les réservoirs à sec. L'appareil possède un ballast à eau et
un système expérimental de vidange rapide du carburant, au cas où
vous auriez besoin de décoller en urgence.

— Combien de temps pouvons-nous rester en l'air ? demanda
Giordino qui examinait les deux propulseurs accrochés de chaque
bord, à l'arrière de la nacelle.

— Huit à dix heures, si vous ne poussez pas trop sur les gaz.
Bon vol, c'est un vrai plaisir à piloter, conclut le mécano en
s'inclinant légèrement.

Pitt et Giordino passèrent la porte d'accès à la nacelle et découvrirent un cockpit spacieux équipé pour accueillir huit passagers.
Ils gagnèrent à l'avant le poste de pilotage où Pitt prit les commandes tandis que Giordino s'installait dans le siège du copilote. Pitt
mit en route les deux moteurs, des Porsche 839 turbocompressés à
refroidissement à air, qui démarrèrent dans un doux rugissement.
Moteurs au ralenti, Pitt obtint de la tour de contrôle l'autorisation
de décoller. Il se tourna vers Giordino :

— Paré, Wilbur ?

— Quand tu voudras, Orville[1].

Faire décoller le dirigeable n'était pas une manœuvre très simple, laissée aux soins du seul pilote. Une équipe à terre devait aider à la manœuvre, de manière étroitement coordonnée. A l'extérieur, les hommes de l'équipe *Icare*, tous vêtus de chemises rouge vif, avaient pris position autour du dirigeable. Trois d'entre eux souquèrent sur les deux amarres fixées au nez de chaque bord, tandis que quatre autres tenaient les mains courantes fixées sur les côtés de la nacelle. La verrière descendait presque jusqu'aux pieds de Pitt qui gardait les yeux fixés sur le chef d'équipe, debout au pied du pylône. Sur l'ordre du pilote, le chef d'équipe fit signe à un de ses acolytes perché en haut du mât de larguer son amarre. Pendant ce temps, les autres déhalèrent le dirigeable, dont le poids apparent était pratiquement nul, et l'éloignèrent du pylône d'une dizaine de mètres, afin de le laisser décoller sans obstacle.

Pitt leva le pouce puis poussa sur deux manettes placées au centre de la planche de bord pour faire monter les moteurs en régime. L'équipe au sol lâcha le dirigeable avant de dégager, Pitt tira doucement sur le manche placé devant lui. Ce manche permettait de régler l'inclinaison des moteurs logés dans deux supports orientables. Les moteurs adoptèrent la position haute, ajoutant leur poussée à la portance naturelle. Le dirigeable s'éleva immédiatement dans les airs et ils quittèrent le sol presque sans s'en rendre compte, le nez fortement incliné. Giordino salua l'équipe de piste en faisant de grands signes par la verrière ouverte. Bientôt, à mesure que le dirigeable montait dans le ciel, les hommes au sol rapetissèrent jusqu'à ressembler à des insectes.

Pitt mit le cap sur le large et monta à une altitude de deux mille cinq cents pieds. Sous le soleil, le Pacifique resplendissait de toutes ses couleurs et ils aperçurent bientôt les îles du Détroit nord : Santa Cruz, Santa Rosa, San Miguel. Le ciel était très clair. Pitt remarqua comme une sorte de rosée qui dégouttait sur l'enveloppe sous l'effet du soleil levant. Il jeta un œil au manomètre de pression d'hélium. L'aiguille était un peu montée car le gaz se dilatait sous l'effet combiné de la chaleur et de la baisse de pression extérieure due à l'altitude. Un système d'évent automatique permettait d'éva-

---

1. Wilbur et Orville, prénoms des frères Wright, pionniers américains de l'aviation (*NdT*).

cuer le gaz en excès si la pression augmentait trop, mais Pitt restait largement en dessous de ce seuil pour ne pas gaspiller l'hélium.

Les commandes étaient assez dures et il avait davantage l'impression de barrer un voilier de course de vingt mètres que de piloter un avion. La manœuvre des gouvernails et des élevons demandait un réel effort physique, le nez du dirigeable répondait avec lenteur, ce qui était assez désagréable. Il rectifia le cap et regarda sans les voir les cordages qui se balançaient au bout du nez du dirigeable. Il aperçut sous eux un bateau de pêche de plaisance dont l'équipage lui fit de grands signes d'amitié. Les dirigeables ont un je-ne-sais-quoi qui attire immanquablement la sympathie des gens. Il en émane sans doute une espèce de charme, ils rappellent le bon vieux temps, celui où l'homme commençait à voler. Les mains sur les commandes, Pitt ressentait lui aussi ce sentiment de nostalgie. Flottant ainsi lentement au-dessus de l'eau, il rêvassait, songeant à ces dirigeables des années trente, lorsque des monstres tels que le *Graf Zeppelin* et le *Hindenburg* se partageaient le ciel avec les aéronefs de la marine, l'*Akron* et le *Macon*. Comme les grandioses paquebots de cette époque, ils offraient un air de majesté tranquille dont étaient dépourvus les moyens de transport modernes.

*

Lorsqu'ils furent à trente nautiques des côtes, Pitt vira au sud et entreprit de décrire un grand arc au large de Los Angeles. Giordino mit en route le SASL connecté à un ordinateur portable qui lui permettait de visualiser les images des navires dans un rayon de trente-cinq nautiques. Cargos et porte-conteneurs se dirigeaient vers Los Angeles ou Long Beach de manière sporadique mais continue. Ces gros navires arrivaient de ports aux noms exotiques étalés entre Mumbai et Djakarta, mais la Chine, le Japon et Taiwan fournissaient le plus gros du trafic. Chaque année, plus de trois mille navires gagnaient les ports de la région et créaient un flux continu qui traversait le Pacifique pour venir débarquer leurs marchandises aux Etats-Unis, comme une colonne de fourmis qui afflue vers le lieu du pique-nique. Tout en observant l'écran, Giordino indiqua à Pitt qu'il avait repéré deux gros bateaux à une certaine distance et qu'il s'agissait d'après lui de bâtiments de commerce.

— On va aller y jeter un œil, lui répondit Pitt en inclinant le nez du dirigeable dans leur direction.

Il baissa l'interrupteur de la radio que l'on venait d'installer et appela les gardes-côtes.

— *Flétan*, ici *Icare*. Nous sommes sur zone et nous nous préparons à aller voir deux navires qui approchent, distance approximative quarante-cinq nautiques à l'est de Long Beach. A vous.

— Reçu, *Icare*, répondit une grosse voix. Content de vous savoir ici à nous aider du haut du ciel. Nous avons trois bâtiments en mission de surveillance. J'attends votre compte rendu. Terminé.

— Du haut du ciel, tu parles, grommela Giordino. J'aimerais mieux être allongé sur un canapé, conclut-il en se demandant brusquement si quelqu'un avait pensé à leur embarquer un déjeuner.

*

Au milieu de la nuit, l'*Odyssée* avait viré pour venir cap à l'est et se rapprochait des côtes californiennes qu'elle avait quittées quelques jours auparavant. Tongju avait regagné la plate-forme après avoir réglé le problème de la position de tir. Il avait réussi à voler quelques heures de sommeil dans la cabine du capitaine avant de se lever, une heure avant l'aube. Les premières lueurs du jour perçaient et il observa de la passerelle la plate-forme qui suivait le *Koguryo* dans les eaux. Il nota par tribord avant la présence d'une île assez imposante. Il s'agissait de San Nicolas, rocher desséché et balayé par le vent, la plus distante de terre des îles du Détroit, utilisée par la marine pour l'entraînement aux opérations amphibies. Ils continuèrent ainsi pendant encore une heure, puis le capitaine Lee appela à la radio :

— Nous approchons du point calculé par les Ukrainiens. Préparez-vous à couper les moteurs, je vais me placer dans votre sud-est. Nous sommes prêts à entamer le compte à rebours en fonction de vos instructions.

— Reçu, répondit Tongju. Nous gagnons la position et nous allons commencer le ballastage. Paré pour la stabilisation.

Puis, se retournant, il fit signe à l'un des hommes de Kang, qui s'était introduit à bord comme matelot et qui barrait l'*Odyssée*. D'un geste assuré, le timonier arrêta les moteurs de propulsion puis activa les engins de positionnement fin. Le calculateur, dans lequel on avait entré les coordonnées GPS du point à atteindre, se mit en fonction et commença à donner ses ordres aux propulseurs situés à l'avant, à l'arrière et en abord. L'*Odyssée* s'immobilisa, comme collée sur une pièce de dix cents.

— Système de positionnement activé, aboya le timonier d'une voix presque militaire. Début du ballastage – et il poussa une série de boutons sur une console illuminée.

Soixante-dix mètres plus bas, plusieurs sectionnements situés dans les flotteurs s'ouvrirent alors automatiquement et des pompes commencèrent à noyer les énormes coques d'acier. Pour tous ceux qui se trouvaient à bord, ce remplissage restait imperceptible, car le système de ballastage était conçu pour maintenir rigoureusement l'assiette. A la passerelle, Tongju surveillait une image de synthèse 3D de la plate-forme. Les flotteurs et le bas des pylônes porteurs se coloraient progressivement en bleu au fur et à mesure que l'eau de mer y pénétrait. Les hommes installés en haut voyaient plus qu'ils ne sentaient la structure s'enfoncer lentement dans les vagues comme un ascenseur un peu paresseux. Au bout d'une heure, la plate-forme s'était abaissée de quinze mètres. Le haut des flotteurs se trouvait désormais à vingt-cinq mètres sous la surface. Tongju remarqua que tous les mouvements avaient cessé. Les flotteurs sous l'eau, les pylônes partiellement noyés, l'*Odyssée* était semblable à un roc, parée à lancer la fusée de cinq cents tonnes.

Lorsque le niveau désiré fut atteint, un klaxon retentit. Sur l'écran de contrôle, la zone bleue avait atteint une ligne rouge horizontale. Le timonier actionna quelques interrupteurs avant de quitter la console.

— Ballastage terminé, plate-forme stabilisée et parée pour le lancement, annonça-t-il.

— Evacuez la passerelle, ordonna Tongju en faisant signe à un marin philippin qui se tenait près du radar.

Un garde de faction près de la porte accompagna le marin dehors sans dire un mot, Tongju les suivit et ils gagnèrent un petit ascenseur qui menait au pont du hangar. Une bonne dizaine d'ingénieurs s'empressaient autour de l'énorme lanceur, toujours couché en position horizontale. Ils travaillaient sur les écrans des ordinateurs connectés à la fusée. Tongju s'approcha d'un homme à la chevelure épaisse qui portait des lunettes rondes, un certain Ling, qui dirigeait l'équipe chargée du lancement. Avant que Tongju ait eu le temps d'ouvrir la bouche, l'ingénieur expliqua précipitamment :

— Nous avons exécuté les derniers tests sur la charge utile, les

351

résultats sont bons. Le lanceur est paré, tous les systèmes électro-mécaniques ont été vérifiés et sont en situation nominale.

— Parfait. La plate-forme est à l'endroit prévu, le ballastage est terminé. Etes-vous prêts à transférer le lanceur jusqu'à la tour ?

Ling hocha vigoureusement la tête.

— Nous n'attendions plus que votre ordre. Nous pouvons commencer immédiatement le roulage et l'érection.

— Il n'y a pas de raison de traîner. Allez-y. Prévenez-moi lorsque vous serez prêts à quitter la plate-forme.

— Bien sûr, répondit Ling.

Il courut rejoindre un groupe d'ingénieurs qui attendaient à proximité et distribua ses ordres rapidement. Les hommes s'égaillèrent comme des lapins pour rejoindre leurs postes. Tongju s'éloigna un peu pour regarder s'ouvrir les immenses portes du hangar, découvrant les rails qui s'étendaient sur toute la longueur du pont jusqu'à la tour de lancement dressée à l'autre extrémité. On fit alors démarrer des moteurs électriques dont le bruit se répercutait en écho sur les cloisons. Tongju s'approcha d'une console pour observer ce qui se passait par-dessus l'épaule de Ling qui dirigeait les opérations à grands gestes. Une rangée de voyants passa au vert, Ling fit signe à un ingénieur qui embraya le chariot de transfert.

Le lanceur se mit à trembler et ses soixante-dix mètres s'ébranlèrent paresseusement en direction de l'ouverture. Le chariot était porté par une multitude de roues qui se mouvaient comme les membres d'un mille-pattes. Précédée de ses tuyères, la fusée franchit les portes et émergea en pleine lumière. La peinture blanche de sa carlingue luisait au soleil levant. Tongju suivait le berceau au pas, admirant la puissance qui émanait de l'engin, tout ébahi de la taille gigantesque du lanceur lorsqu'il se trouvait ainsi, en position horizontale. Le *Koguryo* était resté à plusieurs centaines de mètres et, sur le toit de l'abri, des marins et des techniciens observaient le spectacle.

La chenille mécanique traversa tout le pont avant de s'immobiliser au pied de la tour de lancement. La partie supérieure de la fusée n'était pas encore totalement sortie du hangar. Une trappe rectangulaire s'ouvrit alors dans le toit pour lui permettre de passer. On verrouilla le chariot de transfert avant de mettre en place les érecteurs mécaniques alimentés par des groupes hydrauliques qui vinrent prendre appui sur le chariot. Avec les plus grandes précautions, la fusée s'éleva doucement, le nez passa par l'ouverture du hangar et elle arriva en position verticale le long de la tour de lancement. Des verrous hydrauliques la fixèrent alors à la plateforme tandis que l'on mettait en place les lignes ombilicales, alimentation en propergol, ventilation, refroidissement. Des techniciens installés dans la tour connectèrent les câbles de transfert de données qui permettaient aux ingénieurs embarqués à bord du *Koguryo* de contrôler les dizaines de capteurs installés sous la peau de la fusée. Lorsque la Zénith fut parfaitement en place, on fit basculer à l'horizontale le berceau de transfert et on le replaça sous le hangar où il allait rester à l'abri des agressions pendant les opérations de lancement.

Ling, tendu, prit le micro et appela le PC du *Koguryo*, puis se précipita vers Tongju :

— Nous avons quelques anomalies mineures, mais de façon générale, tous les paramètres sont nominaux.

Tongju leva les yeux. La fusée le dominait de toute sa hauteur, munie de sa charge mortelle destinée à répandre la mort sur des millions d'innocents. Les souffrances qu'ils allaient endurer, leur trépas, tout cela le laissait absolument de marbre. Tout sentiment de compassion avait déserté cet homme depuis des années. Une seule chose comptait : la puissance terrifiante qu'il avait devant lui, un pouvoir de destruction comme il n'en avait encore jamais vu et qui l'exaltait au plus haut point. Lentement, il embrassa du regard le corps de la fusée jusqu'à sa base, puis la plate-forme. Il se tourna enfin vers Ling, qui attendait avec inquiétude sa réponse. Il le laissa mijoter ainsi un bon moment, avant de rompre le silence et de déclarer d'une voix ferme :

— Très bien. Entamez le compte à rebours.

Chapitre 49

A BORD du *Deep Endeavor*, l'équipage commençait à se lasser de son ingrate mission de surveillance. Après deux jours de patrouille, ils n'avaient arraisonné qu'un petit bâtiment, un cargo philippin qui transportait des troncs d'arbre. Le trafic commercial à destination de Los Angeles par les approches sud-ouest était réduit et l'aviso des gardes-côtes présent dans la zone, le *Narval*, pouvait aisément s'en tirer tout seul. Les hommes de la NUMA auraient préféré reprendre le travail plutôt que de continuer à faire des ronds dans l'eau sans résultat, et ils espéraient tous *in petto* que le trafic allait se densifier un peu plus dans leur secteur.

Assis à la cambuse avec Summer, Dirk buvait un café tout en lisant un rapport de recherche sur la dégénérescence du corail de la Grande Barrière. Un marin vint les prévenir qu'on les demandait à la passerelle.

— Nous avons reçu un message du *Narval*, leur annonça Delgado. Ils sont en train d'inspecter un porte-conteneurs et nous demandent de vérifier l'identité d'un navire qui arrive par l'ouest de Catalina puis d'intervenir si nécessaire.

— Pas d'identification par le dirigeable ? lui demanda Dirk.

— Votre père a décollé ce matin avec Al. Ils arrivent par le nord et feront sans doute une passe dans le coin d'ici deux heures.

Summer jeta un coup d'œil dans cette direction à travers les vitres de la passerelle. Le *Narval* avait mis en panne près d'un gros porte-conteneurs chargé à ras bord et bas sur l'eau. Plus à l'ouest, elle aperçut un petit point rouge sur l'horizon. Le pilote de quart du *Deep Endeavor* calculait déjà une route d'interception.

— C'est lui ? demanda-t-elle en pointant l'objet du doigt.

— Oui, lui répondit Delgado. Le *Narval* lui a déjà ordonné par radio de mettre en panne, nous arriverons après qu'il aura eu le temps de casser son erre. C'est le *Maru Santo*, en provenance d'Osaka.

Une heure plus tard, le *Deep Endeavor* stoppa à son tour à proximité du cargo, un vraquier de faible tonnage tout rouillé, aux normes bien modestes comparé à ce qui naviguait dans le Pacifique. L'équipe de Aimes embarqua dans une petite vedette en compagnie de Delgado, Summer et trois marins de la NUMA. Ils accostèrent le long de la muraille et grimpèrent à bord par une échelle de coupée aussi rouillée que le cargo. Summer, qui s'était rapidement liée d'amitié avec les labradors, se porta tout de suite volontaire pour en prendre en laisse. Aimes et Dahlgren allèrent rejoindre le capitaine pour vérifier le manifeste et les autres entreprirent de visiter le bord à fond. Précédés de leurs chiens, les hommes allèrent fouiner dans les cales, vérifièrent les scellés posés sur les conteneurs. Il y avait aussi à bord des caisses plus ou moins en vrac, chaussures de sport, différents produits fabriqués à Taiwan. L'équipage, constitué de robustes Malais, regarda sans cacher un certain amusement les chiens flairer un peu partout dans les postes mal éclairés.

Dirk, resté à la passerelle du *Deep Endeavor*, surveillait pendant ce temps le cargo japonais. Sur le pont, en face de lui, deux marins observaient le navire de la NUMA et Dirk leur fit un grand geste amical. Les deux hommes, mollement appuyés contre la lisse, portaient des vêtements éculés et échangeaient des blagues en fumant une cigarette.

Il se tourna vers Burch et lui dit d'un ton très assuré :

— On n'a rien à craindre de celui-là.

— Qu'est-ce qui vous fait dire ça ?

— L'équipage est trop décontracté. A bord du navire de Kang, les marins étaient des professionnels qui ne rigolaient pas, rien à voir avec les marioles qui travaillent sur cette vieille baille. Et il y aurait des gardes qui rôderaient partout comme des paranos, dit-il en repensant à Tongju et ses sbires.

— Il faudra en parler à Aimes quand il reviendra, dit Burch. Même si ça ne sert pas à grand-chose cette fois-ci, c'est un bon entraînement pour ses gars. Et en prime, conclut-il en souriant, ça m'aura permis de me débarrasser de Dahlgren un petit moment.

— Il faut continuer à chercher, murmura Dirk. Il y a tellement d'endroits où l'on peut se cacher en mer.

Burch prit ses jumelles et scruta l'horizon. Il remarqua deux points minuscules loin au sud-ouest puis, au nord, le *Narval* qui s'éloignait du porte-conteneurs. Il allait lâcher ses jumelles lorsque son œil fut attiré par un éclat de lumière. Il ajusta la mise au point et se tourna vers Dirk avec un grand sourire :

— Je crois que les cachettes vont sérieusement se réduire, maintenant que nos chefs bien-aimés se pointent au balcon pour admirer le paysage.

*

A deux mille pieds au-dessus des doux rouleaux de l'océan Pacifique, le dirigeable argenté flottait gracieusement dans le ciel à trente-cinq nœuds. Pitt était toujours aux commandes. Giordino leva une série d'interrupteurs situés un écran couleur plat. Une caméra WESCAM à longue portée était montée en abord de la nacelle et complétait le SASL proprement dit. Avec cette caméra, il était possible d'observer des objets situés à des centaines de mètres. Pitt se pencha sur le moniteur où apparaissait un petit bateau de plaisance. Deux femmes en bikini prenaient un bain de soleil. Pitt éclata de rire :

— J'espère que ta petite amie n'est pas au courant de tes tendances au voyeurisme !

— Qu'est-ce que tu vas t'imaginer ? J'ajuste simplement la résolution, répondit Giordino avec le plus grand sérieux, tout en zoomant sur les fesses de l'une des filles.

— Arrête de te prendre pour Helmut Newton et regardons plutôt ce que ça donne sur une cible digne de ce nom.

Pitt fit virer le dirigeable cap à l'ouest sur un navire qui quittait le port, distant de quelques nautiques. Il descendit à une altitude de quelques centaines de pieds, s'inclina doucement sur tribord et poussa sur les gaz, gagnant lentement sur le bâtiment en partance. Lorsqu'ils ne furent plus qu'à un demi-mille, Giordino pointa sa caméra sur le tableau du cargo et déchiffra son nom sans difficulté : *Jasmine Star*... Madras. Il balaya lentement le pont, aperçut une rangée de conteneurs, s'arrêta sur le mât au-dessus de

la passerelle et le pavillon indien apparut à l'écran, flottant doucement au vent.

— Ce truc est génial, fit fièrement Giordino.

Pitt regardait l'image fournie par le SASL sur son ordinateur portable. La mer était parfaitement déserte sur l'avant du cargo indien.

— Je ne vois rien le long du rail pour le moment, annonça-t-il.
On va piquer au sud, on dirait qu'il y a un peu plus d'activité dans
ce coin-là.

Il avait remarqué plusieurs échos dans la partie gauche de
l'écran. Il changea de cap et ils survolèrent bientôt le *Narval* et le
porte-conteneurs qu'ils venaient de perquisitionner, puis une partie
de l'île de Catalina. De retour au-dessus de l'eau, Giordino désigna, à travers le pare-brise, un bateau turquoise qui faisait route au
loin.

— Le *Deep Endeavor* est par là. On dirait qu'il a trouvé du
boulot, dit-il en apercevant un cargo rouge à proximité.

Pitt se dirigea vers le navire de la NUMA et l'appela par radio.

— *Icare* à *Deep Endeavor*. Alors, bonne pêche ?

— Des clous, répondit la voix de Burch. Alors, messeigneurs,
comment se passe votre petite promenade touristique ?

— Superbe, à ceci près qu'Al passe son temps à mastiquer du
caviar, ce qui m'empêche de profiter du film. On va voir si on peut
pas vous trouver de quoi vous occuper.

— Reçu, nous vous serions très obligés.

Giordino régla le SASL à la recherche de quelque chose d'intéressant.

— Y en a un qui arrive par le rail, environ vingt-deux nautiques
dans le nord-ouest. J'ai aussi deux détections stationnaires à dix-
huit nautiques dans l'ouest à nous.

Il montra du doigt à Pitt des taches grises et blanchâtres sur
l'écran qui contrastaient avec la mer uniformément bleue.

Pitt consulta son ordinateur puis jeta un coup d'œil à sa montre.

— On doit pouvoir rattraper celui du nord-ouest pendant le
transit. Mais je voudrais d'abord aller jeter un coup d'œil à ces
deux trucs dans l'ouest.

Il mit le cap dans cette direction. Sur l'écran, les deux objets
étaient étrangement immobiles.

Chapitre 50

Tout lancement à partir d'une plate-forme flottante est traditionnellement précédé d'un compte à rebours de soixante-douze heures. Pendant ces trois jours de préparation, on procède à des dizaines de tests destinés à vérifier que tous les systèmes auxiliaires sont opérationnels, que les sous-ensembles électroniques et mécaniques à bord sont prêts à encaisser les contraintes énormes du lancement. A H-15, les ingénieurs et tous les marins, à l'exception d'une poignée d'hommes, évacuent la plate-forme : tandis que la phase finale commence, le navire de conduite des opérations s'éloigne alors à une distance de sécurité d'environ quatre nautiques. A H-5, les derniers marins quittent à leur tour la plate-forme en hélicoptère et le bâtiment entame les dernières opérations par télécommande. Moins de trois heures avant le lancement, on commence les délicates manœuvres de remplissage en propergols à partir des grosses cuves de stockage. Cela fait, la décision de tirer appartient désormais aux ingénieurs.

Pressés par le temps, les équipes de Ling durent se contenter d'un minimum de contrôles. On supprima les tests redondants ainsi que ceux qui n'étaient pas essentiels, le temps de remplissage fut réduit puisque le lanceur n'avait pas besoin du plein complet en raison de sa courte séquence de vol. Tout compte fait, il leur fallut huit heures pour être parés, à compter de l'instant où l'on avait achevé le ballastage de l'*Odyssée*.

Tongju, resté sur la plate-forme au pied de la tour, se tourna vers le gros afficheur numérique fixé au toit du hangar. Les chiffres rouges indiquaient 03:32:17 et le décompte diminuait à chaque seconde d'un cran. Trois heures trente-deux minutes avant le décollage. Sauf incident technique majeur, plus rien désormais ne pouvait interrompre le lancement. Pour Tongju, la chose était extrêmement simple : il n'y avait plus qu'à faire le plein et mettre à feu.

Mais avant de pouvoir appuyer sur le bouton, le *Koguryo* devait prendre la main sur la procédure de lancement. Ling et ses ingénieurs commencèrent par établir une liaison radio jusqu'au système de tir automatique, avant de la tester à partir du *Koguryo*. On procéda ensuite au transfert des commandes de l'*Odyssée* à bord du bâtiment de soutien. Un système de radiopositionnement permettait de maintenir la plate-forme à poste lorsque tout le personnel aurait évacué. Comme un jouet télécommandé, on pouvait la faire monter ou s'enfoncer, modifier sa position, le tout à partir d'une console montée sur le *Koguryo*. Lorsque le transfert des commandes fut terminé, Ling monta rejoindre Tongju sur le pont.

— J'ai terminé. Toutes les commandes sont transférées sur le *Koguryo*. Il faut que je passe à son bord avec mon équipe pour reprendre le compte à rebours.

Tongju se tourna une nouvelle fois vers l'afficheur numérique.

— Mes félicitations, vous êtes en avance sur l'horaire prévu. Je vais faire appeler la vedette et vous pourrez quitter la plate-forme immédiatement.

— Vous ne venez pas avec nous ? lui demanda Ling.

— Je dois m'occuper d'abord des prisonniers, avec mes hommes. Je souhaite être le dernier à quitter les lieux avant le tir. Enfin, à l'exception de ceux qui ne débarqueront jamais, conclut-il avec un sourire sinistre.

*

— C'est bizarre, il ne devrait y avoir aucune plate-forme pétrolière dans les parages.

Giordino se détourna du gros objet de forme carrée qui se trouvait sous leurs yeux. Il déplia la carte à grande échelle posée sur ses genoux.

— Je ne vois là-dessus aucun danger signalé à la navigation. A mon avis, le Sierra Club ne verrait pas d'un très bon œil l'existence de forages sauvages dans le coin.

— Et ça les perturberait encore plus d'apprendre qu'il y a une fusée à bord, répondit Pitt.

Giordino se pencha par la vitre latérale pour regarder de plus près.

— Nom de dieu. Un bonbon pour l'homme à l'œil d'aigle.

Pitt s'approcha en faisant faire à son dirigeable une large boucle autour de la plate-forme et de son bâtiment de soutien, mais en prenant garde de rester à l'écart de leur espace aérien.

— Sea Launch? lui demanda Giordino.

— Probable. Mais je ne savais pas qu'ils déplaçaient leur engin avec le lanceur à la verticale.

— A mon avis, ils ne bougent pas, répondit Giordino après avoir remarqué que le bâtiment de soutien ne soulevait pas de lame d'étrave. Tu ne penses quand même pas qu'ils ont l'intention de tirer à cet endroit?

— Impossible, ils lancent leurs machins depuis l'équateur. S'ils voulaient le faire d'ici, il faudrait au minimum qu'ils se position-nent au nord de Vandenberg. Ils font sans doute des essais, mais on va aller voir.

Pitt tourna un commutateur de sa radio, passa sur la bande ma-rine et appela la plate-forme.

— Dirigeable *Icare* à plate-forme Sea Launch. A vous.

Il n'obtint qu'un silence pour réponse et répéta son appel. Il y eut encore une longue attente puis une voix lui répondit enfin avec un fort accent :

— Ici *Odyssée*. A vous.

— *Odyssée*, que faites-vous ici? Avez-vous besoin d'assistance?

Nouveau long silence, puis :

— Négatif.

— Je répète, que faites-vous ici?

Une pause.

— Qui fait cette demande?

— Eh ben, dit Giordino à Pitt, voilà des gars sympas.

Pitt hocha légèrement la tête avant de reprendre le micro :

— Nous sommes le dirigeable *Icare*, en soutien des gardes-côtes. Rendez-moi compte de votre situation. A vous.

— D'*Odyssée*, nous faisons des essais. Merci de dégager. Ter-miné.

— Ce mec est un petit marrant, lâcha Giordino. Tu veux rester dans le coin? Il faut remonter au nord si on veut aller voir le bâtiment qui arrive, conclut-il en montrant du doigt l'écran radar.

— Je pense que nous ne pouvons pas faire grand-chose de plus en restant ici. OK, on va continuer notre boulot et faire joujou avec l'autre. Mais j'aimerais bien que les gars d'en bas viennent voir ce qui se passe.

Pitt vira au nord, Giordino prit le micro tandis qu'il calculait une route de collision pour intercepter le navire marchand.

— Le *Deep Endeavor* et le *Narval* opèrent dans les parages. Le *Deep Endeavor* est encore en train de visiter un cargo japonais. Quant au *Narval,* il n'a rien à faire pour le moment, mais il m'a répondu que la plate-forme était en dehors de la zone des douze milles.

— Nous ne leur demandons pas de monter à bord, j'aimerais juste qu'ils l'inspectent de l'extérieur et qu'ils fassent les vérifications nécessaires auprès du siège de Sea Launch.

Giordino reprit le micro et se tournant enfin vers Pitt :

— C'est d'accord, le *Narval* y va.

— Parfait, lui répondit Pitt en regardant la plate-forme s'estomper derrière eux. Mais il se sentait mal à l'aise. Un vague pressentiment lui disait qu'il avait laissé passer quelque chose. Quelque chose d'important.

*

Sur la passerelle de l'*Odyssée*, Kim, qui se tenait près de Tongju, regardait le dirigeable s'éloigner.

— Ils ne se sont pas trop attardés. Vous croyez qu'ils soupçonnent quelque chose ? demanda Kim.

— Je n'en sais rien, répondit Tongju en consultant la montre de cloison. Nous allons tirer dans deux heures, on ne peut pas se permettre de se laisser interrompre. Retournez à bord du *Koguryo,* Ki-Ri, et restez avec le capitaine Lee. Si vous détectez une tentative d'intrusion, réagissez sans ménagement. Compris ?

Kim le regarda droit dans les yeux :

— Compris.

Chapitre 51

A BORD du *Deep Endeavor*, Dirk et le capitaine Burch avaient entendu Giordino demander au *Narval* d'aller inspecter la plate-forme et son bâtiment de soutien. Quelques minutes plus tard, le *Narval* les appela :

— *Deep Endeavor*, nous en avons terminé avec le porte-conteneurs, l'*Adaman Star*. Nous nous dirigeons vers la plate-forme pour contact visuel. Pas de trafic en vue dans notre secteur, vous pouvez nous accompagner si vous le désirez. A vous.

— On va y jeter un œil ? demanda Burch à Dirk.

— Pourquoi pas ? On n'a pas grand-chose à se mettre sous la dent, on pourrait y aller dès qu'on en aura terminé ici.

Burch examina le cargo japonais, Aimes et son équipe étaient rassemblés près de la lisse, leur inspection pratiquement achevée.

— D'accord *Narval*, répondit Burch au micro. Nous vous suivons dès que nous avons fini, dans cinq à dix minutes. Terminé.

— Je me demande ce qui a bien pu intriguer le vieux comme ça, dit Dirk en essayant de distinguer la plate-forme.

*

A trois nautiques de là, le *Narval* avait remis en route ses deux diesels et fendait les lames à la vitesse maximale, vingt-cinq nœuds. Ce patrouilleur orange et blanc, long de trente mètres, appartenait à la nouvelle série des *Barracuda*, conçus pour opérer dans les eaux territoriales. Leur mission principale était le sauvetage et la surveillance du trafic. Ils embarquaient dix hommes d'équipage et n'étaient que faiblement armés : deux mitrailleuses de 12.7 montées en affût sur la plage avant.

L'enseigne de vaisseau Bruce Carr Smith devait s'appuyer contre une cloison car la passerelle était fortement inclinée, son petit bâtiment tapait fortement sur les vagues et l'étrave soulevait des gerbes d'écume.

— Commandant, lui dit un officier aux cheveux roux, son officier transmetteur, j'ai pris contact avec le PC. Ils vont appeler le siège de Sea Launch pour essayer de savoir ce qui se passe avec leur plate-forme.

Smith fit signe qu'il avait entendu avant de se tourner vers le timonier, un marin à l'allure juvénile.

— Gouvernez comme ça, lui dit-il d'un ton impérieux.

Les deux petits points que l'on devinait à l'horizon grossissaient à vue d'œil, ils purent bientôt distinguer la silhouette carrée de la plate-forme et un gros bâtiment à proximité. Celui-ci s'était éloigné de l'*Odyssée*, et Smith finit par se rendre compte qu'il continuait de creuser la distance. Il jeta un rapide coup d'œil par-dessus son épaule et constata que le *Deep Endeavor* avait terminé sa visite. Le navire bleu turquoise s'éloignait du cargo japonais et suivait dans ses eaux, encore assez loin.

— Commandant, lui demanda le timonier alors qu'ils se rapprochaient de l'objectif, vous voulez que je m'approche de la plate-forme ou du bâtiment ?

— On va commencer par longer la plate-forme et on ira ensuite voir ce qui se passe sur le bateau.

Le petit patrouilleur commença à réduire d'allure et longea l'*Odyssée*, qui s'était enfoncée de cinq mètres dans l'eau depuis qu'elle avait ballasté. Tout éberlué, Smith découvrit la Zénith dressée contre la tour, à l'une des extrémités de la plate-forme. Il examina le pont aux jumelles, mais il n'y avait pas signe de vie. Il se tourna vers la partie avant et aperçut un grand afficheur numérique qui affichait 01:32:00, une heure trente-deux minutes.

— Bon sang, mais c'est quoi ce truc, murmura Smith en voyant les secondes s'égrener.

Il empoigna le combiné et appela l'*Odyssée* :

— Plate-forme Sea Launch, ici le patrouilleur gardes-côtes *Narval*. A vous.

Il fit un nouvel essai. Silence.

*

— Ici le directeur des relations publiques de la société Sea Launch, que puis-je faire pour vous ?

C'était une voix féminine au bout du fil, une voix très douce.

— Onzième district des gardes-côtes à Los Angeles. Nous voudrions connaître la position et la mission exacte de la plate-forme *Odyssée* et du *Sea Launch Commander*. Merci.

— Voyons voir, reprit son interlocutrice. La plate-forme *Odyssée* est actuellement en transit vers son emplacement de tir dans le Pacifique Ouest, près de l'équateur. Sa dernière position connue, à huit heures du matin, était par 18 degrés nord et 132 degrés ouest. Elle se trouvait donc à environ mille sept cents nautiques dans l'est sud-est de Honolulu. De Hawaii, si vous préférez. Le *Sea Launch Commander* est toujours à quai à Long Beach pour réparations. Des avaries mineures, il devrait appareiller demain matin pour retrouver la plate-forme à l'équateur. Ils doivent procéder dans huit jours au lancement de Koreasat 2.

— Aucun des deux ne peut se trouver au large des côtes californiennes ?

— Bien sûr que non.

— Merci de l'information, madame.

— A votre service, répondit la responsable avant de raccrocher.

Elle se demandait encore pourquoi diable les gardes-côtes croyaient que sa plate-forme se trouvait dans les parages de la Californie.

*

Smith était trop crispé pour attendre la réponse de son PC à Los Angeles. Il décida donc de se rapprocher de la plate-forme. Il était ennuyé de n'avoir pas obtenu de réponse de l'*Odyssée*, qui n'avait réagi à aucun de ses nombreux appels radio. Il finit par se concentrer sur le bâtiment de soutien qui se trouvait maintenant à cinq cents mètres de la plate-forme. Il renouvela ses appels, sans succès.

— Commandant, il arbore les couleurs japonaises, lui dit le timonier tandis que le *Narval* se dirigeait vers le bâtiment de soutien.

— Ce n'est pas une excuse pour ne pas répondre quand on l'appelle par radio. On va s'approcher et essayer d'établir le contact avec la diffusion générale.

364

Au moment où le *Narval* émergeait de l'ombre de la plate-forme, un véritable cataclysme s'abattit sur lui. Le PC venait de lui signaler que l'*Odyssée* se trouvait à des milliers de nautiques de Californie et que son bâtiment de soutien était à quai à Long Beach. A bord du *Koguryo*, des marins avaient ouvert une trappe dans le bordé, démasquant deux gros cylindres pointés vers la mer. Smith ne pouvait croire ce qu'il voyait, mais ses réflexes l'emportèrent. Il hurla les ordres appropriés sans même s'en rendre compte.

— A gauche toute ! Moteurs avant quatre ! On dégage !

Il était déjà trop tard. Le timonier eut à peine le temps de virer de cap qu'un panache de fumée blanche s'éleva soudain du pont inférieur du *Koguryo*. La fumée resta d'abord comme collée à la bouche, puis un violent éclair jaillit. Un missile mer-mer CSS N-4 Sardine de fabrication chinoise émergea de son tube et s'envola à l'horizontale. Tétanisé, Smith eut la sensation de se trouver en face d'une flèche qui le visait entre les deux yeux. Le missile fonçait sur lui. Il eut l'impression de voir sa tête lui sourire, une fraction de seconde avant que l'engin s'écrase sur le pont, à quelques pas de lui.

Fort de ses deux cents kilos d'explosif, le missile chinois de six mètres de long emportait de quoi couler un croiseur. A aussi courte distance, le patrouilleur n'avait aucune chance de s'en sortir. Le missile se ficha dans la coque et explosa dans une énorme boule de feu, réduisant en miettes le patrouilleur et son équipage. Il ne resta plus au-dessus de la tombe marine qu'un petit champignon noir en guise de couronne macabre. Les dernières flammèches s'éteignirent à la surface, la coque blanche était le seul reste à peu près intact et luttait encore pour rester à flot, dans un effort déri-soire. Les débris qui volaient de toute part finirent eux aussi par sombrer. La coque fumante résista encore pendant une quinzaine de minutes, puis, comme si ses forces l'abandonnaient, alla rejoin-dre les autres restes du *Narval* dans des hoquets de vapeur sifflante.

Chapitre 52

— **M**ON DIEU, s'écria Burch, ils ont tiré un missile sur le *Narval* !

Il venait de voir le patrouilleur disparaître dans un nuage de fumée et de flammes, deux nautiques devant. Delgado essaya immédiatement de prendre contact avec le *Narval* sur la fréquence marine, tandis que les autres, collés aux vitres de passerelle, ne pouvaient détacher leurs yeux du spectacle. Summer s'empara d'une paire de jumelles à fort grossissement, mais il n'y avait plus grand-chose à voir ; les débris éparpillés du *Narval* étaient toujours dissimulés derrière un épais rideau de fumée. Laissant tomber, elle pointa son instrument sur la plate-forme et son escorte, et les observa un long moment.

— Pas de réponse, annonça calmement Delgado au bout de plusieurs tentatives.

— Il y a peut-être des survivants dans l'eau, bégaya Aimes, encore sous le coup de cette disparition, un bateau et un équipage qu'il connaissait bien.

— Je n'ose pas m'approcher davantage, lui répondit Burch, désespéré. Nous sommes totalement désarmés et ils sont peut-être en train de nous préparer un second missile alors même que nous parlons.

Il ordonna au timonier de mettre en panne et de rester en place.

— Le capitaine a raison, dit Delgado à Aimes. Nous allons demander de l'aide, mais nous ne pouvons pas risquer la vie de notre équipage. Nous ne savons même pas à qui nous avons affaire.

— Ce sont les hommes de Kang, assura Summer en tendant les jumelles à son frère.

— Vous en êtes sûre ? lui demanda Aimes.

Elle fit signe que oui, soudain prise d'un frisson. Dirk examina à son tour les bâtiments.

— Elle a raison, déclara-t-il. Le navire de soutien. C'est exactement le même que celui qui a coulé le *Sea Rover*. Il est même sous pavillon japonais. Ils l'ont maquillé et repeint, mais je parierais ma prochaine paye que c'est bien lui.

— Que font-ils ici avec cette plate-forme ? reprit Aimes, qui n'y comprenait rien.

— Je ne vois qu'une seule explication. Ils se préparent à lancer une attaque en utilisant une fusée de Sea Launch.

Un profond silence s'installa tandis que chacun prenait conscience de la gravité de la situation. Aimes, toujours aussi ébranlé, prit le premier la parole :

— Mais le *Narval*... Il faut aller voir s'il y a des survivants.

— Aimes, lui répondit vivement Dirk, il faut que vous appeliez de l'aide, immédiatement. Je vais aller voir s'il y a des rescapés.

Delgado fronça le sourcil.

— Mais nous ne pouvons pas nous rapprocher avec le *Deep Endeavor*, dit-il.

— Ce n'est pas mon intention, répondit Dirk sans plus d'explications.

Et il quitta la passerelle.

*

Du haut de l'*Odyssée*, Tongju regardait sans ciller les débris fumants du *Narval*. Le *Koguryo* n'avait pas le choix, il devait tirer sur le patrouilleur des gardes-côtes, conformément aux ordres qu'il avait donnés à Kim. Mais là où ils se trouvaient, assez loin de terre, ils n'auraient jamais dû se faire repérer. Il comprenait maintenant que les soupçons étaient nés au passage du dirigeable. Il maudit intérieurement ses ingénieurs ukrainiens qui l'avaient convaincu de se rapprocher de terre, oubliant de se souvenir que lui, et lui seul, avait pris cette décision.

Il se mit à arpenter la passerelle d'un pas nerveux et nota au passage que l'horloge indiquait 01:10:00, encore une heure et dix minutes avant le lancement. La radio se mit à crachoter et le tira de ses pensées. C'était le *Koguryo*.

— Ici Lee. Nous avons coulé le bâtiment ennemi, conformément

367

à vos instructions. Il y en a un autre à deux mille mètres. Voulez-vous que nous le coulions lui aussi ?

— S'agit-il d'un navire de guerre ? demanda Tongju. A vous.

— Non. Sans doute un navire scientifique.

— Economisez vos munitions. Nous en aurons peut-être besoin plus tard.

— Comme vous voudrez. Ling m'a rendu compte que l'équipe de tir était bien arrivée à bord. Etes-vous paré à évacuer la plate-forme ?

— Oui. Envoyez-moi l'embarcation, mon équipe sera prête à évacuer sous peu. Terminé.

Tongju raccrocha le micro avant de se tourner vers un commando qui se tenait à l'arrière de la passerelle.

— Vous allez transférer les prisonniers dans le hangar par petits groupes et vous me les bouclez dans le local de stockage. Rassemblez ensuite notre équipe pour le repli à bord du *Koguryo*.

— Vous ne craignez pas que les prisonniers survivent au lancement à l'intérieur du hangar ? demanda l'homme.

— Les gaz de combustion vont sans doute les tuer. Je me moque de les savoir morts ou vifs, dans la mesure où ils n'empêchent pas le tir.

Le commando fit signe qu'il avait compris, avant de disparaître. Tongju traversa l'abri à pas lents et alla inspecter les appareils électroniques fixés au bas de la cloison avant. Il finit par trouver la console qui rassemblait les commutateurs manuel/automatique. Il sortit son couteau de combat, glissa la lame sous le couvercle et l'ouvrit. Il trancha les nappes de câbles qui se trouvaient dessous, rendant ainsi inutilisable la batterie de commutateurs. Poursuivant son chemin, il arracha des calculateurs et des appareils de navigation avant de les balancer par la fenêtre, et attendit patiemment de les voir s'écraser dans la mer. Trois ordinateurs portables prirent le même chemin. Pour faire bonne mesure, il sortit son Glock et tira plusieurs balles dans ce qui restait d'électronique. Il avait déjà ordonné à Ling de mettre hors service les calculateurs de lancement qui se trouvaient dans le hangar, il en fit autant avec les calculateurs de navigation de l'abri, éliminant ainsi toute possibilité d'intervention de dernière minute. Il restait désormais moins d'une heure avant le tir. Toutes les commandes de la plate-forme et du lanceur étaient passées à bord du *Koguryo*.

— Laisse-moi venir avec toi, dit Summer à son frère. Tu sais que je suis capable de piloter n'importe quoi sous l'eau.

— Il n'y a que deux places à bord, et Jack est le seul qui ait déjà l'expérience de cet engin. Il vaut mieux qu'on y aille tous les deux, conclut Dirk en faisant un signe à Dahlgren qui préparait la mise à l'eau.

Il prit la main de sa sœur et plongea son regard dans ses yeux gris pâle.

— Appelle papa et raconte-lui ce qui vient de se passer. Dis-lui que nous avons besoin d'aide, et vite.

Il la serra rapidement dans ses bras et ajouta :

— Assure-toi que Burch reste bien à l'écart, même s'il devait nous arriver quelque chose.

— Fais attention, dit-elle.

Dirk grimpa à bord du sous-marin et referma le panneau sur lui avant de se glisser dans le siège du pilote à côté de Dahlgren. D'un rapide coup d'œil, il vérifia que tout était paré.

— Trente nœuds ? demanda-t-il à Dahlgren, l'air dubitatif.

— C'est ce qu'ils disent dans le manuel, répondit Jack.

Il se retourna et leva le pouce par le hublot bâbord pour indiquer qu'ils pouvaient y aller. Sur la plage arrière du *Deep Endeavor*, l'opérateur qui armait la grue fit signe qu'il avait compris, hissa le sous-marin rouge au-dessus du pont avant de le faire pivoter et l'affala rapidement jusqu'à la surface. Les deux hommes aperçurent fugitivement Summer qui leur souhaitait bonne chance avant de disparaître lorsqu'ils s'enfoncèrent dans les eaux verdâtres. Comme le bâtiment de la NUMA avait le cap sur la plate-forme, le sous-marin était dissimulé par les superstructures et la mise à l'eau était passée inaperçue. Un plongeur largua le croc qui les retenait à l'élingue avant de taper sur la coque pour leur indiquer qu'ils étaient libres.

— On va voir ce qu'il a dans le ventre, dit Dirk en activant les six propulseurs avant de pousser les manettes à fond.

Le sous-marin en forme de cigare bondit dans un vacarme de moteurs et de cataracte. Dirk actionna avec précaution la paire de barres dont était doté l'engin pour rallier une immersion de sept mètres puis suivit au compas une route qui les menait droit sur le lieu du naufrage.

Il avait la sensation de conduire un aspirateur. Le sous-marin sautait comme un cabri, mais le hurlement des moteurs lui rappelait qu'il était aux commandes d'un véritable bolide. Sans même consulter le loch, il devinait en regardant l'eau défiler contre les vitres qu'ils avançaient à toute allure.

— Je t'avais dit que c'était un vrai pur-sang, lui dit en riant Dahlgren qui surveillait le temps déjà écoulé sur la console. (Puis il ajouta, redevenant sérieux :) Nous arriverons à la verticale du *Narval* dans soixante secondes.

Une minute plus tard, Dirk baissa le régime avant de couper totalement les moteurs, laissant le *Blaireau* courir sur son erre. Ils remontèrent à la surface puis Dahlgren ajusta les régleurs pour rester juste immergé afin de préserver la discrétion. Sous ses doigts habiles, le sous-marin effleurait tout juste la surface, ne laissant paraître que le haut de sa structure.

A quelques mètres, ils aperçurent la coque encore fumante du *Narval*, l'arrière sorti de l'eau en un angle bizarre. Mais les deux hommes eurent à peine le temps de la voir, la poupe se dressa davantage puis l'épave s'évanouit doucement sous les lames. Il y avait de nombreux débris épars, quelques-uns fumaient encore, mais aucun signe de vie. La voix grave, Dahlgren appela Aimes et lui annonça que tout le monde avait apparemment disparu dans l'explosion.

— Burch nous demande de rallier immédiatement le bord, ajouta Dahlgren.

Dirk fit comme s'il n'avait pas entendu et remit en route le moteur pour s'approcher de la plate-forme. Bas sur l'eau comme ils étaient, ils ne pouvaient voir grand-chose du pont à part la moitié supérieure de la Zénith et le haut du hangar. Soudain, Dirk stoppa et montra du doigt quelque chose derrière la fusée.

— Regarde, là-haut !

Dahlgren essaya de discerner quelque chose, mais il ne voyait que le toit du hangar et une plate-forme hélico déserte. Il essaya de se concentrer, regarda légèrement plus bas. Et il eut un choc. L'énorme horloge à affichage numérique indiquait 00:52:00. Plus que cinquante-deux minutes.

— Ils vont tirer dans moins d'une heure ! s'exclama-t-il en regardant défiler les secondes.

— Nous devons à tout prix les en empêcher, répondit Dirk d'une voix où perçait la fureur.

— Il faut qu'on monte à bord, et vite. Toi, mon gars, je sais pas, mais moi, j'y connais rien en matière de plate-forme de tir ou de missiles.

— Ça doit pas être très sorcier, fit Dirk avec une grimace.

Il poussa les manettes et le *Blaireau* repartit à toute allure vers la plate-forme.

Chapitre 53

LE SOUS-MARIN rouge refit surface à l'arrière de la plate-forme, pratiquement sous la tour de lancement. Dirk et Dahlgren aperçurent d'énormes plaques fixées sous la fusée. Ce déflecteur de flammes était destiné à dévier et à détendre les jets de gaz lors de l'allumage des moteurs avant de les renvoyer à la mer. Quelques secondes avant la mise à feu, on larguait des dizaines de milliers de litres d'eau dans la goulotte pour refroidir les parties de la plate-forme exposées au jet infernal, le temps que le lanceur s'élève lentement du pas de tir.

— Tu me rappelleras de ne pas me garer là quand le chalumeau s'allumera, dit Dahlgren qui imaginait le spectacle au moment du tir.

— Pas besoin de me le dire deux fois, dit Dirk.

Ils s'intéressèrent ensuite aux grosses jambes qui supportaient la plate-forme, à la recherche d'un moyen d'accès au pont supérieur. Dahlgren repéra alors l'embarcation du *Koguryo*, amarrée de l'autre bord.

— Je crois que je vois une échelle sur la jambe avant, là où est amarré ce canot, dit-il.

Dirk repéra le relèvement, avant de plonger et de gagner un endroit situé entre le lieu du naufrage et l'avant de la plate-forme. Il refit surface à l'arrière du canot, puis ils s'arrêtèrent pour observer ce qui se passait.

— J'ai l'impression qu'il n'y a personne à bord, déclara Dirk avec un certain soulagement. Tu nous amarres ?

Sans prendre le temps de répondre, Dahlgren avait ouvert le

panneau supérieur. Dirk purgea les ballasts puis accosta le canot. Dahlgren sauta, une ligne à la main. Dirk coupa les moteurs et grimpa à son tour sur la plate-forme tandis que Dahlgren assurait l'amarrage.

— Si vous voulez bien me suivre sur la terrasse, dit cérémonieusement Dahlgren en lui montrant du doigt l'échelle.

Les deux hommes commencèrent à grimper lentement, attentifs à ne pas faire de mouvement inutile. Arrivés en haut, ils s'arrêtèrent un instant pour reprendre leur souffle et émergèrent enfin sur le pont.

Arrivés à l'avant, ils tombèrent sur deux énormes réservoirs en forme de cigare, munis d'une forêt de tuyauteries. Ces deux cuves blanches contenaient les propergols destinés à la Zénith, du kérosène très inflammable et de l'oxygène liquide. Un peu plus loin, dans la zone arrière, se dressait la fusée elle-même, comme un monolithe planté là, tout seul au beau milieu du pont nu. Ils restèrent immobiles un bon moment, tétanisés à la vue du lanceur, de sa taille, de la puissance phénoménale qu'il dégageait. Sans parler des effets mortels de son chargement. Dirk leva enfin les yeux sur le hangar qui s'élevait à côté d'eux, surmonté d'une hélizone dans sa partie avant.

— Je suis presque sûr que la passerelle se trouve au-dessus du hangar. Il faut qu'on y aille.

Dahlgren examina la haute structure.

— Je pense qu'il faut passer par le hangar pour y accéder.

Sans ajouter un mot, les deux hommes piquèrent un sprint, inquiets à l'idée de se faire repérer. Ils atteignirent le pied du hangar haut de cinq étages. Ils s'avancèrent vers les portes grandes ouvertes et Dirk jeta un coup d'œil prudent à l'intérieur. Tout en longueur, vide, l'endroit faisait penser à une caverne. Dahlgren sur ses talons, il entra en se glissant contre l'embrasure et se cacha derrière un gros groupe électrogène fixé près de la cloison. Soudain, ils entendirent des voix et se figèrent sur place.

Une porte s'ouvrit, les voix se turent. Trois types à l'allure sinistre, portant des combinaisons Sea Launch, franchirent la porte, suivis par deux commandos. Dirk reconnut l'équipement des hommes qui avaient attaqué le *Sea Rover,* tenue de combat noire, fusils d'assaut AK-74. Ils conduisirent les trois hommes dans un local préfabriqué qui servait à stocker du matériel, à l'autre bout du hangar. Deux autres commandos qui montaient la garde aidèrent leurs camarades à enfermer les prisonniers puis verrouillèrent la porte derrière eux.

— Si nous arrivons à prendre contact avec les types de Sea Launch, ils sauront nous dire comment interrompre les opérations de tir, fit Dirk à voix basse.

— Exact. Et on devrait pouvoir neutraliser ces deux rigolos, répondit Dahlgren en lui montrant les gardes.

Ils gagnèrent en rampant un poste d'observation près du système de transfert et attendirent là. L'un des commandos échangea quelques mots avec son copain, puis sortit par la porte latérale. Dirk et Dahlgren reprirent leur progression au milieu d'un fatras d'électronique et de caisses à outils. Dirk, après avoir hésité une seconde, s'empara d'un gros maillet en bois tandis que Dahlgren récupérait de son côté une énorme clé à molette. Ils avancèrent jusqu'à l'extrémité du chariot de transport et attendirent derrière une plate-forme en bois. Ils étaient à une trentaine de mètres du local.

— Et à présent, maestro, qu'est-ce qu'on fait? murmura Dahlgren en constatant que l'espace était entièrement à découvert devant eux.

Dirk s'accroupit contre une roue de la plate-forme et observa les gardes. Les deux commandos en armes s'étaient lancés dans une discussion animée et ne prêtaient guère attention à ce qui se passait dans le hangar. Dirk examina plus attentivement la plate-forme derrière laquelle ils étaient cachés. Il s'agissait d'un chariot de servitude motorisé dont la hauteur était réglable. Elle permettait d'accéder à la partie supérieure de la fusée. Dirk posa la main sur la roue et sourit du coin des lèvres à Dahlgren.

— Jack, lui glissa-t-il tout doucement, tu vas emmener ce truc jusqu'à la porte d'entrée pendant que je passe par celle de derrière.

Quelques secondes plus tard, Dirk fit le tour du hangar à pas feutrés, en prenant bien soin de n'avancer que lorsque les gardes lui tournaient le dos. Un pas après l'autre, il atteignit ainsi le fond du hangar sans s'être fait remarquer, puis longea la cloison perpendiculaire dans le sens de la largeur. Tant que les gardes restaient à proximité du local, il pouvait sans risque s'approcher par-derrière.

Pendant ce temps, Dahlgren avait la part belle. Il grimpa sur la plate-forme de service, atteignit le boîtier de commande posé sur le plancher et s'allongea là. Il y avait sur le côté une toile goudronnée à moitié déroulée et il s'en servit pour se camoufler. Tout en surveillant les gardes à travers une fente, il appuya tout doucement sur le bouton LEVAGE du boîtier. Avec à peine un grincement, la plate-forme monta de quelques centimètres. A cette distance, les gardes ne pouvaient pas l'entendre. Dahlgren attendit un peu qu'ils regardent ailleurs. Cette fois-ci, il appuya à fond sur le bouton. La plate-forme commença à s'élever régulièrement, comme un ascenseur. Le moteur électrique ne laissait échapper qu'un léger ronronnement. Dahlgren retint son souffle et attendit d'avoir parcouru cinq mètres avant d'appuyer sur STOP. Il baissa la tête pour regarder les gardes ; ils n'avaient rien vu.

— Maintenant, le plus drôle, fit-il intérieurement.

Il saisit les manettes et la plate-forme s'ébranla sur ses quatre roues. Il tourna le volant pour se diriger droit sur le local et les deux gardes avant de se coucher sous la toile et d'y rester immobile.

L'engin avait parcouru la moitié du hangar comme un robot lorsque l'un des gardes s'en aperçut. Toujours dissimulé, Dahlgren l'entendit s'exclamer dans une langue asiatique, mais grâce au ciel, il n'y eut aucun coup de feu. Puis il cria : « *Saw* ! », cri repris aussitôt par le second, complètement affolé. Ils donnaient l'ordre à la plate-forme de stopper. Dahlgren n'en fit rien, la plate-forme avançait toujours. Il aperçut le toit du local, il était maintenant tout près des commandos. Il attendit d'arriver à environ un mètre cinquante et appuya sur STOP.

L'affolement des gardes était à son comble, et Dahlgren en rajouta encore. Il les voyait, sous ses pieds, la tête levée vers cette machine mystérieuse, le doigt sur la détente. De là où ils étaient, ils ne voyaient qu'une plate-forme vide, qui ne contenait qu'un bout de toile goudronnée et une glène de cordage. Peut-être s'agissait-il tout bonnement d'un petit dysfonctionnement. Ils s'avancèrent prudemment pour regarder de plus près. Sous la toile, Dahlgren retenait son souffle. Puis il appuya sur un bouton.

Comme un fantôme mécanique, la plate-forme commença à s'abaisser. Les gardes sautèrent en arrière, la structure en accordéon s'affaissait et le plancher de bois s'affala sur le sol. A deux mètres de hauteur, le mouvement s'interrompit. Le plancher était maintenant à environ vingt centimètres au-dessus de leurs têtes. Les gardes reculèrent encore de plusieurs pas, essayant de voir qui ou quoi manœuvrait l'engin. L'un des deux s'approcha sur la pointe des pieds et passa le canon de son fusil sous la toile. Son camarade surveillait pendant ce temps-là le hangar.

Dahlgren savait qu'il n'avait droit qu'à un essai pour essayer de désarmer le garde. Il replia le bras droit au-dessus de sa tête pour préparer son coup. A travers la toile, il sentait l'homme qui approchait. La gueule du fusil lui rentra dans la cuisse et le garde hésita une seconde avant de tirer. Dahlgren en profita pour sortir sa clé anglaise et la balança sur la tête de son adversaire. L'homme encaissa le choc en pleine mâchoire, un bruit sourd, mais, par miracle, pas d'os brisé. Le coup suffit pourtant à le mettre KO et il s'écroula par terre sans avoir tiré un seul coup de feu.

Dans son mouvement, Dahlgren avait écarté la toile et le second garde découvrit en se retournant son camarade qui gisait inconscient sur le pont. Dahlgren, désemparé, lui jeta un regard, serrant toujours sa grosse clé dans son poing. Sans hésiter, le commando leva son AK-74 vers lui et appuya sur la détente. Mais à cet instant, un coup le frappa à la nuque et l'envoya par terre. Son arme lâcha une rafale. Le coup avait suffi à dévier son tir et les balles passèrent au-dessus du perchoir de Dahlgren. Le garde tomba et vit dans son dos la haute silhouette de Dirk, à six ou sept mètres, l'air déterminé. Il avait balancé son maillet en lui faisant faire un grand moulinet, comme au lancer de marteau, dans un effort désespéré pour sauver son ami. Et la tête du garde lui avait servi de boule de croquet.

Mais l'homme n'était qu'étourdi. Il réussit à se relever sur ses genoux et essaya de récupérer son arme. Dahlgren sauta à terre et s'apprêtait à lui balancer un coup de clé lorsqu'une rafale déchira l'air. Il se figea sur place, il y avait des trous dans la plate-forme tout autour de sa tête. Il entendit encore le bruit métallique des douilles éjectées, l'écho des coups de feu qui se répercutait dans tout le hangar.

— Je vous conseille de ne pas bouger, M. Pitt, fit une voix pleine de menaces.

Dans l'embrasure de la porte se tenait Tongju, un pistolet-mitrailleur dans le creux du coude.

Chapitre 54

S OUS la menace des armes, on conduisit Dirk et Dahlgren auprès de Tongju. Les autres membres du commando emmenèrent les derniers hommes de Sea Launch dans le local. Le capitaine Christiano fut embarqué le dernier. L'un des gardes se tourna ensuite vers Tongju :

— Et ces deux-là ? lui demanda-t-il en lui montrant les deux membres de la NUMA.

Tongju fit non de la tête, sans dissimuler son plaisir. Le garde verrouilla la porte de métal avec une chaîne et un cadenas. Trente collaborateurs de Sea Launch se trouvèrent ainsi enfermés dans une boîte obscure, sans fenêtre, sans espoir de pouvoir s'échapper.

Tongju se dirigea vers la cloison où se tenaient Dirk et Dahlgren avec chacun un fusil dans les côtes. Il jeta à Dirk un regard où se mêlaient respect et mépris.

— M. Pitt, vous avez décidément le don de survivre à tout, ce qui est fâcheux. Mais ce n'est rien à côté de votre propension à vous occuper de ce qui ne vous regarde pas.

— Je suis plutôt du genre collant, répliqua Dirk.

— Depuis le temps que vous vous intéressez à nos affaires, vous serez peut-être content d'assister au lancement ? Et aux premières loges ?

Tongju fit un signe aux gardes.

Avant que Dirk ait eu le temps de répondre, les commandos leur enfoncèrent les canons de leurs fusils dans le dos et les poussèrent vers les portes du hangar. L'un d'eux grimpa sur la plate-forme dont s'était servi Dahlgren pour y prendre le rouleau de cordage lové près de la toile. Tongju resta un moment en arrière, le temps d'ordonner à son équipe d'embarquer dans le canot, puis les suivit. Tout en marchant, les deux prisonniers se jetaient des regards furtifs, essayant d'imaginer ce qui pourrait bien les sortir de là. Dirk savait que Tongju n'hésiterait pas une seule seconde à les abattre sur-le-champ.

— Vous savez bien sûr que des unités de la marine vont arriver d'un moment à l'autre, dit Dirk au sinistre individu – espérant *in petto* que c'était vrai. Le décompte s'arrêtera et vous serez capturé avec vos hommes, tué peut-être.

Tongju leva les yeux vers l'horloge, puis se tourna vers lui en souriant. Ses dents jaunâtres luisaient au soleil.

— Ils n'arriveront pas à temps. Et même s'ils y parviennent, ils ne pourront rien faire. Ces gens-là sont trop tendres, ils n'oseront pas attaquer, de peur de tuer les civils innocents qui se trouvent à bord. Plus rien ne peut arrêter le compte à rebours. Le tir va suivre son cours inexorable, M. Pitt, pour mettre un terme aux activités envahissantes de vos concitoyens comme de vous-même.

— Vous ne vous en tirerez pas vivant.

— Vous non plus, j'en ai peur.

Dirk et Dahlgren se turent. Ils arrivèrent sur le pont en traînant les pieds, comme deux condamnés que l'on conduit au gibet. Lorsqu'ils arrivèrent près de la tour de lancement, ils ne purent s'empêcher de lever les yeux vers la fusée blanche qui les dominait de toute sa hauteur. On les mena au pied du lanceur fixé à sa tour, plusieurs mètres au-dessus de leur tête, avant de les pousser sans ménagement contre une entretoise. On leur ordonna de ne plus bouger, tandis qu'un garde découpait au poignard plusieurs longueurs de cordage.

Tongju sortit négligemment le Glock de son étui et le pointa sur le cou de Dirk, tandis qu'un commando lui liait les poignets et les coudes dans le dos. Il en fit autant avec ses chevilles et les attacha à la structure. Puis ce fut au tour de Dahlgren, qui se retrouva entravé à la tour de la même manière.

— Profitez bien du lancement, lâcha Tongju en riant avant de s'éloigner.

— Nous n'y manquerons pas, lui cria Dirk, car nous savons que des misérables dans votre genre n'auront plus guère de temps à vivre.

Dahlgren et lui regardèrent Tongju gagner avec ses hommes la jambe avant de la plate-forme et disparaître. Quelques minutes plus tard, le canot alla rejoindre le *Koguryo* qui se trouvait à deux nautiques de l'*Odyssée*. De là où ils étaient, ils distinguaient l'horloge qui indiquait maintenant 00:26:00. Plus que vingt-six minutes. Dirk leva les yeux, l'air sombre, et examina les tuyères de la Zénith suspendues à plusieurs mètres au-dessus de leur tête. Au moment du lancement, huit cents tonnes de poussée allaient jaillir comme une tempête de feu et réduire leur corps en cendres. Au moins, songea-t-il, ce serait une mort rapide.

— Je crois bien que c'est la dernière fois que je te laisse m'emmener à une fiesta où nous ne sommes pas invités, lui dit Dahlgren pour essayer de détendre l'atmosphère.

— Désolé, je crois qu'on n'avait pas mis des fringues convenables, répondit Dirk, imperturbable.

Il essaya de se tordre, de tirer sur les liens, de trouver un moyen de se dégager, mais il n'arrivait même pas à faire jouer ses mains.

— Tu es sûr que tu n'arriverais pas à te dégager de tes cordes ? demanda-t-il à son compagnon, plein d'espoir.

— J'ai bien peur que non. Ce mec est un as du matelotage, fit Dahlgren en essayant de son côté.

Quelque chose de nouveau attira leur attention. Ils sentirent sous leurs pieds un grondement sourd, comme lorsque de l'eau s'engouffre dans une cuve. Derrière eux, du liquide envahissait des tubulures installées sur la tour, les tuyaux grinçaient et protestaient sous la pression à laquelle ils étaient soumis. Le plein de kérosène et d'oxygène avait commencé.

— Ils remplissent la fusée, dit enfin Dirk. C'est trop dangereux quand l'équipage est encore à bord, voilà pourquoi ils attendent d'avoir évacué, juste avant le lancement.

— Eh bien, tu me rassures. J'espère simplement que le mec qui surveille la pompe ne va pas s'endormir et faire déborder le réservoir.

Pleins d'appréhension, ils ne pouvaient détacher les yeux de la fusée, conscients qu'une simple fuite d'oxygène liquide leur brûlerait la peau. La fusée tremblait sous la pression, comme si cette perfusion lui donnait vie. Au-dessus de leur tête, des pompes et des moteurs sifflaient, le propergol arrivait dans les chambres de combustion. Silencieux, ils regardaient les tuyères béantes, songeant à la déflagration imminente. Dirk pensa à Sarah et ressentit comme un choc dans la poitrine en songeant qu'il ne la reverrait plus jamais. Pis encore, il se souvint soudain qu'elle devait se trouver à Los Angeles. Elle aussi, risquait de figurer parmi les victimes après le lancement qu'il n'avait pas réussi à faire échouer. Puis il pensa à sa sœur, à son père, ils ne sauraient jamais de quelle horrible façon il avait péri. Il eut cette pensée sinistre qu'il ne resterait strictement rien de lui. Il fut tiré de ses sombres réflexions par de petits panaches de vapeur blanche qui sortaient des soupapes de sûreté, un peu partout sur la surface de la Zénith. L'oxygène cryogénique qui s'échappait des purges, soumis à la chaleur du jour, se vaporisait et formait ces petits nuages. Ironie du sort pour ces deux hommes qui attendaient une mort maintenant très proche, le ciel s'obscurcissait au-dessus de leur tête car la vapeur leur masquait les rayons du soleil. Dirk sentit soudain son cœur battre à tout rompre en voyant une ombre se déplacer lentement sur le pont de la plate-forme.

*

Même à haute altitude, la plate-forme de Sea Launch et la fusée paraissaient gigantesques, mais l'équipage d'*Icare* n'en était pas à admirer le spectacle. Cette fois-ci, le dirigeable n'était pas venu faire du tourisme.

— Regarde, voilà le *Blaireau*. Il est amarré à l'avant, dit Giordino en montrant du doigt la jambe de support le long de laquelle bouchonnait le sous-marin rouge.

— Ce qui signifie que Dirk et Jack sont montés à bord, répondit Pitt, l'air soucieux.

Prévenu par Summer que le *Narval* avait été attaqué, Pitt avait immédiatement viré cap au sud et était revenu à toute vitesse sur les lieux. Les deux moteurs Porsche rugissaient à plein régime, ils volaient à cinquante nœuds, la vitesse maximale. Ils virent à l'horizon la colonne de fumée noire qui s'élevait sur le lieu du naufrage où finissaient de se consumer les débris du *Narval*. Pitt mit le cap dessus aussi vite que cet engin pataud le permettait, tandis que Giordino faisait la veille avec ses instruments à fort grossissement. En s'approchant, il put observer le *Koguryo* qui s'éloignait de la plate-forme ainsi que les pauvres restes du patrouilleur.

— Tu ferais mieux de ne pas approcher trop près de ce navire, suggéra Giordino, inquiet.

Ils venaient de faire plusieurs passes au-dessus du *Narval*, il n'y avait apparemment aucun survivant.

— Tu crois qu'il est équipé de missiles mer-air ? demanda Pitt.

— Il a coulé le *Narval* avec un mer-mer, inutile de prendre des risques.

— Je vais laisser la plate-forme entre lui et nous. Cela devrait lui ôter l'envie de nous tirer dessus et te rassurer par la même occasion, on ne va pas finir comme le *Hindenburg*.

Il descendit à cinq cents pieds et s'approcha de la plate-forme en réduisant les gaz. Giordino pointa sa caméra sur le *Koguryo*, guettant tout mouvement susceptible de menacer le dirigeable. Ils aperçurent soudain à l'écran l'embarcation qui était bord à bord avec le bâtiment, et virent Tongju et ses hommes en débarquer. Pitt remarqua que Jack et son fils ne faisaient pas partie du petit groupe.

— Les rats quittent le navire ? lui demanda Giordino.

— Possible. Apparemment, ils n'ont pas l'intention de faire un autre voyage. On va voir si on trouve encore quelqu'un.

Le dirigeable dérivait lentement vers l'arrière de la plate-forme. Pitt lui fit suivre le flanc bâbord jusqu'à l'avant. Pas âme qui vive sur toute la longueur du pont. Giordino consulta l'horloge du hangar, 00:27:00. Plus que vingt-sept minutes. Lorsqu'ils atteignirent l'avant, Pitt en fit le tour pour inspecter la passerelle. Giordino pointa la caméra sur les fenêtres de l'abri de navigation. Ils avaient maintenant sur l'écran l'intégralité du pont et ne voyaient toujours personne.

— On dirait que le vaisseau fantôme a refait surface, dit Giordino.

— Sûr. Ils sont sur le point de tirer leur fusée.

Pitt remit un peu de gaz pour longer le flanc tribord, puis fit lentement le tour de la Zénith. Des petits nuages de vapeur s'échappaient des purges. Giordino inspecta minutieusement la fusée.

— On dirait que le plein est fait et que le décollage est imminent. Vingt-six minutes, pour être précis.

Giordino émit un léger sifflement en consultant l'horloge à son tour. Quelque chose bougea sur l'écran et attira son regard sur la fusée, mais il ne vit rien. Il augmenta la focale et balaya le lanceur de haut en bas et soudain, aperçut deux hommes au pied de la tour.

— Dirk et Jack ! Ils sont ligotés au pied de la tour !

Pitt scruta l'écran avant d'aboutir à la même conclusion. Sans dire un mot, il inspecta lentement la plate-forme, à la recherche d'un endroit où poser le dirigeable. Il y avait bien une grande surface libre à l'arrière, mais une grue repliée en abord interdisait de l'utiliser. L'enveloppe du dirigeable risquait d'éclater si elle touchait un élément de structure.

— C'est sympa de leur part, ils nous ont même laissé un ouvre-boîtes, fit Giordino en contemplant l'engin de levage, imposant.

— Te fais pas de bile, on va se le faire façon hélico.

Pitt se stabilisa au-dessus du hangar puis entama une descente rapide vers l'hélizone située derrière l'abri. Avec délicatesse, il laissa la nacelle toucher doucement le sol.

— Je peux te faire confiance ? dit Pitt à Giordino en quittant son siège. Tu ne continues pas notre petite promenade sans moi ?

— Juré craché.

— Donne-moi dix minutes. Si je ne suis pas là, décolle et tire-toi avant que ce machin soit mis à feu.

— Je surveille le chrono, répondit Giordino en lui faisant un geste amical.

Pitt jaillit par la portière et traversa l'hélizone à toute vitesse. Giordino, qui ne quittait pas sa montre des yeux, commença, angoissé, à compter les secondes.

Chapitre 55

Aussitôt après avoir posé le pied à bord du *Koguryo*, Tongju courut jusqu'à la passerelle d'où le capitaine Lee et Kim surveillaient l'*Odyssée*.

— Vous êtes parti un peu juste, dit simplement Lee. Ils ont déjà commencé à faire le plein de la fusée.

— Un petit retard dû à un incident sans conséquence, lui répondit Tongju.

Parcourant des yeux l'horizon, il aperçut soudain le dirigeable qui dérivait lentement en direction de la plate-forme.

— Avez-vous détecté d'autres navires ?

Le capitaine fit non de la tête.

— Rien pour l'instant. En dehors de ce dirigeable, nous n'avons aperçu que le navire scientifique qui suivait le patrouilleur des gardes-côtes. Il est toujours au même endroit, à deux nautiques dans le nord-est de la plate-forme.

— Et je suis sûr qu'il a appelé au secours par radio. Foutus Ukrainiens. Ils ont mis la mission en péril en nous recommandant de nous rapprocher des terres. Lee, vous vous remettrez en route immédiatement après le lancement. Mettez cap au sud, vitesse maximum, direction les eaux territoriales mexicaines. Puis nous gagnerons le point de rendez-vous.

— Et le dirigeable ? demanda Kim. Il faut le détruire, sans quoi il va nous suivre à la trace.

Tongju examina sur l'écran le dirigeable argenté, stationnaire au-dessus de l'hélizone.

Il quitta la passerelle, Kim sur les talons, et courut au PC lancement. Les consoles brillamment éclairées, arrangées en fer à cheval, étaient armées par des techniciens en combinaisons blanches. Un grand écran plat occupait toute la cloison centrale et offrait l'image de la Zénith accrochée à sa tour, entourée de petits panaches de fumée. Tongju aperçut Ling penché sur un écran avec un ingénieur. Il s'approcha de lui.

— Ling, où en sommes-nous ?

L'homme le regarda par-dessus ses lunettes :

— Le plein sera terminé dans deux minutes. L'un des calculateurs de tir est hors service, nous avons un défaut basse pression sur une des tubulures de refroidissement et une fuite sur la turbopompe n° 2.

— Quelles sont les conséquences pratiques ? lui demanda Tongju, qui rougit légèrement.

— Aucun de ces défauts n'a de conséquence vitale pour la mission.

Il jeta un coup d'œil à l'horloge située près du grand écran.

— Nous lançons dans exactement vingt-trois minutes et quarante-sept secondes.

*

A vingt-trois minutes et quarante-six secondes, Jack Dahlgren quitta des yeux l'horloge de l'*Odyssée* et se tourna vers *Icare*, qui semblait faire du surplace au-dessus de l'abri. Il savait bien que le dirigeable ne pouvait pas les repérer de là-haut, mais il espérait que Pitt et Giordino trouveraient un moyen d'interrompre le lancement. Avec beaucoup de difficultés, il se tourna vers Dirk, dans l'espoir que son ami verrait les choses avec davantage d'optimisme. Mais non. Dirk ne s'occupait pas du dirigeable, il essayait toujours de se débarrasser de ses liens. Jack bredouilla quelques mots d'encouragement, mais se tut en détectant un mouvement dans le hangar. Il regarda de plus près. Il ne rêvait pas : un homme courait droit sur eux.

— Dirk, y a quelqu'un qui arrive. Tu devines qui c'est ?

Dirk se tourna vers le hangar, mais sans s'interrompre dans ses efforts pour libérer ses pieds et ses mains. Il aperçut la silhouette solitaire qui émergeait du hangar, une sorte de grand bâton à la main. Dirk arrêta brusquement de se débattre avec ses cordes. Il l'avait reconnu.

— Je ne me souviens pas avoir jamais vu mon père courir aussi vite, dit-il à Dahlgren avec un grand sourire.

Lorsqu'il fut assez près, ils virent que ce n'était pas un bâton qu'il tenait à la main droite, mais une hache d'incendie. Arrivé au bas de la tour, le vieux Pitt ne put s'empêcher de sourire de soulagement en voyant que les deux prisonniers étaient indemnes.

— Ecoutez-moi, jeunes gens, je croyais vous avoir déjà dit de ne jamais accepter de faire un tour avec des inconnus, leur dit-il tout en donnant une grande bourrade sur l'épaule de son fils et en examinant rapidement les liens.

— Désolé, papa, ils m'ont promis la lune. Merci d'être venu nous chercher.

— Le taxi m'attend. Tirons-nous d'ici vite fait avant qu'ils allument ce truc.

Il visa le milieu du premier cordage et balança un grand coup de hache sur le lien qui attachait les coudes de Dirk. Puis ce fut le tour des poignets, le fer heurta à grand bruit la poutrelle d'acier. Tandis que Dirk dégageait ses chevilles, son père s'occupa de Dahlgren, comme s'il avait été bûcheron toute sa vie. Les deux prisonniers s'ébrouèrent et Pitt jeta son outil.

— Papa, les hommes de Sea Launch sont bouclés dans le hangar. Faut les sortir de là.

— Je me disais bien que j'avais entendu du boucan en passant. On y va.

Les trois hommes partirent au pas de course, conscients que chaque seconde était précieuse. Tout en courant, Dirk leva les yeux vers l'horloge accrochée au-dessus de sa tête. Il ne restait plus que vingt et une minutes trente-six secondes avant que la plate-forme ne soit noyée dans un torrent de flammes. Comme si ce faible répit ne suffisait pas à les faire courir encore plus vite, ils entendirent un rugissement à l'intérieur du hangar. Le système informatique du *Koguryo* avait donné un ordre, les grandes portes se fermaient en prévision du tir imminent.

— Ils referment les portes, lâcha Dahlgren, haletant. On ferait bien de se dépêcher.

Tels trois athlètes des Jeux olympiques, ils franchirent au coude à coude l'intervalle encore libre. Le vieux Pitt avait encore de la ressource, mais il ralentit pourtant en s'approchant des portes, laissa les deux plus jeunes passer les premiers, et glissa *in extremis* derrière eux.

Arrivés au milieu du hangar, ils entendirent des sons étouffés, des voix, des bruits de métal. Ceux qui étaient enfermés là se débattaient pour tenter de sortir. Ils s'arrêtèrent pour reprendre leur souffle et examinèrent la chaîne qui fermait la porte du local.

— Cette chaîne est trop solide, mais on pourrait essayer d'enfoncer la porte... si on trouvait une pince, dit Dahlgren en regardant s'il ne voyait pas quelque chose à proximité.

Pitt aperçut la plate-forme mobile dont Jack s'était servi un peu plus tôt. Il grimpa dessus et s'empara de la raquette de commande accrochée à la rambarde.

— J'crois qu'on a trouvé ce qu'il nous faut, cria-t-il en abaissant la plate-forme d'un mètre ou deux.

Puis il la fit avancer jusqu'à la porte. Sous l'œil de Dirk et de Dahlgren, il attrapa un bout de chaîne et l'enroula solidement autour de la rambarde avant de crier à ceux qui se trouvaient à l'intérieur :

— Ecartez-vous de la porte !

Il attendit une seconde, appuya sur le bouton LEVAGE. La plate-forme commença lentement à s'élever, la chaîne se raidit. Le treuil gémissait sous l'effort et, pendant un instant, les roues tressautèrent sur le pont. Puis, dans un grand craquement, la porte sortit de ses gonds et sauta en l'air, s'écrasa contre l'engin et retomba lourdement en se balançant au bout de la chaîne. Pitt recula aussitôt et les hommes de Sea Launch se précipitèrent vers l'ouverture béante.

Ils n'avaient rien avalé depuis le piratage de l'*Odyssée*. Affaiblis, l'air hagard, on voyait qu'ils avaient souffert de leur captivité. Pourtant, la fureur leur donnait de l'énergie, il s'agissait de gens entraînés, et la façon dont on s'était emparé de leur navire les avait visiblement contrariés.

— Le capitaine et le responsable des opérations sont-ils là ? cria Pitt aux hommes qui le remerciaient avec effusion.

Christiano se fraya un passage dans le petit groupe en jouant des coudes, suivi par un autre, un homme mince et distingué qui portait un bouc.

— Je m'appelle Christiano, c'est moi le capitaine. Et voici Larry Ohlrogge, responsable du lancement, ajouta-t-il en désignant du menton celui qui se trouvait près de lui. Ces salopards sont partis ? ajouta-t-il, l'air rageur.

Pitt fit non de la tête.

— Ils ont évacué, ils s'apprêtent à lancer la fusée. Nous n'avons pas beaucoup de temps.

Ohlrogge avait tout de suite remarqué que le chariot de transfert avait été replacé dans le hangar et que les portes étaient fermées.

— Il y a urgence, fit-il, fou d'inquiétude. C'est une question de minutes.

— Dix-huit précisément, dit Pitt. Capitaine, dites à vos hommes de rallier l'hélizone. Un dirigeable les attend là-haut et nous pouvons évacuer tout le monde, à condition de faire vite. (Puis, se tournant vers Ohlrogge :) Existe-t-il un moyen d'interrompre la séquence de lancement ?

— Elle est totalement automatique et gérée par le bâtiment d'accompagnement. Je suppose que les terroristes ont dupliqué tout le système à leur bord.

— Nous pouvons quand même arrêter les opérations de remplissage, nota Christiano.

— Trop tard, répondit Ohlrogge, notre seul espoir à ce stade, c'est la commande de secours à la passerelle. L'ascenseur qui se trouve à l'arrière du hangar mène à la passerelle. Et l'hélizone est juste au-dessus.

— Allons-y, dit Pitt à Christiano.

Tous se précipitèrent à l'arrière du hangar pour se rassembler autour d'un ascenseur de capacité moyenne.

— Il n'y a pas assez de place pour tout le monde, déclara Christiano. Il va falloir faire trois voyages. Vous, là-bas, ordonna-t-il à un groupe de huit hommes, vous passez les premiers, puis le second groupe et enfin les dix derniers.

— Jack, pars avec le premier groupe et dirige-les vers *Icare*, lui dit Pitt. Dirk, tu te charges du dernier groupe et tu t'assures qu'il ne reste plus personne ici. Capitaine, il faut monter immédiatement à la passerelle.

Christiano, Ohlrogge, Dahlgren et Pitt s'entassèrent dans l'ascenseur en compagnie de huit autres hommes. La montée leur parut interminable, mais ils finirent par atteindre le niveau supérieur au-dessus du hangar. Dahlgren repéra tout de suite une descente qui donnait sur l'hélizone et y entraîna ceux qu'on lui avait confiés.

Le dirigeable argenté les attendait là, comme prévu, en vol stationnaire à quelques mètres au-dessus du pont. Giordino fumait un énorme cigare. Sans se presser, il réorienta les moteurs et amena la nacelle au ras du pont. Jack courut à lui.

— Salut, matelot. Ça te dit d'offrir une petite virée à quelques demoiselles ? lui demanda-t-il en passant la tête par la portière.

— Pour sûr. Et t'en as combien, des comme ça ?

— Une trentaine, à prendre en vrac ou à laisser, lui répondit Dahlgren en inspectant la cabine d'un air soupçonneux.

— Fourgue-les-moi en bloc, on va y arriver en se tassant. Mais vaudrait mieux foutre à la baille tous les poids inutiles si on veut se tirer d'ici. Et magne-toi le train, j'ai jamais eu trop envie de me faire rôtir tout vif.

— Suis du même avis que toi, camarade, dit Dahlgren en faisant embarquer le premier passager.

En plus des deux sièges des pilotes, la nacelle était équipée pour accueillir jusqu'à huit personnes dans de spacieux sièges de cuir, comme ceux dont sont pourvus les avions. Dahlgren fit la grimace en voyant le peu d'espace dont ils disposaient. Difficile de croire qu'ils allaient tasser tout ce beau monde là-dedans sans faire un atterrissage forcé. Pendant que l'équipage montait à bord, il se pencha sur les supports des sièges et découvrit qu'ils étaient munis d'attaches rapides, qui permettaient de les démonter facilement. Il ôta rapidement cinq fauteuils et, avec l'aide d'un ingénieur russe, les balança par la porte.

— Tout le monde à l'arrière du bus, hurla-t-il. Il n'y aura que des places debout !

Tandis que le dernier passager embarquait, il se tourna vers Al :

— On a combien de temps ?

— Environ quinze minutes, d'après mon décompte à moi.

Le second groupe dévalait l'échelle. Dahlgren laissa échapper un profond soupir. S'il n'avait pas beaucoup de place, il aurait en tout cas le temps d'embarquer tout le monde avant l'allumage. Mais auraient-ils le temps d'interrompre la séquence de lancement ? Pas sûr, se dit-il en contemplant la Zénith érigée sur la plate-forme.

Chapitre 56

CHRISTIANO blêmit en découvrant le spectacle qui l'attendait à la passerelle de l'*Odyssée* : les calculateurs criblés
de balles, le verre brisé qui jonchait le sol. Il s'approcha
de la table de navigation et remarqua une chose étrange : la souris
d'un ordinateur qui se balançait au bout de son fil. Le clavier
avait disparu. Quant au calculateur, Ohlrogge remarqua qu'il
était intact.

— J'ai des ordinateurs portables en bas à ne plus savoir qu'en
faire. On pourrait essayer d'en brancher un ici pour réactiver les
commandes, suggéra-t-il.

— Ils ont sûrement foutu en l'air les systèmes de contrôle, répondit Christiano, découragé, en désignant les fenêtres du doigt.

Pitt aperçut le *Koguryo*, stoppé sans erre à bonne distance. En se
retournant pour s'adresser au capitaine, il vit le *Blaireau*, toujours
amarré à la jambe tribord.

— Nous n'avons pas le temps, ça nous prendrait des heures, dit
Christiano en regagnant la console centrale, de plus en plus abattu.

— Vous disiez qu'il y avait un système de commande de secours
à la passerelle ? lui demanda Pitt.

Christiano n'avait même pas besoin de regarder pour deviner le
résultat. Ils en savaient trop : comment piloter la plate-forme,
comment ballaster, faire le plein de propergol, gérer la séquence de
tir depuis leur propre bâtiment. Ils savaient donc forcément aussi
qu'il existait un système de commande manuelle et l'avaient sans
doute saboté comme le reste. Sûr à l'avance de ce qu'il allait
découvrir, il baissa les yeux sur un fouillis de câbles coupés et de

389

débris d'électronique. Leur seul espoir de stopper le lancement se trouvait là, inopérant.

— Tenez, cracha-t-il en balançant un tas de fils et d'interrupteurs au centre de la passerelle, le voilà, votre système de secours !

Les trois hommes, silencieux, regardèrent tous ces composants électroniques rebondir sur le pont avant de s'écraser contre la cloison. La porte s'ouvrit, Dirk entra. A voir leur tête, il devina que tous leurs efforts pour interrompre la séquence avaient échoué.

— Tout le monde a embarqué à bord du dirigeable. Je vous suggère d'abandonner la plate-forme, et vite.

*

Les quatre hommes dévalaient la descente qui menait à l'hélizone et au dirigeable, lorsque le vieux Pitt s'arrêta brusquement et posa la main sur l'épaule de son fils.

— Fais embarquer le capitaine et dis à Al de décoller sans moi. Assure-toi que le dirigeable soit au large avant la mise à feu.

— Mais ils disent qu'il n'y a aucun moyen de contourner le système automatique, protesta Dirk.

— Je n'arriverai peut-être pas à l'empêcher de partir, mais je peux essayer de dévier sa trajectoire.

— Papa, tu ne peux pas rester ici, c'est trop dangereux.

— Te fais pas de souci pour moi, je n'ai pas l'intention de m'éterniser, lui répondit son père avec une bourrade affectueuse. Bon, vas-y.

Dirk fixa son père dans les yeux. Il avait entendu raconter bien des fois comment son père avait assuré la sécurité des autres avant la sienne, il en avait maintenant la preuve flagrante. Pourtant, il lisait autre chose dans le regard de son père. Il reprit la descente avant de s'arrêter pour lui souhaiter bonne chance, mais il avait déjà disparu dans l'ascenseur.

Il dévala l'échelle, deux marches à la fois, sauta sur le pont et découvrit avec étonnement le dirigeable qui stationnait là. La nacelle ressemblait à une boîte de sardines dans laquelle on aurait percé des hublots – sauf que les sardines étaient des êtres humains. Tout l'équipage de Sea Launch avait réussi à s'entasser dans le compartiment passagers, il n'y avait pas un centimètre carré de perdu. Les plus faibles s'étaient vu attribuer les trois sièges que

Dahlgren n'avait pas réussi à enlever, tandis que les autres étaient debout, serrés épaule contre épaule dans l'espace restant. Beaucoup étaient obligés de passer la tête par les hublots, on en avait même casé un ou deux dans les toilettes à l'arrière. A côté, le métro à l'heure de pointe était d'un confort luxueux.

Dirk s'approcha au pas de course et s'engouffra par la portière. Il entendit Dahlgren lui crier que le siège du copilote était libre. Rampant à moitié, il réussit à se frayer un passage jusqu'au poste de pilotage et s'assit à côté de Giordino, installé, lui, en place pilote.

— Où est ton père ? Faut qu'on se tire d'ici, pronto.

— Il reste ici. Je suppose qu'il a une idée en tête. Il veut que nous quittions la plate-forme et que nous dégagions à distance de sécurité. Il compte te retrouver à la fin du spectacle pour boire une tequila.

— Ce sera sa tournée, j'espère.

Puis Giordino fit basculer les moteurs à quarante degrés d'assiette et appuya sur les gaz. La nacelle partit vers l'avant et entraîna l'enveloppe pleine d'hélium. Mais, au lieu de s'élever gracieusement dans les airs, la nacelle continua à racler le pont dans un bruit sinistre.

— On est trop lourds, fit Dirk.

— Allez ma belle, allez, dit Giordino, lève ton petit cul.

Mais la nacelle avançait toujours en frottant sur l'hélizone et ils atteignirent bientôt le bord, qui plongeait à pic dans la mer, soixante-dix mètres plus bas. Comme ils approchaient du vide, Giordino augmenta l'assiette des moteurs, poussa les gaz à fond, mais rien à faire : la nacelle frottait toujours. Il régnait dans la carlingue un silence de mort, chacun retenait son souffle.

Ils plongèrent brusquement, un saut à vous lever le cœur. La nacelle descendit de trois mètres, avant de se stabiliser. Les passagers, impuissants, furent poussés vers l'avant, la dérive cogna sur le pont, chassant le nez du dirigeable vers le bas, ce qui lui permit de dégager le pont. Et la saucisse plongea tête la première vers la mer.

Giordino ne disposait que d'une fraction de seconde pour réagir s'il voulait sauver l'appareil. Il pouvait orienter les propulseurs à quatre-vingt-dix degrés vers le haut, en espérant que leur poussée compenserait l'excès de poids. Ou bien, solution radicalement opposée, orienter les moteurs à l'horizontale pour essayer de prendre de l'erre en avant et augmenter la portance. Les yeux rivés sur l'océan, Giordino laissa le mouvement naturel d'*Icare* lui dicter sa décision : il remit les moteurs à plat, accélérant ainsi leur vitesse de descente.

On entendait des cris de terreur à l'arrière, les passagers voyaient bien que Giordino fonçait délibérément vers la mer. Mais Giordino n'en tint aucun compte. Il se tourna vers Dirk :

— Regarde au-dessus de ta tête, tu as la manette de vidange du ballast. A mon signal, tu tires dessus.

Tandis que Dirk repérait la commande, Giordino gardait les yeux obstinément rivés sur l'altimètre. L'aiguille tournait à toute vitesse et ils n'étaient plus qu'à soixante mètres. Il hésita, attendit d'avoir atteint vingt mètres et cria :

— Vas-y !

Et en même temps, il tira sur le manche. Dirk déclencha le système de déballastage et cinq cents litres d'eau stockés sous la nacelle se vidangèrent immédiatement. Mais le dirigeable ne répondit pas. L'énorme engin répondait à son rythme, sans se presser. Pendant un instant, Giordino crut qu'il avait agi trop tard. L'océan envahit toute la surface de la verrière, la mer se précipitait vers eux, mais le nez commença alors à se redresser doucement. Giordino relâcha le manche pour essayer de se stabiliser, la nacelle tombait toujours, l'avant remontait légèrement, mais à une lenteur désespérante. Le ventre toucha l'eau, le dirigeable rebondit à la surface. Chacun retenait son souffle, le dirigeable avança ainsi avant de s'élever de quelques mètres et de se maintenir à cette hauteur. Les secondes s'égrenaient, il volait toujours. Apparemment, Giordino avait gagné. Il avait risqué de leur faire subir un choc violent en plongeant ainsi, mais l'énergie cinétique acquise et la vidange du ballast, *in extremis*, avaient réussi en fin de compte à leur faire reprendre de l'altitude.

Soulagés, les passagers se mirent à pousser des vivats, tandis que Giordino réussissait à monter à une trentaine de mètres. Le dirigeable obéissait sagement désormais à sa main experte.

— Dis donc, tu es le roi du dirigeable, toi, lui dit Dirk plein d'admiration.

— Ouais, enfin, à une seconde près je devenais le roi des sous-marins... répondit Giordino qui avait mis le cap à l'ouest pour s'éloigner de la plate-forme. Je ne sais pas si c'est exactement la direction que j'aurais choisie pour faire du rase-mottes, ajouta-t-il en regardant, l'air inquiet, le *Koguryo* qui se découpait à bâbord. J'ai appelé le *Deep Endeavor* pour lui demander de dégager la trajectoire de la fusée, ils ont de l'eau dans le nord. Mais il faut que nous les gardions à la vue, au cas où nous ferions une petite trempette.

Dirk scruta l'horizon. Loin au sud-ouest, il repéra la masse imposante de l'île de San Nicolas. Au nord-est, on distinguait un petit point bleu, le *Deep Endeavor*. Et au nord du navire de la NUMA, il aperçut tout à coup une petite forme brunâtre qui s'élevait sur la mer.

— Là-bas, terre. Je me souviens de ce que j'ai vu sur la carte, il y a une petite île dans le détroit, Santa Barbara. On pourrait se diriger par là, y débarquer les passagers et laisser le *Deep Endeavor* les récupérer.

— Puis retourner là-bas chercher ton père, compléta Giordino.

Dirk se tourna vers la plate-forme, hésitant.

— On n'a pas beaucoup de temps devant nous, murmura-t-il.

— Environ dix minutes.

Mais Giordino se demandait ce que comptait bien faire Dirk en un si court laps de temps.

Chapitre 57

S URVIVRE à bord pendant une opération de lancement n'était pas physiquement impossible. Lorsque l'on mettait la fusée à feu, le jet était dirigé vers le dessous de la plate-forme. L'*Odyssée* avait été conçue pour être réutilisable. En tout, elle avait déjà effectué plus d'une douzaine de tirs. Le pont, le hangar, les logements de l'équipage et la passerelle étaient construits de manière à supporter la chaleur dégagée à l'allumage d'un gros lanceur. En revanche, il était une chose à laquelle un être humain ne pouvait guère espérer résister : les gaz toxiques qui envahissaient tout l'ensemble. L'énorme nuage résultant de la combustion du kérosène et de l'oxygène recouvrait l'*Odyssée* pendant plusieurs minutes après le décollage et chassait tout l'air respirable.

Mais Pitt ne s'en souciait guère : il n'avait pas l'intention de rester sur le pont au moment de l'allumage. Ce qui lui importait, c'était de rejoindre le plus rapidement possible le petit sous-marin rouge qu'il avait aperçu, dansant sur l'eau, par une fenêtre de la passerelle. C'est dans cette direction qu'il partit en courant, puis il dévala l'échelle qui menait au niveau de l'eau. Dans leur précipitation, Tongju et ses hommes avaient omis de libérer le sous-marin. Hors d'haleine, Pitt arriva enfin à l'endroit où il était amarré.

Il largua la bosse, sauta à bord et referma le panneau derrière lui. En moins de temps qu'il n'en faut pour le dire, il avait mis tous les équipements sous tension, ouvert les purges des ballasts et mis les moteurs en route. Il se dégagea rapidement de la jambe support de l'*Odyssée* et alla se poster au milieu de la plate-forme. Il allait pouvoir entamer le projet qu'il avait en tête. Il immobilisa le sous-marin et alimenta le bras de manutention. Il ne lui restait plus que quelques minutes. Il pria le ciel pour que son plan improbable fonctionne.

*

A bord du *Koguryo*, les Coréens observaient l'écran vidéo avec curiosité. Ils virent le dirigeable se poser dans l'hélizone, et l'équipage de la plate-forme monter à son bord. Kim était blême de colère, alors que Tongju restait parfaitement calme.

— On aurait dû tuer l'équipage et descendre le dirigeable, lâcha Kim, furieux, en voyant *Icare* quitter la plate-forme.

Ils avaient réorienté une seconde caméra dans le relèvement du dirigeable et ils le virent essayer désespérément de prendre de l'altitude avant de tomber. Tongju parut satisfait.

— Il est trop chargé, il ne pourra jamais prendre de la vitesse. On n'aura aucun mal à le rattraper et à le détruire après le lancement, dit-il tranquillement à Kim.

Il se détourna de la vidéo pour surveiller la console de tir. Les techniciens étaient tous fort occupés, le PC bruissait d'activité, la pression montait. Plus que quelques minutes avant la mise à feu. Ling se tenait à proximité et procédait aux ultimes vérifications. Son front ruisselait de sueur, alors qu'il faisait frais dans le local climatisé.

Ling avait bien des raisons de se montrer inquiet. Dans le monde du lancement spatial, le taux de mortalité reste très élevé. Il savait pertinemment que, pour dix lancements de satellites, il y avait en moyenne un échec, pour mille et une raisons. Un raté du lanceur dès l'instant de la mise à feu n'était pas chose rare, mais les échecs étaient dus la plupart du temps à un déploiement incorrect de la charge utile lors de la mise en orbite. Dans son cas, la trajectoire allait être très brève, ce qui excluait la plupart des causes d'échec connues, mais le risque d'une catastrophe au décollage n'était pas à écarter.

Ling respira en consultant la dernière mise à jour des paramètres lanceur. Apparemment, tous les systèmes vitaux étaient opération-nels, rien n'indiquait que la Zénith, un engin très fiable, ne décolle-rait pas comme d'habitude. Il ne restait plus que cinq minutes d'attente. Il se tourna vers Tongju, assez sûr de lui :

— Je ne prévois aucune suspension de séquence, le compte à rebours continue normalement.

Ils se concentrèrent sur l'image vidéo de la fusée. Alors qu'une dizaine de paires d'yeux en faisait autant, personne ne remarqua un léger mouvement au bord de l'écran. La caméra venait pourtant d'enregistrer le passage d'un homme aux cheveux sombres qui courait sur le rebord du pont avant de disparaître dans l'échelle de descente.

*

Pitt ne perdit pas de temps et lança les moteurs du *Blaireau* à pleine puissance. Tout en sachant qu'il ne pouvait se trouver à un endroit pire que celui où il était, il se dirigea sous la plate-forme et immobilisa le sous-marin près d'une des jambes à tribord. Le déflecteur, destiné à dévier le jet titanesque de la Zénith dans la mer, se trouvait droit au-dessus de lui.

Il fit pivoter l'avant du sous-marin pour l'amener dans la direction de la jambe avant de battre en arrière et de plonger à cinq mètres. Il allongea alors le gros bras de prélèvement, l'orienta parfaitement à l'horizontale, comme la lance d'un chevalier du Moyen Age. Il cala soigneusement ses pieds et murmura : « Allez, *Blaireau*, montre-moi que tu sais mordre », puis poussa les moteurs à plein régime.

Le petit sous-marin prit rapidement de l'erre, cap droit sur la jambe support dont il n'était pas très éloigné. Le bras de prélèvement, fort de toute l'inertie du sous-marin, percuta la colonne d'acier à grand bruit. Pitt retint son souffle. Le sous-marin continua sur sa lancée, ragua puis cogna violemment contre le support. Pitt, stoppé net, battit en arrière tout en essayant de voir le résultat au milieu du nuage de bulles. Il entendit encore un raclement de métal, le bras se dégagea à son tour. L'eau était trouble et agitée, mais il put constater que le bras était indemne et poussa un soupir de soulagement. Il avait réussi à faire ce qu'il espérait : un trou de vingt centimètres dans la tôle d'acier.

Il se sentait dans la peau d'Ezra Lee à bord de la *Tortue*, cet Américain qui s'était porté volontaire pour aller couler un vaisseau britannique pendant la guerre d'Indépendance. Il avait pour ce faire utilisé le petit sous-marin en bois construit par David Bushnell, foré un trou dans la coque et déposé sa charge. Sa tentative avait échoué, mais la *Tortue* restait le premier sous-marin de l'Histoire à avoir été utilisé au combat. Grâce à ses propulseurs, Pitt fit reculer le sien encore de quelques mètres, régla soigneusement l'immersion, puis remit en avant et s'élança pour un deuxième assaut. Le bras perça un second trou, et l'eau commença à envahir la colonne.

La combine de Pitt était peut-être artisanale, elle n'en était pas moins géniale. Il s'était dit que, s'il n'y avait pas moyen d'interrompre la séquence de tir, on pourrait peut-être infléchir la trajectoire de la fusée et donc modifier son point de chute. En déséquilibrant la plate-forme, il pouvait espérer au minimum dévier le lanceur de la trajectoire prévue. Le temps de vol étant réduit, le système de guidage n'aurait pas le temps de corriger l'écart et la charge pouvait donc tomber à plusieurs kilomètres de l'endroit prévu. De tout évidence, les jambes supports arrière étaient le talon d'Achille de ce système de lancement. Comme la fusée se dressait à l'extrême bord du pont, l'*Odyssée* devait compenser le déséquilibre des masses qui en résultait. Pour ce faire, six grosses pompes de réglage remplissaient ou vidangeaient des ballasts ménagés dans les colonnes et les flotteurs. En envahissant les colonnes arrière, on pouvait espérer déséquilibrer suffisamment l'ensemble. Pitt était donc lancé dans une course désespérée contre le système de pompage.

Il ressentait à chaque nouvelle ruée un choc violent, comme s'il avait pris place dans une auto tamponneuse. Les équipements électroniques sortaient de leurs supports et s'écrasaient à ses pieds à chaque nouvel impact. L'avant du sous-marin commençait à souffrir, de l'eau de mer coulait entre les soudures fissurées. Pitt s'en fichait royalement : le risque que courait le sous-marin et qu'il courait lui-même était le cadet de ses soucis, il ne pensait qu'aux secondes qui s'égrenaient. Une fois encore, il fonça sur le support et perça un nouveau trou dans la surface, tel un moustique qui, au lieu d'aspirer du sang, gorgeait sa victime de torrents d'eau.

Il s'arrêta après une dizaine de manœuvres de ce genre et se rua sur la jambe arrière. Jetant un coup d'œil à sa montre, il vit qu'il disposait de moins de deux minutes avant le décollage. Dans un grand craquement, il se jeta sur le support, enfonça le bras jusqu'à la garde, jusqu'au nez du sous-marin. Les voies d'eau s'aggravaient, il s'en moquait. Il pataugeait maintenant dans l'eau de mer. Très calmement, il recula, revint dessus. Il avait le sentiment d'être devenu une espèce de Don Quichotte aux prises avec un moulin à la dérive.

Ce qu'il ignorait, c'est que le premier choc contre la jambe tribord avait mis en route l'une des pompes. Il y avait de plus en plus de trous, les voies d'eau étaient de plus en plus importantes, des pompes supplémentaires entrèrent à leur tour en action. Elles pompaient à la base des supports, déjà enfoncés d'une quinzaine de mètres dans l'eau. Le système de ballastage pouvait sans trop de peine maintenir l'angle de roulis à zéro. En revanche, il avait beaucoup plus de peine à maintenir avant et arrière de niveau. L'eau montait dans les colonnes arrière et il ne fallut pas longtemps à Pitt pour rendre impossible la tâche des pompes correspondantes. L'arrière de la plate-forme s'enfonçait toujours, les automatismes de stabilisation ne savaient plus où donner de la tête. En temps normal, le système aurait compensé l'enfoncement de l'arrière en alourdissant l'avant et en augmentant le tirant d'eau. Mais la plate-forme était en situation de tir, elle avait déjà été lestée. Les automates savaient que, s'ils l'enfonçaient davantage, ils risquaient d'endommager les déflecteurs de jet. En quelque nanosecondes, le système informatique examina toutes les options disponibles. Le verdict fut sans ambiguïté : pendant le compte à rebours, il fallait à tout prix maintenir le tirant d'eau à sa valeur nominale. Et le logiciel décida en conséquence de ne pas tenir compte de l'enfoncement à l'arrière.

Chapitre 58

MOINS de deux minutes avant la fin du compte à rebours, un voyant rouge se mit à clignoter dans le PC du *Koguryo*. Interloqué, un ingénieur qui portait des lunettes réfléchit à ce que pouvait bien signifier cette alarme, avant de gribouiller quelques notes et de se précipiter vers Ling.

— M. Ling, nous avons une alarme stabilisation.

— Combien de degrés ?

— La plate-forme s'enfonce par l'arrière, une assiette de trois degrés.

— Aucune importance, trancha-t-il. (Puis il se tourna vers Tongju :) Pas de souci tant que l'assiette est inférieure à cinq degrés.

Tongju savourait déjà les conséquences du lancement. Plus rien ne pouvait l'arrêter.

— N'interrompez le tir sous aucun prétexte, ordonna-t-il à Ling.

Le directeur de tir serra les dents et se tourna vers le lanceur dont l'image brillait de tous ses feux sur l'écran.

*

L'intérieur du *Blaireau* était devenu un véritable bazar d'outils, de calculateurs, de morceaux divers qui passaient d'un bord à l'autre à chaque choc. Mais Pitt ne voyait même pas le carnage qui régnait autour de lui. L'eau lui remplissait les bottes. Pour la énième fois, il repartit à l'attaque, guettant le bruit du choc. Violemment projeté en avant, il flaira soudain une odeur de brûlé, des câbles qui cramaient ou des équipements électroniques qui chauffaient, l'eau de mer déclenchait des courts-circuits un peu partout. Il avait fait du sous-marin une épave : l'avant, sphérique à l'origine, était tout cabossé et aplati par endroits, la peinture rouge avait disparu. La sonde de carottage était toute tordue, vrillée comme un bâton de réglisse et ne tenait plus que par deux supports. L'éclairage vacillait, le niveau d'eau montait et les moteurs de propulsion rendaient l'âme l'un après l'autre, les gémissements des appareils lui disaient que son sous-marin agonisait. Il essaya de battre en arrière, mais un nouveau bruit résonna dans ses oreilles. Un énorme bruit sourd, droit au-dessus de sa tête.

*

Pour un observateur extérieur, le premier indice d'un lancement imminent est le rugissement de l'eau pompée par le système d'aspersion. A T–5 secondes, un déluge d'eau se déverse dans la goulotte ménagée sous le pas de tir. Cette opération a pour but de réduire les effets des gaz brûlants sur la plate-forme et, plus important encore, de réduire les agressions acoustiques sur la charge utile.

A T–3 secondes, la Zénith se met à gronder, à s'agiter au fur et à mesure que l'on active les équipements de bord. L'énorme lanceur s'anime soudain. Sous sa peau de métal, une turbine à très grande vitesse commence à injecter les propergols dans les quatre chambres de combustion. On met à feu dans chacune d'entre elles une cartouche de démarrage qui déclenche une explosion contrôlée. Les gaz cherchent alors le chemin d'évacuation le plus court, qui passe par des tuyères à l'extrémité inférieure de la fusée. La poussée qui en résulte permet à la Zénith de vaincre la gravité et de quitter le pas de tir.

Les trois dernières secondes du compte à rebours sont critiques. Dans ce bref intervalle de temps, les calculateurs embarqués vérifient rapidement le bon démarrage, contrôlent la qualité du mélange des propergols, les débits des fluides, les températures et une foule d'autres paramètres susceptibles d'affecter le fonctionnement des moteurs. Si le système automatique de contrôle détecte un écart significatif entre les valeurs attendues et mesurées sur l'un des paramètres moteur, il coupe les alimentations et le lancement avorte. Il faut alors reprendre à zéro toute la séquence, ce qui peut nécessiter jusqu'à cinq jours.

Ling ne regardait pas l'image vidéo de la fusée, mais se concentrait sur les écrans où s'affichaient les paramètres critiques. Les dernières secondes s'égrenaient. A T–1 seconde, une rangée de voyants s'éclaira en vert. Ling poussa un grand soupir de soulagement.

— Poussée nominale sur tous les moteurs ! s'écria-t-il.

Tous les regards se tournèrent vers l'écran vidéo, les sectionnements d'alimentation en combustible s'ouvrirent en grand et les propergols firent irruption dans les chambres. Pendant une longue seconde, le lanceur ne broncha pas, immobile sur sa plate-forme. De longues flammes s'échappaient des tuyères, noyées dans un déluge d'eau, et un gros nuage de fumée blanche s'éleva en contrebas. Puis, dans une explosion de puissance, la Zénith décolla. Les bras ombilicaux de la tour s'écartèrent et la fusée majestueuse, propulsée par neuf cents tonnes de poussée, s'éleva dans le ciel, suivie d'une lueur aveuglante, dans un grondement de tonnerre.

Les techniciens poussaient des cris de triomphe. Le visage de Ling s'éclaira d'un large sourire, la Zénith continuait de monter. Il se tourna vers Tongju, tout content. Mais l'homme de main de Kang se contenta d'un petit signe de satisfaction.

A l'autre bout de la rangée de consoles, l'ingénieur à lunettes était comme hypnotisé par l'image vidéo de la fusée sur fond de ciel bleu. Il ne voyait pas les données affichées par les calculateurs, qui indiquaient que la plate-forme avait continué de s'incliner. Pendant les dernières secondes avant le lancement, l'assiette avait dépassé les quinze degrés.

*

A cinq mètres en dessous de la surface, les tympans de Pitt avaient éclaté. Un bruit de train de marchandises qui s'approche retentit, puis le fracas de mille volcans en éruption lorsque les moteurs de la Zénith atteignirent leur pleine puissance. Mais Pitt savait que ce n'était qu'un avant-goût de ce qui l'attendait. Les gaz de combustion étaient déviés dans le radier où des dizaines de tonnes d'eau tempéraient un peu l'enfer environnant. Le jet ne perdait pourtant guère de sa puissance pendant ce processus et la vapeur venait heurter la surface de l'eau comme un marteau de forgeron.

Comme il se trouvait pratiquement à la verticale du pas de tir, le

Blaireau fut pris comme un jouet dans cette tornade. Il s'enfonça d'une dizaine de mètres dans un nuage de bulles et de vapeur. Pitt avait l'impression de se trouver dans le tambour d'une machine à laver, le sous-marin était violemment secoué. Les soudures commençaient à lâcher, les éclairages tremblaient. Une batterie, arrachée de ses supports, vint frapper Pitt à la tempe, le sous-marin était presque à l'envers. Les ennuis n'étaient pas terminés. En posant la main sur une cloison pour se retenir, il se rendit compte à sa grande surprise qu'elle était brûlante. Il retira vivement sa main en étouffant un juron et la secoua pour essayer de calmer la douleur. Il fut envahi d'un sentiment de terreur, la sueur lui dégoulinait sur le front. A ses pieds, la température de l'eau augmentait rapidement. Les gaz de la fusée avaient fait naître une tempête brûlante et il risquait de périr bouilli avant que le lanceur ait dégagé.

Un second choc plus violent encore frappa le sous-marin quand les jets des tuyères le touchèrent. Le *Blaireau* partit en travers. Pitt, accroché aux barres, ne pouvait rien distinguer dans les eaux troubles. S'il avait eu la moindre idée de la direction dans laquelle il partait, il aurait pu essayer de se protéger contre l'impact. Mais la collision arriva sans prévenir.

Entraîné par le courant comme un radeau dans les rapides du Colorado, le sous-marin heurta de plein fouet le flotteur bâbord de l'*Odyssée*, dans un épouvantable bruit de métal froissé. Ejecté de son siège, Pitt alla s'écraser contre une cloison au milieu de débris d'électronique. Les lumières s'éteignirent définitivement, il entendait des grincements horribles un peu partout. Un bruit de raclement lui fit deviner que le *Blaireau* continuait à riper le long du flotteur, puis il y eut un autre choc, le sous-marin partit à la gîte avant de s'arrêter brutalement. Tandis qu'il essayait de reprendre ses sens, Pitt comprit qu'il était plaqué sur le flanc du flotteur par la force du courant, peut-être même coincé dans l'une des hélices. Dans cette position, il n'avait aucune chance de réussir à ouvrir le panneau, en supposant qu'il osât noyer le sous-marin et essayer de remonter à la surface. Rempli de terreur, il comprit alors qu'il avait le choix entre rôtir vivant ou périr noyé à l'intérieur de la coque.

Chapitre 59

Tongju gardait les yeux fixés sur la Zénith qui s'élevait près de la tour. On entendait le grondement des moteurs jusque dans les entrailles du *Koguryo*. Tous les techniciens présents acclamèrent longuement le départ de la fusée qui s'élançait dans le ciel. Ling s'autorisa même un grand sourire, les paramètres affichés à l'écran lui indiquaient que les moteurs fonctionnaient à pleine poussée. Il jeta un coup d'œil à Tongju qui lui rendit un petit sourire pincé.

— La mission est loin d'être achevée, lui dit Ling.

La phase la plus critique était passée, il le savait bien. Une fois la mise à feu effectuée, il ne pouvait plus faire grand-chose. Il était un peu mal à l'aise, mais il ne lui restait plus qu'à assister à la suite dans le rôle du simple spectateur.

*

A dix mille kilomètres de là, Kang sourit légèrement en voyant l'image retransmise par satellite de la fusée en train de décoller de l'*Odyssée*.

— Nous avons ouvert le flacon où était emprisonné le génie, dit-il tranquillement à Kwan assis en face de lui. Reste à espérer qu'il voudra bien obéir à son maître.

*

403

Fous d'angoisse, Al, Dirk et Jack assistèrent depuis le cockpit d'*Icare* au décollage de la fusée. Un peu plus tôt, Giordino avait réussi à poser le dirigeable dans une clairière à peu près plate, au sommet de l'île de Santa Barbara. L'équipage de Sea Launch avait débarqué à toute vitesse. Christiano hésita à la porte du cockpit et s'arrêta pour serrer la main des deux hommes.

— Merci infiniment, vous avez sauvé mon équipage, leur dit-il avec un sourire forcé.

On sentait bien qu'il n'avait pas encore digéré de s'être fait pirater son *Odyssée*.

— A présent que nous pouvons reprendre l'air, lui répondit Dirk qui avait du mal à se maîtriser, nous allons faire en sorte que ces ordures ne s'échappent pas.

Et il lui montra à travers la verrière un petit point bleu qui grandissait à l'horizon.

— Voilà le *Deep Endeavor* qui arrive. Faites descendre vos gens jusqu'au rivage et tenez-vous prêts à embarquer.

Avant de descendre de la nacelle et de laisser Jack, Christiano fit signe qu'il avait compris.

— Tout le monde sur la côte ! cria-t-il dans la cabine.

— Bon, grommela Giordino, faut faire décoller cette baudruche.

Il bascula les moteurs à la verticale, poussa sur les manettes de gaz et, soulagé de ses quatre tonnes de passagers, le dirigeable s'éleva sans aucune difficulté. Giordino mit le cap sur l'*Odyssée* et c'est alors qu'ils aperçurent les premières volutes de fumée. Le lancement était en cours.

Les gaz d'échappement des moteurs fusée qui percutaient le système de déflexion avaient créé un énorme nuage blanchâtre qui enveloppa rapidement la plate-forme et la mer alentour. La suite sembla durer une éternité. La Zénith resta immobile le long de la tour de lancement. Les deux aéronautes eurent une lueur d'espoir : peut-être la fusée n'allait-elle pas décoller ? Mais, finalement, le grand lanceur tout blanc s'éleva, suivi d'une lueur aveuglante. Ils avaient beau être à six nautiques, ils entendirent le grondement de l'onde de choc qui se répercutait sur l'eau en écho, comme le fracas d'une cognée sur le tronc d'un pin.

Le spectacle était impressionnant, on aurait même pu le qualifier de splendide, mais l'angoisse étreignait Dirk. Cette fusée qui montait dans le ciel emportait avec elle une arme de destruction épouvantable, comme le monde n'en avait encore jamais vue. Des millions de gens allaient mourir. Et comme si ce terrible châtiment ne suffisait pas, il savait que Sarah se trouvait quelque part dans la région de Los Angeles, qu'elle serait peut-être au nombre des premières victimes. Enfin, le sort de son père le préoccupait. Il se tourna vers Giordino, qui lui fit une moue sinistre. Jamais encore il n'avait vu le vieil Italien dans cet état. On n'y lisait pas la fureur qu'il aurait pu éprouver envers les terroristes, non, plutôt le désespoir de celui qui vient de perdre un ami de toujours. Dirk ne pouvait vraiment l'admettre, mais il savait bien que son père se trouvait quelque part au milieu de cet enfer de gaz toxiques, ou pire encore.

*

A bord du *Deep Endeavor*, Summer sentit un frisson d'horreur lui parcourir le corps. Dirk les avait prévenus par radio qu'ils avaient réussi à sauver l'équipage de Sea Launch, mais également que leur père se trouvait quelque part sur la plate-forme. Lorsque Delgado, avant tous les autres, avait vu la fusée s'allumer, elle avait cru défaillir. S'accrochant au fauteuil du capitaine pour ne pas tomber, elle avait fixé la plate-forme, stoïque, alors que les larmes ruisselaient lentement sur ses joues. A la passerelle, tout ceux qui étaient présents gardaient le silence et fixaient, incrédules, la fusée qui surgissait du pas de tir. Tous ne pensaient qu'à une seule chose : au sort du patron de la NUMA, noyé quelque part dans cet énorme nuage de fumée blanche.

— Ce n'est pas possible, murmura Burch, bouleversé. Ça ne peut pas être vrai.

Chapitre 60

A L'INTÉRIEUR du *Blaireau*, la température était devenue insupportable. Le métal surchauffé de la coque transformait le bain d'eau de mer en un véritable sauna. Pitt essaya de se frayer un chemin jusqu'à son siège, mais il sentait qu'il allait bientôt s'évanouir. Quelques voyants qui clignotaient sur la console de pilotage lui indiquaient que les systèmes de survie fonctionnaient encore. La chaleur l'épuisait, mais son esprit restait clair. Il calcula rapidement qu'il lui restait un moyen de se libérer du flotteur. Sans se soucier de la sueur qui l'aveuglait, il se pencha et appuya sur le bouton POMPE DE BALLASTAGE. Puis, s'emparant de la barre, il recula un peu dans l'eau qui montait toujours, tirant de toutes ses forces pour maintenir les barres à monter, en dépit de la pression exercée sur les ailerons par le courant. Les barres résistèrent d'abord, avant de céder lentement à ses efforts et à ceux de l'eau. Ses muscles lui faisaient mal, des taches noires lui obscurcissaient la vue. Il s'accrocha désespérément au manche, il ne devait pas flancher. Pendant une bonne seconde, rien ne se passa. Pitt n'entendait rien, si ce n'est le grondement de l'eau qui se ruait sur le sous-marin, alors que la température montait toujours. Puis un grincement presque imperceptible frappa ses oreilles. Le bruit augmenta peu à peu, dominant le fracas du courant. Il esquissa un léger sourire, luttant pour garder conscience. Allez mon vieux, tiens bon, se dit-il en serrant le manche de toutes ses forces. Tiens bon.

*

L'un des ingénieurs de Sea Launch, à la vue particulièrement perçante, se tenait avec ses compagnons au sommet d'un petit rocher. Il fut le premier à se rendre compte que la fusée basculait de façon presque imperceptible, juste après avoir quitté la tour.

— On dirait qu'elle tangue, s'écria-t-il.

Ses camarades, épuisés, encore sous le choc de l'épreuve qu'ils avaient subie, ne l'entendirent même pas. Furieux, ils voyaient d'autres qu'eux lancer *leur* fusée, depuis *leur* plate-forme. Mais, au fur et à mesure que l'engin s'élevait dans les airs, les techniciens les plus expérimentés s'apercevaient qu'il se passait quelque chose d'anormal. Au début, on n'entendit qu'un murmure, puis les hommes se mirent à pousser des cris, comme touchés par une décharge électrique. Un premier se mit à hurler, suivi par tous les autres. Bientôt, ils sautaient tous comme des fous, dansaient, hélaient la fusée et encourageaient cet animal mécanique comme des turfistes harcèlent leur favori sur un champ de course.

*

A bord du *Koguryo*, l'enthousiasme qui avait salué le lancement s'était subitement effacé lorsqu'un ingénieur, se tournant vers Ling, lui avait dit :

— Monsieur, le premier étage indique des ordres d'orientation tuyère nettement supérieurs à la normale.

La Zénith-3SL, comme la plupart des lanceurs récents, était pilotée en modifiant l'orientation du divergent des tuyères. La poussée des moteurs, ainsi réorientée, permettait de garder la fusée sur sa trajectoire. Ling savait parfaitement que, pendant la toute première phase du vol, on maintenait cette orientation à zéro, le temps pour le lanceur de se stabiliser. Le système de pilotage prenait alors la relève en donnant des ordres de léger débattement afin de guider la fusée jusqu'au point prévu. Seul un fort déséquilibre au départ était susceptible de déclencher des ordres de débattement importants.

Ling gagna la console devant laquelle se trouvait son ingénieur et se pencha sur le moniteur. Il en resta bouche bée : la tuyère était partie en butée. Il vit sans rien dire le divergent revenir dans l'axe, puis repartir en butée, mais de l'autre bord cette fois-ci. Et il comprit immédiatement ce qui se passait.

— Choi, quelle était l'assiette de la plate-forme à T-0? demanda-t-il au responsable pas de tir.

L'homme le regardait comme un chien battu. Il finit par murmurer d'une voix à peine audible :

— Seize degrés.

— Non ! s'écria Ling d'une voix rauque en fermant les yeux.

Il n'y croyait pas. Soudain très pâle, il dut se retenir à l'écran, ses jambes le trahissaient. L'air sinistre, il rouvrit lentement les yeux et se tourna vers l'écran vidéo en attendant l'inévitable.

*

Pitt ignorait si ses efforts frénétiques pour percer les supports avaient eu un effet quelconque. Pourtant, les dizaines de trous qu'il avait réussi à pratiquer ainsi avaient laissé pénétrer des flots d'eau de mer et les pompes de l'*Odyssée* se trouvèrent rapidement débordées. Les automatismes étaient programmés pour maintenir constant le tirant d'eau. L'eau qui envahissait les jambes de support à l'arrière faisait s'enfoncer la plate-forme. La Zénith décolla ainsi à plus de quinze degrés de la verticale. Le lanceur tenta immédiatement de corriger cet écart en réorientant les tuyères. Mais sa vitesse était encore faible et cette commande se révéla inutile. Les divergents repartirent alors en butée. A mesure que la fusée prenait de la vitesse, la correction devenait trop importante et le système de pilotage fit revenir les tuyères dans l'autre sens pour compenser le basculement. Dans des conditions nominales, le lanceur se serait stabilisé, moyennant quelques ajustements minimes. Mais, dans le cas précis de ce vol, les réservoirs n'avaient été qu'à moitié remplis, et l'inclinaison de la fusée provoqua un effet de carène liquide dans les propergols qui contribua encore à la déstabiliser. Le système de pilotage, saturé, essayait vainement de compenser ces mouvements qui s'amplifiaient, mais cela ne fit qu'empirer la situation. La trajectoire du lanceur commença alors à diverger.

Des centaines d'yeux observaient la fumée blanche suivie d'un nuage de vapeur qui entamait une lente mais inexorable rotation dans le ciel. Au décollage, il ne s'agissait encore que d'une légère oscillation. Puis la fusée commença à trembler de toutes ses tôles comme une danseuse du ventre anorexique. Mais l'équipe de Kang avait désactivé la commande de destruction dans le logiciel de vol et la Zénith, livrée à elle-même, se lança dans une sorte de danse de la mort aérienne.

Sous les yeux incrédules des observateurs, l'énorme lanceur se mit à tanguer dans tous les sens avant de se briser littéralement en deux. Le premier étage se désintégra immédiatement dans une grosse boule de feu. Les réservoirs de propergols s'enflammèrent, détruisant tout dans une tornade de flammes. Des débris divers qui n'avaient pas disparu dans la déflagration criblèrent la mer, tandis qu'un gros champignon gonflait comme si on l'avait peint sur fond de ciel bleu.

La coiffe et l'étage supérieur avaient échappé au carnage, ils continuèrent à grimper sur leur lancée en laissant échapper une traînée. Décrivant une élégante parabole, la charge utile fumante finit par perdre toute sa vitesse et piqua vers le Pacifique avant de s'écraser dans un geyser à plusieurs milles du point d'explosion. Un silence étrange régnait, les spectateurs, encore estomaqués de ce véritable miracle, n'avaient plus sous les yeux qu'un demi-cercle de fumée qui s'étendait d'un horizon à l'autre, dernière image de ce vol qui aurait dû être meurtrier.

Chapitre 61

U N ÉLÉPHANT de mer qui faisait paresseusement la sieste sur une plage de galets, dans l'île de Santa Barbara, s'éveilla lentement et tendit l'oreille vers l'intérieur des terres. Il entendait une sorte de clameur, une trentaine d'hommes entassés sur une petite butte et qui se félicitaient entre eux. L'éléphant de mer les observa un moment, sans trop comprendre, puis se recoucha gentiment et reprit sa sieste.

Pour la première fois de leur existence, les techniciens de Sea Launch applaudissaient après l'échec d'un lancement. Ils criaient, sifflaient, levaient le poing en signe de victoire. Christiano lui-même eut un large sourire en voyant le lanceur se désintégrer au-dessus de leurs têtes. Ohlrogge lui donna une grande bourrade dans le dos :

— Pour une fois, lui dit-il, la chance nous a souri.

— Dieu soit loué. Je ne sais pas ce que ces salopards essayaient de balancer, mais ça ne devait pas être quelque chose de sympathique.

— L'un de mes ingénieurs a noté une oscillation en tangage dès le lancement. Y a dû y avoir un problème sur un asservissement de tuyère, ou c'est la stabilisation de la plate-forme qui a foiré.

Christiano songea soudain à Pitt, à ce qu'il lui avait dit avant de lui faire quitter l'*Odyssée*.

— C'est peut-être ce gars de la NUMA qui a trouvé un truc miracle.

— Si c'est le cas, on lui doit une fière chandelle.

— Oui, et on m'en doit une à moi aussi, lui répondit Christiano.

Ohlrogge le regarda sans comprendre.

— Ce qui vient de partir en fumée, c'est un lanceur de quatre-vingt-dix millions de dollars. Ça va pas être triste quand on va présenter la facture à l'assureur.

Et il éclata de rire.

*

Kang marqua le coup en voyant la Zénith se désintégrer sous ses yeux. Lorsque la caméra enregistra la chute des débris, il se pencha pour attraper la télécommande et éteignit le téléviseur.

— Même si l'attaque a échoué, le spectre de sa menace va obséder l'opinion publique américaine, dit Kwan à son patron pour essayer de le réconforter. Les Américains vont être furieux contre le Japon, qui va en subir les retombées.

— C'est vrai, nos médias peuvent monter toute la mise en scène nécessaire, lui répondit Kang, un peu calmé. Mais il faut encore s'assurer que le *Koguryo* va s'évanouir dans la nature et que l'équipe de lancement ne va pas se faire prendre. Dans le cas contraire, cela réduira à néant tous les efforts que nous avons consentis jusqu'ici.

— On peut avoir confiance en Tongju, il fera son devoir. Il l'a toujours fait.

Kang resta un bon moment à contempler l'écran noir du téléviseur. Puis il acquiesça lentement.

*

A bord du *Koguryo*, l'ambiance au PC de tir passa rapidement d'un enthousiasme immodéré à l'abattement le plus profond. En une fraction de seconde, toutes les tâches qui attendaient encore l'équipe de techniciens s'étaient réduites à néant, les hommes restaient assis devant leurs consoles, les yeux fixés sur des écrans muets. Ils ne savaient plus quoi faire et, mal à l'aise, se contentaient d'échanger quelques mots à voix basse.

Tongju jeta à Ling un regard glacial et quitta le PC sans prononcer un mot. En regagnant la passerelle, il appela Kim avec sa radio portable et s'adressa à lui d'un ton grave. Il trouva le capitaine Lee, qui regardait quelque chose par tribord à travers une vitre : la pluie de débris suivis d'une traînée de fumée qui striait le ciel bleu.

— Elle s'est cassée en deux, dit Lee encore tout étonné en le regardant dans le blanc des yeux.

411

— Un problème de plate-forme, lui répondit Tongju. Nous devons quitter la zone de toute urgence. Est-ce possible ?

— Nous sommes parés à nous remettre en route. Il reste juste à hisser l'embarcation.

— Nous n'avons pas le temps, fit Tongju entre ses dents. La marine et les gardes-côtes américains sont sans doute déjà à notre recherche. Mettez en route immédiatement, vitesse maximale. Je vais descendre moi-même couper la bosse de l'embarcation.

Lee le regarda sans rien dire, puis acquiesça.

— Comme vous voudrez. J'ai déjà tracé la route. Nous allons gagner les eaux mexicaines, puis nous changerons de cap dès la nuit tombée pour rallier le point de rendez-vous.

Tongju s'apprêtait à redescendre, mais se ravisa. Par l'une des vitres avant, il aperçut la plate-forme de Sea Launch noyée dans la fumée. Un peu plus loin, le dirigeable arrivait par le nord-ouest, volant à plusieurs centaines de pieds d'altitude. Tongju tendit le bras dans sa direction :

— Rappelez votre équipe surface-air. Descendez-moi ce dirigeable immédiatement.

Et il disparut.

*

Tandis que les deux hélices quadripales du *Koguryo* commençaient à battre l'eau, Tongju descendit à toute allure l'échelle de coupée affalée le long de la muraille bâbord. La vedette bouchonnait doucement, amarrée par une bosse tournée sur la lisse. Tongju remarqua quelques bulles de fumée qui s'échappaient à l'arrière, ce qui lui confirma que le moteur tournait toujours au ralenti. Il largua rapidement le bout et, gardant l'extrémité à la main, attendit qu'une vague pousse la vedette contre la coque. Il sauta à l'avant, gagna d'un saut l'abri après avoir jeté la bosse dans un seau qui traînait sur le pont. Il retrouva dans l'abri Kim et deux des commandos qui l'attendaient près de la barre.

— Vous avez tout embarqué ? leur demanda Tongju.

— Oui, lui répondit Kim. Nous avons profité de l'agitation qui régnait au moment du lancement pour mettre à bord nos armes et nos provisions. Nous avons même pu prendre du gazole en plus. Personne ne nous a dérangés.

Et il lui montra d'un signe du menton quatre fûts de vingt litres saisis le long du plat-bord.

Kim consulta sa montre :

— Il nous reste vingt-cinq minutes.

— Les missiliers auront tout le temps de descendre le dirigeable.

Le *Koguryo* s'éloignait rapidement de l'embarcation qui dansait dans la houle longue, toujours moteur au ralenti. Lorsque l'ex-câblier fut à un quart de nautique, Kim poussa les manettes des gaz sur AVANT LENTE et vira au sud-est. Dans un rien de temps, songea-t-il, on les prendrait pour un vulgaire bateau de pêche qui rentre à San Diego.

*

Longtemps après le décollage puis la désintégration de la Zénith, un lourd nuage de fumée blanche planait encore au-dessus de l'*Odyssée*, comme un banc de brouillard. Mais le vent commençait à percer des trouées et on apercevait de-ci de-là quelques morceaux du pont dans la brume.

— On dirait un vrai bol de velouté aux fruits de mer, lâcha Giordino en virant au-dessus de la plate-forme.

Tandis que Giordino et Dahlgren inspectaient la structure à la recherche de Pitt, Dirk activa le système optique, essayant de repérer quelque indice de présence humaine.

— Ne me demande pas pourquoi, mais j'ai l'impression que le bébé est en train de couler, finit par dire Dahlgren alors qu'ils contournaient la plate-forme par l'arrière.

On voyait nettement que les colonnes arrière étaient plus courtes que celles de l'avant.

— Elle prend l'eau par l'arrière, confirma Dirk.

— Je me demande si c'est pas le boulot de ton vieux, suggéra Giordino. M'enfin, peu importe, y a juste un mec qui devra se payer une fusée toute neuve.

— Et peut-être une plate-forme toute neuve en prime, ajouta Dahlgren.

— Oui, mais où est-il passé ? leur demanda Dirk.

Ils constataient tous trois qu'il n'y avait aucun signe de vie à bord.

— La fumée commence à se dissiper, dit Giordino. Dès que je verrai l'hélizone, je me poserai et on ira regarder de plus près.

Pendant qu'ils se laissaient dériver jusqu'à l'avant, Dahlgren fit la grimace en jetant un regard en contrebas :

— Et merde, le *Blaireau* a disparu, lui aussi. Il a dû couler pendant le lancement.

Puis tous trois se turent, songeant que la perte du sous-marin était bien la moins grave qu'ils aient eu à subir.

*

Trois nautiques plus loin au sud, un missilier coréen transférait les coordonnées du dirigeable obtenues par radar à un missile chinois sol-air, un CSA-4. Le dirigeable n'allait pas vite et offrait une cible rêvée. Un gros objet, à faible distance, la probabilité de le rater était pratiquement nulle.

Un second missilier se tenait devant une console dans un local situé près des tubes doubles lance-missiles, paré à transférer les éléments de tir dans le calculateur de guidage. Une rangée de voyants verts se mit à clignoter, l'autodirecteur radar était verrouillé sur la cible. L'homme décrocha le téléphone qui le reliait à la passerelle.

— Cible acquise, missile armé, annonça-t-il d'une voix monotone au capitaine Lee. En attente de l'ordre de tir.

Lee regarda par une fenêtre le dirigeable que l'on apercevait au loin en stationnaire au-dessus de la plate-forme. La charge à haute énergie allait faire un joli spectacle en explosant, se dit-il, heureux comme un gamin. Pendant qu'ils y étaient, ils pourraient peut-être couler le bâtiment bleu qui se profilait au bord de l'écran radar, ce qui faciliterait leur disparition. Mais chaque chose en son temps. Il approcha le micro de sa bouche, puis se figea. Il venait d'entrapercevoir deux formes qui sortaient de derrière le dirigeable. Il se leva, soudain inquiet, et observa attentivement. Ces deux objets étaient des avions qui volaient à basse altitude.

Les deux F-16 de la Garde nationale, en alerte sur la base de Fresno, avaient décollé quelques minutes après qu'un satellite du NORAD eut détecté le lancement de la Zénith. Les deux chasseurs, qui se dirigeaient vers la plate-forme, avaient été déroutés sur le *Koguryo* après que les gardes-côtes eurent capté le signal de détresse du *Deep Endeavor*. Ils volaient au ras de l'eau et survolèrent la passerelle du *Koguryo* à une centaine de pieds. Le rugissement des réacteurs ne se fit entendre qu'une seconde après le passage de l'ombre et frappa les vitres de la passerelle où se tenait Lee, le visage décomposé.

— Annulez! hurla-t-il dans l'interphone. Annulez tout et désactivez la batterie!

Tandis que l'on refermait la porte devant le missile, les deux chasseurs reprirent de l'altitude et commencèrent à décrire des cercles autour du bâtiment.

— Toi ! cria-t-il à un marin qui se trouvait là, va me chercher Tongju et ramène-le à la passerelle ! Et vite !

*

L'équipage du dirigeable poussa un soupir de soulagement en voyant les chasseurs tourner autour du *Koguryo*. Ils ignoraient pourtant totalement qu'ils étaient passés à deux doigts de se faire abattre par un missile. Ils savaient que des bâtiments de la marine étaient en route et que le cargo avait peu de chance de leur échapper et ils se concentrèrent sur ce qui leur importait, la plate-forme sous leurs pieds.

— La brume se dissipe au-dessus de l'hélizone, observa Giordino. Je vais descendre un peu et vous, les gars, sautez voir ce qui se passe.

— J'y vais, répondit Dirk. Jack, on devrait commencer par la passerelle puis descendre dans le hangar, si l'air est respirable là-dedans.

— Non, je vais démarrer par le carré, répliqua Giordino pour essayer de mettre un peu d'ambiance. Si ton père est indemne, je parie qu'il est en train de se descendre un martini en grignotant des bretzels.

Giordino fit un large tour avant de revenir bout au vent. Pendant qu'il s'alignait sur l'hélizone en perdant de l'altitude, Dahlgren passa la tête dans le poste de pilotage et lui montra quelque chose par la vitre latérale.

— Regarde par là, lui dit-il.

A quelques centaines de mètres de la plate-forme, un nuage de bulles crevait la surface. Quelques secondes plus tard, un objet métallique gris émergea à son tour.

— Des débris après le lancement ? suggéra Dahlgren.

— Mais non, s'exclama Giordino, c'est le *Blaireau* !

Et il mit le cap sur l'endroit. C'était bel et bien le sous-marin, qui roulait lourdement dans la houle. La chaleur des gaz l'avait décapé, la coque autrefois rouge était couleur métal. L'avant était tordu et enfoncé, comme une voiture après un choc de plein fouet. Que ce truc arrive encore à flotter était inexplicable, mais pas de doute, c'était l'engin à bord duquel Dirk et Dahlgren avaient débarqué sur la plate-forme.

Giordino descendit regarder de plus près et les trois hommes, éberlués, virent le panneau se soulever. Un nuage de vapeur s'en échappa. Pendant quelques secondes interminables, ils restèrent ainsi, les yeux rivés sur le panneau, attendant qu'il se passe quelque chose. Et puis, enfin, deux pieds apparurent. Mais ce qu'ils prenaient pour des pieds étaient en fait des mains enveloppées dans des chaussettes. Les deux mains, ainsi protégées du métal chaud, s'accrochèrent au surbau et le corps dégoulinant de leur propriétaire sortit du four.

— Papa ! Il est sain et sauf ! s'écria Dirk, follement soulagé.

Pitt se mit debout et s'avança en tanguant sur le pont du sous-marin, respirant l'air marin à pleins poumons. Il était couvert de sueur et de sang, ses vêtements lui collaient à la peau, au sens propre du terme. Mais ses yeux brillaient. Il leva la tête et fit un grand signe aux aéronautes.

— On descend, annonça Giordino en pilotant son engin pour lui faire raser la surface.

Il s'immobilisa à hauteur du sous-marin, Pitt se pencha pour refermer le panneau avant de s'engouffrer dans la portière de la nacelle, où Dirk et Dahlgren l'empoignèrent.

— Je crois, dit-il alors à Giordino d'une voix éraillée, je crois que je prendrais bien un verre.

*

Après s'être glissé dans le siège du copilote, Pitt ingurgita une bouteille d'eau entière. Al, Dirk et Jack lui racontèrent les événements qui venaient de se dérouler, l'explosion de la Zénith. Tout en observant les traînées de condensation dans le ciel et le *Koguryo* qui s'enfuyait, le vieux leur raconta à son tour ses assauts répétés contre les supports de l'*Odyssée*, puis ce qu'il avait subi lors du décollage.

— Et moi qui viens de perdre bêtement mon fric en pariant que tu étais installé au carré à siroter un martini, grommela Giordino.

— Non, répondit Pitt en rigolant, c'est moi qui étais dans le shaker ! J'ai failli finir bouilli quand le *Blaireau* est resté coincé contre le flotteur, mais j'ai réussi à forcer les barres et à me dégager. Même en purgeant les ballasts, il m'a fallu un temps fou pour remonter, j'ai été obligé de mettre en route la pompe d'épuisement. Le sous-marin est à moitié plein d'eau, mais je pense qu'il peut encore flotter un bout de temps.

— Je vais dire au *Deep Endeavor* de venir le repêcher dès qu'ils auront récupéré les gars de Sea Launch à Santa Barbara, décida Giordino.

— Je vais me faire salement engueuler par ma sœur si papa ne lui annonce pas lui-même qu'il est sain et sauf.

Summer manqua défaillir en entendant la voix de son père, mais revint vite à la plaisanterie en lui commandant une bière et un sandwich.

— Nous craignions le pire, lui dit-elle, bouleversée. Mais que t'est-il arrivé ?

— C'est une longue histoire. Pour l'instant, je te dirai simplement que l'Institut Scripps ne va pas être très content de mes talents de sous-marinier.

Tous ceux qui, à la passerelle du *Deep Endeavor,* l'entendaient, se demandaient en se grattant la tête ce qu'il avait bien voulu dire.

*

Une fois que Giordino eut repris de l'altitude, Pitt remarqua les deux F-16 qui tournaient toujours autour du *Koguryo*.

— La cavalerie a fini par arriver ? demanda-t-il.

— A l'instant. La marine envoie une véritable armada. Notre ami ne peut pas leur échapper.

— En tout cas, leur vedette a l'air pressée, reprit Pitt qui venait de remarquer un petit point blanc dans le sud.

Profitant de la confusion générale, la vedette avait réussi à s'échapper et fonçait à grande vitesse, cap au sud.

— Comment sais-tu que c'est l'embarcation du *Koguryo* ? lui demanda Giordino en le regardant du coin de l'œil.

— Grâce à ce truc, répondit Pitt en lui montrant l'écran de la caméra.

Tout en racontant sa vie, il avait exploré les alentours et était tombé sur la vedette. L'image était très nette, c'était sans aucun doute possible l'embarcation du *Koguryo,* celle qu'ils avaient eu l'occasion de voir plus tôt.

— Les chasseurs ne s'occupent pas d'elle, dit Dirk installé à l'arrière.

On les voyait faire des ronds de plus en plus serrés. Le *Koguryo* faisait toujours route à l'ouest.

— On y va, décida le vieux Pitt.

417

— Il n'a aucune chance ou presque contre des chevaliers du ciel dans notre genre, dit Giordino.

Il poussa les manettes à fond et regarda l'aiguille atteindre lentement, péniblement, une vitesse d'environ cinquante nœuds.

Chapitre 62

M AIS BON SANG, pourquoi n'ont-ils pas tiré sur ce foutu dirigeable, ni sur les chasseurs ? pesta Tongju.

Il observait le *Koguryo* avec ses jumelles. Mais, à cette vitesse, la vedette cognait dur et il avait beaucoup de mal à stabiliser l'image. Dégoûté, il finit par jeter l'instrument dans une glène de cordage.

— Ce sont les avions, Lee s'est laissé impressionner, lança Kim par-dessus son épaule tout en tenant fermement la barre. Il le paiera de sa vie, et dans moins de deux minutes.

Le *Koguryo* rapetissait à l'horizon, la vedette accélérait toujours, cap au sud. Pourtant, lorsque les charges explosèrent, ils distinguèrent nettement les gerbes d'eau qui s'élevaient le long de la coque.

Lee était à la passerelle. Il crut tout d'abord que les F-16 lui tiraient dessus. Mais non, les deux oiseaux de guerre tournaient toujours sans se presser, rien n'indiquait qu'ils aient tiré le moindre missile. Les comptes rendus commençaient à arriver, les œuvres vives prenaient l'eau en plusieurs endroits. Et soudain, Lee comprit tout. Quelques minutes plus tôt, un marin lui avait dit avoir aperçu Kim et Tongju à bord de la vedette. Désormais, elle s'éloignait à toute vitesse. Lee, écœuré, comprit qu'il avait été trahi, que son navire et lui ne comptaient pour rien, qu'ils étaient sacrifiables.

Mais une erreur de calcul les sauva. L'équipe de sabotage de Kim avait prévu des charges suffisantes pour faire éclater les tôles d'un navire normal, de la même taille que le *Koguryo*. Kim ignorait cependant un détail crucial : le câblier possédait une double coque.

419

Les charges déchiquetèrent sans peine la coque intérieure, mais se contentèrent de déformer les tôles externes. L'eau avait envahi les fonds, certes, mais sans causer de ravages suffisants pour couler le bâtiment comme Tongju l'avait imaginé. Lee stoppa immédiatement, fit mettre en place des pompes mobiles d'épuisement dans les cales et fermer les portes étanches. Le navire prit une forte bande, incapable d'avancer sauf à vitesse réduite, mais il ne coula pas.

Une fois les voies d'eau étanchées, le capitaine se tourna vers la vedette qui taillait toujours la route dans le lointain. Il savait qu'il n'en avait plus pour longtemps à vivre. Il avait lancé cette attaque avortée contre le territoire des Etats-Unis, il serait le bouc émissaire idéal s'il se faisait prendre. S'il en réchappait, ou si on le relâchait, il n'était guère difficile d'imaginer la réception que lui réserverait Kang. Rassuré sur le sort du navire, Lee quitta la passerelle et se retira dans sa cabine. Il sortit d'un tiroir rempli de chemises impeccablement repassées un vieux pistolet chinois, un Makarov 9 mm, s'allongea sur sa couchette, appuya le canon contre sa tempe et pressa la détente.

*

Alors qu'il était lancé à la poursuite de la vedette, l'équipage d'*Icare* entendit une série d'explosions qui venaient du *Koguryo*.

— Cette bande de cinglés n'essaye quand même pas de le couler avec tout son équipage ? s'inquiéta Dahlgren.

Pendant plusieurs minutes, ils observèrent le bâtiment qui avait réduit son allure, mais flottait toujours. Pitt remarqua que personne ne se précipitait vers les canots de sauvetage, il apercevait même des marins négligemment appuyés à la lisse, qui regardaient les chasseurs tourner au-dessus de leurs têtes. Il essaya de déterminer si la ligne de flottaison s'enfonçait, mais non, juste un peu de bande.

— Il peut sombrer à n'importe quel moment. Occupons-nous de la vedette.

Giordino jeta un coup d'œil à l'image du SASL sur le moniteur. Il y avait une série de petits points gris dans le sud-ouest, à environ deux nautiques de là.

— Nos vaillants marins arrivent, annonça-t-il en tapotant sur l'écran. Ils ne vont pas rester seuls bien longtemps.

Le dirigeable volait à vingt nœuds de mieux que la vedette et ⟨

gagnait rapidement du terrain. *Icare* ne se trouvait qu'à cinq cents pieds lorsque Giordino s'était lancé à sa poursuite, mais il ne voulait pas gaspiller une énergie précieuse pour grimper plus haut. Tandis que le dirigeable remontait le sillage de l'embarcation, Pitt pointa la caméra sur la plage arrière de la vedette et sur l'abri. Un portique gênait la vue, il ne pouvait distinguer autre chose que des formes floues près de la barre.

— Je compte quatre types sur le pont.

— Apparemment, répondit Giordino, ils ne sont pas très nombreux à avoir essayé de prendre le large.

Pitt balaya tout le pont avec la caméra et constata, soulagé, qu'il n'y avait apparemment pas d'arme lourde à bord. Il nota aussi la présence de bidons de gazole supplémentaires à l'arrière.

— Ils ont assez de pétrole pour gagner le Mexique.

— Je pense que nos amis gardes-côtes de San Diego ont leur petite idée là-dessus, fit Giordino en rectifiant légèrement le cap.

*

Tongju et ses hommes étaient obnubilés par le *Koguryo*, mais l'un des commandants finit par repérer le dirigeable qui s'approchait. Tandis que Kim prenait la barre, les autres se dirigèrent instinctivement vers l'arrière pour mieux l'observer. Pitt pointa la caméra sur eux et augmenta la focale pour tenter de distinguer les visages.

— Vous les reconnaissez? demanda-t-il par-dessus son épaule à Dirk et à Dahlgren.

Pitt junior examina un instant l'écran, puis serra les mâchoires. Mais cette bouffée de colère s'évanouit comme elle était venue, et il esquissa un sourire satisfait.

— Ce type qui ressemble à Fu Manchu, là, au centre. Il s'appelle Tongju. C'est l'âme damnée de Kang, il préside aux séances de torture et s'occupe des assassinats. Et c'est lui qui menait la danse, à bord de l'*Odyssée*.

— Quelle tristesse, risquer de priver de ses vacances au Mexique un homme si admirable, commenta Giordino.

Il fit légèrement piquer le nez du dirigeable, puis tira doucement sur le manche et se stabilisa à quinze mètres au-dessus de la mer. Pendant la descente, *Icare* avait comblé la distance qui le séparait de la vedette. Giordino se mit en route parallèle par bâbord.

421

— Vous n'auriez pas envie de sauter et d'aller boire une bière avec ces gusses? demanda Pitt à la cantonade.

La vedette n'était plus qu'à trois ou quatre mètres.

— Non merci, j'ai simplement l'intention de leur montrer que c'est pas la peine d'essayer d'échapper à Al le Dingue et son ballon magique.

Giordino réduisit les gaz pour se régler sur la vitesse de la vedette qui tossait durement. L'enveloppe du dirigeable noyait dans son ombre les superstructures. Il y avait un vacarme du diable, entre les deux moteurs de l'embarcation et les Porsche du dirigeable qui ronronnaient. Soudain, l'équipage d'*Icare* perçut un autre bruit, une sorte de staccato fort peu sympathique. En se penchant, Pitt vit que Tongju et les deux commandos avaient sorti des armes automatiques. Postés à l'arrière de la vedette, ils arrosaient le dirigeable.

— Al le Dingue, j'ai le regret de te dire que ces gars-là sont en train de percer de petits trous dans ta baudruche, lui dit Pitt.

— Des voyous, et jaloux, en plus, fit Giordino en donnant un petit coup sur la manette des gaz.

A Oxnard, on leur avait expliqué que le dirigeable pouvait supporter une série de trous ou de déchirures sans tomber pour autant. Tongju et ses hommes seraient obligés de vider des tonnes de chargeurs avant que l'enveloppe pleine d'hélium commence à se vider. En revanche, la nacelle était moins bien protégée. Les tirs s'interrompirent une seconde, puis le plancher explosa, répandant une pluie d'éclats dans le cockpit. Les tireurs avaient changé de cible.

— Tout le monde à plat ventre! hurla Pitt alors qu'une giclée de balles faisait voler en éclats une verrière latérale et lui frôlait le crâne.

Un bruit de verre brisé, et encore des volées de projectiles. Dirk et Dahlgren étaient allongés sur le plancher, plusieurs balles passèrent au-dessus de leur tête avant de percer le plafond de la carlingue. Giordino poussa les moteurs à fond et mit le palonnier à gauche pour tenter de s'éloigner.

— Non! lui cria Pitt, reviens et mets-toi à la verticale.

Giordino avait appris depuis longtemps qu'on ne discutait pas les ordres du vieux Pitt. Sans hésiter, il braqua les gouvernes dans l'autre sens et revint sur la vedette. Il jeta un coup d'œil à Pitt, occupé à regarder ce qui se passait en dessous, le sourcil froncé. Les balles continuèrent à frapper la nacelle pendant une seconde puis le feu cessa brusquement. Giordino était pile à la verticale, légèrement sur l'avant, et les tireurs n'avaient plus de cible.

— Tout le monde est indemne ? demanda Pitt.

— Ça va à l'arrière, répondit Dirk, mais j'ai l'impression qu'un des moteurs cafouille.

Le fracas des armes automatiques ayant cessé, les hommes entendaient nettement le moteur droit toussoter. Giordino consulta ses instruments et hocha la tête.

— Chute de pression d'huile et la température augmente. Va falloir se séparer de ces gaillards sur une seule patte.

Pitt aperçut sur le pont Tongju et les deux tireurs qui regagnaient l'arrière après avoir rechargé leurs armes.

— Al, tiens bon comme ça. Et passe-moi ton cigare.

— Un des fleurons de Sandecker, répondit-il en hésitant.

Puis il lui tendit un barreau de chaise verdâtre tout humecté de salive.

— J't'en paierai une boîte. Reste comme ça pendant dix secondes, puis vire sec sur la gauche et tire-toi le plus vite possible.

— Je crois deviner ce que vous comptez faire, dit Giordino à Pitt.

Lequel se contenta de lui adresser un petit clin d'œil. Il se leva, attrapa une poignée accrochée au plafond dont l'étiquette indiquait VIDANGE CARBURANT et la fit tourner d'un quart de tour. Il tira sur la poignée, compta dans sa tête jusqu'à huit, et relâcha. A l'arrière de la nacelle, une vanne de sécurité s'ouvrit en grand et un flot de gazole jaillit du réservoir.

Ils larguèrent ainsi plus de trois cents litres de pétrole qui se déversèrent directement sur l'arrière de la vedette. Pitt se baissa, vérifia qu'il y en avait partout, le carburant se déversait par les dalots. Tongju et ses hommes essayèrent de se protéger de la pluie qui leur tombait dessus et se précipitèrent sous le portique, mais revinrent bien vite dès que la vidange s'arrêta. Puis, reprenant leurs armes, ils se préparèrent à achever le dirigeable. Ils pataugeaient dans le pétrole qui leur éclaboussait les pieds et souillait les fauteuils de pont, un banc, les bombonnes de carburant. Pitt tira quelques bouffées pour ranimer son cigare avant de passer la tête par la vitre latérale. Ils n'étaient qu'à quelques mètres. Il aperçut Tongju qui pointait son arme vers lui et lui fit un grand sourire. Dirk sentit le dirigeable partir sur le côté. Avec une nonchalance consommée, Pitt tira une dernière bouffée et jeta négligemment son cigare sur l'arrière de l'embarcation.

Une lame frappa la vedette, Tongju s'accrocha à la lisse pour encaisser le recul de son AK-74. Il remarqua à peine le petit truc tout vert qui venait de tomber sur le pont à côté de lui. Il visa la tête de Pitt qui apparaissait par la verrière. Son doigt s'enfonçait sur la détente lorsqu'une violente déflagration se produisit sous ses pieds.

Le cigare avait enflammé les vapeurs d'essence avant même de toucher le pont. Le pétrole s'était infiltré partout, et en quelques secondes, l'arrière devint un véritable mur de flammes. Un commando qui se tenait près de Tongju s'était fait copieusement asperger, les flammes lui léchèrent les jambes puis la poitrine en une fraction de seconde. Hurlant de douleur, il se mit à courir et se jeta par-dessus bord où l'eau éteignit instantanément cette torche humaine. Kim, qui tenait la barre, le vit tomber, mais ne fit rien pour le repêcher.

Tongju était lui aussi pris dans un tourbillon de flammes. Il lâcha son arme avant d'avoir fait feu et plongea sous le portique pour essayer d'éteindre le feu de ses chaussures et son pantalon, sous le regard affolé de Kim.

— Continue, lui cria Tongju, le feu s'éteindra de lui-même.

Le vent et les embruns avaient déjà étouffé la périphérie de la zone en feu, mais des flaques de gazole brûlaient toujours. Des nuages de fumée noire commençaient à s'élever, ce qui indiquait que le pétrole n'était pas le seul combustible à alimenter le feu.

— Les bidons d'essence ! lui cria Kim en voyant les flammes s'approcher des bidons.

Tongju avait oublié leur existence. Au début, les flammèches étaient restées assez loin, mais le gazole qui continuait à se répandre avait atteint l'arrière. Tongju fouilla les abords de la barre du regard et découvrit un petit extincteur fixé à la cloison. Il l'arracha de son support, fit gicler la goupille et courut vers les fûts d'essence. Mais il était trop tard.

On avait négligé de serrer complètement le bouchon de l'un des bidons et des vapeurs s'en échappaient. Les mouvements continuels avaient accéléré le processus, la production de vapeur avait été importante et la pression, encore accrue par la chaleur de l'incendie tout proche, avait beaucoup augmenté. Lorsque les flammes atteignirent les vapeurs, le bidon explosa comme un baril de poudre. Les trois autres s'enflammèrent immédiatement.

Le dirigeable avait commencé à s'éloigner. Pitt et ses trois compagnons assistèrent avec effroi à la première explosion qui toucha Tongju de plein fouet. Un éclat de métal lui transperça le corps, causant une blessure de la taille d'une balle de base-ball dans sa poitrine. Hébété, le tueur tomba à genoux et, levant les yeux au ciel, y vit le dirigeable pendant les dernières secondes qu'il lui restait à vivre. Il s'écroula dans un torrent de flammes.

Les trois explosions suivantes démolirent les superstructures dans une gerbe de débris et de bouts de bois. Une grosse boule de feu s'éleva, l'arrière se dressa un court instant, les hélices battaient l'air. L'explosion avait fait un énorme trou dans la coque et la vedette s'enfonça sous les vagues dans une nappe d'écume et de fumée. L'épave entraîna au fond avec elle les cadavres de Tongju, de Kim et du troisième commando.

Giordino avait viré serré pour s'éloigner de la vedette en feu, mais des débris frappèrent pourtant le dirigeable, y perçant quelques trous supplémentaires. L'enveloppe, perforée de partout, laissait échapper son hélium. Pourtant, comme un courageux guerrier blessé, *Icare* refusait de se laisser entraîner vers le bas. Vaille que vaille, il prit lentement de l'altitude.

L'équipage put enfin observer ce qui se passait dans les parages. On apercevait encore un gros nuage, là où la *Zénith* avait explosé. Une frégate et un destroyer escortaient le *Koguryo*, toujours survolé par les deux chasseurs. Plus près, des morceaux de bois brûlaient encore, signalant la dernière demeure de Tongju et du canot.

— Dis-moi, on a offert un joli spectacle à ton copain, dit Giordino à Dirk qui passait la tête dans le cockpit.

— J'ai le sentiment qu'il va rôtir en enfer pendant un sacré bon bout de temps.

— On lui préparé un magnifique hors-d'œuvre, lui dit son père. Jack et toi, derrière, ça va ?

— Quelques égratignures, rien de grave. On a réussi à slalomer entre les gouttes de plomb.

— Mais, reprit Giordino feignant la plus grande indignation, regardez-moi ce qu'ils ont fait à mon joujou.

— Apparemment, les paramètres de vol sont normaux. La pression hélium reste stable en dépit des fuites et il nous reste quatre-vingts litres de pétrole pour rentrer.

Et Pitt coupa le moteur endommagé, avant de dire à Giordino :

— Mon cher Al le Dingue, vous pouvez nous ramener à la maison.

— Comme monsieur voudra.

Et il mit le cap à l'est. Sur son seul moteur encore valide, le dirigeable volait lentement. Giordino se tourna vers Pitt :

— A présent, si nous parlions de ces cigares...

Chapitre 63

A LA SEULE vue des deux bâtiments de l'US Navy, l'équipage du *Koguryo*, privé désormais de capitaine, jeta l'éponge. De nombreux avions de chasse les survolaient sans relâche, il était clair pour l'équipage que toute tentative de prendre la fuite les condamnerait à une mort certaine. En outre, la coque était sérieusement endommagée, ils n'avaient aucune chance de prendre quiconque de vitesse. Lorsque les bâtiments de guerre s'approchèrent, le second prit le micro et annonça qu'ils se rendaient. En quelques minutes, une équipe de prise envoyée par le destroyer USS *Benfold* prit le contrôle du bâtiment. Puis une seconde équipe de techniciens embarqua à son tour pour effectuer des réparations de fortune sur la coque. Le navire, toujours sous pavillon japonais, prit alors la route de San Diego à faible allure.

Lorsqu'il y arriva, le lendemain matin, tous les représentants des médias étaient là, surexcités. La nouvelle d'une attaque manquée contre Los Angeles avait filtré, journalistes et cameramen s'étaient entassés dans des dizaines de bateaux à l'entrée du port, d'où ils essayaient de prendre des gros plans du bâtiment et de son équipage, lequel, ainsi que l'équipe de prise, regardaient ce spectacle avec un certain amusement. Cela dit, l'accueil qui leur fut réservé à la base navale se révéla nettement moins chaleureux. Ils y étaient attendus par des policiers et des agents des services de renseignements. Sans ménagement, on fit embarquer les hommes sous bonne garde à bord de bus qui les emmenèrent dans un bâtiment spécial où ils seraient interrogés.

De retour au port, les enquêteurs passèrent le navire au peigne fin. Ils démontèrent les équipements de conduite du lancement ainsi que les systèmes de missiles mer-mer et mer-surface-air. Des spécialistes de la marine, après avoir examiné la coque, déclarèrent que les avaries avaient à coup sûr été causées par des charges explosives mises en place à l'intérieur. Il fallut plusieurs jours aux informaticiens des services spéciaux pour découvrir que toutes les données relatives au lanceur et à sa charge utile avaient été systématiquement effacées avant la capture du bâtiment.

Les interrogatoires des membres de l'équipage se révélèrent tout aussi décevants. La plupart des marins et des techniciens pensaient sincèrement avoir participé au lancement d'un satellite commercial et ne soupçonnaient pas une seule seconde qu'ils se trouvaient aussi près des côtes américaines. Ceux qui étaient au parfum refusèrent de parler. Les enquêteurs comprirent rapidement que Ling et les deux ingénieurs ukrainiens étaient les chevilles ouvrières de l'opération, en dépit de leurs protestations indignées.

Dans le public, le lancement causa une émotion considérable, renforcée encore par des rumeurs faisant état du virus de la variole. Les journaux et les chaînes de télévision clamaient que l'Armée rouge japonaise était derrière toute cette affaire, encouragés par les fuites que distillaient les médias à la solde de Kang. Les gouvernements gardaient le silence, n'infirmaient ni ne confirmaient rien, tout en accumulant les preuves de leur côté, ce qui accentua encore la fureur de l'opinion contre le Japon. L'attaque, même si elle avait échoué, semblait avoir atteint le but que s'était fixé Kang. Les médias, bornés comme à leur habitude, concentrèrent toutes leurs ressources sur cet incident. Toutes les infos convergeaient et ne parlaient que de mesures de rétorsion qu'on allait prendre contre le groupe terroriste japonais. Du coup, la Corée, le vote en cours à l'Assemblé nationale sur le retrait des forces américaines, tout cela passa au second plan, noyé dans la masse.

Les médias, à court de nouvelles juteuses sur le lancement raté, se préoccupèrent de fabriquer des héros. Les hommes de Sea Launch se retrouvèrent soumis à un véritable harcèlement lorsqu'ils débarquèrent du *Deep Endeavor* à Long Beach. On accorda à la plupart des marins, épuisés, quelques heures de repos, puis ils rejoignirent l'*Odyssée* par hélicoptère afin de réparer les brèches faites par Pitt dans les colonnes et de la ramener au port. Les autres furent assaillis par les journalistes, soumis à des interviews interminables : comment s'étaient déroulées la prise de la plate-forme, leur captivité, leur libération par Pitt et Giordino, grâce au dirigeable. Quant aux hommes de la NUMA, on les portait aux nues, tous les organes d'information les pourchassaient. Mais ils restaient introuvables.

Après avoir posé leur dirigeable constellé de trous sur une piste désaffectée à LAX, les quatre hommes avaient gagné Long Beach pour accueillir le *Deep Endeavor*. Ils étaient montés discrètement à bord après le départ des marins de Sea Launch, où Summer et l'équipage leur réservèrent un accueil délirant. A son grand soulagement, Dahlgren aperçut le *Blaireau* posé sur son berceau à l'arrière, tout cabossé.

— Kermit, dit Pitt à Burch, on a une autre recherche à effectuer. Sous quel délai pouvons-nous appareiller ?

— Dès que Dirk et Summer auront débarqué. Désolé fiston, dit-il en se tournant vers Dirk, mais Rudi a appelé. Ça fait deux heures qu'il essaye désespérément de vous joindre tous les quatre. Il dit que le grand chef étoilé veut vous parler, à Summer et à vous. Ils veulent avoir votre avis sur les méchants, et vite fait.

— C'est toujours les mêmes qu'ont de la chance, susurra Giordino avec un sourire compatissant.

— Décidément, fit Summer, il est écrit qu'on n'arrivera jamais à passer cinq minutes avec toi.

— Nous ferons la prochaine plongée ensemble, répondit son père en passant un bras autour de ses épaules. Promis.

— J'y compte bien, conclut-elle en déposant un baiser sur sa joue.

— Et moi aussi, ajouta Dirk. A propos, Al le Dingue, merci pour la petite balade en ballon. Mais la prochaine fois, je crois que je choisirai les bus Greyhound.

— Je vois, monsieur tient à son petit confort ? répliqua Giordino en hochant la tête.

Dirk et Summer firent rapidement leurs adieux à Dahlgren et à tous ceux qui se trouvaient sur la passerelle avant de passer la coupée. Le *Deep Endeavor* appareilla immédiatement. Tout le monde était rasséréné, sauf Dirk, toujours en proie à la même fureur. L'attaque biologique avait échoué, ils s'étaient emparés du *Koguryo*, Tongju était mort. Et, plus égoïstement, il songea à Sarah, qui était indemne. Cela dit, à l'autre bout du monde, Kang était toujours vivant, lui. Pendant qu'ils remontaient le quai, Dirk vit Summer, qui marchait à côté de lui, s'arrêter, se retourner et faire un grand signe de la main au bâtiment qui s'en allait. Il en fit autant, mais il avait l'esprit ailleurs. Ils restèrent là un bon moment à admirer le joli navire bleu et blanc. Il embouqua la passe et disparut à l'horizon.

*

Bien avant que les équipes du ministère de l'Intérieur aient songé à envoyer tous les moyens de recherche et de sauvetage disponibles pour fouiller la zone de fond en comble, le *Deep Endeavor* avait déjà mis à l'eau son sonar à balayage latéral pour tenter de retrouver les restes de la charge utile. Burch avait prévu cette opération, il savait exactement par où commencer. Lorsqu'il avait assisté à l'explosion de la Zénith depuis le pont de son bâtiment, il avait noté aussi précisément que possible la trajectoire des débris puis avait porté sur la carte la zone d'impact probable.

— Si la charge utile est restée intacte, elle est quelque part dans ce carré, avait-il dit à Pitt tandis qu'ils prenaient la mer.

Et il lui avait montré une zone de neuf nautiques carrés tracée sur la carte.

— Cela dit, il est vraisemblable que nous les retrouverons en morceaux.

— C'est vrai, mais quoi qu'il en reste, cela fait seulement quelques heures qu'ils sont au fond, et nous avons des données toutes fraîches, avait répondu le vieux Pitt en étudiant la carte.

Le *Deep Endeavor* gagna l'un des coins du carroyage et entama une série de passages nord-sud. Au bout de deux heures, Pitt identifia un premier amas de débris bien visibles. Il régla l'écran du sonar et pointa du doigt un tas d'objets aux formes bien découpées, dispersés sur une ligne droite.

— Voilà des trucs manifestement faits de main d'homme et qui sont orientés à l'est.

— Soit il s'agit d'un bateau qui a vidé ses poubelles, soit ce sont des morceaux du lanceur, commenta Giordino en regardant l'image à son tour.

— Kermit, pourquoi ne pas interrompre ces passes et en faire une plein est ? On pourrait suivre l'alignement et voir où ça nous mène.

Burch donna les ordres nécessaires et ils suivirent la trace pendant plusieurs minutes. Les débris, d'abord de plus en plus nom-

breux, finirent par s'espacer. Aucun ne faisait plus de trente centimètres de long.

— Voilà un joli puzzle, laissa tomber Burch en voyant le dernier
morceau disparaître de l'écran. On reprend la recherche comme
avant ? demanda-t-il à Pitt.

Pitt se mit à réfléchir.

— Non, on reste comme ça. Je pense qu'il y en a d'autres, et des
plus gros.

Depuis le temps qu'il pratiquait la recherche sous-marine, les
capacités de Pitt s'étaient aiguisées, et il avait acquis une sorte de
sixième sens. Comme un chien de chasse qui aurait travaillé sous
l'eau, il était presque capable de flairer ce qu'il recherchait. Il y
avait d'autres morceaux de la Zénith devant, il le sentait.

Mais l'écran du sonar était toujours aussi désespérément vide et
ceux qui se trouvaient à la passerelle commencèrent à éprouver des
doutes. Pourtant, un quart de mille plus tard, l'image d'objets aux
bords déchiquetés apparut. Soudain, elle mit en évidence un gros
objet rectangulaire, couché perpendiculairement aux autres. Et
enfin, un énorme cylindre.

— Patron, je crois que vous avez touché le gros lot, lui dit
Giordino en souriant de toutes ses dents.

Après avoir examiné soigneusement ce qu'il avait sous les yeux,
Pitt hocha la tête.

— On va aller voir de quoi il retourne.

Le *Deep Endeavor* passa en positionnement dynamique et mit à
l'eau un petit robot d'exploration. Un gros cabestan commença à
dévider le câble et l'engin descendit sur le fond, trois cents mètres
sous la surface. Pitt s'installa sous l'abri dans un petit local électronique en éclairage réduit, s'assit dans le fauteuil du capitaine et
prit les commandes. Deux manches à balai permettaient de commander les moteurs du robot. Une rangée de moniteurs alignés sur
la cloison devant lui affichaient les images du fond sableux enre-
gistrées par la demi-douzaine de caméras embarquées.

Pitt stabilisa d'abord le robot à deux ou trois mètres du fond,
avant de le guider vers deux masses sombres. Les caméras lui
montrèrent deux morceaux de tôle déchiquetée fichés dans le
sable, de couleur blanche et longs de plusieurs mètres. Il s'agissait
clairement de l'enveloppe de la Zénith. Il continua d'avancer là où
le sonar avait détecté autre chose. Deux autres morceaux émergèrent dans l'eau noire, deux sections du lanceur posées à la verti-

cale. Le robot s'approcha de la première. Pitt et Giordino découvri-rent une structure cylindrique de près de cinq mètres, aplatie d'un côté. Elle avait culbuté lors de l'impact, faisant gicler de l'eau tout autour d'elle, ce qui expliquait cette forme rectangulaire enregis-trée par le sonar. Pitt amena le robot à l'une des extrémités, et la caméra leur dévoila une énorme tuyère qui émergeait d'un fouillis de tuyauteries et de réservoirs.

— Un moteur d'étage supérieur? demanda Giordino en exami-nant l'image.

— Sans doute le moteur du troisième étage, celui qui met la charge utile sur orbite.

Cette enveloppe, qui ne contenait pas de combustible, s'était apparemment séparée très proprement du deuxième étage après l'explosion. Mais la partie haute, fixée au sommet, n'était plus là. Quelques mètres plus loin, un gros objet de couleur blanche appa-rut dans le champ de la caméra à travers l'eau trouble.

— On en a assez pour les préliminaires. On va aller jeter un œil à ce gros machin, décida Giordino en leur montrant l'un des écrans.

Pitt y amena le robot et l'écran se trouva rapidement rempli de blanc. Il s'agissait évidemment d'une autre section de la Zénith, mais elle avait été moins abîmée que le troisième étage. Pitt estima sa longueur à sept mètres environ et remarqua que son diamètre était un peu plus grand. L'extrémité la plus proche était complète-ment écrabouillée, des morceaux de métal tordu avaient été re-poussés vers l'intérieur comme sous le choc de coups de marteau. Pitt essaya d'introduire le robot à l'intérieur, mais il n'y avait pas grand-chose à voir, en dehors du métal disloqué.

— C'est sans doute la charge utile. Elle a dû toucher l'eau de ce côté-ci.

— Il y a peut-être autre chose à l'autre bout? suggéra Giordino.

Pitt fit suivre au robot toute la longueur du cylindre, puis effec-tua un demi-tour. Les projecteurs pointés vers l'extrémité, Pitt et Giordino s'approchèrent de l'écran. La première chose que recon-nut Pitt fut une virole de renfort à l'intérieur de la structure. De toute évidence, c'est là que venait s'insérer le troisième étage. Il rapprocha le robot encore un peu et vit qu'une tôle avait été arra-chée sur tout le sommet. Il remonta l'engin et lui fit suivre la zone supérieure le long de la déchirure, caméras pointées vers l'intérieur. Après avoir inspecté un fouillis de câbles et de tuyauteries, il s'arrêta soudain. On voyait un panneau plat qui brillait sous les projecteurs éblouissants. Pitt arbora un large sourire.

— Je crois que je vois un panneau solaire.

— Bien joué, Dr von Braun, répondit Giordino avec un signe de tête admiratif.

Le robot avança encore, ils virent cette fois très nettement les panneaux solaires repliés et le corps cylindrique du pseudo-satellite. La coiffe était écrasée, mais le satellite et son chargement de matières virales étaient intacts.

Après avoir soigneusement examiné la charge pour s'assurer de son intégrité, Pitt fit remonter son robot et le bascula en mode SAUVETAGE. Le *Deep Endeavor* était d'abord un navire de recherche, mais il était équipé pour contribuer à des opérations de sauvetage grâce aux sous-marins qu'il embarquait. Compte tenu de l'indisponibilité du *Blaireau*, Pitt et Giordino utilisèrent un autre engin pour passer une élingue sous la charge utile, puis remontèrent doucement le tout à l'aide de gros sacs gonflables. Il faisait nuit, les bateaux des journalistes étaient loin, on hissa l'objet sur le pont du *Deep Endeavor*. Les deux hommes veillèrent personnellement à ce qu'on le saisisse solidement avant de le recouvrir d'une toile.

— Les mecs du renseignement vont avoir de quoi s'occuper pour un petit bout de temps, dit Giordino.

— En tout cas, ils auront la preuve que l'attaque n'a pas été perpétrée par des terroristes amateurs. Lorsque le monde connaîtra la nature de cette charge mortelle, l'ignoble M. Kang regrettera sans doute d'être né.

Giordino tendit le bras dans la direction d'une lueur qui se levait à l'est.

— Tout bien pesé, je crois que les habitants de Los Angeles pourraient nous payer une bière pour avoir protégé leur belle ville... et ils pourraient aussi nous donner les clés du manoir Playboy !

— Ce sont Dirk et Summer qu'ils devraient remercier.

— Oui, dommage qu'ils n'aient pas été là pour assister à la remontée du trésor.

— A propos, aucune nouvelle des gosses depuis qu'on les a laissés sur le quai ?

— Ils font sans doute ce que leur papa aurait fait à leur place, répondit Giordino en riant. Ils se sont débrouillés pour échapper aux agents des services de renseignements et ils font du surf à Manhattan Beach.

Pitt émit un petit rire, puis laissa son regard se perdre dans la mer sombre. Non, il le savait, le moment ne s'y prêtait pas encore vraiment.

Chapitre 64

L'AVION officiel qui emportait Dirk survolait le Pacifique à quinze mille mètres d'altitude. Il essayait de dormir, mais les sièges étaient serrés. Il restait tendu : l'adrénaline l'empêchait de trouver le sommeil. Ils volaient vers la Corée du Sud. Cela faisait seulement quelques heures qu'il avait été convoqué avec Summer à un entretien avec des agents du FBI et des officiers des services de renseignements militaires. Il s'agissait de leur raconter leur rencontre avec Kang et de leur fournir des détails sur sa résidence fortifiée.

Ils avaient appris que Sandecker avait réussi à convaincre le Président : la Maison Blanche avait donné l'ordre de s'emparer de Kang en douceur sans en informer le gouvernement coréen. On avait monté une opération d'assaut, qui ciblait un certain nombre d'activités de Kang, parmi lesquelles le chantier naval d'Inchon. Le mystérieux magnat n'avait pas paru en public depuis plusieurs jours. On décida donc de mettre sa résidence en tête de la liste. Rares étaient les Occidentaux qui avaient eu l'occasion de s'y rendre, le témoignage de Dirk et de Summer était donc capital.

— C'est avec le plus grand plaisir que nous vous fournirons le plan détaillé du site, les points et les chemins d'accès, annonça Dirk aux enquêteurs ravis. Je vous indiquerai même où sont positionnés les forces de sécurité et les emplacements des systèmes de surveillance. Mais je demande quelque chose en échange : une place aux premières loges.

Il sourit intérieurement en les voyant pâlir. Les inspecteurs essayèrent de discutailler, passèrent plusieurs coups de fil à Washing-

435

ton, mais finirent par céder. Ils savaient qu'il leur serait très précieux sur le terrain aux côtés des forces chargées de donner l'assaut. Quant à Summer, elle trouvait son frère complètement cinglé.

— Tu tiens vraiment à retourner dans cette chambre des supplices ? lui demanda-t-elle lorsque les enquêteurs eurent quitté la pièce.

— Tu l'as dit. Je veux être assis au premier rang quand ils passeront la tête de Kang dans le nœud coulant.

— Eh bien moi, une seule fois me suffit grandement. Je t'en prie, Dirk, fais attention. Laisse les gens dont c'est le métier donner l'assaut. Aujourd'hui, j'ai failli vous perdre tous les deux, papa et toi.

— Ne t'inquiète pas, je resterai bien sagement en retrait et je baisserai la tête, lui promit-il.

Après deux heures de briefing intensif, on le conduisit à LAX[1] où il embarqua dans un avion pour la Corée. Peu de temps après son atterrissage sur la base aérienne d'Osa, après l'interminable traversée du Pacifique, Dirk raconta dans le moindre détail tout ce qu'il savait de la résidence de Kang aux Forces spéciales chargées de mener l'assaut, la moindre bribe qui lui revenait en mémoire. Puis, s'étant rassis, il écouta attentivement l'exposé du plan d'attaque. Deux équipes des Forces spéciales de l'armée de terre étaient chargées de s'infiltrer dans le chantier naval et dans la station de télécommunications d'Inchon, tandis que les commandos de marines encercleraient la résidence de Kang. Les deux opérations seraient lancées simultanément et d'autres équipes en renfort devaient donner l'assaut aux autres demeures, pour le cas où l'on ne trouverait pas ce magnat si mystérieux aux premiers emplacements visés. A la fin de la réunion, un capitaine de vaisseau très carré, qui coordonnait l'action des nageurs de combat, aborda Dirk.

— Vous disposez de cinq heures pour prendre un peu de repos. Vous partirez avec l'équipe de Gutierrez. Je vais dire à Paul de s'occuper de votre équipement. Désolé, mais nous n'avons pas le droit de vous fournir d'arme. Les ordres.

— Je comprends. Mais je suis ravi de participer à cette opération.

---

1. Acronyme de Los Angeles dans le jargon de l'aviation civile (*NdT*).

Après avoir piqué un petit somme et pris un en-cas au carré des officiers, Dirk alla rejoindre les commandos. On lui remit une tenue de combat de couleur noire, un gilet pare-balles et des jumelles de vision nocturne. Après une dernière mise au point, les hommes montèrent dans deux camions bâchés qui les conduisirent jusqu'à un petit appontement au sud d'Inchon. A la faveur de la nuit, les vingt-quatre commandos embarquèrent à bord d'un bâtiment de servitude banalisé qui appareilla immédiatement et mit cap au nord dans la mer Jaune, direction l'île de Kyodongdo. Dissimulés à l'intérieur dans un local en éclairage discret, les hommes de cette unité d'élite vérifièrent à nouveau leurs armes tandis que le bâtiment accélérait et gagnait la pleine mer. Le capitaine de frégate Paul Gutierrez, homme de petite taille mais solidement bâti, qui portait une fine moustache, s'approcha de Dirk lorsqu'ils furent arrivés à l'embouchure de la Han.

— Vous viendrez avec moi dans le canot numéro deux, lui dit-il. Ne me quittez pas d'une semelle lorsque nous aurons débarqué et suivez mes instructions. Avec un peu de chance, nous en viendrons à bout sans tirer un coup de feu. Mais, au cas où...

Et il lui tendit une petite sacoche.

Dirk ouvrit la fermeture éclair et sortit du sac un pistolet automatique calibre 9 mm, un SIG Sauer P226, ainsi que quelques chargeurs.

— Je vous en suis reconnaissant. J'espérais bien ne pas me retrouver dans la mêlée sans être armé.

— Le gilet en kevlar vous protégera, mais nous avons décidé de prendre quelques précautions supplémentaires. Ne dites à personne où vous l'avez trouvé, conclut-il avec un clin d'œil.

Et il sortit pour monter à l'abri de navigation.

Une heure plus tard, le petit bâtiment entra dans le bras qui pénétrait dans l'anse de la résidence de Kang et continua à remonter le fleuve sur deux nautiques. Il coupa brusquement les moteurs, courut sur son erre avant de s'immobiliser dans le courant. On affala trois zodiacs noirs. Avec un calme et une efficacité de professionnels, huit nageurs de combat descendirent dans chacun des canots et s'éloignèrent immédiatement à la pagaie. Dirk embarqua dans le second zodiac. Pratiquement invisibles dans la nuit noire, les trois canots descendirent sans difficulté en se laissant dériver dans le courant avant de virer, toujours en silence, et d'embouquer le goulet qui menait chez Kang.

Les lumières du complexe rosissaient légèrement les nuages lorsque les embarcations prirent le dernier virage et découvrirent la plage qui s'étendait en bas de la résidence. Dirk s'empara lui aussi d'une pagaie pour souquer avec ses compagnons lourdement armés. Les effets du décalage horaire, la fatigue de l'assaut contre la plate-forme, tout disparut à la vue de la forteresse de Kang.

Arrivés au milieu de l'anse, les canots se séparèrent en deux groupes. Deux zodiacs prirent à gauche vers la plage de sable près de la jetée, le troisième vira sur sa droite. Les occupants de ce dernier, qui avaient revêtu des combinaisons de plongée, devaient débarquer les premiers à la nage puis se faufiler entre les rochers pour gagner l'autre bord de la jetée. Le canot de Dirk devait aborder sur la plage. Il se demanda si la première équipe des commandos avait bien réussi à neutraliser les caméras de surveillance vidéo installées dans le goulet.

Comme ils approchaient du rivage, Dirk nota que les bateaux étaient toujours au même endroit, là où il les avait vus la première fois lorsqu'il s'était évadé en compagnie de Summer. Le gros yacht Benetti et le catamaran bleu étaient amarrés l'un derrière l'autre, le hors-bord entre les deux. Tous ceux qui se trouvaient dans son canot se concentrèrent sur le yacht et sur le catamaran. Leur mission consistait à s'en emparer tandis que leurs camarades donnaient l'assaut au complexe. Dirk, après avoir inspecté encore une fois la jetée et ses alentours sourit intérieurement en constatant l'absence de leur yole.

Les deux zodiacs restèrent à quelque distance pendant plusieurs minutes pour laisser aux nageurs de combat le temps d'atteindre la plage. Sur l'eau, Dirk se trouvait à un bon poste d'observation. Il aperçut plusieurs ombres noires émerger en silence puis progresser le long des rochers. Deux silhouettes gagnèrent la guérite et neutralisèrent rapidement la sentinelle qui dormait, le nez écrasé dans son journal.

Gutierrez, qui se tenait à l'avant du canot, leva le bras et ses hommes se remirent à pagayer. Quelques dizaines de coups de pelle, ils étaient sur la rive. Le fond du pneumatique ragua à peine sur le fond sableux, les occupants sautèrent à terre et partirent au pas de course vers la jetée. Autour du complexe, tout restait calme. La dernière équipe se rua vers l'entrée de la falaise, couverte par le premier détachement.

Dirk suivit la sienne, composée de huit hommes. Ils arrivèrent sur la jetée où ils se séparèrent en deux groupes. Quatre commandos se laissèrent glisser à bord du catamaran. Gutierrez et les trois derniers continuèrent vers le Benetti. Dirk continua à courir, dépassa le catamaran et se dirigea vers le gros yacht. Il en était encore à une vingtaine de mètres quand il s'arrêta net en voyant un éclair jaune jaillir de l'arrière. Une rafale de AK-74 déchira la nuit une microseconde plus tard, suivie d'une série de chocs sourds. Deux hommes qui se trouvaient devant lui avaient été touchés. Dirk se jeta derrière un fût, sortit le pistolet de son étui et tira une dizaine de balles dans la direction d'où venaient les coups de feu. Gutierrez, à quelques mètres derrière lui, avait également riposté, balayant la plage arrière avec son pistolet-mitrailleur, un Heckler & Koch MP5K. Leurs tirs combinés réduisirent au silence le tireur invisible en semant une grêle d'éclis de bois et de bouts de verre.

Les coups de feu réveillèrent d'un coup l'île entière, on tiraillait un peu partout à l'arme légère dans le complexe. Deux hommes, pistolet au poing, jaillirent par une porte à bord du catamaran et ouvrirent aussitôt le feu. Les commandos montés à bord les firent vite taire. Un garde qui se trouvait au poste de sécurité aperçut sur un écran vidéo la sentinelle abattue dans sa guérite et donna immédiatement l'alerte. Les commandos qui progressaient se retrouvèrent bientôt pris sous le feu d'une demi-douzaine de gardes.

Dirk se pencha sur les deux hommes étendus devant lui. Il eut un choc en constatant que le premier était mort, le corps percé de balles au cou et à l'épaule. L'autre se tortillait et gémissait de douleur. Son gilet en kevlar l'avait sauvé car le plus gros de la rafale l'avait touché au ventre. Mais ses hanches et ses cuisses, non protégées, avaient salement souffert.

— Ça va, grogna le commando dont Dirk inspectait rapidement les blessures. Allez-y, faut terminer le boulot.

Pendant qu'il parlait, les gros moteurs du Benetti se réveillèrent. Dirk leva la tête, les tirs reprenaient depuis la lisse. Deux marins se mirent à courir sur le pont. Le premier entreprit de couper les amarres, protégé par l'autre qui arrosait dans tous les sens.

— On les aura, dit Dirk à l'homme allongé devant lui en lui donnant une petite tape d'encouragement dans le dos.

Il était ennuyé de devoir le laisser là, mais se releva tout de même et courut vers le yacht. Les moteurs grondaient sourdement, quelqu'un poussait les manettes à pleine puissance. Les hélices commencèrent à brasser l'eau qui se mit à bouillonner sous le tableau.

Gutierrez était à quelques mètres devant lui. Il lâcha une courte rafale sur le passavant, se leva et hurla :

— On monte à bord !

Dirk fonça derrière Gutierrez et un autre commando, le yacht commençait à déborder de la jetée. Ils entendirent le départ d'un pistolet automatique, Dirk sentit trois balles siffler au-dessus de sa tête. Il y eut un choc sourd sur la jetée, derrière lui, et il entendit une voix crier : « Je suis touché ! », juste au moment où il sautait à bord.

Le yacht n'était qu'à un ou deux mètres du bord. Dirk agrippa sans difficulté la lisse. Il se hissa sur le pont avec souplesse et resta sans bouger sur la plage arrière plongée dans l'obscurité. Une seconde après, nouveau choc contre la coque, un second homme avait réussi à s'accrocher lui aussi. Dirk aperçut la silhouette d'un homme en combinaison sombre qui se laissa basculer par-dessus la lisse et tomba sur le pont deux mètres derrière lui.

— C'est moi, Pitt, murmura-t-il, dans l'ombre, car il n'avait pas envie de se faire tirer dessus par erreur. Qui est là ?

— Gutierrez, répondit la grosse voix de l'officier. Il faut qu'on aille à la passerelle pour arrêter ce bateau.

Puis il se releva, commença à avancer, mais Dirk l'arrêta en lui posant la main sur le bras. Dirk écoutait et regardait ce qui se passait à bâbord. Un peu plus loin, il vit une échelle qui permettait d'accéder à un pont découvert un niveau plus haut. Le yacht avançait toujours, si bien que les lumières du port apparurent au-dessus du tableau et Dirk vit soudain des ombres mouvantes dans la descente. Il sortit lentement le 9 mm de son étui, visa soigneusement et attendit. Lorsque l'ombre commença à descendre les marches, il pressa la détente à deux reprises.

Il y eut un cliquetis métallique sur le pont, le bruit d'une arme de poing qui tombe, puis une longue silhouette noire dévala les marches de la descente. C'était le cadavre d'un homme revêtu d'une combinaison noire.

— Joli coup, fit Gutierrez. On y va.

Le commando reprit sa progression, Dirk sur les talons. A un moment, il trébucha et manqua glisser. Baissant les yeux, il nota que le pont était inondé de sang, le sang de l'homme abattu par

Gutierrez depuis la jetée. Le cadavre était allongé près d'un taquet en teck et un mégot pendouillait encore entre ses lèvres.

Le yacht, moteurs rugissants, s'éloignait toujours du quai illuminé et prenait rapidement de la vitesse. Tous les feux ou presque étaient éteints à bord, à l'exception d'ampoules qui éclairaient faiblement l'intérieur. Les deux hommes continuèrent d'avancer le long du rouf arrière où se trouvait une salle à manger et s'engagèrent sur le passavant tribord. Soudain, Gutierrez leva la main et fit signe de s'arrêter. Il recula d'un pas, jusqu'au niveau du salon.

— Les passavants sont totalement à découvert. Il vaut mieux nous séparer. Prenez à tribord et essayez d'avancer, ordonna Gutierrez, se doutant bien qu'un autre tireur les attendait probablement derrière une cloison. Y a intérêt à faire vite, faudrait pas qu'on se retrouve de l'autre côté de la ligne de démarcation.

Dirk fit signe qu'il avait compris.

— On se retrouve à la passerelle, glissa-t-il à voix basse.

Et il traversa prestement la plage arrière. Tous les sens en éveil, il fit le tour par bâbord et avança lentement sur le passavant recouvert de teck qui menait à l'avant. On entendait par-dessus le grondement des moteurs des coups de feu sporadiques, mais Dirk se concentrait sur les bruits du bord. Il avança ainsi à pas de loups, jusqu'à un endroit où le passavant se terminait par une descente. La passerelle était maintenant presque à portée, un pont plus haut, à une dizaine de mètres. Il essayait de voir ce qui se passait dans la descente lorsqu'une rafale d'arme automatique déchira l'air. Il sentit son cœur battre à tout rompre, avant de comprendre que c'était de l'autre bord.

Gutierrez avait plus ou moins pressenti ce qui venait de se passer. Se faufilant subrepticement sur le passavant tribord, il se courba, pour le cas où il y aurait un second tireur. Il atteignit l'échelle qui montait symétriquement à la passerelle, et grimpa comme un chat. Il n'eut pas le temps d'aller bien loin. A peine avait-il posé sa botte sur la plate-forme qu'une grêle de balles siffla au-dessus de sa tête. Un tireur en tenue noire, bien abrité sur l'aileron, l'alignait au AK-74.

Gutierrez échappa de justesse à la rafale. L'homme avait tiré trop haut, surpris par le mouvement brutal du yacht qui ralentissait pour prendre la passe. L'officier plongea dans l'échelle, dévala quelques marches avant de faire volte-face et de pointer son MP5K. Il attendit tranquillement plusieurs secondes, jusqu'à ce que le garde reprenne le feu. La rafale frappa le pont à quelques centimètres de sa tête, lui poivrant la figure d'éclis de bois. Gutierrez visa posément, et lâcha dans l'ombre plusieurs balles de son Heckler & Koch. Il y eut un bref cri étouffé, puis le tireur lâcha encore une rafale. Mais cette fois-ci, les flammes des départs jaillirent vers le ciel, puis cessèrent. Le garde, mortellement blessé, s'effondra sur le pont.

Sur l'autre bord, Dirk entendit les tirs cesser, sans savoir si Gutierrez avait survécu à cet échange. Il commença à monter, mais s'arrêta net au bout de deux échelons en entendant un très léger cliquetis derrière lui. Il se retourna et reconnut l'ouverture d'une porte au pied de l'échelle. Il redescendit et s'arrêta devant elle. Serrant fermement son SIG Sauer dans la main droite, il prit la poignée en laiton de la main gauche et la fit tourner délicatement. Il laissa le loquet levé, un instant, inspira profondément avant d'ouvrir la porte à toute volée et de se ruer à l'intérieur.

Il s'attendait à ce que la porte s'ouvre complètement. Au lieu de cela, elle se bloqua brusquement, quelqu'un se trouvait derrière. Un peu déséquilibré par ce choc imprévu, Dirk se retrouva contre un garde solidement bâti, aussi étonné que lui. Ils n'étaient qu'à quelques centimètres l'un de l'autre. Dirk eut le temps de remarquer la grande cicatrice qui lui barrait le menton. Il avait le nez cassé, sans doute une vieille fracture. Il avait entre les mains un AK-74 qu'il essayait de charger. La gueule du fusil était dirigée vers le pont, l'homme se débattait avec le chargeur, mais il envoya directement la crosse de l'arme dans la hanche droite de Dirk, qui était en train de reculer pour utiliser son pistolet et prit le coup avant d'avoir pu viser ; la balle se ficha dans la cloison. Pourtant, au lieu de se raidir sous le choc, Dirk fit un roulé-boulé sur sa droite tout en lançant le bras gauche. Il pivota en prenant le maximum d'élan et balança son poing sur la mâchoire du type qui recula sous le choc, trébucha et alla s'écrouler dans un panier de linge propre.

C'est alors seulement que Dirk sut à quoi servait ce local : une minuscule buanderie. Une petite machine à laver et un sèche-linge se trouvaient contre la cloison d'en face, une planche à repasser était dépliée près de la porte. Après avoir retrouvé son équilibre, il leva vivement le SIG Sauer à hauteur de poitrine et pressa la détente.

Mais rien, pas de coup de feu, aucun recul dans le poignet. Au lieu de cela, juste un claquement métallique, le percuteur avait trouvé une chambre vide. Dirk fit une sale grimace lorsqu'il comprit qu'il avait vidé le chargeur, d'une capacité de treize cartouches. Voyant cela, le garde se remit à genoux, un mauvais sourire aux lèvres. Il tenait encore son chargeur dans la main droite, et l'introduisit prestement dans son logement. Dirk savait qu'il n'avait pas le temps de recharger le Sauer, mais il avait déjà un autre plan et son organisme réagit immédiatement. Du coin de l'œil, il avait aperçu un objet brillant, un objet qui représentait sa dernière chance.

Le fer à repasser chromé posé sur la planche n'était pas chaud, il n'était même pas branché. Il n'en faisait pas moins un projectile contondant et dangereux. Dirk s'en empara et le jeta sur son adversaire comme un ballon. Le garde, occupé qu'il était à viser Dirk, n'eut même pas le loisir de se plier en deux. Le plat du fer heurta sa tête comme une enclume et son crâne se fendit avec fracas. Le fusil d'assaut tomba d'abord, suivi par son propriétaire dont les yeux se révulsaient.

Dirk sentit sous ses pieds les moteurs monter en régime. Le yacht avait franchi la passe et accélérait maintenant qu'il avait atteint le lit de la Han. Il n'aurait aucun mal à semer le bâtiment de soutien des commandos qui attendait dehors. Si rien ne pouvait l'arrêter, Gutierrez et lui allaient devoir faire très vite. Mais tout d'abord, combien y avait-il exactement d'hommes armés à bord? Et, plus important encore, où était donc Gutierrez?

Chapitre 65

GUTIERREZ s'agenouilla en haut des marches et fouilla du regard le passavant qui se trouvait sous lui, à la recherche d'une quelconque silhouette. Il vit une forme sombre, le tireur qu'il avait abattu et qui gisait sur le pont à proximité de la passerelle, inerte. Mais il ne percevait pas le moindre mouvement, personne ne lui tirait plus dessus. Enfin, pour l'instant. Il décida qu'il ne servait à rien d'attendre du renfort et, sautant d'un bond de la descente, se rua dans le passage qui menait à l'aileron. Il enjamba au passage le corps du tireur et entra en trombe à la passerelle.

Il s'attendait vaguement à tomber sur une bande de gardes armés, et à voir se pointer sur lui quelques canons, mais ce ne fut pas le cas. Il n'y avait que trois hommes sur la passerelle. Ils le regardaient d'un air vaguement méprisant. Un solide gaillard au visage marqué par la vérole tenait la barre. Le capitaine, visiblement. Un garde à l'air revêche qui se tenait en faction près de la porte bâbord, le doigt sur la détente de son fusil d'assaut, observait avec la plus grande attention le commando. Et, à l'arrière, assis dans un confortable fauteuil de cuir, l'air dédaigneux, Kang lui-même. Le magnat, que Gutierrez reconnut d'après une photo qu'on lui avait montrée lors d'un briefing, portait une robe de soie écarlate car il dormait à bord, anticipant une fuite précipitée.

Tout ce beau monde ne quittait pas Gutierrez des yeux, mais il avait déjà réagi d'instinct. Il visa le garde et pressa la détente, une seconde avant que l'autre ait eu le temps de faire un geste. Il lâcha une courte rafale, trois balles, et le toucha en pleine poitrine. L'homme, hébété, fut projeté contre la cloison, mais il appuya automatiquement sur la détente. Une gerbe de balles jaillit de son arme et arrosa le pont dans la direction de Gutierrez. Le commando, debout sans défense, vit le coup arriver. Puis l'homme s'effondra, raide mort.

Gutierrez mit une fraction de seconde à comprendre ce qui lui arrivait. Il avait été touché en haut de la cuisse. Il sentit du sang ruisseler le long de sa jambe, jusque dans sa chaussure. Une seconde balle l'avait atteint à l'abdomen, mais elle avait été déviée par son pistolet-mitrailleur. C'est la culasse qui avait été atteinte, l'arme était désormais inutilisable.

Les deux autres Coréens l'avaient eux aussi remarqué. Le capitaine, qui se trouvait à deux pas de Gutierrez, abandonna la barre et lui sauta dessus. Déséquilibré par sa blessure à la jambe gauche, Gutierrez ne parvint pas à esquiver. Utilisant l'avantage que lui donnait son poids, le capitaine l'enserra et le plaqua contre la roue. Le commando sentait ses poumons se vider, comme si ses côtes allaient se briser. Le Coréen essayait de l'étouffer. Mais Gutierrez serrait toujours dans sa main droite son MP5. Il leva son arme et l'abattit sur le crâne du capitaine. Le seul effet fut que le Coréen serra encore plus fort, Gutierrez voyait trente-six chandelles. Son sang commençait à s'appauvrir en oxygène. Sa blessure à la cuisse lui causait des élancements et ses tempes battaient à tout rompre. Redoublant d'efforts, il frappa une seconde fois, puis une troisième, mais l'étreinte ne se desserrait toujours pas. Désespéré, le commando sentait qu'il allait mourir, mais il frappait toujours avec ce qu'il lui restait de forces. Puis il sentit tout à coup un choc.

Les coups répétés avaient fini par faire leur effet et les deux adversaires tombèrent sur le pont, l'Américain toujours enserré dans les bras du capitaine. La prise se desserra, Gutierrez aspira une bonne goulée d'air et réussit à se remettre à genoux.

— Joli spectacle, mais, malheureusement, ce sera votre dernière prestation.

C'était Kang qui venait de cracher ses premières paroles comme un serpent son venin. Pendant la lutte, Kang s'était approché et son Glock était pointé sur la tête de Gutierrez. Le commando essaya de trouver moyen de parer, il n'y en avait aucun. Le garde tué serrait toujours son AK-74 entre ses mains, trop loin, son pistolet-mitrailleur était vide, inutile. Il était à genoux, épuisé par ses blessures et les efforts qu'il venait de consentir, il ne pouvait plus rien faire. Il fixa d'un regard insolent Kang et l'arme qui le visait.

Le coup de feu résonna comme un coup de tonnerre. Gutierrez, qui n'avait rien senti, vit Kang écarquiller les yeux. Puis il s'aperçut que la main qui tenait le pistolet et le pistolet lui-même avaient disparu dans un flot de sang. Il y eut encore deux nouveaux coups, Kang prit une balle dans le genou gauche et dans la cuisse droite. Il tomba en poussant un grand cri, les mains crispées sur ses blessures, se tordant de douleur. Gutierrez en profita pour essayer de voir d'où étaient partis les coups de feu.

Dirk se tenait dans l'embrasure de la porte bâbord, un AK-74 pointé à hauteur d'homme. La gueule fumante de l'arme visait toujours Kang, tassé sur le pont. Une lueur de soulagement passa dans les yeux de Dirk lorsqu'il vit que Gutierrez était toujours en vie.

Dirk traversa la passerelle et comprit rapidement que le yacht fonçait à quarante nœuds sans personne à la barre. Le bâtiment de soutien des nageurs de combat défilait rapidement vers l'arrière par le travers tribord. Et, droit devant, il apercevait la drague brillamment illuminée qu'il avait déjà remarquée. L'engin était occupé à nettoyer un chenal sur la rive opposée. Il l'observa un bon moment, il songeait au commando qui s'était fait tuer sur la jetée, aux gardescôtes assassinés en Alaska. Puis il se retourna vers Kang qui gigotait toujours et s'approcha du nabab qui saignait abondamment.

— La balade est terminée, Kang. J'espère que vous vous plairez en enfer.

Le Coréen leva sur lui des yeux pleins de rage et cracha quelques injures, mais il n'eut pas le temps de terminer que Dirk avait tourné les talons. Il retourna à la barre, se baissa et aida Gutierrez à se mettre debout.

— Bien joué, camarade, mais pourquoi avez-vous mis autant de temps ? demanda l'officier, la voix râpeuse.

— J'avais du repassage à faire, lui répondit Dirk en l'aidant à gagner la rambarde.

— On ferait mieux de stopper ce paquebot vite fait. Je ne m'attendais pas à trouver le gros bonnet à bord. Les gars du renseignement seront ravis de lui poser quelques questions.

— Je crains que Kang soit déjà pris, il a rendez-vous avec la Grande Faucheuse.

Et, attrapant une brassière accrochée à la cloison, il la lança à son compagnon.

Gutierrez protesta :

— J'ai ordre de le capturer vivant.

Il n'eut pas le temps d'en dire plus. Dirk l'empoigna fermement par le col et, l'entraînant avec lui par-dessus bord, sauta dans l'eau.

Il s'était arrangé pour se trouver en dessous pour amortir le choc. Il rebondit à la surface, la violence de l'impact faillit lui couper la respiration. Ils s'enfoncèrent un peu avant de remonter à l'air libre, Dirk aidant Gutierrez à flotter. Le yacht les dépassa à toute allure.

L'équipage du bâtiment de servitude, qui les avait vu passer par-dessus bord, abandonna la poursuite pour venir les repêcher. Mais les deux naufragés ne quittaient pas le yacht des yeux, le navire fonçait toujours perpendiculairement au lit du fleuve. Son cap se maintenait et le menait droit sur la drague. Au fur et à mesure qu'il approchait de la rive, il était de plus en plus évident qu'il allait aborder l'engin. Le patron, voyant le navire lui foncer dessus, émit un long coup de sifflet, mais il ne se passa rien, le yacht ne broncha pas d'un pouce.

Dans un fracas de tonnerre, le Benetti blanc s'écrasa sur la drague comme un taureau en furie et son étrave s'enfonça au milieu de la coque. Compte tenu de sa vitesse élevée, le yacht se désintégra dans un nuage de fumée blanchâtre, puis il y eut une boule de feu lorsque les réservoirs, déchiquetés, s'enflammèrent. Des éclats de bois, des débris divers volaient dans tous les sens, le yacht s'écarta un peu de la drague avant de partir par le fond. Lorsque les flammes et la fumée se furent un peu dissipées, il ne restait guère d'indices qu'un navire de plus de cinquante mètres de long était passé par là.

Dirk et Gutierrez, qui dérivaient dans le courant, avaient observé le carnage, fascinés. Puis un dinghy s'approcha d'eux.

— J'aurais donné cher pour l'avoir vivant, grogna Gutierrez lorsque la fumée et les flammes eurent totalement disparu.

Dirk hocha tristement la tête :

— Et comme ça, il aurait pu passer le reste de ses jours dans un pénitencier de luxe ? Non merci.

— D'accord, je ne discuterai pas là-dessus. Nous venons de faire à l'humanité un cadeau sans prix. Mais sa mort risque d'avoir quelques conséquences fâcheuses. Mes patrons ne vont pas être très heureux si nous déclenchons une crise avec la Corée.

— Lorsqu'on saura ce qui s'est réellement passé, personne ne versera de larmes sur Kang et son entreprise d'assassins. De toute façon, il était toujours vivant quand nous avons abandonné son yacht. Pour moi, c'est un simple accident de navigation.

Gutierrez resta sans rien dire un bon moment.

— Un accident de navigation, répéta-t-il, essayant de se persuader lui-même. Oui, c'est vrai, ça pourrait passer.

447

Vent mortel

Dirk regardait les dernières fumerolles s'évanouir au-dessus du fleuve. Puis, se tournant vers Gutierrez, il lui fit un grand sourire. Le canot arrivait et les hissa hors de l'eau.

Référendum

Chapitre 66

K ANG éliminé, son empire se désintégra immédiatement. Les commandos de marines qui avaient investi sa résidence réussirent à capturer vivant Kwan, son adjoint. Ils découvrirent également des documents que le Coréen était occupé à détruire précipitamment dans le bureau particulier de son patron. Au sud d'Inchon, d'autres commandos des Forces spéciales donnèrent l'assaut au chantier naval et à l'usine d'équipements de télécommunications installée à proximité. Là-bas, elles se heurtèrent à une forte résistance, ce qui fit naître quelques soupçons et des spécialistes du renseignement se rendirent aussitôt sur place. Ils découvrirent dans les sous-sols le laboratoire de recherches biologiques, puis des preuves irréfutables des relations qu'entretenait Kang avec la Corée du Nord. Placé ainsi devant l'évidence, informé de la mort de son maître, Kwan se mit très vite à table et avoua aux enquêteurs toutes les horreurs commises par Kang, dans l'espoir de sauver sa propre tête.

Aux Etats-Unis, la nouvelle du « décès accidentel de Kang, alors qu'il tentait d'échapper aux autorités », produisit le même résultat chez Ling et ses principaux adjoints. Menacés de se voir inculpés pour tentative de meurtre, ils décidèrent de coopérer pleinement, plaidant seulement qu'ils n'étaient que de simples exécutants. Seuls les ingénieurs ukrainiens refusèrent de plier, ce qui leur assura un séjour longue durée dans un pénitencier fédéral.

Pendant ce temps, les autorités avaient rendu publiques toutes les cartes qu'elles avaient gardées dans leur manche jusqu'au moment où elles avaient obtenu l'ultime preuve irréfutable. On avait transféré secrètement à Vandenberg[1], au nord de Los Angeles, les débris de la fusée récupérés par Pitt et Giordino. Là, dans un hangar sévèrement gardé, une équipe d'ingénieurs avait délicatement démonté la charge utile et découvert le satellite bidon avec ses cartouches de virus et son système de dispersion. Les spécialistes de l'armée et les épidémiologistes du CEE, après avoir retiré les cartouches de matériel déshydraté, découvrirent avec stupéfaction les chimères de HIV et de variole. Ils comparèrent ce qu'ils avaient trouvé avec des prélèvements effectués à Inchon : le soupçon se confirmait. En dépit du souhait de l'armée de conserver quelques échantillons de ces produits, le Président ordonna de détruire l'intégralité des stocks récupérés. On craignit un certain temps qu'une partie ait pu échapper aux recherches et à la destruction, mais, en fait, la chimère créée par les chercheurs de Kang fut totalement éradiquée.

On avait également établi les liens qui existaient entre le *Koguryo*, son équipage et le groupe de Kang. Il en fut de même des relations entre Kang et la Corée du Nord. Lorsque le ministère de l'Intérieur finit par publier toutes ces informations, la nouvelle fit la une des médias. Le monde entier découvrit tous les détails de l'agression montée contre les Etats-Unis. La presse, qui ne s'intéressait jusqu'ici qu'au Japon, se concentra sur la Corée du Nord lorsqu'il fut établi que Kang était impliqué dans les assassinats des diplomates. L'attaque de la fusée, même si elle avait échoué, fit se lever un profond sentiment de colère contre le régime totalitaire en Corée du Nord, lequel protesta énergiquement de son innocence. Les rares pays qui entretenaient encore des relations commerciales limitées avec ce pays renforcèrent les restrictions sur les importations et les exportations. La Chine elle-même cessa tout commerce avec le régime hors-la-loi. Pour la énième fois, les paysans nord-coréens, qui mouraient de faim, se posèrent des questions sur le régime dictatorial auquel les soumettait leur despote.

En Corée du Sud, l'accumulation des preuves contre Kang et ses affidés fit l'effet d'une bombe. Au début, les autorités avaient manifesté leur irritation en apprenant que les Américains étaient intervenus sans aucune concertation. Ce ne fut bientôt qu'un souvenir. La

---

1. Base de lancement spatial de l'armée de l'air américaine (*NdT*).

stupeur des Coréens se mua rapidement en colère, lorsqu'ils apprirent de quelle façon Kang les avait trompés en se soumettant aux volontés du Nord. Les conséquences ne tardèrent pas à se manifester : les hommes politiques et hommes d'affaires qui l'avaient soutenu furent cloués au pilori. Quantité de députés furent contraints de démissionner, il en fut de même aux plus hauts échelons du pouvoir, jusqu'à la présidence. Le Premier ministre, en raison des liens étroits qu'il entretenait avec Kang, dut en faire autant.

Confronté à une vague de mécontentement populaire, le gouvernement nationalisa précipitamment tout ce qui constituait l'empire de Kang. On commença par les yachts et les hélicoptères, la résidence du magnat devint un centre de recherches consacré à la souveraineté du pays. On retira son nom de tous les organismes auxquels il avait appartenu. Le reste de ses biens fut progressivement vendu par appartement et ainsi disparut peu à peu toute trace de son existence. Par entente tacite, les Coréens effacèrent de leur vocabulaire le nom même de Kang.

L'exposé circonstancié de ses liens avec la Corée du Nord fit sentir ses conséquences dans toutes les couches de la société. La conscience collective s'inquiéta de la présence du voisin du Nord et les jeunes qui manifestaient en faveur de la réunification se calmèrent. Cette réunification restait l'objectif ultime de la nation, mais elle ne pourrait désormais se réaliser qu'aux conditions du Sud. Lorsqu'elle devint enfin réalité, dix-huit ans après ces événements, ce fut parce que le Parti des travailleurs du Nord se sentit une faim grandissante de capitalisme. Le Parti, après avoir goûté ainsi aux délices des libertés individuelles recouvrées, écarta de son sein la famille du dictateur et convertit de sa propre initiative le gros de son imposante armée en force de production économique.

Bien avant cette heureuse évolution, l'Assemblée nationale du Sud dut procéder au vote de la proposition de loi n° 188 256, portant expulsion des forces américaines du territoire national. Dans une démonstration de consensus assez rare, majorité et opposition rejetèrent cette mesure à l'unanimité.

*

A Kunsan, en Corée du Sud, on fit sortir le sergent-chef de l'armée de l'air Keith Catana d'une maison d'arrêt minable un peu avant l'aube pour le confier à un colonel de la même arme attaché à l'ambassade. Le sous-officier ne pouvait pas comprendre ce qui lui était arrivé et on ne lui expliqua pas davantage les raisons qui avaient conduit à sa libération. Il ignorerait à jamais qu'il avait été emprisonné pour le meurtre d'une prostituée mineure dans le cadre d'un complot monté pour obtenir le départ des troupes américaines de Corée du Sud. Il ne saurait pas davantage que c'était Kwan lui-même, l'adjoint de Kang, qui avait révélé en détail les circonstances véritables de ce meurtre. Chargeant à outrance Tongju, Kwan avoua tout. Il en fit de même pour les assassinats politiques perpétrés au Japon. Mais le sous-officier était bien loin de se soucier de tous ces éléments. Tout étonné, il embarqua dans un appareil militaire. Il ne savait qu'une chose : il était bien décidé à se soumettre à l'ordre formel que lui avait donné le colonel avant son départ – ne plus jamais remettre les pieds en Corée.

*

A Washington, la NUMA fut l'objet d'un bref concert de louanges pour le rôle qu'elle avait joué en empêchant le lanceur de larguer sa cargaison meurtrière sur Los Angeles. Mais la nouvelle de la mort de Kang et la révélation de sa culpabilité dans cette affaire firent très vite passer au second plan les exploits accomplis par Pitt et Giordino. Les auditions du Congrès et la poursuite de l'enquête étaient à l'ordre du jour, on évoqua même la possibilité d'une attaque contre la Corée du Nord. Les diplomates réussirent pourtant à faire retomber la tension, on s'occupa désormais des moyens dont disposait le ministère de l'Intérieur pour assurer la sécurité des frontières et pour faire en sorte que pareille série d'événements ne se reproduise jamais.

Tirant parti de ces circonstances favorables, le directeur de la NUMA demanda au Congrès de lui accorder des moyens supplémentaires, de financer un hélicoptère neuf, un nouveau navire de recherche, et enfin, deux sous-marins pour compenser la disparition de ceux que lui avaient détruit les hommes de Kang. Emporté par la vague patriotique qui régnait alors, le Congrès approuva ces mesures avec enthousiasme et il ne fallut que quelques jours pour faire adopter ces mesures par les deux Chambres.

Au grand dépit de Giordino, Pitt avait réussi à glisser une demande supplémentaire dans le paquet-cadeau. Il avait obtenu le financement d'un moyen mobile de surveillance de l'atmosphère océanique, destiné à des opérations dans les eaux littorales. Autrement dit, une *saucisse*.

Chapitre 67

A SEATTLE, cet après-midi-là, l'air était vif, presque assez frais pour être vraiment revigorant. Au soleil couchant, les grands pins du campus de Firecrest projetaient de longues ombres sur le sol. Sarah sortit du centre hospitalier de l'Etat de Washington; elle portait toujours un gros plâtre à la jambe droite, mais se consolait en pensant qu'on le lui retirerait sous quelques jours.

Elle fit la grimace en s'appuyant sur sa paire de béquilles. Elle avait mal aux poignets et aux avant-bras à force de leur faire supporter le poids de son corps alourdi par le plâtre, et cela durait depuis plusieurs semaines. Elle fit quelques pas en boitillant et entreprit de descendre quelques marches. Occupée à ne pas poser n'importe où ses cannes, elle ne remarqua pas la voiture arrêtée dans l'allée à un emplacement défendu et manqua se cogner dedans. Elle releva la tête et resta plantée là, bouche bée.

C'était la voiture de Dirk, la Chrysler décapotable 300-D, modèle 1958. A première vue, elle n'était pas encore totalement remise en état. Les sièges en cuir, perforés par les balles, avaient été provisoirement réparés avec du ruban adhésif et les trous dans la carrosserie, bouchés au mastic. Il y avait encore de larges plaques de peinture en sous-couche, qui lui donnaient l'air d'une grosse raie manta.

— Je te promets de ne pas te casser l'autre jambe.

Sarah se retourna en entendant le son de cette voix chaude et grave. Dirk était là, un bouquet de lilas blanc à la main, un sourire malicieux aux lèvres. Tout émue, elle laissa tomber ses béquilles et se jeta dans ses bras.

— Je commençais à m'inquiéter, je n'ai eu aucune nouvelle depuis l'attaque de la fusée.

— On m'a offert une croisière de luxe en Corée, je suis allé faire des adieux à bord du yacht de Dae-jong Kang.

— Ce virus qu'ils avaient mis au point... c'est dingue, poursuivit-elle en hochant tristement la tête.

— T'en fais pas, c'est fini. Il est hautement probable que tous les échantillons ont été récupérés et détruits. J'espère qu'on ne reverra plus jamais ces vilaines petites bêtes.

— Il y a toujours des cinglés qui s'amusent à ouvrir la boîte de Pandore, en biologie. Quand ce n'est pas pour l'argent, c'est pour le prestige.

— A propos de cinglés, comment va Irving ?

L'incongruité du rapprochement déclencha l'hilarité de Sarah.

— Il est bien parti pour être le seul rescapé connu de la variole des temps modernes. Il sera bientôt sur pied.

— Bonne nouvelle. C'est un type sympa.

— A propos, on dirait que ta bagnole aussi est en bonne voie de guérison.

— Ces vieilles bêtes sont coriaces, dit-il en jetant un œil à la Chrysler. Je l'avais laissée au garage avant de partir, mais ils n'ont pas encore eu le temps de refaire les garnitures.

Dirk se retourna vers Sarah et lui adressa un sourire attendri.

— Je te dois encore un dîner, avec du crabe.

Elle le regarda, l'air grave. Ces yeux verts... Elle lui fit comprendre qu'elle se souvenait. Sans prévenir, il la prit dans ses bras et l'installa doucement sur le siège du passager avec le bouquet de lilas, puis lui déposa un léger baiser sur la joue. Il jeta les béquilles sur la banquette arrière et mit le contact. Le moteur flambant neuf démarra au quart de tour dans un ronronnement sympathique.

— On ne prendra pas le ferry ? lui demanda Sarah en se serrant contre lui.

— Pas de ferry aujourd'hui, lui répondit-il en éclatant de rire avant de lui passer le bras autour des épaules.

Dirk appuya sur le champignon et la vieille décapotable rugit de plus belle, s'élançant au milieu des gazons verdoyants, sous un ciel que le soir teintait de rose.

Remerciements

Mes remerciements et ma gratitude vont à Scott Danneker, Mike Fitzpatrick, Mike Hance et George Spyrou, de la société Airship Management Services, avec qui j'ai découvert le monde merveilleux de l'aviation.

Mes remerciements vont également à Sheldon Harris, dont l'ouvrage *Factories of Death* (*Les Usines de la mort*) m'a ouvert les yeux sur les horreurs de la guerre chimique et biologique au cours de la Seconde Guerre mondiale, une guerre qui a fait des milliers de victimes oubliées.